Das Herz des Waldes

WOLFGANG

HOHLBEIN

Das Herz des Waldes

Gwenderon – Cavin – Megidda
Drei Romane in einem Band

Weitbrecht

Gwenderon

Im Herzen der Welt,
dort, wo alle Flüsse ihren Ursprung haben,
dort, wo alles Leben herkommt, und dort,
wohin es zurückkehrt, wenn seine Zeit gekommen ist,
liegt er.
Der Wald, Der War, Der Ist,
Und Der Sein-Wird.
Er ist alt.
Und in seinem Herzen,
dort, wo keines Menschen Fuß jemals den Boden betreten,
dort, wo keines Menschen Stimme
jemals die heilige Stille gestört,
wo keines Menschen Auge jemals den grüngoldenen
Schimmer des Lichtes erblickt, das sich schwarz
auf ihren Mauern bricht, liegt die Festung.
Sie ist alt.
Niemand weiß, wer sie erbaute.
Niemand weiß, welchem Zweck sie dient.
Ihr Name ist Megidda.
Ihre Mauern sind schwarz, von der Farbe der Nacht,
wenn sie am tiefsten ist.
Ihre Türme sind hoch, den Himmel berührend,
doch nicht ganz.
Ihr Name ist Megidda, doch für die Menschen
lautet er
Tod.
Es heißt, dass einst ein Mann kommen wird,
ein Kind noch, und doch schon ein Held, der sie findet.
Einst, wenn die Zeit der Menschen gekommen ist.
Und die unsere.

Legende der Raett-Nomaden

1

Etwas war anders geworden. Gwenderon wusste nicht, was es war, aber etwas hatte sich verändert, so deutlich, dass er es spüren konnte wie einen unangenehmen Geruch, der plötzlich zwischen den Bäumen hing, wie unsichtbarer Nebel aus dem Boden aufsteigend und sich ihm immer entziehend, wenn er versuchte, ihn zu erkennen. Aber es war da.

Gwenderon zügelte sein Pferd. Er war vorausgeritten, nicht sehr weit, nur ein paar Dutzend Schritte, aber doch in dieser sonderbaren Umgebung aus dunkelgrünen Schatten und Schweigen weit genug, um den Blicken der anderen entzogen zu sein. Von allem hier war es vielleicht das, woran er sich niemals wirklich gewöhnt hatte, und was ihn – manchmal, so wie heute – noch immer mit dem gleichen Schauder von Ehrfurcht auf der einen und nackter Angst auf der anderen Seite erfüllte wie am allerersten Tag. Irgendetwas stimmte hier mit den Entfernungen nicht. Gleich, wie weit man sich voneinander entfernte, ob zehn Schritte oder zehntausend, der Unterschied war nicht zu fassen. Im gleichen Moment, in dem er die imaginäre Zehnschrittegrenze zum Rest des kleinen Trupps überschritten hatte, war er verschwunden für ihre Augen, so, wie es sie für ihn nicht mehr gab. Zehn Schritte, von einem Ende der Kolonne zum anderen, nicht mehr. Alles, was dahinter lag, verschwamm in Schatten und düsterer Entfernung und dem Raunen des Waldes, als gäbe es da irgendjemanden oder etwas, der ihnen erlaubte, genau so weit und nicht weiter zu sehen. Der Teil ihrer Welt, den mit hierher zu bringen ihnen gestattet war, war klein.

Aber das war es nicht.

Nicht heute.

Gwenderon richtete sich ein wenig im Sattel auf und sein Pferd reagierte auf die Bewegung mit einem nervösen Hufscharren. Die kleinen Metallschuppen, mit denen der Nackenschutz gepanzert war, klirrten, als es unruhig den Kopf bewegte. Gwenderon beugte sich vor und kraulte flüchtig seine Ohren, aber das Tier beruhigte sich nicht; ganz im Gegenteil. Sein Schweif begann unruhig zu peitschen, als schlüge es nach Fliegen oder Mücken, die nicht da waren, und seine Nüstern blähten sich erregt. Den meisten anderen Männern wären diese kleinen Zeichen kaum aufgefallen; Gwenderon schon. Er ritt dieses Pferd seit einem Jahrzehnt. Es war hier so zu Hause wie er. Und so fremd.

Dann erkannte er, was es war.

Es war die Stille.

Ein Schweigen sehr sonderbarer, irgendwie *stofflicher* Art, das sich wie eine unsichtbare Decke über dem Wald ausgebreitet hatte. In den Wipfeln der Bäume sang noch immer der Wind sein nie endendes Lied und dann und wann drang das leise Plätschern und Murmeln des Wildwasserbaches, den sie vor einer halben Stunde durchschritten hatten, an Gwenderons Ohr. Es waren nur die Geräusche des Waldes zu hören: das Knacken von trockenen Zweigen und Laub unter den Hufen ihrer Pferde, das Rascheln der Blätter, das sanfte Flüstern des Unterholzes, das Geschichten erzählte, die älter waren als dieser Wald, das Tröpfeln von Tauwasser auf laubbedecktem Boden. Und trotzdem schien es ihm, als wären sie in einem Kreis von Schweigen und Stille gefangen. Der Wald atmete zwar noch, aber seine Bewohner waren verstummt. Kein Vogel zwitscherte. Die Schatten hatten aufgehört, auf weichen Pfoten vor ihnen zu fliehen. Und selbst das Rascheln und Wispern der Insekten, das leise Tappen weicher kleiner Pfoten, das unhörbare Öffnen verschlafener Augenlider, deren Besitzer träge nach den dreisten Eindringlingen in ihr verbotenes Reich Ausschau hielten – all die Millionen und Abermillionen kleiner, einzeln nicht wahrzunehmender Laute, die zu diesem Wald gehörten wie die mannsdicken schwarzen Stämme und der undurchdringliche Baldachin aus Blättern, zu dem sich seine Wipfel verwoben, waren verstummt.

Irgendetwas ist geschehen, dachte Gwenderon. Und auf absurde Art erfüllte ihn dieser Gedanke mit einem tiefen, beinahe lähmenden Schrecken.

Gwenderon schrak hoch, als sich das Unterholz neben ihm teilte und Karelian hervortrat. Wie immer war der Fährtenleser so leise, dass Gwenderon seine Schritte selbst jetzt nicht hörte. Der grauhaarige Mann mit dem scharf geschnittenen, aber nicht unsympathischen Gesicht und den dunklen Augen hatte sein Leben in diesem Wald verbracht. Er war hier geboren und aufgewachsen und im Laufe der Jahre selbst zu einem Teil des Waldes geworden, zu einem Wesen, das sich so still bewegen konnte wie die Schatten, in denen er lebte. Die Lautlosigkeit, mit der er sich zu bewegen vermochte, hatte manchmal etwas Unheimliches an sich.

Gwenderon rief sich beinahe schuldbewusst ins Gedächtnis zurück, dass dies der Grund war, aus dem Karelian ihn und die Garde begleitete. Sie waren eine mächtige Streitmacht, aber in diesem Teil des Schwarzeichenwaldes herrschten Gesetze, die anders waren als die, nach denen er bisher gelebt hatte. Ein Heer von hundert gepanzerten Lanzenreitern mochte in der grünbraunen Düsternis des Waldes auf ewig verschwinden, während ein einzelner Mann wie Karelian eine Chance hatte, sein Ziel unbehelligt zu erreichen. Sie brauchten ihn, so dringend wie die Lebensmittel in ihren Satteltaschen und das Wasser in ihren Schläuchen. Vielmehr dringender, denn dies beides ließ sich ersetzen und sie konnten eine Weile ohne es auskommen – was auf Karelian ganz und gar nicht zutraf.

Trotzdem erschrak er immer wieder, wenn der grauhaarige Waldläufer lautlos auftauchte. Vielleicht, dachte er, weil ihm in solchen Augenblicken immer ganz besonders deutlich zu Bewusstsein kam, wie sehr sie alle Karelian ausgeliefert waren.

»Gwenderon?«

Gwenderons Pferd scheute ein wenig, als die Stimme des Waldläufers wie der Klang von schneidendem Eisen in die Stille des Waldes brach, aber Gwenderon brachte das Tier mit einem kurzen, harten Ruck am Zügel wieder zum Stehen und sah Karelian fragend an. »Ja?«

Karelian wies mit einer Kopfbewegung in die Richtung zurück, aus der er gekommen war. »Da ist etwas, das ich Euch zeigen muss«, sagte er. »Ich glaube, es ist wichtig.«

Gwenderon runzelte die Stirn. Für Karelian waren diese beiden Sätze eine ungewöhnlich lange Rede. Der Waldläufer sprach beinahe nie, und wenn er es doch tat, dann beschränkte er sich auf das Nötigste. Seine abgehackte, knappe Art zu reden hatte während der ersten Tage Anlass zu zahllosen Witzeleien unter den Männern gegeben. Sein Anliegen muss wirklich wichtig sein, dachte Gwenderon. Das ungute Gefühl in seiner Magengrube verstärkte sich.

Trotzdem nickte er, wandte sich halb im Sattel um und blickte den Weg zurück, den er gekommen war. Einen Moment lang fragte er sich, wie ihn Karelian überhaupt gefunden hatte, verfolgte diesen Gedanken aber nicht zu Ende – einem Ende, das ohnehin nur zu Verwirrung geführt hätte –, sondern wartete reglos, bis die Spitze der kleinen Kolonne aus den Schatten des Waldes auftauchte.

Einer der Gardisten sah auf, blickte Gwenderon fragend an und machte Anstalten, sein Pferd ebenfalls zu zügeln, aber Gwenderon gebot ihm mit einer raschen Geste weiterzureiten, schwang sich aus dem Sattel und trat neben den Waldläufer. Selbst jetzt, nachdem er abgesessen hatte, überragte er Karelian um mehr als Hauptеslänge; und das, obwohl er gewiss kein hoch gewachsener Mann war.

Karelian drehte sich wortlos um und verschwand im Unterholz. Obwohl er kaum ein Geräusch verursachte, bewegte er sich doch so schnell, dass Gwenderon Mühe hatte, ihm überhaupt zu folgen und in der unsicheren Dämmerung nicht den Anschluss zu verlieren.

Der Weg verschwand schon nach wenigen Augenblicken hinter einer dichten Mauer aus Grün und Braun in allen nur denkbaren Schattierungen und jetzt verschluckte der Wald auch die Geräusche der Reiter. Alles, was Gwenderon noch hörte, waren seine eigenen Schritte und das Hämmern seines Herzens. Der unsichtbare Flausch aus Stille war ihm gefolgt.

Er schauderte, und für einen Moment wurde das Gefühl so heftig, dass er tatsächlich körperlich fror und spürte, wie eine Gänsehaut den Rücken hinabkribbelte und sich die feinen Härchen auf den Handrücken und im Nacken aufstellten; wie das Fell einer Katze, das gegen den Strich gestreichelt wurde. Der Schwarzeichenwald war seine Heimat – er hatte ihn dazu gemacht, als er vor fast dreißig Jahren in den Dienst König Oros getreten war und ihm Treue geschworen hatte – und trotzdem erfüllte er ihn mit Unbehagen, ja, beinahe mit Furcht, und nicht erst seit heute. Sie waren weit von Hochwalden entfernt, sieben Tagesreisen, und die Wälder, durch die sie ritten, hatten nicht mehr viel mit dem Schwarzeichenwald gemein, der sich rings um die gewaltige Burg Oros und ihre Getreuen erhob. Es war ein Dschungel, beinahe undurchdringlich selbst für jene, die ihn so gut kannten wie Karelian. Hätte es die schmalen, wie mit einem gewaltigen Lineal gezogenen Pfade und Wege nicht gegeben, die – wie die Legende behauptete – vom Wald selbst geschaffen worden waren, damit Mensch und Tier ihrer Wege gehen konnten, ohne den Bäumen Schaden zuzufügen, hätten selbst siebzig Tagesreisen nicht gereicht, hierher zu kommen. Gwenderon hatte von Männern gehört, die verwegen genug gewesen waren, die vorgegebenen Pfade zu verlassen und in den Wald selbst einzudringen, auf der Suche nach Geheimnissen und Gold oder bloß Abenteuern. Keiner von ihnen war zurückgekommen. Nicht aus *diesem* Teil des Waldes.

Er verscheuchte den Gedanken. Es waren bloß Gerüchte. Die Menschen pflegten nun einmal die Dinge, die sie nicht verstanden, mit Märchen zu umgeben und sie so noch bedrohlicher zu machen, als sie es ohnehin schon waren; die eine, unbekannte Angst gegen die andere, vertraute zu tauschen, gegen die sie sich wenigstens wehren konnten. Aber er sollte nicht auf Gerüchte hören. Er war ein wenig zu alt, um jetzt noch damit zu beginnen.

Der Waldläufer ging langsamer, als er sah, dass Gwenderon nicht so rasch vorankam wie er, und als Gwenderon neben ihn trat, rang er sich sogar zu einem flüchtigen, allerdings kalt blickenden Lächeln durch. Eigentlich, erinnerte sich Gwenderon, hatte er Karelian nie wirklich lachen sehen. Er war sich nicht sicher, ob er es überhaupt konnte.

»Hier«, sagte Karelian. »Seht.«

Gwenderon blickte sich einen Moment verwirrt um, ehe er sah, was Karelian meinte.

Vor ihnen waren Spuren. Es waren zwei Reihen gleichmäßiger, dunkler Abdrücke, tief in den weichen Waldboden eingedrückt und zum Teil mit Wasser gefüllt, das aus dem feuchten Erdreich gesickert war, sodass sie wie kleine blinde Spiegel aussahen. Es musste ein sehr schwerer Körper gewesen sein, der hier entlanggegangen war.

Er sah Karelian stirnrunzelnd an, kniete nieder und fuhr mit den Fingern über die Ränder der Spur. Sie war sehr groß – eine gute Handspanne länger als der Fußabdruck eines normal gewachsenen Mannes – und es war nicht die Spur eines Menschen.

Es waren Abdrücke nackter, vierzehiger Füße, an deren vorderem Rand tiefe, wie mit einem Messer ausgestanzte Löcher sichtbar wurden, als hätten sich furchtbare Krallen in den weichen Boden gegraben.

Gwenderon sah mit einem Ruck auf, als er endlich begriff, welches Wesen Spuren wie diese hinterließ.

»Ein Raett?«, sagte er erschrocken. »Hier?«

Karelian nickte. Sein Gesicht blieb ruhig und ausdruckslos wie immer, aber in seiner Stimme vibrierte ein neuer, fast zorniger Unterton, als er antwortete. »Nicht nur einer«, sagte er. Seine Hand wies nach vorne. Gwenderon folgte der Geste und sah, dass die Spur in einem halb niedergetrampelten Dornenbusch endete. Der Raett war rücksichtslos durch den Wald gebrochen und hatte dabei alles niedergewalzt, was ihm in den Weg geraten war. Plötzlich verstand er Karelians Zorn. Für ihn musste dieser zertrampelte Busch eine Wunde sein, die dem Wald geschlagen worden war.

»Dort hinten sind mehr Spuren«, fuhr Karelian nach einer Pause fort, die seinen Zorn deutlicher machte als alles, was er hätte sagen können. »Ein Dutzend, vielleicht mehr. Sie folgen uns.«

Gwenderon stand auf und rieb sich die Hände an der Hose, als hätte er sich an der Spur des Raett besudelt. Er zweifelte nicht an der Schlussfolgerung, die Karelian gezogen hatte. Wenn Karelian sagte, sie wurden verfolgt, dann *wurden* sie verfolgt. »Seit wann?«, fragte er.

Karelian zuckte mit den Achseln. »Die Spur ist keine Stunde alt. Die Ränder sind noch nicht eingesunken und die Erde ist noch feucht. Aber sie sind schon seit Tagen in unserer Nähe.«

»Seit Tagen?« Gwenderon erschrak. »Warum hast du uns nicht gewarnt?«

Karelian lächelte geringschätzig. »Ich hatte keinen Beweis. Diese Spuren sind die ersten, die ich gefunden habe. Ich wusste, dass sie uns folgen, schon seit langer Zeit. Ich kann sie spüren, ganz gleich, wie sorgsam sie sich verborgen halten. Aber Ihr hättet mir nicht geglaubt«, fügte er in abfälligem und – dessen war sich Gwenderon plötzlich sicher – ganz bewusst verletzendem Tonfall hinzu. Trotzdem waren seine Worte keine Rechtfertigung, sondern eine bloße Feststellung, und Gwenderon widersprach nicht.

»Und … was schließt du daraus?«, fragte er.

»Nicht viel.« Karelian zuckte die Achseln. »Es kann eine wilde Herde sein, die nur zufällig der gleichen Richtung folgt wie wir und hofft, ein paar Abfälle zu finden.«

»Aber das glaubst du nicht wirklich.«

Karelian hielt seinem Blick gelassen stand. »Was ich glaube, spielt keine Rolle«, sagte er. »Es kann harmlos sein – oder auch nicht. Wir müssen Obacht geben.«

Gwenderon nickte. Er hatte keine Angst, aber Karelians Worte erfüllten ihn doch mit einem starken Unbehagen, das sich zu dem gesellte, das er ohnehin schon verspürt hatte. Raetts waren gefährlich und unberechenbar, aber er hatte zwei Dutzend der besten Krieger bei sich, und Karelians scharfe Sinne würden sie frühzeitig vor jeder Gefahr warnen, versuchte er sich selbst zu beruhigen. Aber sie waren nicht allein und er war nicht nur für sein Leben und das seiner Männer verantwortlich.

»Gehen wir zurück«, sagte er. »Die Männer müssen gewarnt werden.« Fast gegen seinen Willen fügte er hinzu: »Glaubst du, dass sie uns angreifen werden?«

»Kaum«, antwortete Karelian nach kurzem Überlegen. »Raetts sind Feiglinge. Und wir sind zwei Dutzend Bewaffnete. Aber wir sollten vorsichtig sein. Niemand darf sich mehr von der Gruppe entfernen.«

Gwenderon nickte. Karelian sprach längst nicht alles aus, was er dachte. Aber das war auch nicht nötig.

Lautlos wandten sie sich um und gingen nebeneinander zum Weg zurück. Karelian schwieg, und als Gwenderon ihm einen verstohlenen Blick zuwarf, sah er, dass sich auf seinen scharfen Zügen nicht die geringste Regung zeigte. Trotzdem fühlte er die Anspannung, die sich hinter der Maske von Ruhe und scheinbarer Entspanntheit des Waldläufers bemächtigt hatte.

Der Tross hatte angehalten, als sie den Weg wieder erreichten, gegen seinen Befehl; ein wüster Haufen seltsam unpassender Farbkleckse vor dem finster-grünen Hintergrund des jenseitigen Waldrandes. Norrot, sein Unterhauptmann und Freund, blickte ihnen mit einer Mischung aus Besorgnis und Neugier entgegen. Seine Hand lag in einer unbewussten Geste auf dem silberbeschlagenen Griff des Schwertes, das er, anders als alle Männer, die Gwenderon kannte, am Sattelgurt und nicht an der Hüfte trug. »Herr?«

Gwenderon schüttelte schnell und fast unmerklich den Kopf, blickte warnend in die Richtung, in der das goldbestickte Wams des Prinzen wie eine bizarre Blume zwischen den silbernen Kettenhemden der Krieger hervorstach, und schwang sich mit einer kraftvollen Bewegung in den Sattel. »Raetts«, flüsterte er, so leise, dass nur Norrot das Wort verstehen konnte.

Der Hauptmann erbleichte, zeigte aber ansonsten keine Regung. Nicht einmal seine Haltung versteifte sich. Beinahe gemächlich wendete er sein Pferd, ritt ein Stück voraus und raunte einem der Krieger ein paar Worte zu, schnell und präzise, aber mit unbewegtem Gesicht und in ruhigem, fast beiläufig klingendem Ton. Der Mann nickte, ritt seinerseits ein Stück voraus und gab Norrots Befehl weiter.

Langsam und beinahe schwerfällig, wie ein großes Tier aus Stahl und Fleisch, dessen einzelne Glieder nur mit Verspätung auf die Befehle seines Willens gehorchten, setzte sich der Tross wieder in Bewegung.

Aber nicht alle Pferde fielen in den langsamen, Kräfte sparenden Trab, wie Gwenderon voller Besorgnis feststellte. Der Prinz selbst und drei oder vier der herausgeputzten Lackaffen, die ihn begleiteten und sich selbst »höfische Berater«, nannten, blieben, wo sie waren, und der Ausdruck von Neugier in den dunkelblauen Augen des Prinzen wandelte sich in Sorge, als Gwenderon näher kam und sein Tier einen Schritt vor ihm zügelte.

»Was ist geschehen, Gwenderon?«, fragte er; eine Spur zu laut und in dem leicht arroganten Tonfall, der ihm eigen war.

Gwenderon mochte es nicht, wenn jemand so mit ihm sprach. Nicht einmal, wenn es der Sohn seines Königs war; vielleicht besonders deswegen nicht. Aber dies war nicht der Augenblick, einen Gedanken an Fragen der Höflichkeit und Würde zu verschwenden.

»Nichts, junger Herr«, antwortete er und hoffte, dass der Prinz nicht merkte, dass er log. Er war nie ein guter Schauspieler gewesen. Und schon gar kein guter Lügner. »Karelian hat die Spuren einer Brüllechse entdeckt, das ist alles. Er zeigte sie mir«, fügte er hinzu, lächelnd und äußerlich gelassen, mit einer genau berechneten Spur mühsam unterdrückter Verärgerung in der Stimme, aber in Wahrheit das Gesicht des Prinzen ganz genau beobachtend. Er hatte sich diese Lüge sorgsam überlegt. Brüllechsen waren große, plumpe Tiere, massiger als ein Schlachtross und so stark wie zehn Bären, aber sie waren für ihre Feigheit bekannt und griffen nur an, wenn ihnen keine andere Wahl mehr blieb. Bisweilen nicht einmal dann. Manchmal waren sie sogar zu dumm zum Fliehen. Die Jagd auf sie war ungefähr so interessant wie die auf Felsblöcke. Hätte er den Namen irgendeines anderen Tieres erwähnt, hätte es gut sein können, dass Prinz Cavin den Teufel tat, seinem Befehl zu folgen und weiterzureiten, sondern unverzüglich darauf bestand, eine Jagd zu beginnen. Wenn es etwas gab, über das er sich in den letzten drei Tagen mehr beklagt hatte als über das ununterbrochene Reiten, dann war es die Langeweile.

Die linke Augenbraue des Prinzen hob sich ein Stück und verschwand damit fast unter dem Rand des prunkvollen Goldhelms, der seinen Kopf zierte. Der Helm war ein bisschen zu groß für ihn und sein Gold ein wenig zu dünn und zu sorgsam poliert, ihn mehr als ein Stück überflüssigen Zierrates sein zu lassen. In einem wirklichen Kampf, dachte Gwenderon mit einer Mischung aus Spott und leiser Verärgerung, würde ihm ein Helm wie dieser nicht nur lästig, sondern gefährlich werden.

»Eine Brüllechse?«, wiederholte Cavin zweifelnd. »Hier? Ich wusste nicht, dass sie in diesem Teil des Waldes vorkommen.« Die andere, misstrauische Frage, die sich hinter der laut ausgesprochenen verbarg, war nicht zu überhören.

»Niemand weiß viel über diesen Teil der Wälder«, antwortete Gwenderon ausweichend. »Nicht einmal Karelian.«

Aber der Prinz ließ nicht locker. Sein Misstrauen war geweckt, und wenn Gwenderon ihn auch insgeheim für einen eingebildeten Gecken hielt, der noch viel lernen musste, ehe er zum Mann würde, so war er doch intelligent und hatte den Spürsinn seines Vaters und den scharfen Verstand seiner Mutter geerbt. »Ihr seht sehr besorgt aus, Gwenderon«, sagte er, »dafür, dass keine Gefahr besteht.«

»Nicht besorgt«, antwortete Gwenderon. »Nur müde, Herr. Es war ein weiter Weg und ich bin nicht mehr so jung und kräftig wie Ihr.«

Der Prinz blickte ihn an, gleichermaßen geschmeichelt wie verwirrt von seinen Worten. Aber zu Gwenderons Erleichterung – und ein wenig auch Erstaunen – drang er nicht weiter in ihn, sondern zwang sein Pferd mit einer unsanften Bewegung herum und ritt zu der bunt getressten Schar seiner Höflinge und Lehrer zurück, die in respektvollem Abstand Halt gemacht hatte. Ihre Blicke hatten nicht Halt gemacht. Und in den allerwenigsten las Gwenderon etwas, das ihm gefiel. In den meisten Augen las er nur Verachtung – jene Art von herablassender Überheblichkeit, von der man ganz genau wusste, dass sie jeder Grundlage entbehrte, und die Gwenderon gerade deshalb so sehr reizte. Es waren insgesamt acht; einer idiotischer als der andere – wie Gwenderon fand – und einer bunter herausgeputzt als der andere. Obwohl sie sich ihm alle einzeln und ausführlich vorgestellt hatten, mit Namen, Rang und Erbfolge, die bis zu ihren Ururgroßvätern zurückreichte, wusste er nicht von einem den Namen. Das war, wie er fand, das Mindeste, was er diesen paradiesvogelfarbigen Gecken an Verachtung schuldig war. Sie hatten eine Menge von ihrer Pracht und Überheblichkeit verloren während der letzten drei Tage und in die gepuderten Gesichter hatten Müdigkeit und Schmerz tiefe Linien gegraben. Gwenderon stellte sich vor, dass sie wund gerittene Hintern haben und, wenn sie die Hosen herunterließen, wie bunt angemalte Schimpansen aussehen mussten, und dieser Gedanke verhalf ihm zu einem kurzen Gefühl hämischer Befriedigung. Nein – er mochte Prinz Cavins Begleiter nicht, ganz entschieden nicht.

Und wenn er ganz ehrlich war, dann mochte er den Prinzen auch nicht besonders.

Beinahe erschrocken verscheuchte er diesen letzten Gedanken und wartete, bis auch der letzte Reiter an ihm vorübergetrabt war, ehe auch er sein Pferd weitertraben ließ. Instinktiv blickte er sich um und suchte Karelian, fand ihn aber nicht mehr. Der Waldläufer war so lautlos verschwunden, wie er gekommen war.

Und trotzdem spürte Gwenderon, dass sie nicht mehr allein waren. Das Buschwerk lag wie eine schwarz-grün-braun gefleckte Mauer zu beiden Seiten des Weges – reglos, still und undurchdringlich. Aber er spürte plötzlich, dass dieser erste Eindruck täuschte. So, wie er vorhin die unheimliche Stille gespürt hatte, die hinter den normalen Lauten des Waldes lauerte, spürte er jetzt auch: Irgendetwas war da, Augen, die ihn anstarrten, Ohren, die auf jedes seiner Worte lauschten ...

Gwenderon versuchte vergeblich sich einzureden, dass es Karelians Augen und Ohren waren.

2

Sie rasteten früh an diesem Tage. Als Gwenderon das Zeichen zum Anhalten gab, war es noch eine gute Stunde bis zum Dunkelwerden; trotzdem hatte sich der Himmel bereits verdüstert und hier und da waren dicke graue Wolken auf dem sonst so strahlenden Blau erschienen. Das Licht begann trübe zu werden, wie an einem Novembermorgen, wenn der Nebel schon fort war, aber noch einen letzten Hauch in der Luft zurückgelassen hatte, und ein kühler Wind war aufgekommen. Die Stille folgte ihnen noch immer.

Obwohl sie alle darauf brannten, den Wald zu verlassen und Hochwalden wieder zu erreichen, widersprach niemand, als Gwenderon schon so früh befahl, das Nachtlager aufzuschlagen. Die Stelle war geradezu ideal: eine kleine, halbrunde Lichtung, deren gerade Grenze von einem glasklaren Bach gebildet wurde, die gekrümmte von den Stämmen des Waldes, zwischen denen das Unterholz so dicht wucherte, dass sie massiv wie eine Mauer wirkten; fast schwarz im schwindenden Licht des Nachmittages.

Und vielleicht war es auch ganz genau das, dachte Gwenderon: eine Mauer. Hier, auf dieser Lichtung, die mit ihrem Wasser und dem weichen Moos geradezu zum Rasten einlud, mochten schon andere übernachtet haben, und irgendwie vermochte er einfach nicht zu glauben, dass das Unterholz durch einen puren Zufall gerade hier besonders dicht sein sollte, wie eine stachelige Barriere, deren dornengespickte Krone auch ernst gemeinten Versuchen widerstehen mochte, sie zu übersteigen. Es war eine Mauer, die das fünfzehn Schritte messende Halbrund umgab, ein undurchdringlicher Wall. Er war sich nur nicht sicher, wen sie schützte: den Wald vor ihnen – oder sie vor dem Wald. Oder vor irgendetwas, was in ihm sein mochte.

Er verscheuchte den Gedanken, nahm den Sattel vom Rücken seines Pferdes und begann mit raschen Bewegungen sein Nachtlager zu errichten. Sie hatten Zelte in ihrem Gepäck: dünne Gespinste aus imprägnierter Seide, zusammengerollt nicht einmal so groß wie sein Arm und trotzdem verlässliche Helfer gegen Wind und Kälte. Aber die Mühe erschien ihm einfach zu groß, das komplizierte Geflecht aus Stangen und Sehnen zusammenzusetzen, und obwohl der Wind den kühlen Hauch des Abends herantrug, wusste er doch, dass die Nacht noch nicht wirklich kalt werden würde. Außerdem würden sie ein Feuer entzünden, sobald es wirklich dunkel geworden war. Und auch die Wolken, die sich von Osten heranschoben und allmählich zahlreicher wurden, waren nicht mehr als eine leere Drohung. Vielleicht würde es morgen regnen. Heute nicht mehr. So beließ er es dabei, seinen Sattel als Kopfkissen herzurichten und die Decken griffbereit daneben zu legen – so wie die meisten seiner Begleiter. Einzig die Männer, die den jungen Prinzen begleiteten, – und Cavin selbst, wie Gwenderon mit einem flüchtigen Gefühl von Verärgerung registrierte – hatten ihre Zelte aufgebaut, in einer geraden Linie am Ufer des Baches. Sie wirkte störend. Das helle Weiß der in bestimmte Öle getauchten Seide sah irgendwie … steril aus, fand Gwenderon. Voller Schadenfreude beobachtete er, wie einer von Cavins Lehrern vergeblich mit dem komplizierten Netzwerk aus dünnen Seilen und Haken zurande zu kommen versuchte; mit dem Ergebnis, sich um ein Haar selbst zu fesseln, wie ein ungeschickter Fischer, der sich in seinem eigenen Netz verhedderte. Schließlich ging er zu ihm hinüber und half ihm, seine Arme und Beine wieder aus dem Spinnennetz zu befreien, in das er die Sturmverspannung verwandelt hatte.

»Ich danke Euch, Gwenderon«, sagte der Mann, knapp und ohne eine Spur von echter Dankbarkeit.

Gwenderon nickte. »Keine Ursache. Es war außerdem überflüssig«, fügte er hinzu.

»Überflüssig?«

»Die Seile halten das Zelt bei starkem Wind oder Sturm«, erklärte Gwenderon. »Wir werden keines von beiden bekommen heute Nacht. Ich wollte nur nicht, dass Ihr Euch vollends zum Narren macht.«

Diesmal sprühte der Blick des Mannes vor Zorn.

Gwenderon erwiderte ihn kühl, wandte sich um und ging zu seinem Lager zurück. Mit einem Male war er müde, sehr müde.

Sein kleiner Triumph von gerade kam ihm plötzlich so billig und überflüssig vor, wie er gewesen war. Er setzte sich, kämpfte einen Moment tapfer gegen die Versuchung an, sich einfach nach hinten sinken zu lassen und die Augen zu schließen, und tat es dann doch. Drei Tage praktisch ohne Unterbrechung im Sattel – neun, wenn er den Hinweg mitrechnete, wenngleich er nicht halb so anstrengend gewesen war wie der Ritt zurück – waren viel, auch für einen Mann wie ihn, denn er hatte den Höhepunkt seiner körperlichen Leistungsfähigkeit längst überschritten. Die Erschöpfung, deren Spuren ihm an Cavins Begleitern solche Genugtuung verschafft hatte, hatte längst auch von ihm Besitz ergriffen. Tagsüber, wenn er im Sattel saß und an der Spitze der kleinen Schar ritt, vermochte er sich zu beherrschen. Er kompensierte einfach mit Willenskraft und Gewohnheit, was ihm die anderen an Jugend und Stärke voraushatten. Es war tatsächlich so, wie er einmal vor langer Zeit Prinz Cavin gegenüber behauptet hatte: Man vermochte seine Erschöpfung schlichtweg zu vergessen, wenn man sie nicht beachtete, ähnlich wie bei einem schmerzenden Zahn. Aber in Augenblicken wie jetzt, wenn er ruhte und unaufmerksam war, dann fielen sie über ihn her, die dreiundfünfzig Jahre, die er zählte. Eine lange Zeit. Manchmal kam sie ihm fast zu lange vor. Er wusste nicht, ob es gut war, zu lange zu leben. Manchmal, besonders an kalten Abenden im Winter und Herbst, wenn die Feuchtigkeit in die Kammern Hochwaldens kroch, verspürte er ein schmerzhaftes Reißen in den Gliedern, und manchmal fiel es ihm morgens schwer, sich vom Schlaf zu lösen. Er hatte überlegt, wie es wohl war, irgendwann einmal *wirklich* alt zu sein; kurzsichtig und mit ausgefallenen Zähnen und Haar, und so klapprig, dass jede Bewegung zur Tortur wurde.

Aber so weit würde es nicht kommen. Es gab keinen konkreten Grund für diese Gewissheit, aber Gwenderon hatte sie; unumstößlich: Er würde nicht auf diese Weise sterben. Ein Tod als tatteriger, zahnloser Greis, der sich mit den Hunden um den wärmsten Platz hinter dem Ofen stritt, sobald es kühler wurde, passte so wenig zu ihm wie ein Weiberrock.

Das plötzliche Gefühl, nicht mehr allein zu sein, ließ ihn die Augen öffnen.

Prinz Cavin stand über ihn gebeugt, die Hände auf den Oberschenkeln abgestützt, mit einem neugierigen Funkeln in den Augen. »Ich wollte nicht stören, Gwenderon.«

»Ihr stört nicht.« Gwenderon richtete sich auf, fuhr sich mit Daumen und Zeigefinger der Linken über die Augen und versuchte vergeblich ein Gähnen zu unterdrücken. »Ich bin nicht müde.«

Cavin lächelte. »So?«, sagte er. »Ich bin es. Und alle anderen auch.« Er lächelte wieder und nach einem Augenblick erwiderte Gwenderon dieses Lächeln. Es musste wohl reichlich albern wirken, einen Mann, der sich den Schlaf aus den Augen rieb, sagen zu hören, dass er nicht müde war – und das auch noch mit einem Gähnen. Aber irgendwie hatten die Worte auf seiner Zunge bereitgelegen, ehe das Gähnen gekommen war, und er hatte sie nicht zurückhalten können. Er wurde wohl doch alt. Oder müde.

»Ihr habt Recht, mein Prinz«, sagte er. »Ich bin müde. Aber ich will noch nicht schlafen. Was wünscht Ihr?«

Cavin schien den plötzlichen Themawechsel falsch zu verstehen, denn zwischen seinen Brauen erschien eine steile, übellaunige Falte, und sein Lächeln erlosch so rasch, wie es gekommen war. »Nichts Wichtiges«, antwortete er kühl. »Ich wollte Euch danken, dass Ihr Horus geholfen habt.«

»Horus?« Gwenderon überlegte einen Moment. Dann nickte er. »Euer Mann, der dabei war, sich zum Gespött zu machen.«

Die Falte zwischen Cavins dünnen, wie mit feinen parallelen Tuschestrichen gezogenen Brauen vertiefte sich. »Er ist nicht mein *Mann«*, antwortete er betont, »sondern einer meiner Lehrer, Gwenderon. Und überdies ein sehr kluger Mann. Warum verachtet Ihr ihn?«

»Wenn ich das täte, hätte ich ihm nicht geholfen«, antwortete Gwenderon. »Er war dabei, sich selbst zu erwürgen. Er mag ein kluger Mann sein, mein Prinz, aber das, was er weiß und kann, zählt hier nicht viel.« Cavins Worte machten ihn zornig. Er hatte keine Lust, mit Cavin zu streiten, schon gar nicht jetzt. Aber wie so oft in den letzten drei Tagen würde es wohl wieder darauf hinauslaufen: Sie hatten ein Dutzend Beinahe-Auseinandersetzungen hinter sich und die Grenze zu einem echten Streit wurde jedes Mal dünner. Dabei spürte er ganz genau, dass der junge Prinz nicht gekommen war, um mit ihm zu streiten, so wenig, wie er absichtlich so scharf auf Cavins Angriff reagierte. Aber irgendwie waren sie wie zwei gereizte Raubtiere, die sich die ganze Zeit umschlichen und nach einer Möglichkeit suchten, den anderen zu packen. Und die Kreise wurden kleiner.

Trotzdem war es diesmal Cavin, der einlenkte, wenn auch, wie Gwenderon einen Augenblick später bemerkte, nicht unbedingt aus Einsicht. Seine dunkelblauen Augen – das Einzige, was er *wirklich* von seiner Mutter geerbt hatte, dachte Gwenderon – blitzten vor Zorn und nicht zum ersten Male in den vergangenen drei Tagen pressten sich seine Lippen zu einem dünnen, fast blutleeren Strich zusammen. Aber die wütende Entgegnung, die Gwenderon erwartete, blieb aus. Stattdessen schüttelte Cavin plötzlich den Kopf, seufzte sehr tief und ließ sich neben Gwenderon in den Schneidersitz sinken. Mit einem Male erinnerte er Gwenderon wieder an den Knaben von acht Jahren, als den er ihn das letzte Mal gesehen hatte. Sie hatten oft so nebeneinander gesessen. Und als hätte er seine Gedanken gelesen oder diese Angewohnheit die ganze Zeit über beibehalten, beugte er sich plötzlich vor und ergriff mit beiden Händen seine Stiefelspitzen. Gwenderon lächelte.

»Warum streiten wir uns unentwegt, Gwenderon?«, murmelte Cavin plötzlich. Er blickte Gwenderon an, runzelte die Stirn und wartete nicht auf eine Antwort, sondern fuhr in fragendem Tonfall fort: »Habt Ihr Angst, dass ich Euch Euren Rang als Kommandant dieser Expedition streitig machen könnte?«

»Unsinn«, antwortete Gwenderon, vielleicht eine Spur zu hastig. Natürlich war es nicht *das,* aber Cavin war der Wahrheit doch näher gekommen, als er selbst wahrhaben wollte. »Ihr seid Oros Sohn und somit mein Befehlshaber. Und ich bin kein Kommandant und dies ist keine Expedition«, fuhr er in einem Tonfall fort, als müsse er sich verteidigen.

»Drei Behauptungen, von denen nur eine stimmt«, sagte Cavin. »Und keine Antwort auf meine Frage.«

»Und Ihr, mein Prinz?«, gab Gwenderon zurück. »Was ist mit Euch? Ich kenne Euch, seit –«

»Seit ich noch in die Windeln gemacht habe und Ihr mich auf den Knien geschaukelt habt, ich weiß«, unterbrach ihn Cavin. Wieder blitzte es in seinen Augen auf, und diesmal kostete es ihn mehr Beherrschung, die Worte nicht auszusprechen, die ihm auf der Zunge lagen. »Ihr braucht es nicht auszusprechen, Gwenderon. Jedermann hier weiß das. Umso mehr sollten wir Freunde sein, statt uns gegenseitig das Leben schwer zu machen.« Er seufzte. »Dieser verfluchte Wald zerrt schon genug an meinen Nerven. Wann werden wir Hochwalden endlich erreichen?«

»In drei Tagen. Mit etwas Glück.« Gwenderon war verstört. War es das?, dachte er. War die Lösung wirklich so einfach – und so erschreckend zugleich? Cavin war ein Kind gewesen, als er Hochwalden verlassen hatte, und jetzt war er zwanzig, ein Mann von sehr schlankem, aber kräftigem Wuchs und gutem Aussehen, rein körperlich erwachsen, aber doch noch nicht alt genug, sich nicht mehr der Tatsache zu schämen, dass er einmal ein Kind gewesen war. Gwenderon wusste nicht, wie und in welchem Maße sich Cavin wirklich verändert hatte, in all den fremden Ländern und Städten, in denen er gewesen war, aber plötzlich war er sicher, dass es so war: Von allen hier war er, Gwenderon, der Einzige, der auch den anderen Cavin gekannt hatte. Den, der mit nass gemachten Hosen in der Burg herumgekrabbelt war, den Cavin, der lauthals losbrüllte, wenn er sich beim Spielen den Finger geklemmt oder die Krallen einer Katze zu spüren bekommen hatte, die er am Schwanz gezogen hatte. Den Sechsjährigen, der mit beiden Händen das Schwert seines Vaters zu heben versucht hatte und prompt nach vorne gekippt und sich die Nase blutig geschlagen hatte, weil die Waffe mehr wog als er selbst. War es wirklich so, dass alles, was sie eigentlich verbinden sollte, ihn in Cavins Augen zu einem potenziellen *Gegner* machte? Der Gedanke erschreckte ihn. *Was, zum Teufel,* dachte er, *haben sie mit dir gemacht, in all den teuren Schulen und Universitäten, auf denen du warst, Cavin?*

»Ihr habt mit Karelian gesprochen«, fuhr Cavin nach einer Weile fort. Gwenderon nickte, aber es war nur ein Reflex, keine wirkliche Antwort. Ein unbewusster, aber sehr tief gehender Schrecken hatte von ihm Besitz ergriffen. Es fiel ihm schwer, Cavins Worten überhaupt noch zu folgen. »Danach«, fuhr Cavin fort, »seid Ihr weggegangen. Und als Ihr wiedergekommen seid, habt Ihr mich belogen, Gwenderon. Warum? Was hat Euch dieser Waldläufer wirklich gezeigt?«

»Belogen? Wie kommt Ihr darauf?«

Cavin schnaubte. »Für wie dumm haltet Ihr mich, Gwenderon? Denkt Ihr etwa, ich hätte das Märchen von der Brüllechse auch nur einen Moment lang geglaubt?« Er schüttelte heftig den Kopf. »Ich habe heute Nachmittag dazu geschwiegen, weil ich Euch nicht vor aller Augen blamieren wollte. Jetzt sind wir allein, also sagt mir die Wahrheit.« Er hob rasch die Hand, als Gwenderon zu einer wütenden Antwort ansetzte. »Ihr seid nie ein guter Lügner gewesen, Gwenderon, und Ihr habt nichts dazugelernt in all den Jahren. Ich schon. Man hat mich gelehrt eine Lüge zu erkennen. Es ist gar nicht so schwer, wie Ihr glaubt.«

»So?« Gwenderon starrte ihn an.

Cavin nickte. »Fast jede Lüge verrät sich selbst«, erklärte er in einem Ton, der kindlichen Stolz über das verriet, was er sagte. »Es ist ganz leicht. Eure Stimme verändert sich, wenn Ihr lügt, Gwenderon. Die Pupillen werden weiter und der Rhythmus des Atems ist plötzlich ein anderer.«

»Habt Ihr das auf Euren Schulen gelernt?«, fragte Gwenderon wütend.

Cavin nickte abermals. »Unter anderem. Was ist wirklich gewesen?«

»Karelian hat ... eine Spur gefunden«, antwortete Gwenderon zögernd. »Er zeigte sie mir.«

»Eine Spur? Was für eine Spur?«

Einen Moment lang zögerte Gwenderon noch, aber dann flammte der Zorn in ihm höher auf. Vielleicht tat es Cavin ganz gut, einen kleinen Dämpfer zu bekommen. Eine Nacht voller übler Träume und Furcht würde ihm ein wenig von der Ehrfurcht und dem Respekt zurückbringen, die er verlernt zu haben schien. »Raett«, sagte er. »Es waren die Spuren eines Raett. Und Karelian sagt, er hätte noch mehr gesehen.«

»Ein Raett?« Cavin erbleichte ein ganz kleines bisschen. »Ein *wilder* Raett? Hier?«

»Gibt es denn zahme?«, erwiderte Gwenderon.

Cavin nickte nervös; dann lächelte er, aber sein Blick flackerte. Er hatte Recht, dachte Gwenderon. Es war nicht sehr schwer, eine Lüge zu erkennen. Aber der Gedanke bereitete ihm nicht halb so viel Befriedigung, wie er sollte.

»Ich habe ein paar gesehen«, sagte Cavin schleppend. »In den Steinbrüchen von Cobol und ... und als Ruderschläger auf dem Schiff, das mich hierher brachte. Es sind widerliche Kreaturen. Und Ihr sagt, sie wären hier? In unserer Nähe?« Unwillkürlich hob er den Blick und starrte die grünbraune Mauer aus Dornen und Blattwerk hinter Gwenderon an. »Seid Ihr sicher, dass sich der Waldläufer nicht getäuscht hat?«

»Ich bin sicher, dass *ich* mich nicht getäuscht habe«, antwortete Gwenderon betont. »Auch ich habe schon mehr als einen Raett gesehen, mein Prinz. Und sie waren nicht zahm.« Er lächelte innerlich, als er sah, wie Cavin noch mehr erbleichte, aber seine Worte taten ihm auch fast im gleichen Moment schon wieder Leid. »Es besteht keine Gefahr«, sagte er rasch. »Ich habe nie gehört, dass wilde Raetts einen so großen Trupp Bewaffneter angegriffen hätten. Wahrscheinlich ist es so, wie Karelian vermutet; sie folgen unserer Spur und hoffen, ein paar Abfälle zu ergattern.«

»Warum habt Ihr mich dann belogen, wenn keine Gefahr besteht?«

Gwenderon seufzte. »Vielleicht, um eine sinnlose Diskussion wie diese zu vermeiden, mein Prinz«, sagte er. »Und auch, um Eure Begleiter nicht zu verunsichern. Ich bin froh, wenn wir Hochwalden erreichen, ehe einer von ihnen vor Überanstrengung zusammenbricht. Ein Haufen hysterischer Feiglinge, die vor jedem Schatten davonlaufen, ist das Letzte, was ich mir wünsche.«

Cavin rutschte ein wenig in seiner vorgebeugten Haltung herum, sodass er nun ihn und die Reihe kleiner weißer Zelte vor dem Bach gleichzeitig ansehen konnte. »Ihr verachtet sie, Gwenderon«, sagte er vorwurfsvoll. »Aber sie sind meine Freunde. Und jeder Einzelne ist ein fähiger Mann, auf seine Art.«

»Das mag sein«, antwortete Gwenderon gereizt. »Dort, wo sie herkommen. Hier sind sie nur eine Last, mein Prinz. Sie hätten nicht mitkommen sollen. Ihr Wissen von Politik und Kunst und Literatur und Wissenschaft und was weiß ich nutzt ihnen wenig, wenn sie in einen vergifteten Dorn treten oder giftige Beeren pflücken, um daran zu sterben. Warum habt Ihr sie mitgebracht?«

»Weil sie meine Freunde sind«, antwortete Cavin mit großem Ernst und ohne jede Spur von Vorwurf. »Und«, fügte er mit einem Lächeln hinzu, »weil sie mich darum gebeten haben.«

»Uns sechs Tage lang zur Last zu fallen?«

»Hochwalden zu sehen«, antwortete Cavin mit einem Kopfschütteln. »Diese Männer haben mich alles gelehrt, was ich weiß, Gwenderon. Ich empfinde es nur als gerecht, wenn ich ihnen nun etwas zeige, was sie nie zuvor gesehen haben. Hochwalden ist eine Legende.«

»Hochwalden ist Euer Zuhause, Prinz«, sagte Gwenderon, in fast beschwörendem Ton. »Nichts, was man vorzeigt wie ein glänzendes Spielzeug.«

Cavin lachte ganz leise. »Was muss ich sehen, Gwenderon? Ihr seid ja eifersüchtig.« Dann wurde er wieder ernst. »Seid Ihr sicher, dass die Raetts keine Gefahr darstellen, Gwenderon? Ich habe keine Angst, aber ich möchte nicht, dass sie mir vorwerfen, ich hätte meine Schulden mit dem Tatzenhieb eines Ungeheuers zurückgezahlt.«

»Völlig sicher«, antwortete Gwenderon in ebenso ernstem Ton, obwohl er nicht *ganz so* überzeugt war, wie er Cavin glauben machen wollte. Seine Worte von vorher waren wahr gewesen – er hatte auch noch nie gehört, dass Raetts im Schwarzeichenwald gesichtet worden wären. Erst recht nicht in *diesem* Teil des Waldes.

Cavin seufzte. »Das alles wäre gar nicht geschehen«, murmelte er, »hätte mein Vater nicht darauf bestanden, dass wir diesen Weg nehmen. Ich frage mich noch immer, warum.«

»Er ist kürzer«, antwortete Gwenderon.

»Eine Woche!«, ereiferte sich Cavin. »Und dafür zehnmal so mühsam! Bei allem, was recht ist, Gwenderon, ich war zwölf Jahre lang von Hochwalden fort – welchen Unterschied macht da noch eine Woche?«

Einen großen, dachte Gwenderon betrübt. *Einen sehr großen, weil diese eine Woche vielleicht die Hälfte des Lebens ist, die deinem Vater noch bleibt, du dummer armer Junge.*

Aber das sprach er nicht aus. König Oro hatte ihm sein Ehrenwort abverlangt, dass er Cavin gegenüber mit keinem Wort erwähnte, wie es wirklich um den König von Hochwalden stand. Und er würde dieses Wort halten, ganz gleich, was geschah. Und was hätte er Cavin auch sagen können? Dass König Oro von Hochwalden die Berührung des Todes gespürt hatte, das leise Zerren seiner Knochenhand, das ihm sagte: Deine Zeit ist gekommen, alter Freund. Jetzt ruf deinen Sohn zurück und küss ihn meinetwegen noch einmal, und dann mach gefälligst, dass du zu mir kommst? Oder dass König Oro, der Behüter des Schwarzeichenwaldes, schlichtweg um das Leben seines einzigen Sohnes fürchtete, weil er die Furcht kennen gelernt hatte, im zurückliegenden letzten Sommer seines Lebens und in Gestalt eines schwarz gekleideten Mannes, der uneingeladen an seinen Hof gekommen war? Oder dass er seinem Sohn und seinen ebenfalls uneingeladenen Begleitern die Strapaze dieses Rittes zumutete, weil ein tatteriger alter Zauberer in seine Kristallkugel geschaut und in den durcheinander wirbelnden Rauchschwaden darin eine Gefahr gelesen hatte – oder es zumindest behauptete –, die auf den Prinzen lauerte, längs des normalen Weges nach Hochwalden? Nichts von alledem wäre völlig falsch, und nichts völlig richtig – und nichts davon hätte Cavin wirklich als Antwort akzeptiert.

So schwieg er, auch wenn er wusste, dass er damit die Kluft zwischen ihnen, über die Cavin gerade einen ersten dünnen Zweig gelegt hatte, noch mehr vertiefte. Er konnte direkt hören, wie dieser zerbrach, als Cavin nach einer Weile, in der er ihn vergeblich angestarrt und auf eine Antwort gewartet hatte, aufstand und sich umwandte.

Gwenderon blickte Cavin nach, bis er vor seinem Zelt niedergekniet und hineingekrochen war. Sie waren einmal Freunde gewesen, Cavin und er, der rotznasige Junge und der Waffenmeister von Hochwalden. Er hatte diesen vorlauten kleinen Bengel fast so sehr geliebt wie einen Sohn, und etwas in ihm tat es noch immer. Und vielleicht war das, was er jetzt spürte, nichts anderes als das, was alle Väter spüren, wenn sie sich eines Morgens über das vermeintliche Kinderbett ihres Sohnes beugen und feststellen, dass ein Mann darin liegt. Ein Mann, der in Konkurrenz zu ihnen trat, ob sie es wollten oder nicht. Aber vielleicht war auch alles ganz anders.

Wieder spürte Gwenderon den warmen schmeichelnden Griff der Müdigkeit und diesmal gab er ihm nach. Es wurde jetzt rasch dunkel, und hinter ihm, jenseits der dornengespickten Schutzwehr des Waldes, wo die Schatten nisteten, war bereits die Nacht hereingebrochen. Aber ganz kurz, bevor Gwenderon endgültig einschlief, öffnete er noch einmal die Augen, und für einen unendlich kurzen Moment glaubte er einen Schatten zu erkennen, der jenseits der Stachelhecke stand und zu ihnen herüberstarrte, einen gewaltigen, zottigen Schatten von mehr als Mannshöhe, der aus glühenden Augen zu dem kleinen Häufchen Menschen auf der Lichtung herüberblickte.

Gwenderon war schon zu müde, um mehr als ein Gefühl sehr

flüchtigen Interesses zu verspüren oder den Gedanken gar bis zu seinem konsequenten Ende zu verfolgen, was aufzustehen und der Sache auf den Grund zu gehen bedeutet hätte. Er schlief ein.

Irgendwann, lange nach Mitternacht, begann es zu regnen. Zumindest was das Wetter anging, hatte er sich getäuscht. Aber bis die eisige Kälte ihn weckte und er begriff, was überhaupt geschah, war er bereits nass bis auf die Knochen.

3

Obwohl sich an die hundert Menschen auf dem Innenhof der Burg aufhielten, wirkte der gepflasterte Platz leer und auf sonderbare Weise verlassen, ein Tummelplatz für den Wind, der Feuchtigkeit und nasses Laub vor sich hertrieb. Wie zum Hohn war es kälter geworden, nachdem die Wolken weitergezogen und der Himmel wieder blau geworden war, und in den Ritzen des Kopfsteinpflasters glitzerte Regenwasser. Hier und da hatten sich Pfützen gebildet, die das Licht der tief stehenden Sonne wie achtlos verstreute Spiegelscherben brachen, und die Schatten wirkten hart, wie mit kräftigen Federstrichen gezogen. Schwarz ausgemalte Flächen unbestimmter Form, in denen nichts mehr existierte, Löcher in der Wirklichkeit. Es war still, und die wenigen Laute, die Oro vernahm, wirkten deplatziert: Ein Pferd wieherte, zur Antwort erklang der krächzende Schrei eines Vogels hoch in der Luft, und aus der Hufschmiede am anderen Ende des Hofes drang das gedämpfte unrhythmische Klingen von Stahl, der auf rot glühendes Eisen schlug. Funken stoben aus der Esse und erloschen in der feuchtigkeitsgeschwängerten Luft, ehe sie ihren begonnenen Halbkreis beenden konnten. Es war wie eine Szene ein ganz kleines bisschen jenseits der Realität, nicht mehr ganz Traum, aber auch noch nicht ganz Wirklichkeit. Die Zukunft warf düstere Schatten voraus, Schatten, die noch nicht sichtbar waren, aber etwas in seinem Inneren berührten wie eisiger Wind.

König Oro zog den weißen Mantel mit dem Wappen Hochwaldens – einem Doppelkopfadler in Schwarz und Weiß und düster drohendem Rot – ein wenig enger um die Schultern, hob den Kopf und blinzelte aus zusammengekniffenen Augen zum Himmel empor. Ein dunkler Punkt zog hoch über der Burg seine Kreise, und als hätte er seinen Blick bemerkt und reagiere darauf, erscholl der krächzende Schrei ein zweites Mal, und diesmal klang er eindeutig spöttisch in Oros Ohren.

Oro seufzte. Es war ein böses Omen, ganz gleich, wie er es drehte und wendete: Es war nicht nur dieser Vogel dort oben, nicht nur die düstere Herbststimmung, mit der der Tag verspätet Einzug hielt, nicht nur das gedrückte Schweigen, das Hochwalden umklammerte wie eine unsichtbare erstickende Faust, nicht einmal die Bedrückung in seinem Inneren, von der er noch immer nicht wusste, ob sie nun Furcht oder ganz einfach Müdigkeit war – aber von allem ein bisschen. Er war nicht abergläubisch. Er war es nie gewesen, zu Faroans Leidwesen und Gwenderons geheimer Freude. Aber die letzten Tage hatten viel Neues gebracht und nur wenig davon war erfreulich gewesen. Und das plötzliche Unwetter und die schwarze Krähe hoch oben über der Burg erschienen wie zwei Versatzstücke, die Resnec eigens herbeigeschafft hatte, seinem Auftritt den richtigen Hintergrund zu geben.

Er fröstelte. Das Unheil lag fast greifbar über der Burg; er spürte es, wie einen unsichtbaren giftigen Nebel, der die klare Luft des Schwarzeichenwaldes verpestete. Irgendetwas hatte sich verändert, seit Resnec vor dem Tor erschienen und um Gastfreundschaft und eine Audienz gebeten hatte. Das eine war ihm gewährt worden, weil es der Brauch so vorschrieb, und das andere, weil Resnec ein mächtiger Mann war und es sich selbst ein König zweimal überlegte, ihn abzuweisen. Sogar der König des Schwarzeichenwaldes. Der vielleicht ganz besonders, fügte Oro in Gedanken hinzu.

Seine Miene verfinsterte sich, während er vollends aus dem Windschatten des Eingangs trat und mit gemessenen Schritten auf das Tor zuging. Die Fallbrücke war heruntergelassen und das Gatter hochgezogen worden, sodass die Spitzen wie Zähne eines rostigen Eisengebisses aus dem gemauerten Torgewölbe hervorsahen und sein Blick weit über die Brücke und den Graben und das dahinter liegende Stück freien Geländes fiel, ehe er von der schwarzgrünen Mauer des Waldes aufgesogen wurde. Hochwalden lag auf einer künstlich geschaffenen Halbinsel, die wie eine hämisch ausgestreckte Granitzunge weit in den See hineinragte, aber von hier aus, durch das offen stehende Tor betrachtet, sah es so aus, als erhöbe sie sich unmittelbar am Waldrand. In Wahrheit maß die Entfernung bis zu den ersten Bäumen eine gute halbe Meile, aber irgendeine optische Täuschung verhinderte nachhaltig, dass man das erkannte. Niemand wusste, warum das so war. Oros Ururgroßvater hatte damit aufgehört, dieses Geheimnis ergründen zu wollen, und keiner seiner Nachfahren hatte jemals wieder damit angefangen. Selbst Faroan lächelte nur wissend, wurde er von Fremden, die manchmal auf die Burg kamen und sich verwundert an ihn wandten, darauf angesprochen. Aber Oro wusste, dass das scheinbare Wissen, das sich hinter diesem Lächeln verbarg, eine glatte Lüge war. Er wusste so wenig wie irgendwer, was es mit diesem Geheimnis auf sich hatte. Manchmal fragte sich Oro, wie wenig sie in Wahrheit wohl wirklich über diesen Wald wussten. Und manchmal – und heute war es wieder so weit – fragte er sich allen Ernstes, ob Hochwalden wirklich das war, wofür die Welt es hielt: die Herrscherin des Schwarzeichenwaldes. Oder war sie in Wahrheit nicht seine Gefangene? Die Geisel, die er als Preis dafür nahm, dass Menschen seinen heiligen Boden betreten und entweihen durften?

Während er solch düsteren Gedanken nachhing – den krausen Gedanken eines Mannes, der allmählich *wirklich* alt zu werden begann, wie er sich auf einer tieferen, sorgsam niedergehaltenen Ebene seines Denkens eingestand –, näherte er sich dem Tor, und die Wachen, die bisher in eher nachlässiger Haltung dagestanden hatten, strafften sich. Die Krieger, die rechts und links des Eingangs Aufstellung genommen hatten, trugen ihre prachtvollsten Uniformen – weiße Waffenröcke und vergoldete Panzer, auf denen Wassertropfen schimmerten, dazu lange, mit bunten Wimpeln versehene Speere, Schilde und Schwerter. Manche die dünnen, übermannshohen Langbögen Hochwaldens, deren Treffsicherheit überall in der Welt gerühmt wurde. Es war ein Anblick, der mit seiner Pracht das Herz eines jeden Betrachters hätte erfreuen müssen.

Er tat es nicht; nicht heute. Oro hatte ganz im Gegenteil Mühe, auf seinen Zügen wenigstens einen Anschein von Freundlichkeit oder wenigstens *königlicher Würde* – oder was seine Berater dafür hielten – zu bewahren, als er sich dem Tor und der Hundertschaft Krieger näherte und sein Blick an der dunkel gekleideten

Gestalt hängen blieb, die zwischen den Soldaten stand und ihm entgegensah.

Es war etwas an dem Fremden, was seine Soldaten schäbig und hilflos erscheinen ließ, einfach dadurch, dass er in ihrer Nähe war. Oro hatte während der letzten drei Tage acht- oder neunmal mit Resnec gesprochen, und jedes Mal hatte er hinterher das Gefühl gehabt, sich beschmutzt zu haben. Wäre es nicht so kalt in der Burg gewesen und hätte die Feuchtigkeit sich in seinen Gliedern nicht ohnedies schon mit einem beständigen Reißen und Ziehen bemerkbar gemacht, hätte er jedes Mal gebadet, nachdem er mit Resnec gesprochen hatte.

Hätte, dachte er zornig. *Hätte* und *würde* und *wenn*! Es war noch nicht sehr lange her, da *hätte* er selbst seinem Sohn gesagt, dass diese drei Worte – und eine ganze Menge mehr – Worte für Feiglinge waren, Worte für entgangene Gelegenheiten und gemachte Fehler. *Hätte* er der Stimme in seinem Inneren gehorcht, dann *hätte* er Resnec aus der Burg geworfen; eine Minute nachdem er sie betreten hatte. Aber er *hatte* es nicht und das allein zählte.

Oro verscheuchte den Gedanken, straffte die Schultern und ging ein wenig schneller, als er die Kälte deutlicher zu spüren begann. Der Mantel, den er hastig übergeworfen hatte, ehe er das Haus verließ, sah vielleicht prachtvoll aus, aber er war alles andere als warm, und der Wind schnitt hindurch wie ein scharf geschliffenes Messer durch Pergament. Er war kein junger Mann mehr und er wollte nicht, dass Resnec sah, wie seine Hände vor Kälte zitterten, und es vielleicht für Schwäche hielt.

Resnec sah ihm ruhig entgegen, mit einem Blick, der kalt war wie der einer Schlange, die ein potenzielles Beutetier mustert, sich aber noch nicht ganz darüber klar geworden ist, ob sie nun Hunger hat oder nicht. Er war ein großer, dunkelhaariger Mann von schlankem Wuchs und unbestimmbarem Alter. Sein Gesicht wurde von einem dünnen, sorgsam ausrasierten Bart eingefasst und seine Hände waren schmal und sehnig; von jener Schlankheit, die große Kraft und ebenso große Behändigkeit verriet. Hätte Oro ihn unter anderen Umständen und an einem anderen Ort getroffen, hätte er nicht zu sagen vermocht, ob er nun einem fahrenden Abenteurer und Ritter oder einem Mann gegenüberstand, der seinen Lebensunterhalt mit Kartenkunststückchen bestritt. Wäre der stechende Blick seiner Augen und der grausame – nein, verbesserte sich Oro in Gedanken, nicht grausame –, *harte* Zug um seinen Mund nicht gewesen, dann hätte man ihn durchaus als gut aussehend bezeichnen können. So hatte er etwas von einer Schlange, fand Oro. Manchmal auch einer Ratte. Er war sich bis jetzt nicht darüber klar geworden, welcher Vergleich nun zutreffender war. Vermutlich keiner. Resnec war eben Resnec. Er wünschte sich, Gwenderon wäre da. Der alte Waffenmeister hätte gewusst, wie er mit Resnec umzugehen hatte.

Oro blieb stehen, deutete eine Verbeugung an und wartete, bis Resnec die Geste erwidert hatte und damit der Etikette Genüge getan war.

»Ich sehe, Ihr seid bereit für die Abreise«, sagte er und fügte mit einer Geste zum Himmel hinzu: »Es wäre besser, Ihr würdet bis zum nächsten Sonnenaufgang warten. Es wird bald dunkel werden und der Regen hat die Wege aufgeweicht.«

Es war eine Floskel. Resnec wusste so gut wie er, dass die Worte nicht ernst gemeint waren und dass der König in Wirklichkeit genau das Gegenteil hatte sagen wollen. Aber er ließ sich nichts anmerken, sondern schüttelte nur höflich den Kopf und deutete mit einer knappen Handbewegung auf sich und sein Pferd. Er trug die gleiche Kleidung, mit der er gekommen war: dunkle, eng anliegende Hosen aus roh gegerbtem Leder, schwarze Stiefel, einen Waffenrock in der gleichen Farbe und einen schweren, mit Pelz gefütterten Mantel. Keine Waffe. Vielleicht, überlegte Oro, war das das Unheimlichste an ihm. Resnec war waffenlos, aber es war nichts Schwaches oder gar Hilfloses daran; im Gegenteil. Jeder Zoll seiner Erscheinung, jede noch so winzige Bewegung dieses Mannes machte deutlich, dass er keine Waffe *nötig* hatte.

»Ich bin gut ausgerüstet, mein König«, sagte Resnec nach einer Pause, die gerade so lang war, als hätte er gewartet, bis Oro seinen Gedanken zu Ende gedacht hatte. »Dunkelheit und Regen schrecken mich nicht und ich habe Eure Gastfreundschaft schon viel zu lange in Anspruch genommen.« Er lächelte: ein rasches, hässliches Verziehen der Lippen, das Oro einen Blick auf ein strahlend weißes Raubtiergebiss gewährte, legte die Hand auf den Sattelknauf seines Pferdes und wandte sich, in einer genau einstudierten Bewegung, dessen war Oro sicher, im letzten Moment noch einmal um.

»Ihr habt Euch Eure Entscheidung nicht noch einmal überlegt, mein König?«, fragte er.

Oro unterdrückte im letzten Moment eine scharfe Entgegnung. Resnec wusste so gut wie er, wie seine Antwort ausfallen musste. »Nein«, sagte er. »Ihr wisst es, Resnec, und Ihr kennt auch die Gründe für meine Ablehnung.«

»Und Ihr die für meinen Wunsch«, entgegnete Resnec. Jede Spur von Freundlichkeit war aus seiner Stimme verschwunden, sie klang jetzt kalt, hart und beinahe drohend. Aber eben nur *beinahe*.

»Vielleicht überlegt Ihr es Euch doch noch einmal«, fuhr der schwarzhaarige Händler nach einer genau bemessenen Pause fort. »Mein Herr wäre sicher bereit sein Angebot zu erhöhen, obwohl es schon jetzt mehr als großzügig ist.«

»Das ist es fürwahr«, bestätigte Oro. »Es liegt nicht am Geld, Resnec, richtet das Eurem Herrn aus. Ich weiß die Großzügigkeit seines Angebotes sehr wohl zu schätzen, aber nicht einmal für die zehnfache Summe ... «

»Überlegt es Euch gut, mein König«, unterbrach ihn Resnec. Der drohende Klang in seiner Stimme war jetzt nicht mehr zu überhören. »Mein Herr ist mächtig, mit dem Schwert und mit anderen Waffen. Wir brauchen diesen Wald.«

Oro wusste, dass es besser gewesen wäre, jetzt zu schweigen, aber Resnecs Worte ließen eine Welle heißer, unbezwingbarer Wut in ihm aufsteigen. Wenn er doch nur jünger wäre, nur zwanzig Jahre jünger, um diesem Kerl die Antwort zu geben, die seine Unverschämtheit verlangte: »Um Schiffe daraus zu bauen, ich weiß«, schnappte er. »Kriegsschiffe, die Ihr braucht, um andere Länder zu überfallen. Richtet Eurem König aus, dass alle Macht der Welt mich nicht dazu bewegen wird, auch nur einen einzigen Baum meines Reiches zu verkaufen. Nicht zu diesem Zweck! Und auch zu keinem anderen.« Der letzte Satz, den er hastig hinzufügte, war eine Entschuldigung für den vorhergegangenen und er tat ihm sofort wieder Leid. Wie kam es nur, dass Resnec ihn immer wieder dazu brachte, Dinge zu sagen, die er eigentlich gar nicht sagen wollte? Er, der sonst so beherrscht und überlegt war, dass viele ihn für kalt hielten?

Resnec erbleichte. Seine Lippen pressten sich zu einem schmalen, blutleeren Strich zusammen, sodass sie aussahen wie zwei kleine gerade Narben, die sein Gesicht in zwei ungleiche Hälften teilten.

Und als wäre es ein Omen – oder eine genau im richtigen Moment bestellte Geste –, fauchte in diesem Moment ein Windzug durch das offen stehende Tor und bauschte seinen Mantel, sodass er Resnecs schlanke Gestalt umflatterte wie eine Aura der Finsternis. Für die Dauer eines Atemzuges starrte er Oro mit unverhohlener Wut an, dann fuhr er herum, schwang sich in den Sattel und griff nach dem Zügel. Seine Bewegungen erinnerten Oro plötzlich an die einer großen, nachtfarbenen Fledermaus.

»Ist das Euer letztes Wort?«, fragte er kalt.

Oro nickte. »Mein allerletztes, Resnec. Wir verkaufen kein Holz, um damit Tod und Gewalt an die Küsten fremder Länder zu tragen. Es gibt genug Wälder, die ihr abholzen könnt, auf der anderen Seite der Berge. Genug, um hundert Flotten daraus zu bauen.«

Für einen Moment sah es so aus, als wolle Resnec noch etwas darauf erwidern, aber dann beließ er es nur bei einem neuerlichen Verziehen der Lippen, riss mit einem unnötig harten Ruck an den Zügeln seines Pferdes und zwang es, auf der Stelle kehrtzumachen. Das Tier tänzelte nervös und versuchte auszubrechen. Aber Resnec brachte es mit einem zweiten, noch brutaleren Ruck zur Räson.

»Wie Ihr wollt, König Oro«, sagte er wütend. »Aber ich kann Euch nicht garantieren, dass sich mein Herr mit dieser Antwort zufrieden gibt.« Die Selbstbeherrschung, die er bisher an den Tag gelegt hatte, zerbröckelte wie eine Gipsmaske, die feucht geworden war, und Oro fragte sich, ob er jetzt vielleicht den wirklichen Resnec darunter sah. Aber nur für einen Moment. Dann begriff er, dass der Zorn, der Resnecs Stimme zittern ließ, in Wahrheit nur Angst war. Aber wovor?

»Richtet Lassar meine Worte aus«, antwortete Oro aufgebracht. »Und sollte er Euch nicht glauben, dann sagt ihm, dass er jederzeit selbst auf meiner Burg willkommen ist, um sie aus meinem eigenen Munde zu hören. Und nun geht, solange Euch die Gesetze der Gastfreundschaft noch schützen.«

Resnec starrte ihn einen Moment lang aus brennenden Augen an. Dann, ohne ein weiteres Wort, stieß er seinem Tier die Sporen in die Flanken und preschte los. Der metallische Klang der Hufschläge wurde zu fernem grollenden Donner, als er auf die Zugbrücke hinausjagte und – ohne sein Tempo auch nur im Mindesten zu mäßigen – den breiten, regendurchweichten Weg zum Waldrand hinunter einschlug.

Oro blickte ihm nach, bis die schwarze Wand der Bäume Pferd und Reiter verschluckt hatte, wie ein Stück Finsternis, das sie ausgespien und nun wieder zu dem gemacht hatte, was es ursprünglich war. Aber selbst jetzt glaubte er noch, seine Nähe zu spüren.

Und obwohl die Luft klar und frisch roch, wie immer nach einem heftigen Regenguss, hatte Oro für Augenblicke das Gefühl, nicht mehr richtig atmen zu können. Resnec war gekommen wie ein böser Geist, der den heiligen Frieden dieser Mauern störte, und war wie ein solcher nicht wirklich fort, nachdem er gegangen war. Es war, als wäre etwas von der Dunkelheit und Kälte, die den angeblichen Händler wie unsichtbare Schatten begleiteten, in Hochwalden zurückgeblieben. Es würde lange dauern, bis sie ganz verschwanden.

Vielleicht war es nur die Furcht. Resnecs Worte waren keine leere Drohung gewesen, das wusste er. Er würde wiederkommen. Und nicht allein.

»Das war nicht besonders klug«, sagte eine Stimme hinter ihm. Oro runzelte die Stirn, drehte sich um und blickte mit einer Mischung aus Überraschung und Zorn in Faroans Gesicht. Als er aus dem Haus getreten war, war er allein gewesen, und er hatte nicht bemerkt, dass ihm der Magier gefolgt war.

»Wie lange stehst du schon hier und lauschst?«, fragte er zornig, Faroans Worte ganz bewusst ignorierend.

»Lange genug«, erwiderte Faroan, der sich auf seinen langen, in Form einer gewundenen Schlange geschnitzten Magierstab mit dem goldenen Knauf stützte. »Jedenfalls lange genug, deine letzten Worte gehört zu haben. Sie waren nicht sehr klug gewählt. Resnec ist kein Mann, der ein *Nein* akzeptiert, und du hast ihn obendrein beleidigt. Er wird wiederkommen.«

Oro setzte zu einer scharfen Antwort an, aber dann fiel ihm ein, dass sie nicht allein waren und die Wachen, die rechts und links des Tores standen, jedes Wort hören konnten. Es war kein Geheimnis, dass Faroan und er sich in letzter Zeit nicht mehr so gut verstanden. Sie gerieten immer öfter aneinander, manchmal aus Gründen, die schlichtweg lächerlich waren, und vielleicht waren sie in Wahrheit nur zwei zänkische alte Männer, die zu lange zusammengelebt hatten, um sich noch zu ertragen, aber auch entschieden zu lange, als dass jeder für sich seiner Wege ginge. Aber das war etwas, was nur sie anging; eine Feindseligkeit besonders intimer Art, von der jeder wissen, die aber niemand *erleben* durfte. Mit einer schroffen Kopfbewegung wies er zum Haus hinüber und ging los. Faroan folgte ihm, zuerst in zwei, drei Schritten Abstand, holte aber rasch auf, als sie außer Hörweite der Wachen waren.

Oro blieb stehen. Vielleicht war es besser, das, was zu reden war, hier draußen zu bereden. Trotz des Zornes, der noch immer in ihm brodelte, wusste er im Grunde sehr wohl, dass Faroan Recht hatte. Und auch in Hochwalden hatten die Wände Ohren.

»Er wird wiederkommen«, sagte Faroan, übergangslos an das unterbrochene Gespräch anknüpfend. »Und das nächste Mal wird er nicht bitten, sondern fordern.«

»Ich weiß«, antwortete Oro übellaunig. »Und?« Der Zorn auf Resnec, der sich in den letzten Tagen in ihm aufgestaut hatte, drohte sich jetzt auf den Magier zu entladen. Er beherrschte sich nur noch mit Mühe. Seine Hände zitterten, aber diesmal nicht vor Kälte.

Faroans Stirn umwölkte sich und auf seinem weißbärtigen Gesicht, dessen jugendlich-glattes Aussehen nur vom Blick seiner hundert Jahre alten Augen Lügen gestraft wurde, erschien ein Ausdruck tiefer Sorge. »Er wird wiederkommen«, sagte er noch einmal. »Und ich fürchte, er wird uns Ärger machen.«

»Lassar wird sich nicht damit begnügen, uns nur *Ärger* zu machen«, sagte Oro gereizt. »Aber du bist hier, um das zu verhindern. Wo warst du während der letzten drei Tage? Ich habe dich vermisst, bei meinen …«, er spie das Wort beinahe hervor, *»Beratungen* mit Resnec.«

Faroan sah ihn einen Moment nachdenklich an, ging aber nicht weiter auf seine Worte ein. Er schien genau zu spüren, was in dem alten König vorging.

»Ich habe geforscht«, sagte er dann. »Ich habe über meinen Büchern gesessen und die Sterne beobachtet, und ich habe das Orakel befragt, Oro. Die Zeichen stehen nicht gut.«

»Papperlapapp«, sagte Oro wütend. »Heb dir dein Gewäsch für die Weiber und die Kinder auf, Faroan. Ich ...«

»Es ist kein Gewäsch«, unterbrach ihn Faroan ernst, und etwas in der Art, in der er sprach, ließ Oro erschauern. »Ich wollte, es wäre so, aber ich meine es ernst. Die Sterne stehen schlecht, so schlecht wie seit langem nicht mehr, und ich lese großen Schmerz in den Zeichen.« Er seufzte. »Resnec wird wiederkommen«, sagte er noch einmal. »Man muss kein Sterndeuter oder Magier sein, um das zu wissen. König Lassars Feldzug im Osten ist ins Stocken geraten, seit ihm das Zwergenvolk die Gefolgschaft aufgekündigt hat und er seine Truppen nicht mehr über die Berge versorgen kann. Er braucht eine Flotte und er braucht Holz, um diese Flotte zu bauen. Und der einzige Wald, der nahe genug an der Küste liegt, ihm dieses Holz zu geben, ohne dass er seine Schiffe quer über den halben Kontinent ziehen lassen muss, ist der Schwarzeichenwald. Aber warum sage ich dir das alles? Du weißt es ebenso gut wie ich.«

Oro nickte düster. Faroan offenbarte ihm nichts Neues. Lassar führte seit einem Jahrzehnt Krieg, gegen wechselnde Feinde und mit wechselndem Erfolg, aber bisher waren der Schwarzeichenwald und Hochwalden vor seinem Zugriff sicher gewesen.

»Er wird es nicht wagen, auch nur einen Baum zu fällen«, sagte er. »Der Schwarzeichenwald ist heilig. Seine eigenen Leute würden ihm die Gefolgschaft verweigern, wenn er es täte.«

Faroan antwortete nicht. Diese Worte waren eher Wunsch als Überzeugung, das wussten sie beide.

Lassar hatte in den letzten Jahren ein Land nach dem anderen erobert und sein Imperium unaufhaltsam ausgeweitet. Vielleicht war Hochwalden jetzt an der Reihe, von dem Moloch verschlungen zu werden, in den Lassar das ehemals blühende Tiefland verwandelt hatte.

»Er wird es nicht wagen«, sagte er noch einmal, als Faroan auch weiter nicht antwortete. »Niemand erhebt ungestraft die Hand gegen den Schwarzeichenwald. Die ganze Welt würde aufstehen und ihn zur Rechenschaft ziehen.«

Faroan senkte den Blick, starrte einen Moment wortlos zu Boden und zeichnete mit der Spitze seines Stabes vergängliche Kreise in die Oberfläche einer Pfütze, die vor ihm lag. »Vielleicht«, murmelte er. Er sah auf, lächelte nervös und unecht und sagte noch einmal: »Vielleicht. Ja, wahrscheinlich sogar, wenn ich es mir recht überlege. Er wird es nicht wagen. Nicht einmal Lassar.«

Aber sie wussten beide, dass es nur ein schwacher Versuch war, sich selbst zu beruhigen.

Oro fror plötzlich stärker, als sie zum Haus zurückgingen.

4

Mitten in der Nacht schrak er hoch. Im ersten Moment, noch schlaftrunken, dachte er, es wäre der Regen, dessen monotones Trommeln ihn geweckt hätte; oder die Kälte, die erst durch die dünne Seide der Zeltbahn und dann unter die Felle gekrochen war, mit denen er sich zugedeckt hatte.

Dann spürte er, dass er nass vor Schweiß war. Sein Herz hämmerte schnell und dumpf, und erst jetzt, mit einiger Verspätung, erkannte er den Schrecken, der sich wie eine kalte Faust um seinen Magen geschlossen hatte.

Ein Traum, dachte Prinz Cavin. *Ja, das muss es gewesen sein.* Er versuchte sich zu erinnern, aber sein Gehirn war wie leer gefegt, wie oft nach einem Alptraum war nur der Schrecken zurückgeblieben, wie ein langsam abklingender Wundschmerz. Allenfalls war es eine Farbe, auf die er sich zu besinnen glaubte; genauer gesagt, die Abwesenheit jeglicher Farbe: Schwarz. Ein Schwarz, das viel tiefer war als das, das man sah, wenn man die Augen schloss. Und mit diesem Schwarz war ein Empfinden entsetzlicher, lähmender Furcht verbunden.

Gwenderon, dachte er wütend. Das hatte er Gwenderon zu verdanken. Ihm und seinen verrückten Geschichten von Raetts und dem Zauber dieses Waldes.

Sein Zorn auf den grauhaarigen Waffenmeister vertrieb den

letzten Rest von Furcht und kurz darauf schlief er wieder ein. Diesmal träumte er nicht mehr.

Wenigstens erinnerte er sich nicht daran, am nächsten Morgen.

5

Resnec folgte dem Weg nur so weit, bis er sicher war, dass er von der Burg aus nicht mehr gesehen werden konnte. Dann zwang er sein Pferd von der schlammigen Straße herunter, preschte eine kurze Böschung hinauf und brach durch dichtes Unterholz, ohne darauf Rücksicht zu nehmen, dass die dornigen Zweige tiefe blutige Kratzer in die Haut seines Pferdes rissen. Für eine Strecke von vielleicht hundert Schritten bahnte er sich gewaltsam einen Weg durch das Unterholz, dann erreichte er eine schmale Lichtung, die an zwei Seiten von hohen, rissigen Felsen gesäumt wurde, und hielt an.

Er war allein. Der Wald schwieg, und mit seiner Stille und Kälte kam er ihm für einen Moment vor wie ein großes, dunkelgrünes Grab. Es war ein unheimlicher Ort, ohne dass Resnec dieses Gefühl irgendwie in Worte kleiden oder gar hätte begründen können. Aber eigentlich fühlte er sich ständig unwohl, seit er diesen verwunschenen Wald betreten hatte. Und vielleicht lag es auch gar nicht an dieser Lichtung, sondern nur daran, dass er wusste, was hier geschehen würde, in wenigen Augenblicken.

Resnec war kein ängstlicher Mensch, aber er wusste, dass das Schweigen nicht allein auf den Regen und den Lärm zurückzuführen war, den er verursacht hatte, wenngleich beide gemeinsam ausgereicht haben mochten, alles Leben in weitem Umkreis zu vertreiben oder wenigstens zum Verstummen zu bringen. Aber die knisternde, unhörbare Spannung, die die Luft vibrieren und die Büsche angstvoll ihre Blätter zusammenziehen ließ, hatte andere Ursachen. Er wusste, was beides zu bedeuten hatte, und gerade dieser Umstand war der Grund für sein Schaudern. Es war keine Angst. Er hatte es unzählige Male erlebt, aber es war ihm niemals gelungen, sich an den Anblick zu gewöhnen oder den Schrecken, den er in ihm auslöste, vollends zu vertreiben. Aber es war keine Angst. Es war etwas Schlimmeres.

Vor ihm bewegte sich ein Schatten. Sein Pferd, das mit seinen feinen tierischen Instinkten das Fremde, Falsche an diesem Vorgang zehnmal deutlicher spüren mochte als er, fuhr erschrocken zusammen und versuchte rücklings in den Wald zurückzuweichen. Resnec zwang es mit einem harten Ruck, stehen zu bleiben. Mit einer Mischung aus Unbehagen und Neugier sah er dem Schattenspiel zu.

Wie immer konnte er nicht *wirklich* erkennen, was geschah. Die Dunkelheit war ein Stück weit aus dem Wald herausgekrochen, ein großer, rauchig aufgelöster Finger, der ziellos hierhin und dorthin zu tasten schien. Dann bildete sich ein tieferer, dunklerer Keim von Schwärze darin, der wuchs in einem Wirbel aus Finsternis und namenlosem Unbekannten. Dann – ganz plötzlich – trat eine schwarz gekleidete Gestalt aus dem Schattenreich zurück in die Welt, die er in seinem Palast, tausend Meilen und die Dauer eines Atemzugs von hier, verlassen hatte.

Lassar.

Resnec sprang von seinem Pferd und wollte auf die Knie fallen, aber der Schattenkönig hielt ihn mit einer ungeduldigen Bewegung zurück. »Sprich!«

»Ich … habe getan, was Ihr befohlen habt, Herr«, sagte Resnec, ohne die schwarz gewandete Gestalt seines Meisters – oder gar sein Gesicht – anzublicken. »Aber es war, wie ich befürchtet hatte. Er weigert sich.«

»Dieser Narr.« Lassars Stimme war vollkommen kalt, ohne jegliches Gefühl. Resnec war nicht einmal sicher, ob der Herr der Schatten überhaupt in der Lage war, Gefühle zu empfinden. »Dieser starrköpfige, blinde alte Mann. Glaubt er im Ernst, sich meinem Willen widersetzen zu können?« Jetzt erkannte Resnec doch eine Gefühlsregung in der Stimme Lassars: Überraschung.

»Hochwalden ist stark, Herr«, erinnerte Resnec, wobei er sich hütete, auch nur den Anschein eines belehrenden Tones in seiner Stimme laut werden zu lassen. »Und er hat Faroan. Ich habe ihn nicht zu Gesicht bekommen, aber ich hörte, dass er ein mächtiger Magier ist. Der letzte der Waldzauberer.« Diesen letzten Satz unterstrich er mit einer genau berechneten Mischung aus sanftem Spott und Zweifel, aber Lassar reagierte ganz anders darauf, als er erwartet hatte.

»Der Mächtigste überhaupt«, sagte er. »Und doch nicht mächtig genug.« Plötzlich lachte er. »So sei es, Resnec. Oro hat es nicht anders gewollt. Du weißt, was du zu tun hast.«

Resnec antwortete nicht sofort, aber Lassar schien auch so zu spüren, was in seinem Statthalter vorging. Ein kaltes, böses Lächeln erschien auf seinen Zügen, ein Lächeln, das Resnec spürte, ohne ihn anblicken zu müssen. »Du hast Angst?«

»Das nicht«, sagte Resnec hastig. »Es ist nur ...« Er schwieg einen Moment, blickte fahrig hierhin und dorthin – *überallhin, nur nicht in das Schattengesicht unter der Kapuze* – und verfluchte sich, nicht sofort geantwortet und damit Lassars Misstrauen geschürt zu haben. Jetzt würde er seine Bedenken aussprechen müssen und sich damit vielleicht seinen Unmut zuziehen.

»König Oro ist ein mächtiger Mann«, begann er vorsichtig. »Sein Reich ist klein und er hat nur ein paar hundert Krieger, aber ...«

»Aber er hat mächtige Freunde, wolltest du sagen«, sagte Lassar, als Resnec nicht weitersprach. Resnec senkte den Blick noch weiter.

Lassar lachte leise. »Oh ja, ich weiß, mein Freund. Alle Reiche diesseits der Berge würden wie ein Mann aufstehen und sich gegen uns wenden; oder uns zumindest die Gefolgschaft verweigern. Würde ich auch nur einen Kiesel aufheben und nach Hochwalden werfen – das ist es doch, was du fürchtest, nicht?« Wieder lachte er und diesmal war es ein kalter, harter Laut, ein Geräusch, als klirrten Eisstückchen in einem Becher aus Metall, das Resnec erschauern ließ.

»Ich weiß das alles, mein Freund«, fuhr Lassar fort. »Das und noch ein paar Dinge. Der Schwarzeichenwald ist heilig. Noch nie hat es jemand gewagt, die Hand gegen ihn oder seinen Beschützer zu erheben. Täte es einer, würden sich alle Völker und Edlen gegen ihn erheben, vielleicht sogar die Kaste der Magier selbst. Er würde untergehen, selbst wenn er so mächtig wäre wie ich.« Er schüttelte den Kopf. Resnec spürte die Bewegung, obwohl er ihn noch immer nicht ansah. »Nichts von alledem wird geschehen, Resnec.«

»Aber wie ...«

»Lass das meine Sorge sein«, unterbrach ihn Lassar. »Tu, was ich dir befohlen habe, und überlasse mir den Rest.«

Er sprach nicht weiter, und als es Resnec nach einer Weile wagte, den Blick zu heben, war die Lichtung leer. Lassar war so lautlos gegangen, wie er gekommen war. Die Schatten hatten sich wieder hinter ihm geschlossen. Aber wie immer, wenn Resnec seinem dunklen Herrscher begegnet war, blieb ein unsichtbarer Hauch von Kälte und Dunkelheit zurück, als wäre ein winziger Teil der Welt, in der sich der Herr der Schatten bewegte, zurückgeblieben und löste sich nur zögernd auf, wie Rauch von einem übel riechenden Feuer aus Eingeweiden.

Ein leises, knackendes Geräusch unterbrach Resnecs Gedanken und ließ ihn herumfahren. Automatisch zuckte seine Hand zum Schwert. Aber er führte die Bewegung nicht zu Ende.

Das Unterholz rings um die Lichtung teilte sich beinahe lautlos, und eine Anzahl dunkler, allesamt hoch gewachsener Gestalten trat hervor. Resnec unterdrückte ein Stöhnen, als er sie erkannte.

Lassars Henker näherten sich ihm unterwürfig und blieben in respektvollem Abstand stehen, einen weit auseinander gezogenen Halbkreis großer, verschwommener Körper bildend. Keiner von ihnen sagte ein Wort oder regte sich auch nur noch, und trotzdem spürte Resnec die stumme Bedrohung, die von dem Dutzend Giganten ausging, mit der Intensität eines körperlichen Schmerzes. Es war keine Androhung, die ihm gegolten hätte, sondern etwas Finsteres, Aggressives, das so zu ihrem Sein gehörte wie ihr unangenehmer Geruch und die flachen, unter wulstigen Helmen verborgenen Gesichter, eine Feindseligkeit, die allem Lebenden, Fühlenden galt. Viel mehr noch als Lassar waren sie Teile der Schattenwelt, denn während der Finstere Herrscher nur dann und wann in das Reich der Schatten eindrang, waren sie Geschöpfe jener Welt, Wesen ohne Sein, die alles hassen mussten, was lebte und dachte. Auch er – ja, sogar Lassar selbst war von diesem Hass nicht ausgenommen. Er wusste, dass sie ihm gehorchen würden, selbst wenn er sie in die Vernichtung schickte, stumm und ohne zu protestieren, ohne nach dem Warum und Wenn seiner Befehle zu fragen, präzise und zuverlässig wie Maschinen.

Und trotzdem war alles, was er bei ihrem Anblick empfand, Angst.

6

Mit dem ersten Licht des neuen Tages ritten sie weiter. Gwenderon war schon eine Stunde vor Sonnenaufgang auf den Beinen gewesen, denn er hatte keinen Schlaf mehr gefunden, nachdem er gegen Mitternacht aufgewacht war und schließlich doch sein Zelt auseinander gerollt und aufgebaut hatte. Die Kälte, einmal in seine Knochen gekrochen, hatte sich darin festgebissen wie eine tollwütige Ratte, und er war ein Dutzend Mal während der verbliebenen Stunden wieder aufgewacht, zitternd und jedes Mal schlechter gelaunt. Als er kurz vor ihrem Aufbruch sein Pferd sattelte und ihn ein Mann aus der Garde versehentlich stieß, fuhr er herum und schrie ihn dermaßen an, dass für einen Moment jede Bewegung auf der Lichtung erstarb und sich aller Blicke auf ihn richteten. Gwenderon entschuldigte sich sofort für seine Unbeherrschtheit und der Krieger nahm seine Entschuldigung an. Aber seine Laune sank um weitere Grade.

Hinzu kam, dass Karelian nicht zurückgekommen war. Gwenderon war nicht erstaunt gewesen, ihn während des vergangenen Tages nicht mehr zu sehen; Karelian war tagsüber zwar meist irgendwo in der Nähe der Kolonne, aber selten *bei* ihr. Trotzdem war er bisher jeden Abend zu ihnen gestoßen, um sich einen Platz am Feuer zu suchen und zu schlafen. Gestern nicht. Gwenderon gestand es nicht einmal sich selbst gegenüber ein – aber Karelians Fernbleiben bereitete ihm mehr Sorge, als ihm lieb war. Er dachte an Raettspuren und einen großen, zottigen Schatten, aus dem glühende Augen auf ihn herabgestarrt hatten.

Genau wie er es erwartet hatte, waren es Cavins so genannte Freunde, die den Aufbruch wieder einmal verzögerten. Es dauerte eine halbe Stunde, bis auch der Letzte von ihnen sein Lager abgebrochen hatte und im Sattel saß. Und jetzt, als es endlich so weit war im noch grauen Licht des Morgens, in der Kälte und melancholischen Stimmung, die die ersten Minuten eines neuen Tages begleitete, kamen sie ihm mehr denn je wie ein Haufen jämmerlicher Gestalten vor, wie sie auf ihren Pferden hockten, vornübergebeugt oder unruhig hin und her rutschend, weil die Haut unter ihren schönen ledernen Hosen wund geritten und blutig war, mit grauen Gesichtern, in denen Müdigkeit und Erschöpfung um den ersten Rang kämpften. Sie gehörten nicht hierher. Noch viel weniger als er und seine Begleiter.

Es war sicher kein Zufall, dass Cavin so weit von ihm entfernt ritt, wie es überhaupt nur möglich war, wollte er sich nicht direkt von der Truppe entfernen. Und Gwenderon glaubte seine halb zornigen, halb herablassenden Blicke regelrecht zu spüren, ebenso wie er die geflüsterten Worte dieser Lackaffen zu hören glaubte, die in Cavins Begleitung waren. Es ärgerte ihn, obwohl er wusste, wie lächerlich sein Verhalten im Grunde war.

Sie waren vielleicht eine Stunde geritten, vielleicht auch etwas mehr, denn das Verstreichen der Zeit – die zu der ihnen fremd gewordenen menschlichen Welt gehörte – war in diesen Wäldern schwer zu schätzen, als der Reiter an der Spitze der kleinen Kolonne plötzlich sein Pferd zügelte und gleichzeitig die Hand hob. Eine schwerfällige Woge nervöser Bewegung lief durch den Tross, begleitet von klirrendem Metall und dem Knirschen von Leder, vom unruhigen Schnauben und Stampfen der Tiere und unwilligem Gemurmel, ehe auch der letzte Reiter die Bewegung registriert hatte und zum Stehen gekommen war. Auch Gwenderon verhielt sein Tier ganz instinktiv für einen Moment, verwirrt durch den plötzlichen Halt. Dann, erfüllt von ebenso plötzlich aufflammender Besorgnis, sprengte er los, an den Reitern vorbei, sodass seine rechte Körperhälfte und die Flanke des Pferdes unsanft durch das Unterholz rechts des schmalen Weges brachen. Ein Ast traf ihn im Gesicht und riss ihm fast den Helm vom Kopf. Gwenderon schluckte einen Fluch herunter, galoppierte noch schneller – wobei er beinahe einen der Edelleute aus der Gefolgschaft des Prinzen über den Haufen ritt – und brachte sein Tier erst unmittelbar neben dem vordersten Reiter zum Halten.

»Was ist los?«, fragte er unwirsch.

Der Mann deutete stumm nach vorne, und der scharfe Verweis, der Gwenderon zunächst auf der Zunge gelegen hatte, wurde zu einem erschrockenen, nicht mehr ganz unterdrückten Ausruf.

Vor ihnen, nicht mehr als zehn Pferdelängen entfernt, erhob sich eine übermannshohe, zottig braune Gestalt. Im Halbdunkel des Waldes hätte man sie fast für einen riesigen, ungewöhnlich breitschultrigen Menschen halten können. Aber eben nur fast. Schon der zweite Blick zerstörte die Illusion.

Der Kopf war zu klein und das Gesicht spitz und wie das einer Ratte nach vorne gezogen, bedeckt mit kurzem, drahtigem Fell, dessen Farbe irgendwo zwischen Braun und Grau schwankte. Die Augen waren nicht mehr als kleine glühende Knöpfe unter der flachen Stirn, und die Ohren waren, ähnlich wie bei einer Katze, dreieckig und nach allen Seiten beweglich. Die Hände, die – abgesehen von ihrer Größe und Kraft – denen von Menschen verblüffend ähnelten, endeten in fürchterlichen, hornigen Krallen. Der Körper war mit fingerlangem, zottigem Fell bedeckt, etwas dunkler und dichter als das am Kopf. Das Wesen trug keine Kleidung.

»Ein Raett!«, flüsterte er erschrocken.

Der Mann neben ihm nickte, und Gwenderon sah aus den Augenwinkeln, wie sich seine Hand dem Schwert im Gürtel näherte.

»Nicht«, flüsterte er. »Er … er will nicht kämpfen.« Wenigstens hoffte er, dass es so war. »Wenn sie uns überfallen wollten, dann hätten sie es längst getan.«

Aber vielleicht war das gerade das, was er denken sollte, flüsterte eine Stimme in ihm. Sein Puls jagte. Er dachte an die Spuren, die sie gefunden hatten, und plötzlich vermisste er Karelian. Jetzt hätte er den Rat des Waldläufers nötiger gehabt als je zuvor.

Ein drittes Pferd gesellte sich zu ihnen, und Gwenderon sah, dass es Norrot war. Sein Schwert stak noch immer in der ledernen Scheide an seinem Sattelgurt, aber in den Fäusten des hünenhaften Kriegers lag jetzt ein Langbogen, auf dessen halb gespannter Sehne ein Pfeil zitterte.

»Bleib zurück«, sagte Gwenderon halblaut. »Ich rede mit ihm.«

Norrot stieß einen verblüfften Laut aus, aber Gwenderon ließ ihm keine Zeit, irgendeinen der tausend Einwände vorzubringen, die er garantiert auf der Zunge hatte, sondern zwang sein Tier, langsam auf den Raett zuzugehen. Das Pferd scheute; der Rattengestank der Kreatur versetzte es in Angst. Aber Gwenderon zwang es weiterzugehen. Erst einen Schritt vor dem Raett hielt er an und blickte misstrauisch nach rechts und links. Der Wald umgab sie wie zuvor als eine schwarze Mauer aus Schweigen und Dunkelheit, hinter der sich nichts zu rühren schien; so massiv, als hörte die Welt dahinter einfach auf. Aber Gwenderon wusste sehr wohl, dass sich hinter dieser Mauer eine ganze Armee verstecken konnte. Wenn es eine Falle war, lief er sehenden Auges hinein. *Wo war Karelian?*

»Was willst du?«, fragte er, grob, aber sehr langsam und jedes

Wort übermäßig betonend, damit der Raett ihn auch verstand. »Gib den Weg frei.«

Der Raett starrte ihn aus seinen knopfgroßen schwarzen Augen an, und Gwenderon sah die Wildheit, die in dem Blick loderte, ein tierisches Erbe, ungleich jünger als das des Menschen und ungleich wilder. Als der Raett sprach, klang seine Stimme geradezu lächerlich: ein hässliches Quietschen, das kaum zu verstehen war und im krassen Gegensatz zu dem mächtigen Körper stand, der die Kraft von fünf Männern haben musste.

»Hunger«, sagte er. »Wir viel Hunger. Ihr Essen.«

»Und?«, erwiderte Gwenderon. Seine Sinne waren bis zum Zerreißen gespannt, aber er hörte nichts, sah nichts. Der Wald war stumm und reglos. »Wir haben nichts«, fauchte er. »Verschwinde.« Er wollte sein Pferd herumreißen, aber der Raett verstellte ihm den Weg – rasch, aber doch nicht so hastig, dass seine Bewegung einen von Gwenderons Kriegern zu einer Unbesonnenheit hinreißen konnte.

»Ihr Essen«, beharrte er. »Wir Hunger. Viel tot. Ihr geben. Wir bezahlen. Gold. Wir viel Gold.«

»Wir brauchen euer Gold nicht und unser Essen reicht gerade für uns selbst«, antwortete Gwenderon. Seine Gedanken überschlugen sich. Wenn es eine Falle war, dann war sie längst zugeschnappt. Aber waren Raetts intelligent genug, *Fallen* zu stellen? Und wenn nicht, wenn dieser eine Raett wirklich nur der Sprecher einer Horde halb verhungerter Nomaden war, dann würden sie sich vielleicht die Nahrungsmittel, die er ihnen verweigerte, mit Gewalt holen.

»Gut«, sagte er nach kurzem Überlegen. »Ihr könnt eines der Packpferde haben. Schlachtet es meinetwegen; das Fleisch wird für ein paar Tage reichen. Mehr haben wir nicht.«

Der Raett stieß ein hohes, hässliches Quieken aus. »Du Mensch«, zischelte er. »Mensch gut.«

Gwenderon zog eine Grimasse. »Spar dir deinen Dank«, sagte er unwirsch. »Wir entladen das Pferd, und ihr könnt es euch holen, sobald wir weitergeritten sind. Vorher nicht – ist das klar?«

Der Raett nickte. »Wir warten«, sagte er. »Später Essen. Mensch gut.«

Ohne ein weiteres Wort zwang Gwenderon sein Pferd herum,

sprengte die wenigen Schritte den Weg zurück und hielt neben Norrot und dem Soldaten an.

»Was ist?«, fragte Norrot erregt. »Was wollte er?«

»Essen«, erwiderte Gwenderon. »Er gehört wohl zu einer ganzen Gruppe, die sich hier in der Gegend herumtreibt. Sie müssen halb verrückt vor Hunger sein. Soweit ich ihn verstanden habe, sind ein paar von ihnen bereits verhungert.« Wenigstens versuchte er sich dies einzureden. Die Worte des Raett konnten ebenso gut eine andere Bedeutung haben. »Wir geben ihnen ein Pferd«, fügte er hinzu. »Entladet eines der Packtiere und verteilt die Last auf die übrigen. Und beeilt euch.«

»Was soll das heißen, Gwenderon?«

Gwenderon schloss für einen Moment die Augen, zwang sich innerlich zur Ruhe und drehte sich mit einer betont langsamen Bewegung herum, als er die helle, jugendliche Stimme hörte. Prinz Cavin hatte sich keine sonderliche Mühe gegeben, leise zu sprechen. Aber er gab sich sogar ganz besondere Mühe, den zornigen Ton in seinen Worten hörbar werden zu lassen. »Was soll das heißen, Gwenderon?«, fragte er noch einmal. »Habe ich das richtig gehört? Wir geben ihnen ein Pferd ...?«

»Sie sind hungrig«, antwortete Gwenderon. »Unsere Vorräte sind begrenzt, aber wir können ein Pferd verschmerzen und ...«

»Du gibst diesen *Tieren* ein Pferd?«, fiel ihm Cavin ungläubig ins Wort. »Du schenkst ihnen eines unserer Tiere, damit sie es *fressen?*« Seine Stimme klang gleichzeitig zornig und angeekelt.

»Wäre es Euch lieber, sie würden *uns* fressen, mein Prinz?«, fragte Gwenderon spöttisch.

Cavin überhörte seinen Einwand. »Das verbiete ich, Gwenderon. Schlag diese Kreatur nieder und reite weiter!«

»Ich glaube, Ihr habt nicht ganz verstanden, Prinz«, erwiderte Gwenderon, nur mehr mühsam beherrscht. »Dieser Raett ist nicht allein. Es können wenige sein, die er anführt, aber auch viele. Sie würden sich mit Gewalt holen, was wir ihnen nicht freiwillig geben, und ...«

»Papperlapapp!« Wieder schnitt ihm Prinz Cavin das Wort ab. Gwenderon fühlte eine Welle heißen Zorns in sich aufsteigen. *Begriff dieser junge Narr denn wirklich nicht – oder wollte er es nur auf eine Kraftprobe ankommen lassen, ausgerechnet jetzt?*

»Ich verbiete es«, sagte der Prinz noch einmal, laut und herrisch. »Wir haben genug Krieger, uns des Angriffes einer Bande halb verhungerter Ungeheuer zu erwehren. Wären sie so viele, wie Ihr befürchtet, Waffenmeister, dann hätten sie uns längst angegriffen.«

Gwenderon starrte ihn einen Herzschlag lang an, dann drehte er sich halb im Sattel um und sah zu den Männern zurück, die damit begonnen hatten, eines der Packpferde zu entladen. Während der letzten Augenblicke hatten sie innegehalten und mit unverhohlener Neugier zu ihm und dem Prinzen hinübergesehen.

»Macht weiter!«, befahl er. »Und beeilt euch.«

Cavin zog hörbar die Luft ein. »Ihr verweigert den Gehorsam?«, keuchte er.

»Nein«, antwortete Gwenderon, so ruhig er konnte. »Ich tue, was für Eure Sicherheit das Beste ist, Herr. Wir können das Pferd verschmerzen, und Euer Vater hat mein Wort, dass ich Euch heil und unverletzt nach Hochwalden bringe. Wir können es nicht riskieren, von den Raetts angegriffen zu werden, nur wegen eines Pferdes.«

»Ich werde dafür sorgen, dass –«, begann Cavin. Aber diesmal wurde er von Gwenderon unterbrochen.

»Ihr werdet nichts tun, junger Herr«, sagte er eisig. »Ich bin für Euer Wohl verantwortlich, und ich befehlige diesen Tross, nicht Ihr, Herr.« Er betonte das Wort *Herr* auf die gleiche, abfällig-boshafte Art, in der Cavin ihn vorher *Waffenmeister* genannt hatte.

Die Lippen des jungen Prinzen pressten sich zu einem schmalen, blutleeren Strich zusammen. Seine Augen flammten. Aber er war intelligent genug zu erkennen, dass er verloren hatte und dass er die Schmach, die diese Niederlage in seinen Augen bedeutete, mit jedem weiteren Wort nur noch verschlimmern würde. Mit einem wütenden Ruck riss er sein Pferd herum und ritt an seinen Platz in der Mitte der Kolonne zurück.

»Das war hart«, murmelte Norrot neben ihm. »Er wird Euch Schwierigkeiten machen, sobald wir Hochwalden erreicht haben.«

»Unsinn«, knurrte Gwenderon. »Er ist ein junger Hitzkopf und weiß noch nicht, was das Wort Tapferkeit überhaupt bedeutet, und sein Vater weiß das.«

Nervös blickte er wieder zu dem wartenden Raett zurück, der sich noch immer nicht von der Stelle gerührt hatte. Dann wandte er sich im Sattel um und sah voller Ungeduld zu, wie die Männer das Packpferd entluden. Zu seiner Zufriedenheit hatten die Männer das am wenigsten kräftige Tier ausgewählt. Es war nervös und scharrte ängstlich mit den Vorderhufen im Boden, als spürte es instinktiv, welches Schicksal ihm bevorstand.

Der Raett erwachte aus seiner Erstarrung, als das Pferd vollends entladen war und einer der Männer Gwenderon die Zügel in die Hand drückte. Mit kleinen, trippelnden Schritten kam er näher und musterte abwechselnd das Tier und Gwenderon. Sein Rattenmaul stand einen Spaltbreit offen und gewährte Gwenderon einen Blick auf die entsetzlichen Reißzähne des Ungeheuers. Selbst jetzt, als er ihm gegenüberstand und mit ihm sprach, fiel es ihm schwer, zu glauben, dass der Raett der Vertreter einer – wenn auch mäßig – intelligenten Spezies sein sollte.

»Hier. Nimm es und verschwinde«, sagte Gwenderon und hielt dem Raett die Zügel hin.

Aber das Wesen machte keinerlei Anstalten, danach zu greifen. Stattdessen wandte es sich auf der Stelle um und stieß einen hohen, trällernden Ruf aus. Weniger als einen Herzschlag später teilte sich der Wald rechts und links des Weges und ein ganzes Dutzend der fellbedeckten Kreaturen erschien zwischen dem Unterholz. Gwenderon spürte, wie eine erschrockene Bewegung durch die Reihen seiner Krieger lief. Schwerter wurden gezogen, Sehnen gespannt und Lanzen angelegt.

»Verdammt!«, sagte er. »Ich sagte, ihr solltet kommen, wenn wir weitergeritten sind. Schick sie weg!«

»Mensch gut«, antwortete der Raett blöde. »Viel Hunger. Nicht Angst haben. Geben Gold.«

»Behalte dein Gold, aber schick sie weg, bis –« Gwenderon sprach nicht weiter, als er sah, dass der Raett seine Worte überhaupt nicht zur Kenntnis nahm. Und es war auch zu spät – die Front der zottigen Kreaturen war bereits bis auf wenige Schritte herangekommen. Aber Gwenderon sah auch, dass keiner von ihnen eine Waffe trug. Und das Lodern in ihren Augen war vielmehr Hunger als Mordlust. Nicht wenige von ihnen waren verwundet, und einige – die Weibchen, wie er vermutete – trugen junge, kleine hässliche, haarige Bündel, die sich an ihren Zitzen festgesaugt hatten oder in ihren Armbeugen schliefen. Sie wirkten zerlumpt und trotz ihres beeindruckenden Körperbaues schwach und krank. Die allerwenigsten trugen Kleider.

Gwenderon wandte sich im Sattel um und hob beruhigend die Hand. »Es ist alles in Ordnung«, sagte er. »Senkt die Waffen. Sie haben nur Hunger.«

Für einen Moment begegnete sein Blick dem Norrots; der Krieger hatte sehr wohl bemerkt, dass Gwenderon ihnen nicht befohlen hatte die Waffen *fortzustecken,* sondern nur sie zu senken. Dann blickte er in das Gesicht des Prinzen. Der Hochmut und Zorn darauf war verschwunden und von Schrecken und langsam aufkeimender Furcht abgelöst worden. Gwenderon gestattete sich den Luxus eines flüchtigen Lächelns, ehe er sich wieder zu dem Raett umwandte.

»Also«, sagte er, »nehmt das Tier und lauft uns nicht noch einmal über den Weg.« Wieder hielt er dem Raett die Zügel des Tieres hin und diesmal griff das Wesen danach, streckte aber gleichzeitig die Hand nach dem Zaumzeug von Gwenderons eigenem Pferd aus und hinderte ihn daran, weiterzureiten.

»Danken«, zischelte es. »Wir Hunger. Du geben Pferd. Wir geben Gold.«

Gwenderon warf einen flüchtigen Blick auf die Reihe heruntergekommener, halb verhungerter Gestalten hinter dem riesigen Raett. Behutsam löste er die mächtige Pranke des Wesens vom Zaumzeug seines Pferdes, schüttelte den Kopf und rang sich zu einem Lächeln durch.

»Behaltet euer Gold«, sagte er. »Wir können das Pferd verschmerzen. Nehmt es und esst euch satt.«

Der Raett starrte ihn an. Sein Rattengesicht blieb starr, aber in seinen Augen glomm ein Ausdruck, der vielleicht ein Lächeln war. Vielleicht auch etwas anderes.

»Mensch gut«, sagte er. »Wir danken. Später.«

Gwenderon antwortete nicht mehr, sondern gab das Zeichen zum Weiterreiten.

7

Der Schatten war einfach da. Ganz plötzlich, von einem Lidschlag auf den nächsten, stand er zwischen dem Unterholz, ein schwarzes Loch, das lautlos in das braungrüne Halbdunkel des Waldes gestanzt worden war; größer und sehr viel massiger als ein Mensch. Winzige rote Augen glühten wie Kohlen in der Schwärze, die sein Körper war. Lange Zeit blieb das *Ding* einfach stehen, reg- und lautlos wie ein Spuk. Dann drehte es sich um und begann tiefer in den Wald einzudringen.

Mit ihm kam die Furcht.

8

Irgendetwas war nicht so, wie es sein sollte.

Gwenderon konnte das Gefühl nicht genauer in Worte fassen, aber es war zu stark, um es zu ignorieren: Der Wald hatte sich verändert. Seine Farben waren finsterer, seine Konturen härter und kantiger, seine Schatten tiefer geworden; der Weg hatte sich in eine Schlucht verwandelt, zu beiden Seiten begrenzt von graugrün-braun marmorierten Wänden aus gemauerter Finsternis, und obwohl die Sonne schon wieder beinahe zu heiß vom Himmel schien, kroch doch ein Gefühl klammer Kälte in ihm empor, gegen das er sich nicht zu wehren wusste.

Eine weitere Stunde war vergangen, seit sie auf die Raetts gestoßen waren, vielleicht etwas mehr – so genau war das in der schattigen Halbdämmerung des Waldes nicht zu sagen –, und der Waffenmeister ritt unmittelbar neben dem Prinzen, ohne dass sie indes während dieser ganzen Zeit auch nur ein Wort miteinander gewechselt hätten, als der Mann an der Spitze des kleinen Trosses plötzlich abermals sein Pferd verhielt und warnend die Hand hob.

Prinz Cavin bemerkte die Bewegung im gleichen Moment wie er und runzelte die Stirn, was seinem fast noch kindlichen Gesicht einen sonderbaren Anstrich von Erwachsensein gab. »Was ist nun schon wieder los?«, fragte er.

»Ich werde es herausfinden, mein Prinz«, sagte Gwenderon rasch. »Bleibt hier.« Ehe Cavin Gelegenheit fand zu widersprechen – Gwenderon war sicher, dass er es getan hätte –, sprengte er los und hielt neben dem Mann an der Spitze wieder an.

»Was ist?«, fragte er.

Der Krieger hob zögernd die Schultern, blickte Gwenderon einen Moment lang beinahe hilflos an und starrte dann wieder aus zusammengepressten Augen in die ineinander verkrallten Schatten des Waldes. »Ich ... bin mir nicht sicher«, gestand er stockend. »Aber für einen Moment dachte ich, ich ...« Er brach ab, als Hufschläge hinter ihnen laut wurden und Prinz Cavin herangeritten kam, biss sich hilflos auf die Unterlippe und begann den Zügel in den Fingern zu kneten.

»Rede weiter«, sagte Gwenderon aufmunternd. »Nur keine Angst. Besser, du warnst einmal zu viel als einmal zu wenig.«

Der Mann nickte. Sein Blick streifte die Gestalt des jungen Prinzen und wandte sich dann wieder dem Unterholz zu. »Ich dachte, dort hätte sich etwas bewegt«, sagte er. »Aber vielleicht habe ich mich getäuscht.«

Vor ihnen, nicht weiter als einen Steinwurf entfernt, knackte ein Zweig. Blätter raschelten und für einen Moment glaubte Gwenderon, etwas Großes, Dunkles durch das Geäst zu erkennen.

»Ihr habt Recht, Soldat«, sagte Cavin spröde. »Dort *ist* etwas.« Er senkte die Hand auf das Schwert – ein Spielzeug, wie Gwenderon wusste, eine Prachtwaffe mit fein ziseliertem Griff und einer Schneide, die wie poliertes Silber glänzte und wie Glas zerbrechen würde, beim ersten ernst gemeinten Hieb – und sah Gwenderon mit einer sonderbaren Mischung aus Triumph und Vorwurf an. »Mir scheint, Eure Freunde folgen uns, Gwenderon«, sagte er. »Vielleicht war es doch keine so gute Idee, ihnen zu essen zu geben. Möglicherweise hat das Pferd ihren Appetit auf mehr geweckt.«

Gwenderon unterdrückte den Zorn, den Cavins Worte in ihm wachriefen. »Wer sagt Euch, dass es Raetts sind, mein Prinz?«, fragte er kühl.

Cavin lachte leise. »Oh, natürlich – ich vergaß ganz, welch ein Betrieb in diesen Wäldern herrscht. Man trifft ja jeden Augenblick auf Reisende und harmlose Spaziergänger, nicht wahr?«

Gwenderon sog hörbar die Luft ein, aber er antwortete nicht mehr auf Cavins Worte. Sosehr ihn das hochmütige Benehmen des jungen Prinzen in Rage versetzte, musste er doch zugeben, dass er vermutlich Recht hatte. Der Zufall, ausgerechnet in einem Teil des

Schwarzeichenwaldes, den selbst seine Beherrscher mieden, jetzt auch noch auf andere Fremde zu treffen, wäre wohl doch etwas zu groß.

»Ich werde nachsehen«, sagte er entschlossen. »Norrot, Willhard – ihr kommt mit. Die anderen bleiben hier und beschützen den Prinzen.«

»Das wird nicht nötig sein«, sagte Cavin ruhig. »Weil der Prinz Euch nämlich begleiten wird, Gwenderon.«

»Das verbiete ich!«, sagte Gwenderon scharf.

Cavin lächelte nur. »Wie wollt Ihr es verhindern, Waffenmeister?«, fragte er. »Wollt Ihr mich vielleicht festbinden?« Er zog sein Schwert aus der Scheide und legte es quer vor sich über den Sattel.

Für die Dauer von zwei, drei Atemzügen musste Gwenderon mit aller Macht gegen den Wunsch ankämpfen, Cavin endgültig und vor aller Augen in seine Schranken zu verweisen, und sei es mit der schallenden Ohrfeige, die er sich schon lange verdient hatte. Aber dann nickte er nur.

»Gut«, sagte er. »Ganz wie Ihr wollt, mein Prinz.« Er deutete mit einer Kopfbewegung auf Cavins Schwert. »Aber steckt wenigstens dieses Spielzeug weg. Und verhaltet Euch still.«

Er war beinahe überrascht, als Cavin tatsächlich sein Schwert wegsteckte und aus dem Sattel stieg. Sie warteten, bis die beiden Krieger, die Gwenderon gerufen hatte, ebenfalls von ihren Pferden gestiegen und an ihre Seite getreten waren, dann drangen sie – den Prinzen wie durch Zufall in der Mitte haltend – im rechten Winkel in den Wald ein.

Dunkelheit und Schweigen schlugen wie eine lautlose Woge über ihnen zusammen. Es war weniger schwer, in den Wald vorzudringen, als Gwenderon befürchtet hatte. Unterholz, Gestrüpp und verfilztes Pflanzenwerk bildeten zwar eine nahezu undurchdringliche Mauer beiderseits des Weges, aber nachdem sie sich erst einmal durch die Wand aus dornigen Zweigen gezwängt hatten, wurde der Weg besser.

Plötzlich blieb Cavin stehen und deutete auf eine Stelle links von Gwenderon, und als sich der Waffenmeister herumdrehte und in die angegebene Richtung sah, erkannte er einen großen, gedrungenen Schatten, der lautlos dastand und fast mit dem

Schweigen des Waldes verschmolz. Knopfgroße schwarze Augen blitzten wie polierte Kugeln aus Eisen.

»Ihr hattet Recht, Cavin«, sagte er leise. »Es sind Raetts.« Seine Stimme klang plötzlich belegt. »Bleibt hier. Ich ... werde ihn fragen, was er will.«

Diesmal widersprach Cavin nicht. Aber er reagierte.

Mit einem wütenden Schrei riss er sein Schwert wieder aus dem Gürtel, versetzte Gwenderon einen Stoß, der ihn beiseite taumeln ließ, und sprang mit hoch erhobener Waffe auf den Raett los.

Das Rattenwesen blickte ihm entgegen. In seinen Knopfaugen blitzte so etwas wie Verwirrung auf, Schrecken – kein Zorn, wie Gwenderon sehr deutlich registrierte –, dann fuhr es herum und verschwand so lautlos im Unterholz, wie es gekommen war. Cavin schlug wütend mit seinem Schwert in die Büsche.

»Verdammtes Vieh!«, brüllte er. »Komm her, wenn du etwas von uns willst! Ich will sehen, wie dir meine Klinge schmeckt!«

Gwenderon schwieg, auch als Cavin sich nach einer Weile herumdrehte und schwer atmend und mit hektisch gerötetem Gesicht zu ihm und den beiden Kriegern zurückkam. Er wusste nicht einmal mehr, was er in diesem Moment dachte. Nicht dass er Cavins Reaktion nicht verstanden hätte – auch ihn erfüllte das abermalige Auftauchen der Raett-Kreatur mit mehr Furcht, als er zuzugeben bereit war. Trotzdem rief Cavins Benehmen ein Gefühl tiefen, heißen Zornes in ihm wach – nicht zuletzt, weil er damit hätte rechnen müssen, dass dieser junge Hitzkopf etwas Derartiges tun würde.

»Nun?«, fragte Cavin, nachdem er zurückgekommen war und sich trotzig vor ihm aufgebaut hatte. »Sagt es schon, Gwenderon, was ich getan habe, war wieder einmal dumm und unüberlegt, wie?« Seine Augen flammten vor Zorn.

»Nein, mein Prinz«, antwortete Gwenderon, mit einer Ruhe, die ihn fast selbst erstaunte. »Nur kindisch.«

»Kindisch?« Cavin erbleichte vor Wut. »So, es war also kindisch, dieses Ungeheuer davonzujagen?« Er bedachte Gwenderon mit einem Blick, der vor Verachtung nur so blitzte. »Möglicherweise hast du sogar Recht, Gwenderon«, sagte er, während er sein Schwert mit einer übertrieben heftigen Bewegung in den Gürtel stieß. »Aber was du getan hast, war leichtsinnig. Möglicherweise habe ich das Recht, kindisch zu sein, wenn uns dieses *kindische* Benehmen endlich von der Gesellschaft dieser Kreaturen befreit. Aber ich frage mich«, fügte er nach einer genau bemessenen Pause hinzu, »was mein Vater sagen wird, wenn er hört, dass du leichtsinnig warst, Waffenmeister.«

Und damit wandte er sich um und ließ Gwenderon und die anderen einfach stehen, um zum Weg zurückzugehen.

Nach einer Weile folgten ihm die drei Männer. Sie ritten weiter.

9

Die Nacht war gewichen, aber es wurde nicht richtig hell. Ein fast unwirklicher, grauer Schleier hatte sich wie eine flockige Decke über das Fort und die Zinnen von Hochwalden gebreitet. Es war nicht der Regen, das spürte Faroan. Und es war mehr als nur Dunkelheit, mehr als die normale Abwesenheit von Licht, was die Burg umgab. Es war ein finsterer Vorhang, hinter dem sich Schatten und huschende gestaltlose Dinge zu bewegen schienen.

Es hatte wieder angefangen zu regnen und der Himmel blieb bewölkt. Nur hier und da lugte ein Stück matter Bläue durch eine Lücke des tief hängenden Himmels. Selbst hier, in der kleinen, achteckigen Kammer unter der obersten Plattform des Bergfrieds, hatten sich Kälte und Feuchtigkeit eingenistet, dem lodernden Kaminfeuer und den dicken Vorhängen, mit denen sieben der acht Fenster verhängt waren, zum Trotz.

Faroan zog fröstelnd den Umhang enger um die Schultern, trat vom Fenster zurück und ging zum Kamin hinüber. Er fror und die Kälte wich auch dann nicht vollends aus seinen Gliedern, als er vor dem Feuer in die Hocke ging und die Hände über den prasselnden Flammen aneinander rieb. Es war mehr als die äußere Kälte, die er fühlte, und mehr als die eisige Luft, die ihn zittern ließ. Zum ersten Mal in seinem Leben spürte Faroan das Gewicht der ungezählten Jahre, die auf seinen Schultern lasteten.

Das Quietschen rostiger Angeln ließ ihn aufsehen. Die Tür wurde geöffnet und die grauhaarige, gebeugte Gestalt König Oros betrat die Kammer. Faroan erhob sich rasch, ging dem König ein paar Schritte entgegen und neigte leicht das Haupt. »Mein König.«

Oro drückte die Tür hinter sich ins Schloss und gab ein verärgertes Geräusch von sich. »Lass den Unsinn, Faroan«, sagte er. »Wir sind allein. Deine Zauberbücher werden die Etikette kaum zu schätzen wissen. Ich muss mit dir reden.«

Faroan schwieg. Es war ihm vom ersten Augenblick an klar gewesen, dass Oro nicht hierher gekommen war, um mit ihm zu plaudern. Das tat niemand. Es gab keinen in Hochwalden, der nicht ein gewisses Unbehagen verspürte, wenn er seine Kammer betrat, und Oro machte da keine Ausnahme. Selbst Faroan glaubte manchmal, vor allem dann, wenn er längere Zeit fort gewesen war und zum ersten Mal wieder den Raum betrat, noch einen schwachen Hauch des Fremden, Geheimnisvollen zu spüren. Diese Wände hatten zu viele Beschwörungen erlebt, zu viel Magie gesehen, um sie vollends vergessen zu können.

Oro ging an ihm vorbei, setzte sich auf einen Schemel neben den Tisch und wartete, bis Faroan es ihm gleichgetan hatte. Sein Blick huschte nervös über das aufgeschlagene Zauberbuch, das vor ihm auf dem Tisch lag. Die Buchstaben auf den Seiten schienen sich zu bewegen, als versuchten sie sich den Blicken derer, für die sie nicht bestimmt waren, eifersüchtig zu entziehen.

Faroan lächelte, schlug das Buch zu und sah Oro fragend an. »Resnec?«

Oro nickte kaum merklich. »Resnec«, bestätigte er. »Ich traue ihm nicht, Faroan. Und ich glaube, du hast Recht – er wird mein *Nein* nicht akzeptieren.« Seine Stimme klang ein ganz kleines bisschen nervös. »Ich habe die Wachen verdoppelt«, sagte er plötzlich.

Faroan erschrak, aber nur kurz. *Was hatte er erwartet?* »Er wird nicht angreifen«, sagte er, aber es war eher Wunsch als wirkliche Überzeugung. »Lassar würde es nicht wagen, Hochwalden mit Gewalt zu nehmen oder auch nur einen seiner Krieger mit Waffen hierher zu schicken. Alle würden sich gegen ihn wenden, vom Zwergenvolk bis zu den hohen Elben in den Bergen.«

Zu seiner Überraschung lächelte Oro plötzlich. Er schüttelte den Kopf, beugte sich vor und begann mit dem Ringfinger der Rechten die kabbalistischen Zeichen nachzuziehen, die in den schweinsledernen Einband des Buches eingraviert waren.

»Faroan, mein Freund«, seufzte er. »Ich wusste, dass ich diese

Antwort von dir bekommen würde. Du denkst an Zwerge und Elben, an Magier und uralte Flüche …«

»Die noch immer existieren und wirksam sind.«

»Aber woran du nicht denkst, das sind Schwerter und Bögen, Lassars Reiterei und seine schwarzen Henker. Ist die Welt, in der du lebst, wirklich so anders als die, in der ich lebe?«

Faroan antwortete nicht gleich. Oros Worte verwirrten ihn, umso mehr, da er spürte, dass der König das eigentliche Anliegen, dessentwegen er hergekommen war, noch nicht vorgetragen hatte.

»Was willst du?«, fragte er. »Dass ich einen Zauber spinne, der Lassar und sein Reich vernichtet? Eine Wand aus Magie, die Hochwalden schützt? Das kann ich nicht.«

»Ich weiß«, antwortete Oro.

»Was willst du dann?«, fragte Faroan. Eine noch vage, unbestimmte Ahnung stieg in ihm auf.

Oro wich seinem Blick aus. Seine Finger fuhren fort, die Linien auf dem Buch nachzuzeichnen.

»Webe einen Zauber«, sagte er schließlich und noch immer ohne ihn anzublicken. »Ich möchte, dass du Cavin hierher holst. Ich fürchte um seine Sicherheit, solange er sich noch außerhalb der Mauern aufhält. Resnec ist ein verschlagener Mann. Wüsste er, dass mein eigener Sohn dort draußen ist, von nicht mehr als einem Dutzend Reitern beschützt …«

»Einem Dutzend deiner besten Reiter, Oro«, erinnerte Faroan sanft. »Gwenderon selbst ist bei ihm, und du weißt, dass er stark und tapfer wie zehn Männer ist.«

Oro machte eine abwertende Geste. »Was hilft Tapferkeit und Mut gegen Verschlagenheit und Heimtücke?«, fragte er. »Was sind Schwerter und Schilde gegen Magie und finsteren Zauber? Es war ein Fehler, ihn ausgerechnet jetzt kommen zu lassen.«

»Es war ein Fehler, ihn überhaupt fortzuschicken, Oro«, sagte Faroan leise.

Oro blickte ihn an, schwieg aber. Sie hatten mehr als einmal darüber geredet und sich mehr als einmal deswegen gestritten, schon bevor Prinz Cavin damals, noch nicht acht Jahre alt, Hochwalden verlassen hatte, um seine Ausbildung an den besten Schulen entlang der Küste zu beginnen. Er war Oros einziger Sohn, und der

König, der die Jahre an sich vorüberziehen sah und spürte, dass er älter wurde, war der Meinung, dass das Beste für seinen Nachfolger gerade gut genug war. Hochwalden verdiente einen Herrscher, der sich auf dem schlüpfrigen Eis der Etikette so sicher bewegen konnte wie im Sattel seines Pferdes.

Natürlich hatte Oro Recht; die Zeiten, in denen ein König nur König sein konnte, weil er stark war, waren lange vorbei und würden vielleicht niemals wiederkommen. Aber Faroan wusste auch, dass es in den von den Jahrhunderten geschwärzten Wänden Hochwaldens noch andere Dinge gab, Dinge, von deren Existenz Oro nichts wusste oder vor denen er zumindest die Augen schloss. Vielleicht war der Schwarzeichenwald der letzte Ort echter Magie und echten Zaubers, den es in der Welt noch gab. Und Faroan war der Meinung gewesen – und er war es noch –, dass es wichtigere Dinge gab, als fünf Fremdsprachen zu sprechen und zu wissen, ob man den kleinen Finger abspreizen durfte, wenn man ein Weinglas hielt. Aber er hatte sich Oros Ratschluss nicht widersetzt. Oro war der König, nicht er.

»Vielleicht war es das wirklich«, sagte Oro nach einer Weile. Plötzlich änderte sich sein Tonfall. »Doch wenn, dann ist es jetzt zu spät, darüber zu jammern. Ich möchte, dass Cavin so schnell wie möglich hierher gebracht wird, Faroan. Ob auf magischem oder irgendeinem anderen Wege ist gleich. Nur in Hochwalden ist er sicher.«

Faroan wollte widersprechen, aber er tat es nicht. Oros Worte enthielten mehr Wahrheit, als er selbst ahnen mochte. Lassar war nicht nur König und Eroberer, er war auch ein Zauberer, wenn auch einer, der sich der dunklen Seite der Magie verschrieben hatte. Wenn er erfuhr, dass der einzige Sohn Oros praktisch schutzlos im Wald unterwegs war …

Er verscheuchte den Gedanken, zwang sich zu einem Lächeln und fuhr fort: »Cavin ist in Sicherheit, Oro. Selbst wenn Lassar auf irgendeinem Wege in Erfahrung gebracht haben sollte, dass er sich auf dem Rückweg befindet, wird er auf den Straßen nach ihm Ausschau halten oder allenfalls noch den Fluss beobachten. Es war ein kluger Entschluss, ihn den Weg durch das Herz des Waldes wählen zu lassen.«

Oros Blick spiegelte Sorge. »Ich hoffe es, mein Freund«, murmelte er. »Schon mancher ist nicht zurückgekehrt, der sich dorthin wagte.«

»Cavin ist in Sicherheit«, behauptete Faroan gegen seine Überzeugung. »Gwenderon ist der beste Mann, den es für diese Aufgabe gibt.« Er stand auf. »Trotzdem werde ich sehen, was ich tun kann.«

»Nur sehen?«, fragte Oro leise.

Faroan atmete scharf ein. »Das Herz des Schwarzeichenwaldes ist ein Ort großer Magie, mein König«, sagte er steif. »Mein Zauber wirkt dort nicht; so wenig wie der Lassars oder irgendeines anderen Magiers.«

Er deutete auf die geschliffene Kristallkugel, die auf einem kleinen Podest neben der Tür stand. »Vielleicht gelingt es mir, einen Blick auf ihn und seine Begleiter zu erhaschen. Doch ich brauche Ruhe, um den Zauber vorzubereiten.«

Oro verstand den Wink und erhob sich. »Tu das, mein Freund«, sagte er. »Ich … werde später noch einmal kommen.«

»Du solltest ein wenig schlafen«, sagte Faroan. In seiner Stimme schwang Sorge. »Die letzten Tage waren anstrengend und du …«

»Bist ein alter Mann, der Ruhe braucht?«, unterbrach ihn Oro mit einem sonderbaren, fast wehmütigen Lächeln. »War es das, was du sagen wolltest, mein Freund?« Er ging zur Tür und schob den Riegel zur Seite, blieb aber noch einmal stehen und sah zu Faroan zurück.

»Ich habe das Gefühl, bald sehr lange schlafen zu können, Freund«, sagte er mit großem Ernst. »Sieh nach meinem Sohn, Faroan, das ist alles, worum ich dich bitte.«

Faroan antwortete nicht darauf, sondern blieb reglos stehen, bis der König seine Kammer verlassen und die Tür hinter sich zugezogen hatte.

10

Der Angriff erfolgte so warnungslos, dass selbst Gwenderons schon beinahe übermenschlich schnelle Reaktion um ein Haar zu spät gekommen wäre. Sie waren zehn Minuten geritten, als der Mann an der Spitze der kleinen Kolonne aufschrie und wie vom Blitz getroffen von seinem Pferd stürzte. Gwenderon bemerkte eine Bewegung schräg über sich, schrie dem Prinzen eine Warnung zu und riss instinktiv seinen Schild in die Höhe.

Ein harter Schlag traf seinen Arm; ein faustgroßer, pelziger Ball prallte gegen den Schild, versuchte sich mit unzähligen dürren Beinen festzuklammern und glitt haltlos ab. Cavins Pferd kreischte, zuerst vor Schrecken, dann vor Schmerz, als sich eine zweite Spinne an seinem Hals festklammerte und rasend vor Wut zubiss. Das Tier bäumte sich auf, warf seinen Reiter ab und trat in blinder Panik um sich.

Die geordnete Formation, in der sie bisher geritten waren, löste sich von einer Sekunde auf die andere in ein heilloses Durcheinander auf. Männer und Tiere schrien vor Schmerz und Furcht, als die Tauspinnen wie schwarzer, klumpiger Hagel auf sie herabregneten.

Es waren hunderte, wenn nicht gar tausende der faustgroßen Tiere, die blindwütig alles angriffen, was sich bewegte. Gwenderon sah, wie einer der Edelmänner aus Cavins Begleitung gleich von fünf oder sechs der ekelhaften Tiere angegriffen und gebissen wurde. Der Mann schrie, fiel vom Pferd und schlug wie rasend um sich; seine Fäuste zermalmten zwei, drei Spinnen, aber die anderen griffen nur umso verbissener an.

Gwenderon bäumte sich auf, als er den schmerzhaften Biss nadelspitzer Fänge spürte, die sich tief in seine Haut bohrten. Er schleuderte die Spinne davon, versuchte einen Moment lang sein tobendes Pferd zu beruhigen, dann gab er den Kampf auf, sprang aus dem Sattel und eilte mit zwei, drei hastigen Schritten dorthin zurück, wo der Prinz gestürzt war. Cavin bewegte sich nicht.

Rings um sie herum tobte das Chaos. Der schmale Waldweg war eine Hölle aus Schreien, durchgehenden Pferden, Männern, die halb wahnsinnig vor Schmerz um sich schlugen, kleinen, huschenden Schatten. Einer der Krieger zog sein Schwert und schlug wie wild auf die kribbelnde schwarze Masse ein, die seinen Brustpanzer bedeckte und in sein Helmvisier zu kriechen versuchte. Es kam Gwenderon fast wie ein Wunder vor, dass Cavin bisher noch nicht von einem durchgehenden Pferd zu Tode getrampelt worden war.

Hastig kniete er neben dem Prinzen nieder, wischte angeekelt eines der schwarzen Spinnentiere fort, das seine Schulter hinaufkriechen wollte, und erschlug gleich darauf drei andere mit seinem Schild. Cavin stöhnte. Der Sturz hatte ihm das Bewusstsein geraubt, aber er kam bereits wieder zu sich. Seine Augenlider flatterten und seine Hände fuhren mit kleinen, unsicheren Bewegungen über den Boden, als er sich hochzustemmen versuchte.

»Bleibt liegen, Herr«, sagte Gwenderon. »Keine Bewegung mehr!«

Cavin war benommen, aber er gehorchte instinktiv, und auch Gwenderon zwang sich, reglos sitzen zu bleiben, obgleich das Gefühl des Ekels in ihm immer unerträglicher wurde; sogar stärker als seine Angst. Aber er wusste, dass dies ihre einzige Chance war. Tauspinnen orientierten sich fast ausschließlich an Geräuschen und Gerüchen – und Bewegung. Für ihr primitives Begriffsvermögen war alles, was sich nicht bewegte, tot und uninteressant. Dabei waren sie normalerweise harmlos und gingen allen Lebewesen aus dem Weg, die größer als sie selbst waren. Aber sie konnten, allein durch die große Zahl, in der sie vorzukommen pflegten, zu mörderischen Gegnern werden. Gwenderon verstand nicht, warum die Tiere sie angriffen. Er hatte nie gehört, dass sie einen Gegner grundlos überfallen hätten – geschweige denn eine ganze Gruppe von Reitern ...

Ein leises Stöhnen riss ihn aus seinen Überlegungen. Eine Spinne war auf Cavins Brust gekrochen und tastete mit ihren dünnen, zitternden Vorderbeinen nach seinem Kinn. Auf ihren nadelspitzen Fängen glitzerten wenige Tröpfchen einer farblosen Flüssigkeit, und ihre vielfach gebrochenen Facettenaugen schienen im Halbdunkel des Waldes wie winzige glühende Kohlen zu leuchten. Die feinen Härchen auf ihrem kugelförmigen Leib zitterten.

»Bewegt Euch nicht, Herr!«, flüsterte Gwenderon. Langsam, unendlich langsam, streckte er die Hand aus, verharrte, als sich die Spinne ein winziges Stückchen drehte und nun ihn ansah, und schlug zu.

Die Spinne flog meterweit davon und verschwand im Unterholz. Cavin atmete hörbar auf und Gwenderon bedeutete ihm mit einem beschwörenden Blick, still liegen zu bleiben.

Der ungleiche Kampf war vorüber, ehe er richtig begonnen hatte. Drei, vier Männer waren gleich Gwenderon und dem Prinzen aus ihren Sätteln gestürzt und lagen reglos auf dem Weg. Ein Stück hinter ihnen lag ein Pferd mit zuckenden Flanken und schaumigem Maul da und starb. Aber der größte Teil der Gruppe war in Sicherheit und sammelte sich fünfzig Schritt abwärts des Weges; hinter der unsichtbaren Grenze, an der die Tiere angriffen.

Sie hatten in doppelter Beziehung Pech gehabt, dachte Gwenderon düster. Die Reviere, die die Tauspinnen beanspruchten, waren niemals sehr groß. Ein Kreis von hundert, hundertfünfzig Schritten Durchmesser zumeist. Cavin und er mussten sich ziemlich genau im Herzen dieses Gebietes befunden haben, als die Spinnen angriffen. Wenn sie aufstanden und versuchten zu den anderen zu gelangen, würden die Spinnen abermals über sie herfallen. Ihr Gift war normalerweise nicht sehr gefährlich. Aber hundert Nadelstiche töteten ebenso sicher wie ein Schwerthieb.

»Was … tun wir jetzt, Gwenderon?«, fragte Cavin. Er sprach leise und gab sich Mühe, die Lippen so wenig wie möglich zu bewegen. Auf seiner Stirn glitzerte Schweiß. Aber er hielt sich erstaunlich gut; besser, als Gwenderon zu hoffen gewagt hatte.

Der grauhaarige Waffenmeister antwortete nicht gleich. Sein Blick glitt über die reglos daliegenden Gestalten auf dem Weg. Einer von ihnen trug das matte Silber seiner Garde; es war der Mann, der an der Spitze geritten und zuerst angegriffen worden war. Gwenderon würde keine Gelegenheit mehr haben, ihn für seinen Fehler zur Verantwortung zu ziehen. So, wie sein Kopf lag, musste er sich das Genick gebrochen haben, als er vom Pferd stürzte.

Bei den drei anderen handelte es sich um Edelleute aus Cavins Geleit. Zwei von ihnen waren tot, während der Dritte mit weit aufgerissenen Augen dahockte, vornübergebeugt und erstarrt, entweder vor Schreck oder weil er um die Eigenart der Spinnen wusste, nur Feinde anzugreifen, die sich bewegten.

»Verdammt, Gwenderon, was tun wir?«, keuchte Cavin. In seiner Stimme schwang jetzt deutlich Panik mit.

»Ich weiß es nicht, mein Prinz«, murmelte Gwenderon. Allmählich begann sich auch in ihm so etwas wie Verzweiflung breit zu machen. Sie konnten nicht ewig hier liegen bleiben – aber wenn sie sich bewegten oder auch nur ein zu lautes Wort sprachen, würden die gereizten Tiere erneut über sie herfallen. Schon jetzt spürte er, dass er die unnatürlich verkrampfte Haltung, in der er neben dem Prinzen hockte, nicht mehr sehr lange aushalten würde. Sein Rücken und seine Waden waren verspannt und schmerzten. Behutsam verlagerte er sein Gewicht nach vorne, streckte vorsichtig die Hände aus und stützte sich auf dem Boden ab. Er brauchte fast fünf Minuten für diese Bewegung.

»Vielleicht ... können wir kriechen«, flüsterte er. »Wenn wir uns ganz langsam bewegen.«

Ein schwarzer Ball huschte auf wirbelnden Beinen heran und grub seine Fänge in Gwenderons Hand. Der Waffenmeister schrie auf und unterdrückte den Impuls, nach dem Tier zu schlagen.

Cavin seufzte. »So viel zu deinem Vorschlag, Gwenderon. Hast du noch mehr Ideen?«

»Ja«, schnappte Gwenderon. »Betet noch einmal, mein Prinz. Solange Ihr es noch könnt.«

Er schloss die Augen, versuchte den brennenden Schmerz in seiner Hand zu ignorieren und verlagerte noch einmal sein Körpergewicht, unendlich viel langsamer als zuvor und jederzeit bereit, erneut zur Reglosigkeit zu erstarren.

Vor ihm waren gleich drei der pelzigen Tiere. Ihre Augen funkelten ihn boshaft an, und die Art, in der sich die haardünnen Fühler an ihren Köpfen bewegten, ließ ihn für einen Moment fast glauben, dass sie miteinander sprachen. Langsam, ganz langsam hob er die Hand, bewegte sie einen Zoll nach vorne und senkte sie wieder.

Die Spinnen griffen nicht an.

Gwenderon atmete innerlich auf, hob die andere Hand und schob auch sie nach vorne, ein Stück weiter diesmal und eine Winzigkeit schneller.

Einer der schwarzen Bälle schoss auf ihn zu. Gwenderon erstarrte und die Spinne hielt wenige Fingerbreit vor seinen Händen an, blieb einen Moment zitternd stehen und trollte sich dann wieder.

»Das hat keinen Zweck«, stöhnte Cavin. »Auf diese Weise brauchen wir Stunden, um zu den anderen zu kommen. Das schaffen wir nicht.«

Gwenderon antwortete diesmal nicht. Es gab auch nichts, was er hätte sagen können. Ihre Lage war mehr als aussichtslos.

»Prinz Cavin! Gwenderon!«, ertönte eine Stimme vom unteren Ende des Weges. »Haltet aus! Bewegt euch nicht! Wir holen euch!«

Gwenderon hob, unendlich langsam und vorsichtig, den Kopf und blickte zu den Reitern hinab. Der Tross hatte sich ein weiteres Stück zurückgezogen. Die Männer waren aus den Sätteln gestiegen, einige hockten am Boden und waren offensichtlich verletzt. Ein halbes Dutzend Krieger war damit beschäftigt, irgendetwas zu tun, was Gwenderon nicht erkennen konnte, aber sie taten es in großer Eile. Aufgeregte Rufe, das Klirren von Metall und das Knarren von Leder drangen an Gwenderons Ohr.

»Was haben sie vor?«, flüsterte Cavin.

»Ich weiß es nicht«, antwortete Gwenderon düster. »Aber was immer es ist – es wird nicht klappen.«

Cavin gab einen undefinierbaren Laut von sich. »Du hast eine reizende Art, mir Mut zu machen, Gwenderon.«

Die Reihe der Krieger teilte sich, und jetzt erkannte Gwenderon auch, womit sie bisher beschäftigt gewesen waren. Zwei Angehörige der Garde näherten sich der unsichtbaren Grenze, hinter der die Tiere angriffen, aber sie waren kaum noch als Menschen zu erkennen. Jeder Quadratzoll ihres Körpers, der nicht vom Metall der Rüstungen bedeckt war, war sorgsam mit Leder oder dicken, mehrfach übereinander gelegten Stoffstreifen umwickelt. Die Lücken zwischen Brust-, Arm- und Beinpanzer hatte man verstopft und abgedichtet, und selbst die Sehschlitze waren zugestopft worden, sodass sich Gwenderon fragte, wie sie überhaupt sehen konnten. In den Händen hielten sie brennende Fackeln.

»Diese Narren!«, murmelte er. »Sie werden uns umbringen. Die Spinnen werden vollends verrückt, wenn sie das Feuer spüren. Wir werden tot sein, ehe sie halb bei uns sind!«

Langsam, unförmig wie zwei Gestalten aus einem Alptraum und mit plumpen, stampfenden Schritten kamen die beiden Soldaten näher. Die Spinnen begannen aus ihrer unmittelbaren Nähe zurückzuweichen, als sie das Feuer spürten, aber Gwenderon sah auch die rasche, kaum merkliche Bewegung, die wie eine Woge durch die Masse der Tiere lief. Die drei Spinnen, die noch immer vor ihm hockten und ihn misstrauisch beäugten, wurden zusehends nervöser.

Plötzlich blieb einer der beiden Krieger stehen und Sekunden später verharrte auch sein Begleiter. Erschrockene, aufgeregte Rufe wurden in den Reihen der Männer laut, Arme deuteten auf etwas hinter Gwenderons Rücken.

Hinter ihm stieß Cavin ein ungläubiges Keuchen aus, aber Gwenderon kam nicht mehr dazu, sich umzublicken. Er hörte Schritte, dann fühlte er sich gepackt und mit unmenschlicher Kraft vom Boden hochgerissen. Im nächsten Augenblick wurde er über eine gewaltige, mit braunem Pelz bedeckte Schulter geworfen und davongetragen, schneller, als ein Pferd laufen konnte.

Erst als sie die Pferde erreicht hatten, blieb sein geheimnisvoller Retter stehen, lud ihn von der Schulter und stellte ihn unsanft auf die Füße.

Gwenderon machte sich instinktiv los, taumelte einen Schritt zurück und blickte verwirrt in das spitze, pelzige Gesicht mit den schwarzen Knopfaugen, das ihn ausdruckslos anstarrte. Hinter seinem Retter erschien ein zweiter Raett, der Prinz Cavin wie einen Sack über der Schulter trug.

11

Der Schatten stand lautlos da, nicht sehr weit von den Reitern entfernt, halb verborgen zwischen den dornigen Büschen, die den Weg säumten, verschmolzen mit den anderen, natürlichen Schatten des Waldes. Niemand hätte ihn bemerkt, selbst wenn er direkt in seine Richtung geblickt hätte, weil niemand etwas bemerken kann, was gar nicht als es selbst existiert.

Aber er sah. Und er hörte. Und nach einer Weile wandte er sich wieder um und verschwand so lautlos, wie er gekommen war.

12

»Ihr?«, murmelte Gwenderon.

Er verstand nichts mehr. Er fühlte nicht einmal mehr Erleichterung in diesem Augenblick. Alles, was er empfand, war eine grenzenlose Verwirrung – und Angst, eine immer stärker werdende, scheinbar grundlose Angst. »Aber wieso …?«

»Weil sie immun gegen das Gift der Tauspinnen sind«, sagte Norrot, der zu ihm geeilt war, um ihn zu stützen, jetzt aber unschlüssig schien, um wen er sich zuerst kümmern sollte – um Gwenderon oder Cavin, der von dem zweiten Raett reichlich unsanft von der Schulter geladen und ins Unterholz geworfen wurde.

Der junge Prinz sprang fluchend hoch, fuhr herum und starrte die riesengroße Ratte mit einer Mischung aus Zorn und Furcht an.

»Außerdem schützt sie ihr dickes Fell gegen die Bisse«, fuhr Norrot fort.

Cavin schenkte ihm einen bösen Blick, taumelte und riss sich mit einer wütenden Bewegung los, als der Raett sofort wieder seine Arme umklammerte, um ihn zu stützen.

»Lass mich los, du Ratte!«, schrie er. Der Raett gehorchte – und Cavin fiel prompt zum zweiten Mal in die Dornen.

In den Augen des Raett blitzte es auf. Gwenderon war nicht sicher – aber er glaubte fast, so etwas wie Spott in dem normalerweise ausdruckslosen Nagergesicht der Riesenratte zu erkennen.

Er atmete tief ein, blickte an seinem Retter vorbei zu dem toten Pferd und den vier reglos daliegenden Gestalten hin und wandte sich dann an den Raett. Er war nicht sicher, ob es der gleiche Raett war, dem sie zu essen gegeben hatten.

»Ich danke euch«, sagte er, langsam und noch immer außer Atem. Sein Herz jagte. Plötzlich war die Angst schlimmer als vorhin, als sie hilflos inmitten der Spinnen gesessen hatten. Gwenderon musste all seine Kraft aufbieten, das Zittern seiner Hände nicht zu stark sichtbar werden zu lassen. »Ohne eure Hilfe wären der Prinz und ich jetzt tot.«

»Hilfe gut«, radebrechte der Raett. »Du geben Essen. Wir sagen, danken. Wir helfen.« Er drehte sich halb herum, um auf Cavin hinabzublicken, und fügte etwas leiser hinzu: »Wir warnen. Aber Menschenjunges Angst.«

Gwenderon fuhr überrascht zusammen und besah sich seinen

Retter genauer. Natürlich war es unmöglich, ihn als den Schatten zu identifizieren, den Cavin angegriffen hatte – aber plötzlich ergab alles einen Sinn. Aus den Augenwinkeln sah er, wie Cavin noch ein wenig mehr erbleichte.

»Ihr seid uns gefolgt? Das ... das warst du, vorhin im Wald?«

Der Raett ahmte ein menschliches Nicken nach und deutete mit einer unbestimmten Geste auf den Wald. »Gefahr«, sagte er. »Kommen.« Er wandte sich um, machte einen Schritt und blieb wieder stehen, um auffordernd zu Gwenderon zurückzublicken. Dann deutete er auf Cavin. »Menschenjunges mitkommen.«

»Wen meint er mit *Menschenjunges?«,* fragte Cavin gepresst. »Ich verspreche Euch, dass ich dieser Kreatur –«

»Und *ich* verspreche Euch«, unterbrach ihn Gwenderon, sehr leise, aber in einem Ton, der Cavin abrupt verstummen und ihn aus großen Augen anstarren ließ, »dass ich Euch hier und auf der Stelle die Tracht Prügel verabreiche, die Ihr schon lange braucht, mein Prinz, wenn Ihr nicht auf der Stelle ruhig seid.« Er lächelte beinahe freundlich, tauschte noch einen raschen Blick mit Norrot, den dieser wie immer verstand, wartete, bis der breitschultrige Unterhauptmann ein Stück schräg hinter den Prinzen getreten war und seine Waffe gezogen hatte, und ging auf den Raett zu.

»Ihr helfen, wir helfen.« Der Raett ahmte ein menschliches Nicken nach und deutete mit einer unbestimmten Geste auf den Wald hinter sich. »Weg schlecht«, sagte er. »Nicht gehen allein. Zwei allein, Gefahr. Zwei zusammen besser.« Es bereitete ihm offensichtlich große Mühe, seine Stimmbänder dazu zu zwingen, in der Sprache eines fremden Volkes zu sprechen und die richtigen Worte zu finden. Aber Gwenderon verstand trotzdem, was er meinte.

»Du meinst, wir sind in Gefahr?«

»Ja«, fauchte Cavin. »In der, aufgefressen zu werden.«

Gwenderon ignorierte ihn schlichtweg. »Und du meinst, wir sollten besser zusammen reisen statt getrennt?«, fügte er hinzu.

Wieder ahmte der Raett ein menschliches Nicken nach. Plötzlich grinste er, wobei Gwenderon einen Blick auf zwei Reihen fast fingerlanger, einwärts gebogener Reißzähne erhaschte, die die Grimasse eher drohend erscheinen ließen. »Wir stark«, sagte er. »Ihr Essen.«

Gegen seinen Willen musste Gwenderon lächeln. Er wusste wenig mehr über die Raett als die bloße Tatsache, dass es sie gab; ein böser Scherz der Natur, die versucht hatte den Menschen nachzuahmen, dabei aber in der Wahl ihrer Mittel gewaltig danebengegriffen hatte.

Jedenfalls war es das, was er bis jetzt geglaubt hatte. Aber vielleicht stimmte das nicht. Das wilde Äußere der Raetts verleitete die meisten dazu, diese Wesen als bloße Ungeheuer oder bestenfalls als geistlose Tiere zu sehen. Aber der Raett, der jetzt vor ihm stand und sich abmühte menschliche Worte und Gesten nachzuahmen, war weder das eine noch das andere. Ganz und gar nicht.

»Wie ist dein Name, Raett?«, fragte er.

»Guarr«, antwortete das Wesen und grinste wieder sein breites Rattengrinsen, als hätte Gwenderon einen besonders guten Scherz gemacht. »Weg schlecht«, sagte er. »Du helfen, wir helfen. Komm.« Er trat ein Stück zurück, machte eine halbe Wendung und deutete mit einer seiner Krallenhände zum Weg zurück, aber ein gutes Stück weiter westlich als dort, wo der Tross wartete.

»Du willst doch nicht im Ernst mit diesem Monstrum gehen?«, fragte Prinz Cavin scharf. Er hatte – wieder einmal – Gwenderons Befehl missachtet und war hinter ihn getreten. Betont langsam wandte Gwenderon sich um und sah den Prinzen an.

»Und warum nicht?«, fragte er. »Dieser Wald ist gefährlicher, als es den Anschein hat, mein Prinz – das haben wir gerade erlebt, nicht wahr?« Er deutete auf Guarr und den zweiten Raett. »Wenn sie uns töten wollten, hätten sie es geschickter anfangen können. Lasst uns wenigstens sehen, was er will.«

»Kommen«, sagte Guarr ungeduldig. »Alle sehen. Weg schlecht. Guarr helfen.«

Cavin setzte zu einer wütenden Entgegnung an, aber Gwenderon drehte sich herum und ging hinter dem Raett her, sodass Cavin ihm folgen musste, ob er wollte oder nicht.

Sie drangen etwa hundert Schritte weit zwischen den dicht stehenden Bäumen in den Wald ein, dann hob Guarr plötzlich die Hand, bedeutete ihnen mit Gesten, zurückzubleiben, und huschte allein weiter. Gwenderon kam nicht umhin, die Eleganz und Lautlosigkeit zu bewundern, mit der sich dieses große, scheinbar so plumpe Wesen zu bewegen vermochte.

Dann sah er etwas, was ihn den Raett schlagartig vergessen ließ.

Dicht vor ihnen, nur wenige Schritte jenseits der unsichtbaren Grenze, vor der Guarr ihnen anzuhalten geboten hatte, veränderte sich der Wald. Etwas Dunkles, Kriechendes bedeckte den Boden, formlose Klumpen haariger Schwärze, hier und da eingewoben in ein graues, zartes Gespinst.

»Was ist das?«, flüsterte Cavin. Seine Stimme zitterte leicht.

Statt einer direkten Antwort hob Gwenderon die Hand und deutete nach oben, zu den Baumwipfeln hin. Auch dort war das graue Gespinst sichtbar, große, zerfetzte Schleier, die wie erstarrter Nebel zwischen die Bäume gespannt und von dunklen, manchmal hektisch hin und her flitzenden Punkten durchsetzt waren.

»Ihr Nest«, sagte Gwenderon leise. *Aber das war unmöglich!* Sie waren hundert Schritt vom Weg entfernt!

Guarr kam zurück. In seiner Hand zappelte ein fast faustgroßes, dunkles Ding, das er erst Gwenderon, dann Cavin mit einem breiten Grinsen entgegenstreckte. Cavin gab einen keuchenden Laut von sich und sprang zurück. Sein Gesicht verzerrte sich vor Ekel.

»Was soll das?«, schrie er.

»Nichts, mein Prinz«, sagte Gwenderon, trat rasch vor und drückte Guarrs Arm herunter, wobei auch er ein starkes Gefühl des Ekels unterdrücken musste, als er dabei beinahe das zappelnde Etwas in seiner Hand berührte. »Er wollte uns nur warnen.« Das Ekelgefühl verstärkte sich und kroch in seiner Kehle empor, als er sah, wie Guarr die Spinne fallen ließ und beinahe behutsam mit den Zehen zurück in die Richtung dirigierte, aus der er sie gebracht hatte. Das Tier blieb einen Moment benommen sitzen, schien den Raett aus seinen winzigen Facettenaugen vorwurfsvoll zu mustern und verwandelte sich plötzlich in einen Ball aus wirbelnden Beinen, der so schnell davonhuschte, dass der Blick ihm kaum zu folgen vermochte.

Gwenderon atmete tief ein, um den sauren Geschmack von der Zunge zu bekommen, und wandte sich wieder an den Raett. »Wie ist das möglich?«, fragte er. »Sie … sie greifen niemals an, außer jemand nähert sich ihrem Nest.«

»Wald Angst«, sagte Guarr ernst. »Tiere Angst. Böse Zeit.«

»Zum Teufel, Gwenderon, was bedeutet das alles?«, fragte Cavin wütend. »Was ... was redet dieses *Tier?* Um ein Haar hätte es mir eine Spinne ins Gesicht gehalten!«

Gwenderon drehte sich betont langsam herum, bedachte Cavin mit einem eisigen Blick und deutete mit einer Kopfbewegung zum Weg zurück. »Das bedeutete, mein Prinz«, sagte er, »dass der Weg gut hundert Schritte an ihrem Nest vorüberführt. Seht Ihr die Gewebe dort oben?«

Cavin starrte ihn wütend an, trat mit deutlichen Anzeichen des Ekels wieder vor und blickte mit einer Mischung aus Zorn und trotzigem Widerwillen zu den Baumwipfeln empor, dann wieder zu Boden, der jetzt stärker zu zucken und beben schien. Die Tiere waren einzeln nicht zu erkennen, aber es war, als wäre hier der Wald selbst zu furchtbarem, haarigem Leben erwacht.

Ein scharfer, leicht unangenehmer Geruch hing in der Luft.

»Das müssen tausende sein«, murmelte er.

»Wohl eher zehntausende«, sagte Norrot an Gwenderons Stelle. »Ich habe nie ein so großes Nest gesehen.«

»Weg schlecht«, pflichtete ihm Guarr bei. »Wir helfen. Ich warnen.«

Cavin schenkte ihm einen finsteren Blick. Der Anblick der zahllosen Tiere, die den Boden und die Bäume vor ihnen mit kribbelndem Leben bedeckten, hatte ihn für einen Moment aus der Fassung gebracht. Aber Guarrs Worte brachten seine alte Überheblichkeit wieder zum Durchbruch.

»Und wenn«, sagte er. »Warum zeigt er uns diese Ungeheuer? Wir sind fast von ihnen umgebracht worden.«

»Eben«, sagte Gwenderon ruhig. »Und genau das hätte nicht geschehen dürfen.« Cavin wollte auffahren, aber Gwenderon fuhr rasch und mit ganz leicht erhobener Stimme fort: »Ihr mögt viel gelernt haben auf Euren Schulen, mein Prinz, aber es gibt in diesen Wäldern Dinge, die auf keiner Schule gelehrt werden. Es ist Brutzeit. Sie greifen alles an, was in ihren Nistbereich eindringt. Seht.« Er bückte sich, hob einen Ast auf und warf ihn über die unsichtbare Grenze, hinter der der Boden mit Spinnen bedeckt war.

Das Ergebnis erschreckte ihn beinahe selbst. Der Boden schien von einer Sekunde zur anderen zu einem finsteren, lautlos kochenden Sumpf zu werden. Dutzende der faustgroßen schwarzen Tiere rasten auf wirbelnden Beinen heran, packten den Ast und bissen wie wild mit ihren winzigen Giftzähnen in das trockene Holz. Binnen weniger Sekunden war der Zweig unter einem zitternden Ball aus hunderten von haarigen kleinen Leibern und Beinen verschwunden.

Cavin schluckte, und Gwenderon konnte sogar im fahlen Halblicht des Waldes erkennen, dass er blass wurde. »Und?«, fragte er. Gwenderon hörte ganz deutlich, dass das Wort trotzig hatte klingen sollen. Aber der Versuch misslang kläglich.

Gwenderon bückte sich nach einem zweiten Stock und warf ihn nun dicht vor die imaginäre Linie, die Guarr ihnen bedeutet hatte. Diesmal geschah nichts. Die Tiere schienen den Ast nicht einmal bemerkt zu haben.

»Und ... und wenn es ein ... ein zweites Nest ist?«, fragte Cavin unsicher.

»Unmöglich«, behauptete Norrot überzeugt. »Seht sie Euch an, mein Prinz. Es sind mehrere zehntausend Tiere, mindestens. Sie benötigen ein Jagdrevier, das wir in zwei Tagen nicht durchqueren können. Zwei Nester dieser Größe, nur hundert Schritte voneinander entfernt – das ist ausgeschlossen.« Er warf Gwenderon einen Beistand heischenden Blick zu, den dieser mit einem Nicken quittierte, und fuhr fort: »Nein, mein Prinz. Die Tiere, die uns angegriffen haben, kamen aus diesem Nest. Irgendetwas hat sie dazu getrieben, ihre Gewohnheiten zu ändern und uns zu attackieren.«

Gwenderon schwieg. Norrots Worte erfüllten ihn mit dumpfem Entsetzen. Der Krieger sprach nichts anderes aus als das Offensichtliche, nichts als das, was er selbst die ganze Zeit über gedacht hatte. Aber es war unheimlich, die Wahrheit so offen aus dem Mund eines anderen zu hören. Und es war unglaublich, dachte er schaudernd. Tauspinnen waren *Tiere,* stumpfsinnige Insekten, die nicht bewusst handelten und zu keiner freien Entscheidung fähig waren. Sie *änderten* nicht so einfach ihre Gewohnheiten.

Cavin richtete sich auf, sah noch einmal unsicher zu den grau verhangenen Baumwipfeln hinauf und schüttelte den Kopf. »Ich begreife das nicht«, murmelte er. »Warum haben sie das getan?«

»Weil hier irgendetwas nicht mit rechten Dingen zugeht«, antwortete Gwenderon kurz angebunden. Es war ihm nicht recht, dass Norrot in Gegenwart Cavins so redete. Auch er wusste, dass das, was sie hier sahen, alles andere als normal war. Er hatte niemals gehört, dass sich Tauspinnen in die Nähe der von Menschen benutzten Wege wagten. Trotz ihrer Gefährlichkeit waren die Tiere nicht aggressiv, sondern mieden im Gegenteil die Nähe von Menschen. Aber es wäre ihm lieber gewesen, wenn sie das nicht unbedingt in Hörweite des Prinzen besprochen hätten.

»Was tun wir?«, fragte Cavin. »Kehren wir um?«

»Einen Tagesritt zurück?« Gwenderons Miene verdüsterte sich. Die letzte Abzweigung hatten sie am vergangenen Abend passiert, seither hatte der Weg gerade und ohne Gabelung durch den Wald geführt. Der Gedanke, einen ganzen Tag zu verlieren, gefiel ihm nicht. »Es muss wohl sein«, sagte er schließlich.

»Und wenn wir einfach durchbrechen?«, fragte Cavin. »Ich meine, wir sind in Rüstung und Waffen. Jetzt, wo wir die Gefahr kennen, können wir uns schützen. Wenn wir schnell genug sind, sind wir vorbei, ehe sie überhaupt merken, dass wir da waren.«

Gwenderon schüttelte entschieden den Kopf. »Sind vier Tote noch nicht genug?«, fragte er kalt. »Nein, mein Prinz – ich werde nicht das Leben meiner Männer riskieren, nur um *Zeit* zu sparen.«

»Weg zeigen«, sagte Guarr plötzlich.

Gwenderon starrte den braunfelligen Raett einen Moment lang verstört an, bis er begriff, was er mit seinen Worten sagen wollte.

»Du meinst, du weißt einen anderen Weg durch den Wald?«, erkundigte er sich. Guarr nickte und begann aufgeregt in westlicher Richtung zu gestikulieren.

»Wir dorthin, ihr dorthin«, pfiff er. »Du gut. Wir Weg zeigen.«

Gwenderon zögerte. Im ersten Moment erschien ihm die Vorstellung, sich der Führung des Raett anzuvertrauen, so absurd, dass er sich einfach weigerte, darüber nachzudenken. Aber schließlich hatte ihm Guarr das Leben gerettet.

»Das ist nicht dein Ernst!«, entfuhr es Cavin. »Du willst nicht wirklich mit diesen Tieren gehen, Gwenderon. Das lasse ich nicht zu.«

Gwenderon seufzte. »Verzeiht, mein Prinz«, sagte er, »aber es gibt nichts, was Ihr zulassen könntet oder nicht.«

Cavin erbleichte, obwohl – oder vielleicht gerade weil Gwenderons Tonfall weit eher gelangweilt als scharf oder gar zornig gewesen war. Auf seinem Gesicht erschien ein Ausdruck, als hätte Gwenderon ihn in aller Öffentlichkeit geohrfeigt.

»Bist … bist du von Sinnen, Gwenderon?«, stammelte er. »Diese Biester wollen doch nur in der Nähe unserer Essensvorräte sein! Sie werden uns bei der erstbesten Gelegenheit ermorden, um unsere Vorräte und Waffen zu stehlen. Oder um uns aufzufressen!«

»Dazu hätten sie mehr als einmal Gelegenheit gehabt, mein Prinz«, antwortete Gwenderon, steif und zum wiederholten Male. »Ich halte es für besser, sie bei uns zu haben. Und«, fügte er, so leise, dass der Raett hinter ihm die Worte nicht hören konnte, hinzu, »ich fühle mich sicherer, wenn ich sie vor mir habe statt hinter mir.«

Cavin starrte ihn zornig an. Aber wie schon einmal schien er genau zu spüren, dass Widerstand sinnlos war. Gwenderon hatte sehr deutlich gemacht, dass er es war, der die Verantwortung trug, und dass er es war, der entschied.

»Gut«, sagte er gepresst. »Aber glaub ja nicht, dass die Sache damit erledigt ist, Gwenderon.«

»Natürlich nicht«, erwiderte Gwenderon kalt. »Wir werden es mit Eurem Vater bereden, sobald wir Hochwalden erreicht haben.« Mit einem Ruck wandte er sich um, sah den Raett einen Atemzug lang schweigend an und sagte: »Gut, Guarr. Ich vertraue dir. Ihr könnt mit uns kommen, bis wir Hochwalden erreicht haben«, sagte er. »Sobald die Festung in Sichtweite ist, trennen wir uns.«

Der Raett senkte den Kopf und quiekte eine Antwort, die Gwenderon nicht verstand. Dann begann er mit beiden Händen zu gestikulieren. Gwenderon unterdrückte ein Schaudern, als er sah, wie stark die Hände der Riesenratte waren.

»Ihr warten?«, sagte der Raett. »Andere zurück. Ich gelaufen, helfen.«

Gwenderon nickte. »Wir warten hier«, sagte er.

Guarr ließ einen zufriedenen Pfiff hören, wandte sich um und verschwand nahezu lautlos im Wald.

Prinz Cavin wich seinem Blick aus, als er sich umdrehte und langsam zum Weg zurückzugehen begann, und Gwenderon versuchte seinerseits, jeden Gedanken an den Prinzen zu verdrängen.

Cavin war jung, hitzköpfig und ungestüm und der Auffassung, dass seine Meinung die einzig gültige war. Aber all das waren nun einmal Vorrechte der Jugend. Und Gwenderon hatte erst vor Minuten erlebt, wie kühl und tapfer sich der junge Prinz in einer schwierigen Lage verhalten konnte. Er *war* bereits ein Mann, aber auch noch ein Kind – eine schwierige Zeit, durch die er hindurchmusste, gleich wie. Es würde nicht mehr lange dauern, bis er wirklich erwachsen war.

Sie erreichten den Weg, und Gwenderons gerade neu erwachter Optimismus bekam einen gehörigen Dämpfer, als er die Pferde sah – und die Männer, die hinter ihnen am Waldrand lagerten. Die Tiere waren – bis auf eines – mit dem Schrecken und einigen wenigen Kratzern davongekommen. Aber die Männer, die dumm genug gewesen waren, gegen die Spinnen kämpfen zu wollen, statt ein paar Bisse hinzunehmen und zu fliehen, hatten weniger Glück gehabt. Vor allem die Männer um den Prinzen, die Höflinge und Lehrer, die er mit nach Hochwalden bringen wollte, um dort – wie er es ausgedrückt hatte – die *Zivilisation* einzuführen, waren übel dran. Anders als die Männer der Garde waren sie nicht durch Rüstungen und Kettenhemden geschützt gewesen, und ihre dünnen Kleider hatten den Giftzähnen der Spinnen wenig Widerstand entgegensetzen können. Einer von ihnen lag im Sterben.

Fünf Tote, dachte Gwenderon düster. Fünf Tote, schon jetzt. Und es war noch ein weiter Weg bis Hochwalden.

Er blieb noch einen Moment neben dem Sterbenden hocken und blickte auf ihn hinab. Er empfand keinen Triumph – natürlich nicht –, aber auch kaum Mitleid; nicht einmal Bedauern. Voller Schrecken begriff er, wie gleichgültig ihm diese Männer waren. Er hatte sie nicht als *Männer* akzeptiert, sondern sie nur als eine Last empfunden, mit ihren schreiend bunten Kleidern und ihrem dummen Gerede, ohne wahre Identität. Selbst jetzt, während er neben dem sterbenden Mann hockte und auf sein bleiches Gesicht hinabsah, empfand er nichts. *Was geht in mir vor?*, dachte er schaudernd.

Er fand keine Antwort auf diese Frage, und so erhob er sich nach einer Weile und ging, eigentlich ziellos, ein Stück den Weg hinab. Seine Hand schmerzte. Die Haut rings um die beiden winzigen, nadelspitzen Einstiche war gerötet und in seinem Arm pochte das Blut. Wenn er den Kopf zu schnell bewegte, verspürte er ein leichtes Schwindelgefühl. Aber das würde vergehen bis zum nächsten Morgen. Er war nicht oft genug gebissen worden, um ernsthaft krank zu werden.

Zu seiner Erleichterung musste er nicht lange warten, bis Guarr zurückkam. Der Raett erschien kaum fünf Minuten später, und er war nicht mehr allein, sondern wurde von zwei weiteren, etwas kleineren Rattenmännern begleitet, von denen er einen als seinen Bruder Gionn vorstellte. Die Raett-Herde konnte nicht sehr weit von hier entfernt im Wald lagern, dachte Gwenderon, obwohl sie weder etwas von ihnen gesehen noch gehört hatten. Plötzlich war er sehr froh, diese Wesen nicht zu Feinden zu haben.

13

Faroans Kopf schmerzte. Auf seiner Zunge hatte sich ein schlechter Geschmack eingenistet und die Luft in der Kammer kam ihm stickig und verbraucht vor, obwohl er das Fenster geöffnet hatte und es schon fast zu kalt war.

Müde stand er auf, ließ die Hände noch einen Moment auf den vergilbten Seiten des Zauberbuches liegen, in dem er die letzte Stunde geblättert hatte, ohne dass sich die verschlungenen Zeichen und Symbole auf dessen Seiten zu irgendeinem Sinn geordnet hätten, fuhr sich mit der linken Hand über die Augen und ging schließlich zum Fenster.

Die Dunkelheit schien sich vertieft zu haben. Gleichzeitig wirkte das lastende Schwarz jenseits der Mauern noch drohender. Es war Abend geworden, während er über seinen Orakeln und Büchern gesessen hatte. Auf den Türmen brannten jetzt kleine, flackernde Wachfeuer, und der halbmondförmige See, der zwei der vier Seiten Hochwaldens umschloss, lag wie eine Ebene aus geschmolzenem Pech da, dunkel und grundlos. Oro hatte die Wachen verstärkt, wie er gesagt hatte, aber obgleich jetzt an die hundert Krieger auf den Türmen und Wehrgängen patrouillierten, war kaum ein Laut zu vernehmen.

Nichts, dachte er müde. Er hatte alles getan, was er vermochte, jedes Orakel, jedes Zeichen, jedes Buch befragt, das er kannte, auf die geheimnisvollen Stimmen des Waldes gelauscht, die auch er nicht immer zu enträtseln verstand, in seine Kristallkugel geblickt – nichts. Nichts, außer einer sehr starken Vorahnung von Gefahr und Untergang, einer sehr großen Gefahr und eines sehr gründlichen Unterganges sogar – aber mehr konnte er den Zeichen nicht entnehmen. Es war, als hätte er all seine Macht verloren. Oder als gäbe es da etwas, das sie störte.

Faroan war von tiefer Sorge erfüllt, als er sich nach einer Weile umwandte und zu dem hölzernen Podest hinüberging, auf dem die Kristallkugel lag. Das Flackern des Kaminfeuers und sein eigenes Gesicht spiegelten sich in der polierten Oberfläche, aber es war nicht sein Gesicht, das ihm entgegenblickte, die gewölbte Oberfläche der Kugel verzerrte es zu einer Grimasse und der tanzende rote Lichtschein der Flammen tauchte es in Blut. Es war ein böses Omen. Ein weiteres, böses Omen in einer endlosen Kette schlimmer Vorzeichen.

Der weißhaarige Magier atmete tief ein, hob die Hände und umschloss die Kugel in einer beschwörenden Geste. Das verzerrte Spiegelbild seines Gesichts verschwand und für einen Moment schienen wesenlose graue Schatten das Innere des Kristalls auszufüllen, während Faroans Lippen unhörbare Worte formten. Die Kristallkugel wäre dabei nicht einmal nötig gewesen; ebenso gut hätte er einen Stein nehmen können oder eine Schale mit Pferdemist. Sie war eine der Konzessionen, die selbst der so mächtige Stand der Magier an die Welt gemacht hatte, und natürlich nicht einmal uneigennützig. Aber daran verschwendete Faroan in diesem Moment keinen Gedanken. Irgendetwas war … anders.

Die Schatten verdichteten sich, bildeten Formen und Umrisse und trieben wieder auseinander. Bilder entstanden und vergingen so schnell, wie sie gekommen waren.

Dann …

Das wogende Grau in der Kugel ballte sich zu Klumpen, grauen, faserigen Gebilden, die mit klebrigen Fäden miteinander verbunden schienen. Ein rotes, bösartiges Licht erschien im Herzen der Kristallkugel, ein Flackern und Lohen wie der Blick eines Dämonenauges, eingebettet in ein Netz aus Schwärze …

Faroan löste seine Hände von der Kugel und taumelte mit einem Schrei zurück. Seine Finger zitterten und plötzlich perlte Schweiß auf seiner Stirn. Seine Augen waren unnatürlich geweitet. Sekundenlang starrte er auf die Kugel, in der noch immer graue und schwarze Schemen tanzten.

»Lassar …«, keuchte er und alles Grauen, zu dem er überhaupt fähig war, lag im Klang dieses Namens. »Lassar …«

Plötzlich fuhr er herum. Er packte seinen Stab, stürmte zur Tür und auf den Gang hinaus, lauthals Oros Namen rufend. Der Posten, der auf dem Korridor vor seiner Kammer Wache hielt, blickte ihm verstört nach, aber Faroan ignorierte ihn. So schnell ihn seine alten Beine trugen, rannte er den Gang hinab, stürmte die enge Wendeltreppe hinunter und eilte zum Thronsaal.

Oro war allein, wie er erwartet hatte. Der große, spärlich eingerichtete Raum war in die Dunkelheit getaucht, die mit der Nacht durch die Fenster hereingekrochen war, und es war noch kein Feuer entzündet worden. Nur beiderseits des Throns standen zwei Kohlebecken voller Glut, die eine Insel aus dunkelrotem Licht im Saal schufen, jenseits derer die Dunkelheit nur umso lastender erschien.

»Lassar!«, keuchte Faroan. »Bei allen Göttern, Oro, wir haben uns geirrt. Lassar wird …«

König Oro brachte ihn mit einer raschen, befehlenden Geste zum Verstummen. Hinter seinem Thron bewegten sich Schatten; zwei Männer seiner Leibgarde, die bisher unsichtbar im Dunkel gestanden hatten.

»Du bist erregt, mein Freund«, sagte der König. »Beruhige dich und dann sprich. Was ist mit Lassar und worin haben wir uns geirrt?«

Faroan zwang sich gewaltsam zur Ruhe, schloss für einen Moment die Augen und atmete ein paar Mal gezwungen tief ein und aus, ehe er antwortete. Aber seine Stimme bebte noch immer vor Erregung. Seine Hand schloss sich so fest um den Magierstab, dass seine Knöchel knackten.

»Nicht wir haben uns getäuscht, mein König«, sagte er. »Sondern ich. Ihr hattet Recht. Er wird uns angreifen.«

»So?« Oro lächelte auf eine sonderbare Weise, aber Faroan war viel zu erregt, um darauf zu achten.

»Ich fürchte, er hat schon damit begonnen«, stieß er hervor. »Seine Magie …«

»Ist doch ein wenig stärker, als du geglaubt hast, nicht wahr, mein Freund?«, unterbrach ihn Oro.

Faroan erstarrte. Sein Blick saugte sich an den zerfurchten Zügen des Königs fest. Und langsam, ganz langsam, erwachte der Schrecken in seinem Herzen.

»Lassar …«, flüsterte er.

Der Mann auf dem Thron nickte und plötzlich erschien ein dünnes, grausames Lächeln auf seinen Lippen. Es waren Oros Lippen, Oros Lippen in Oros Gesicht. Nur die Augen darin hatten sich verändert. Sie waren jetzt grundlos und schwarz und von einem bösen, gierigen Feuer erfüllt.

Faroan fuhr mit einem Schrei herum, als sich die beiden Gestalten hinter dem Thron erneut bewegten und in den flackernden Schein der Kohlebecken traten. Sie blieben Schatten, obgleich sie jetzt im Licht standen. Verzweifelt lief er auf die Tür zu. Er schaffte es nicht ganz.

Das Letzte, was er hörte, war das hohe, boshafte Summen von Bogensehnen, dann spürte er einen doppelten, unglaublich schmerzhaften Schlag zwischen den Schulterblättern.

Dann entglitt der Magierstab seinen kraftlosen Fingern.

14

Es vergingen mehr als zwei Stunden, bis sie so weit waren den Weg fortsetzen zu können. Ein Mann aus Cavins Begleitung, der sich als Arzt zu erkennen gab, sorgte für die Verwundeten, und er tat es, wie Gwenderon einräumen musste, mit großer Kunstfertigkeit. Eine Zeit lang sah es sogar so aus, als könne er den Sterbenden retten; dann bäumte sich der Mann noch einmal auf, stieß einen gellenden Schrei aus und starb.

Cavin selbst ging Gwenderon während all der Zeit bewusst aus dem Weg; er half seinem Begleiter, die Verwundeten zu versorgen, legte Verbände an, verrührte die Ingredienzien, die ihm der Arzt reichte, zu einer Paste, die lindernd auf die Bisswunden einwirkte, und tat alles, um sich nützlich zu machen, verschwand aber jedes Mal, wenn Gwenderon nur in seine Nähe zu kommen drohte. Gwenderon war froh darum. Die Sache war noch nicht erledigt – er *musste* mit Cavin sprechen, und Cavin mit ihm. Aber nicht jetzt.

Als sie schließlich so weit waren aufbrechen zu können, kam Karelian zurück. Er war nicht allein. In seiner Begleitung befand sich ein schwarzhaariger, bärtiger Mann, breitschultrig wie er selbst, aber nur halb so groß. Seine Kleider waren fleckig und wirkten auf den ersten Blick abgerissen und verdreckt, erwiesen sich aber auf den zweiten Blick als genau so gewollt; denn sie machten ihren Träger vor dem Hintergrund des Waldes beinahe unsichtbar. In den Händen trug er eine Axt, die eher zu einem Riesen gepasst hätte als zu einem normal gewachsenen Mann, geschweige denn zu einem Zwerg.

Hinter ihm und Karelian trat eine hoch gewachsene, sehr schlanke Frau mit schwarzem Haar aus dem Unterholz. Wie Karelian trug sie die fransige Lederkleidung der Waldläufer. Auf ihrem Rücken hing ein Langbogen, der fast so groß war wie sie selbst.

Gwenderons Miene verdüsterte sich, als er dem Waldläufer und seinen beiden Begleitern entgegentrat. Karelian wollte etwas sagen, aber Gwenderon ließ ihn gar nicht erst zu Wort kommen.

»Wo seid Ihr gewesen?«, schnappte er gereizt. »Und wer hat Euch erlaubt Fremde mitzubringen, Karelian?«

Karelian war verwirrt. Sein Blick glitt zwischen Gwenderon, den Männern und Prinz Cavin hin und her. Selbst einem Mann mit weniger feinem Gespür, als er es hatte, musste die Spannung auffallen, die zwischen dem Prinzen und dem Waffenmeister von Hochwalden herrschte. »Ich habe … Hilfe geholt«, sagte er stockend. »Was ist geschehen? Wer –« Er stockte. Seine Augen weiteten sich, als er die braunfellige Gestalt Guarrs zwischen den Kriegern erkannte.

»Was sucht diese Kreatur hier?«, fragte er. Plötzlich klang seine Stimme scharf und schneidend wie Glas. Gwenderon sah, wie seine Hand zum Gürtel kroch und sich dem Schwert näherte, und auch sein zwergenhafter Begleiter spannte sich. Nur die schwarzhaarige Frau blieb ruhig. Nicht einmal der Ausdruck auf ihren Zügen änderte sich.

»Diese *Kreatur*«, antwortete er betont, »hat dem Prinzen und mir und wahrscheinlich allen anderen hier gerade das Leben gerettet, Karelian. Aber vielleicht wären wir nicht auf ihre Hilfe angewiesen gewesen, wenn Ihr an Eurem Platz gewesen wäret. Wir bezahlen Euch als Führer, habt Ihr das vergessen?«

In Karelians Augen blitzte es auf, aber die erwartete wütende Antwort blieb aus. Karelian atmete nur tief ein, deutete mit der

Hand an Gwenderon vorbei den Weg hinauf und fragte noch einmal: »Was ist geschehen?«

»Nicht so viel, wie hätte geschehen können«, antwortete Gwenderon, nicht halb so ruhig wie der Waldläufer. »Bis auf die Tatsache, dass fünf Männer tot und die meisten anderen verletzt sind, ist im Grunde gar nichts passiert. Aber das ist gewiss nicht Euer Verdienst, Karelian.« Mit einer zornigen Kopfbewegung wies er den Weg hinab. »Dort vorne ist ein Nest von Tauspinnen. Sie haben uns angegriffen. Und sie hätten den Prinzen und mich getötet, hätte diese *Kreatur,* wie Ihr sie nennt, uns nicht gerettet. Was eigentlich Eure Aufgabe gewesen wäre.«

»Tauspinnen?« Karelian runzelte die Stirn, trat an Gwenderon vorbei und blickte für die Dauer von zehn, fünfzehn Herzschlägen den Weg hinauf. Dann nickte er.

»Ihr seid ihrem Nest zu nahe gekommen«, sagte er. »Es ist Brutzeit. Sie glaubten ihre Jungen bedroht. Die Tiere sind unberechenbar, wenn sie sich angegriffen fühlen.« Er deutete mit der Hand nach oben. »Seht Ihr die Netze dort, Gwenderon?«

Gwenderons Blick folgte seiner Geste. Zwischen den Baumwipfeln spannten sich graue, wehende Gebilde, faserige Schwaden wie Nebel, in denen sich Staub und kleine dunkle Klumpen – Beutetiere wahrscheinlich – gefangen hatten. Sie ähnelten den Netzen, die er im Wald gesehen hatte, waren aber lange nicht so zahlreich. Jetzt, als er einmal darauf aufmerksam geworden war, sah er noch mehr der faserigen grauen Gebilde. Sie waren überall, nicht nur in den Wipfeln, sondern auch im Unterholz, rechts und links des Weges – überall. Vorhin hatte er nichts davon bemerkt. Mehr noch – er war beinahe sicher, dass sie nicht da gewesen waren …

»Ihr hättet es sehen müssen, Gwenderon«, sagte Karelian. Seine Worte klangen nicht wie eine Rechtfertigung. Es war eine reine Feststellung, mehr nicht. »Der Mann an Eurer Spitze hätte es sehen müssen.«

»Der Mann an unserer Spitze ist tot«, sagte Gwenderon. Dann weitaus heftiger: »Zum Teufel, wir haben Euch mitgenommen, damit Ihr uns vor solchen Dingen warnt und nicht hinterher sagt, was wir hätten tun müssen!« Sein ganzer aufgestauter Zorn drohte sich nun auf den Waldläufer zu entladen. Er beherrschte sich nur noch mit Mühe.

Karelian drehte sich aufreizend langsam zu ihm herum. »Es ist nicht meine Schuld, wenn Ihr das Offensichtliche nicht seht«, sagte er. »Ich war in Sorge wegen einer größeren Gefahr.« Er deutete auf seine Begleiter. »Das ist Animah, eine Frau meiner Sippe. Und Mannon vom Volk der Zwerge. Er wird uns den Weg durch die Wälder weisen.«

»Danke«, sagte Gwenderon wütend. »Wir haben bereits einen Führer gefunden. Wenn seine Führung« – er deutete auf Mannon – »so gut ist wie die Eure ...« Er sprach den Satz nicht zu Ende. Es hatte keinen Sinn, sich jetzt noch zu streiten. Karelian hatte Recht, aber er auch. Mit aller Macht zwang er sich zur Ruhe. »Wieso einen Weg durch die Wälder?«, fragte er. »Woher wusstet Ihr, dass dieser Weg nicht mehr begehbar ist?«

»Er ist nicht mehr sicher, Herr«, unterbrach ihn Mannon. Seine Stimme war erstaunlich voll und tief für einen Mann von seinem Wuchs. Sie klang sehr angenehm, fand Gwenderon. »Lassars schwarze Henker sind gesehen worden und der Wald hat Angst.«

»Der Wald hat ... Angst?«, wiederholte Gwenderon zweifelnd. Plötzlich fielen ihm Guarrs Worte ein und ganz instinktiv blickte er zu dem Raett hinüber. Das Rattenwesen stand weit von ihnen entfernt, aber es blickte in ihre Richtung. Seine Ohren zuckten ganz leicht. Gwenderon war sich plötzlich sicher, dass es jedes Wort verstand, das Karelian, Mannon und er wechselten.

»Es ist finstere Magie im Spiel, Herr«, bestätigte der Zwerg. »Lassars Schatten strecken ihre Hände über das Land. Ich fürchte, der Weg wäre nicht mehr sicher, selbst ohne die Spinnen. Ich kenne einen anderen.«

»Einen schnelleren«, fügte Karelian hinzu. »Mannon wird uns bis zum nächsten Sonnenaufgang vor die Tore von Hochwalden führen.«

»Das sind über dreißig Meilen!«, entfuhr es Gwenderon. Aber der Zwerg lächelte nur sanft.

»Das kleine Volk kennt Wege durch die Dunkelheit, die uns verschlossen sind«, sagte Animah. Sie lächelte, aber ihr Blick blieb kalt. Gwenderon fiel auf, wie groß sie war. Größer als er selbst, und er war alles andere als kleinwüchsig. »Ihr könnt ihm vertrauen, Gwenderon. Ich kenne ihn seit vielen Jahren. Er ist ein Freund.«

Aber Gwenderon hörte ihre Worte kaum noch. Mannons Worte echoten wie dumpfes Hohngelächter hinter seiner Stirn: Es ist finstere Magie im Spiel, Herr ... Lassars Schatten ...

Er schauderte. Vielleicht war es gar kein Zufall, dass sie angegriffen worden waren, von Tieren, die die Menschen normalerweise mieden. Und vielleicht kam die dumpfe, gestaltlose Furcht, die er wie einen nagenden Schmerz seit Tagen in sich fühlte und bisher zu ignorieren versucht hatte, nicht von ungefähr.

»Lassars Schatten ...«, flüsterte er.

Karelian nickte. »Ja«, sagte er. »Spürt Ihr ihre Nähe nicht?« Er atmete hörbar ein, drehte sich um und blickte mit unbewegtem Gesicht zu Guarr, dem Raett, hinüber. »Und vielleicht«, flüsterte er, »sind sie schon da.«

15

»Damit kommst du nicht durch, Resnec.«

Oro sprach leise, beinahe im Flüsterton. Seine Stimme bebte, aber es war kein äußerlicher Schmerz, der sie zittern ließ, obgleich der Griff der beiden breitschultrigen Krieger viel härter war, als nötig gewesen wäre einen alten Mann wie ihn zu halten. Seine Augen brannten. Er spürte, wie ihm eine einzelne, salzige Träne über die Wange lief und seine Lippen benetzte. Vergeblich suchte er in seinem Inneren nach einer Spur von Furcht oder Zorn, von Verzweiflung oder Angst. Alles, was er spürte, war ein tiefer, zehrender Schmerz, ein Gefühl, als krampfe sich irgendwo in ihm etwas zusammen.

Sein Blick irrte immer wieder zu der reglos ausgestreckten Gestalt des weißhaarigen Magiers hinüber. Sie hatten ihn auf die lange Tafel unter dem Südfenster gelegt, die Hände über der Brust verschränkt, und jemand war barmherzig genug gewesen, ihm den langen Magierstab mit dem goldenen Knauf auf die Brust zu legen. Wäre der hässliche rote Fleck auf der Vorderseite seines Gewandes nicht gewesen, hätte man meinen können, er schliefe.

Aber er schlief nicht, sondern war tot.

Tot. Das Wort hallte ein paar Mal hinter Oros Stirn wider, aber es verlor nichts von seiner Bedrohlichkeit. Es war ... lächerlich. Faroan und tot – das war eine Kombination wie die Vorstellung brennenden Wassers. Obwohl er es sah und wusste, weigerte sich etwas in ihm, den Gedanken als wahr zu akzeptieren. Faroan *konnte* nicht sterben. Er war kein Mensch, sondern ein Teil der Welt, wie Hochwalden, wie der Schwarzeichenwald selbst, wie der Himmel. Wie lange kannte er Faroan jetzt? Fünfzig Jahre? Sechzig? Er wusste es nicht. Der Magier war schon alt gewesen, als er an den Hof gekommen war, und man munkelte, dass er sein Alter nach Jahrhunderten zählte wie andere nach Jahren. Irgendwie hatte Oro niemals auch nur daran gedacht, dass der Zauberer überhaupt sterben könnte. Und jetzt war er tot – meuchlings und feige ermordet.

Mühsam löste Oro seinen Blick von dem toten Magier und starrte Resnec an. »Dafür wirst du bezahlen, Resnec«, sagte er. »Niemand tötet einen Magier und niemand streckt seine gierigen Hände nach dem Schwarzeichenwald aus, ohne ...«

»Du glaubst das wirklich, wie?«, unterbrach ihn Resnec. Er sprach ganz ruhig. In seiner Stimme war keine Spur von Hass oder auch nur Zorn; allerhöchstens, dass sie ein bisschen verwundert klang. Beinahe mitleidig. »Du glaubst wirklich noch daran, dass Magie und der Geist von ein paar alten Bäumen den Lauf der Welt bestimmen, wie?« Er schüttelte den Kopf, seufzte und gab den beiden Männern hinter Oro einen Wink, ihn loszulassen.

»Du tust mir Leid, alter Mann«, fuhr er fort. »Du lebst in einer Welt, die schon lange nicht mehr existiert. Du und er.« Er deutete mit einer Kopfbewegung auf den Leichnam des Magiers. »Vielleicht wart ihr die letzten Vertreter dieser alten Zeit, Oro. Sie wird mit euch sterben.«

Oro starrte ihn an und versuchte vergeblich so etwas wie Hass oder wenigstens Zorn aufzubringen. Er fühlte sich betäubt.

»Ihr werdet mich auch töten müssen«, sagte er.

Resnec antwortete nicht. Durch das geöffnete Fenster drang der Lärm des Kampfes herein: das Klirren von Metall, Schreie, Rufe, das dumpfe Geräusch, mit dem schwere Körper auf Stein oder Holz aufschlugen. Aber die Hand voll Männer, die jetzt noch Widerstand leisteten, würden in wenigen Augenblicken niedergemacht sein. Oro hatte Resnec gebeten, seinen Männern den Befehl zum Aufgeben erteilen zu dürfen, aber Resnec hatte das abgelehnt. Er wollte keine Gefangenen. Keine Zeugen.

Resnec trat ans Fenster, stützte sich schwer auf die steinerne

Brüstung und blickte einen Moment hinaus. »Ich würde es nicht tun, wenn ich eine andere Wahl hätte«, sagte er. »Du hattest deine Chance, Oro.« Es hörte sich fast wie eine Rechtfertigung an. »Ich habe dich gewarnt. Mehr als einmal. Ich … hätte eine andere Lösung vorgezogen, glaube mir. Dieses Töten ist so sinnlos.«

»Dann ruf deine Kreaturen zurück!«, sagte Oro aufgebracht. »Lass mich mit meinen Kriegern sprechen. Sie werden die Waffen niederlegen, wenn ich es ihnen befehle.«

»Niemand widersetzt sich Lassars Befehlen«, antwortete Resnec ohne sich auch nur zu Oro umzudrehen. »Es ist zu spät, Oro.«

»Lassars Befehlen!«, stieß Oro hervor. »Was bist du, Resnec? Ein Mann oder eine Puppe, die nach dem Willen eines habgierigen Magierkönigs handelt?«

Resnec drehte sich nun doch herum und verzog ärgerlich die Lippen. Er wirkte verletzt. Aber er kam nicht dazu, zu antworten.

»Zumindest ist Resnec ein Mann, der seine Grenzen kennt und um einiges klüger ist als du, alter Mann«, sagte eine Stimme in Oros Rücken. Oro drehte sich herum, setzte dazu an, etwas zu sagen, ballte aber stattdessen nur hilflos die Fäuste.

»Lassar.«

Der Mann in dem einfachen, braungrünen Gewand lächelte kalt.

»Es ehrt mich, dass Ihr mich erkennt, König Oro. Ja, ich bin Lassar, der habgierige Magierkönig.« Er lachte leise. »Es tut mir Leid, dass wir Eure Festung mit Gewalt nehmen mussten, aber Ihr habt uns keine Wahl gelassen.«

»Keine Wahl?« Oro schrie fast. Er hatte noch immer keine Angst, obgleich er spürte, dass er dem Tod jetzt sehr nahe war. »Ihr hattet keine Wahl, als zweihundert meiner Krieger zu erschlagen und diesen harmlosen alten Mann hier meuchlings und heimtückisch ermorden zu lassen? Und alles nur wegen ein paar Bäumen?«

»Wenn es nur ein paar Bäume sind, warum habt Ihr sie uns dann nicht gegeben, Oro?«, erwiderte Lassar kalt. »Hat Euch Resnec mein Angebot nicht überbracht? Oder war es Euch nicht großzügig genug? Und was Faroan angeht – er war kein harmloser alter Mann, Oro. Aber auch das ist ja jetzt erledigt.«

»Nichts ist erledigt«, antwortete Oro leise. »Ihr könnt mich töten und Ihr könnt diese Festung schleifen, aber Ihr werdet den

Schwarzeichenwald niemals bekommen. Fühlt Euch nicht zu sicher, Lassar! Eure Macht ist auf Terror und Gewalt gegründet, aber Eure Gefolgsleute werden sich von Euch wenden, wenn sie erfahren, was hier geschehen ist.«

»Ihr sagt es, König Oro«, erwiderte Lassar gelassen. »*Wenn* sie erfahren, was hier geschehen ist. Aber sie werden es nicht erfahren.«

Oro presste die Lippen zusammen und starrte an dem Magier vorbei ins Leere, aber Lassar sprach von selbst weiter. Vielleicht hatte er Freude an dem grausamen Spiel gefunden. »Niemand wird irgendetwas erfahren, König Oro von Hochwalden. Alle Welt weiß, dass mein Vertrauter Resnec zu Euch gegangen ist. Ihr werdet das Angebot annehmen, das ist alles.«

»Ihr seid ein Narr, wenn Ihr wirklich glaubt, damit auch nur einen Schwachsinnigen täuschen zu können«, antwortete Oro gepresst. »Ihr seid ein Mörder und Verräter, Lassar, und Ihr werdet dafür bezahlen. Vielleicht werde ich es nicht mehr sein, der Euch zur Rechenschaft zieht, aber es werden andere …«

»Andere?«, unterbrach ihn Lassar. Ein rasches, höhnisches Lächeln huschte über seine Züge. »Wenn Ihr Euren Sohn meint, Oro, muss ich Euch enttäuschen.«

Obwohl sich Oro alle Mühe gab, sich seine Überraschung nicht anmerken zu lassen, fuhr er sichtlich zusammen. *Cavin! Was wusste dieses Ungeheuer von Cavin?!*

Lassar lachte böse, fast, als hätte er seine Gedanken gelesen. Vielleicht hatte er es.

»Habt Ihr geglaubt, ich wüsste nicht, dass Euer Sohn und Erbe auf dem Weg hierher ist, Oro?«, fragte er. »Es gibt nicht viel, was meiner Aufmerksamkeit entginge.« Sein Lächeln erstarrte vollends zur Grimasse. Seine Stimme war kalt und hart wie Glas, als er weitersprach. »Ihr seid ein Narr. Euer Sohn wird kommen und sein Erbe antreten, und … ja, vielleicht bereitet Euch dieser Gedanke besondere Freude: Es wird nicht lange dauern und er wird mir ein ebenso treuer Verbündeter sein wie Resnec.«

»Niemals!«, keuchte Oro. »Cavin wird dich vernichten, du Ungeheuer. Er wird bis zum letzten Blutstropfen gegen dich und deine schwarzen Henker kämpfen!«

Lassar nickte betrübt. »Er wäre dumm genug dazu, fürchte ich.«

Er seufzte, schwieg einen Moment, senkte den Blick und fuhr sich mit den Händen über das Gesicht.

Oro schrie auf, als der Magier den Blick hob und ihn wieder ansah. Das Gesicht unter der spitzen braunen Kapuze war nicht mehr das Lassars.

Es war sein eigenes Gesicht. Und es war seine eigene Stimme, mit der Lassar weitersprach – leise, höhnisch und so voller abgrundtiefer Bosheit, dass Oro ein zweites Mal aufstöhnte.

»Vielleicht würde er es tun, mein König«, sagte er spöttisch. »Aber er wird nicht gegen seinen eigenen Vater kämpfen, nicht wahr? Nach allem, was ich über Prinz Cavin gehört habe, ist er ein kluger und tapferer Prinz, aber auch ein Sohn, der seinem Vater gehorcht.«

»Du … du Bestie«, murmelte Oro. »Du …«

»Zweifelst du daran?«, fragte Lassar lächelnd. »Dein Sohn wird das Erbe antreten und Herrscher über Hochwalden sein, Oro. Aber er wird auch ein treuer Verbündeter sein; weil es der letzte Wunsch seines Vaters war, bevor er starb.«

»Niemals«, sagte Oro. Aber seine Stimme brach fast und tief in seinem Inneren wusste er, dass Lassar die Wahrheit sprach.

16

Der Abend kam, aber sie rasteten nicht. Zu Gwenderons Erstaunen hatten weder Karelian noch der Zwerg irgendwelche Einwände vorgebracht, als Guarrs Sippe zu ihnen gestoßen war und sich ihnen schweigend angeschlossen hatte, obgleich sie keinen Versuch machten, ihren Widerwillen zu verhehlen. Und selbst Gwenderon konnte sich eines bedrückenden Gefühls nicht erwehren, als das Dutzend großer, braungrauer Gestalten aus dem Unterholz trat und sie schweigend umringte. Und gleichzeitig – so absurd es war – fühlte er sich sicherer.

Mannon, der Zwerg, hatte nur laut ausgesprochen, was sie alle schon lange gespürt hatten: Der Wald hatte sich verändert. Die Schatten zwischen den Bäumen waren keine Zuflucht, die Dunkelheit kein Schutz mehr und in dem Rascheln des Windes in den Baumwipfeln schienen unhörbare Stimmen zu flüstern.

Lassars Fluch … Gwenderon hatte versucht die Worte zu vergessen oder wenigstens als das abzutun, was sie wohl waren, nämlich dummes und abergläubisches Gerede. Aber es war ihm nicht ganz gelungen. Er war nie zuvor einem Zwerg begegnet, aber er hatte – wie alle – gehört, dass das kleine Volk die Stimme der Natur verstand und in den Schatten lesen konnte.

Sie ritten bis weit in die Nacht hinein. Guarr hatte sie zu Gwenderons Erstaunen, ohne dass Mannon auch nur mit einem Wort dagegen protestiert hatte, mehr als drei Stunden scheinbar kreuz und quer durch den Wald geführt, und Unterholz und Gestrüpp waren bald so dicht geworden, dass sie absitzen und die Pferde am Zügel hinter sich herführen mussten. Ohne die Raetts, die mit ihren gewaltigen Körperkräften immer wieder Breschen in die verfilzten Barrieren aus dornigen Zweigen und Ästen brachen, wären sie vielleicht gar nicht mehr von der Stelle gekommen.

Karelian beobachtete ihr Tun schweigend, aber seine Miene wurde immer finsterer, und Gwenderon spürte, wie es in ihm brodelte. Für ihn, dessen Heimat diese Wälder waren, war jeder geknickte Zweig eine Wunde, jeder ausgerissene Busch eine Narbe, die sie dem Wald zufügten, jedes Splittern von Holz ein Schmerzensschrei. Und trotzdem – und das war etwas, das Gwenderon nicht mehr verstand – ließ er es zu.

Gwenderon verlor schon bald die Orientierung. Er hatte Fackeln entzünden lassen wollen, aber Mannon hatte dies mit einem scharfen Befehl verboten. Gwenderon fühlte sich hilflos. Trotz des Vertrauens, das er dem Zwerg entgegenbrachte, behagte es ihm nicht, blindlings durch den Wald zu stolpern und dem guten Willen eines einzigen Mannes ausgeliefert zu sein. Eines Mannes vom Kleinen Volk zudem, dem man nachsagte, dass es so unberechenbar wie verschlagen sei und dass es sich dem Menschen nicht unbedingt verbunden fühlte, nur weil es ihm ähnlich war.

Mitternacht musste längst vorüber sein, als Mannon ihnen endlich eine Rast gestattete. Sie hatten eine kleine Lichtung erreicht, die an einer Seite wie von einer natürlichen Wehrmauer von Felsen eingefasst wurde, und der Zwerg fand sich widerwillig bereit, die Männer ein Feuer entzünden zu lassen, damit sie sich ein wenig wärmen und Fleisch aus ihren Vorräten braten konnten.

Auch Gwenderon aß und trank. Aber er verzichtete darauf, die kurze Rast zu nutzen und sich hinzulegen, um seinem geschundenen Körper Gelegenheit zu geben, etwas von der aufgebrauchten Kraft zurückzugewinnen. Stattdessen ging er, von einer ihm selbst unerklärlichen inneren Unruhe getrieben, ziellos auf der Lichtung auf und ab. Der Wald behagte ihm nicht. Die Bäume umstanden den halbkreisförmigen Platz wie eine massive schwarze Mauer; er spürte den Atem des Fremden, Unheimlichen, der von ihnen ausging wie ein übler Geruch. Dies war nicht mehr der Schwarzeichenwald, den er kannte.

»Ihr seid in Sorge, Gwenderon?«

Gwenderon fuhr beinahe erschrocken zusammen, als er die Stimme hörte. Gezwungen langsam drehte er sich herum, musterte Karelian mit einem langen, eingehenden Blick von Kopf bis Fuß und zuckte mit den Achseln.

»Sollte ich?«, fragte er knapp.

Karelian lächelte dünn. »Ich dachte immer, ein Mann wie Ihr hätte das Misstrauen gepachtet«, sagte er. »Es wundert mich, dass Ihr plötzlich so vertrauensselig seid.«

»Was meint Ihr damit?«, entgegnete Gwenderon steif, obwohl er sehr gut wusste, worauf der Waldläufer hinauswollte. Karelian war kein Mann, der nur um des Redens willen redete. Er hatte ihn nicht angesprochen, um sich die Zeit zu vertreiben.

»Das wisst Ihr genau«, antwortete Karelian. »Diese ... Tiere« – er deutete auf die Raett-Horde, die ein Stück abseits, fast am entgegengesetzten Ende der Lichtung, lagerte – »warum habt Ihr erlaubt, dass sie uns begleiten?«

Gwenderon seufzte. »Ihr habt mit dem Prinzen gesprochen.«

»Das habe ich«, nickte Karelian. »Auch wenn es nicht nötig gewesen wäre. Niemand hier ist glücklich über ihre Anwesenheit, und ...«

»Ich weiß«, unterbrach ihn Gwenderon. Seine Stimme bebte vor Zorn. »Aber noch führe ich diese Gruppe, Karelian. Prinz Cavin ist ein Kind, ganz gleich, ob er nun der Sohn des Königs ist oder nicht. Er weiß es nicht besser. Aber von Euch hätte ich ein wenig mehr Verstand erwartet, Karelian! Diese Tiere, wie Ihr sie nennt ...«

»Haben dem Prinzen und vielleicht euch allen das Leben gerettet«, mischte sich eine dritte Stimme ein. Gwenderon fuhr wütend herum und erkannte den Zwerg, der so leise herangekommen war, dass er ihn nicht gehört hatte.

»Das wissen wir, Gwenderon«, fuhr Mannon fort. »Aber darum geht es nicht.« Er schwieg einen Moment, spielte gedankenverloren mit seiner Axt und schüttelte den Kopf, als versuchte er Worte für Dinge zu finden, die sich mit Worten nicht erklären ließen. In der Düsternis der Nacht sah sein Gesicht plötzlich sehr alt aus.

»Der Weg, der vor uns liegt«, fuhr er fort, sehr leise und mit gesenktem Blick und langsam, als müsse er jedes Wort sehr sorgfältig überlegen, ehe er es aussprach, »ist gefährlich, Gwenderon. Gefährlich und verboten.«

»Verboten?«

Mannon nickte. »Es ist lange her, dass Menschen auf den geheimen Pfaden des Kleinen Volkes durch diesen Wald geschritten sind, Gwenderon«, fuhr er mit großem Ernst fort.

»Im Moment schreiten wir eher auf den Pfaden der Raetts«, versetzte Gwenderon, in einem vergeblichen Versuch, Mannons Worten etwas von ihrer düsteren Bedeutung zu nehmen. Und der Zwerg überging seinen Einwurf auch, als spüre er ganz genau, wie wenig Bedeutung er hatte.

»Es sind Wege, die zu kennen dem Menschen verboten sind. Ich gehe ein großes Risiko ein, euch zu führen. Und Karelian und Animah auch.«

Gwenderon blickte den Zwerg mit wachsender Verwirrung an. »Warum tust du es dann?«, fragte er. »Warum nehmt ihr dieses Risiko auf euch, wenn es so groß ist?«

»Weil es sein muss«, antwortete Karelian, als wäre dies Erklärung genug.

»Der Wald ist in Aufruhr«, fügte Mannon hinzu. »Der Frieden dieses Ortes ist heilig, und doch hat es jemand gewagt, ihn zu brechen.« Er sah Gwenderon mit einem sonderbaren Blick an. »Spürt Ihr es nicht, Gwenderon? Fühlt Ihr nicht die Unruhe, die Furcht, die nach der Seele des Waldes greift?«

»Das Einzige, was ich gespürt habe, war der Biss einer Tauspinne«, antwortete Gwenderon mit einem schrägen Seitenblick auf den Waldläufer.

Mannon blieb ernst. »Und selbst dies ist ein Hinweis, den Ihr verstehen müsstet«, sagte er. »Tauspinnen greifen Menschen nicht an, außer sie sind in Angst. Sie kommen niemals in diesen Teil der

Wälder, es sei denn, etwas hätte sie vertrieben. Die Tiere spüren das Nahen des Unheils vor den Menschen.«

»Und den Zwergen?«, fragte Gwenderon.

Mannon ignorierte seinen Einwurf. »Es gibt Wächter auf den Wegen, über die ich euch führe. Sie würden …«

»Genug«, unterbrach ihn Gwenderon gereizt. Er spürte, dass es der Zwerg wirklich ernst meinte und dass er nicht nur so sprach, weil er die Raetts verachtete wie Karelian. Und trotzdem brachten ihn Mannons Worte in Rage. »Ich werde mit ihnen reden«, fuhr er fort, »aber ich …«

»Reden nicht nötig«, unterbrach ihn eine dunkle Stimme.

Gwenderon fuhr erschrocken zusammen, drehte sich um und blickte in ein braunes, spitz zulaufendes Gesicht mit glänzenden Knopfaugen.

»Ich alles gehört«, radebrechte Guarr. »Zwergenwege nicht gut für uns. Ihr Freunde, wir Freunde. Ihr helfen, wir helfen. Jetzt wir gehen.«

Gwenderon wollte antworten, aber diesmal kam ihm Mannon zuvor. Mit einem schnellen Schritt trat er zwischen ihn und das Rattenwesen, legte – mit absichtlich übertriebenen, umständlichen Bewegungen – die Axt zu Boden und streckte Guarr die leeren Hände entgegen, die Handflächen nach oben gedreht.

»Ich rede in Freundschaft zu dir, Guarr«, sagte er. »Unsere Völker sind seit Urzeiten verfeindet, aber du und ich haben keinen Streit miteinander. Und es gibt eine Gefahr, die uns beide bedroht.«

Die Barthaare des Raett sträubten sich sichtbar. Gwenderon sah, wie eine rasche, unbewusste Bewegung durch seinen muskulösen Körper ging. Seine schwarzen Augen glitzerten. Aber er rührte sich nicht, sondern blickte nur schweigend auf den Zwerg hinab.

»Ihr habt unseren Freunden geholfen«, fuhr der Zwerg fort. »Wir danken euch, aber jetzt trennen sich unsere Wege.« Er wies mit der Linken in den Wald jenseits der Lichtung. »Ihr müsst gehen«, sagte er, »denn der Weg, der dort beginnt, ist nicht für euer Volk. Ihr würdet zu Schaden kommen, würdet ihr versuchen uns zu folgen.«

Der Raett starrte ihn noch einen Herzschlag lang an, dann wandte er sich um und ging ohne ein weiteres Wort zu seiner Sippe zurück.

Gwenderon blickte ihm mit gemischten Gefühlen nach. Einerseits war er – auch wenn er sich hüten würde dies zuzugeben – beinahe froh, sich von Guarr und seiner Sippe trennen zu können; ihre Nähe hatte ihm Unbehagen bereitet, obgleich sie Sicherheit und Schutz versprach. Andererseits kam er sich undankbar vor.

»Jetzt legt Euch nieder und schlaft noch ein wenig, Gwenderon«, sagte Mannon. »Es ist noch ein weiter Weg bis Hochwalden und Ihr werdet all Eure Kraft benötigen. Animah, Karelian und ich werden wachen.«

Gwenderon wollte widersprechen, aber irgendetwas hielt ihn davon ab. So blickte er nur an Mannon vorbei in die Richtung, in der sich Prinz Cavins weißes Gewand wie ein heller Fleck vor dem Wald abzeichnete.

Mannon bemerkte seinen Blick sehr wohl. »Wir werden auch auf ihn Acht geben«, sagte er.

17

Hoch über der Burg kreiste eine schwarze Krähe. Es war nicht das erste Mal, dass Resnec den Vogel sah, und er war davon überzeugt, dass es immer der gleiche Vogel war, nicht irgendeine Krähe, sondern eine ganz bestimmte, ein schwarzer Höllenvogel, der Lassar folgte wie ein lautloser Schatten, sein Begleiter, sein Bote: sein Auge vielleicht. Vielleicht Lassar selbst.

Resnec vertrieb den Gedanken, zog den Mantel enger um die Schultern zusammen und stieg mit raschen Schritten die steile Holztreppe zum Wehrgang hinauf.

Selbst hier, im Schutze der Mauern, war der Wind empfindlich kalt, und das Heulen, mit dem er sich an den Zinnen und Türmen der Festung brach, klang wie der Chor zahlloser weinender Stimmen in Resnecs Ohren.

Resnec verhielt mitten im Schritt, drehte sich herum und blickte nachdenklich über den Burghof. Hochwalden lag still und scheinbar friedlich unter ihm. Aber es war der Friede des Todes und die Stille war die Stille eines Friedhofes. Nur ein knappes Dutzend Krieger hielt sich auf den Mauern auf und selbst sie standen starr wie Statuen. Und hätte er sich ihnen weiter genähert, hätte er bemerkt, dass sich nicht einmal ihr Haar oder ihre Kleider im

Wind bewegten. Sie waren nicht echt; wenig mehr als Schatten, die unvollkommen die Krieger kopierten, die sie getötet hatten …

Resnec fröstelte plötzlich. Der Wind schien kälter zu werden, aber er wusste, dass das nicht stimmte und dass die Kälte, die er fühlte, nur seine eigene Furcht war. Er stand jetzt schon seit vielen Jahren in Lassars Lohn und Brot, aber es war das erste Mal, dass er gesehen hatte, wie seine schwarzen Henker töteten.

Die Krieger König Oros hatten keine Chance gehabt. Lassars Kreaturen waren über die Pfade der Schatten gewandelt und im Rücken der Soldaten aufgetaucht, hinter den mächtigen Mauern der Festung, die das Schutzversprechen, das sie darstellten, nicht hatten halten können. Oros Männer hatten nicht einmal gemerkt, dass sie angegriffen wurden, ehe die schwarzen Henker unter sie fuhren.

Resnec verscheuchte den Gedanken und ging weiter. Aber der Zweifel und die Furcht nagten weiter in ihm, tief im Grunde seiner Seele.

Der Wind schlug ihm wie eine eisige Kralle ins Gesicht, als er auf den Wehrgang hinaustrat und sich schwer auf die Brustwehr stützte. Es wurde Tag. Der Wald lag noch immer wie ein schwarzer, dichter Schatten unter ihm. Aber das graue Licht der heraufziehenden Dämmerung begann die Schatten bereits aufzulösen. In wenigen Augenblicken würde die Sonne aufgehen.

Das Gefühl, nicht mehr allein zu sein, ließ Resnec von der Brustwehr zurücktreten und sich herumdrehen. Ein Schatten erschien hinter ihm auf dem Wehrgang, ballte sich zusammen und nahm menschliche Formen an.

»Lassar.« Resnec deutete eine Verbeugung an und senkte das Haupt. Er glaubte, Lassars Blick körperlich auf sich zu fühlen. Es tat beinahe weh. Vielleicht war es wahr, was man sich über ihn erzählte: dass seine Blicke töten konnten.

»Du bist hier, Resnec?« Aus Lassars Stimme sprach gleichzeitig Verwunderung wie ein sanfter, ganz bewusst nicht vollends unterdrückter Tadel. »Du solltest ausruhen. Der morgige Tag wird sehr anstrengend werden.«

»Ich … konnte nicht schlafen, Herr«, antwortete Resnec verstört. Plötzlich war die Angst wieder da.

»Du konntest nicht schlafen?«, wiederholte Lassar. »Was beunruhigt dich, mein Freund?« *Warum,* dachte Resnec schaudernd, *klang das Wort Freund aus seinem Mund wie böser Spott?*

»Es ist … nichts«, antwortete er ausweichend. »Ich war …«

»Nervös?« Lassar lachte, leise, meckernd und böse. »Was raubt dir den Schlaf, mein Freund? Der Kampf? Die Toten, die du gesehen hast?« Er trat näher und zwang Resnec mit einer befehlenden Geste, ihn anzusehen. Das Gesicht unter der spitzen dunklen Kapuze wirkte grau und zerfurcht, gleichzeitig uralt und alterslos. Ein böses Funkeln glomm in seinen Augen.

»Du hast Angst«, behauptete er. »Du dienst mir seit vielen Jahren, Resnec, aber jetzt ist der Moment gekommen, in dem du bereust dich mir verschrieben zu haben.«

»Das ist … nicht wahr«, widersprach Resnec, aber Lassar schnitt ihm mit einer abgehackten Geste das Wort ab. »Es ist so«, sagte er. »Versuche nicht, mich zu belügen, Resnec. Bisher hast du mir gedient – als mein Bote, als Laufbursche und Unterhändler. Jetzt hast du zum ersten Mal erlebt, wie ich bin. Und du hast Angst. Jetzt, Resnec, jetzt erst hast du erkannt, wem du dich wirklich verschrieben hast. Dem Bösen.«

»Aber ich …«

»Widersprich mir nicht«, sagte Lassar scharf. »Du weißt, dass es so ist, und ich weiß, dass es so ist. Du bist nicht der Erste, Resnec, der in meine Dienste trat und es später bereute. Du bist wie alle anderen. Die Macht, die ich dir versprach, und der Reichtum, den ich dir gab, haben dich gelockt und du konntest der Versuchung nicht widerstehen.« Er wies mit einer zornigen Geste auf den Hof hinab. »Gestern Nacht hast du meine Diener gesehen und du hast gesehen, wie sie getötet haben, und …«

»Nicht getötet«, widersprach Resnec heftig. Er wunderte sich selbst, woher er den Mut nahm, Lassar zu unterbrechen, aber jetzt, als er es einmal getan hatte, redete er weiter, laut und heftig und erregt. Die Worte sprudelten aus ihm heraus, als wäre in seinem Innern ein unsichtbarer Damm gebrochen. »Das war kein Töten, Lassar! Das war kein fairer Kampf. Die Männer hatten keine Chance. Sie haben sie abgeschlachtet wie Tiere!«

»Fair?« Lassar lachte leise. »Ich habe niemals behauptet fair zu sein, Resnec.«

»Es war nicht richtig«, sagte Resnec, plötzlich wieder leise und mit gesenktem Blick. »Ich … ich bin Euch immer ein treuer Diener gewesen, Herr, und ich werde es auch bleiben, aber das, was ich sehen musste, war …« Er stockte, suchte einen Moment nach Worten und fuhr fort: »Ihr wisst, dass ich nicht an die alten Legenden und Märchen glaube, Herr, aber der Schwarzeichenwald und die Feste Hochwalden sind heilig. Niemand hat es jemals gewagt, die Hand nach diesem Wald auszustrecken oder diese Festung mit dem Schwert in der Faust zu betreten.«

»Und jetzt hast du Angst?« Lassar lachte.

»Ja«, antwortete Resnec fest. »Ich habe Angst, Herr, denn wenn bekannt wird, was hier geschehen ist, dann werden sich alle von Euch abwenden.«

»Niemand wird es wagen, den Treueeid zu brechen«, sagte Lassar. »Wer sich mit mir einlässt, dient mir bis zu seinem Tod, so oder so.«

»Das Zwergenvolk hat sich schon von Euch abgewandt«, gab Resnec zu bedenken. »Und andere werden folgen. Ihre Furcht vor Euch mag gewaltig sein, aber die Furcht vor dem Geist dieses Waldes …«

»Kein Wort mehr!«, unterbrach ihn Lassar. Seine Stimme bebte. Resnec sah, wie sich seine dürren grauen Hände zu Fäusten ballten.

»Niemand wird erfahren, was hier geschehen ist, Resnec, wenn es das ist, was dich beunruhigt. Und nun geh. Geh und tue, was ich dir befohlen habe. Die Sonne geht auf.«

Resnec hielt dem Blick der grundlosen, schwarzen Augen Lassars noch einen Moment lang stand, dann fuhr er herum und stürmte auf die Treppe zu.

Und während er die schmalen, ausgetretenen Holzstufen hinunterlief, glaubte er ein lautloses Lachen in seinen Gedanken zu hören.

18

In dieser Nacht träumte er wieder und wieder waren es zu Anfang nur Schwärze und gestaltlose Schrecken, die er sah. Dann glaubte er ein großes, grotesk missgestaltetes Etwas zu sehen, einen Schatten, in dem nur die Augen lebten, kleine, lodernde Augen, die wie Splitter rot glühender Kohle in die Wolke von Dunkelheit eingebettet waren. Etwas Bedrohliches ging von ihm aus.

Dann verschwand es und für eine Weile wurde der Traum so unlogisch und handlungslos, wie Alpträume nun einmal sind: ein sinnverwirrendes Durcheinander von Bildern und Dingen und grundloser Angst. Schließlich, ganz kurz bevor er erwachte, sah er noch einmal ein Bild, diesmal mit schon beinahe übernatürlicher Schärfe: eine schwarze, himmelhoch aufragende Mauer, gekrönt von absurd gekrümmten Zinnen, die sich wie Finger einer Krallenhand in den Himmel spreizten. Im allerersten Moment hielt er es für Hochwalden, nach dem sich etwas in ihm zurücksehnte wie nach nichts anderem auf der Welt, dann sah er, dass es nicht stimmte.

Die schwarze Festung, die ihm sein Traum zeigte, war größer, sehr viel größer, als die Burg seiner Kindheit. Und sie war alt. Unglaublich alt. Ihre Mauern waren zerfallen. Die Zeit hatte große Stücke aus den Zinnen herausgebissen, die Türme geschleift und Linien, die einst hart und kantig gewesen sein mochten, abgeschliffen. Trotzdem hatte sie der Festung nicht *wirklich* Schaden zufügen können.

Prinz Cavin erwachte.

Selbst jetzt hatte er noch das Bild jener namenlosen schwarzen Festung vor Augen und es dauerte einen Moment, bis er begriff, dass es nur ein Traum gewesen war, etwas, das er nie gesehen hatte und das es nicht gab; nichts als ein böser Streich, den ihm seine überreizten Nerven gespielt hatten.

Und doch …

Es gelang ihm nicht, das Bild vollends zu vertreiben. Er ließ sich wieder zurücksinken, zog die Decke bis an den Hals hoch, denn die Nacht war sehr kalt und das dünne Zelt bot keinen wirklichen Schutz, aber er fand keinen Schlaf mehr.

Nach einer Weile gab er den stummen Kampf auf und verließ sein Zelt.

19

Lassar sah der dunkel gekleideten Gestalt nach, bis sie seinen Blicken entschwunden war. Hätte Resnec in diesem Moment sein Gesicht sehen können, dann wäre ihm vielleicht der sonderbare, halb bedauernde, ein ganz kleines bisschen aber auch besorgte Ausdruck in den schwarzen Augen des Schattenfürsten aufgefallen.

Er würde sich um Resnec kümmern müssen, dachte Lassar. Bald. Der Statthalter war stärker, als er bisher geglaubt hatte, und es war ihm noch nicht gelungen, die menschliche Seite seines Selbst vollends zum Verstummen zu bringen.

Vielleicht würde es ihm auch nicht gelingen. Auch Lassar war nicht allmächtig, und Resnec wäre nicht der Erste, der sich als zu stark erwies, den Schritt über die unsichtbare Grenze, die Lassars Welt von der der Menschen trennte, vollends zu tun.

Nun, dachte er, wenn es so wäre, dann würde er Resnec töten. Er hatte sich bisher als nützlich erwiesen, aber Lassar wusste nur zu gut, dass ehemalige Verbündete die schlimmsten Feinde sein konnten.

Er wandte sich um und ging die Treppe hinunter, ging aber nicht nach links, wie Resnec zuvor, sondern in die entgegengesetzte Richtung, auf das große, jetzt beinahe leer stehende Haupthaus von Hochwalden zu.

Seine Schritte hallten sonderbar gebrochen von den finsteren Wänden der Halle wider. Hochwalden schien dunkler geworden zu sein, schweigsamer und zugleich düsterer. Mit Lassar und seinen schwarzen Kreaturen war eine ungreifbare Finsternis über Hochwalden hereingebrochen, etwas wie ein eisiger Hauch, der ihm aus der Welt der Schatten und der Düsternis, in der er lebte, hierher gefolgt war. Es war kalt, viel kälter als noch am Tage zuvor, und die Linien der Schatten schienen härter geworden zu sein.

Und noch etwas war anders.

Lassar vermochte es nicht in Worte zu fassen, aber er spürte, dass sich etwas verändert hatte, seit er das Haus verlassen hatte, um mit Resnec zu sprechen. Die finstere Aura des Schattenreiches schien verändert, als hätte sich etwas Neues, für Lassar Unbekanntes und trotzdem Drohendes in die wogenden Schatten gemischt.

Er blieb stehen, drehte sich einmal im Kreis und ließ den Blick seiner schwarzen Augen misstrauisch die Halle entlangtasten.

Er war allein. Nirgends rührte sich etwas und nicht einmal der kleinste Laut war zu hören. Für einen kleinen Moment glaubte Lassar zu ahnen, was es war, das andere verspürten, wenn sie in seiner Nähe waren, diese Furcht, das kaum in Worte zu fassende Gefühl der Beklemmung, das die Nähe seiner finsteren Kräfte in den Seelen der anderen weckte. Der Atem der Magie.

Vielleicht war es das, dachte er. Hochwalden war ein Ort großer Zauberkraft, auch wenn sein eigener Besitzer dies nicht einmal gewusst hatte; vielleicht nicht einmal Faroan selbst, der doch der Hüter dieser Kraft war. Lassar wusste nur einen einzigen Ort auf der Welt, an dem diese Magie noch stärker zu spüren war, und den hatte selbst er noch nicht zu betreten gewagt. Ja, dachte er, vielleicht war es nur der Hauch der Jahrtausende, den er spürte, der Atem der Zeit, der diese Mauern erfüllte, das Pulsieren unbekannter, selbst für ihn geheimnisvoller Kräfte.

War es Angst?, dachte Lassar. War das, was er jetzt fühlte, Angst? Eine Warnung, die ihm irgendetwas in ihm zuschrie, nicht zu weit zu gehen, sich nicht an Mächten zu versuchen, denen nicht einmal er gewachsen war?

Er versuchte den Gedanken zu verscheuchen. Aber ganz gelang es ihm nicht.

20

Gwenderon hatte geschlafen, aber es war ein sehr leichter Schlummer gewesen; etwas in ihm war hellwach geblieben, trotz Mannons Versprechen, Wache zu halten, und so schrak er hoch, noch ehe Cavin die Hand ausstrecken und ihn an der Schulter berühren konnte.

Das Gesicht des jungen Prinzen war bleich. Der Widerschein des Feuers ließ zuckende rote Schatten über seine Züge huschen und unter den Augen lagen dunkle Ringe. Wenn er geschlafen hatte, dachte Gwenderon, dann war es kein erquickender Schlaf gewesen. Er widerstand im letzten Moment der Versuchung, sich nach seinem Befinden zu erkundigen. Ohne dass Cavin bisher auch nur einen Laut von sich gegeben hatte, spürte er den Ernst, der den jungen Prinzen erfüllte. Dies war nicht der Moment für Floskeln.

Er setzte sich auf, streifte die Decke ab und schauderte, als er die Kälte spürte, die sich in seinen Gliedern festgekrallt hatte. Rasch hob er die Hand, legte den Zeigefinger über die Lippen und stand vollends auf. Cavin nickte und trat einen Schritt zurück, deutete auf ein anderes, näher beim Waldrand gelegenes Feuer, neben dem niemand schlief. Auch er hatte Mannons Worte nicht vergessen – der Tag, der vor ihnen lag, würde sehr anstrengend werden. Es nutzte niemandem, wenn sie die anderen weckten.

Schweigend ging Gwenderon zum Feuer hinüber, ließ sich davor in die Hocke sinken und hielt die Hände über die fast heruntergebrannten Flammen. Obgleich er die Hitze spürte, wärmte die Glut nicht richtig. Es war, als wäre die Kälte, die sich in seinem Körper eingenistet hatte, von einer gänzlich neuen, körperlosen Art.

Aber vielleicht wurde er auch nur alt.

»Mein Prinz?«, sagte er ohne zu Cavin aufzublicken.

»Lass den Unsinn, Gwenderon«, antwortete Cavin halblaut. Gwenderon suchte vergeblich nach einer Spur von Ärger oder Hochmut in seiner Stimme. »Wir sind allein. Ich muss mit dir sprechen.«

Gwenderon sah zu ihm auf. »Worüber?«

»Über … über alles«, murmelte Cavin ausweichend. Wie Gwenderon ließ er sich in die Hocke sinken und rieb fröstelnd die Hände über den Flammen.

»Es tut mir Leid, wenn ich dir den Nachtschlaf stehle«, begann er, »aber –«

»Das macht nichts«, unterbrach ihn Gwenderon. »Ich hätte sowieso keine Ruhe gefunden.« Er unterdrückte ein Gähnen, ließ sich zurücksinken und zog fröstelnd die Schultern zusammen. »Es ist kalt.«

Cavin blickte ihn an, und obwohl Gwenderon sein Gesicht hinter dem Vorhang von Schatten und rotem Glutlicht kaum erkennen konnte, sah er doch den Vorwurf in seinen Augen. »Warum machst du es mir so schwer, Gwenderon?«

»Schwer? Was?«

»Mich zu entschuldigen, du sturer alter Mann«, fuhr Cavin auf, beruhigte sich aber sofort wieder. »Es tut mir Leid.«

»Ihr braucht Euch nicht zu entschuldigen«, antwortete Gwenderon, obgleich er genau wusste, dass er Cavins Schmerz damit nur noch schürte. Aber, zum Teufel – Cavin hatte Recht. Er *war* ein sturer alter Mann und er hatte es nicht nötig, sich von einem Kind demütigen zu lassen. Er war sogar alt genug das Recht zu haben, nachtragend zu sein.

»Fünf Männer sind tot«, murmelte Cavin plötzlich. »Und es ist meine Schuld. Warum sprichst du es nicht wenigstens aus?«

Gwenderon schwieg eine Weile. »Weil es nicht stimmt«, sagte er schließlich. »Euch trifft keine Schuld, mein Prinz. Wenn überhaupt«, fügte er nach einer neuerlichen Pause hinzu, »dann bin ich es, der die Schuld an ihrem Tode trägt.«

»Ich hätte den Raett nicht davonjagen dürfen«, sagte Cavin, als hätte er seine Worte gar nicht gehört. »Er wollte uns warnen. Und ich Narr habe mein Schwert genommen und bin auf ihn losgegangen. Genauso gut hätte ich die fünf Männer mit eigener Hand erschlagen können.«

Gwenderon schwieg. Cavin redete Unsinn – niemand, auch er selbst nicht, hatte geahnt, was geschehen würde. Und er wusste, dass der Prinz diese Worte nur sprach, weil er aus Gwenderons Mund hören wollte, dass es nicht wahr war. Er hatte einen Fehler gemacht, einen entsetzlichen Fehler, der fünf tapfere Männer das Leben gekostet hatte, aber es war nicht seine Schuld. Niemand konnte mit dem Unmöglichen rechnen.

Aber Gwenderon sagte die Worte nicht, auf die der Prinz wartete. Er wusste selbst nicht, warum er es nicht tat – es wäre so einfach gewesen. Ein Lächeln, ein paar Worte, vielleicht nur ein Kopfschütteln, um den entsetzlichen Schmerz zu lindern, der in Cavins Seele brannte. Aber er tat es nicht.

»Was geschieht hier, Gwenderon?«, fuhr Cavin nach einer Weile fort. »Was geschieht mit diesem Wald?« Etwas in seiner Stimme war anders. Gwenderon konnte nicht sagen was, aber irgendetwas schien darin erloschen zu sein. Er hob die Schultern.

»Ich weiß es nicht, mein Prinz«, sagte er leise. »Aber ich spüre es auch.« Er musste an Guarrs Worte denken, und an die des Zwerges: *Der Wald hat Angst. Böse Zeit.* Er fror.

»Ich glaube, du verschweigst mir etwas, Gwenderon«, sagte Cavin plötzlich. »Du hast mir nie gesagt, warum mein Vater wirklich darauf bestand, dass wir diesen Weg nehmen.«

»Das habe ich«, widersprach Gwenderon, aber Cavin ließ seinen Einwurf nicht gelten, sondern machte eine wütende Handbewegung, als wolle er die Worte beiseite fegen.

»Das hast du nicht!«, behauptete er. »Nicht wirklich. Verdammt, Gwenderon – was geschieht auf Hochwalden? Wovor hat mein Vater Angst? Vor Lassar?«

Diesmal war Gwenderon wirklich überrascht. »Ihr habt davon gehört?«

Cavin lachte humorlos. »Wer hätte das nicht? Verdammt, Gwenderon, glaubst du, ich hätte all diese Jahre nur damit verbracht, höfische Etikette zu lernen und Zahlen auf Papier zu kritzeln? Lassar erobert seit einem Jahrzehnt ein Land nach dem anderen. Warum sollte er den Schwarzeichenwald verschonen? Sag mir jetzt die Wahrheit, Gwenderon – ist es Lassar, vor dem mein Vater Angst hat?«

»Nein«, antwortete Gwenderon nach einer Weile. »Euer Vater nicht, Cavin. Aber ich.« Er rückte ein wenig näher an das Feuer heran, streckte wieder die Hände aus und rieb sie über der Glut. »Ich ... weiß nicht, was hier geschieht«, fuhr er fort. »Alles ist anders geworden, mit einem Male.« Er blickte auf, sah in die Richtung, in der die Raetts wie große braune Bündel aus Fell neben ihrem Feuer lagen, und bemerkte mit einem Kopfschütteln: »Ich weiß nicht einmal, ob sie wirklich auf unserer Seite stehen oder nicht.«

»Seit wann stehen Raetts auf irgendjemandes Seite?«, fragte Cavin.

Gwenderon seufzte. »Ihr haltet sie für Tiere.«

»Sind sie das denn nicht?«

»Ich weiß es nicht«, gestand Gwenderon. »Bis gestern dachte ich es, aber ...« Wieder schüttelte er den Kopf, blickte einen Moment in die Flammen und wurde sehr leise: »Alles ändert sich, mein Prinz. Und es ist keine Veränderung zum Guten. Fragt Karelian. Er gibt es nicht zu, aber er ist so verstört wie Ihr und ich. Und dieser Zwerg, den er mitgebracht hat ... was wisst Ihr über das Kleine Volk?«

»Nicht mehr als du«, antwortete Cavin. »Wahrscheinlich weniger. Sie leben in den Bergen und sie verachten die Menschen.«

»Sie töten jeden, der ihr unterirdisches Reich betritt«, sagte

Gwenderon ruhig. »Es ist ein offenes Geheimnis, mein Prinz. Keiner, der ihr Dunkles Reich erkunden wollte, ist jemals zurückgekehrt. Selbst Lassars Schattenkreaturen fürchten sie. Und jetzt kommt einer von ihnen hierher und bietet uns an, uns über die geheimen Pfade des Zwergenvolkes nach Hochwalden zu führen.«

»Du fürchtest eine Falle?«

Gwenderon war so verblüfft, dass er im ersten Moment gar nicht antwortete. Nur noch mit Mühe unterdrückte er ein Lachen. Cavin *war* ein Kind.

»Nein«, sagte er schließlich. »Sie sind nicht unsere Freunde, aber das bedeutet nicht, dass sie unsere Feinde wären, mein Prinz. Mannon ist hier, um Euch zu beschützen.«

»Mich?« Cavin schien ehrlich verblüfft.

»Den zukünftigen König von Hochwalden«, bestätigte Gwenderon. »Nicht Cavin, Oros Sohn. Nur den Beschützer des Schwarzeichenwaldes. Um Euch zu retten, würde er keinen Finger rühren.«

»Hochwalden und das Zwergenvolk –«, begann Cavin. Aber er sprach nicht weiter, denn so wie Gwenderon spürte er plötzlich, dass sie nicht mehr allein waren. Mit einem Ruck sah er auf. Ein rascher Schatten von Ärger huschte über seine Züge, als er die hünenhafte Gestalt gewahrte, die einen halben Schritt jenseits des Lichtes stehen geblieben war.

»Wie lange belauschst du uns schon?«

»Nicht lange, Prinz«, erwiderte Animah. Sie kam näher, sah einen Augenblick lang auf Cavin und Gwenderon herab und stützte sich auf ihren mannslangen Bogen. Gwenderon sah, dass sie einen einzelnen Pfeil aus dem Köcher gezogen und so in die Hand genommen hatte, dass sie ihn in einer einzigen Bewegung auf die Sehne legen und gleichzeitig den Bogen spannen konnte.

»Was willst du?«, fragte Cavin, noch immer im gleichen, gereizten Ton.

»Ich hörte Stimmen«, antwortete Animah. »Die Nacht ist kalt und lang. Ich wollte euch nicht belauschen. Aber du hast Recht, Gwenderon«, fügte sie hinzu, als merke sie nicht einmal, dass sie ihre eigenen Worte damit Lügen strafte. »Etwas geschieht, was auch Karelian und Mannon in Sorge versetzt. Nichts ist mehr, wie es war. Es ist ein großer Vertrauensbeweis von Mannon, uns über die Dunklen Pfade zu führen.«

»Und warum tut er es?«, fragte Cavin, nun mehr verunsichert als wirklich zornig.

»Aus dem Grund, den Euch Euer Waffenmeister nannte, Cavin«, antwortete die Waldläuferin. »Es geht nicht um Euch. Es geht um Hochwalden, um diesen Wald ... « Sie zögerte einen winzigen Moment. »Vielleicht um das Schicksal der Welt.«

»Jetzt übertreibst du«, sagte Cavin unsicher. »Möglicherweise plant Lassar wirklich einen Angriff auf Hochwalden, vielleicht auch einen Hinterhalt gegen uns. Aber die Welt wird nicht aufhören sich zu drehen, wenn uns etwas geschieht, oder meinem Vater.«

Animah lachte, sehr, sehr leise und ohne die geringste Spur von echtem Humor. »Seid Ihr Euch dessen ganz sicher, mein Prinz?«, fragte sie.

Cavin antwortete nicht mehr. Aber das Schweigen, in das sie verfielen, wirkte plötzlich bedrückend. Lautlos kroch die Dunkelheit näher an das Feuer.

21

Der Schatten beobachtete weiter. Er war dem halben Dutzend Feuer und den darum schlafenden Gestalten so nahe gekommen, dass er sie hätte berühren können, hätte er einen Arm ausgestreckt und hätte er Hände gehabt, etwas damit anfassen zu können. Aber niemand bemerkte ihn. Selbst wenn jemand aufgewacht wäre, er hätte nichts gesehen. Allenfalls dass ihm aufgefallen wäre, wie kalt es plötzlich wurde, wie sich in das monotone Winseln des Windes ein neuer, beinahe ängstlicher Unterton schlich, wie sich die Wirklichkeit ein ganz kleines Stückchen mehr in die Richtung verschob, in der der Wahnsinn lauerte; und die bösen Träume. Dann verschwand der Schatten wieder, so spurlos, wie ihn die Welt der Alpträume ausgespien hatte.

22

Es war nicht die Wirklichkeit, dachte er entsetzt, sondern ein Alptraum, der sich irgendwie in den Tag geschlichen hatte und behauptete, wirklich zu sein. Da waren die Angst und die Schatten, die wie lautlose Wesen aus finsteren Winkeln der Realität gekrochen waren, und die Kälte, die dem grellen Glanz der Sonne Hohn sprach – und immer wieder die Angst.

Gwenderon blickte schaudernd auf die chaotische Ansammlung formloser schwarzer Basaltbrocken herab, die sich zwischen den Sträuchern und Bäumen erhoben wie Klippen aus einem bizarren, erstarrten Meer. Sie waren sehr früh aufgebrochen und auf dem Weg, den Mannon ihnen gewiesen hatte, zwar ein gutes Stück vorangekommen, aber doch viel langsamer als am Abend zuvor, als die Raetts bei ihnen gewesen und ihnen mit ihren gewaltigen Körperkräften Bahn gebrochen hatten. Es war nun Tag, und vor ihnen, zwischen den schwarz aufragenden Rieseneichen und dem dornigen Gebüsch, herrschte noch immer Dunkelheit. Vielleicht würde sie niemals ganz weichen.

Es war eine sehr eigenartige Dunkelheit, sie schien wie ein finsterer Vorhang Dinge zu verbergen, an die er lieber nicht denken mochte. Und er nahm eine ebenso seltsame, irgendwie körperlose Kälte wahr, die ihm und den anderen entgegenschlug. Beides war auf Angst einflößende Weise nicht normal. Wenn dies ein Teil der Welt war, in der das Kleine Volk lebte, dann verstand er, warum sie als so fremd und feindselig galt.

Dann drehte er sich im Sattel herum und sah in Mannons Gesicht, und er erkannte die Furcht darin und den Zweifel und wusste, dass, was immer hinter dieser gestaltgewordenen Schwärze dort vor ihnen lauerte, dem Zwerg so fremd und unheimlich war wie ihm. Vielleicht noch mehr, denn er mochte die Gefahr kennen, die hinter den Schatten wartete.

»Bist du sicher, dass dies der richtige Weg ist?«, fragte er.

Mannon nickte. Die Bewegung war abgehackt. »Ja«, sagte er. »Der Einzige. Wir sollten uns beeilen.« Seine Stimme drang nur verzerrt an Gwenderons Ohr. Selbst die Geräusche waren hier *anders.* Aber trotzdem konnte Gwenderon den Unterton von nur noch mühsam unterdrückter Angst darin deutlich hören. Und irgendwie war er froh, mit seiner Furcht nicht allein zu sein.

Sie ritten weiter. Ihre Tiere begannen zu scheuen, als sie sich den Ruinen näherten, aber diesmal waren es nicht Hitze und Erschöpfung, die sie gegen die Befehle ihrer Reiter aufbegehren ließen. Die Tiere spürten das Fremde, Böse, das von den zyklopischen Ruinen ausging, so deutlich wie ihre Herren. Vielleicht deutlicher.

Sie näherten sich dem verfallenen Gemäuer bis auf zehn Schritte, dann gebot Mannon ihm mit einer knappen Geste, abzusitzen und das Pferd am Zügel weiterzuführen. Gwenderon gab den Befehl weiter. Sein Gesicht prickelte, als näherten sie sich einer unsichtbaren Grenze, hinter der Kälte lauerte.

Für einen Moment überkamen ihn noch einmal Zweifel, während sie absaßen und auf das würfelförmige Gebäude zugingen, in dem er den Eingang zu dem Was-auch-immer vermutete, durch das sie der Zwerg führen wollte. Die Angst wurde stärker und er spürte ohne sich zu ihnen umblicken zu müssen, dass es den anderen ebenso erging, auch Karelian und Animah. Irgendetwas sagte ihm, dass es wichtig war, dem Zwerg zu folgen, dass dieser eine Tag, den sie einsparen würden, von entscheidender Bedeutung sein mochte.

Aber war es wirklich richtig?

Möglicherweise, dachte er bedrückt, tauschten sie ein Übel gegen ein anderes und größeres ein. Möglicherweise entfesselten sie einen Waldbrand, um einen brennenden Busch zu löschen. Plötzlich – so absurd der Gedanke war – wünschte er sich Guarr und seine Raetts zurück. Sosehr ihn diese riesigen wilden Kreaturen erschreckt hatten, so sicher hatte er sich in ihrer Nähe gefühlt.

Cavin blieb plötzlich stehen. Seine Hand fiel klatschend auf das Schwert an seiner Seite, während sein Kopf hochruckte und sein Blick misstrauisch durch das Unterholz tastete. »Was ist?«, fragte Mannon ungehalten. »Warum haltet Ihr? Wir müssen weiter.« In seiner Stimme war ein drängender, fast furchtsamer Unterton, der Gwenderon nicht gefiel.

Cavin antwortete nicht gleich, sondern drehte sich einmal um seine Achse, während sein Blick weiterhin misstrauisch die Schatten zwischen den Bäumen absuchte. Gwenderon fiel auf, dass er ganz bewusst *nicht* auf die schwarzen Ruinen blickte. Dann nahm er mit sichtlicher Überwindung die Hand von der Waffe und zuckte mit den Achseln. »Ich … weiß nicht«, gestand er zögernd.

»Irgendetwas ist …« Er brach ab, suchte einen Moment nach

Worten und hob schließlich abermals die Schultern. »Vielleicht habe ich mich getäuscht«, murmelte er. »Ich hatte das Gefühl, jemand beobachtet uns.«

Gwenderon sah den Prinzen verwirrt an. Cavin war mit seinen Gefühlen ganz und gar nicht allein. Auch er hatte schon seit geraumer Zeit das Empfinden gehabt, von unsichtbaren Augen angestarrt zu werden, es aber auf seine eigene Nervosität und Furcht geschoben, auf den Atem dieser fremden, ganz und gar feindseligen Welt, die im Herzen des Schwarzeichenwaldes existierte, ohne dass er bisher auch nur eine Ahnung davon gehabt hatte. Andererseits …

»Lassar?«, fragte er, an Mannon gewandt.

»Du meinst, er hat uns verfolgen lassen?« Mannon zuckte mit den Achseln, so heftig, dass ihm um ein Haar die Axt von der Schulter geglitten wäre.

»Zuzutrauen wäre es ihm. Vielleicht, dass er einige seiner Kreaturen auf unsere Spur gesetzt hat.« Er lachte nervös. »Habt keine Sorge, Gwenderon. Dorthin, wohin wir gehen, können nicht einmal sie uns folgen.« Aber seinen Worten fehlte die rechte Überzeugung.

»Wir sollten trotzdem vorsichtig sein«, sagte Gwenderon. »Vielleicht wäre es besser, wenn einer von uns als Wache hier zurückbliebe.«

Mannon schüttelte den Kopf. »Nein. Ein Mann allein wäre in diesen Wäldern verloren. Und wenn es wirklich Lassar ist, würdest du deinen Mann opfern, Gwenderon. Er könnte uns nicht schützen. Und nun kommt.«

Es gelang Gwenderon nicht vollends, ein sichtbares Schaudern zu unterdrücken, als sie weitergingen, aber Mannon tat so, als hätte er es nicht bemerkt. Gwenderons Verhalten hatte nichts mit Feigheit zu tun. Kein denkendes Wesen, das der Angst fähig war, hätte *nicht* versucht eine Ausrede zu finden, nicht weiter zu gehen.

Sie überschritten die unsichtbare Grenze, hinter der Kälte und Furcht wie gläserne Raubtiere lauerten, und näherten sich der eigentlichen Ruine. Gwenderon erkannte jetzt, dass das Gebäude ehemals sehr viel größer gewesen sein musste, vielleicht war es eine kleine Festung gewesen, die hier gestanden hatte, lange bevor der erste Mensch seinen Fuß in diese Wälder setzte; vielleicht ehe es überhaupt Menschen *gab*. Der würfelförmige Bau, auf den Mannon zielstrebig zusteuerte, war der Rest eines ehedem gewaltigen Turmes, erbaut aus schwarzem Granit und Basalt, zernagt von Jahrtausenden, aber selbst jetzt noch gigantisch. Und er glaubte das Alter, das dieser schwarze Stein verströmte, geradezu anfassen zu können.

Der Eingang war zum Großteil mit Flugsand verschüttet, sodass sie weitere, kostbare Minuten damit verschwenden mussten, sich mit den Händen einen Durchgang zu schaufeln, durch den sie ins Innere des Gebäudes gelangen und dabei noch die Pferde mitnehmen konnten. Die Echos ihrer Schritte wurden hohl.

Der Tag blieb hinter ihnen zurück, aber es wurde nicht dunkel. Die Wände selbst strahlten ein unangenehmes, irgendwie *krank* wirkendes Licht aus, einen grauen Schimmer, der an Schimmel und Verfall erinnerte und auch danach roch, und die Kälte sprang sie an wie ein unsichtbares Raubtier mit gläsernen Krallen. Gwenderon sah Mannons Gestalt wie einen kleinen verschwommenen Schatten vor sich, dessen Bewegungen in der unheimlichen Beleuchtung grotesk hüpften, und er fragte sich, ob auch er zu einem Gespenst wurde für die anderen. Schaudernd drehte er sich im Gehen um und blickte zu Cavin zurück. Der Prinz ging nur wenige Schritte hinter ihm, wie alle anderen ein wenig gebückt und sein Pferd am Zügel mit sich führend. Seine Augen waren weit vor Angst. Und es war … ja, dachte Gwenderon verwirrt, der Ausdruck in seinen Augen war *Erkennen!*

Cavin schien etwas sagen zu wollen, aber Gwenderon wandte rasch den Blick und ging ein wenig schneller, um zu Mannon aufzuschließen, der trotz seiner kurzen Beine und seiner grotesken Art, sich fortzubewegen, bereits einen gehörigen Vorsprung gewonnen hatte.

Der Weg führte sanft, aber beständig in die Tiefe. Mehr als einmal rückten die Wände so dicht zusammen, dass Gwenderon vor seinem Pferd gehen und das Tier mit Gewalt hinter sich herziehen musste, und mehr als einmal musste einer der Männer seine Peitsche zu Hilfe nehmen, sein bockendes Tier überhaupt noch von der Stelle zu bringen. Gwenderon wusste hinterher nicht mehr zu sagen, wie viel Zeit vergangen war, seit sie Mannon in diesen schwarzen Schlund der Erde gefolgt waren. Er hatte versucht seine Schritte zu zählen, war aber rasch durcheinander geraten und hatte es aufgegeben. Vermutlich waren es nur wenige Minuten. Aber es kam ihm vor, als wären es Stunden. Irgendwann, nach einer Ewigkeit, traten die Wände des Tunnels auseinander und der Boden war plötzlich eben. Mannon blieb stehen, machte eine auffordernde Handbewegung und trat zur Seite, um Gwenderon und den anderen Platz zu machen.

Gwenderon wusste nicht, was er erwartet hatte – auf jeden Fall nicht *das*. Vor und unter ihnen breitete sich eine gigantische, mit Trümmern übersäte Halle aus, eine zyklopische Höhle, groß genug, ganz Hochwalden hineinzusetzen, ohne dass seine Türme auch nur die Decke berührt hätten. Ein Hauch stickiger Wärme lag in der Luft, unbeschadet der Kälte, die Gwenderon noch immer zittern machte und seinen Atem zu einer Folge grauer Dampfwölkchen vor seinem Gesicht kondensieren ließ. Irgendwo, sehr weit entfernt, erscholl ein dumpfes Tosen und Rauschen wie von einem unterirdischen Wasserfall.

»Was ist das?«, fragte er. Die ungeheuerliche Weite der Höhle fing seine Worte auf, verschluckte sie und warf sie Sekunden später zurück, als unverständlich verzerrtes Echo, das seine Angst noch schürte. Mannon antwortete nicht, sondern blickte nur ungeduldig an Gwenderon vorbei auf den Gang, aus dem die Männer einer nach dem anderen hervorkamen. Es war keiner unter ihnen, dessen Gesicht nicht vor Angst erstarrt gewesen wäre. Sie waren in eine Welt eingedrungen, in der sie nicht sein durften, in der nichts Lebendes etwas verloren hatte. Auch der Zwerg nicht.
»Wie geht es weiter?«, fragte Gwenderon, als ihm klar wurde, dass Mannon auf seine erste Frage nicht antworten würde.

Mannon blickte ihn an, schien etwas sagen zu wollen, deutete aber dann nur in einer fahrigen Geste auf zwei nicht sehr weit entfernte, übermannshohe, schwarze Basaltbrocken, die gegeneinander gestürzt waren und so ein umgedrehtes »V« bildeten. Staub und Unrat waren im Laufe der Jahrhunderte selbst bis hier hinuntergekrochen und knirschten leise unter ihren Stiefeln, als sie sich dem steinernen Tor näherten. In Gwenderons Ohren klang das Geräusch wie ein leises, böses Lachen; vielleicht auch wie das Huschen und Knistern winziger horniger Krallen, die irgendwo hinter ihnen in der Dunkelheit gewetzt wurden.

Und immer noch hatte er das sichere Gefühl, beobachtet zu werden.

Es war nicht nur Einbildung, dachte er nervös. Die Dunkelheit starrte ihn an. Irgendwo waren Augen, verborgen hinter dem Schleier widerlich grauen Lichtes, das nur den Eindruck von Helligkeit vermittelte, in Wahrheit den Blick aber eher narrte. Sie waren nicht allein. Aber er war auch nicht mehr sicher, dass es wirklich Lassars Augen waren, die sie beobachteten.

Der Zwerg hatte das steinerne »V« erreicht und blieb stehen. Fast behutsam begann er mit der behandschuhten Rechten den Staub fortzuwischen, bis der schwarze Basaltboden wieder bloß und glänzend dalag.

Auf dem sorgsam geglätteten Stein waren Linien zu erkennen: ineinander verschlungene Schlangenlinien, die einen sonderbar asymmetrischen – und unmöglich zu *beschreibenden* Umriss bildeten. Mannon zögerte und Gwenderon spürte deutlich, wie viel Überwindung es ihn kostete, seine Angst noch einmal niederzukämpfen und die Axt zur Hand zu nehmen. Als er es schließlich tat, waren seine Bewegungen voller Hast und nicht sehr sicher.

Die doppelt geschliffene Schneide knirschte bedrohlich, als Mannon sie in den schmalen Spalt im Stein schob und als Hebel benutzte. Für einen winzigen Moment sah es eher so aus, als würde sie unter seinem Druck zerbrechen, statt den Spalt im Fels zu erweitern, aber dann erscholl ein sonderbar heller, seufzender Laut und vor den Füßen des Zwerges schwang ein gewaltiger Felsquader in die Tiefe; nahezu lautlos und sanft wie eine Feder. Gwenderon versuchte vergeblich den Mechanismus zu erkennen, der den tonnenschweren Fels so sanft zu bewegen imstande war.

»Wohin –«, begann Cavin. Mannon fuhr herum und schnitt ihm mit einer erschrockenen Geste das Wort ab. »Keinen Laut!«, keuchte er. »Ich beschwöre Euch, keinen Laut mehr jetzt! Ganz gleich, was geschieht!«

Cavin verstummte erschrocken. Seine Augen wurden dunkel vor Angst, während sein Blick der schrägen, steil in die Tiefe führenden Rampe zu folgen versuchte, die unter der Falltür zum Vorschein gekommen war. An ihrem unteren Ende lastete Dunkelheit, eine Schwärze von wahrhaft stofflicher Art, wie eine Mauer.

Hintereinander folgten sie dem Zwerg in die Tiefe. Das graue

Leuchten war auch hier allgegenwärtig, sodass sie die schmalen, in den bloßen Fels hineingemeißelten Stufen deutlich erkennen konnten, die der Rampe folgten, als wäre sie nicht nur für menschliche, sondern auch für die Füße anderer Wesen geschaffen, denn sie waren zu hoch und zu schmal, um wirklich darauf gehen zu können. Irgendwo, wenige Meter unter ihnen, verloren auch sie sich in grauer Unendlichkeit, als wäre der Schacht mit leuchtendem Wasser gefüllt, und einen Moment lang musste sich Gwenderon mit aller Gewalt gegen die Vorstellung wehren, dass dieser Höllenschacht geradewegs bis ins Zentrum der Erde hinabführte und ein einziger Fehltritt einen Sturz über Meilen und Meilen zur Folge haben könnte.

In Wahrheit war er nur wenige Dutzend Schritte tief. Aber es war ein entsetzliches Gefühl, nicht zu sehen, wohin einen der nächste Schritt führen würde.

Selbst als sie den Grund des Schachtes erreichten und wieder festen Boden unter den Füßen hatten, wurde es nicht besser. Die Angst gehörte so sehr zu dieser unterirdischen, verbotenen Welt wie ihr lichtschluckender Fels und der graue Schein.

Sie befanden sich in einer kleinen, vollkommen runden Kammer, von der zahllose niedrige Stollen abzweigten; offenbar der Ausgangspunkt eines ungeheuerlichen Labyrinthes, das sich weit unter dem Wald erstreckte. Gwenderon dachte einen Moment darüber nach, welche finsteren Geheimnisse und üblen Dinge sich wohl noch in seinen schwarzen Eingeweiden verbergen mochten, zog es aber vor, doch nicht weiter darüber nachzudenken, und sah stattdessen den Zwerg fragend an. Mannon erwiderte seinen Blick ruhig, sah sich kurz um und deutete mit der Hand auf einen der abzweigenden Tunnel.

Noch einmal zögerte Gwenderon der Einladung zu folgen, dann vertrieb er seine Angst endgültig, duckte sich und drang mit raschen Schritten hinter dem Zwerg in den felsigen Gang ein. Irgendwo vor ihm bewegte sich etwas, sehr deutlich diesmal, und Gwenderon war sicher, dass es *nicht* Mannon war – aber er schob den Gedanken mit aller Willenskraft von sich und zwang sich dazu, sich nur auf das vor ihm liegende Stück Weges zu konzentrieren.

Es war nicht sehr weit. Schon nach einem guten Dutzend Schritte endete der Gang, vor einer gewaltigen, schwarzen Tür aus Basalt, auf der sich die sinnverwirrenden Muster und Linien der Falltür weiter oben wiederholten. Diesmal mussten sie Mannons Axt nicht zu Hilfe nehmen, um weiterzukommen: Die Tür schwang wie von Geisterhand (wieso *wie?*, dachte Gwenderon hysterisch. Es *waren* Geisterhände!!!) bewegt auf und der Zwerg ging weiter.

Mannon blieb so abrupt stehen, dass Gwenderon die Bewegung nicht mehr rechtzeitig bemerkte und gegen ihn prallte. Instinktiv senkte er die Hand auf das Schwert, führte die Bewegung aber nicht zu Ende, als der Zwerg rasch und warnend die Hand hob und mit einer Kopfbewegung nach vorne wies. Lautlos trat Gwenderon neben ihn und spähte in die Halle hinein.

»Was ist los?«, flüsterte er.

Mannon blickte ihn zornig an und legte warnend den Zeigefinger auf die Lippen. »Still«, flüsterte er. »Wartet hier!«

Er wartete Gwenderons Antwort nicht ab, sondern huschte einen Schritt zur Seite, um in die Deckung eines zyklopischen, schwarzen Basaltbrockens zu gelangen, bedeutete Gwenderon mit Gesten, ihm zu folgen, und nahm nun doch seine Waffe zur Hand; allerdings sehr langsam, wobei er die Klinge zwischen Daumen und Zeigefinger der Linken hindurchgleiten ließ, damit sie kein verräterisches Scharren verursachte.

Auch Gwenderon griff abermals nach seinem Schwert, zog die Waffe jedoch noch nicht, sondern blickte den Zwerg mit einer Mischung aus Angst und Unsicherheit an. Mannon erwiderte seinen Blick, aber seine Augen waren leer: Gwenderon war sicher, dass der Zwerg ihn nicht wirklich sah. Eine Weile blieb Mannon in Deckung, in sonderbar erstarrter Haltung und gebannt lauschend, dann stand er sehr langsam auf und deutete ein Nicken an.

»Es ist alles in Ordnung«, flüsterte er. »Wir können weitergehen. Dort vorne!«

Gwenderon blickte gebannt in die Richtung, in die Mannons ausgestreckter Arm wies. Er sah nichts als unscharfe Formen, verwaschen, als betrachte er sie durch einen Schleier schnell stürzenden grauen Wassers, und huschende Bewegung, die wohl nur seiner eigenen Angst entsprang. Vor ihnen erstreckte sich eine weitere, ungeheuerliche Höhle, so groß, dass sich Gwenderons Verstand weigerte ihre wirkliche Größe zur Kenntnis zu nehmen.

»Wie weit … ist es noch?«, fragte er stockend. Sein Gaumen war so trocken, dass er kaum noch sprechen konnte.

»Nicht mehr weit«, erwiderte Mannon im Flüsterton. »Noch durch diese Halle, dann geht es hinauf. Wenigstens … hoffe ich das«, setzte er stockend hinzu.

Gwenderon starrte ihn an. »Du hoffst?«, wiederholte er ungläubig. »Was soll das heißen? Kennst du den Weg oder nicht?«

»Ich war niemals hier«, erwiderte Mannon ruhig. »Niemand war das, Gwenderon. Aber ich kenne den Weg. Und nun kommt.« Er straffte sich, fuhr herum und ging weiter, so schnell, dass Gwenderon keine Gelegenheit fand, ihn zur Rede zu stellen. Gwenderon folgte ihm, die rechte Hand auf dem Schwert, die linke am Zügel seines Pferdes, so fest, dass das Leder hörbar ächzte.

Schatten und Kälte und die verzerrten Echos ihrer Schritte folgten ihnen. Und die Halle war nicht mehr leer.

Jetzt, als er einmal darauf aufmerksam geworden war, sah er es deutlich: Inmitten des grauen Lichtes bewegte sich … ein Schatten.

Gwenderon konnte nicht erkennen, woher er kam – das flackernde graue Licht verwischte alles, was weiter als wenige Schritte entfernt lag, bis zur Unkenntlichkeit – aber er war groß und massig und er bewegte sich.

»Mannon?«, fragte er. »Bist du das?« Seine Stimme hallte unheimlich von den Wänden wider und der Schatten hörte für einen Moment auf, sich zu bewegen. Dann kam er weiter auf sie zu. Und irgendetwas an ihm war entsetzlich falsch.

»Zum Teufel, ihr sollt den Mund halten!«, erscholl Mannons Stimme aus der Dunkelheit, ein gutes Stück vor und rechts von dem Schatten. Seine Gestalt tauchte aus den pulsenden Schemen auf, das Gesicht eine Grimasse des Entsetzens, seine Haut glänzend vor Schweiß.

»Was … was ist das?«, stammelte Gwenderon.

»Ich weiß es nicht«, antwortete Mannon. »Der … Wächter, von dem ich sprach. Ich beschwöre Euch, schweigt jetzt und geht weiter. Es ist nur noch ein kurzes Stück. Und seid still – das gilt auch für euch andere!«, fügte er mit erhobener Stimme hinzu, an die Männer gewandt, die ihm und Gwenderon wie zitternde Schatten folgten. Die Höhle fing seine Worte auf und verzerrte sie zu einem entsetzlichen Gelächter. »Ganz gleich, was geschieht, beachtet es nicht. Folgt nur mir. Und wehrt euch nicht. Wer seine Waffe zieht, ist verloren!«

Niemand widersprach, als er diesmal das Zeichen zum Weitergehen gab, und auch Gwenderon nahm schweigend den Zügel fester zur Hand und bemühte sich, den Abstand zu Mannon nicht größer als zwei Schritte werden zu lassen. Ein paar Mal sah er zu den anderen zurück. Sie folgten ihm in geringer Entfernung, aber er konnte nicht einmal die Gestalt Cavins identifizieren; ihre Gestalten waren verschwommene Schemen, die sich in grauer Helligkeit aufzulösen schienen wie trockenes Laub in leuchtender Säure. Und da war der Wächter, von dem Mannon gesprochen hatte, der Schatten, tausendfach schlimmer als Lassars Kreaturen, lauernd, sie umschleichend, niemals wirklich sichtbar, aber da.

Dann auf einmal begann einer der Männer zu schreien.

Für einen winzigen Moment glaubte Gwenderon das Blitzen von Metall zu sehen, ein sich aufbäumendes Pferd und ganz deutlich das schreckverzerrte Gesicht des Kriegers, dann legte sich ein anderer, viel gewaltigerer Schatten über den Mann und sein Tier, und plötzlich war nur noch wirbelnde Schwärze da, und ein grässlicher, nicht enden wollender Schrei, der tausendfach gebrochen von den unsichtbaren Wänden der Höhle widerhallte.

Dann waren alle drei verschwunden – der Mann, sein Tier und der schwarze Schatten.

23

Das Trommeln der Hufschläge war verklungen, und nachdem das riesige Tor mit einem dumpfen Schlag geschlossen worden war, hatte sich erneut das tiefe, bedrohliche Schweigen des Todes über Hochwalden ausgebreitet. Es war vollends Tag geworden und trotzdem herrschte auf dem lang gestreckten Rechteck des Hofes noch Dunkelheit: Die Schatten waren tiefer und schärfer abgegrenzt als gewöhnlich und das Licht war bleiern und schien zu flackern, als hinge ein unsichtbarer Schleier vor dem gelben Ball der Sonne, der ihrem Licht jeden Rest von Wärme und Lebenskraft nahm.

Die Männer auf den Mauern waren immer noch die geisterhaften Statuen und auch in den endlosen Gängen und Treppenfluren der Burg regte sich nicht die geringste Spur von Leben.

Hochwalden, die Festung König Oros, die Beschützerin des Schwarzeichenwaldes und Symbol für dessen Unantastbarkeit, hatte sich in ein gewaltiges steinernes Grab verwandelt.

Und doch war sie nicht leer.

Das Leben war aus ihren Mauern verjagt worden, aber zusammen mit Lassar, dem Herrn der Schatten und seinen Kreaturen, hatte etwas anderes, unbeschreiblich Finsteres Einzug in die uralten Mauern gehalten. Es war still.

Es dauerte einen Moment, bis Lassar begriff, dass es gerade dieses Schweigen war, was nicht stimmte. Hochwalden durfte nicht still sein. Nicht so still …

Von plötzlicher Sorge erfüllt fuhr er herum, stürmte durch die Halle und die Treppe hinauf, die zu Oros Gemächern führte.

Wenige Schritte vor dem Thronsaal fand er den ersten Toten.

Es war ein Mann seiner Garde. Er lag verkrümmt in einer großen, schon halb geronnenen Lache seines eigenen Blutes. Seine Augen waren im Tode geweitet, und ein Ausdruck des Schreckens hatte sich in seinen Blick gebrannt, der selbst Lassar schaudern ließ. Die rechte Hälfte seines Gesichts war auf furchtbare Weise zerstört; eine Wunde, wie sie keine Lassar bekannte Waffe schlagen konnte. Es sah aus, dachte er, als hätte ihn die Pranke eines Raubtieres getroffen. Dann fiel ihm der Rattengestank auf.

Der Schattenfürst blieb stehen, ließ sich dicht neben dem Leichnam auf ein Knie sinken und streckte zögernd die Hand nach ihm aus.

Seine Haut war noch warm. Was immer ihn umgebracht hatte, musste noch in der Nähe sein.

Lassar richtete sich mit einem Ruck auf, fuhr kampfbereit herum und tastete gleichzeitig mit den unbegreiflichen Sinnen eines Magiers die Runde ab, auf der Suche nach der Gefahr, dem … Etwas, das diesen Krieger getötet hatte und vermutlich nicht alleine war.

Aber er fand nichts. Rings um ihn herum herrschte das Schweigen des Todes. Er registrierte nicht die geringste Spur von Leben.

Überhaupt nichts …

Ein rascher, eisiger Schauer lief auf kribbelnden Spinnenfüßen seinen Rücken hinab, als er begriff, dass er auch die Anwesenheit seiner eigenen Kreaturen nicht mehr fühlte. Es war, als wäre Hochwalden nun vollends ausgestorben.

Langsam wandte er sich wieder um, ging auf die geschlossene Tür des Thronsaales zu und öffnete sie.

Er war auf den Anblick vorbereitet gewesen; trotzdem traf es ihn wie ein Hieb.

Der große, nahezu leere Saal bot ein Bild der Verwüstung. Überall war Blut, waren zerbrochene Waffen und verkrümmt daliegende, schwarz bepelzte Leiber. So wie die Krieger dalagen, musste der Tod warnungslos über sie hereingebrochen sein, so schnell und plötzlich, dass sie nicht einmal mehr Zeit gefunden hatten, eine Warnung auszustoßen.

Lassar zögerte. Sein Blick starrte auf die kleine Tür im Hintergrund des Thronsaales. Dahinter lag ein kleiner, fensterloser Raum, leer bis auf ein Bett und eine hölzerne Truhe. Als er gegangen war, hatte der Leichnam des Magiers dort gelegen, mit verschränkten Armen, den Stab auf der Brust! Die Tür war verschlossen worden, von zwei Kriegern bewacht, die strengsten Befehl hatten, niemand außer Lassar selbst hindurchzulassen.

Jetzt stand sie eine Handbreit offen und die beiden Wachen, die er davor postiert hatte, lagen tot auf dem Boden.

Lassars Besorgnis wuchs langsam zu bohrender Furcht, während er den Thronsaal durchquerte und sich der Kammer näherte.

Zwei Schritte vor der Tür blieb er stehen, hob die Hand und murmelte ein sonderbar klingendes Wort. Die Tür schwang wie von Geisterhand bewegt auf und Lassars Blick fiel auf das schmale, hölzerne Bett dahinter.

Es war leer.

Auf dem ehemals weißen Linnen waren noch große, hässliche Flecke bräunlich eingetrockneten Blutes zu erkennen, und auf dem Boden, vor dem Bett, wie zu einem spöttischen Abschiedsgruß geordnet, lagen die zersplitterten Schäfte von zwei schwarzen Pfeilen.

Die Pfeile, die den Magier getötet hatten.

Aber Lassar war sich plötzlich gar nicht mehr sicher, dass er wirklich tot war.

Denn Faroan, der Magier von Hochwalden, war verschwunden.

24

Es war früher Morgen, als sie die Höhle verließen. Auf dem letzten Stück war der Weg besser geworden, sodass sie in die Sättel hatten steigen können. Gwenderon wusste nicht mehr, wie lange sie durch die unterirdischen Höhlen und Tunnel geritten waren, wie viele Meilen sie zurückgelegt hatten, eingeschlossen in Fels und Dunkelheit und erstarrte Zeit. Er wusste nicht mehr, wie viele finstere Abgründe sie überschritten hatten und auf welchen verbotenen Pfaden sie gewandelt waren. Es konnten nicht mehr als etliche Stunden gewesen sein, aber er hatte das Gefühl, nach Jahren zum ersten Mal wieder das Licht der Sonne zu sehen, nach einer Ewigkeit zum ersten Mal wieder frei atmen zu können.

Er vertrieb den Gedanken, ließ sein Pferd ein paar Schritte vom Höhleneingang zurückweichen und stieg müde aus dem Sattel. Mannon hatte gesagt, dass die Wege, über die er sie führen wollte, für Menschen verboten waren, und er hatte Recht damit. Wie Recht, das erkannte Gwenderon erst jetzt, als er auf das Flüstern der Furcht in seiner Seele lauschte und in die grauen, erschöpften Gesichter der anderen blickte.

Gwenderon war – hinter dem Zwerg und Karelian – der Erste gewesen, der den Tunnel verließ. Während er auf die anderen wartete, sah er sich erleichtert um. Sie waren wieder auf einer Lichtung, und mit Ausnahme des Felsens, in dessen Flanke die Höhle gähnte wie ein gewaltiges, aufgerissenes, steinernes Maul, gab es absolut nichts Außergewöhnliches zu sehen.

Die Sonne schien schon eine Weile, aber sie stand noch nicht hoch genug, um über den Wipfeln der Bäume sichtbar zu sein. Sie mussten einen Tag und eine Nacht im Reich des grauen Lichtes gewesen sein. Bestimmt. Gwenderon sah sich einen Moment unschlüssig um, ging dann zu Karelian und Mannon zurück, sagte aber zu ihnen kein Wort, sondern ließ seinen Blick über die doppelte Reihe erschöpfter Männer gleiten, die nacheinander aus dem Felsentor herauskam.

»Wer?«, fragte er einfach.

»Willhard, Herr.« Es war Norrot, der antwortete, und Gwenderon erschrak, als er seine Stimme hörte: ein erschöpftes Krächzen, das verzerrt unter dem Helm des Kriegers hervordrang. Norrots Gesicht war bleich wie das eines Toten.

Willhard, dachte Gwenderon betäubt. *Ausgerechnet er.* Nach Norrot hatte der dunkelhaarige, stets gut gelaunte Krieger sein größtes Vertrauen genossen. Für einen Moment weigerte er sich einfach, zu glauben, dass ausgerechnet *er* von allen es gewesen sein sollte, der die Nerven verloren hatte. Es war ungerecht. Es war einfach nicht richtig, dass nicht einer von Cavins idiotischen *Schulmeistern* die Beherrschung verloren haben sollte, sondern einer seiner besten Krieger.

Seine Gedanken mussten wohl ziemlich deutlich auf seinem Gesicht geschrieben stehen, denn Mannon sah plötzlich zu ihm auf und versuchte zu lächeln. Es misslang. Der Zwerg wirkte erschöpft. Sein breitflächiges, fast zur Gänze von einem gewaltigen Bart beherrschtes Gesicht erschien im Morgenlicht grau und eingefallen und in seinen Augen stand ein fiebriger Glanz. Was immer er getan hatte, musste schwer gewesen sein. Es hatte ihn viel Kraft gekostet.

»Es tut mir Leid, Gwenderon«, sagte er. »Genau das war es, was ich verhindern wollte. Ich habe versagt.«

Gwenderon begriff den wahren Sinn von Mannons Worten erst nach Sekunden. »Soll das heißen, du … du hast *gewusst,* dass so etwas passiert?«

»Befürchtet«, berichtigte ihn Mannon ruhig. »Sie verlangen fast immer ein Opfer. Manchmal auch mehr. Ich hoffte es verhindern zu können. Ich habe versagt.«

»Wenn jemand versagt hat, dann der Krieger«, mischte sich Karelian ein. Gwenderon drehte sich zu ihm herum und sah ihn voller Wut an, aber Karelian hielt seinem Blick stand. Animah war hinter ihn getreten und überragte ihn um Haupteslänge. Sie sah so erschöpft aus wie alle und sonderbarerweise war es gerade der Anblick ihres grauen, eingefallenen Gesichtes, der Gwenderon davon abhielt, Karelian die Antwort zu geben, die er verdiente. Stattdessen wandte er sich von ihm ab und machte eine vage Geste in den Wald hinein.

»Wo sind wir?«, fragte er. Nach den dunklen widerhallenden Echos, die ihre Worte unter der Erde begleitet hatten, kam ihm der Klang seiner eigenen Stimme fremd vor.

»Eine halbe Wegstunde von Hochwalden entfernt«, antwortete Karelian an Mannons Stelle.

»Eine halbe Wegstunde?«, wiederholte Gwenderon. Er deutete zum Himmel hinauf. »Dann haben wir nicht viel Zeit gewonnen«, fuhr er an den Zwerg gewandt und in vorwurfsvollem Ton, fort. »Es ist wieder Morgen. Ich frage mich, weshalb Willhard sterben musste.«

»Es ist nicht *wieder* Morgen, Gwenderon«, sagte Animah sanft. »Es ist *noch immer* Morgen.«

Gwenderon drehte sich herum, als er die Stimme der Waldläuferin hörte. »Noch ... immer?«, wiederholte er erstaunt.

»Das ist völlig unmöglich«, mischte sich eine weitere Stimme ein. »Wir sind Stunden durch dieses Rattenloch gekrochen. Willst du behaupten, es wäre keine Zeit vergangen?«

Prinz Cavin war dicht an sie herangeritten und als Einziger nicht abgesessen. Sein Gesicht wirkte wie das aller anderen blass und erschöpft. Auch in seinen Augen glomm der Funke der Furcht, die von ihren Herzen Besitz ergriffen hatte.

»Es wird schon so sein, mein Prinz«, antwortete Gwenderon matt, obgleich Animahs Worte auch ihn mit einer tiefen, mit Furcht gemischten Verwirrung erfüllten. Aber er hatte keine Lust zu streiten. Nicht jetzt, und schon gar nicht mit Cavin. »Ihr könnt dem Zwerg vertrauen.«

Mannon sah ihn beinahe erstaunt an, schwieg aber. Nur auf Animahs Lippen erschien ein dünnes, kaum merkliches Lächeln.

»Aber das ist unmöglich!«, widersprach Cavin. »Wie ...«

»Dem Zwergenvolk sind Wege und Pfade bekannt, die zu verstehen uns Menschen nicht gewährt ist«, unterbrach ihn Karelian ungeduldig. »Glaubt mir, Prinz – was Ihr auf Euren Schulen gelernt habt, ist nicht alles. Dieser Wald ist ein Ort großer Magie. Denkt nicht darüber nach.« Sein Lächeln wurde ein wenig spöttischer, als er hinzufügte: »Davon bekommt Ihr nur Kopfschmerzen.«

Cavin starrte ihn einen Moment mit neu aufflammendem Zorn an, dann riss er sein Pferd mit einem unnötig harten Ruck herum und galoppierte zu seinen Begleitern zurück.

Karelian sah ihm stirnrunzelnd nach. »Ich fürchte, Ihr werdet es nicht leicht haben, Gwenderon«, seufzte er. »König Oro ist alt und es wird nicht mehr lange dauern, bis Cavin seine Nachfolge antritt. Ich möchte nicht an Eurer Stelle sein, wenn er erst König auf

Hochwalden ist. Er wird Euch die Schweineställe ausmisten lassen. Wenn Ihr Glück habt.«

Gwenderon lächelte. »Ihr müsst ihm Zeit geben, Karelian«, sagte er. »Er ist noch jung.«

»Zeit?« Etwas an der Art, in der Karelian das Wort aussprach, irritierte Gwenderon. Er sah auf und blickte dem Waldläufer ins Gesicht. In das spöttische Lächeln und den Ausdruck von Erschöpfung hatte sich Sorge gemischt. »Ich fürchte, genau das ist es, was Ihr nicht habt, Gwenderon. Zeit.«

Gwenderon fragte den Waldläufer nicht, wie er seine Worte gemeint hatte. Wahrscheinlich hätte er doch nur ein neues Rätsel zur Antwort bekommen und er war müde und erschöpft und wollte nicht mehr diskutieren. Mit einem lautlosen Achselzucken wandte er sich um und stieg wieder in den Sattel.

Nacheinander versammelten sich die Krieger und Edelleute um ihn und nach einer Weile hörte auch der junge Prinz auf, weiter zu schmollen, und lenkte sein Pferd wieder in die Mitte der zusammengeschmolzenen Gruppe, wo sein Platz war.

Gwenderon betrachtete ihn mit einer Mischung aus Sorge und Verwirrung. *Was war nur mit ihm los?* Er war zum Mann herangewachsen, in den Jahren, in denen er ihn nicht gesehen hatte, und trotzdem benahm er sich kaum anders als der rotznäsige, vorlaute Bengel, den Gwenderon vor so vielen Jahren bis an die Grenzen des Schwarzeichenwaldes geleitet hatte.

Der Waffenmeister vertrieb den Gedanken mit einem leisen Seufzer, tätschelte seinem Pferd gedankenverloren den Hals und blinzelte die Müdigkeit fort, die in seinen Augen brannte.

»Reiten wir«, sagte er leise.

Aber weder Karelian noch der Zwerg rührten sich von der Stelle. Mannon stierte benommen vor sich hin, während Karelian mit kleinen, hektischen Bewegungen den Kopf hierhin und dorthin drehte und den Waldrand absuchte. Sein Mund war zu einem dünnen, blutleeren Strich zusammengepresst.

»Was habt Ihr?«, fragte Gwenderon.

»Ich … weiß nicht«, murmelte Karelian ohne ihn anzusehen. »Etwas ist nicht so, wie … wie es sein sollte.«

»Was bedeutet das?«, fragte Gwenderon barsch. »Fürchtet Ihr einen …«

»Ich weiß es nicht«, fiel ihm Karelian ins Wort. »Ich spüre nur, dass irgendetwas vorgeht.«

»Etwas Böses«, pflichtete ihm Mannon bei. »Lassars Atem ist überall. Ich spüre, wie er seine Klauen auch nach diesem Wald ausstreckt.« Auf seinem bärtigen Zwergengesicht erschien ein Ausdruck tiefer Sorge. »Ihr müsst auf der Hut sein, wenn Ihr weiterzieht.«

»Ihr?« Gwenderon sah den Zwerg fragend an. »Heißt das, du kommst nicht mit?«

»Nein.« Mannon schüttelte den Kopf. »Meine Aufgabe ist erfüllt. Die Gefahren, die jetzt noch auf Euch lauern, muss Euer Schwert abwehren, Gwenderon.«

Gwenderon war enttäuscht. Er wusste selbst nicht zu sagen warum, aber er hatte wie selbstverständlich angenommen, dass Mannon sie nach Hochwalden begleiten würde. Die Gefahr, die sie gemeinsam überstanden hatten, verband sie.

Aber vielleicht war das nur eine romantische Vorstellung, die gar nicht stimmte. Er straffte sich. »Ich danke Euch, Mannon«, sagte er. »Auch im Namen des Prinzen. Und richtet meinen Dank auch dem Volk der Zwerge aus, wenn ihr zu ihm zurückkehrt.«

»Das werde ich tun.« Mannon nickte zum Abschied, schwang seine Axt über die Schulter und ging an den Reitern vorbei zurück zu dem Tor im Fels. Gwenderon sah ihm nach, bis seine Gestalt mit den Schatten der Höhle verschmolzen war.

»Reiten wir«, sagte er rau. Plötzlich fühlte er sich müde. Die Anstrengungen der durchwachten Nacht, die sie der Wirklichkeit abgetrotzt hatten, forderten ihren Tribut. Er spürte, dass er schlichtweg im Sattel einschlafen würde, wenn er nicht in Bewegung blieb.

25

Für eine kurze Weile schienen sie wieder in die Nacht hineinzureiten, als sie die Lichtung verließen und ein Stück weit durch das Unterholz ritten. Aber bereits nach wenigen Minuten erreichten sie wieder einen Weg.

Gwenderon bemerkte, wie die Männer um ihn herum erleichtert aufatmeten, als sie das Dunkel des Waldes verließen. Auch der

Prinz wirkte nervös und unsicherer, als er zugeben wollte, wie Gwenderon mit einem raschen Seitenblick bemerkte.

Er gab seinem Pferd die Sporen und ritt schneller, um an die Spitze der Gruppe und an Karelians und Animahs Seite zu gelangen. Der Waldläufer hatte nichts mehr gesagt, aber seine Blicke glitten noch immer unsicher über den Waldrand zu beiden Seiten des Weges und auch seine dunkelhaarige Begleiterin war sichtlich nervös. Fast eine Stunde lang ritten sie schweigend durch den Wald, ein erschöpfter, müder Haufen, der zwar weit vor der Zeit zurückkehrte, aber so müde war, als hätte er das Dreifache des normalen Weges hinter sich gebracht. Es waren nicht nur die durchwachte Nacht und die Aufregungen des vergangenen Tages gewesen, das spürte Gwenderon. Irgendetwas in den dunklen Kavernen und Tunneln des Zwergenvolkes hatte ihnen Kraft geraubt, als hätten sie für die gewonnene Zeit bezahlen müssen.

Plötzlich blieb Karelian abermals stehen und starrte aus zusammengekniffenen Augen in den Wald vor ihnen.

»Seid Ihr immer noch nervös?«, fragte Gwenderon.

Karelian nickte. Sein Gesicht wirkte angespannt. »Irgendetwas stimmt nicht mit diesem Wald«, sagte er.

Gwenderon versuchte seine Bedenken mit einem Lächeln zu zerstreuen, aber es gelang ihm nicht. Im Gegenteil – auch er selbst fühlte sich immer unruhiger, und für einen Moment glaubte er ebenfalls zu spüren, was der Waldläufer meinte.

»Es ist nicht mehr weit bis Hochwalden«, sagte er. »Selbst wenn sich irgendwelches Gesindel hier herumtreiben sollte, werden sie es kaum wagen, uns so dicht bei der Festung anzugreifen.«

»Ich fürchte mich nicht vor Gesindel«, erwiderte Karelian ohne ihn anzublicken. »Mannon hatte Recht. Es ist Lassars Atem, der diesen Wald vergiftet. Er ist hier. Er oder seine schwarzen Henker.«

»Lassar?« Gwenderon runzelte die Stirn und widerstand im letzten Moment der Versuchung, sich erschrocken umzusehen. »Unsinn!«, sagte er. »Er wird es nicht wagen, die Hand nach diesem Wald auszustrecken. Sicher nicht. Allmählich geht mir dieses hysterische Gerede über Lassar auf die Nerven«, fügte er übellaunig hinzu.

Karelian wollte antworten, stockte aber plötzlich und fuhr mit einer erschrockenen Bewegung herum.

»Das ist ein Hinterhalt!«, keuchte er. »Gwenderon – das ist eine Falle! Zurück!!« Die letzten Worte hatte er geschrien.

Aber seine Warnung kam zu spät.

Ein gewaltiger Schatten brach aus dem Wald. Gwenderon hörte einen Schrei, dann ertönte ein peitschender Laut. Irgendetwas sirrte dicht an seinem Kopf vorbei und der Mann hinter ihm krümmte sich und fiel mit einem Schmerzenslaut aus dem Sattel.

»Raetts!«, brüllte Karelian mit überschnappender Stimme. *»Sie sind uns gefolgt: Flieht!«*

Auf dem schmalen Pfad brach ein unbeschreiblicher Tumult aus. Der Waldrand schien in einer Woge von braunem, struppigem Fell zu explodieren und spie Dutzende der mannsgroßen Kreaturen aus. Bogensehnen sirrten und ein ganzer Hagel von Pfeilen und Bolzen überschüttete die kleine Gruppe. Männer und Pferde schrien getroffen auf. Gwenderon verspürte einen harten, betäubenden Schlag gegen die Seite, fiel halbwegs aus dem Sattel und fand erst im letzten Augenblick sein Gleichgewicht wieder.

Rings um ihn her brach die Hölle aus. Die Angreifer waren Raetts, aber es waren nicht Guarr und seine Horde, wie Gwenderon im allerersten Moment geglaubt hatte. Sie waren viel größer und wilder als der heruntergekommene Haufen, der sie ein kurzes Stück des Weges begleitet hatte – und sie waren in schwarzes Leder und mattes, gehämmertes Metall gekleidet und schwangen mächtige Keulen und Schwerter in den krallenbewehrten Händen.

Es mussten nahezu zwei Dutzend der gewaltigen Kreaturen sein, die urplötzlich aus dem Wald gebrochen und wie ein tödlicher Sturmwind unter Gwenderons Männer gefahren waren. Der Pfeilhagel hörte auf, so plötzlich, wie er begonnen hatte, aber dafür brach ringsum ein unbeschreibliches Handgemenge los.

»Zurück!«, schrie Gwenderon über den Kampflärm hinweg. »Schützt den Prinzen!«

Seine Stimme ging fast im Toben des Kampfes unter, aber drei, vier seiner Krieger hörten sie doch, lösten sich von ihren Gegnern und versuchten an seine und Prinz Cavins Seite zu gelangen. Gwenderon gewahrte eine Bewegung aus den Augenwinkeln, fuhr im Sattel herum und schlug mit dem Schild zu, als er das spitze Rattengesicht eines der Angreifer vor sich sah. Das Wesen fiel mit einem pfeifenden Laut zurück, aber sofort nahm ein anderes seinen Platz ein. Gwenderon versuchte erneut mit dem Schild zuzuschlagen. Aber der Raett duckte sich unter seinem Hieb hindurch, schlug eine seiner Krallenhände in Gwenderons Bein und hackte mit der anderen nach dem Hals des Pferdes.

Ein silberner Blitz jagte an seinem Gesicht vorbei. Der Raett schrie auf, schlug die Hände gegen den Hals und brach in die Knie. Zwischen seinen Fingern sah der Griff eines silbernen Zierdolches hervor.

Gwenderon wandte den Kopf und nickte dem Prinzen dankbar zu. Cavin grinste flüchtig, fuhr herum und hieb mit seinem Schwert nach einem weiteren Raett. Das Wesen parierte den Schlag mit seiner Keule, sprang blitzschnell zur Seite und schlug seinerseits zu. Cavin schrie vor Schmerz und Überraschung, als die armlange Keule seinen Arm traf und ihm das Schwert aus der Hand prellte. Aber er besaß immerhin noch genug Geistesgegenwart, dem nächsten Hieb auszuweichen und dem Raett einen Tritt auf die spitze Schnauze zu versetzen, der ihn zurücktaumeln ließ.

Gwenderon wankte im Sattel. Blut lief warm und klebrig an seinem Bein herab und seine ganze rechte Körperhälfte schien in Flammen zu stehen. Wie durch einen wogenden roten Vorhang beobachtete er, wie Karelian mit gleich zwei der riesigen Kreaturen kämpfte, mit nichts als seinen bloßen Händen und Füßen. Mit zusammengebissenen Zähnen zog er das Schwert aus der Scheide, drängte sein Pferd ein paar Schritte zurück und schlug blindlings nach einem struppigen Schatten, der vor ihm auftauchte. Er traf nicht, aber der Raett ließ trotzdem von ihm ab und zog sich hastig zurück.

Der Kampf endete, ehe er richtig begonnen hatte. Schon die Pfeile der Angreifer hatten fast die Hälfte von Gwenderons Männern aus den Sätteln gefegt und die Überlebenden hatten der erdrückenden Übermacht der halb tierischen Kreaturen nichts entgegenzusetzen. Mann auf Mann fiel unter den Hieben der Rattenkrieger und im Handumdrehen lagen außer Gwenderon, Karelian, dem Prinzen selbst und zwei seiner Krieger alle Männer tot oder verwundet am Boden. Karelians Begleiterin war verschwunden. Gwenderon hoffte, dass sie Gelegenheit gefunden hatte, im Wald unterzutauchen.

Gwenderon hob schützend seinen Schild vor den jungen Prinzen, als die Front der Rattenkrieger näher rückte. Auch die Raetts hatten einen hohen Blutzoll entrichten müssen, aber sie standen zu viert noch immer gegen mehr als ein Dutzend der Bestien.

»Ein Schwert!«, keuchte der Prinz. »Gebt mir ein Schwert, Gwenderon.«

Gwenderon machte eine unwillige Kopfbewegung. Die Schmerzen in seiner Seite ließen allmählich nach, aber dafür machte sich ein dumpfes Gefühl der Betäubung in seinem Bein und der Schulter breit. Der Schild schien mit jedem Atemzug schwerer zu werden.

»Gebt mir ein Schwert!«, verlangte Cavin noch einmal. »Ich will wenigstens noch eines von den Biestern mitnehmen!«

»Verdammt, haltet endlich den Mund!«, schnappte Karelian. »Die hätten uns längst töten können, wenn sie gewollt hätten, begreift Ihr das nicht? Sie wollen Euch lebend!«

Cavin starrte ihn einen Augenblick lang aus schreckgeweiteten Augen an. Seine Lippen begannen zu beben. Langsam, als koste ihn die Bewegung unendlich viel Überwindung, wandte er den Blick und starrte den Halbkreis mannshoher Rattengestalten an, der sie umgab.

Es war alles zu schnell gegangen, dachte Gwenderon. Sie hatten gar keine Zeit gehabt, wirklich zu begreifen, was geschah. Sie waren in eine Falle geritten, wie sie perfekter nicht sein konnte. Es war, als hätten die Angreifer gewusst, wo sie das Reich der Zwerge verlassen würden.

Eine unruhige Bewegung lief durch die Reihen der Rattenkrieger, dann teilte sich der Halbkreis aus Leibern und ein besonders großes, narbenübersätes Exemplar trat hervor. Sein Fell war tiefschwarz und es hatte nur ein Auge.

Gwenderon packte sein Schwert fester, obwohl er wusste, wie sinnlos es wäre, kämpfen zu wollen. Er hatte kaum noch die Kraft, sein Schwert zu halten.

»Was willst du?«, fragte er.

Der Raett blieb stehen, starrte ihn einen Moment aus seinem einzigen, funkelnden Auge an und hob dann langsam die Hand. Seine Klaue deutete fordernd auf Cavin.

Gwenderons Gedanken überschlugen sich. Der Raett schwieg, aber die Bedeutung seiner Geste war klar.

»Einen Dolch!«, flüsterte Cavin. »Ich flehe dich an, Gwenderon, gib mir eine Waffe. Lieber bringe ich mich um als mich dieser Bestie auszuliefern!«

Der Raett wandte mit einem Ruck den Kopf und starrte Cavin an. Er schwieg noch immer, aber Gwenderon war sicher, dass er jedes einzelne Wort verstand. Noch einmal hob er die Hand und deutete auf Cavin. Und diesmal war die Geste ungleich befehlender und herrischer als zuvor.

»Ihr wollt den Prinzen«, sagte Gwenderon leise. Er spürte, wie ihn die beiden Krieger, die Cavin und ihn flankierten, nervös ansahen. Aber er widerstand der Versuchung, ihren Blick zu erwidern, um ihnen Mut zu machen. Stattdessen sah er ungerührt den riesigen schwarzen Raett an. Langsam hob er den Schild höher und drängte sein Pferd ein Stück zur Seite, sodass er genau zwischen dem Prinzen und der gigantischen Rattenkreatur stand.

»Holt ihn euch, wenn ihr könnt!«, sagte er.

Der Raett stieß einen Laut aus, der fast wie ein Lachen klang. Ohne irgendwelche Anzeichen von Hast oder Eile drehte er sich um, ging zu seinen Kriegern zurück und stieß einen schrillen, misstönenden Pfiff aus.

Die Front der Rattenkreaturen teilte sich und hinter ihnen erschien ein weiteres halbes Dutzend struppiger dunkelbrauner Ungeheuer. In ihren Händen lagen gewaltige, übermannsgroße Bögen.

Gwenderon spannte sich. Seltsamerweise hatte er überhaupt keine Angst. Er wusste, dass er sterben würde, ganz egal ob er den Prinzen nun auslieferte oder nicht. Die Raetts würden keine Zeugen hinterlassen, die sie – oder ihre Auftraggeber – verraten konnten. Aber das einzige Gefühl, das in ihm war, war Enttäuschung. Er hatte versagt. Oro hatte ihn und ein Dutzend seiner besten Krieger ausgeschickt, um genau das zu verhindern, was jetzt geschehen war. Aber er hatte versagt.

»Es tut mir Leid, mein Prinz«, sagte er leise. »Wenn … wenn Ihr Euren Vater wieder seht, dann sagt ihm, dass es mir Leid tut. Ich …«

Ein helles, sirrendes Geräusch zerriss die Stille, die sich über die

Lichtung gebreitet hatte. Einer der Rattenkrieger schrie auf, ließ seinen Bogen fallen und taumelte mit wild rudernden Armen zurück.

Aus seiner Brust ragte der gefiederte Schaft eines Pfeiles.

26

Der Todesschrei des Raett ging im Sirren der Bogensehnen und dem Klirren von Metall unter.

Die Front der Rattenkrieger zerbrach wie unter einem unsichtbaren Fausthieb. Ein Hagel von Pfeilen senkte sich wie eine tödliche Wolke auf die halb tierischen Angreifer herab und ein zweiter, dritter, vierter und fünfter Raett-Bogenschütze fiel getroffen zu Boden. Die Überlebenden suchten ihr Heil in der Flucht. Hinter ihnen sprengte ein Trupp weiß gekleideter, in Stahl und blitzendem Gold gepanzerter Reiter heran.

»Vater!«, schrie Prinz Cavin überrascht. »Gwenderon – das sind unsere Krieger! Wir sind gerettet!«

Gwenderon wollte antworten, aber er kam nicht dazu. Der Großteil der Raett-Krieger hatte zwar gleichfalls die Flucht ergriffen, aber drei oder vier von ihnen stürzten sich, ungeachtet der näher kommenden Reiterschar, auf Gwenderon und seine Gruppe, wild entschlossen den Prinzen zu töten, wenn sie seiner schon nicht habhaft werden konnten.

Gwenderon riss mit einem erschrockenen Ausruf seinen Schild hoch, als der einäugige Anführer der Raett-Horde mit einem wütenden Pfeifen auf ihn zukam. In seinen Krallenhänden blitzte plötzlich ein Schwert, eine gewaltige, mehr als meterlange Klinge, die ein normal gewachsener Mann kaum hätte halten können.

Gwenderon wankte im Sattel, als die Klinge mit ungeheurer Wucht auf seinen Schild herunterkrachte. Er schrie, spürte, wie der Schild zerbrach, und stürzte rücklings aus dem Sattel. Instinktiv rollte er sich ab und versuchte wieder auf die Füße zu springen, brach aber gleich darauf mit einem neuerlichen Schmerzensschrei zusammen. Sein Arm war taub, aber in der Schulter wühlte ein unbeschreiblicher Schmerz.

Cavins Schreckensschrei ließ ihn herumfahren.

Der Raett war unter der Wucht seines eigenen Hiebes zurückgetaumelt, aber er schien wie von Sinnen. Das einzige Auge flammte wie eine glühende Kohle in seinem schwarzen Rattengesicht. Mit einem wütenden Zischen riss er sein Schwert abermals in die Höhe und stürmte auf den Prinzen zu.

Karelian sprang ihn an. Der Raett keuchte, riss ihn in einer Bewegung, die Gwenderon einem Wesen seiner Größe niemals zugetraut hätte, herum und schlug Karelian den Schwertknauf vor die Stirn.

Der Waldläufer fiel mit einem lautlosen Seufzer nach hinten und blieb reglos liegen.

Gwenderon stemmte sich mit verzweifelter Kraft in die Höhe. Oros Reiter sprengten in rasendem Galopp heran, aber so schnell sie auch waren – sie würden trotzdem zu spät kommen. Der Raett griff bereits wieder an. Er schien entschlossen zu sein, den Prinzen zu töten, wenn er ihn schon nicht lebendig bekommen konnte. Cavin versuchte sein Pferd herumzureißen, aber das Tier war halb wahnsinnig vor Furcht und trat nur hysterisch auf der Stelle.

Gwenderon sprang.

Sein verletztes Bein schien in einer Woge von Schmerzen und unerträglicher Glut zu explodieren, als er gegen den Raett prallte. Er schrie, fiel hilflos zur Seite. Aber auch der Raett-Krieger war aus dem Gleichgewicht gekommen. Vom Schwung seines eigenen Angriffes nach vorne gerissen, taumelte er an Cavin vorbei und versuchte verzweifelt sein Gleichgewicht wiederzufinden.

Cavin half seiner Bewegung mit einem gezielten Fußtritt nach. Der Raett torkelte und stürzte vornüber.

Als er sich wieder aufrichten wollte, zischte ein Pfeil heran und bohrte sich in seinen Schädel.

Der Raett wankte. Seine Hände öffneten sich; das Schwert fiel polternd zu Boden.

Aber er starb nicht.

Langsam, unendlich langsam richtete er sich auf, breitete die Arme aus und tat einen einzigen, schwerfälligen Schritt auf den Prinzen zu.

Cavin sah ihm wie gebannt entgegen. Seine Augen waren vor Schrecken geweitet. Unfähig sich zu bewegen starrte er den näher kommenden Raett an.

»Prinz! Duckt Euch!«

Der Schrei riss Cavin endgültig aus seiner Erstarrung. Mit einem erschrockenen Keuchen fuhr er zusammen und krümmte sich instinktiv über dem Hals seines Pferdes. Ein dunkler, lang gestreckter Schatten zischte eine Handbreit über seinen Rücken hinweg, bohrte sich in die Brust des Raett und schleuderte ihn zurück.

Gwenderon stöhnte. Schmerzen und Übelkeit schlugen wie eine betäubende Woge über ihm zusammen und für einen Moment verlor er das Bewusstsein.

27

Als er wieder zu sich kam, lag er auf dem Rücken und eine Hand machte sich geschickt an seinem Bein zu schaffen. Es tat weh, sehr weh, aber er biss die Zähne zusammen und schluckte den Schmerzenslaut, der über seine Lippen kommen wollte, herunter. Jemand hob vorsichtig seinen Kopf an. Ein Gesicht beugte sich über ihn, zuerst nicht mehr als ein verschwommener heller Fleck, dann lichteten sich die grauen Schleier, die seinen Blick trübten, und er erkannte Cavin.

»Prinz«, murmelte er. »Seid Ihr ... unverletzt?«

Cavin nickte, und für einen Moment glaubte Gwenderon, einen beinahe erleichterten Ausdruck in seinen Augen zu sehen.

»Liegt still, Gwenderon«, sagte er. Behutsam zog er seine Hand unter Gwenderons Hinterkopf hervor, beugte sich wieder über sein Bein und zog den Verband an. »Sagt Bescheid, wenn es zu wehtut«, sagte er.

Gwenderon drehte mühsam den Kopf. Sein Bein war mit einem Stock geschient worden und Cavin hatte schmale Streifen aus seinem Hemd gerissen, um die provisorische Schiene zu befestigen. Gwenderon nickte anerkennend.

»Wo habt Ihr ... das gelernt?«, fragte er.

Cavin lächelte. »Man lernt mehr als Schreiben und Lesen auf den Schulen, auf denen ich war«, sagte er. »Zum Beispiel auch, starrköpfige alte Männer wie Euch zusammenzuflicken.«

Sein Blick wurde wieder ernst. »Ich danke Euch, Gwenderon«, sagte er leise. »Ich wäre tot, wenn Ihr Euch nicht vor dieses Ungeheuer geworfen hättet.«

»Dazu bin ich da«, murmelte Gwenderon. Wieder griffen Dunkelheit und Schwere nach seinem Denken und für einen Moment drohte er erneut in Bewusstlosigkeit zu versinken. Aber er wehrte sich mit aller Kraft und drängte die Schwärze zurück, die seine Gedanken zu umnebeln begann. Mühsam tastete er mit der Linken nach festem Halt und versuchte sich hochzustemmen, aber Cavin schob ihn mit sanfter Gewalt zurück.

»Bleibt liegen«, sagte er. »Die Männer bauen eine Trage für Euch.«

»Was ist mit … den Raetts?«, fragte Gwenderon.

»Sie sind tot. Oder geflohen.«

Es war nicht Cavin, der antwortete. Gwenderon drehte den Kopf und blinzelte aus zusammengekniffenen Augen zu der Gestalt hinauf, die sich als schwarzer Schatten gegen das grelle Licht der Sonne abzeichnete.

»Wer … seid Ihr?«, fragte er.

Der Mann stieß ein halblautes, raues Lachen aus und ließ sich neben ihm in die Hocke sinken, sodass sein Gesicht im Schatten lag und Gwenderon es erkennen konnte.

Es war wie ein Hieb.

Gwenderon kannte dieses Gesicht. Das dunkle, eng anliegende Haar, die stechenden schwarzen Augen, denen nicht die geringste Kleinigkeit entging, den Mund, der ständig zu einem abfälligen Lächeln verzogen zu sein schien.

»Resnec!«

»Es freut mich, dass Ihr mich noch erkennt, Gwenderon«, sagte Resnec. »Nach all den Jahren.«

»Was tut Ihr hier?«, schnappte Gwenderon. Ohne auf den klopfenden Schmerz in seinem Bein zu achten stemmte er sich hoch, sodass sich sein Gesicht auf gleicher Höhe mit dem Resnecs befand. »Was wollt Ihr?«

Resnec lächelte dünn. »Oh, zum Beispiel Euch das Leben retten«, sagte er spöttisch. »Und dem Prinzen. Wäre es Euch lieber gewesen, wir wären nicht gekommen?«

»Ihr kennt Euch?«, fragte Cavin verständnislos. »Wer ist dieser Mann, Gwenderon?«

Gwenderon versuchte aufzustehen, aber er war zu schwach dazu. Erst als Cavin ihm half, gelang es ihm, sich auf die Füße zu stemmen und – wenn auch schwankend – aus eigener Kraft zu stehen. Auch Resnec erhob sich wieder. Seine Haltung wirkte entspannt und auf seinen Zügen lag noch immer jenes spöttische, herablassende Lächeln. Aber seine Hand lag auf dem Schwert.

»Wer dieser Mann ist?«, wiederholte Gwenderon aufgebracht. »Habt Ihr wirklich noch nicht von Resnec gehört, mein Prinz?«

Cavin verneinte. »Wer ist er?«

»Lassars Stiefellecker«, antwortete Gwenderon böse.

»Las...« Cavin verstummte mitten im Wort, drehte sich zu Resnec herum und starrte ihn sekundenlang mit wachsender Verwirrung an.

Das Lächeln auf Resnecs Zügen wirkte plötzlich nicht mehr ganz echt. »Ich stehe in König Lassars Dienst, das ist richtig«, bekannte er. »Aber im Moment bin ich im Auftrage Eures Vaters unterwegs, Prinz Cavin.«

»Ich glaube Euch kein Wort!«, sagte Gwenderon aufgebracht. »König Oro würde niemals ...«

»Warum«, unterbrach ihn Resnec, schnell und mit hörbar erhobener Stimme, »fragt Ihr nicht Euren Herrn selbst, Gwenderon. Oder zweifelt Ihr sogar das Wort Eures Königs an?«

Gwenderon blinzelte verwirrt. »Oro ist hier?«

»Das stimmt«, sagte Cavin rasch. Seine Stimme klang unsicher. »Verzeiht, Gwenderon, aber ich vergaß es dir zu sagen. Er kam wenige Augenblicke nach Resnec und den Männern.«

Er deutete nach rechts. Gwenderons Blick folgte seiner Geste. Der schmale Waldweg quoll schier über von Dutzenden von Pferden und Kriegern, die die weißgoldene Uniform Hochwaldens trugen. Aber es waren auch andere Männer zwischen ihnen: Krieger in schwarzen, matt glänzenden Rüstungen und bodenlangen Mänteln. Auf ihren Schilden und Brustharnischen prangte ein flammend rotes Dreieck. Das Auge Siths, des Gottes des Feuers. Lassars Wappen ... Und zwischen ihnen stand der König.

Aber das ist unmöglich!, dachte Gwenderon verwirrt. Oro hatte Hochwalden seit Monaten nicht mehr verlassen. Er war zu alt für solch einen anstrengenden Ritt. Hätte er es gekonnt, so wäre er selbst seinem Sohn entgegengeritten, statt Gwenderon zu schicken.

»Wartet, Gwenderon. Ich hole ihn.« Cavin lief los, ohne seine

Antwort abzuwarten, und Gwenderon blieb allein mit Resnec zurück.

»Das … das verstehe ich nicht«, murmelte er hilflos.

Resnec lachte leise. »Das verlangt auch niemand von Euch, Gwenderon«, sagte er böse. »Es reicht, wenn Ihr tut, was man Euch sagt. Ihr seid nicht zum Denken hier, sondern um zu kämpfen.« Er sah sich mit bewusst übertriebener Gestik um und fügte hinzu: »Aber wie mir scheint, versteht Ihr nicht allzu viel von Eurem Handwerk.«

Gwenderon starrte den hoch gewachsenen Mann in dem dunklen Mantel hasserfüllt an. Hätte er noch die Kraft dazu gehabt, wäre er Resnec an die Kehle gegangen. So beschränkte er sich auf einen wütenden Blick und wartete schweigend, bis Cavin mit dem König zurückkam. Vier seiner Leibgardisten begleiteten Oro – aber auch zwei der schwarz gekleideten Krieger Lassars.

»Gwenderon!«, sagte Oro, als er näher kam. »Ich freue mich Euch gesund und wohlbehalten wieder zu sehen. Fast, jedenfalls«, fügte er mit einem flüchtigen Lächeln hinzu.

Gwenderon blieb ernst. Seine Gedanken überschlugen sich. Er verstand nichts mehr. »Was … was bedeutet das alles?«, fragte er verwirrt. »Verzeiht, Majestät, aber ich …«

»Ihr seid verwirrt, das verstehe ich«, unterbrach ihn Oro. »Aber es ist alles in Ordnung, Gwenderon, glaubt mir.«

»In Ordnung?« Gwenderon starrte den greisen König an, dann deutete er auf die beiden schwarz gekleideten Krieger zu seinen Seiten. »Was tun diese … diese Kreaturen hier?«, fragte er. Er sah aus den Augenwinkeln, wie sich Resnec spannte.

»Es ist alles in Ordnung«, sagte Oro noch einmal. Ein neuer Ton schwang in seiner Stimme mit, den sich Gwenderon nicht erklären konnte, und in seinen Augen glomm ein sonderbares Feuer.

»Es ist viel geschehen, seit Ihr fortgeritten seid, Gwenderon«, sagte er. »Hochwalden wurde angegriffen.«

»Angegriffen?«, keuchte Gwenderon. Seine unverletzte Hand zuckte zum Gürtel, aber er führte die Bewegung nicht zu Ende, als Oro fortfuhr: »Nicht von Lassar, Gwenderon. Im Gegenteil.«

»Im Gegenteil? Was heißt das?«

»Es waren Krieger aus den nördlichen Wüsten«, antwortete Resnec an Oros Stelle. Seine Stimme klang kalt. Aber es schwang auch eine Spur von Triumph darin mit. »Barbaren und Räubergesindel, die schon seit Monaten die umliegenden Ländereien geplündert haben. Die Raetts, die euch angegriffen haben, gehörten zu ihnen. Ihr habt nichts davon gehört, Gwenderon?«

»Natürlich«, schnappte Gwenderon. »Aber was hat das mit Hochwalden zu tun? Sie würden es niemals wagen –«

»Hochwalden anzugreifen?« Oro seufzte. »Ich weiß, mein Freund, das waren meine eigenen Worte. Aber sie haben es getan, kaum dass Ihr fort wart, um meinen Sohn zu holen. Die Welt ist nicht mehr, wie sie einmal war.« Er lächelte traurig. »Wir werden beide alt, Gwenderon. Die Welt, wie wir sie kennen, besteht schon lange nicht mehr. Niemand hat noch Ehrfurcht und Respekt vor den alten Werten. Sie griffen uns an und belagerten Hochwalden. Resnec und seine Männer eilten uns zu Hilfe.«

Gwenderon schwieg. Etwas ging in ihm vor, das ihn selbst erschreckte und das er sich nicht erklären konnte. Etwas Beängstigendes. Er stand Oro gegenüber, blickte in ein Gesicht, das er seit einem halben Jahrhundert kannte, hörte seine Stimme, die er unzählige Male gehört hatte, erkannte die Wahl der Worte, die die Oros waren – und doch hatte er das Gefühl, einem Fremden gegenüberzustehen. Irgendetwas war falsch.

Er konnte das Gefühl nicht begründen, aber er spürte einfach, dass zwischen ihnen plötzlich eine unsichtbare Wand war, eine Schranke, die sie trennte und ... ja – und fast zu Feinden machte.

»Ihr habt ... Lassar ... um Hilfe gebeten?«, fragte er stockend.

Oro nickte ernst. »Mir blieb keine Wahl, Gwenderon. Hochwalden und König Lassar sind nicht länger Feinde.«

Gwenderon fuhr auf, aber es war nicht mehr als ein letztes, kraftloses Aufbegehren. »Aber Ihr habt gesagt –«

»Ich weiß, was ich gesagt habe, mein Freund«, unterbrach ihn Oro. Seine Worte klangen freundlich und sanft wie immer, aber in seiner Stimme war eine Schärfe, die Gwenderon noch niemals darin gehört hatte und die ihn erschreckte. »Ich weiß es nur zu gut«, sagte er. »Aber die Zeiten ändern sich, Gwenderon. Der Angriff auf Hochwalden hat mir die Augen geöffnet.«

»Euch mit Lassar einzulassen?«, keuchte Gwenderon.

»Mich mit ihm zu verbünden«, verbesserte ihn Oro sanft. »Wir können nicht länger so tun, als bliebe die Zeit für uns stehen, Gwenderon. Auch ich liebe Lassar nicht, aber ich habe erkannt, dass Hochwalden nicht länger allein existieren kann. Ich bin ein alter Mann, Gwenderon, und ich bin des Kämpfens müde geworden. Lassar und ich haben ein Abkommen getroffen.«

»Ein Abkommen? Was für ein Abkommen?«, fragte Gwenderon misstrauisch.

Oro wollte antworten, aber Resnec unterbrach ihn. »Verzeiht, mein König«, sagte er. »Aber es wäre besser, die Diskussion auf später zu verschieben. Die Angreifer sind geflohen, aber es könnten sich noch immer versprengte Trupps in den Wäldern herumtreiben, und wir haben nicht viele Krieger bei uns. Ich fürchte um Eure Sicherheit.«

Oro runzelte die Stirn, nickte aber dann und wandte sich mit einem entschuldigenden Lächeln wieder an Gwenderon. »Resnec hat Recht«, sagte er. »Wir haben Zeit genug zu reden, wenn wir wieder in Hochwalden sind. Und Ihr seid verletzt und braucht dringend Ruhe und die Pflege des Wundschers.«

»Dann reiten wir«, sagte Resnec. »Die Garde wird Euch sicher nach Hochwalden zurückbringen, mein König, Euch und Euren Sohn. Ich bleibe mit meinen Männern hier und kümmere mich um die Verletzten.«

Wieder schien in Gwenderons Gedanken eine Alarmglocke anzuschlagen, aber wieder antwortete Oro so schnell, dass er keine Gelegenheit fand, irgendetwas zu sagen. Es war verrückt, aber es kam ihm fast so vor, als hätte der König nur darauf gewartet, dass Resnec ihm ein Stichwort gab.

»Ihr habt Recht, Resnec«, sagte er. »Lass uns reiten, Cavin. Je eher wir wieder zu Hause sind, desto besser.« Er lächelte. »Wir haben uns viel zu erzählen, glaube ich.«

Gwenderon widersprach nicht mehr, als sich Oro und der Prinz umwandten und zu den wartenden Kriegern zurückgingen.

28

Es verging noch fast eine halbe Stunde, ehe Oro, sein Sohn und der größte Teil der Garde aufbrachen, um zurück zur Festung zu reiten. Gwenderon bekam keine Gelegenheit mehr, mit dem König zu reden; und er wollte es auch gar nicht. Etwas war mit Oro geschehen, etwas, das er sich noch nicht erklären konnte und das ihn beunruhigte.

Es machte sie zu Fremden.

Gwenderon gestand es sich nicht ein, nicht in diesem Moment, aber es war so: Der König und er waren mehr gewesen als nur ein Herrscher und sein Waffenmeister. Sie waren Freunde geworden in den Jahrzehnten, die sie zusammen verbracht hatten. Und jetzt war diese Freundschaft erloschen. Das unsichtbare Band, das sie verbunden hatte, war zerrissen. Vielleicht war es Lassars Einfluss, der Oro verändert hatte. Er würde es herausfinden.

Es gab für Gwenderon nichts zu tun. Sein Bein schmerzte jetzt kaum noch, aber er konnte sich trotzdem nur mit Mühe bewegen, und das betäubende Gefühl der Schwere, das sich in seiner Hüfte ausgebreitet hatte, begann langsam in seinen Körper zu kriechen und ihn müde und schläfrig zu machen. Es kostete ihn große Mühe, aufzustehen und zu Resnec zurückzuhumpeln, nachdem der König mit seiner Garde fortgeritten war.

Es war ein sonderbares Gefühl. Eigentlich hätte er erleichtert sein müssen, nach allem, was geschehen war. Es war seine Aufgabe gewesen, den jungen Prinzen sicher nach Hause und zu seinem Vater zu bringen. Nun war die Aufgabe erfüllt, wenn auch anders, als er geglaubt hatte. Cavin war auf dem Rückweg nach Hochwalden, eskortiert von zwei Dutzend seiner besten Krieger. Und die wenigen Raetts, die das Massaker überstanden hatten, würden sich zehnmal überlegen einen neuen Angriff auf die schwer bewaffneten Reiter zu riskieren.

Und trotzdem hatte er das Gefühl, dass es noch nicht vorbei war. Irgendetwas, eine unhörbare Stimme in seinem Inneren, flüsterte ihm zu, dass Cavin noch nicht in Sicherheit war und die eigentliche Gefahr vielleicht noch auf ihn wartete.

»Ihr seht bedrückt aus, Gwenderon«, sagte Resnec. »Schmerzt Euer Bein?«

Gwenderon sah auf, blickte einen Herzschlag lang in die dunklen Augen seines Gegenübers und schüttelte unmerklich den Kopf.

»Oder verwindet Ihr es immer noch nicht, dass ausgerechnet ich es war, der den Prinzen rettete?«, fügte Resnec spöttisch hinzu.

Gwenderon spürte, wie schon wieder eine Woge heißen Zorns in ihm emporstieg, aber er kämpfte das Gefühl mit aller Macht nieder und wandte sich demonstrativ ab.

Der schmale Waldweg bot einen Anblick des Schreckens. Von dem Dutzend Männer, die zusammen mit Gwenderon aufgebrochen waren, um den Prinzen sicher nach Hochwalden zurückzubringen, lebten noch fünf. Und auch von ihnen war nicht einer ohne Verletzung davongekommen. Auch Norrot, sein treuer Freund und Gefährte zahlloser Kämpfe und Schlachten, war unter den Toten, und als Gwenderon sich genauer umsah, gewahrte er eine schlanke, in einen blutbesudelten braunen Mantel gekleidete Gestalt am Wegesrand.

»Karelian!«, keuchte er. »Ist ... ist er tot?«

Hastig schleppte er sich zu dem Waldläufer, drehte ihn ungeschickt mit nur einem Arm auf den Rücken und tastete mit der Hand über sein Gesicht. Karelian stöhnte, öffnete die Augen und murmelte etwas, das Gwenderon nicht verstand. Sein Gesicht war über und über mit Blut besudelt. Aber es war nicht sein Blut, wie Gwenderon nach einem Moment des Schreckens erkannte. Bis auf eine mächtige, blau unterlaufene Beule an der linken Schläfe schien der Waldläufer unverletzt davongekommen zu sein. Gwenderon verspürte ein Gefühl der Erleichterung, das er sich selbst kaum zu erklären vermochte.

»Den Göttern sei Dank«, sagte er. »Er lebt.«

»Noch«, sagte Resnec leise. In seiner Stimme war plötzlich ein neuer, beinahe lauernder Ton, der Gwenderon aufsehen und alarmiert aufstehen ließ.

»Was soll das heißen?«

Resnecs Gesicht blieb unbewegt, aber in seinen Augen erschien ein Blitzen, das Gwenderon nicht gefiel. Seine Hand lag noch immer auf dem Schwertgriff und diesmal war die Geste eindeutig drohend. Und sie sollte es auch sein.

Gwenderon blickte sich erschrocken um. Plötzlich fiel ihm auf, wie still es geworden war, nachdem die Hufschläge in der Ferne verklungen waren. Resnecs Männer standen reglos in einem lockeren, durchbrochenen Halbkreis um Gwenderon und die Hand voll Überlebender herum. Ihre Gesichter waren hinter den heruntergeklappten Visieren ihrer Helme nicht zu erkennen. Aber ebenso wie Resnec selbst hatten sie die Hände auf die Waffen gelegt oder sie bereits gezogen.

»Was bedeutet das?«, fragte Gwenderon scharf. Er sah aus den Augenwinkeln, wie Karelian taumelnd auf die Füße zu kommen versuchte, es aber erst beim dritten Versuch schaffte.

Resnec lächelte, dünn, schnell und so kalt, dass Gwenderon einen eisigen Schauer spürte. Der Wind schien kälter zu werden.

»Wisst Ihr das wirklich nicht, Gwenderon?«, fragte er ruhig.

»Ihr … Ihr verratet uns? Ihr verratet den … den König?«

»Verrat?« Resnec betonte das Wort auf eigenartige Weise und lachte. »Nun, wenn Ihr es so nennen wollt, Gwenderon … Wie auch immer, ich fürchte, ihr werdet Hochwalden nicht wieder sehen.«

Der Kreis der schwarz gekleideten Krieger begann sich zusammenzuziehen. Gwenderon blickte alarmiert nach beiden Seiten, aber er verwarf den Gedanken an Flucht sofort wieder. Mit seinem verwundeten Bein hatte er keine Chance, Resnecs Mördern zu entkommen.

Auch Karelian schien allmählich zu begreifen, was rings um ihn vorging, wenn sein Gesicht auch noch immer schlaff und seine Augen matt waren.

»Was bedeutet das?«, fragte Gwenderon noch einmal.

Resnec zog ganz langsam sein Schwert. »Ihr würdet es doch nicht verstehen«, sagte er. »Es tut mir Leid, dass es so enden muss. Ich hätte euch gerne eine Chance gegeben.«

»Du … du verdammter Verräter!«, keuchte Karelian. »Du …«

Resnec stieß ihn nieder.

»Schade«, sagte er. »Ich hatte gehofft, dass ihr es wie Männer tragt, Gwenderon. Ihr habt eine Schlacht verloren, also hört auf zu jammern und benehmt euch wie die Männer, die ihr sein wollt.«

»Damit kommt ihr nicht durch«, keuchte Karelian. Er wollte aufstehen, aber Resnec stieß ihn mit dem Fuß zurück.

»Glaubt Ihr?«, fragte er. »Vielleicht doch. Meine Befürchtungen waren gerechtfertigt, Karelian. Die Raetts sind zurückgekommen. Leider war ich der Einzige, der entkommen konnte.«

Er lachte hässlich, versetzte Karelian einen Tritt, der ihn abermals zurückfallen ließ, und wandte sich wieder an Gwenderon. »Aber keine Angst, Gwenderon. Ich werde dem König berichten, dass Ihr bis zum letzten Atemzug gekämpft habt.«

»Dann stoßt zu«, keuchte Gwenderon. »Nehmt Euer Schwert und erschlagt mich, wenn das alles ist, wozu Ihr fähig seid, Resnec. Begeht doch einen feigen Mord!«

Resnecs Gesicht zuckte. Langsam hob er das Schwert, setzte seine Spitze an Gwenderons Kehle und spannte sich. Die Schwertspitze ritzte Gwenderons Hals. Aber er stieß nicht zu.

»Ich würde Euch eine Chance geben«, sagte er. Seine Stimme klang nicht ganz so sicher, wie es den Anschein haben sollte. »Aber ein Mann mit einem steifen Bein ist kein Gegner für mich.«

»Gebt mir eine Waffe!«, stöhnte Gwenderon. »Gebt mir ein Schwert, wenn Ihr es wagt. Oder seid Ihr selbst zu feige gegen einen hinkenden Mann zu kämpfen?«

Resnec lachte unsicher. Seine Hand, die das Schwert hielt, zitterte. Aber er stieß noch immer nicht zu. Seine Lippen begannen zu zittern und Gwenderon glaubte den Kampf, der hinter seiner Stirn tobte, direkt zu sehen.

Plötzlich riss er den Arm zurück, richtete sich auf und stieß das Schwert mit einer fast zornigen Bewegung in die Scheide zurück.

»Wie Ihr wollt, Gwenderon«, sagte er. »Ich werde Euch nicht töten. Euch nicht und auch Eure Männer nicht.« Er schwieg einen Moment, und als er weitersprach, hatte seine Stimme wieder diesen metallisch-harten Klang, der Gwenderon einen eisigen Schauer den Rücken herunterlaufen ließ.

»Aber Ihr werdet Euch noch wünschen, gestorben zu sein«, sagte er. »Denn das, was Euch erwartet, wird tausendmal schlimmer sein als der Tod.« Er trat zurück und hob in einer herrischen Geste den Arm. »Packt sie!«, befahl er.

Einer der schwarz gekleideten Krieger steckte seine Waffe weg und machte einen Schritt in ihre Richtung.

Aber er führte die Bewegung nicht zu Ende.

Ein kopfgroßer Stein flog aus dem Unterholz, traf seine Schläfe und tötete ihn auf der Stelle.

Resnec fuhr mit einem schrillen Schrei herum und riss das Schwert erneut aus dem Gürtel.

»Verrat!«, brüllte er. »Wir werden angegriffen! Tötet sie –«

Der Rest des Satzes ging in einem erstickten Keuchen unter. Ein zweiter, kaum weniger großer Stein segelte herbei, traf seine Schulter und ließ ihn stürzen. Gleichzeitig ertönte irgendwo hinter Gwenderon das boshafte Sirren einer Bogensehne und ein zweiter von Lassars schwarz gekleideten Henkern brach zusammen, von einem Pfeil getroffen, der mit tödlicher Zielsicherheit durch eine Lücke seiner Panzerung gefahren war.

Aus dem Wald stürmte eine braune, pfeifende Horde rattengesichtiger Gestalten. Im ersten Augenblick glaubte Gwenderon, die Angreifer von vorhin wären zurückgekehrt, aber er sah den Unterschied schnell. Die Raetts trugen weder Rüstungen noch andere Kleider und mit Ausnahme der zwei oder drei, die primitive, aus roh zurechtgeschnittenen Weidenzweigen gefertigte Bögen trugen, waren sie unbewaffnet.

Trotzdem hatten Lassars Henker nicht einmal die Spur einer Chance. Der Kampf dauerte nicht einmal eine Minute und es war kein Kampf, es war ein Gemetzel, wie Gwenderon noch keines gesehen hatte. Die Raetts walzten das halbe Dutzend schwarz gekleideter Krieger durch ihre pure Übermacht nieder. Es ging unglaublich schnell. Die Krieger fanden nicht einmal mehr Zeit, sich zu irgendeiner Verteidigung zu formieren, ehe die Raetts unter ihnen waren; und die hoch gewachsene, schwarzhaarige Frauengestalt in ihrer Mitte, in deren Händen ein gewaltiger Langbogen lag.

»Animah!«, rief Gwenderon verwirrt. »Wie … woher … wo kommt Ihr her, und …« Er stockte, als sein Blick einen der Raett-Krieger streifte. Er war sich nicht sicher, aber er glaubte das Gesicht zu kennen, den Blick der schwarzen, glänzenden Knopfaugen, das rasche Verziehen der nur angedeuteten Lippen …

»Guarr«, antwortete Animah anstelle des Raett. »Ihr seht recht, Gwenderon.« Sie grinste, rupfte ein Grasbüschel aus und begann damit die Spitze eines ihrer Pfeile zu säubern, den sie aus dem Panzer eines toten Kriegers gezogen hatte. »Er hat Euch doch gesagt, dass ihr euch wieder sehen würdet, oder?«

»Wo … kommt ihr her?«, fragte Gwenderon verwirrt. »Was bedeutet das?«

Animah blickte ihn einen Moment ernst an, schwang ihren Bogen wieder über die Schulter und näherte sich Resnec, der noch immer mit schmerzverzerrtem Gesicht am Boden lag. Er lebte und war bei Bewusstsein, aber sein Blick war verschleiert. Über der rechten Schulter begann sich der Stoff seines Gewandes dunkel zu färben.

Neben ihm stemmte sich Karelian stöhnend auf die Füße. Seine Unterlippe war aufgeplatzt, wo ihn Resnecs Faust getroffen hatte. Dunkles Blut lief über sein Kinn.

»Es scheint fast, als wären wir genau im richtigen Moment gekommen«, sagte Animah. »Einen Augenblick später, und …« Sie sprach den Satz nicht zu Ende, sondern machte mit der Linken eine bezeichnende Geste an ihrem Hals.

»Was bedeutet das?«, fragte Gwenderon hilflos. »Woher wusstet ihr, was hier geschieht, und wie … wie kommen die Raetts hierher? Noch gestern …«

»Ich weiß, was ich noch gestern gesagt habe«, unterbrach ihn Animah. Ihr Gesicht blieb ausdruckslos, aber in ihrer Stimme war ein neuer, besorgter Klang. »Auch ich kann mich irren, Gwenderon, wisst Ihr! Wären Guarr und seine Leute nicht gewesen, hätte ich Euch kaum helfen können. Ich wollte nach Hochwalden eilen und Hilfe holen, als ich auf ihn und seine Leute stieß. Den Göttern sei Dank, denn wäre es mir gelungen …« Sie sprach nicht weiter, sondern blickte stumm auf Resnec herab.

»Das … wird Euch auch nichts mehr nutzen«, keuchte Resnec. Gwenderon wandte den Blick und sah, dass Lassars Scherge sich halb aufgerichtet hatte. Seine Mundwinkel zuckten vor Schmerz, aber der einzige Ausdruck, den Gwenderon in seinen Augen las, war Hass. »Ihr könnt … mich töten«, fuhr er fort, »aber das wird nichts mehr ändern. Mein Auftrag ist … erfüllt.«

»Erfüllt?« Gwenderon runzelte die Stirn. »Was meinst du damit?«

»Den Prinzen«, sagte Animah halblaut. »Er meint den Prinzen, Gwenderon. Sein Herr hat ihn aus dem einzigen Grund ausgeschickt, den Prinzen in seine Gewalt zu bringen. Und das hat er getan.«

»Aber der Prinz ist auf dem Wege nach Hochwalden!«, widersprach Gwenderon. Eine furchtbare Ahnung stieg in ihm auf, aber der Gedanke war zu schrecklich, als dass er ihn zu Ende dachte. »Ich … ich habe selbst gesehen, wie er fortgeritten ist, Animah, in König Oros Begleitung!«

Resnec lachte leise. »Gesehen, Gwenderon?«, fragte er. »Was habt Ihr gesehen? Ihr habt den Prinzen fortreiten sehen, aber das ist auch alles.« Er stockte, krümmte sich wieder vor Schmerz und hustete qualvoll. »Ihr habt … mich geschlagen«, fuhr er stockend fort. »Aber Euer Triumph wird nicht von langer Dauer sein, Gwenderon. Ihr könnt mich töten, aber Ihr habt … versagt. Mein Auftrag ist erfüllt.«

»Du lügst!«, schrie Gwenderon. Plötzlich sprang er vor, packte Resnec und zerrte ihn auf die Füße. Resnec schrie auf und krümmte sich vor Schmerz, aber Gwenderon achtete nicht darauf, sondern schüttelte ihn weiter. »Du lügst!«, brüllte er. »Ich habe gesehen, wie …«

»Lasst ihn, Gwenderon«, sagte eine Stimme hinter ihm. Gwenderon ließ Resnec los, fuhr erneut herum ...

… und erstarrte!

Hinter ihm waren zwei weitere Raett-Krieger aus dem Wald getreten, aber er sah die beiden mannsgroßen, dunkelbraunen Rattenwesen kaum. Sein Blick war wie gebannt auf die weißhaarige, gebückt dastehende Gestalt zwischen ihnen gerichtet, die sich auf einen langen Stab mit einem goldenen Knauf lehnte.

»Faroan?«, murmelte er. »Wie … wie kommt Ihr hierher?«

Er wollte auf Faroan zutreten, aber der Magier hob seinen Stab und wich seinerseits einen Schritt zurück. Das Licht, das plötzlich durch das dichte Blätterdach des Waldes brach, ließ sein weißes Gewand und seinen langen Bart in überirdischem Glanz aufleuchten. Für einen Moment glaubte Gwenderon fast, die Zweige des Unterholzes durch seinen Körper hindurchschimmern zu sehen.

»Rühr mich nicht an, Gwenderon«, sagte der Magier. Seine Stimme klang seltsam dunkel und hallend, als käme sie von weit, weit her.

»Was bedeutet das?«, fragte Karelian. »Wer ist dieser Mann, Gwenderon? Ihr kennt ihn?« Animah gebot ihm mit einer raschen Geste zu schweigen und Karelian verstummte gehorsam. Sein Blick spiegelte grenzenlose Verwirrung.

»Was tut Ihr hier, Faroan?«, fragte Gwenderon ohne auf Karelians Worte zu achten. »Und was bedeutet das alles? Was ist in Hochwalden geschehen?«

Faroan sah ihn schweigend an, schüttelte in einer seltsam traurigen Bewegung den Kopf und trat dann auf Resnec zu, der noch immer in schmerzverkrümmter Haltung am Boden hockte. Gwenderon erinnerte sich an seine Worte und trat hastig beiseite, als Faroan vorüberging, und auch Karelian wich der weiß gekleideten Gestalt aus.

Der Magier blieb dicht vor Resnec stehen, seufzte und hob seinen Stab, als wolle er Resnec damit berühren, führte die Bewegung aber nicht zu Ende.

»Ich schenke Euch das Leben«, sagte er leise. »Ich habe Euch beobachtet, Resnec, und ich habe in Eurer Seele gelesen, während ich es tat. Ihr seid nicht schlecht. Nicht wirklich. Lassar hat Euch belogen. Es ist noch nicht zu spät, sich von ihm abzuwenden.«

Resnec antwortete nicht, sondern starrte den Magier in einer Mischung aus immer stärker werdender Furcht und Verwirrung an. Nach einer Weile wandte sich Faroan von ihm ab und drehte sich zu den beiden Raetts um. »Nehmt ihn«, sagte er. »Er gehört euch.«

Resnecs Kopf flog mit einem Ruck in die Höhe. Seine Augen weiteten sich vor Entsetzen, während die beiden gigantischen Kreaturen auf ihn zutraten.

»Nein!«, keuchte. er. »Das … das könnt Ihr nicht tun, Faroan. Nicht … nicht das! Ihr könnt mich nicht diesen Ungeheuern überlassen!«

Faroan antwortete nicht, sondern trat zur Seite, um den beiden Raetts Platz zu machen. Resnec begann zu schreien, wollte aufspringen und davonrennen, aber die beiden übermenschengroßen Ratten waren viel zu stark für ihn. Beinahe behutsam, aber mit ungeheuerlicher Kraft, nahmen sie ihn an Armen und Beinen und trugen ihn davon. Seine gellenden Schreie drangen noch lange an Gwenderons Ohr, auch als die beiden Raetts und er schon längst im Unterholz verschwunden waren.

Gwenderon sah ihnen nach. »Was … werden sie mit ihm machen?«, fragte er leise. »Ihn töten?«

»Er wird leben«, antwortete Faroan. »Vielleicht. Er wird seine Chance bekommen. Und ich glaube, er wird sie nutzen.« Er seufzte, wandte sich um und sah wieder Gwenderon an.

»Es tut mir Leid, Gwenderon«, sagte er. »Ich kam, so schnell es mir möglich war, als ich begriff, was hier geschehen sollte. Aber ich bin zu spät gekommen.«

Gwenderon schüttelte verwirrt den Kopf. Sein Blick wanderte zwischen Faroan, den Raetts und Animah hin und her und verharrte wieder auf dem Gesicht des Magiers.

»Ihr habt die Raetts geholt.«

Faroan lächelte. »Nicht … ganz«, sagte er gedehnt. »Sagen wir, dass wir uns gegenseitig geholfen haben.« Eine schwache Spur von Trauer trat in seinen Blick. »Aber wir waren nicht schnell genug.«

»Nicht schnell genug? Was bedeutet das?«, fragte Karelian.

Faroan lächelte traurig. »Ich habe versagt«, bekannte er. »Ich kam, um den Prinzen zu retten, aber …«

»Aber der Prinz ist in Sicherheit«, unterbrach ihn Karelian. »Ich habe selbst gesehen, wie er zusammen mit dem König fortgeritten ist.«

»Nicht mit dem König«, sagte Gwenderon leise.

Karelian erbleichte, öffnete den Mund, als wolle er etwas sagen, brachte aber nur einen sonderbar klagenden Laut zustande.

»Dieser Mann war nicht König Oro«, fuhr Gwenderon fort. Er war wie gelähmt. Etwas in ihm schien zu Eis erstarrt. »Es war Lassar selbst.«

»Es war Lassar selbst«, bestätigte Faroan. »Ja. Er hat die Gestalt Oros angenommen.«

»Was ist geschehen?«, fragte Gwenderon leise.

Es dauerte einen Moment, bis Faroan antwortete, und als er es tat, hatte seine Stimme wieder diesen sonderbar traurigen, bedauernden Ton.

»Ich war ein Narr, Gwenderon«, sagte er. »Nicht nur Ihr habt Euch von Lassars Intrigenspiel täuschen lassen. Auch ich. Resnec hat Euch die Wahrheit gesagt, als er erzählte, dass Hochwalden angegriffen wurde. Aber es waren Lassars Krieger, die die Mauern stürmten, keine Banditen.«

»Aber die Raetts, die uns überfielen!«, wandte Karelian ein. »Wer …«

»Lassars eigene Kreaturen«, unterbrach ihn Faroan. »Das alles, was hier geschehen ist, Karelian«, er machte eine Geste, die den ganzen Weg und den umliegenden Wald einschloss, »wurde nur inszeniert, um Euch und den Prinzen zu täuschen. Lassars einziges Ziel war, den jungen Prinzen in Sicherheit zu wiegen.«

»Dann müssen wir ihm nach!«, sagte Karelian aufgeregt. »Wir müssen ...«

Wieder unterbrach ihn Faroan. »Dazu ist es zu spät, mein Freund«, sagte er sanft. »Lassars Netz ist fein gesponnen und Cavin hat sich längst darin verfangen. In diesem Moment bereits erreichen sie Hochwalden. Ihr würdet sterben, würdet Ihr versuchen ihnen dorthin zu folgen.«

»Und Ihr, Faroan«, sagte Gwenderon. »Konntet Ihr nichts tun? Ihr seid doch ein Magier!« Das letzte Wort hatte er in beinahe beschwörendem Tonfall ausgesprochen.

Aber Faroan lächelte, auch diesmal nur traurig. Sein Körper schien zu flackern, als wäre er wirklich nicht mehr als ein Trugbild, und für einen ganz kurzen Moment glaubte Gwenderon einen dunklen, hässlichen Fleck auf dem Brustteil seines Gewandes zu erkennen, war sich aber nicht sicher.

»Meine Kraft reicht nicht aus, es mit der Lassars aufzunehmen«, sagte er. »Der Herr der Schatten ist ein mächtiger Magier und er hat die Mächte der Finsternis auf seiner Seite.«

»Aber wir müssen etwas tun!«, begehrte Karelian auf. »Wir müssen kämpfen, Faroan. Die ganze Welt muss erfahren, was hier geschehen ist. Hochwalden darf nicht in Lassars Hände fallen!«

Wieder schwieg Faroan einen Moment, ehe er antwortete. »Es wäre unser aller Untergang, würden wir ihn jetzt verfolgen, mein Freund«, sagte er leise. »Niemand würde uns glauben, denn für die Welt draußen lebt König Oro weiter, vergiss das nicht. Und sein eigener Sohn wird es bestätigen.«

Sein Körper begann stärker zu flackern und war jetzt fast durchscheinend. Gwenderon erschrak nicht einmal besonders. Er hatte es geahnt, die ganze Zeit schon. Der Mann, der vor ihnen stand und mit ihnen redete, war nicht wirklich, sondern nur ein Trugbild, ein Schatten, der aus einer anderen, unendlich weit entfernten Welt zu ihnen gesandt worden war – nicht um ihnen zu helfen, denn das konnte er nicht mehr, sondern nur noch um zu warnen.

Karelians Augen wurden rund vor Staunen und Schreck, als Faroans Körper mehr und mehr verblasste und an Substanz verlor.

Bald war er nur noch als blasser, nebliger Hauch zu erkennen und nach wenigen weiteren Augenblicken war selbst dieses Bild verschwunden.

Gwenderons Blick glitt über das Dutzend rattengesichtiger, brauner Gestalten, die beiden Krieger, Animah und verharrte schließlich auf Karelian. Das war alles, was ihnen geblieben war. Alles, was von der stolzen Armee Hochwaldens übrig geblieben war.

Und doch …

»Und doch werden wir kämpfen«, führte er die Rede fort, die Faroan nicht mehr hatte beenden können. »Vielleicht haben wir eine Schlacht verloren, Karelian, und vielleicht hat Lassar eine Festung erobert. Aber der Schwarzeichenwald wird ihm niemals gehören. Das schwöre ich.«

Cavin

1

Der Regen hatte endlich aufgehört. Zum ersten Mal seit Tagen schien die Sonne wieder aus einem wolkenlosen, blauen Himmel auf die Zinnen und Türme Hochwaldens herab. Aber es war noch immer kalt und in der Luft lag ein klammer, unangenehmer Hauch, als wäre der Regen nicht wirklich gewichen, sondern nur irgendwie unsichtbar geworden. Die Äste des nahen Waldrandes waren schwer von Feuchtigkeit und zwischen den Stämmen griffen dünne, graue Nebelfinger in den Morgen hinaus.

Prinz Cavin zog den pelzgefütterten Mantel fröstelnd enger um die Schultern. Er warf einen letzten, nachdenklichen Blick zum Waldrand hinüber und wandte sich dann um, um in den Turm zurückzugehen. Der Sommer kam spät in diesem Jahr und er versprach kalt zu werden. Aber vielleicht spielten ihm auch nur seine Erinnerungen einen Streich.

Es war lange her, dass er in Hochwalden gewesen war, viel zu lange, wie es ihm jetzt schien. Damals war er ein Kind gewesen und seine Erinnerungen waren die eines Kindes. In all den Jahren, in denen er draußen in der Welt gewesen war und studiert und gelernt hatte, war Hochwalden stets ein Juwel in seiner Erinnerung geblieben – die Perle des Schwarzeichenwaldes, gewaltig und wehrhaft zwar, aber trotzdem von strahlender Pracht und in ewigen Sonnenschein gebadet.

Nun, dachte er niedergeschlagen, während er rasch die gewundene Treppe im Inneren des Turmes herabeilte, so viel zum Thema Erinnerungen und Träume. Jetzt war er – endlich – wieder zu Hause und die Wirklichkeit hatte ihn eingeholt.

Wie um dem Gedanken das nötige Gewicht zu verleihen, schoss ein scharfer Schmerz durch seine rechte Hand. Er erinnerte ihn daran, dass die Wunde, die er bei dem Kampf draußen im Wald erlitten hatte, noch lange nicht verheilt war.

Statt oben in Wind und Kälte auf dem Turm zu stehen und alten Erinnerungen nachzuhängen, sollte er lieber in seinem Gemach bleiben und sich schonen, damit seine Wunden heilten. Er hatte das unbestimmte Gefühl, dass es bald sehr wichtig für ihn sein mochte, im Vollbesitz seiner Kräfte zu sein.

Auf dem Weg zu seinem Schlafgemach begegnete ihm niemand. Hochwalden kam ihm nicht nur größer, sondern auch dunkler und stiller vor, als er es in Erinnerung hatte. Auf den Zinnen der Burg hatten zwar nie sehr viele Wachen gestanden, da Hochwalden niemals über viele Krieger verfügt hatte. Denn trotz seines Achtung gebietenden Äußeren und dem Eindruck von Wehrhaftigkeit und Stärke, den seine wuchtigen Mauern und die gigantischen Ecktürme vermittelten, war es ein Ort des Friedens und der Ruhe. Aber er hatte den größten Teil der letzten vier Wochen genutzt, um noch einmal – wie der kleine Junge, der er einmal gewesen war – durch die endlosen Gänge und Hallen der Feste zu strolchen, und er hatte viele Räume verlassen und ganze Flügel verwaist vorgefunden.

Die Burg war stiller geworden. Stiller und irgendwie … anders.

Cavin konnte das Gefühl nicht richtig in Worte kleiden, aber es war sehr deutlich. Und es war kein sehr angenehmes Gefühl.

Es begann mit den Wachen. Die wenigen Soldaten, denen er begegnet war, waren ausnahmslos schweigsam und finster gewesen – große, ausgesucht kräftige Männer, denen man auf hundert Schritte ansah, dass sie zu kämpfen verstanden. Sie hatten ihn mit dem gehörigen Respekt behandelt, ja waren fast schon unterwürfig gewesen. Aber es waren nicht die Männer, an die er sich erinnerte, die Männer, die zu Hochwalden gehörten; Männer wie Gwenderon, auf dessen Eintreffen er jetzt seit Tagen wartete, oder Norrot und Willhard, die ein so schreckliches Ende gefunden hatten. Sie hatten sich verändert und vielleicht war der Wandel, der mit Hochwalden vor sich gegangen war, an ihnen am deutlichsten zu bemerken.

Früher war jeder einzelne Mann der Wache sein Freund gewesen. Königssohn hin oder her, hatten sie ihn wie das Kind behandelt, das er war. Sie hatten ihn mit hinausgenommen, wenn sie ausritten, und es war eine seiner Lieblingsbeschäftigungen gewesen, mit seinem kleinen Spielzeugschwert dramatische Ritterkämpfe mit den Männern der Garde auszufechten (die er meist gewann) oder auf seinem kleinen Pony inmitten der schwer bewaffneten Garde gegen einen imaginären Drachen zu kämpfen (den er natürlich immer schlug).

Aber diese Zeiten waren vorbei. Er war kein Kind mehr. Jetzt war er Prinz und würde bald König sein und sie waren seine Untergebenen und ließen es ihn fühlen.

Und dann war da die Sache mit Lassar, und das war etwas, das er gar nicht mehr verstand. Mehr noch – etwas in ihm schreckte davor zurück, es überhaupt verstehen zu *wollen.*

Auch sein eigenes, großzügig bemessenes Gemach war verlassen und still, als er es erreichte. Die beiden Diener, die ihm zur persönlichen Verfügung gestanden hatten, als er Hochwalden erreichte, waren ihm unheimlich gewesen. Er hatte sie weggeschickt und beanspruchte ihre Dienste nur, wenn es unumgänglich war – was so gut wie nie vorkam. Eines der ersten Dinge, die er gelernt hatte, war, dass auch ein Prinz gut beraten war, wenn er allein für sich sorgen konnte. Und er mochte die beiden Diener nicht.

Cavin warf den Mantel achtlos über einen Stuhl. Er trat an das Bücherregal neben dem Fenster und nahm unschlüssig einen der schweren, in hartes Leder gebundenen Bände zur Hand.

Er hatte eigentlich keine Lust, sich weiter den Kopf mit irgendwelchen trockenen Schriften über vergangene Königreiche und längst vergessene Kriege voll zu stopfen. Aber seine Ausbildung war noch lange nicht abgeschlossen. Und wenn er eines Tages König von Hochwalden geworden war, dann würde er sich auch auf diplomatischem Parkett so sicher bewegen müssen wie auf dem Rücken seines Pferdes. Außerdem war ihm langweilig.

Ohne großes Interesse blätterte er in dem Buch, sah schließlich hoch und ging zu seinem Stuhl zurück. Sein Blick streifte die Tür.

Cavin erstarrte.

Verwirrt ließ er das Buch sinken, fuhr sich mit Daumen und Zeigefinger der Linken über die Augen und blinzelte ein paar Mal. Aber das Bild blieb. Grauer Rauch quoll unter der Tür hindurch.

Cavins erster Gedanke war, dass irgendwo draußen auf dem Gang ein Feuer ausgebrochen sein musste. Aber im gleichen Moment wurde ihm klar, dass dem nicht so war. Was er sah, war kein Rauch, sondern es war Nebel, zu dünnen Fäden versponnener Nebel. Binnen Sekunden wurde es kühl, dann so kalt, dass Cavins Gesicht und Hände zu prickeln begannen. Er sah, wie sich die Steinfliesen des Bodens, wo der Nebel sie berührte, mit dünnen, gesprungenen Eisplättchen überzogen. Und plötzlich konnte er seinen eigenen Atem als Folge kleiner grauer Dampfwölkchen vor dem Gesicht sehen.

Der Nebel quoll immer rascher und rascher durch die Türritzen, bis die Tür hinter einer dichten, wogenden Wand grauer Schwaden verschwunden war. Seltsamerweise spürte Cavin gar keine Furcht. Die Erscheinung war unheimlich und hätte ihn beängstigen können. Aber es war, als flüsterte in ihm eine lautlose Stimme und sagte ihm, dass er nichts zu befürchten hatte.

Die grauen Schwaden ballten sich weiter zusammen. Ein unsichtbarer Sturmwind schien plötzlich durch das Zimmer zu fahren. Vorhänge und Kleider und Papier wirbelten durcheinander. Der Nebel begann zu brodeln. Ein dunkler, nur vage erkennbarer Umriss formte sich in den grauen Schwaden, dann …

»Faroan!«, murmelte Cavin.

Die Gestalt war nur unscharf zu sehen, blass und farblos und wie ein Spiegelbild in bewegtem Wasser, das immer wieder auseinander treiben wollte. Aber er erkannte das Gesicht trotzdem: die Augen, die ihm früher immer so freundlich zugelächelt hatten, den schmalen, von einem messerscharf ausrasierten Bart eingefassten Mund, aus dem er so vielen Geschichten und Mären gelauscht, und die Hände, die ihm so oft freundlich über das Haar gestrichen hatten –

Es war Faroan, der Hofzauberer von Hochwalden! Aber hatte sein Vater ihm denn nicht erzählt, er wäre tot?

»Faroan«, murmelte Cavin. »Was … wo kommst du …«

Die Schattengestalt hob die Hand.

»Hör mir zu, Cavin«, flüsterte sie. Ihre Stimme klang unheimlich, wie ein Hauch aus einer anderen, düsteren Welt. Cavin schauderte. Und plötzlich fiel ihm auch auf, wie sehr sich der greise Magier verändert hatte. In seinen Augen stand ein Ausdruck unendlich tiefen, qualvollen Schmerzes geschrieben und seine Lippen waren zusammengepresst wie zu einer dünnen, blutleeren Narbe.

»Hör mir zu, Cavin«, wiederholte die Geistergestalt. »Du bist in Gefahr. Ganz Hochwalden ist in großer Gefahr. Oro ist nicht…«

Die Gestalt begann zu zerfließen. Etwas im Inneren des Nebels änderte sich, ohne dass Cavin sagen konnte was. Das Grau schien plötzlich eine Spur tiefer, die Umrisse des alten Magiers wirkten unschärfer. Er konnte das Gesicht nicht mehr erkennen und die Stimme wurde leiser.

Erschrocken trat er auf Faroan zu und hob die Hand, blieb aber dann mitten in der Bewegung stehen, als sich die Gestalt wieder zu festigen begann.

»... ne Zeit zu verlieren!«, verstand er. »... ist verraten worden. Lassar hat ... Hinterhalt ...«

Die Nebel zuckten wie ein großes, lebendes Wesen. Plötzlich hatte Cavin das heftige Empfinden eines Schmerzes, der nicht sein eigener war. Faroans Gestalt begann immer rascher und rascher zu verblassen, bis sie kaum mehr von den treibenden Nebelschwaden zu unterscheiden war. Seine Stimme wurde zu einem Flüstern und erstarb.

Dann, so schnell wie die Erscheinung gekommen war, war sie wieder verschwunden. Aber Cavin blieb weiter reglos stehen und starrte auf die Stelle, an der sie gewesen war. Der Nebel löste sich auf und verblasste wie ein Trugbild. Mit ihm wichen auch die Kälte und der Atem des Unheimlichen, die das Zimmer für einen Moment erfüllt hatten.

»Faroan ...«, flüsterte Cavin. »Wo bist du? Was wolltest du mir sagen? So antworte doch!«

Aber die Stille blieb. Nur die Schatten rechts und links der Tür schienen ein ganz kleines bisschen tiefer geworden zu sein, und als Cavin erneut fröstelte, war es keine äußere Kälte, die ihn frieren ließ.

Plötzlich fühlte sich Cavin allein. So allein und verloren wie niemals zuvor in seinem Leben ...

2

Der Griff der beiden Raetts war hart; sehr viel härter, als nötig gewesen wäre, um Resnec zu halten. Aber selbst wenn es ihm gelungen wäre, sich loszureißen – was unmöglich war –, und selbst wenn es ihm außerdem gelungen wäre, schneller und ausdauernder zu laufen als die beiden schwarzfelligen Raett-Kreaturen – was noch unmöglicher war –, und selbst wenn er den Weg aus diesem schwarzen Labyrinth des Wahnsinns hinausgefunden hätte – was nun völlig unmöglich war –, es hätte ohnehin keinen Ort gegeben, wohin er hätte fliehen können.

Resnec erinnerte sich nicht, wie er hierher gekommen war. Er wusste nicht mehr, ob sie eine Stunde durch den Wald gezogen waren oder eine Woche oder vielleicht nur einen Augenblick, der ihm zwar endlos erschienen war, in Wahrheit aber keine Zeit beanspruchst hatte. Manchmal, in den Nächten, in denen er wach lag und die Dunkelheit über sich anstarrte, die sich in nichts von der der Tage unterschied, glaubte er sich an einen Weg zu erinnern, einen Wald – nicht den Schwarzeichenwald, ganz und gar nicht! –, der Stunden mit monotoner Gleichförmigkeit beiderseits des Weges vorbeigezogen war wie eine Mauer, jenseits derer die Welt einfach aufhörte.

Im Laufe der Tage hatte Resnec die Überzeugung gewonnen, dass es wirklich so war: Hinter der lichtschluckenden Mauer seines Gefängnisses erhob sich eine Barriere aus ineinander gekrallten Dornen und verfilztem Gestrüpp und dahinter war nichts mehr. Er war in einem Teil der Welt gefangen, der nicht zum Schwarzeichenwald, nicht zu diesem Kontinent, vielleicht nicht einmal mehr zu diesem Universum gehörte. Er wünschte sich, endlich sterben zu können. Aber vielleicht war er ja schon tot.

Manchmal drohten Resnecs Sinne zu schwinden, nicht kurz, nicht für Augenblicke oder Stunden, sondern gänzlich; er hatte das Gefühl, in einer gewaltigen Wolke aus Finsternis und Kälte zu schweben, die seinen Körper und viel mehr noch seinen Geist durchdrang und beides aufzulösen drohte, als wäre er nur ein Stück der Ewigkeit, das sich durch einen puren Zufall zu einem Körper (und einer Seele?) zusammengeballt hatte und nun wieder in den Urzustand zurückfloss. Es war keine Angst in dieser Vorstellung, allerhöchstens ein Gefühl großen, sehr wohltuenden Friedens. Er hätte es begrüßt, in diese Leere eingehen zu können. Aber irgendetwas war da, das ihn stets zurückhielt.

Resnec fühlte sich schwach. Er wusste nicht, wie lange er hier war, aber es mussten viele Tage sein, vielleicht Wochen. Mehrere Dutzend Male waren die Raetts gekommen und hatten ihm zu essen und Wasser gebracht; Nahrung, die aufzunehmen er sich zu Anfang geweigert hatte, bis ihn sein Körper zwang das zu tun, was sein Stolz ihm verbot. Trotzdem schien die Zeit spurlos an seinem Körper vorübergegangen zu sein. Seine Wunden heilten nicht. Seine Schulter war zu einem unförmigen Klumpen aus Schmerz geworden, der dünne, feurige Fäden in jeden Teil seines Körpers spann, und auf seiner Zunge war der Geschmack von Blut. Wenn er die Augen schloss, um der entsetzlichen Dunkelheit seines Kerkers zu entgehen, dann sah er Faroans Gesicht. Manchmal wurde es zu dem Lassars, und nur zu oft überzogen sich die schmalen Züge des Schattenkönigs jäh mit schwarzbraunem Fell und die grundlosen Schattenaugen wurden zu den matt blinkenden Knopfaugen seiner halb tierischen Kerkermeister. Vielleicht wurde er auch verrückt. Vielleicht war das die Strafe, die Faroan ihm zugedacht hatte – nicht der Tod, keine endlosen Folterqualen, sondern die immer währende Verdammnis des Wahnsinns.

»Gehen«, krächzte der Raett. Resnec schrak jäh hoch, verzog das Gesicht vor Schmerz und stolperte ein wenig schneller zwischen den beiden schwarz bepelzten Riesen einher. Für einen Moment fand er in die Wirklichkeit zurück, begriff, dass sie ihn – wieder einmal – aus seinem Kerker geholt hatten, um ihn zu jenem schrecklichen Ort im Zentrum dieses steingewordenen Alptraumes zu bringen, seinem schwarzen, schlagenden Herzen, das unter einem Himmel aus geronnener Finsternis lag, für immer verborgen vor den Augen der Menschen. Aber seine Sinne verwirrten sich rasch wieder. Beinahe willenlos stolperte er zwischen den beiden Raetts einher. Ein paar Mal hatte er vor lauter Schwäche das Bewusstsein verloren, als sie ihn aus seiner Zelle geholt hatten, und sie hatten ihn getragen, und einmal hatte er auch versucht, sich schlafend oder bewusstlos zu stellen, aber die beiden Raetts waren nicht darauf hereingefallen und hatten ihn geschlagen; nicht sehr fest, aber doch heftig genug, dass er es kein zweites Mal versuchte.

Sie gingen eine Treppe hinauf, durch einen finsteren, halbrunden Gang, der so niedrig war, dass die spitzen Ohren der Raetts mit raschelndem Geräusch an der Decke entlangstrichen, dann schwang ein Tor vor ihnen auf und helles Sonnenlicht stach schmerzhaft in Resnecs an Dunkelheit gewohnte Augen. Im ersten Moment sah er nichts außer einem Muster aus viel zu grellem Blau und viel zu tiefem Schwarz, Stücke flimmernden Himmels und lichtschluckender Wände. Doch ehe seine Augen aufgehört hatten zu tränen oder sich gar an die veränderten Lichtverhältnisse anpassen konnten, wurde er durch eine weitere Tür gestoßen, wieder hinab über Treppen und spiegelglatte Rampen, die so steil in die Tiefe führten, dass selbst die Raetts mit ihren scharfen Krallen kaum Halt darauf fanden.

Dann erreichten sie eine letzte Tür und wie die Male zuvor blieben die Raetts zurück und bedeuteten ihm nur mit Gesten und schrillen Pfiffen, weiterzugehen.

Etwas war anders.

Die Kammer war wie immer – ein schwarzes Loch, das jemand in die Wirklichkeit gestanzt hatte und in dem nur hier und da winzige rote Lichter wie böse Augen glommen, scharf abgegrenzte Flecken, von Dunkelheit wie mit erstickendem, schwarzem Schlamm umlagert. Und doch war etwas da, was bisher nicht hier gewesen war. Die Male zuvor, als die Raetts ihn hergebracht hatten, war er allein gewesen, allein mit seinen Gedanken, seiner Angst und den Schmerzen, die zu einem Teil seines Lebens geworden waren. Jetzt ... es war, dachte Resnec schaudernd, als berühre er die Unendlichkeit, als streife er mit einem Teil seiner Seele die große Kälte zwischen den Zeiten. Ganz plötzlich spürte er das Alter der ihn umgebenden Mauern, die Millennien, die auf ihnen lasteten. Die Dunkelheit schien zu weichen – nein, sie wich nicht, aber etwas begann in ihr Form anzunehmen, sich zu ballen wie treibender Rauch und wieder auseinander zu wehen, sich neu zu formen. Resnec sah Licht. Er sah Farben. Er sah Formen. Dann hörte er die Stimme. Eine Stimme, die sehr leise war, nicht mehr als ein Flüstern, und in der doch das Gewicht der Ewigkeit lag.

Was sie sagte, erfüllte ihn mit Staunen. Zuerst. Dann mit Schrecken, schließlich mit schierem Entsetzen. Er begann zu schreien, fiel auf die Knie herab und schlug mit verzweifelter Kraft die Hände vor die Ohren, barg schließlich den Kopf zwischen den Knien, nur um diese entsetzliche Stimme nicht mehr zu hören und die tausendmal schrecklicheren Worte, die sie sprach.

Es nutzte nichts. Die Stimme, die seine eigene war, ohne dass er es auch nur gemerkt hätte, fuhr fort. Leise, beinahe sanft, aber unnachgiebig.

Nach einer Weile hörte Resnec auf zu schreien. Und irgendwann, sehr viel später, kamen die beiden Raetts, hoben ihn hoch und trugen ihn zurück in die Zelle, in der er die letzten Wochen verbracht hatte.

3

Das Lager befand sich in jenem Teil des Waldes, in dem die Schatten tiefer und das Grün der Bäume lebendiger waren als anderswo, in dem Gebiet jenseits des Flusses, von dem sich die Menschen düstere und unheimliche Dinge erzählten. Kaum einer, der es zu betreten gewagt hatte, war je wieder zurückgekehrt.

Die Bäume, die die winzige runde Lichtung wie stumme Wächter umstanden, schienen ihre Äste wie beschützende Hände über die Laubdächer der sechs Hütten auszustrecken. Und selbst das Licht wirkte hier irgendwie weicher, die Schatten sanfter und der Wind weniger beißend als anderswo.

Die Lichtung lag nicht nur im übertragenen Sinne im Herzen des Waldes, dachte Gwenderon. Es war sonderbar; er war niemals zuvor hier gewesen, kannte diesen Teil des Schwarzeichenwaldes nur aus Erzählungen und Legenden, und trotzdem schien ihm alles auf seltsame Weise vertraut. Seit sie das Lager vor einigen Wochen erreicht hatten, hatte er stets das Gefühl, nach Hause zu kommen, wenn er von einem seiner Patrouillenritte zurückkam, die er ebenso wie der Geringste seiner Krieger regelmäßig ausführte, wenn die Reihe an ihn kam. Und jedes Mal, wenn er das Lager vor sich sah, erschien es ihm aufs Neue unglaublich, dass sie all dieses in weniger als hundert Tagen geschaffen hatten – aus der Hand voll lieblos zusammengeschusterter Laubhütten, nicht viel mehr als die Nester von Tieren, zu denen Guarr und seine Sippe sie geführt hatten, war eine Siedlung geworden, klein zwar, und noch im Aufbau, aber doch eine Siedlung, der man ansah, dass sie von Menschen bewohnt wurde und dass sie ihnen zur Heimat geworden war. Zwei Drittel der Lichtung waren von einem Palisadenzaun eingefasst, der Rest des noch nicht geschlossenen Kreises ein mannstiefer Graben, der darauf wartete, mit angespitzten Pfählen gefüllt zu werden, und in der Mitte des Lagers, von einer zweiten, sehr viel höheren Palisade umgeben, begann das Skelett eines hölzernen Turmes emporzuwachsen, so schnell, dass man dabei zusehen konnte. Drei, vielleicht vier weitere Wochen, dachte Gwenderon, und aus dem Nomadenlager der Raetts würde schließlich eine Burg geworden sein, vielleicht nicht ganz so stolz und ansehnlich wie Hochwalden, aber fast ebenso wehrhaft.

Manchmal überkam ihn auch Bitterkeit bei ihrem Anblick.

Trotz aller Mühe, die sie sich gaben, trotz aller Anstrengung und Kunstfertigkeit war es doch nur Flickwerk, und wenn er es ganz objektiv betrachtet hätte – was zu tun er sich hütete –, hätte er zugegeben, dass es wohl nur ein eher rührender Versuch war, ihrem Anspruch wenigstens äußerlich Gewicht zu verleihen. Sie waren Rebellen und fühlten sich auch so – wenigstens viele von ihnen –, aber was sie in Wahrheit taten, war Steine gegen einen Drachen zu schleudern. Wenn Lassars Späher diesen Ort entdeckten, würde er einen Tag später nicht mehr existieren. Fünfzig Schwerter und eine Burg aus Holz gegen die Macht eines Mannes, der eine halbe Welt unterjocht hatte.

Gwenderon verscheuchte den Gedanken. Er war müde. Er hatte zwei Tagesritte in nur wenig mehr als einer Nacht zurückgelegt und nicht nur sein Pferd zitterte vor Erschöpfung.

Die Späher, die hoch oben und selbst für seine scharfen Augen unsichtbar in den Baumkronen saßen und über die Sicherheit des Lagers wachten, hatten seine Ankunft längst bekannt gegeben. Als er auf die Lichtung hinausritt, wurde er von einem Dutzend Männer erwartet. Hilfreiche Hände streckten sich ihm entgegen, halfen ihm aus dem Sattel und griffen nach dem Zaumzeug seines Pferdes. Neugierige Fragen und Scherzworte klangen auf.

Aber Gwenderon hielt sich diesmal – ganz gegen seine gewohnte Art – nicht lange mit der Begrüßung auf, sondern ging rasch über die Lichtung und betrat die größte der runden Laubhütten.

Im ersten Moment konnte er kaum sehen. Trotz des dichten Blätterdaches war es draußen merklich heller gewesen und seine Augen brauchten eine Weile, um sich an die Schatten erfüllte Dämmerung im Inneren der Hütte zu gewöhnen.

Dann erkannte er Mannon, den Zwerg, und Guarr, den Führer des Raett-Clans, der sich ihnen angeschlossen hatte. Zwischen ihnen hockte mit untergeschlagenen Beinen und müden, rot geränderten Augen ein vielleicht fünfzigjähriger, grauhaariger Mann, den er nicht kannte. Auch das war nichts Besonderes. So jung ihre Rebellion – wenn dies überhaupt das richtige Wort war – sein mochte, so viel Zulauf hatten sie. Karelian hatte Boten ausgeschickt, Zwerge und Raetts und einige von den wenigen, die das Gemetzel vor den Toren Hochwaldens überstanden hatten, um alle seine Freunde und Vertrauten herbeizurufen, und sie kamen. In Scharen. Manchmal fragte sich Gwenderon, ob er froh darüber war. Sicher – sie konnten jede Hand und jedes Schwert bitter nötig gebrauchen, aber es gab Augenblicke, da sah er sich nur von fremden Gesichtern umgeben, von Männern, deren Namen er nicht einmal wusste, und manchmal hatte er das Gefühl, dass ihm alles zu entgleiten begann. Dies war lange nicht mehr sein Kampf. Er befand sich im Herzen einer zwar noch kleinen, aber sehr rasch anwachsenden Armee. Was er nicht wusste, war, ob es noch *seine* Armee war. In Momenten wie jetzt – er war eine Woche weg gewesen – war es besonders schlimm. Dann fühlte er sich als Fremder unter Fremden. Wie sollte er einen Krieg gewinnen, wenn er nicht einmal den Namen des Mannes wusste, der neben ihm ritt?

»Gwenderon! Du kommst früh.«

Guarrs Stimme klang fremdartig und schrill wie immer. Obwohl der Raett in den wenigen Wochen, die sie nun beieinander waren, die Sprache der Menschen erstaunlich besser sprechen gelernt hatte, kostete es Gwenderon noch immer Mühe, nicht beim Klang dieser hohen, quietschenden Stimme zusammenzufahren. Auf absurde Weise war es nicht das Äußere der Raetts, das Gwenderon ihre Fremdartigkeit immer wieder vor Augen führte. Einem Menschen, der nie zuvor einen Raett gesehen hatte, wären sie wie Ungeheuer vorgekommen – zwei Meter große, aufrecht gehende Ratten, die in ihrer dunklen Lederkleidung und den mannslangen, nackten Schwänzen wie eine böse Vorahnung des Menschen aussahen. An ihren Anblick hatte sich nicht nur Gwenderon überraschend schnell gewöhnt; manchmal kamen sie ihm jetzt sogar beinahe ästhetisch vor, denn trotz ihres abstoßenden Äußeren waren sie von einer natürlichen Kraft und Eleganz, die ein Mensch niemals erreichen würde. Aber an ihre Stimme würde er sich nie gewöhnen.

Er verbarg sein Erschrecken und nickte nur kurz, grüßte auch Mannon und den Fremden auf die gleiche Weise und ließ sich mit einem hörbaren Seufzer auf eine der Strohmatten sinken, die den Boden bedeckten. Einen Luxus wie Stühle gab es im ganzen Lager nicht.

»Gwenderon?« Der Fremde runzelte die Stirn, und obwohl Gwenderon sein Gesicht noch immer nicht deutlich erkennen konnte, glaubte er doch einen raschen Ausdruck von Erschrecken über seine Züge huschen zu sehen. »Ihr seid Gwenderon?«

Der alte Waffenmeister nickte. »Das bin ich. Und wer seid ihr, wenn ich fragen darf?«

»Mein Name ist Corben«, antwortete der Fremde und wirkte plötzlich verlegen. »Verzeiht meine Frage, Gwenderon. Ich habe von Euch gehört, aber ich hatte mir Euch … anders vorgestellt.«

Gwenderon nickte und zog eine Grimasse. »Das tun die meisten«, knurrte er. »Jünger und größer und mit mindestens zwei Schwertern und einem drei Meter langen Morgenstern im Gürtel.«

Corben wirkte betroffen und zog es vor, nicht zu antworten. Gwenderon sah, wie es in Mannons Augen aufblitzte, als der Zwerg mit Mühe ein Grinsen unterdrückte.

Corben war nicht der Erste, der über Gwenderons graues Haar und sein faltiges Gesicht staunte. In den langen Jahren seines Lebens hatte sich der ehemalige Waffenmeister von Hochwalden nicht nur im Schwarzeichenwald einen gewissen Ruf erworben. Und wer nur diesen Ruf kannte und dem Mann, der dazugehörte, zum ersten Mal begegnete, stellte meist mit Erstaunen fest, wie alt und gebrechlich Gwenderon aussah.

Und mehr als einer, der diesem Irrtum erlegen war, hatte ihn mit dem Leben bezahlt.

»Verzeiht, Corben«, murmelte Gwenderon. »Ich war unhöflich zu Euch. Aber ich bin zum Umfallen müde.« Er wandte sich an Mannon. »Ist Karelian im Lager?«

Der Zwerg verneinte. »Seit fünf Tagen nicht mehr. Er ist gleich nach Euch weggegangen. Er wollte nach Süden, um bei den Bergvölkern um Waffen und Nahrungsmittel zu bitten.« Sein Gesicht verfinsterte sich. Der Schwarzeichenwald war arm an Wild und essbaren Früchten. »Unsere Lage wird immer ernster, Gwenderon. Ich weiß nicht, wie lange wir die Männer noch ausreichend verpflegen und bewaffnen können.«

Er ballte zornig die Faust und deutete auf Corben. »Vor drei Tagen erst hat Karelian eine ganze Maultierkarawane mit Waffen und Kleidern auf den Weg geschickt, aber Lassars Männer haben sie überfallen. Corben hier ist der einzige Überlebende.«

»Dann kennen sie also auch den Pfad durch die Berge?«

»Nein«, antwortete Corben. »Wir haben den Wald unbehelligt

erreicht. So mächtig Lassar auch ist, scheint er eine offene Konfrontation mit den freien Steppenvölkern noch zu scheuen. Und er achtet auch den Waffenstillstand mit den Zwergen. Seine Häscher lauerten uns im Wald auf. Drei Tagesritte von hier.«

»Sie werden immer dreister«, fügte Mannon hinzu. »Noch ein halbes Jahr, und wir werden das Lager aufgeben müssen.«

»Warum bauen wir es dann überhaupt auf?«, fragte Gwenderon gereizt. Seine Worte taten ihm augenblicklich wieder Leid. Er schüttelte den Kopf, lächelte entschuldigend und fuhr sich müde mit dem Handrücken über die Augen. »Verzeih, Mannon. Ich bin müde. Wir sollten ein andermal weiterreden.« Er warf einen fragenden Blick in Corbens Richtung, aber der Fremde wich seinem Blick aus. Irgendwie, fand Gwenderon, wirkte er enttäuscht. Was hatte er erwartet?, dachte er zornig. Eine Burg aus Stahl, in der hunderttausend goldgepanzerte Reiter darauf warteten, zu den Waffen zu greifen und den Tyrannen vom Angesicht der Erde zu fegen?

Gwenderon seufzte. »Ich fürchte, so viel Zeit bleibt uns nicht einmal«, sagte er, an Mannons Worte anknüpfend. »Ich bin ebenfalls angegriffen worden, weniger als einen Tagesritt westlich von hier. Das ist der Grund, aus dem ich vor der Zeit zurückgekommen bin.«

»Angegriffen?« Guarr richtete sich erschrocken auf. Sein braunes Rattengesicht blieb ausdruckslos wie immer, aber seine Barthaare zitterten; ein deutliches Zeichen seiner Erregung.

»Wo? Wann? Wie viele?«

Gwenderon hob besänftigend die Hand. »Nur einer, Guarr«, sagte er. »Er ist tot. Aber das hier habe ich bei ihm gefunden.«

Er griff unter seinen Gürtel, förderte eine kleine, runde Metallscheibe zutage und warf sie Guarr hinüber, der sie geschickt auffing. Der Raett begutachtete sie einen Moment schweigend, biss hinein – Gwenderon lächelte flüchtig –, dann reichte er sie an Mannon weiter.

»Das ist ein kilianischer Goldheller«, murmelte der Zwerg. Er starrte die Münze mit wachsender Verwirrung an und gab sie schließlich an Gwenderon zurück. »Aber das allein muss nichts bedeuten.«

»Das allein nicht«, bestätigte Gwenderon. »Aber du hast ihn

nicht gesehen, Mannon. Der Mann war kein gewöhnlicher Strauchdieb, der geglaubt hat, sich mit Lassars Kopfprämie ein leichtes Stück Geld verdienen zu können. Der Kerl hat ein wahres Waffenlager mit sich herumgeschleppt – und er machte mir ganz den Eindruck, dass er damit auch umgehen konnte.«

»Aber Ihr habt ihn getötet«, wandte Corben stirnrunzelnd ein. »Worüber macht Ihr Euch Sorgen?«

»Wo einer ist, sind bestimmt noch mehr«, antwortete Gwenderon unwillig. »Ihr gehört noch nicht lange zu uns, und deshalb –«

»Ich kämpfe seit fünfzehn Jahren gegen Lassar!«, unterbrach ihn Corben beleidigt.

»Wo?«

»Wo?« Corben schien verwirrt. »Nun, in meiner Heimat, aber auch in diesen ...«

»Aber nicht bei uns«, unterbrach ihn Gwenderon. »Nicht wahr?«

»Macht das einen Unterschied?«

Gwenderon seufzte. »Es macht einen, Corben. Sogar einen gewaltigen. Es ist erst vier Wochen her, dass Lassar Hochwalden überfallen und seinen rechtmäßigen König ermordet hat, und schon in dieser kurzen Zeit ist es ihm gelungen, uns bis hierher zurückzutreiben.« Er machte eine Handbewegung, die die Hütte und das ganze Lager einschloss. »Draußen, unter den Augen der Welt, wagt er es nicht, seine ganze Macht einzusetzen, denn er weiß sehr wohl, dass er nicht der einzige Magier ist und andere eifersüchtig darüber wachen, dass er nicht zu stark wird.« Er seufzte. »Hier gibt es niemanden, der ihn beobachtet, Corben. Niemand, auf den er Rücksicht nehmen müsste. Wir haben uns tief in die Wälder zurückgezogen, um vor seinen Schergen sicher zu sein. Bislang hat es Lassar nicht gewagt, uns bis hierher zu folgen. Wahrscheinlich könnte er es und wahrscheinlich könnte er uns sogar hier aufspüren und vernichten. Genug Männer und Macht dazu hat er. Aber er hat es bisher nicht gewagt, weil er weiß, dass der Preis für einen solchen Sieg zu hoch wäre. Und weil wir auf der anderen Seite nicht so gefährlich für ihn sind, dass unsere Vernichtung das Risiko lohnte, ein paar hundert oder auch tausend Krieger zu verlieren.«

»Das verstehe ich nicht«, gestand Corben. »Ihr bekämpft ihn, oder nicht?«

»Würdet Ihr Euch die rechte Hand abhacken, weil Euch dort ein Floh beißt?«, fragte Gwenderon. »Sicher – wir bekämpfen ihn, wenn Ihr es so nennen wollt. Ab und zu überfallen wir seine Patrouillen, und dafür hetzt er uns Strauchdiebe und Wegelagerer auf den Hals, die das Gold lockt, das er auf unsere Köpfe ausgesetzt hat. Aber wirklich wehgetan haben wir ihm bisher nicht – so wenig wie er uns.« Er brach ab, drehte die kleine Münze in der Hand und starrte sekundenlang nachdenklich zu Boden. »Der Mann, dem dieser Heller gehörte, kam von den kilianischen Inseln«, fuhr er fort. »Ihr kennt den Ruf dieser Männer?«

Corben nickte. »Sie sind Söldner.«

»Mörder«, verbesserte ihn Gwenderon. »Die gefährlichsten und hinterhältigsten Mörder, die Ihr im Umkreis von zehntausend Meilen findet.«

»Und die teuersten«, fügte Mannon hinzu. »Lassar muss den Herrschern der Insel gewaltige Zugeständnisse gemacht haben, um sich ihre Hilfe zu erkaufen.« Der Blick seiner dunklen Zwergenaugen blieb einen Moment auf Corbens Gesicht haften und suchte dann den Gwenderons.

»Du weißt, was es bedeuten würde, wenn dieser Mann nicht durch Zufall hier war?«

»Zufall?« Gwenderon gab einen Laut von sich, der sowohl ein Lachen als auch etwas ganz anderes sein konnte. »Wo Lassar die Hände im Spiel hat, gibt es so etwas wie Zufall nicht. Und ob ich es weiß, was es bedeutet – nämlich das, was ich schon seit langem befürchtet habe. Lassar ist den Floh leid und beginnt sich zu kratzen.«

»Aber warum?«, fragte Corben. »Ihr selbst habt gesagt …«

»Ich weiß, was ich gesagt habe«, fiel ihm Gwenderon ungeduldig ins Wort. »Und Lassars plötzlicher Sinneswandel ist mir ebenso unerklärlich wie Euch. Es sei denn …«

»… dass etwas geschehen ist, was Lassar zwingt so zu handeln«, führte Mannon den Satz zu Ende, als Gwenderon nicht weitersprach. »Und das würde auch zu dem Überfall auf Corbens Karawane passen. Und der Truppenkonzentration im Norden, von der die Späher berichtet haben. Aber was nur?«

Gwenderon starrte sekundenlang an dem Zwerg vorbei ins Leere. Mit einem Male war die Müdigkeit wieder da; er spürte, wie sein Körper jetzt mit Macht den Preis für die durchrittene Nacht verlangte und dass er die Augen nicht mehr lange würde offen halten können.

Aber da war noch etwas. Vielleicht lag es schlichtweg an seiner Erschöpfung, aber vielleicht war es auch mehr. Plötzlich hatte er das Gefühl, nicht nur die kleine Goldmünze in seiner Hand mit zurück ins Lager gebracht zu haben, sondern auch den Keim des Unheils. Vielleicht war es ihm gefolgt wie ein unsichtbarer Schatten, und vielleicht war das, was er für Anzeichen seiner Erschöpfung hielt, nichts als die dumpfe Vorahnung kommenden Unglücks.

Und mit einem Male war er sicher, dass sie die Antwort auf Mannons Frage schneller bekommen würden, als ihnen allen lieb war.

4

»Und bist du sicher, dich nicht getäuscht zu haben?« König Oros Stimme war leise und sie klang auf die gleiche, erschreckende Weise leblos und erschöpft wie am ersten Tag, als Cavin nach Hochwalden zurückgekehrt war. Sein Gesicht war eine Maske der Müdigkeit. Es war eine Müdigkeit, die nichts mit normaler Erschöpfung zu tun hatte, sondern eher die Last der Jahre ausdrückte, die auf den gebeugten Schultern des Königs von Hochwalden lag. Das Einzige, was in seinem Gesicht noch zu leben schien, waren die Augen. Sie funkelten schwarz und wachsam. Der Anblick erschreckte Cavin so sehr wie am ersten Tage.

»Ich bin sicher«, antwortete Cavin. »Es war Faroan, Vater, daran besteht gar kein Zweifel. Aber es war …«

Er brach ab, suchte einen Moment nach den richtigen Worten und rettete sich schließlich in ein eher verlegenes Lächeln.

»Ich habe nie an Geister geglaubt«, fuhr er fort – und diesmal wich er Oros Blick aus, als er sprach. »Aber mir fällt kein besseres Wort dafür ein. Es war unheimlich.«

»Wiederhole, was er gesagt hat«, verlangte Lassar. »Wort für Wort.«

Cavin starrte den hoch gewachsenen Magier mit einer Mischung aus Widerwillen und eisigem Respekt an, schwieg aber.

Lassar war ihm unheimlich; mehr noch – er flößte ihm Angst ein, einfach dadurch, dass er *existierte*. Dabei war er im Grunde nicht einmal hier. Lassars Körper, so hatte ihm sein Vater gesagt, hielt sich in Wirklichkeit tausende von Meilen entfernt in seinem Palast auf, und was er sah, war nur sein Schatten. Er verstand das nicht. Aber vielleicht war es gerade das, was Cavin solche Angst einflößte.

In den ganzen vier Wochen, seit er nach Hochwalden zurückgekehrt war, spürte er Furcht, wenn er die Schattengestalt Lassars erblickte. Und daran hatte sich nichts geändert. Sosehr er sich dagegen sträubte, den Gedanken auch nur zu denken – er wusste, was er als Erstes tun würde, wenn er nicht mehr Prinz, sondern König von Hochwalden war.

»Tu es, mein Sohn«, bat Oro, als Cavin auch nach endlosen Sekunden keine Anstalten machte, Lassars Aufforderung nachzukommen. »Es ist wichtig.«

Cavin gehorchte. Auf den greisen Zügen seines Vaters war keine Reaktion zu erkennen, während er die wenigen Wortfetzen wiederholte, die er verstanden hatte. Aber Lassars Schattengesicht verdüsterte sich mit jedem Wort, das er hörte. Als Cavin zu Ende gekommen war, wandte er sich mit einem Ruck an Oro und hob herrisch die Hand. »Sagt es ihm, König!«

Der befehlende Ton in Lassars Stimme versetzte Cavin in Rage. Seine Hände spannten sich um die Sessellehnen, als wolle er sie zerbrechen, und für einen Moment war er dicht davor, Lassar in scharfem Ton daran zu erinnern, dass er trotz allem nichts als ein Gast auf Hochwalden war, ein geduldeter Gast noch dazu, kein gern gesehener.

Aber dann begegnete er dem Blick seines Vaters, und es war etwas darin, was ihn frösteln ließ. »Was sollst du mir sagen?«, fragte er leise.

Oro atmete schwer. Seine Lippen zuckten, und Cavin hatte das Gefühl, als bereite es ihm große Mühe, überhaupt zu reden. Ein schwer zu deutender Ausdruck, wie von Trauer, machte sich in seinem Blick breit, und als er lächelte, wirkte es wie eine Grimasse.

»Lasst uns allein, Lassar«, bat er. »Ich … werde ihm alles erklären, aber ich möchte … mit meinem Sohn allein sein.«

»Selbstverständlich«, sagte Lassar. »Aber ich bitte Euch, sagt ihm die Wahrheit, König Oro. So schwer es Euch auch fallen mag.«

Cavin war der kurzen Unterhaltung mit immer größerer Verwirrung gefolgt. Jetzt stand er auf und machte einen Schritt auf Lassar zu, blieb aber dann mitten in der Bewegung stehen, als sich die Schattengestalt aufzulösen begann und die Umrisse des Fensters verschwommen durch sie hindurch sichtbar wurden.

Wie Faroan vorhin verblasste Lassar, wurde in Bruchteilen eines Atemzuges zu einem Schemen, dann zu einem kaum noch wahrnehmbaren Hauch und war schließlich vollends verschwunden.

Cavin schauderte.

Für einen Magier wie Lassar mochte diese Art, von einem Ort zum anderen zu reisen, normal sein. Aber er würde sich niemals daran gewöhnen, einen Mann buchstäblich aus dem Nichts auftauchen und auch wieder dorthin verschwinden zu sehen. Auch das war etwas, was Lassar von Faroan unterschied – ihre Macht mochte gleich gewesen sein, aber Faroan hatte niemals damit geprotzt. Er hatte gewusst, wie unheimlich sie selbst auf die wirkte, denen sie zu Diensten stand. Möglicherweise war Lassar der mächtigere Zauberer, aber mit Sicherheit war Faroan klüger gewesen.

»Was bedeutet das alles, Vater?«, fragte er.

Oro antwortete auch diesmal nicht sofort, sondern erhob sich schwerfällig von seinem Stuhl. Cavin sprang rasch hinzu und streckte die Hände aus, um ihn zu stützen, aber Oro schüttelte den Kopf. »Lass nur, Cavin«, sagte er. »Noch bin ich nicht so gebrechlich, dass ich nicht allein gehen kann. Komm mit.«

Er wandte sich um, schlurfte mit kleinen, mühsamen Schritten durch den Thronsaal und trat auf den halbmondförmigen Balkon an der Südseite des Turmes hinaus. Cavin folgte ihm und fasste sich weiter in Geduld, bis sich Oro schwer auf das steinerne Geländer gestützt hatte.

Der Wind war noch immer kalt und der Prinz sah, wie die Böen seinem Vater ins Gesicht schlugen und ihn blinzeln ließen. Trotzdem schien er das Gefühl sichtlich zu genießen.

Nach einer Weile hob Oro die Hand und deutete über die Mauer auf das grüne Meer des Waldes. Weit im Süden hingen graue

Regenschleier wie Spinnweben über dem Wald. Cavin konnte die Feuchtigkeit riechen, die mit dem Wind herankam.

»Sieh dort hinunter, mein Sohn«, verlangte Oro.

Cavin gehorchte. Der Balkon lag dicht unter der Spitze des Turmes, fast hundert Manneslängen über dem Boden, sodass der Blick ungehindert über Meilen und Meilen ging, aber nirgends war ein Ende oder auch nur eine Unterbrechung des grünen Ozeans zu erkennen.

Der Gedanke, dass er selbst erst vor wenigen Tagen durch diesen so undurchdringlich erscheinenden Dschungel geritten war, kam Cavin mit einem Male absurd vor. Er fühlte sich klein und verwundbar.

War es wirklich erst vier Wochen her, dass er neben Gwenderon durch den Wald geritten war, dass er auf die Raetts und den grimmigen kleinen Zwerg gestoßen war und sein Leben gegen eine Armee hirnloser, kleiner Ungeheuer verteidigt hatte? Die Erinnerungen schienen so weit entfernt, als sei alles schon lange her. Jahrelang.

»Das alles wird bald dir gehören, Cavin«, sagte Oro leise. »In wenigen Tagen schon.«

Es dauerte einen Moment, bis Cavin begriff, was sein Vater gesagt hatte. Er erschrak.

»Unsinn«, sagte er hastig. »Irgendwann einmal sicher, aber so alt bist du nun auch noch nicht.« Er versuchte vergeblich seiner Stimme einen scherzhaften Ton zu verleihen, und als sich Oro herumdrehte und ihm in die Augen sah, hatte er das Gefühl, einen glühenden Dolch ins Herz gestoßen zu bekommen.

»Nein, Cavin«, antwortete der König. »Lassar hatte Recht – du bist alt genug die Wahrheit zu erfahren. Du warst ein Kind, als du fortgegangen bist, aber jetzt bist du ein Mann. Manchmal … muss ich mir diese Tatsache wieder ins Gedächtnis zurückrufen.« Er lächelte, wieder auf diese sonderbare Art, hob seine Hand und berührte Cavin flüchtig im Gesicht. Seine Haut fühlte sich eiskalt an.

»Ich habe dich zurückgerufen, weil ich meine Zeit kommen spürte, mein Sohn«, sagte er ernst. »Und nun ist es so weit. In wenigen Tagen werden der Schwarzeichenwald und Hochwalden dir gehören. Dann wirst du der Waldkönig sein und auf deinen Schultern wird die Verantwortung für dieses Land liegen.« Er stockte, ließ die Hand fallen und blickte wieder auf den Wald hinab. »Glaube nicht, dass es eine geringe Last sein wird«, fuhr er nach einer Weile fort. »Glaube nicht, dass du herrschen wirst, Cavin. Hochwalden ist nicht wie die anderen Burgen, die du gesehen hast. Dieser Wald hier ist nicht dein Eigentum. Du bist nicht sein Herrscher, sondern sein Beschützer. Und oft wirst du dich fragen, ob du nicht in Wahrheit sein Sklave bist.« Cavin starrte ihn aus tränenerfüllten Augen an. Er wollte antworten, irgendetwas sagen, aber er konnte es nicht. Die Stimme seines Vaters klang fast teilnahmslos, aber voller Ernst, und Cavin spürte, dass er Recht hatte, mit jedem Wort. Er würde sterben. Sehr bald.

Cavin hatte es gewusst, als er ihn das erste Mal gesehen hatte, nach dem Kampf im Wald vor vier Wochen. Der Tod hatte diesen alten, gütigen Mann bereits gezeichnet. Cavin hatte es nur nicht wahrhaben wollen.

»Ich habe dich beobachtet, Cavin«, fuhr Oro fort. »Seit du zurückgekehrt bist, stehst du fast ununterbrochen oben auf dem Turm oder den Mauern und blickst in den Wald hinab, als würdest du etwas suchen. Du wartest, nicht wahr?«

Cavin nickte. Seine Kehle fühlte sich abgeschnürt und hart an und seine Augen brannten immer stärker. Nur mit letzter Kraft hielt er noch die Tränen zurück.

»Du wartest auf Gwenderon«, fuhr Oro fort. »Aber er wird nicht kommen. Er wird nicht kommen, weil er weiß, dass ihn der sichere Tod erwartet, würde er auch nur einen Fuß in diese Burg setzen.«

»Was meinst du damit?«, entfuhr es Cavin.

Oros Blick wurde noch unergründlicher. »Es tut mir Leid, mein Sohn«, murmelte er. »Ich … ich hatte gehofft, dir diese Enttäuschung ersparen zu können. Aber meine Zeit läuft ab und bald werde ich nicht mehr da sein, um dich beschützen zu können. Gwenderon ist unser Feind.«

»Das ist nicht wahr!«, keuchte Cavin. »Das ist unmöglich, Vater. Du musst dich täuschen. Du …«

Oro unterbrach ihn mit einem sanften Kopfschütteln. »Ich wollte, es wäre so«, sagte er. »Aber ich täusche mich nicht. Ich weiß, dass Gwenderon einst dein Freund war. Aber der Mann, der dich auf den Knien geschaukelt hat und der dich Reiten und Fechten und Ringen lehrte, existiert längst nicht mehr.

Der Gwenderon, den du gekannt hast, ist tot. Ich weiß, was du jetzt denkst und fühlst, und glaube mir, mein Sohn, ich fühle mit dir. Auch ich habe mich einst geweigert die Wahrheit zu sehen, wie so vieles. Selbst Faroan. Aber Faroan hat diesen Irrtum mit dem Leben bezahlt und mich hätte er um ein Haar Hochwalden gekostet.«

Cavin rang verwirrt die Hände. »Ich ... ich glaube es einfach nicht«, stammelte er. »Gwenderon ist ...«

»Ein Verräter«, unterbrach ihn Oro. Plötzlich klang seine Stimme hart und Cavin glaubte fast so etwas wie Hass in seinen Worten zu hören. Aber nur für einen Moment. »Der Überfall auf euch war sein Werk, Cavin, ebenso wie der Angriff auf Hochwalden und der Mord an Faroan. Es ist schwer zu glauben und doch ist es so.«

Lange, endlos lange starrte Cavin seinen Vater an, während die Gedanken in seinem Kopf wie in einem irren Veitstanz tobten, und es fiel ihm schwer, nicht einfach loszureden und sinnlose Worte zu stammeln.

Gwenderon ein Verräter?

Sicher, sie hatten Meinungsverschiedenheiten gehabt, sich gestritten, aber Gwenderon, der Waffenmeister Hochwaldens, der Mann, der sein Leben gegeben hätte, ehe er auch einen einzigen Baum des Schwarzeichenwaldes opfern würde, ein Verräter? Lächerlich!

Und doch musste es so sein, denn es war sein eigener Vater, mit dem er sprach.

»Was ... was ist geschehen?«, fragte er mühsam.

»Das ist eine lange Geschichte«, begann Oro. »Und doch ist sie schnell erzählt. Es begann vor einem Jahr, als Lassars Bote zum ersten Mal hierher nach Hochwalden kam.«

»Resnec?«

Oro nickte. »Du hast ihn kennen gelernt, aber ich fürchte, dass auch er nicht mehr am Leben ist. Gwenderon hätte ihn schon damals getötet, hätte ich es nicht verhindert. Er war ... wie von Sinnen. Verrannt in seinem Hass auf Lassar. Wäre es nach ihm gegangen, dann hätte er Lassar Resnecs Kopf als Antwort zurückgeschickt.«

»Antwort?«, fragte Cavin. »Antwort worauf?«

Oro zögerte einen Moment. »Als eine Antwort auf sein Angebot«, sagte er schließlich. »Du weißt, warum er hier war. Gwenderon hat es dir erzählt.«

»Er hat mir erzählt, dass er die Bäume des Schwarzeichenwaldes schlagen will, um Kriegsschiffe daraus zu bauen«, bestätigte Cavin. Ein Gefühl dumpfen Entsetzens machte sich in ihm breit.

»Aber du hast es doch nicht angenommen, Vater?«, keuchte er. »Du lässt doch nicht zu, dass der Wald gefällt wird? Diese Bäume sind heilig!«

Seltsamerweise lächelte Oro. »Heilig«, wiederholte er. »Ja, das sind sie wohl. Aber Lassar ist nicht der Einzige, der seine Macht gerne auch bis in diesen Teil der Welt ausdehnen möchte. Jahrhundertelang hat es niemand gewagt, auch nur einen Baum des Schwarzeichenwaldes zu fällen, und jahrhundertelang war Hochwalden der Garant für seine Sicherheit. Aber die Zeiten ändern sich, mein Sohn.«

»Was heißt das?«, fragte Cavin, als Oro nicht weitersprach.

Oro seufzte. »Hast du die Antwort darauf nicht gelernt, auf deinen Schulen?«, fragte er. »Hast du nicht Jahre deines Lebens damit verbracht, die Welt zu studieren, die ich nie gesehen habe?« Er machte eine vage Geste über die Wipfel des Waldes hinaus. »Sag mir, wie es draußen in der Welt aussieht, Cavin. Wie viele Königreiche gibt es und was tun sie?«

Cavin verstand den Sinn dieser Frage nicht, aber er antwortete ganz automatisch: »Neun große Königreiche und zahllose kleinere. Und den Teil der Welt, den Lassar erobert hat«, fügte er hinzu. »Und er wird größer.«

Oro ignorierte seinen letzten Satz. »Neun große Reiche«, wiederholte er. »Und was tun sie?«

»Was sie *tun*?«, wiederholte Cavin verständnislos. »Ich verstehe deine Frage nicht.«

Oro drehte sich nun doch zu ihm um. »Dann will ich sie dir selbst beantworten«, sagte er. »Sie führen Krieg, Cavin. Gegen Lassar oder untereinander, welchen Unterschied macht es?«

»Einen großen«, sagte Cavin heftig. »Außerdem –«

»Nenne mir ein Land, in dem Frieden herrscht«, unterbrach ihn Oro. »Ich meine wirklichen Frieden, nicht bloß eine Pause zwischen zwei Feldzügen, oder den Frieden der Tyrannen, der auf Angst gegründet ist.« Er schüttelte den Kopf, seufzte und stützte sich schwer auf die steinerne Brüstung. »Die Welt ist alt, Cavin, sehr alt. Ihre Geschichte ist lang und du hast sie zehnmal besser studiert, als ich es je gekonnt hätte. Sie ist mit Blut geschrieben und du weißt es. Es ist eine Geschichte der Kriege. Kein Land, das länger als ein Jahrzehnt in Frieden gelebt hätte, ohne von seinen Nachbarn überfallen zu werden oder sie seinerseits auszuplündern, keine Generation, die nicht das Klirren von Waffen und den Gestank der Schlacht kennen gelernt hätte. Und es wird schlimmer. Die Welt brennt und der Rauch ist so dicht, dass wir nicht einmal mehr die Flammen sehen.« Er schwieg einen Moment, als müsse er sich erst auf die richtigen Worte besinnen, und fuhr dann leiser fort: »Du verachtest Lassar und du fürchtest ihn. Auch mir geht es nicht anders. Und doch habe ich ihn kommen lassen und ich habe mir angehört, was er zu sagen hat.«

»Seine Lügen«, behauptete Cavin.

Oro lächelte verzeihend. »Seine Wahrheit«, sagte er. »Aber es ist eine Wahrheit, die so schrecklich ist, dass wir sie nur zu gerne als Lüge abtun. Ich will nicht behaupten, dass Lassar in Wirklichkeit ein verkannter Heiliger ist, mein Sohn. Er ist, wofür du ihn hältst – ein machtgieriges Ungeheuer, dem ein Menschenleben nichts gilt und das sich mit Mächten der Finsternis eingelassen hat. Und doch gehört ihm die Zukunft.«

»Das ist nicht dein Ernst!«, widersprach Cavin. »Das kannst du nicht wirklich meinen, Vater!«

»Doch«, antwortete Oro müde. »Schau dich doch um! Ich habe dich in die Welt hinausgeschickt, damit du sie studierst, und jetzt sage mir, was du gelernt hast! Die Welt ist voller Lassars. Ein jeder deiner neun großen und hundert kleinen Könige tut, was Lassar tut; nichts anderes. Nur nicht so perfekt. Sie bekämpfen und bestehlen und plündern und betrügen einander, wo immer sie die Möglichkeit dazu finden.« Er spie aus, als erfülle ihn allein die Vorstellung mit Ekel. »Sie sind alle gleich. Lassar ist nicht schlechter als irgendeiner – er ist nur konsequenter. Und wenn wir vor ihm erschrecken, dann nur, weil er uns zeigt, wie wir selbst sind. Die Welt stirbt, Cavin. Vielleicht dauert dieser Tod noch ein Jahrtausend, vielleicht nur noch wenige Jahre, aber sie stirbt. Die Zeit der Menschen ist abgelaufen und sie haben es nur noch nicht bemerkt. Möglicherweise wird Lassar geschlagen. Er ist stark, aber nicht stark genug, siegen zu können, wenn sich alle anderen gegen ihn verbünden. Aber dann wird ein neuer Lassar kommen und nach ihm wieder einer und wieder einer. So oder so – die Zukunft wird Männern wie Lassar gehören, glaube mir.«

Oro brach ab, offensichtlich erschöpft von der langen Rede, und Cavin spürte ein Gefühl eisigen Entsetzens in seiner Seele emporkriechen. Das war nicht sein Vater, dem er zuhörte! Das war ein verbitterter alter Mann, dem das Leben mehr genommen als gegeben hatte und der irgendwann, vermutlich schon vor Jahrzehnten, angefangen hatte, die Menschen und sich selbst zu verachten. Aber was Cavin am meisten erschreckte, war die Tatsache, dass er Recht hatte – von seinem Standpunkt aus. Man *konnte* die Welt so sehen, und es war sogar leicht, es zu tun. Aber es stimmte nicht. Sie war nicht so. Trotzdem widersprach er nicht, als Oro nach einer Weile fortfuhr.

»Die Welt ist nicht mehr dieselbe wie die, in der dieser Wald entstand«, sagte er noch einmal. »Du hast gesagt, dieser Wald ist heilig, und du hast Recht damit. Aber selbst das Heilige muss manchmal dem Ansturm des Neuen weichen.«

»Heißt das, du … du gibst Lassars Forderung nach?«, fragte Cavin ungläubig. Das Gefühl des Entsetzens in seinem Inneren wandelte sich in Unglauben, Zorn – und ein plötzliches, heißes Aufwallen von Hass, als er an den Herrn der Schatten dachte.

»Nicht so, wie es dir Gwenderon vielleicht erzählt hat«, antwortete König Oro. »Ich habe ein Bündnis mit Lassar geschlossen, das ist richtig. Ich gebe ihm einen von hundert Bäumen und er garantiert dafür für die Sicherheit Hochwaldens und des Schwarzeichenwaldes.«

»Weil er sich die anderen neunundneunzig auch noch holen will, ja!«, fuhr Cavin auf. Er musste sich mit aller Kraft beherrschen, nicht zu schreien. »Vater, das ist nicht dein Ernst. Du …«

»Doch, Cavin«, unterbrach ihn der König. »Es ist mein Ernst. Die Verträge sind besiegelt und es ist mein fester Wille, dass sie gehalten werden, auch nach meinem Tode. Ich verlange nicht, dass du gutheißt, was ich getan habe. Aber du wirst meinen Willen respektieren. Und irgendwann einmal wirst du erkennen, dass ich richtig gehandelt habe. Manchmal muss man einen kleinen Teil opfern, um das Ganze zu retten.«

»Er hat dir gedroht«, vermutete Cavin.

Oro lächelte. »Nein. Das musste er nicht. Hätte ich ihn fortgeschickt, wären andere gekommen. Es ist das Beste so, glaube mir. Lassar hat mir versprochen, dem Wald nicht mehr zu nehmen, als er verkraften kann. Ein anderer wäre vielleicht weniger rücksichtsvoll gewesen.«

»Und … Gwenderon?«, murmelte Cavin.

Oros Blick verdüsterte sich. »Reagierte so wie du, Cavin«, sagte er. »Nur heftiger. Zorniger. Er wandte sich von mir ab und schließlich drohte er mir sogar. Aber ich nahm es nicht ernst. Ich glaubte, er würde sich schon wieder beruhigen. Aber es kam anders. Er war es, der das Söldnerheer aufstellte, das Hochwalden berannte, Cavin.«

»Das … das kann ich nicht glauben«, murmelte Cavin. »Nicht Gwenderon! Er würde dir niemals Hochwalden wegnehmen wollen. Er hätte sein Leben gegeben für dich!«

»Für den Wald«, verbesserte ihn Oro sanft. »Du verstehst noch immer nicht. Gwenderon ist besessen. Er glaubt, ich hätte den Wald verraten, und er glaubt, er wäre dazu verpflichtet, ihn zu retten, und zwar mit allen Mitteln. Glaube nicht, dass ich ihn deshalb hasse. Er ist nicht böse, sondern nur blind und verrannt. Es war sein Plan, Hochwalden zu stürmen und mich gefangen zu setzen. Dich hatte er ja schon in seiner Gewalt.«

»Aber warum dann der Überfall?«

»Gwenderon ist kein Narr«, sagte Oro. »Als er erfuhr, dass der Angriff fehlgeschlagen war, ließ er den Überfall inszenieren, um Lassar die Schuld daran zu geben. Er wusste, dass ich bald sterbe. Wahrscheinlich wären er und du mit knapper Not entronnen. Ihr hättet euch in den Wäldern versteckt, bis er Nachricht von meinem Tod erhalten hätte, und du hättest nichts auf der Welt so gehasst wie Lassar.« Er lächelte flüchtig. »Du weißt, dass Gwenderon ein kluger Mann ist.«

»Aber das ist … das …« Cavin begann zu stammeln und ballte in einer plötzlichen Aufwallung sinnlosen Zornes die Fäuste. Er wusste, dass sein Vater ihn nicht belog; er hatte ihn nie belogen.

trotzdem konnte Cavin einfach nicht glauben, was er gehört hatte. Vor wenigen Tagen noch war Gwenderon sein Freund und Lassar sein Feind gewesen und plötzlich sollte alles gerade andersherum sein?

»Ich weiß, was du jetzt fühlst, mein Sohn«, sagte Oro sanft. »Aber begehe jetzt nicht den Fehler, Lassar für das verantwortlich zu machen, was geschehen ist. Es ist leicht, einen anderen zu hassen, wenn man mit einem Schmerz fertig werden muss, und es tut weh, einen Freund zu verlieren.«

Cavin antwortete nicht und nach einer Weile trat er schweigend an seinem Vater vorbei und starrte auf die erstarrten grünen Wogen des Waldes hinab.

Aber er sah sie kaum, denn seine Augen hatten sich mit Tränen gefüllt und in seinem Herzen saß nichts als Verzweiflung.

5

Unruhe, die am jenseitigen Ende des Lagers entstand, weckte ihn. Gwenderon blinzelte, sah das milde Licht des späten Nachmittags durch das Blätterdach seiner Hütte schimmern und dachte im ersten Moment daran, dass die Hütten ihnen keinen Schutz vor der Kälte und dem Schnee bieten würden, wenn der Winter erst einmal kam. Dann drangen die Geräusche abermals und heftiger in sein Bewusstsein und er vertrieb überflüssige Gedanken an Schnee und Eisregen und stand auf.

Er hatte lange geschlafen; fast den ganzen Tag. Die Sonne neigte sich bereits und stand nur noch als zerfranster Halbkreis über den südlichen Wipfeln des Waldes und die Schatten wurden bereits lang; dunkle Finger, die sich über den Platz erstreckten und absurd geknickt an der Palisade des Fluchtturmes emporkrochen. Dort, wo die Schatten herkamen, war Aufregung entstanden; ein gutes Dutzend Männer hatte sich am westlichen Ende des Lagers zusammengefunden, vielleicht noch einmal die gleiche Anzahl Raetts, und zwischen ihnen stand eine gewaltige zweischneidige Axt, die ein lächerlich gebauter Knirps hielt. Über den Köpfen der so zusammengekommenen Menge ragten die Oberkörper zweier berittener Raetts auf, neben denen die schwarzhaarige Animah ritt, und neben ihr wiederum …

Der Anblick fegte auch den letzten Rest von Müdigkeit aus Gwenderons Geist. Für die Dauer von zwei, drei Herzschlägen blieb Gwenderon noch wie versteinert stehen, dann lief er los, wurde schneller und legte das letzte Drittel des Weges schließlich im Laufschritt zurück. Die Männer, die sein Näherkommen bemerkten, wichen respektvoll vor ihm zur Seite, bis er die vier Pferde und ihre ungleichen Reiter erreichte. Er blieb stehen, starrte erst die beiden Raetts, dann ganz kurz Animah und schließlich den Mann in ihrer Begleitung an.

»Resnec!«

Gwenderon erschrak beinahe selbst über den kaum mehr unterdrückten Hass in seiner Stimme. Auch Resnec fuhr zusammen und sah ihn mit neu erwachendem Misstrauen an. Aber er sagte kein Wort, sondern wandte sich mit einem fast Hilfe suchenden Blick an Animah.

»Ihr seht recht, Gwenderon«, sagte Animah nach einer Weile. »Es ist Resnec. Aber urteilt nicht vorschnell.«

Gwenderon hörte gar nicht hin. Mit einer rüden Bewegung stieß er einen Raett beiseite, der ihm im Wege stand, trat an Resnecs Pferd heran und ergriff es grob an den Zügeln. Das Tier scheute, als es seine Aggressivität spürte; Gwenderon brachte es mit einem zweiten, noch härteren Ruck zur Räson.

»Was wollt Ihr hier?«, fauchte er. »Wer hat Euch gesagt, wo unser Lager ist, und was –« Er brach ab, fuhr mit einem Ruck herum und starrte Animah an. »Bringst du ihn als Gefangenen?«

»Wenn es dein Wunsch ist, ja«, antwortete Resnec an Animahs Stelle. Es waren die ersten Worte, die er sagte, und Gwenderon erschrak, als er seine Stimme hörte. Sie klang … alt. Die Stimme eines gebrochenen Mannes. Aber seine Wut fegte auch diesen Gedanken beiseite. Ohne ein weiteres Wort griff er zu Resnec hinauf, packte ihn grob am Arm und zerrte ihn aus dem Sattel. Resnec keuchte vor Schmerz und fiel beinahe und Gwenderon sah erst jetzt, dass seine Schulter dick bandagiert war und sein Arm in einer Schlinge hing. Trotzdem lockerte er seinen Griff nicht.

»Was sucht Ihr hier?«, schrie er. »Wer hat Euch erlaubt in diesen Teil des Waldes zu kommen?«

»Wir erlauben«, mischte sich eine pfeifende Stimme ein. Gwenderon fuhr zornig herum und starrte in Guarrs ausdrucksloses

Mäusegesicht. Die Knopfaugen des Raett funkelten, aber Gwenderon war nicht sicher, ob es Spott oder Zorn war, den er darin las.

»Resnec unser Gefangener«, radebrechte Guarr weiter. »Wir entscheiden. Wir nehmen. Wir bringen.« So einfach die Wahl dieser Worte war, so eindeutig waren sie. In die umständlichere Sprache der Menschen übertragen bedeuteten sie nicht weniger, als dass sich Gwenderon gefälligst um seinen eigenen Kram kümmern sollte. Er verstand Guarrs Worte sehr wohl – aber sie fachten seinen Zorn nur noch mehr an.

»Dieser Hund wird nicht hier im Lager bleiben!«, sagte er erregt. »Er wird nicht einmal –«

»Urteile nicht vorschnell, Gwenderon«, sagte Animah ruhig.

Gwenderon fuhr abermals herum, funkelte sie wütend an und versetzte Resnec aus purer Bosheit einen Stoß, der ihn gegen die Flanke seines Pferdes taumeln und um ein Haar stürzen ließ. Einer der beiden Raetts, die ihn begleitet hatten, stieß einen schrillen Pfiff aus, den Guarr – eine Spur höher und befehlender, wie Gwenderon spürte – erwiderte. Die Barthaare des Riesennagers sträubten sich erregt. Animah seufzte und schüttelte den Kopf.

Plötzlich fühlte er sich unendlich allein. Er spürte, dass er einen Fehler begangen hatte, einen, der ihn nahe an die Grenze der Lächerlichkeit gebracht hatte, und sein Zorn stieg abermals und erreichte nun fast die Grenzen eines körperlichen Schmerzes. Hilflos ballte er die Fäuste, starrte der Reihe nach Resnec, Animah, Guarr und schließlich Mannon an und dann wieder Resnec.

»Also gut«, sagte er, mühsam beherrscht und noch immer mit schriller, schwankender Stimme. »Anscheinend bin ich der einzige Idiot, der nicht weiß, was hier vorgeht. Was bedeutet dein Kommen, Resnec? Antworte – und ich rate dir, antworte gut oder ich schneide dir eigenhändig die Kehle durch.« Seine Hand klatschte gegen das Hosenbein; dorthin, wo er normalerweise sein Schwert trug. Jetzt lag die Waffe zusammen mit seinen übrigen Sachen in seiner Hütte. Aber die Geste verlor dadurch nichts von ihrer Drohung.

»Resnec ist hier, um sich uns anzuschließen«, sagte Animah.

»Wenn Ihr es erlaubt«, fügte Resnec hinzu. Abermals fiel Gwenderon auf, wie alt und kraftlos seine Stimme klang. Und mit einem Male sah er auch noch mehr, Dinge, die ihm bisher entgangen waren, weil es nur winzige Kleinigkeiten waren und er viel zu erregt gewesen war darauf zu achten. Jetzt, als Resnec ganz nahe vor ihm stand, konnte er sie nicht mehr verleugnen: Resnec schien um zehn Jahre gealtert, obgleich seine Züge so hart und straff waren wie immer. Aber etwas war daraus gewichen, eine Verschlossenheit, die erst durch ihr plötzliches Fehlen überhaupt sichtbar geworden war. Resnec wirkte verbraucht; ein Mann, der eine Schlacht zu viel geschlagen und einmal zu viel Blut und Tod gesehen hatte. In seinen Augen war etwas, was Gwenderon schaudern machte. Es waren Augen, dachte er, die ... ja – es waren die Augen eines Mannes, der Gott gesehen hatte.

»Du willst dich uns anschließen?«, fragte er, als das Schweigen zwischen ihnen peinlich zu werden begann. »Aus freien Stücken, einfach so?« Er versuchte zu lachen, aber es blieb bei einem Versuch. Die Herablassung in seiner Stimme geriet zur Hilflosigkeit.

»Wer schickt dich?«, fauchte er. »Lassar? Oder ist es deine eigene Idee, dich bei uns einzuschleichen, um deinem Herrn Informationen über unser Lager und unsere Stärke zu bringen? Vielleicht lässt er dich ja dann wieder seine Stiefel lecken.«

Resnec lächelte traurig. »Ich hatte befürchtet, dass Ihr so reagieren würdet, Gwenderon«, sagte er. »Ich kann Euch verstehen. Ich würde nicht anders denken, wäre ich an Eurer Stelle. Aber glaubt mir – ich bin nicht mehr euer Feind.«

Gwenderon lachte. »Oh, dann bist du geläutert, wie?« Wütend deutete er auf die beiden Raetts, die noch immer nicht von ihren Pferden gestiegen waren. »Was haben sie getan? Sich vier Wochen mit dir unterhalten und dir die Schönheit des Waldes gezeigt? Oder dich einfach davon überzeugt, dass wir gewinnen werden und du besser daran tätest, dich auf die Seite der Sieger zu schlagen, solange du es noch kannst?«

»Du tust ihm unrecht, Gwenderon«, sagte Animah. Sie saß ab, kam auf Gwenderon zu und stellte sich wie durch Zufall so zwischen ihn und Resnec, dass sie den Blickkontakt zwischen ihnen unterbrach. Gwenderon starrte sie trotzig an.

»Ich hätte ein anderes Wort gewählt, aber du hast Recht«, sagte Animah. »Resnec ist geläutert. Er hat die Wahrheit erkannt, das ist alles.«

»Welche Wahrheit?«, fauchte Gwenderon, der sich mehr und

mehr in die Defensive gedrängt fühlte. »Was soll das alles bedeuten? Er stellt uns eine Falle, tötet die meisten meiner Freunde, hilft Cavin zu entführen, und dann taucht er vier Wochen später wieder auf und –«

»Bitte, Gwenderon«, unterbrach ihn Animah. Sie lächelte nicht mehr, sondern wirkte jetzt gleichzeitig ungeduldig und verärgert. Gwenderon kam – wieder einmal – zu Bewusstsein, dass sie ihn fast um Haupteslänge überragte. »Ich kann dich verstehen und auch Resnec und Guarr begreifen deinen Zorn. Aber gib ihm wenigstens eine Chance.«

»Wozu?«, fauchte Gwenderon. »Uns zu verraten?«

»Ich bin nicht mehr euer Feind«, sagte Resnec. Etwas von seiner alten Überheblichkeit blitzte durch seine erschöpften Züge, als er hinzufügte: »Glaubt es oder lasst es bleiben. Ich kann meiner Wege ziehen, wenn Ihr es wünscht. Aber ich bin euch nützlicher, wenn ich bei euch bin.«

»Das richtig«, pfiff Guarr. »Resnec kennen Lassar gut. Wertvoller Verbündeter.«

»Es fragt sich nur, für wen«, murmelte Gwenderon. Aber jetzt war es wirklich nur noch ein reiner Reflex. Wie ein geprügelter Hund biss er noch einmal um sich, aber er wusste, dass er niemandem mehr damit wehtun konnte. Voller stummem Zorn starrte er Resnec an.

»Gib ihm eine Chance«, sagte Animah in einem Ton, der die Wahl ihrer Worte Lügen strafte. »Ich kann dir nicht sagen, was mit ihm geschehen ist, aber Guarr weiß es und ich vertraue ihm. Tue es auch – wenigstens für einen Tag oder zwei. Er wird seine Loyalität beweisen oder sterben.«

Gwenderon sagte nichts mehr. Wütend drehte er sich herum und stapfte zu seiner Hütte zurück. Was er in diesem Moment am meisten bedauerte, war die Tatsache, dass keine Tür da war, die er hinter sich zuschlagen konnte.

6

Der Hügel lag eine Stunde nördlich des Lagers. Er erhob sich auf einer Lichtung ähnlich der, auf der die Laubhütten des Rebellenlagers standen. Nur war diese Lichtung kleiner und weniger auffällig; ihre Ränder wurden von wild wucherndem Unterholz beherrscht und selbst der knapp mannshohe Hügel war überwuchert mit Buschwerk und dornigen Sträuchern.

Gwenderon selbst hatte mitgeholfen, sie aus dem Wald zu schlagen. Aber obwohl seither kaum vier Wochen vergangen waren, hatte die stumme Front der Bäume das verlorene Gebiet schon fast zur Gänze zurückerobert. Wo noch keine Schösslinge wuchsen, war der Boden unter dem dichten Teppich aus Moos und Grüngewächsen aufgewölbt. Pilze begannen den Boden mit ihren blassweißen Hüten zu tupfen. Gestrüpp und grüne, wie Schlangen ineinander gewundene Wurzeln gruben sich ihren Weg ans Licht und hier und da wuchsen sogar blasse Waldblumen.

In einem Jahr, dachte Gwenderon, würde der Wald den kleinen Flecken wieder zurückerobert haben, den sie ihm so mühsam abgerungen hatten. Und weitere zehn Jahre später würde selbst der Grabhügel von den gigantischen Pfeilern des Schwarzeichenwaldes überwuchert sein: ein würdiges Grab für den Mann, den sie darunter zur Ruhe gebettet hatten.

Ein bitterer Geschmack machte sich auf seiner Zunge breit. Vier Wochen waren nicht genug, den Tod eines Mannes zu verwinden, mit dem ihn eine so tiefe Freundschaft verbunden hatte wie mit Faroan. Vielleicht hätten auch vier Jahre nicht gereicht. Es gab Wunden, die selbst die Zeit nicht heilen konnte.

Er vertrieb den Gedanken, stieg aus dem Sattel und reichte Guarr den Zügel seines Pferdes. Das Tier scheute; es war neu und hatte sich noch nicht vollends an die Gegenwart des Raett gewöhnt. Gwenderon beruhigte es mit ein paar raschen, geflüsterten Worten. Dann wandte er sich abermals um, schob mit der behandschuhten Rechten einen dornigen Zweig aus dem Weg und trat auf die Lichtung hinaus.

»Du wirklich gehen?«, fragte Guarr leise.

Gwenderon nickte ohne sich zu dem Raett umzudrehen. Sein Herz schlug schnell und beinahe schmerzhaft und er spürte, wie seine Hände in den Handschuhen feucht vor Schweiß wurden.

Der Gedanke, das Grab zu öffnen und den Toten darin in seiner ewigen Ruhe zu stören, erfüllte ihn mit einer tiefen, bohrenden Angst. Aber es musste sein.

Faroan hatte ihnen schon einmal aus dem Drüben – wo immer dieses *Drüben* sein mochte – herausgeholfen und Gwenderon hatte das sichere Gefühl, dass er es wieder tun würde. Es war mehr als eine Ahnung. Ohne dass er einen konkreten Grund dafür angeben konnte, wusste er, dass er mehr finden würde als ein Grab und einen verfallenen Leichnam. Er wusste es mit unerschütterlicher Sicherheit.

Zögernd umrundete er den Hügel und sah noch einmal zu Guarr zurück. Der Raett war ebenfalls aus dem Sattel gestiegen, machte aber keine Anstalten, ihm zu folgen. Er hätte es wohl auch unter Androhung des Todes nicht getan. Trotz ihres wilden Äußeren und ihrer Kraft, die selbst Gwenderon immer wieder überraschte, waren die Rattenwesen so abergläubisch wie kein zweites Volk. Schon allein die Nähe des Grabhügels musste den Raett an den Rand seiner Selbstbeherrschung treiben. Sie waren ein junges Volk. Noch vor einer Generation waren sie Tiere gewesen. Sie hatten das Recht, abergläubisch zu sein.

Gwenderon verscheuchte auch diesen Gedanken mit einem ärgerlichen Kopfschütteln, ging weiter und stand schließlich vor der wuchtigen Metallplatte, die in die Rückseite des Hügels eingelassen war.

Die Scharniere bewegten sich beinahe lautlos, als er die schwere Platte anhob. Dahinter kamen die Stufen einer steilen, aus dem Erdboden herausgearbeiteten Treppe zum Vorschein.

Ein Schwall feuchtkalter Luft schlug Gwenderon entgegen, als er die Treppe hinabzusteigen begann. Die Stufen führten fünf, sechs Meter weit nahezu senkrecht in die Erde und mündeten in einem kleinen, halbrunden Raum voller Kälte und dem Geruch modernder Erde.

Obwohl das Tageslicht über ihm zurückgeblieben war, war es nicht vollkommen dunkel. Ein seltsamer, grünlicher Schein, der aus keiner bestimmten Quelle kam, lag in der Luft, und rings um den offenen Steinsarg des Magiers schien sich die Helligkeit zu sammeln wie Wasser in einer Bodensenke. Gwenderon wusste, dass an diesem Licht nichts Magisches war – es waren leuchtende Organismen, winzig kleine Pilze und Flechten, die dieses Licht ausstrahlten wie andere Pflanzen Sauerstoff. Trotzdem nahm dieses Wissen dem Bild nichts von seiner Unheimlichkeit.

Gwenderons Herz begann schneller zu schlagen. Trotz der klammen Kälte brach ihm plötzlich der Schweiß aus und auf seiner Zunge war mit einem Male ein pelziger, widerwärtiger Geschmack.

Er hatte Angst.

Zögernd näherte er sich dem steinernen Sarg, und obwohl er geahnt hatte, was er sehen würde, erschrak er zutiefst, als sein Blick auf die Gestalt fiel, die darin aufgebahrt war.

Faroan war seit mehr als einem Monat tot – und trotzdem schien er nur zu schlafen. Sein Gewand war so makellos weiß wie an dem Tag, an dem sie seinen Leichnam hierher gebracht hatten, und auf seinen Zügen lag noch immer der gleiche sonderbar friedliche Ausdruck, mit dem sie ihn beigesetzt hatten. Seine Hände waren über der Brust gefaltet, um den hässlichen Blutfleck zu überdecken, wo ihn die Pfeile seiner Mörder getroffen hatten. Der Magier sah überhaupt nicht aus wie ein Toter.

Gwenderon trat vollends an den Sarg heran, legte die Hände auf den harten, kalten Stein und blickte aus brennenden Augen auf die erstarrten Züge des Magiers herab.

Mit einem Male fühlte der alte Kämpe sich hilflos. Er war hierher gekommen, weil er der festen Überzeugung gewesen war, hier die Antwort auf all die Fragen zu bekommen, die ihn quälten. Und jetzt, als er sich endlich überwunden hatte und vor Faroans Sarg stand, jetzt wusste er nicht einmal zu sagen, was er eigentlich hier wollte.

Vielleicht war es nur eine sentimentale Anwandlung gewesen, mehr nicht, dachte er. Vielleicht war er einfach geflohen, durch Resnecs Auftauchen und seinen so plötzlichen Sinneswandel bis ins Innerste erschreckt.

Vielleicht wurde er auch einfach nur alt.

Irgendwo hinter ihm raschelte etwas. Staub rieselte in feinen Bahnen von der Decke und etwas geschah mit dem Licht: Es wirkte plötzlich anders, ohne dass er den Unterschied in Worte fassen konnte. Das raschelnde Geräusch wiederholte sich und Gwenderon widerstand nur mit aller Kraft der Versuchung, herumzufahren und die Hand auf das Schwert zu legen.

Er wusste nicht, was er erwartet hatte. Faroan war schon einmal von den Toten auferstanden und hatte ihnen geholfen, im Augenblick der höchsten Not. Aber er wusste auch, dass die Umstände damals anders gewesen waren. Damals waren erst wenige Stunden seit seinem Tod vergangen und ein Magier mochte Mittel und Wege kennen, dem Tod ein Schnippchen zu schlagen und ihm noch ein wenig Zeit abzutrotzen.

Nein – diesmal erhob sich Faroan nicht mehr von den Toten. Seine Augen blieben geschlossen und die Atemzüge, auf die Gwenderon ebenso sehr wartete, wie er sie fürchtete, kamen nicht.

Dafür hörte er seine Stimme – ein lautloses, dunkles Flüstern, das irgendwo tief unter seinen Gedanken erklang.

Du bist also gekommen, mein Freund.

Trotz allem erschrak Gwenderon bis ins Mark. Seine Hände begannen zu zittern und alles in ihm schrie danach, herumzufahren und wegzulaufen, so schnell und so weit wie möglich. Er stand in einem Grab und er hörte *die Stimme eines Toten!*

Für einen Moment drohte die Angst übermächtig zu werden. Dann fühlte er etwas wie die Berührung einer unsichtbaren, freundlichen Hand und Furcht und Entsetzen verblassten wie ein übler Traum. Er begriff, dass es Faroans Magie war, die die Angst aus seinem Herzen verbannte.

Du hast meinen Ruf vernommen, fuhr die Geisterstimme fort.

»Deinen ... Ruf?«, antwortete Gwenderon verwirrt. »Ich kam, um ...« Er zögerte. Dann lächelte er. »Ich weiß nicht warum«, gestand er. »Vielleicht einfach, weil ich müde bin.«

Du bist gekommen, weil ich dich gerufen habe, sagte Faroan. *Nur wusstest du es nicht.*

Plötzlich klang die lautlose Stimme anders; ein wenig traurig und fast schwermütig, dachte Gwenderon. Konnte ein Toter Trauer empfinden?

Du kämpfst noch immer gegen Lassar.

Gwenderon nickte. »Soweit man es kämpfen nennen kann, wenn man sich Schritt für Schritt weiter zurückzieht.« Er seufzte. »Wir leisten ihm Widerstand, aber wir sind nur geduldet, Faroan. Die Welt weiß es vielleicht noch nicht und Mannon und Guarr wollen es immer noch nicht wahrhaben, aber der wahre Herr des Schwarzeichenwaldes heißt Lassar. Alles, was wir erreicht haben, ist, ihn ein bisschen zu ärgern. Wir haben ihm nicht einmal wirklich wehgetan. Aber jetzt ...«

Er brach ab, starrte dumpf an Faroans Sarg vorbei zu Boden und ballte in einer Geste hilflosen Zornes die Fäuste. »Irgendetwas geht vor«, murmelte er. »Ich spüre es, Faroan. Ich weiß nicht, was, aber ich spüre, dass Lassar eine neue Teufelei vorhat.«

Ich weiß, antwortete die Geisterstimme. *Auch ich spürte die Gefahr, die sich über dem Schwarzeichenwald zusammenballte, mein Freund. Aus diesem Grund rief ich dich zu mir. Du musst mir helfen.*

»Ich?«, wiederholte Gwenderon ungläubig. »Du verlangst Hilfe von mir?«

Faroans lautlose Stimme klang plötzlich amüsiert. *Es mag dir absurd vorkommen und doch ist es so. Meine Macht ist begrenzt, Gwenderon. Lassar ist ein mächtiger Zauberer, der mir schon im Leben überlegen war. Jetzt bin ich ein Nichts gegen seine Kräfte. Ich ... habe versucht den Prinzen zu warnen, aber ...*

»Cavin?«, unterbrach ihn Gwenderon erregt. Eine eisige Hand schien seinen Nacken zu berühren. »Du meinst, Prinz Cavin lebt?«

Er lebt, bestätigte Faroan. *Aber er ist in Lassars Netz gefangen und meine Kräfte reichen nicht mehr, den magischen Schutz zu durchbrechen, den der Herr der Schatten um Hochwalden gelegt hat.*

»Was soll das heißen – er ist in Lassars Netz gefangen?«, wiederholte Gwenderon.

Auch für ihn sind nur wenige Tage vergangen, Gwenderon, antwortete Faroan. *Er weiß nichts von eurem Kampf. Doch bald wird er Hochwalden verlassen, zusammen mit Lassar, zu einem ganz bestimmten Zweck.*

»Und welchem?«, fragte Gwenderon leise.

Dem, das zu tun, was Lassar selbst nicht kann, will er es nicht riskieren, den Zorn der ganzen Welt auf sich zu ziehen, antwortete der Magier. *Lassar ist mächtig und ohne Skrupel, aber der Schwarzeichenwald ist heilig, noch immer, und er wird es bleiben, ganz gleich, was geschieht. Es gibt Dinge, an die nicht einmal ein Lassar zu rühren wagt. Nicht einmal er würde es wagen, mit offener Gewalt gegen euch vorzugehen. Aber es gibt jemanden, der es kann.*

Die Geisterstimme schwieg einen Moment, wie um ihren Worten das gehörige Gewicht zu verleihen, und obwohl Gwenderon ihre nächsten Worte vorausahnte, erzitterte er bis ins Mark, als Faroan fortfuhr: *Es gibt* einen *Menschen auf der Welt, der es ungestraft tun kann, Gwenderon. Den rechtmäßigen Herrn von Hochwalden. Den König des Schwarzeichenwaldes. Er hat Cavin nur aus einem einzigen Grund in seine Gewalt gebracht: euch zu vernichten.*

7

Die Sonne sank und die Schatten wurden länger. Mit dem Abend kroch Kälte in das Unterholz, dicht gefolgt von einem tiefen, fast unheimlichen Schweigen; einer Ruhe, die anders war als die normale Stille des Abends. Wären Gwenderon und seine halb menschlichen Begleiter noch da gewesen, wäre ihnen die Stille aufgefallen, mit der die ansonsten solchen Dingen gegenüber so respektlose Natur den Begräbnisplatz würdigte. Vielleicht hätten sie auch nur angenommen, dass ihr Auftauchen das scheue Leben des Schwarzeichenwaldes vollends vertrieben hätte.

Aber das war es nicht.

Noch lange nachdem der Mann und die beiden Raetts auf ihre Pferde gestiegen waren, lastete die Stille über der Lichtung; die Tiere, die vor den Hufschlägen der drei Pferde und dem Geruch ihrer Reiter geflohen waren, fürchteten nun etwas anderes.

Dabei war die Lichtung jetzt verlassen. Nur die Schatten waren da, die die sinkende Sonne allmählich tiefer und länger werden ließ.

Einer von ihnen hätte einen zufälligen Beobachter – hätte es einen solchen gegeben – an den Umriss eines menschlichen Körpers erinnert.

Aber nur beinahe.

8

Obwohl der Wind hinter ihnen zurückblieb, als sie in den Wald eindrangen, blieb es kalt. Der tagelange Regen hatte den Boden aufgeweicht, sodass der schmale Waldweg zu einem schlammigen Morast geworden war, in dem die Pferde kaum noch von der Stelle kamen. Das Wasser machte die Äste der Bäume beiderseits des Pfades schwer, sodass sie sich wie grünbraune Arme senkten und den zwei Dutzend Reitern immer wieder in die Gesichter zu schlagen drohten. Nicht zum ersten Mal, seit er in seine Heimat zurückgekehrt war, hatte Cavin das absurde Gefühl, dass sich der Schwarzeichenwald gegen sie wehrte. Der finstere, kalte Dschungel, durch den sie ritten, schien nichts mehr mit dem grünen Ozean gemein zu haben, den er von den Türmen Hochwaldens aus gesehen hatte. Alles hier war fremd und kalt und abstoßend und schrie ihnen seine Ablehnung entgegen. Selbst das Unterholz war mit Stacheln gepanzert, die schon bei der flüchtigsten Berührung verletzen mussten.

Sie waren seit zwei Stunden unterwegs, aber ihre Tiere waren schon jetzt erschöpft. Die Leiber der Pferde dampften vor Anstrengung und immer wieder kam eines der Tiere aus dem Tritt, wenn seine Hufe auf dem morastigen Boden keinen festen Halt fanden. Und auch an den Gestalten ihrer Reiter begannen sich Müdigkeit und Schwäche immer stärker bemerkbar zu machen.

Cavin wischte sich mit der Linken den Regen aus dem Gesicht, beugte sich ein wenig tiefer über den Hals seines Tieres und warf der gebeugten Gestalt seines Vaters einen besorgten Blick zu. Er hatte mit aller Macht versucht König Oro von diesem Ritt abzuhalten. Allmählich begann er, selbst jeden einzelnen Schritt des Pferdes schmerzhaft zu spüren, und die Kälte biss wie mit tausend kleinen spitzen Zähnen durch seine Kleider. Für ihn und jeden einzelnen Mann in ihrer Begleitung war dieser Ritt eine Qual. Für König Oro der reine Selbstmord, fügte er düster in Gedanken hinzu. Er hatte mit Engelszungen geredet, um Oro von diesem Ritt abzuhalten, hatte argumentiert, gebeten, sich schließlich verstockt gezeigt und einfach gesagt, er würde nicht mitreiten. Aber alles Flehen und Argumentieren des Prinzen war sinnlos gewesen. Sein Vater hatte darauf bestanden, ihn zu begleiten. Und er war vor allem nicht nur sein Vater – dem er schlimmstenfalls den Gehorsam verweigern konnte, sondern auch sein König, dessen Befehlen er zu gehorchen hatte. Trotzdem war es Cavin nicht müde geworden, ihn immer wieder zum Umkehren aufzufordern. Aber Oro reagierte – wenn überhaupt, so immer nur mit einem matten Kopfschütteln oder einem Lächeln darauf. Schließlich – schon eine Stunde jenseits der Tore Hochwaldens – hatte er es aufgegeben.

Wenn er wenigstens gewusst hätte, warum sie hier waren! Aber nicht einmal das hatte ihm sein Vater verraten. Und die Wachen, die er gefragt hatte, hatten nur mit einem stummen Achselzucken geantwortet und gesagt, er solle sich *gedulden*.

Gedulden, dachte Cavin zornig. Wie lange? Bis sein Vater tot aus dem Sattel fiel, gestorben an einer Anstrengung, die selbst seinen um vierzig Jahre jüngeren Sohn an die Grenzen seiner Leistungsfähigkeit brachte? Was wollte dieser alte Narr beweisen?

Sie erreichten eine Stelle, an der sich der Weg gabelte, und anders als die Male zuvor ritt der Mann an der Spitze der kleinen Kolonne nicht weiter, sondern hielt sein Pferd an und wartete, bis Oro und Cavin an seine Seite gekommen waren. Dann deutete er nach links. »Dort drüben ist die Lichtung, Herr. Wir werden hier auf Euch und den Prinzen warten.«

Oro nickte. Selbst diese Bewegung wirkte müde. Sein Gesicht war mit Schlamm bespritzt, den die Pferdehufe hochgeschleudert hatten. Ein Ast hatte einen dünnen, aber heftig blutenden Kratzer in seine Wange geschlagen, und das Blut vermischte sich mit dem Regen, der über sein Gesicht lief, und dem Schmutz zu einem bizarren Muster, das das Gesicht des Königs wie eine Grimasse erscheinen ließ. »Es ist gut, Kommandant«, sagte er. »Gönnt Euren Männern eine Pause. Aber seid auf der Hut vor den Rebellen.«

Cavin starrte abwechselnd seinen Vater und den Soldaten an. Sein Pferd scheute, sodass er Mühe hatte, es unter Kontrolle zu halten, und vor Anstrengung keuchte. »Was soll das heißen?«

»Das soll heißen, dass wir allein weiterreiten, Cavin«, antwortete Oro. Er hob rasch die Hand, um Cavins Widerspruch im Keim zu ersticken. »Kein Sterblicher, in dessen Adern nicht das Blut der Herren von Hochwalden fließt, darf uns zu dem Ort begleiten, zu dem ich dich führen werde«, sagte er mit großem Ernst. »Und nun komm. Es ist nicht mehr viel Zeit.«

Nicht mehr viel Zeit?, dachte Cavin verwirrt. *Wofür?*

Aber Oro gab ihm auch diesmal keine Gelegenheit, die Frage

laut auszusprechen oder ihn gar zum Umkehren zu bewegen. Ohne eine Antwort abzuwarten gab er seinem Pferd die Sporen und trabte weiter, in der entgegengesetzten Richtung zur Lichtung, auf der die Soldaten warten würden. Cavin sah ihm verwirrt nach und wollte ihm folgen, aber der Krieger neben ihm hielt ihn noch einmal zurück.

»Wartet, Herr«, sagte er. Mit einer raschen Bewegung löste er seinen Waffengurt mit dem Schwert und hielt ihn Cavin hin.

»Nehmt das Schwert, Herr«, sagte er, als Cavin zögerte danach zu greifen. »Bitte.«

Widerstrebend gehorchte der Prinz, band sich den Gurt aber noch immer nicht um, sondern blickte den dunkelhaarigen Krieger nur verstört an. Seine Augen waren unter dem heruntergeklappten Visier seines Helmes nur als glitzernde Schatten zu erkennen. Trotzdem glaubte Cavin, einen deutlichen Ausdruck von Angst darin zu sehen. »Was soll ich damit?«, fragte er beunruhigt.

Der Mann machte eine vage Handbewegung. »Ich hoffe nichts«, antwortete er. »Aber der Schwarzeichenwald ist nicht mehr sicher, mein Prinz. Nicht einmal hier. Und König Oro ist ein alter Mann, der einem Angriff schutzlos ausgeliefert wäre. Nehmt diese Waffe – mir und Eurem Vater zuliebe.«

Verwirrt schnürte sich Cavin den mittelalterlichen Gurt um die Taille und rückte das Schwert so zurecht, dass es ihn beim Reiten nicht behinderte. Dann folgte er seinem Vater. Oro hatte mittlerweile einen gehörigen Vorsprung gewonnen, denn er trieb sein Pferd unbarmherzig an, nahm aber dann sein Tempo zurück und wartete, bis Cavin zu ihm aufgeschlossen hatte.

Über die greisen Züge seines Vaters huschte ein rasches Lächeln, als er die Waffe an Cavins Seite sah. Aber er schwieg auch diesmal, und als der Prinz eine Frage stellen wollte, machte er nur eine unwillige Handbewegung. Cavin schwieg. Der Wald wurde finsterer. Der Regen, der längst aufgehört hatte, setzte neu ein, als sich die Zweige so weit auf den Weg herabneigten, dass sie sie mit ihren gekrümmten Rücken und Helmen berührten und das Wasser herausschüttelten, das sich im Blattwerk gesammelt hatte.

Länger als eine halbe Stunde ritten sie wortlos nebeneinanderher. Der Weg wurde ein wenig besser; die Bäume standen hier so dicht, dass der Regen den Boden kaum mehr erreicht hatte, und obwohl sie weiter durch einen feinen Schleier aus Feuchtigkeit sprengten, den ihre eigenen Schritte hervorriefen, mussten sich die Pferde nicht mehr nach jedem einzelnen Schritt mühsam aus fesselhohem, saugendem Morast herauskämpfen. Dafür wurde der Pfad schmaler und bald war das Unterholz so dicht, dass es ihren Weg zur Rechten und zur Linken wie eine stachelige, grüne Mauer umgab.

Schließlich – Cavin hatte die Hoffnung, ihr unbekanntes Ziel jemals zu finden, schon beinahe aufgegeben – erreichten sie eine weitere Weggabelung und wieder hielt Oro an. Lange, endlose Minuten, wie es Cavin vorkam, blickte er abwechselnd nach rechts und links. Dann – als wäre er in Gedanken zu einem Entschluss gekommen – nickte er und stieg wortlos aus dem Sattel.

Cavin wollte ihm helfen, aber Oro ignorierte seine ausgestreckte Hand und bedeutete ihm nur, ebenfalls abzusitzen. Cavin gehorchte. Aber schließlich hielt er es vor Ungeduld und Neugierde nicht mehr aus: »Was bedeutet das alles, Vater? Warum führst du mich hierher und warum hast du die Wachen zurückgeschickt?«

Oro blickte ihn mit sonderbar ernstem Ausdruck an. »Weil das, was ich dir zeigen werde, nicht für ihre Augen bestimmt ist«, antwortete er. Er deutete nach rechts, wo sich der Weg in schattigem Grün und seltsam körperlicher Finsternis verlor. Wasser lief über seinen Helm und sein Gesicht, sammelte sich in seinem Bart und verlieh ihm das Aussehen eines gütigen greisen Meergottes.

»Der Grund, aus dem ich dich zurückrief, mein Sohn, liegt dort vorne. Das wahre Geheimnis des Schwarzeichenwaldes. Dein Erbe.«

Irgendetwas in der Art, wie Oro sprach, ließ Cavin frösteln. Einen Moment lang starrte er seinen Vater verstört an, dann wandte er sich um und versuchte die Finsternis am Ende des Weges zu durchdringen. Aber er sah nichts außer Dunkelheit und Grün in allen nur denkbaren Schattierungen.

»Komm«, sagte Oro.

Sie gingen los. Die Schritte des alten Königs gewannen merklich an Kraft, als sie in den schattigen Tunnel aus grünem Licht und Zweigen eindrangen, und Cavin hatte den Eindruck, dass sich seine Schultern strafften, als gäbe ihm das, worauf sie sich zubewegten, noch einmal die Kraft und Stärke zurück, die ihm die Jahre genommen hatten.

Er wusste nicht, wie lange sie nebeneinander durch den Wald gingen. Sein Zeitgefühl geriet irgendwie durcheinander und für Momente hatte er das gleiche bizarre Gefühl, das er schon einmal verspürt hatte, als Mannon sie durch die Schatten geführt und eine Tagesreise in wenigen Augenblicken überwunden hatte, nur dass er dieses Mal überhaupt keine Angst empfand, sondern sich im Gegenteil mit jedem Schritt sicherer fühlte; fast, als gäbe es da etwas, was ihn beschützte, und sei es nur vor seiner eigenen Angst. Irgendwann – vielleicht nach Minuten, vielleicht auch nach Stunden – begann der Wald rechts und links vor ihnen zurückzuweichen und der schmale Weg wurde zu einer gewaltigen, kreisrunden Lichtung, viel größer als Hochwalden, größer selbst als die größte Stadt, die er während seiner Studienreisen durch die Welt gesehen hatte.

In ihrer Mitte erhob sich die Festung.

Cavin erstarrte.

Es war wie ein Hieb; ein jäher Guss eiskalten Wassers; ein unverhoffter Schmerz, der einen aus dem Schlaf reißt. Seine Augen weiteten sich, so sehr, dass sie zu schmerzen begannen. Er hatte das Gefühl, sein Herz setze aus.

Die Festung war eine Ruine, eine titanische schwarze Stadt der Riesen, die vor tausend Jahren verlassen worden war und seither verfiel, ein schwarzer Alptraum aus Granit und Staub und zerborstenen Felsen, der im Herzen der gewaltigen Lichtung aufragte, selbst jetzt noch zehnmal größer als Hochwalden; und hundertmal beeindruckender. Wenn er jemals wirklich begriffen hatte, was das Wort *Macht* bedeutete, dann jetzt.

Und er *kannte diese Festung.*

Er war niemals hier gewesen, hatte niemals von ihr gehört und trotzdem war ihm jede Linie, jede zerborstene Zinne, jeder einzelne ihrer von der Zeit abgenagten Türme vertraut wie ein alter Freund.

Es war das Bild aus seinem Traum, jenem düsteren Traum in Schwarz, den er das erste Mal in Gwenderons Begleitung geträumt hatte, als sie den Wald durchquerten und nach Hochwalden zurückkehren wollten, und danach immer wieder und wieder, ohne dass er auch nur eine Winzigkeit von seinem Schrecken eingebüßt hatte. Er hatte es bisher nicht gewusst, aber jetzt, als er neben seinem Vater stand und zu den zyklopischen Granit- und Lavatrümmern hinaufsah, erkannte er sie, als hätte es nur dieses Anblickes bedurft, das Bild zu vollenden. Aus der wirbelnden Schwärze und der Angst seines Traumes formte sich das Bild, das seine Augen sahen.

Jede Linie war ihm vertraut: das halb eingestürzte, zehnfach mannshohe Tor, die schräg nach innen geneigten Mauern, wie von den Hammerschlägen eines zornigen Gottes zermalmt und trotzdem noch immer gigantisch und stark, die so seltsam geformten Zinnen, steinerne Reißzähne, die wie geschliffener Stahl blinkten, die absurd hohen, einwärts gebogenen Türme, die wie eine Lavakralle in den Himmel griffen, die Trümmer, die gezackten schwarzen Blitze, längs derer der Boden geborsten war – nichts, *nichts* von alledem war ihm fremd. Sein Herz jagte.

»Was … ist … das?«, fragte er. Seine Stimme kam ihm selbst fremd vor. Die Worte wollten ihm nicht über die Lippen. Er spie sie aus wie kleine, pelzige Tierchen. Irgendetwas in ihm war der absurden Überzeugung, dass an diesem Ort der Klang menschlicher Stimmen einer Götterlästerung gleichkam.

»Das Geheimnis des Schwarzeichenwaldes, mein Sohn«, sagte Oro noch einmal. Auch seine Stimme zitterte. Er sah Cavin nicht an. Sein Blick war starr auf den schwarzen Alptraum vor ihnen gerichtet. Als Cavin sich mühsam vom Anblick der riesigen Ruine losriss, sah er die Angst in den Augen seines Vaters. »Dein Erbe, Cavin. Dein wahres Erbe. Die Megidda.«

»Megidda …« Cavin wiederholte das Wort, einmal laut und dann noch mehrmals in Gedanken, nur für sich. Es verlor dabei nichts von seinem düsteren, unheilschwangeren Klang. Er wusste nicht, was dieses Wort bedeutete, aber er wusste mit unerschütterlicher Gewissheit, dass es mehr als ein bloßer Name war.

»Aber das ist … unmöglich«, flüsterte er.

Oro wandte ganz langsam den Kopf und sah ihn an. »Was?«, fragte er. »Dass du sie gesehen hast?«

Cavin starrte ihn an. Er empfand keinen Schrecken, nicht einmal mehr Überraschung, denn er hatte die Grenzen seines Staunens erreicht. Trotzdem musste seine Verwirrung deutlich auf seinem Gesicht zu lesen sein, denn Oro lächelte, berührte ihn sanft an der Schulter und deutete mit der anderen Hand auf die Festung. »Du kennst sie, Cavin. Du hast von ihr geträumt, oft sogar. Du hast nur nicht gewusst, was das ist, das dich um deinen Schlaf brachte.«

»Woher … weißt du das?«, murmelte Cavin stockend. Er hatte mit niemandem über seine Träume gesprochen, schon allein aus jenem absurden Stolz heraus, der ihm einredete, dass Alpträume etwas für Kinder und Schwächlinge waren.

Oro lächelte verzeihend. »Weil du mein Sohn bist, Cavin«, antwortete er. »Weil dies dein wahres Erbe ist, nicht Hochwalden, nicht der Wald oder die alberne Krone, die in meiner Schatzkammer verstaubt. Weil ich die gleichen Träume hatte, als ich so alt war wie du, und vor mir mein Vater, und vor diesem seiner. Weil es nur die wahren Herren des Schwarzeichenwaldes sind, die ihren Ruf vernehmen. Und nun komm.«

Er wollte sich umwenden und weitergehen, aber Cavin hielt ihn zurück; so grob, dass Oros Lippen kurz vor Schmerz zuckten. Cavin bemerkte es nicht einmal. »Mein … Erbe?«, stammelte er. »Das Blut der wahren Könige? Was bedeutet das alles, Vater?« Er wies erregt auf die gigantische Ruine. *»Was ist das?!«*

Oro machte seinen Arm mit sanfter Gewalt los. »Du wirst alles verstehen, Cavin«, sagte er. »Bald. Manches werde ich dir erklären, vieles wirst du selbst ergründen, so wie ich manche Rätsel löste, die meinem Vater verborgen blieben, und vieles wird auf ewig deinem Verständnis entzogen bleiben.« Mit einem Male klang seine Stimme beinahe beschwörend, obwohl er nicht lauter redete als vorher. »Dies hier ist dein wahres Erbe, Cavin. Niemand weiß von der Existenz dieser Festung, niemand außer mir und nun dir, und niemand darf es erfahren. Gib Lassar, was er verlangt, Cavin. Opfere einen Teil des Waldes, opfere Hochwalden, wenn es sein muss, aber niemand darf diese Stätte betreten. »Dies hier ist das Geheimnis, das die Könige von Hochwalden bewahren. Ganz gleich, was sie dir antun, ganz gleich, was sie dir bieten – du darfst es nicht verraten.« Und damit ging er ein zweites Mal los, nicht sehr schnell, aber mit festen, sehr sicheren Schritten, die Cavin verrieten, wie oft er hier gewesen sein musste und wie genau er jeden Fußbreit dieses Bodens kannte.

Die wahre Größe der Festung kam ihm erst zu Bewusstsein, als sie sich ihrem Tor näherten. Der Weg schien kein Ende zu nehmen, und als sie endlich zwischen den zerborstenen schwarzen Eisenflügeln standen, die schräg aus schwarzen Schutthalden ragten, die allein halb so hoch wie die Mauern Hochwaldens sein mussten, kam er sich winzig und verloren vor. Die ungeheuerliche Größe dieser Wahnsinnsburg schien ihn zu erschlagen. Ihre schwarze Farbe machte ihm Angst und er spürte den Atem der Millennien, die an diesen Mauern vorbeigezogen waren, ohne ihnen wirklich etwas anhaben zu können. Und er spürte die Gewalt, die diese Festung hatte. Sie versinnbildlichte und demonstrierte sie nicht – sie *war* Gewalt; eine Macht von der Art eines Gottes, jenseits von Gut und Böse oder all den anderen lächerlichen Belangen der Menschen, aber gnadenlos. Er fror. Seine Hände zitterten. Alles in ihm sträubte sich dagegen, weiterzugehen. Er war fest davon überzeugt, dass die Welt über ihm zusammenbrechen würde, wenn er durch dieses entsetzliche schwarze Tor schritt, vor dem er sich vorkam wie eine Ameise vor dem Stiefel eines Giganten.

Sein Vater wartete geduldig, bis er wieder genug Kraft gesammelt hatte, seine Angst niederzuringen und ihm zu folgen, erst dann wandte er sich um und betrat das Innere der Festung. Es war so entsetzlich und finster wie ihr Äußeres; alles war zu groß und zu mächtig, als dass es wirklich von Menschen geschaffen sein konnte, und alles war schwarz und strahlte den gleichen erstickenden Schrecken aus. Und auch hier war nichts, was ihm fremd war, denn auch diesen Teil der Megidda hatten ihm seine Träume gezeigt, ohne dass er es erkannt hätte.

Dann sah er den Baum. Er wuchs aus einem mit schwarzem Stein ummauerten Hügel in der Mitte des mit Trümmern und Staub übersäten Hofes und angesichts der ungeheuerlichen Größe der Festung kam er ihm im ersten Moment gar nicht so groß vor.

Aber er war es.

Cavin sah seinen Vater an, aber Oro lächelte nur, deutete auf den Baum und machte eine auffordernde Bewegung, weiterzugehen. Nach kurzem Zögern gehorchte Cavin, wenn auch nur, um nach wenigen Schritten wieder stehen zu bleiben und den Baum anzublicken. Ein Gefühl eisiger Kälte kroch in seine Seele.

Es war eine Schwarzeiche, einer der Bäume, die nur hier und

sonst nirgends auf der Welt wuchsen und von denen der Wald seinen Namen hatte. Ihr Stamm war glatt wie Stahl und schwarz, wie aus der Nacht herausgemeißelt, und nicht einmal zwanzig Männer hätten ausgereicht, ihn an seiner Wurzel zu umfassen. Fünfzig, sechzig oder mehr Meter weit strebte er senkrecht in die Höhe, ehe sich der erste, fünfmal mannsdicke Ast abspaltete. Die Krone dieses Baumgiganten ragte höher in den Himmel als der höchste Turm Hochwaldens, ja schien selbst höher als die himmelzerreißenden Lavakrallen der Megidda zu sein. Dabei war er sicher, ihn von außen nicht gesehen zu haben.

Cavin schwindelte, als er den Kopf in den Nacken legte und versuchte den Himmel durch das dichte, schwarzgrüne Gewirr der Blätter zu erkennen. »Das ... das ist ... das ist unglaublich«, murmelte er. »Ich habe ... ich habe niemals einen Baum wie diesen erblickt.«

»Niemand hat das, mein Sohn«, antwortete Oro leise. »Niemand außer den Herren von Hochwalden. Und kein Sterblicher, so heißt es, darf ihn jemals sehen, der nicht in direkter Linie von unserer Familie abstammt.«

Cavin hörte die Worte seines Vaters kaum. Der Anblick des Baumgiganten erschütterte ihn, stärker, als er jetzt schon ahnen mochte, stärker als der der Megidda selbst. Plötzlich glaubte er zu begreifen, warum die schwarze Festung so war, wie sie war.

Sie musste gigantisch sein, ein Ding, dicht an den Grenzen des Vorstellbaren, das den Anblick der Eiche verbarg und zugleich vorbereitete. Niemand, der den Anblick der Megidda nicht ertragen hätte, hätte es ertragen, vor ihm zu stehen. Es war nicht einfach ein großer Baum, sondern ein Titan, der Urvater aller Bäume. Der Gott der Schwarzeichen. Cavin schwindelte, als er versuchte sich das Alter dieses Baumes vorzustellen.

»Wieso sieht man ihn nicht von Hochwalden aus?«, murmelte er. »Er müsste doch hundert Meilen weit sichtbar sein.«

Oro lächelte verzeihend, als hätte er eine sehr dumme Frage gestellt. »Vielleicht ist er das«, antwortete er. »Und doch hat ihn noch keines Menschen Auge erblickt. Nicht einmal Faroan wusste um ihn.« Er nickte, als er Cavins Erstaunen bemerkte, und fuhr fort: »Wir sind sehr weit von Hochwalden fort, Cavin. Der Weg, den ich dich geführt habe, war kein Weg, wie du ihn kennst. Dieser Ort gehört nicht mehr ganz zu unserer Welt, aber auch noch nicht ganz zu der anderen.«

Cavin verstand nicht, was sein Vater meinte, aber er hatte das sichere Gefühl, dass es besser war, jetzt zu schweigen.

»Ich habe dich hierher geführt«, fuhr Oro fort, »um dir dies zu zeigen. Das Geheimnis dieses Waldes. Ich erfuhr es von meinem Vater, als er seine Zeit kommen spürte, so wie er es von seinem Vater erfuhr, und du es eines Tages an deinen Erben weitergeben wirst. So ist es Gesetz. So wurde es gehalten, seit die Welt besteht, und so wird es gehalten werden, solange sie besteht.«

»Ich ... habe keinen Erben«, entfuhr es Cavin. Im nächsten Moment hätte er sich für diese Bemerkung ohrfeigen können. Aber wieder lächelte Oro nur.

»Du wirst ihn haben«, sagte er. »Später. Auch dies ist ein Teil des Geheimnisses, mein Sohn – solange dieser Wald besteht, wird unsere Familie nicht sterben. Und umgekehrt. Dieser Baum ist mehr als eine große Schwarzeiche, Cavin. Er ist das Herz des Waldes. Und irgendwann, wenn die Zeit gekommen ist, wird er es sein, der ...«

Irgendwo hinter ihnen polterte ein Stein. Der Laut rollte wie ein Donner in der andächtigen Stille der Megidda und Oro brach mitten im Wort ab. Cavin sah, wie seine Augen sich weiteten.

Das Poltern wiederholte sich und dann hörte er Schritte.

Cavin fuhr mit einer blitzartigen Bewegung herum. Seine Hand zuckte zum Schwert und zog es.

Aber so schnell die Bewegung auch war – der andere war schneller. Cavin sah einen Schatten und die Andeutung einer Bewegung, dann traf irgendetwas mit grausamer Wucht sein Handgelenk, prellte ihm das Schwert aus der Hand und schmetterte ihn gleichzeitig zu Boden. Er fiel, schrie vor Schrecken und Schmerz und kam mit einer Rolle wieder auf die Füße.

Metall blitzte auf. Cavin spürte einen neuen, reißenden Schmerz, fühlte warmes Blut an seinem Hals herablaufen und starrte eine halbe Sekunde lang entsetzt auf die Schwertspitze, die seine Haut geritzt hatte. Dann hob er den Blick.

Seine Augen weiteten sich vor Unglauben, als er in das Gesicht des Mannes sah, der ihm das Schwert an die Kehle hielt.

»Gwenderon!«, keuchte er.

9

Mannon, der Zwerg, war der Erste, der das Schweigen brach, nachdem Gwenderon mit seinem Bericht zu Ende gekommen war. Fünf Minuten hatte sich Stille wie eine erstickende Decke über der kleinen Hütte ausgebreitet. Es war eine sonderbar bedrückende Stille, die von kommendem Unglück und Leid zu künden schien. Selbst das Prasseln des Feuers, das die Hütte erhellte, schien innegehalten zu haben. Die Stimme des Zwerges klang fast wie ein Sakrileg in Gwenderons Ohren.

»Das sind mehr Fragen als Antworten, die du gebracht hast, Gwenderon.«

Der Waffenmeister nickte. Er fühlte sich leer, nachdem er von seinen Erlebnissen in Faroans Grab berichtet hatte. Es war, als hätten ihn die Worte ausgelaugt. Und der Gedanke, mit einem Toten gesprochen zu haben, erfüllte ihn noch immer mit einem tiefen, lähmenden Entsetzen. Einem Schrecken, der größer zu werden schien statt abzunehmen. Es war, als begriffe er erst jetzt ganz langsam, was *wirklich* geschehen war.

»Nicht gut, mit Toten reden«, pfiff Guarr mit seiner schrillen Raett-Stimme. »Böse Zeit, wenn die Toten sprechen.«

»Aber vielleicht ist es noch weniger gut, ihre Warnungen zu missachten«, fügte Resnec hinzu. Guarr grinste ein spitzzahniges Rattengrinsen, während Gwenderon mühsam den Kopf wandte und Resnec böse ansah. Er hatte nicht ein einziges Mal widersprochen, als sich Resnec ihrer rasch einberufenen Beratung unaufgefordert angeschlossen hatte. Aber er ließ ihn fühlen, dass er ein Fremder war und dass er ihn hasste wie am ersten Tage.

»Was meinst du damit, Resnec?«, fragte er.

»Ich wäre froh, wenn ich es selbst wüsste«, gestand Resnec mit einem raschen, halbherzigen Lächeln. »Ihr kennt Faroan besser als ich. Ich muss gestehen, dass es mir schwer fällt, wirklich zu glauben, dass Ihr mit einem Toten gesprochen habt. Aber das heißt nicht, dass wir seine Worte in den Wind schlagen dürfen. Er hat Recht – nicht einmal Lassar würde es wagen, seine Truppen in aller Offenheit hierher zu schicken. Cavin könnte es.«

»Unsinn«, schnappte Mannon. »Er könnte es, aber er wird es nicht tun.«

»Bist du da so sicher?«

»Natürlich bin ich sicher!«, knurrte der Zwerg. »Nenne mir nur einen Grund, aus dem Cavin sich mit Lassar verbünden sollte! Nur einen einzigen!«

»Mir fallen eine Menge ein«, erwiderte Resnec ruhig. »Aber einer reicht wohl schon – Faroans eigene Worte, Mannon. Hast du sie vergessen? Cavin ist in Lassars Netz gefangen – das sagte er doch, oder?«

Gwenderon nickte. »So ungefähr.« Sein Ärger wuchs. Es passte ihm nicht, wie Resnec das Gespräch an sich riss. Für ihn war Lassars früherer Statthalter ein unwillig geduldeter Gast, der den Mund zu halten und zuzuhören hatte. Und dass Resnec mit jedem Wort, das er sprach, Recht hatte, ärgerte ihn beinahe noch mehr.

»Eben«, fuhr Resnec in beinahe triumphierendem Tonfall fort. »Vergiss nicht, dass Cavin seit mehr als vier Wochen unter Lassars Einfluss steht. Für Lassar mehr als genug Zeit, sich in Cavins Geist zu schleichen. Der Mann, der jetzt in Hochwalden auf dem Thron sitzt, hat vermutlich so wenig mit Prinz Cavin gemein wie ich oder eine von Lassars Raett-Kreaturen!«

Guarr stieß einen protestierenden Pfiff aus und Resnec lächelte entschuldigend. »Verzeih, Guarr«, sagte er hastig und mit einem fast erschrockenen Seitenblick auf Gwenderon. »Ich wollte dich nicht beleidigen. Aber Tatsache ist, dass es Lassar wie kein Zweiter versteht, mit Lüge und Betrug und Täuschung zu arbeiten.«

»Das mag für das Land gelten, aus dem du gekommen bist, Resnec«, sagte Mannon überzeugt. »Vielleicht auch für den Rest der Welt, aber nicht für den Schwarzeichenwald. Seine Magie verliert hier ihre Macht.«

»So?«, fragte Resnec böse. »Vielleicht solltest du nach Hochwalden reiten und Lassar dies sagen, Zwerg. Er scheint das nämlich nicht zu wissen.«

»Mannon hat Recht, Resnec«, unterbrach ihn Gwenderon zornig. »Es ist schwer zu erklären, und nicht einmal ich weiß genau, warum es so ist – aber der Schwarzeichenwald ist vielleicht der einzige Ort auf der Welt, bis zu dem Lassars Macht nicht reicht. Wäre es anders, würden wir alle nicht mehr leben.«

Resnecs Gesichtsausdruck machte deutlich, wie sehr er Gwenderons Worte anzweifelte, und der Waffenmeister fuhr fort: »Überlege selbst, Resnec – als du hierher gekommen bist, warst du Lassars treuester Sklave. Du warst völlig in seiner Macht. Dann hast du begonnen zu zweifeln.« Die Provokation in diesen Worten war unüberhörbar. Animah warf ihm einen erschrockenen Blick zu, den Gwenderon ignorierte.

»Das war etwas anderes«, behauptete Resnec. »Ich habe eingesehen, dass Lassar ...«

»Eben«, unterbrach ihn Gwenderon. »Du hast eingesehen, dass Lassar im Unrecht ist. Du hattest die Möglichkeit, etwas einzusehen, und zwar zum ersten Mal. Lassars Macht über dich schwand, je länger du dich im Schwarzeichenwald aufgehalten hast. Er mag die Burg beherrschen, aber er ist auch gleichzeitig ihr Gefangener.« Er schüttelte heftig den Kopf. »Nein, Resnec – so leicht ist es leider nicht. Lassar kennt die Gefahr, die der Wald für ihn bedeutet, sehr gut, und er wird den Teufel tun uns hier anzugreifen, wo wir ihn schlagen könnten. Ich fürchte, er hat etwas ganz anderes vor.«

»Aber warum hat dir Faroan nicht gesagt, was?«, begehrte Resnec auf. »Zum Teufel, er muss doch irgendetwas gesagt haben!«

»Das hat er. Er hat uns gewarnt, und es ist so, wie du selbst sagtest – wir dürfen diese Warnung nicht missachten. Aber es besteht auch kein Grund, in Panik zu geraten. Lassar ist mächtig, aber nicht allmächtig.«

»Ach?«, sagte Resnec spitz. »Und wieso sitzt er dann seit vier Wochen seelenruhig in Hochwalden? Wieso sind alle eure Angriffe gescheitert und wieso –«

»Weil wir niemals einen wirklichen Angriff unternommen haben, Resnec«, unterbrach ihn Animah. Sie hatte bisher still am Feuer gesessen und nur zugehört. Jetzt richtete sie sich auf, sah erst Resnec, dann Gwenderon an und sagte noch einmal: »Du hast es selbst gesagt, Resnec – er sitzt seelenruhig in Hochwalden und wartet, dass wir etwas unternehmen. Wir haben ein paar seiner Patrouillen überfallen, einige seiner gekauften Mörder gefangen und getötet, und Guarrs Raetts haben die Arbeiter vertrieben, die er geschickt hat, um an der südlichen Grenze Bäume zu fällen. Aber wir brauchen Zeit.« Sie lächelte, als müsse sie sich für ihre nächsten Worte im Vorhinein entschuldigen.

»Unser Aufstand ist jung, Resnec. Wir müssen das Rebellenhandwerk erst noch lernen.«

»Dazu wird euch Lassar nicht die Zeit lassen«, erwiderte Resnec düster.

Gwenderon fuhr auf. »Zum Teufel, was sollen wir tun?«, schnappte er. »Hochwalden angreifen?«

»Wenn es sein muss, ja«, erwiderte Resnec ernst.

Gwenderon schnaubte. »Du redest irr, Resnec! Wir sind nicht einmal fünfzig Krieger, Guarrs Raetts mitgezählt. Lassars Leibgarde allein ist uns an Zahl überlegen, von seinen Schattenkriegern ganz zu schweigen.«

»Die niemand jemals gesehen hat«, warf Mannon ein, verstummte aber wieder, als Resnec und Gwenderon ihn gleichzeitig anstarrten, der eine mit einem Blick, der ihm sagte, dass er sie sehr wohl gesehen hatte und um ihren Schrecken wusste, der andere voller kaum noch unterdrückter Wut.

»Tatsache ist, dass jeder Tag, der vergeht, ein Tag für Lassar ist«, fuhr Resnec schließlich fort.

»Unsinn! Unsere Zahl wächst mit jedem Tag«, sagte Gwenderon ärgerlich. Karelian leistet in den nördlichen Bergen gute Arbeit. Noch ein halbes Jahr –«

»Und Lassar sitzt auf dem Thron Hochwaldens«, unterbrach ihn Resnec ruhig. »Ihr versteht noch immer nicht, Gwenderon. Hier, bei Euch, in Euren Wäldern und unter Gleichgesinnten, mag alles ganz einfach aussehen. Aber der Schwarzeichenwald ist nicht die Welt.« Er beugte sich erregt vor und begann mit den Händen zu gestikulieren. »Lassar ist ein mächtiger Mann. Das Bild, das Ihr von ihm habt, ist falsch. Er ist verhasst wie kein Zweiter, aber er ist auch mächtig wie kein Zweiter. Ihr sagt, er beherrscht Cavin und er betrügt ihn, und Ihr habt Recht, aber wird man Euch glauben?«

»Was … meinst du damit?«, fragte Gwenderon verstört.

»Tatsache ist, dass auf Hochwaldens Thron König Cavin sitzt, der legitime Erbe des Reiches. Gebt ihm dieses halbe Jahr, von dem Ihr sprecht, und greift dann Hochwalden an, Gwenderon, und die ganze Welt wird *Euch* einen Verräter nennen, weil Ihr es dann seid, der sich gegen Hochwalden auflehnt. Ihr sagt, Ihr habt Zeit, aber das stimmt nicht. Die Zeit arbeitet für Lassar. Wenn Ihr wartet, bis der Sommer vorbei ist und Euer Heer steht, braucht sich Lassar nicht einmal mehr die Mühe zu machen, Euch zu bekämpfen. Das werden dann andere tun.« Er lachte bitter. »Die Unantastbarkeit des Schwarzeichenwaldes, Gwenderon, das ist es, worauf Ihr baut. Aber sie wird für Lassar arbeiten, wenn Ihr zu lange zögert.«

»Und was schlägst du also vor?«, fragte Gwenderon wütend.

Resnec presste ärgerlich die Lippen zusammen. »Wenn es Cavin ist, von dem uns Gefahr droht, dann müssen wir uns darauf vorbereiten.«

»Und wie?«

»Zubeißen, ehe sie es können«, sagte Guarr. Seine Schnurrhaare zitterten erregt. »Besser, wir fressen ihn, ehe er uns frisst.«

Gwenderon schnaubte. »Ein Angriff auf Hochwalden wäre der glatte Selbstmord.«

»Eben«, sagte Guarr. Gwenderon wusste, dass es schlichtweg unmöglich war – und trotzdem hatte er für einen Moment das Gefühl, ein rasches, listiges Lächeln über das Gesicht des Riesennagers huschen zu sehen. »Lassar rechnet nicht mit Angriff auf Hochwalden. Niemand so dumm.«

»Und wir auch nicht«, fiel ihm Gwenderon ins Wort. »Es wäre Wahnsinn. Seine Männer sind uns zehn zu eins überlegen, und selbst wenn es nicht so wäre, stünden wir einem Magier gegenüber, der immerhin mächtig genug war sogar Faroan zu töten. Nimm es mir nicht übel, mein Freund, aber ich fürchte, dein Temperament geht mit dir durch.«

»Nicht offener Angriff«, erwiderte Guarr beleidigt. »Wir kennen Wege unter Erde und durch Schatten. Wir Hochwalden erreichen und Prinzen holen.«

»Und zwischendurch schaut ihr bei Lassar herein und trinkt einen Becher Wein mit ihm, wie?«, murrte Mannon. »Vergiss es, Rattengesicht.«

Guarr zischte und zeigte drohend sein Raubtiergebiss und Mannon wich in gespieltem Schrecken ein Stück zurück. Dann wurde er übergangslos wieder ernst.

»Vielleicht hat der Raett doch gar nicht so Unrecht«, murmelte Resnec plötzlich.

Gwenderon sah überrascht auf und auch zwischen Mannons buschigen Brauen entstand eine steile, fragende Falte.

Resnec wirkte mit einem Male aufgeregt. Sein Gesicht rötete

sich. »Starrt mich nicht so an«, sagte er, »ich bin nicht verrückter als ihr drei. Natürlich kommt ein Angriff auf Hochwalden nicht infrage, aber vielleicht ist er auch nicht nötig. Nicht, wenn es stimmt, was ihr mir erzählt habt, dass Lassars Magie wirklich nachlässt, sobald er die Burg verlässt.«

»Natürlich stimmt es«, murrte Mannon. »Aber was nutzt es uns?«

»Nichts«, sagte Resnec. »Aber was nutzt ihm ein Prinz Cavin, der in Hochwalden sitzt und seinen Befehlen gehorcht? Wir können vielleicht nicht hinein in seine Burg, aber wenn er uns angreifen will, ganz gleich ob mit magischen Mitteln oder mit Schwert und Bogen, dann muss er Hochwalden wohl zwangsläufig verlassen, oder?«

Gwenderon nickte. »Und?«

»Alles, was wir tun können«, erklärte Resnec, »ist, Cavin aus der Burg zu locken. Wir müssen ihm irgendwie eine Falle stellen. Haben wir ihn erst einmal in unserer Gewalt, sehen wir weiter.«

»So schlau ist Lassar schon lange«, sagte Mannon. »Glaubst du nicht, er hätte jede Möglichkeit einkalkuliert?«

Resnec starrte ihn wütend an. »Wenn du das wirklich denkst«, sagte er, »dann ist euer Widerstand sinnlos, meinst du nicht?«

»Hör auf!«, befahl Gwenderon scharf. Resnec starrte ihn wütend an und auch in den Augen des Zwerges blitzte es kurz zornig. Aber dann nickte er.

»Gwenderon hat Recht. Es nutzt nichts, wenn wir uns streiten. Wir müssen herausfinden, was Faroans Warnung zu bedeuten hatte.«

Einen Moment lang starrte er ins Leere, dann wandte er den Kopf und blickte Guarr an. »Du wirst ein paar deiner zuverlässigsten Späher nach Hochwalden schicken«, sagte er. »Sie sollen die Burg beobachten und uns jede Bewegung melden. Mehr können wir nicht tun. Jedenfalls im Moment nicht.«

Er seufzte, stand umständlich auf und rieb sich demonstrativ die Augen. »Es ist spät geworden«, sagte er. »Warum gönnen wir uns nicht alle ein paar Stunden Schlaf und reden morgen weiter?«

Gwenderon nickte. »Du hast Recht, Mannon. Es nutzt nichts, die Entscheidung herbeizwingen zu wollen.«

Er stand ebenfalls auf, nickte noch einmal in die Runde und verließ die Hütte.

»Ja, junger Herr«, nickte Gwenderon. »Ich bin es. Es tut mir Leid, dass wir uns unter solchen Umständen wieder sehen müssen.«

Cavin schluckte ein paar Mal, um den riesigen, harten Kloß loszuwerden, der plötzlich in seiner Kehle saß. Es war nicht die Furcht vor Gwenderons Schwert, obwohl die Klinge seine Haut ritzte, sodass ein einzelner Blutstropfen an seinem Hals herabrann.

»Du … du verdammter … Verräter!«, stammelte er. Seine Hände begannen zu zittern und sein Blick irrte verzweifelt über den Boden und suchte das Schwert, das ihm Gwenderon aus der Hand geschlagen hatte. Aber in seinen Zorn mischte sich ein immer größer werdendes Entsetzen, das nicht auf die rein körperliche Bedrohung zurückzuführen war. Es war unmöglich, dachte er immer wieder. Das war nicht Gwenderon, nicht der Gwenderon, den er kannte!

Der Waffenmeister verstärkte den Druck auf seine Kehle um eine Winzigkeit und schüttelte warnend den Kopf. »Versucht es nicht«, sagte er leise. Ich bitte Euch. Ich möchte Euch nicht verletzen.«

»Aber du würdest es tun, wenn es nötig wäre, nicht wahr?«

Gwenderon antwortete nicht, sondern starrte ihn eine weitere, endlose Sekunde lang mit steinernem Gesicht an. Dann senkte er mit einem Ruck das Schwert und trat zurück.

Cavin sah erst jetzt, dass er nicht allein war: Ein halbes Dutzend großer, struppig brauner Gestalten hatte sich im Halbkreis hinter ihm und Oro aufgebaut. Raetts. Aber keine wilde, barbarische Bande dieser Kreaturen, wie es Guarrs Meute gewesen war, sondern ausgesucht große, kräftige Wesen: Raett-Krieger in schwarzbraunen Lederharnischen, mit Schwertern und Spießen in den Klauen und Mordlust in den Augen.

»Packt ihn«, befahl Gwenderon. »Aber tut ihm nicht weh.«

Zwei der Raett-Krieger stürzten sich auf den jungen Prinzen, ergriffen seine Arme und hielten ihn fest, ohne auf Cavins wütende Gegenwehr zu achten.

Gwenderon sah ihnen reglos dabei zu. Dann rammte er sein Schwert mit einer übertrieben heftigen Bewegung in die Scheide zurück, wandte sich mit einem Ruck um und trat auf Oro zu, der die Szene mit unbewegtem Gesicht verfolgt hatte. Er war bleich geworden; alles Blut war aus seinem Gesicht und seinen Händen gewichen und seine Hände zitterten sichtbar. Aber das Flackern in seinen Augen war keine Angst, sondern nur Zorn.

»Verräter!«, sagte er. Seine Stimme war ganz kalt, aber als er weitersprach, klang jedes einzelne Wort wie ein Fluch, und selbst Gwenderon fuhr beim Klang seiner Stimme sichtlich zusammen. »Ich habe Euch vertraut, Gwenderon, und Ihr wagt es, mit dem Schwert in der Hand hierher zu kommen! Hierher, an einen Ort, der heilig und unantastbar ist –«

»Und es bleiben wird«, unterbrach ihn Gwenderon kalt. »Es tut mir Leid, mein König. Ich gäbe mein Leben, hätte es eine andere Möglichkeit gegeben. Aber Ihr habt mir keine Wahl gelassen.«

»Keine Wahl wozu?«, fragte Oro. »Diesen Ort zu entweihen? Allein Euer Hiersein ist ein Frevel, dessen wahres Ausmaß Ihr nicht einmal ahnt!«

»Ihn zu retten«, antwortete Gwenderon.

»Zu retten!« Oro spie die Worte fast aus. Sein Gesicht flammte vor Zorn. »Ihr wagt es, die Hand gegen mich und meinen Sohn zu erheben, die rechtmäßigen Herrscher des Schwarzeichenwaldes?«

»Nicht seine Herrscher«, verbesserte ihn Gwenderon. »Seine Diener, mein König.« Er legte eine winzige Pause ein, während derer er Oro beinahe traurig ansah. »Waren das nicht Eure eigenen Worte? Wart Ihr es nicht, der mir sagte, dass Hochwalden stets nur der Beschützer dieses Waldes war, nicht sein Beherrscher?«

Oro ballte die Fäuste. »Was wollt Ihr, Gwenderon? Mich verspotten oder mich töten?«

»Weder das eine noch das andere«, sagte Gwenderon. »Ich appelliere ein letztes Mal an Eure Einsicht, Herr – lasst von diesem Pakt mit Lassar ab. Werft ihn und seine verfluchten Baummörder aus dem Wald und haltet den Eid, den Ihr vor so vielen Jahren an diesem Ort geschworen habt und den Euer Sohn heute schwören soll! Wacht endlich auf!«

»Ich habe ihn gehalten«, erwiderte Oro. »Ihr seid es, der blind ist, Gwenderon. Was ich tue, tue ich nur, um den Wald zu schützen. Ihr seid es, der diesen Ort entweiht. Ihr dürftet nicht einmal hier sein!«

Gwenderons Hände zuckten. Cavin konnte sehen, wie sich seine Kiefer aufeinander pressten. Seine ganze Gestalt begann zu zittern. »Das ist Euer letztes Wort?«, fragte er mühsam.

»Mein letztes«, bestätigte Oro.

»Dann, mein König«, sagte Gwenderon leise, während er das Schwert zog und die Waffe mit beiden Händen ergriff, »lasst Ihr mir keine Wahl.«

Und damit enthauptete er König Oro mit einem einzigen, wuchtigen Hieb.

Cavin schrie auf. Verzweifelt warf er sich nach vorn, brüllend und halb irrsinnig vor Angst und Entsetzen. Mit aller Macht stemmte er sich gegen den Griff der beiden Raett-Krieger und brach in die Knie, als ihn die Faust einer der Kreaturen im Nacken traf. Er spürte den Schmerz kaum.

Er spürte auch kaum, wie ihn die Raetts auf einen stummen Wink Gwenderons hin losließen und er vollends zu Boden fiel. Das Entsetzen über den kaltblütigen Mord, den er mit angesehen hatte, hatte ihn fast wahnsinnig gemacht.

Minutenlang blieb er bäuchlings ausgestreckt auf dem staubbedeckten Stein liegen. Erst schrie und heulte er vor Verzweiflung, dann wurden seine Schreie zu einem leisen, halb erstickten Weinen. Und schließlich versiegten auch seine Tränen. Eine tiefe, unendlich tiefe, tödliche Kälte begann sich in ihm auszubreiten. Cavins Gestalt war in die rote Farbe des Hasses getaucht, als er den Kopf hob und zu dem grauhaarigen Waffenmeister aufsah.

»Mörder«, flüsterte er. »Du gemeiner, hinterhältiger Mörder!«

»Es tut mir Leid, mein König«, sagte Gwenderon leise. »Glaubt mir, dass ich mich zehnmal lieber selbst in mein Schwert gestürzt hätte als dies zu tun. Aber mir blieb keine Wahl.«

Cavin stemmte sich hoch. Sofort sprangen die beiden Raett-Krieger wieder hinter ihn, aber Gwenderon trieb sie mit einer raschen Geste zurück.

»Dafür wirst du bezahlen, Gwenderon!«, flüsterte Cavin. »Töte mich. Nimm dein Schwert und schlage mir auch den Kopf ab oder hetze deine Ratten auf mich, aber töte mich, hier und jetzt. Denn wenn du es nicht tust, dann werde ich dich umbringen, du Hund. Ich schwöre es. Ich schwöre es bei diesem heiligen Ort, dass ich nicht eher ruhen werde, bis ich deinen Kopf in den Händen halte.«

Seine Worte schienen Gwenderon eher traurig zu stimmen als wütend. »Ihr habt nichts verstanden, mein König«, sagte er. »Aber wie könntet Ihr auch. Ihr seid jung.«

Cavin schrie auf. »Nenn mich nicht so, du Mörder!«, brüllte er. »Deinen König hast du erschlagen und …«

»Und damit seid Ihr der neue König von Hochwalden«, fiel ihm Gwenderon ins Wort. »Ob es Euch gefällt oder nicht – die Verantwortung für den Schwarzeichenwald liegt nun allein auf Euren Schultern.« Seine Stimme wurde beschwörend. »Kommt zu Euch, Cavin! Ihr müsst Euch von Lassar abwenden! Lasst nicht zu, dass er an diesem Wald frevelt!«

»Und wenn doch, dann wirst du mich genauso umbringen wie meinen Vater, wie?«, fragte Cavin böse.

Gwenderon senkte den Blick. »Wenn es sein muss, ja«, sagte er. »Ich habe geschworen diesen Wald mit meinem Leben zu verteidigen.«

»So wie du meinem Vater die Treue geschworen hast, nicht wahr?« Cavin trat einen Schritt auf den Waffenmeister zu und blieb wieder stehen, als eine der Raett-Kreaturen ein warnendes Zischen ausstieß. »So wie du auch mir die Treue geschworen hattest, als du mich nach Hochwalden begleitetest? Du hast mich schon damals verraten und jetzt versuchst du, mich mit Worten wie *Treue* und Schwüren zu überzeugen? Du bist nicht nur ein Verräter, Gwenderon – du bist auch dumm.«

Gwenderon sah mit einem Ruck auf. Er wirkte erschrocken. »Ihr … wisst?«

»Natürlich«, antwortete Cavin. »Mein Vater hat mir alles erzählt. Ich habe ihm nicht geglaubt, Gwenderon. Ich habe an deine Treue geglaubt und die Worte meines eigenen Vaters angezweifelt. Ich habe gehofft, dass sich alles als Irrtum und Missverständnis herausstellen würde. Aber du hast mir bewiesen, wie Recht mein Vater hatte. Du bist schlimmer, als er glaubte.«

Er ballte erneut die Fäuste, bewegte sich abermals auf Gwenderon zu und ein Stück nach rechts und blieb wieder stehen. Plötzlich begann er zu schreien: »Er wusste, dass er sterben würde, Gwenderon! Er wusste, dass er den heutigen Tag nicht überleben würde! Nur wenige Stunden noch, und nicht einmal die hast du ihm gelassen! Du hast nicht einmal den Anstand besessen, einem sterbenden, alten Mann seine letzten Stunden zu lassen, du verdammter Mörder. Und jetzt stirb, du Schwein!«

Gwenderons Reaktion kam zu spät. Cavin sprang ihn mit weit ausgebreiteten Armen an und riss ihn allein mit der ungestümen Wucht seines Anpralles zu Boden. Seine Hände fanden den Griff des Schwertes in Gwenderons Gürtel und zerrten es heraus. Mit einem Schrei sprang er auf die Füße, schleuderte Gwenderon zurück und hieb wie von Sinnen um sich. Sein Schwert trieb die Raetts zurück, dann wirbelte er herum, riss die Waffe mit einem gellenden Schrei über den Kopf und schlug zu. Der Stahl zuckte wie eine bizarre stählerne Schlange nach Gwenderons Gesicht.

Der Waffenmeister warf sich im letzten Moment zur Seite, und der Hieb, der ihn hätte enthaupten sollen, riss nur eine fingerlange Wunde in seine rechte Wange.

Als Cavin zu einem zweiten Hieb ausholen wollte, waren die Raetts schneller. Starke Hände griffen nach ihm, entrangen ihm die Waffe und bogen ihm die Arme auf den Rücken. Ein Schlag trieb ihm die Luft aus den Lungen, dann zuckte die Krallenhand eines Raetts nach seinem Gesicht, zerriss seine Wange und hinterließ drei dünne, parallel verlaufende Schnitte in seiner Haut.

»Hört auf!«

Gwenderons Befehl trieb die Raetts wie ein Peitschenhieb auseinander. Cavin fiel auf die Knie, als ihm einer der Raetts doch noch einen Schlag zwischen die Schulterblätter versetzte. Für einen Moment sah er nichts als Schwärze und blutig roten Nebel.

Als sich sein Blick wieder klärte, waren die Raetts einen Schritt zurückgewichen und bildeten einen weiten, aber dicht geschlossenen Kreis um ihn und Gwenderon. Ein Dutzend Speerspitzen reckte sich drohend nach ihm.

Gwenderon war wieder aufgestanden. Sein Gesicht zuckte vor Schmerz. Zwischen den Fingern, die er auf die rechte Wange presste, quoll dunkelrotes Blut hervor. Er hatte sein Schwert aufgehoben, und für einen Moment war Cavin fast sicher, dass er ihn nun damit töten würde, so, wie er seinen Vater ermordet hatte.

Dann entspannte sich die Haltung des Waffenmeisters. Er schloss die Augen und nahm die Hand von der Wange. Sein Gesicht war voller Blut. Die Wunde, die Cavin ihm zugefügt hatte, war sehr tief.

»Bring mich schon um!«, stöhnte Cavin. »Los, tu es. Bring zu Ende, was du begonnen hast – wenn du nicht zu feige dazu bist.«

Aber Gwenderon schüttelte nur den Kopf. »Nein, mein König«, sagte er. »Ich bin Euer Gegner, aber nicht Euer Feind. Ich werde Euch nicht töten, weder jetzt noch später – es sei denn, Ihr zwingt mich dazu.«

Cavin starrte ihn an. Seine Augen füllten sich mit Tränen, aber es waren Tränen der Wut, nicht des Schmerzes. »Dann nimm dich in Acht, Gwenderon«, flüsterte er. »Von diesem Tage an werde ich dich jagen. Ich werde dich verfolgen bis ans Ende der Welt und darüber hinaus, wenn es sein muss. Ab heute wirst du ein Gejagter sein. Du wirst nirgends mehr Sicherheit finden, nie wieder Frieden. Ich werde dich töten. Ich werde dich suchen und finden und töten, und wenn du dich in den Abgründen der Hölle vor mir verstecken solltest. Ich schwöre es.«

Gwenderon blickte ihn nur wortlos an; dann schob er sein Schwert in den Gürtel und richtete sich mit sichtlicher Anstrengung auf. Er gab seinen Raett-Kriegern einen Wink und wandte sich um.

Cavin starrte ihnen nach, bis die Schatten der schwarzen Festung das Dutzend Gestalten wieder verschlungen hatten. Dann kroch er auf Händen und Füßen zu Oro hinüber.

Länger als eine Stunde saß der neue König des Schwarzeichenwaldes da und beweinte seinen toten Vater. Aber die ganze Zeit über hielt seine Hand das Schwert umklammert. Wie von fremder Hand geführt fand er den Weg zurück zu den Männern der Garde, und er wusste hinterher nicht mehr zu sagen, wie sie zurück nach Hochwalden kamen. Aber als er endlich im Ratssaal der mächtigen Burg stand und den Thron betrachtete, der ihm nun von Rechts wegen gehörte, war in seinem Herzen nur noch Hass.

Später, lange nach Mitternacht, erwachte er endlich aus seiner Starre und rief einen der Diener zu sich.

»Schickt nach Lassar«, sagte er. »Ich habe mit ihm zu reden.«

11 Der Wald lag verlassen da. Vor Augenblicken war ein Posten vorbeigekommen, ein dunkel gekleideter, schwerer Mann, dessen Schritte noch in der stillen Nachtluft nachzuhallen schienen, obwohl er längst weitergewandert war auf seinem ruhelosen Weg, den er in dieser Nacht noch ein Dutzend Mal oder mehr zurücklegen würde. Obgleich er vorsichtig ging, hatten seine Schritte die kleinen Bewohner des nächtlichen Waldes vertrieben: die Insekten und Nagetiere, die Käfer und Spinnen, die Jäger und Gejagten, die ihre Rollen oft in Sekundenschnelle tauschten.

Aber anders als sonst kehrte das Leben nicht wieder, nachdem die Schritte des Mannes verklungen waren. Die empfindlichen Farngewächse, deren Blätter sich bei der geringsten Erschütterung zusammenrollten und so schon die Spur manches sehr vorsichtigen Eindringlings verraten hatten (aus keinem anderen Grund waren sie angepflanzt worden und bildeten einen beinahe unsichtbaren, aber sehr wirkungsvollen Schutz um das Lager), blieben eingerollt und bildeten ein flaches Lockenmuster auf dem Boden, das Huschen und Trippeln und Zirpen der Insekten klang nicht wieder auf, denn sie alle spürten das Nahen des Fremden, die Gefahr, die den groben Sinnen des Menschen noch verborgen blieb.

Zuerst war es nur Kälte; nicht mehr als ein flüchtiger Hauch, der sanft durch die Äste strich, ohne das geringste Geräusch zu erzeugen. Dann veränderten sich die Schatten. Sie wurden tiefer, nahmen eine Schwärze an, die sie selbst in der Nacht noch *dunkel* erscheinen ließ, ballten sich zu etwas, das vage an die Umrisse eines menschlichen Körpers erinnerte, aber viel massiger und größer war. Wo Lassars Auge und Ohr den Boden berührten, rollten sich die empfindlichen Farnwedel weiter ein, überzogen sich mit hellen, fleckigen Krusten von Raureif und verdorrten. Ein besonders dummes Insekt, dem sein Fressen wichtiger gewesen war als die Warnung, die ihm seine uralten Instinkte zuschrien, fiel mit zuckenden Beinen auf die Seite und starb.

Und noch etwas war anders als sonst. Lassars Schatten blieb kein flüchtiger Schemen. Nur für Augenblicke stand er lautlos da, ein bloßer Hauch, den menschlichen Sinnen so unsichtbar, dass jeder, der des Weges gekommen wäre, vielleicht einen unerklärlichen Schauer von Furcht verspürt hätte, sonst aber nicht gezögert hätte, geradewegs durch ihn hindurchzuschreiten. Dann vertieften sich die Schatten weiter. Der bizarre Umriss schrumpfte, bis er die Größe eines normal gewachsenen Mannes erreicht hatte, verdichtete sich weiter und nahm mehr und mehr Farbe und feste Form an. Es ging ganz schnell.

Die verdorrten Farnbüschel knisterten unter seinen Stiefeln wie trockenes Pergament, als sich der Mann umwandte und geduckt auf das Lager zuhuschte.

12

Er hatte vorgegeben, die Wachen noch einmal kontrollieren zu wollen, aber in Wahrheit war es eine Flucht. Gwenderon fühlte sich verstört und verunsichert wie niemals zuvor. Ihr Gespräch hatte sich im Kreise gedreht und wieder einmal zu nichts geführt, und so gerne er Resnec die Schuld daran gegeben hätte, wusste er doch, dass das nicht stimmte. Den größten Teil der Zeit, die er im Lager war, verbrachte er mit Beratungen und Plänen, die zu nichts anderem führten als zu Kopfschmerzen und Ärger. Es war wohl so, wie Animah gesagt hatte – ihr Aufstand war jung und jeder von ihnen musste das Rebellenhandwerk erst noch lernen. Tatsache war, dass sie sich wie die Tiere hier im Wald verkrochen und sich bisher nicht einmal geeinigt hatten, wie sie Lassar bekämpfen sollten; geschweige denn es taten. Die wenigen Nadelstiche, die sie ihm bisher versetzt hatten, taten ihm nicht einmal weh. Bisher hatte sich nicht nur Gwenderon stets an die Hoffnung auf den Herbst geklammert, vielleicht auch das nächste Frühjahr, wenn sie genug Waffen und Männer zusammenhatten, um eine offene Konfrontation mit Lassar wagen zu können.

Aber was – wenn Resnec Recht hatte? Wenn sie im nächsten Frühjahr aus dem Wald brachen und sich plötzlich auf der Seite des Unrechts sahen, weil für die Welt draußen, auf deren Hilfe sie so bitter angewiesen waren, sie es waren, die Hochwalden bedrohten?

Gwenderon bemerkte, dass sich seine Gedanken im Kreise zu drehen begannen. Das ungute Gefühl, das ihn schon den ganzen Tag über gequält hatte, war schlimmer geworden und hatte im Laufe der letzten Minuten fast die Intensität eines körperlichen

Schmerzes erreicht. Auf seinen Gedanken schien ein dumpfer, betäubender Druck zu lasten. Er kam sich vor wie ein Mann, der auf die aufgeschlagenen Seiten eines Buches starrte und plötzlich feststellen muss, dass er das Lesen verlernt hatte. Selbst das Denken fiel ihm schwer.

Nach einer Weile hörte er Schritte. Als er den Kopf wandte, erkannte er Resnecs schlanke Gestalt als flachen Schattenriss gegen das Schwarz des Himmels. Demonstrativ wandte er sich ab. Er wollte nicht reden. Schon gar nicht mit Resnec.

Aber Resnec ignorierte seine Geste, obwohl er sie bestimmt bemerkte. Schweigend trat er neben ihn, blickte einen Moment zu Boden und deutete dann zum Waldrand.

»Ihr kontrolliert die Wachen?«, fragte er. »Darf ich Euch begleiten?«

»Nein«, knurrte Gwenderon und ging weiter. Resnec ignorierte seine Antwort und folgte ihm. Gwenderon ballte stumm die Faust und beherrschte sich mit aller Gewalt, sie Resnec nicht ins Gesicht zu schlagen.

»Was willst du?«, fragte er wütend. »Dich in mein Vertrauen schleichen?«

»Es erbitten«, antwortete Resnec ruhig. »Aber das hat wohl wenig Sinn, wie?«

»Ganz recht«, sagte Gwenderon. »Was –«

»Was«, unterbrach ihn Resnec mit ganz leicht erhobener, aber auch nicht zorniger Stimme, »muss ich tun, um Euch zu beweisen, dass ich nicht mehr Euer Feind bin, Gwenderon?«

»Nimm dein Schwert und stürze dich hinein«, fauchte Gwenderon. »Das wäre zum Beispiel ein Beweis.« Resnecs Augen verdunkelten sich noch mehr, aber er schluckte die scharfe Antwort, die ihm sichtlich auf der Zunge lag, herunter und schüttelte nur den Kopf.

»Glaubt nicht, dass ich Euch nicht verstehe, Gwenderon«, sagte er. »Wäre ich an Eurer Stelle, würde ich wohl nicht anders reagieren.«

»Warum bist du dann hier?«, fragte Gwenderon. »Wenn du dich wirklich von Lassar losgesagt hast, wie du behauptest, warum steigst du dann nicht auf dein Pferd und reitest, bis du über den Rand der Welt fällst?«

Resnec seufzte. »Weil man vor Lassar nicht davonlaufen kann«, sagte er. »Du kannst Lassars Freund sein oder sein Feind, Gwenderon, nichts dazwischen. Ganz egal, wo ich mich vor ihm verbergen würde, er würde mich finden. Ich kann ihm dienen oder ihn bekämpfen.«

»Wenn du glaubst, wir würden dich vor ihm beschützen, dann täuschst du dich«, sagte Gwenderon böse. »Wir haben genug mit unseren eigenen Problemen zu tun, Resnec.«

»Ich suche keinen Schutz«, erwiderte Resnec. »Wahrscheinlich wird er mich töten, so wie er euch alle töten wird, aber hier habe ich wenigstens eine Chance. Und ich kann euch nützlich sein. Ich weiß mehr über Lassar als irgendein anderer.«

Gwenderon wollte antworten, stieß aber dann nur ein zorniges Schnauben aus und wandte sich mit einem Ruck um. Eine dünne, aber sehr beharrliche Stimme in seinen Gedanken sagte ihm, dass Resnec möglicherweise doch die Wahrheit sprach. Aber er wollte sie nicht hören.

Schweigend gingen sie nebeneinander durch das Lager, erreichten die Lücke in der noch nicht ganz geschlossenen Palisade und drangen ein paar Schritte tief in den Wald ein. Gwenderon blieb stehen, hob die Hände an den Mund und ahmte den Ruf eines Nachtvogels nach. Hoch oben über ihnen in den Zweigen raschelte es und der Ruf wurde erwidert; zweimal hintereinander und in leicht veränderter Tonlage. Gwenderon nickte zufrieden und ging weiter.

Nacheinander kontrollierten sie sämtliche Posten, bis sie das Lager einmal umrundet hatten und wieder am Ausgangspunkt angelangt waren. Aber auch dann machte Gwenderon noch keine Anstalten zurückzugehen, sondern blieb stehen und starrte scheinbar gedankenverloren in die Nacht. Er wartete darauf, dass Resnec sich endlich zum Teufel scherte und ihn allein ließ. Aber Resnec rührte sich nicht.

Schließlich wurde es Gwenderon zu viel. »Also«, sagte er. »Was ist es, Resnec? Ich habe keine Lust, die ganze Nacht hier draußen zu verbringen – also sag mir, was du sagen willst.«

Resnec lächelte flüchtig. »Bin ich so leicht zu durchschauen?«

Gwenderon antwortete gar nicht.

»Es gibt tatsächlich etwas, was ich mit dir bereden wollte«, begann Resnec umständlich. »Aber ich wollte erst allein mit dir sprechen; ohne die anderen.« Plötzlich wirkte er verlegen. »Du traust mir immer noch nicht«, sagte er.

»Nein«, sagte Gwenderon kalt.

»Trotzdem möchte ich erst mit dir reden«, beharrte Resnec. »Gerade weil du mir nicht traust, ist es wichtig. Es ist ein Plan, auf den mich Guarr gebracht hat, vorhin, bei eurer ... Unterredung. Es ist vielleicht eine verzweifelte Idee, aber ich glaube, dass ich eine Chance hätte.«

»Wobei?«, fragte Gwenderon. Misstrauisch blickte er Resnec an, aber der wich einen Schritt weit in die Dunkelheit zurück, bis sein Gesicht zu einem hellen Fleck wurde und Gwenderon den Ausdruck auf seinen Zügen nicht mehr erkennen konnte.

»Du weißt wobei«, sagte er leise. »Guarr hatte vollkommen Recht mit dem, was er sagte. Wir müssen zuschlagen, ehe sie es können.«

»Und wie? Keiner von uns käme auch nur auf fünfhundert Schritt an Hochwalden heran.«

»Keiner von euch«, bestätigte Resnec. »Das stimmt. Aber ich vielleicht.«

»Du bist verrückt!«, entfuhr es Gwenderon, aber Resnec unterbrach ihn mit einer Handbewegung und fuhr leise, aber sehr erregt fort: »Das bin ich nicht. Ich wollte es schon vorhin vorschlagen, aber ich habe befürchtet, dass Mannon und dieses Rattengesicht genauso reagieren würden wie du jetzt. Ich bin vielleicht der Einzige, der eine Chance hat, Hochwalden zu betreten und auch lebend wieder zu verlassen.«

»Und wie?«, fragte Gwenderon. »Bist du vielleicht immun gegen Lassars Zauber?«

»Das nicht. Aber ich kenne ihn wie kein Zweiter, Gwenderon. Ich war so lange sein Sklave, dass ich gelernt habe so wie er zu denken. Ich weiß, dass es gefährlich ist, aber ich bin sicher, dass ich eine Chance habe. Und ich bin es euch allen schuldig. Lass es mich versuchen, Gwenderon. Ich könnte mich in die Burg schleichen und versuchen ...«

»... auf möglichst originelle Weise umgebracht zu werden, ja«, unterbrach ihn Gwenderon. »Oder vor Lassar niederzuknien und ihm zu berichten, was du hier gesehen hast.« Zornig schüttelte er den Kopf. »Kein Wort mehr, Resnec. Ich werde dieses Gespräch vergessen, und du tätest gut daran, es ebenfalls zu tun.«

»Aber ich ...«

»Kein Wort mehr, habe ich gesagt!«, sagte Gwenderon streng. »Ich lasse nicht zu, dass du uns alle in Gefahr bringst, nur weil du glaubst uns irgendetwas schuldig zu sein!«

»Du glaubst, ich würde euch verraten.«

Gwenderon antwortete nicht.

»Du glaubst, ich würde die erste Gelegenheit nutzen, zu Lassar zurückzukehren. Warum sollte ich so etwas Dummes tun? Warum hätte ich herkommen sollen, wenn es so wäre?« Resnec trat erregt auf ihn zu und hob die Arme. Wenn er noch einen Schritt näher käme, dachte Gwenderon, würde er ihn niederschlagen. »Verdammt, Gwenderon, ich ...«

Irgendwo in der Dunkelheit hinter Resnec bewegte sich ein Schatten. Plötzlich erscholl ein heller, sirrender Laut. Resnec schrie auf, sprang mit einer blitzartigen Bewegung vor Gwenderon und stieß ihn zurück, und plötzlich ertönte ein dumpfer Schlag und aus Resnecs Schrei wurde ein unartikuliertes Stöhnen. Seine Augen wurden groß vor Schmerz und Unglauben. Er taumelte, griff Halt suchend mit beiden Händen nach Gwenderon und stürzte schließlich mit einem seufzenden Laut zu Boden. Aus seiner verletzten Schulter ragte der Schaft eines Pfeiles.

Alles ging unglaublich schnell. Gwenderon hörte das helle Peitschen der Bogensehne ein zweites Mal, warf sich zur Seite und spürte einen dumpfen, betäubenden Schlag im Gesicht.

Er fiel, sprang fast sofort wieder auf die Füße und brach dann rücksichtslos durch das Unterholz. Irgendwo hinter ihm im Wald erscholl der misstönende Schrei eines Hornes. Sekunden später hörte man aufgeregtes Rufen aus dem Lager. Gwenderon aber achtete nicht darauf. Er stürmte mit gezücktem Schwert und brüllend vor Wut weiter, auf den Schatten und das verräterische Blitzen von Metall zu, das er gesehen hatte.

Der Mann war dabei, mit fliegenden Fingern seinen dritten Pfeil auf die Sehne zu legen, als Gwenderon ihn erreichte. Als er den grauhaarigen Riesen heranstürmen sah, warf er sich blitzschnell zur Seite, trat nach seinen Beinen und riss den Bogen wie einen Schild über den Kopf.

Das Schwert zerschmetterte das fingerdicke Eibenholz, zerriss das Kettenhemd des Attentäters, als bestünde es aus Papier, und hinterließ einen handlangen, blutigen Riss auf seiner Haut. Jeder normale Mensch hätte sich vor Schmerz gekrümmt oder wenigstens geschrien, aber der Angreifer schien die Verletzung nicht einmal zu spüren. So schnell, dass Gwenderon die Bewegung kaum sah, rollte er herum, sprang auf die Füße und schmetterte Gwenderon mit einem wütenden Hieb die Klinge aus der Hand.

Gwenderon taumelte. Seine Waffenhand war gelähmt, wo ihn die Faust des Mannes getroffen hatte, und noch ehe er dazu kam, schützend die Arme hochzureißen, traf ihn ein zweiter, unglaublich harter Schlag, der ihn gegen einen Baum prallen und haltlos in die Knie brechen ließ. In der Hand des rasenden Schattens, der plötzlich über ihm war, blitzte ein Dolch.

Und dann war plötzlich ein zweiter Schatten hinter dem ersten, eine rasche, schlagende Bewegung, und der Dolch, der auf Gwenderons Gesicht gezielt hatte, flog im hohen Bogen davon. Gwenderon stöhnte. Seine Rippen schmerzten, als hätte ihn eine Lanze getroffen. Er konnte kaum atmen. Die beiden kämpfenden Schatten vor ihm verschmolzen zu einem einzigen wirbelnden Umriss mit schemenhaft erkennbaren Armen und Beinen, und plötzlich erscholl ein heller, knackender Laut und einer der Schatten erschlaffte und sank reglos zu Boden.

Gwenderon blieb sekundenlang schwer atmend hocken, ehe er die Kraft fand, sich auf Hände und Knie hochzustemmen und zu den beiden reglosen Körpern hinüberzukriechen. Resnec lag stöhnend auf dem Rücken, das Gesicht eine Grimasse der Qual, die Hand auf die Schulter gepresst, die der Pfeil des Attentäters ein zweites Mal durchbohrt hatte. Der Attentäter lag neben ihm, den Kopf in unmöglichem Winkel zur Seite geneigt, das Genick gebrochen. Die Dunkelheit machte den Toten zu einem schwarzen Schatten, aber Gwenderon musste ihn nicht genau sehen, um zu wissen, dass er auf die gleiche Weise gekleidet sein würde wie der Mann, der ihn vor Tagesfrist angegriffen hatte. Und dass er in seiner Tasche eine kleine, durchbrochene Goldmünze finden würde: den Kopfpreis, den Lassar auf ihn ausgesetzt hatte.

Nach einer Weile richtete sich Gwenderon auf, schob das Schwert in den Gürtel und beugte sich zu Resnec herab. Im Lager waren Feuer aufgeflammt und die Stille der Nacht war dem aufgeregten Rufen Dutzender Stimmen gewichen. Hastige Schritte näherten sich ihnen, Metall blitzte, Schatten umringten sie, und als Gwenderon aufsah, erkannte er in zweien von ihnen Mannon und Guarr und etwas hinter ihnen, vor Schrecken erstarrt, aber den Bogen mit aufgelegtem Pfeil in der Hand, Animah. In ihrem Blick war ein Vorwurf, den Gwenderon nicht mehr verstand.

»Was war das?«, fragte der Zwerg aufgeregt. »Ein Attentäter?«

Gwenderon nickte. Er fühlte sich wie betäubt. »Ja«, erwiderte er halblaut. »Ein Attentäter, Mannon. Ein Mann von den Inseln.« Er ballte die Faust, hob die Hand vor das Gesicht und ließ den Arm dann mit einer kraftlosen Bewegung wieder sinken. »Ein Gruß von Lassar«, murmelte er. »Damit wir uns nicht sicher fühlen.«

Mannon antwortete nicht, aber der Ausdruck von Schrecken in seinen dunklen Zwergenaugen wuchs. Plötzlich fuhr er zusammen und deutete mit der Hand auf Gwenderons Gesicht.

»Du blutest ja!«

Gwenderon hob verwirrt die Hand, tastete nach seiner Wange und fühlte warmes Blut, das aus einem fingerlangen Schnitt unter seinem Auge quoll und sein Gesicht besudelte. Es tat weh, jetzt, als er sich der Wunde bewusst wurde.

Trotzdem machte er nur eine wegwerfende Handbewegung, nachdem er sich mit dem Hemdsärmel das Blut aus dem Gesicht gewischt hatte.

»Das ist nichts«, sagte er. »Ein Kratzer. Mehr nicht.«

Er lächelte, um seine Worte zu unterstreichen, wandte sich wieder um und ging abermals neben Resnec in die Hocke.

Resnec war bei Bewusstsein, aber in seinen Augen lag ein fiebriger Glanz. Sein Gesicht zuckte vor Schmerz, als Animah auf seiner anderen Seite niederkniete und mit spitzen, kundigen Fingern nach dem Pfeil in seiner Schulter tastete. Dann, ganz plötzlich, klärte sich sein Blick und er sah Gwenderon an.

»Nun, Gwenderon«, flüsterte er. »Glaubt Ihr jetzt, dass Ihr nicht einmal hier sicher seid?«

Gwenderon schwieg. Das plötzliche Auftauchen des Attentäters hatte ihn mehr erschreckt, als er jetzt schon zuzugeben bereit war. Er hatte gehofft, dass sie wenigstens *hier* sicher seien.

»Dieser Pfeil galt dir«, vermutete Animah.

Gwenderon nickte. »Er hätte getroffen«, sagte er zögernd. Seine nächsten Worte, die er an Resnec wandte, kosteten ihn große Überwindung. »Es sieht so aus, als verdanke ich dir mein Leben, Resnec. Ich danke dir.«

Resnec lachte mühsam. »Und gleichzeitig fragst du dich, ob der Pfeil nicht doch sein wirkliches Ziel getroffen hat, nicht wahr? Du fragst dich, ob es wirklich Zufall war, dass der Mann ausgerechnet jetzt auftauchte. Schließlich ...« Er stockte, presste schmerzhaft die Lippen zusammen und fuhr mit leiser, immer wieder stockender Stimme fort: »Schließlich gibt es keine bessere Möglichkeit, das Vertrauen eines Mannes zu gewinnen, als ihm das Leben zu retten, nicht wahr?«

Gwenderon schwieg. Resnec sprach tatsächlich nur das aus, was auch er dachte, wenngleich vielleicht auch nicht in dieser Offenheit und Härte. Er spürte, wie ihn alle anderen anstarrten. Es war ihm peinlich, dass er so leicht zu durchschauen war.

»Was muss ich noch tun, um Euch zu beweisen, dass ich auf Eurer Seite stehe, Gwenderon?«, stöhnte Resnec. »Ihr würdet mir nicht einmal glauben, wenn ich Euch Lassars Kopf brächte, wie? Aber ich werde Euch ... beweisen, dass ich kein Verräter bin.«

Gwenderon antwortete noch immer nicht, sondern starrte Resnec nur an. Und nach einer Weile drehte er sich herum und ging mit langsamen Schritten zu seiner Hütte zurück. Die Wunde auf seiner Wange blutete noch immer. Sie tat sehr weh.

13

Über den Zinnen von Hochwalden war die Sonne aufgegangen. Die Nacht war dem ersten Grau der Dämmerung und wenig später strahlendem Sonnenschein gewichen, und als wolle sich die Natur für das anhaltende schlechte Wetter der letzten Wochen entschuldigen, war es bereits jetzt warm. Cavin hatte nicht einmal gemerkt, dass die Nacht wich. Spät am Abend des vergangenen Tages war er zurückgekommen und hier hinaufgegangen und seither hatte er den Raum nicht verlassen, er hatte nicht einmal gespürt, wie die Zeit verstrich; und wenn, wäre es ihm gleich gewesen. Der Ratssaal war noch immer vom flackernden Licht der Kerzen erhellt und beiderseits der Tür schwelten noch immer die Fackeln, die die Diener nach seiner Rückkehr entzündet hatten, obwohl das Licht des neuen Tages ihren Glanz längst überstrahlte.

Cavin fühlte sich noch immer wie betäubt. Die unheimliche, lähmende Kälte, die Besitz von seiner Seele ergriffen hatte, war nicht gewichen, aber auch der furchtbare Schmerz, auf den er wartete, kam nicht. Sein Blick saugte sich an dem Schattengesicht seines Gegenübers fest, ohne dass er es wirklich sah. Er sah Gwenderon. Immer wieder Gwenderon. Zum ersten Mal in seinem Leben begann er zu spüren, was das Wort Hass bedeuten mochte.

»Nun?«, fragte er leise. »Ihr hattet Zeit genug, Euch mein Angebot zu überlegen, Lassar. Nehmt Ihr es an?«

Seine Stimme klang seltsam fremd in der lastenden Stille, die sich über den Saal gebreitet hatte. Es war eine Stille ganz sonderbarer, körperlicher Art, als wäre sie nicht nur die Abwesenheit von Geräuschen, sondern das Dasein von etwas anderem, Finsterem. Und vielleicht war es auch so. Vielleicht – nein, nicht vielleicht: Cavin war jetzt *sicher,* dass mit Lassar noch etwas anderes, Finsteres nach Hochwalden gekommen war. Aber es war ihm jetzt gleich. Alles war ihm gleich. Er hätte sich mit dem Teufel persönlich verbündet, um Gwenderon zu bekommen. Vielleicht hatte er es.

Lassar war ein flackernder, schwarzer Schatten, der wie ein Stück Wirklichkeit gewordener Traum vor dem Fenster stand und das Sonnenlicht verschluckte: die gleiche, unheimliche Erscheinung, in der Cavin ihn kennen und fürchten gelernt hatte. Und trotzdem hatte er sich verändert, schien auf unbestimmte Weise gegenwärtiger und körperlicher geworden, als wäre jetzt etwas mehr von seiner furchtbaren Gestalt nach Hochwalden gelangt. Nicht sehr viel, aber doch eine Winzigkeit mehr als nur ein bloßer Schatten.

Und es war etwas seltsam Vertrautes an ihm.

Cavin verscheuchte den Gedanken und richtete sich ein wenig auf. Er war müde; sein Rücken schmerzte vom langen, reglosen Sitzen auf dem unbequemen Thron und auch seine Hand tat weh. Gwenderons Schwerthieb hatte ihm das Gelenk verstaucht.

»Was Ihr verlangt, ist viel, mein Prin… mein König«, verbesserte sich Lassar. »Das wisst Ihr.«

»Ich verlange nichts«, antwortete Cavin kalt. »Ich schlage Euch einen Handel vor. Ein Geschäft, bei dem Ihr mehr bekommt als gebt, und das wisst Ihr.«

»Euer Vater gab mir sein Wort«, erinnerte Lassar, aber Cavin unterbrach ihn mit einem ärgerlichen Kopfschütteln.

»Das weiß ich«, schnappte er. »Und ich stehe zu seinem Wort, Lassar. Aber die Verträge, die Ihr mit König Oro geschlossen habt, gelten nur für kurze Zeit. Irgendwann werdet Ihr zu mir kommen und sie verlängern wollen. Vielleicht ist Euch dann daran gelegen, einen Partner zu haben, der Euch etwas schuldig ist.«

Lassar starrte ihn einen Herzschlag lang aus seinen grundlosen, schwarzen Augen an. Dann lächelte er. »Ihr lernt schnell, König Cavin«, sagte er anerkennend.

»Ich hatte gute Lehrmeister«, erwiderte Cavin kalt. »Also?«

Lassar zögerte noch immer. »Die Entscheidung, die Ihr verlangt, Cavin, ist nicht so leicht«, sagte er ausweichend. »Ihr wisst besser als ich, dass Euer Reich nicht mit irgendeinem anderen Königreich zu vergleichen ist. Der Schwarzeichenwald ist heilig. Was würden die Könige Eurer Nachbarländer sagen, wenn ein Heer meiner Krieger seinen Boden betreten würde?«

»Habt Ihr Angst?«, fragte Cavin böse.

Lassar zog eine Grimasse. »Es geht nicht um mich«, sagte er ärgerlich. »Stünde sonst nichts auf dem Spiel, würde ich diese Rebellen in einer Woche vom Antlitz der Erde fegen und Euch Gwenderons Kopf zu Füßen legen, sogar ohne irgendeine Gegenleistung. Ihr seid es, der Schaden davontragen könnte, würde ich zu offen …«

»Was kümmert Euch mein Schicksal?«, schnappte Cavin. Wütend fuhr er auf und schlug so heftig mit der Faust auf die Sessellehne, dass das Holz knackte. »Ich will Gwenderon!«, schrie er. »Ich will, dass der feige Mord an meinem Vater gerächt wird, und es ist mir egal, was die Welt dazu sagt!«

»Sie wird nichts dazu sagen«, antwortete Lassar ruhig. »Nicht, solange es Eure Krieger sind, die die Rebellen fangen und töten.«

»Ich habe nicht genug Männer«, antwortete Cavin, noch immer erregt, aber doch schon merklich ruhiger. »Hochwalden hat niemals mehr als eine Hand voll Krieger gehabt. Es wäre sinnlos, Gwenderon mit ein paar Dutzend Reitern suchen zu wollen. Und wahrscheinlich wäre er uns sogar überlegen. Habt Ihr vergessen, dass er sich mit Raetts verbündet hat?«

»Trotzdem«, beharrte Lassar. »Es ist gefährlich. Vergesst nicht, was Eurem Vater geschehen ist. Gwenderon ist ein Verräter und wahrscheinlich ist er sogar verrückt. Aber er ist auch ein Fanatiker. Würde mein Heer in den Wald eindringen, würde er überall die Nachricht verbreiten, dass ich am heiligen Wald frevele.« Er sah Cavin durchdringend an. »Es könnte sein, dass ich ihm helfe statt ihn zu vernichten, mein König. Ich möchte nicht eines Tages nach Hochwalden kommen und ihn auf dem Thron finden, der Euch zusteht.«

Cavin starrte ihn aus brennenden Augen an. »Also versagt Ihr mir Eure Hilfe?«

»Natürlich nicht«, antwortete Lassar. »Aber wir sollten warten.«

»Warten?«, fauchte Cavin. »Worauf, Lassar? Bis er hierher kommt und sich Hochwalden nimmt?«

»Bis Euer Schmerz ein wenig abgeklungen ist, König Cavin«, erwiderte Lassar ruhig. Cavin wollte auffahren, aber die Schattengestalt trat einen halben Schritt auf ihn zu und hob begütigend die Hand. »Verzeiht, wenn es so klingt, als wolle ich Euch belehren, Cavin«, sagte er sanft. »Aber Ihr seid jung und Ihr hattet niemals Gelegenheit, Euch an diese Seite des Lebens zu gewöhnen. Glaubt mir, wenn ich Euch sage, dass es niemals gut ist, auf die Stimme der Rache zu hören. Eure Gedanken sind erfüllt von Gram über den Tod Eures Vaters und Zorn über den Frevel, den Gwenderon begangen hat. Gebt Euch selbst und mir ein wenig Zeit, die nötigen Schritte zu bedenken. Mir ist so sehr an Gwenderons Tod gelegen wie Euch, denn er ist für den Mord an einem meiner besten Männer verantwortlich. Aber wir müssen klug vorgehen. Kraft allein reicht nicht aus, um Gwenderon zu schlagen. Der Preis dafür könnte zu hoch sein. Wenn wir Gwenderon schlagen wollen, dann mit seinen eigenen Waffen. Lasst die Kunde von Gwenderons Verrat im ganzen Land verbreiten. Bittet Eure Freunde und Nachbarn um Hilfe und stellt ein Söldnerheer auf. Oro war ein beliebter Mann. Die Menschen werden in Scharen zu den Waffen eilen, wenn sie erfahren, auf welche Weise er starb.«

»Ein Söldnerheer?« Cavin überlegte einen Moment, dann schüttelte er den Kopf. »So etwas würde Jahre dauern, Lassar. Und es kostet Geld. Mehr Geld, als ich habe. Hochwalden ist nicht reich.«

Lassar machte eine wegwerfende Handbewegung. »Wenn es nur Gold ist, um das Ihr mich bittet, dann gebe ich es Euch. Verrechnet es meinetwegen als Vorschuss auf die Verträge, die ich mit Eurem Vater schloss. Und was die Zeit angeht – mit meiner Hilfe wird das Heer in drei Monaten bereit sein.«

Er lächelte, sehr dünn und sehr hässlich. »Es ist manchmal von Vorteil, zur gleichen Zeit an mehreren Orten sein zu können.« Wieder lächelte er und für einen Moment war Cavin fast sicher, einen Ausdruck von Triumph in seinen Augen aufblitzen zu sehen. Aber seine Stimme klang unverändert, als er weitersprach: »Ich verstehe und teile Euren Schmerz, König Cavin, denn Euer Vater war ein Mann, dem auch ich Achtung gezollt habe, und auch ich will, dass der feige Mörder seine gerechte Strafe bekommt.«

Plötzlich löste er sich von seinem Platz am Fenster, trat auf Cavin zu und streckte ihm eine Hand entgegen, die aus Rauch und Dunkelheit geformt zu sein schien.

»Schlagt ein, Cavin«, sagte er, »und in drei Monaten, von heute an gerechnet, sende ich Euch fünfhundert Männer mit Waffen und Pferden. Ich verlange nichts dafür. Nichts als Eure Freundschaft.«

Cavin zögerte. Der Gedanke, diesen fürchterlichen Schattenkörper berühren zu sollen, erfüllte ihn mit Entsetzen. Aber dann sah er wieder das Gesicht seines toten Vaters vor sich und er dachte an Gwenderon und seinen Verrat und den Frevel, den er darüber hinaus begangen hatte. Mit einer fast zornigen Bewegung stand er auf und ergriff Lassars Rechte.

Es war ein Gefühl, als würde er brennendes Eis berühren, und Cavin wusste im gleichen Moment, in dem er es tat, dass er einen Pakt mit dem Teufel geschlossen hatte. Einen Pakt, der ihn mehr, viel mehr kosten würde, als er jetzt schon ahnte.

Aber auch dieser Gedanke erstickte unter einer neuen Woge von Hass. Er griff fester zu, drückte Lassars Hand mit trotziger Kraft und genoss den Schmerz sogar, den die Berührung verursachte.

Er schob den Gedanken beiseite, dass Lassars Lächeln wirklich das bedeutete, was er darin zu sehen glaubte.

14

Eine Woche lag er im Fieber, eine weitere etwas ruhiger, in einem normalen, wenngleich noch immer sehr tiefen und von üblen Träumen geplagten Schlaf. Als er erwachte – zum ersten Male wirklich erwachte, nicht für Augenblicke hochschrak und wieder in seinen Dämmerzustand versank, ohne mehr als wirre Bilder und Eindrücke mit hinüber ins Reich der Alpträume zu nehmen –, war es Nacht. Durch den unverschlossenen Eingang seiner Laubhütte konnte er einen kleinen Ausschnitt des Himmels sehen, ein dunkelblaues Band über der gewellten schwarzen Linie des Waldes, übersät mit zahllosen winzigen Lichtpunkten. Es war warm. Der rote Schein eines fast völlig heruntergebrannten Feuers erhellte die kleine Hütte, und auf seiner unverletzten Schulter lag eine Hand, so schlaff und weich, dass er wusste, dass ihr Besitzer schlief, noch ehe er den Kopf wandte.

So vorsichtig seine Bewegung war, sie war heftig genug, Animah aufzuwecken. Die schwarzhaarige Frau schrak zusammen, zog die Hand zurück und starrte ihn einen Moment lang mit noch leerem Blick an, ehe sie sich in ein Lächeln rettete. Resnec versuchte es zu erwidern, aber nach sechs Tagen und Nächten gehorchten ihm seine Muskeln noch nicht völlig wieder.

»Du … bist wach«, murmelte Animah. Ihr Gesicht war bleich. Dunkle Ringe lagen unter ihren Augen und kündeten von zu vielen Nächten mit zu wenigen Stunden Schlaf.

»Ich muss … eingeschlafen sein«, sagte sie verlegen. »Verzeih. Wie fühlst du dich?«

Objektiv betrachtet war das eine ziemlich dumme Frage, dachte Resnec. Trotzdem freute sie ihn; vielleicht, weil es zu lange her war, dass sich irgendjemand Sorgen um ihn gemacht hatte. Er versuchte abermals zu lächeln – diesmal gelang es –, fuhr sich mit der Zungenspitze über die Lippen und deutete mit einer Kopfbewegung auf die Schale mit Wasser, die neben Animah auf dem Boden stand. Sie beugte sich herab, hob seinen Kopf mit der Linken ein wenig an und setzte ihm mit der anderen Hand die Schale an die Lippen.

Resnec leerte sie bis zur Neige. Hinterher war sein Durst nicht kleiner, aber seine Lippen und seine Zunge fühlten sich geschmeidiger an und er konnte wenigstens versuchen zu reden. »Wie lange … habe ich … geschlafen?«, fragte er stockend.

Animah setzte die Schale ab und tupfte ihm mit einem sauberen Tuch über die Lippen, als wäre er ein Säugling, ehe sie antwortete: »Zwölf Tage und Nächte. Du wärst beinahe gestorben.« Sie deutete mit einer Kopfbewegung auf seine geschwollenen Schultern. »Der Pfeil war vergiftet. Guarrs Leute brachten uns eine Salbe. Ohne sie hättest du den ersten Tag nicht überlebt.« Sie zögerte einen ganz kurzen Moment, ehe sie hinzufügte: »Der Arm wird für lange Zeit steif bleiben. Vielleicht für immer.«

Obwohl ihre Worte ihn hätten erschrecken müssen, taten sie es nicht. Alles, was Resnec empfand, war ein tiefes Gefühl von Dankbarkeit, dass Animah so offen zu ihm war. Seit seiner Trennung von Lassar hatte er eine tiefe Abneigung gegen jede Art von Lügen entwickelt.

»Hast du … die ganze Zeit hier gesessen?«, fragte er.

Animah schüttelte den Kopf. »Natürlich nicht«, sagte sie, und Resnec spürte, dass dies eine Lüge war. »Wir haben uns abgewechselt. Die meiste Zeit über war einer von Guarrs Raetts hier. Gwenderon«, fügte sie hinzu, und Resnec spürte, dass es eine weitere Lüge war, »war auch ein paar Mal hier und hat sich nach deinem Befinden erkundigt.«

»Wollte er wissen, ob ich schon tot bin?«, fragte Resnec.

»Du bist verbittert«, stellte Animah fest.

»Und ich habe kein Recht dazu, meinst du?«

Animah schwieg. Dann, nach einer Weile, schüttelte sie den Kopf, lächelte und gab sich einen sichtlichen Ruck. »Was reden wir«, sagte sie mit veränderter, viel energischerer Stimme. »Du bist krank und solltest dich auf nichts anderes konzentrieren als darauf, möglichst rasch wieder gesund zu werden. Und es hilft dir nicht dabei, wenn du finstere Gedanken wälzt.«

Plötzlich glaubte Resnec zu begreifen, dass die Fürsorge, die er in ihrer Stimme und ihrem Blick las, gar nicht ihm selbst galt. Trotz ihres abenteuerlichen Äußeren und ihres manchmal bewusst harten Auftretens war Animah im Grunde eine sehr sanfte Frau, und es war nichts als die gleiche Pflege, die sie auch einem kranken Pferd hätte angedeihen lassen; oder einem von Guarrs Raetts, wäre er verletzt. Sie pflegte einen Kranken, und sie tat es mit aller Aufopferung und Kraft, deren sie fähig war. Es spielte keine Rolle, ob er Resnec hieß oder ein braunes Gesicht mit Knopfaugen hatte. Ein ganz kleines bisschen war er enttäuscht, aber nicht sehr tief und nicht sehr lange. Was hatte er erwartet? Er hatte diesen Männern und Frauen hier mehr angetan, als er in zehn Leben wieder gutmachen konnte.

Und – und dieser Gedanke erschreckte ihn wirklich – wollte er es überhaupt? War er wirklich hier, um Gwenderon und den anderen zu helfen, den Schwarzeichenwald zu beschützen und Cavin zu befreien, oder vielleicht nur, um sich an Lassar zu rächen?

»Du musst Gwenderon verstehen«, sagte Animah plötzlich. »Er hat zu viel verloren. Gib ihm ein wenig Zeit.«

»Ich verstehe Gwenderon«, antwortete Resnec. »Wen ich nicht verstehe, das bist du, Animah. Du und Mannon und die anderen …« Er richtete sich ein wenig auf, obwohl die Bewegung einen dumpfen Schmerz in seiner Schulter auslöste. »Wieso traut ihr mir mit einem Male?«

Die Frage schien Animah zu überraschen, denn es dauerte eine geraume Weile, bis sie antwortete. »Vielleicht weil Guarr dir vertraut.« Sie lächelte, als sie seine Verwirrung bemerkte. »Es mag dir verrückt vorkommen, aber … Guarr würde wissen, wenn du uns belügst. Und du könntest es nicht einmal, wenn du wolltest. Es ist so, wie der Zwerg behauptet, Resnec – Lassars Zauber hat hier keine Macht.«

»Du hast mit den Raetts gesprochen«, vermutete Resnec.

Animah schüttelte den Kopf, nickte und schüttelte gleich darauf abermals den Kopf. »Ich habe es versucht«, sagte sie. »Aber diese Raetts sind ein sonderbares Volk. Die meisten verstehen unsere Sprache mittlerweile recht gut und Guarr spricht sie beinahe perfekt, aber jedes Mal, wenn ich herauszubekommen versuche, was geschehen ist, nachdem Faroan dich an sie übergeben hat, scheinen sie alles Gelernte auf der Stelle zu vergessen.« Sie lächelte. »Ich nehme an, auch du willst nicht darüber reden?«

Resnec dachte einen Moment über ihre Frage nach. Wollte er über das reden, was er erlebt hatte? Er wusste es nicht.

Tatsache war, dass er es nicht konnte, nicht jetzt, nicht mit ihr, und wahrscheinlich überhaupt niemals und mit keinem anderen Menschen. Wie konnte er von jenem schrecklichen Ort erzählen, an dem er gewesen war? Wie sollte er in Worte fassen, wofür es keine Worte gab? Und wie sollte er ihnen berichten, was ihm diese entsetzliche Stimme erzählt hatte, ohne ihnen alle Hoffnung zu nehmen?

Er schüttelte den Kopf. »Ich kann es nicht«, sagte er ernst. »Bitte frage nicht weiter, Animah. Ich … könnte es nicht einmal, wenn ich es wollte.«

»Damit wird sich Gwenderon nicht zufrieden geben«, sagte Animah.

»Gwenderon.« Resnec seufzte, versuchte sich weiter aufzurichten und nickte dankbar, als Animah ihm dabei half. Obwohl seine Schulter so dick bandagiert war, dass er sich wie ein Buckeliger vorkam, spürte er kaum Schmerzen; allenfalls einen leichten Schwindel, der aber wohl eher auf die sechs Tage und Nächte zurückzuführen war, die er reglos dagelegen hatte. Überhaupt fühlte er sich erstaunlich kräftig, bedachte er, was geschehen war. »Es wird nicht leicht sein, sein Vertrauen zu gewinnen«, sagte er. »Dabei wäre es so wichtig. Ich fürchte, er weiß noch immer nicht, wie gefährlich Lassar wirklich ist.«

»Oh doch«, widersprach Animah. »Er weiß es, Resnec, glaube mir. Und er weiß wohl auch, auf welcher Seite du wirklich stehst. Gib ihm ein wenig Zeit, sich zu bedenken, ohne das Gesicht dabei zu verlieren. Er ist ein sturer alter Dickschädel, aber ein guter Mann.«

Zeit, dachte Resnec. Zeit war vermutlich das Einzige, was sie nicht hatten. Aber er sprach es nicht aus. Es hätte nichts genutzt.

»Du siehst müde aus«, sagte er stattdessen. »Geh und ruh dich aus. Ich komme allein zurecht. Und ich werde bestimmt nicht fortlaufen«, fügte er mit einer Geste auf seine bandagierte Schulter hinzu.

Animah lächelte pflichtschuldig. Die Sorge in ihrem Blick war nicht kleiner geworden, aber ihre Müdigkeit erwies sich als stärker. Sie nickte, stand sehr langsam und mit den umständlichen Bewegungen eines Menschen auf, der die Grenzen seiner Leistungsfähigkeit längst überschritten hatte, und deutete zur Tür. »Wenn du irgendetwas brauchst, dann rufe einfach«, sagte sie. »Vor der Tür steht eine Wache. Es war Gwenderons Befehl«, fügte sie in entschuldigendem Tonfall hinzu. »Sobald die Sonne aufgeht, komme ich zurück. Mit Gwenderon. Und dann werde ich dafür sorgen, dass er dir zuhört.«

15

In dieser Nacht träumte er wieder. Erst spät am Abend des nächsten Tages hatte sich Cavin in sein Gemach zurückgezogen, nicht einmal aus Einsicht oder Müdigkeit, sondern nur, weil seine Diener in ihn drangen und auch Lassar zu bedenken gab, dass er jetzt schließlich König und somit für mehr als sein eigenes Wohlbefinden verantwortlich sei; und überdies, so fügte er hinzu, würden die nächsten Tage anstrengend werden und sein kühles Überlegen fordern. Nachdem er sich einmal zurückgezogen und auf seinem Bett ausgestreckt hatte, begann sein Körper einfach zu fordern, was ihm Cavin vorenthalten hatte; er schlief ein, kaum dass sein Kopf die Kissen berührt hatte – und er träumte wieder. Es war der übliche Traum, der ihn seit Monatsfrist peinigte, die wogende Schwärze, von der er nun wusste, dass es die Megidda war, von der irgendetwas in ihm gewusst hatte, lange ehe er sie jemals zu Gesicht bekam, und die Furcht, die ihm noch immer so unerklärlich war wie zuvor. Aber dann änderte sich der Traum doch und er sah den Baum, aber es war kein Baum mehr, sondern eine gigantische, vielfingrige Klaue, die sich in den Himmel gekrallt hatte. Ströme von Blut liefen aus der Wunde, die sie in das Firmament riss, tropften als roter, klebriger Regen zu Boden und durchtränkten die Männer, die an seinem Fuße durcheinander liefen. Erst kam es Cavin wie ein sinnloses Hin und Her vor, dann erkannte er, dass sie kämpften: Er sah sich selbst, er sah Lassar und seine Krieger, er sah Mannon und eine Anzahl Raetts in schwarzen Lederrüstungen, und Gwenderon, Gwenderon mit einem blutigen Schwert in der Hand, Gwenderon mit Kleidern und Haaren, die rot und schwer von Blut waren, Gwenderon mit dem abgeschlagenen Kopf seines Vaters in der Hand, Gwenderon mit einem Speer, mit dem er auf ihn eindrang – immer wieder Gwenderon, den Mann, den er wie nichts auf der Welt hasste.

Er erwachte übergangslos.

Sein Herz jagte. Obwohl er in Schweiß gebadet war, fror er, und für Augenblicke glaubte er noch die schwarzen Schemen seines Traumes wie schreckliche, finstere Nachtbilder auf seiner Netzhaut zu sehen. Dann begriff er, dass der Schatten neben seinem Bett echt war. Er fuhr auf.

»Lassar? Was ... was tut Ihr in meinem Schlafgemach? Wer hat Euch hereingelassen?«

Es war das erste Mal, dass er einen Schatten lächeln sah. »Niemand, mein König«, antwortete Lassar. »Vergebt Euren Wachen. Es ist nicht ihre Schuld. Ich weiß Wege, auf denen sie mich nicht aufhalten können. Ihr habt im Schlaf geschrien. Ich war in Sorge um Euch.«

»Ein Alptraum«, antwortete Cavin unwillig. »Es war nichts.«

»Nichts?« Lassar sah ihn einen Moment scharf an, dann wandte er sich um, ging zum Kamin und tat etwas mit den Flammen, das sie höher auflodern ließ, sodass sich der Raum mit flackernd roter Helligkeit erfüllte. »Ihr träumt von der Megidda und Ihr glaubt, es wäre *nichts?«*

»Woher kennt Ihr diesen Namen?«, fragte Cavin erschrocken. »Ihr … ihr wisst, was –«

»Ihr scheint zu vergessen, mein König«, unterbrach ihn Lassar, sehr sanft, aber auch voller Spott, »dass die Träume und Visionen mein Reich sind.«

Er drehte sich herum, ohne sich aus der gebeugten Haltung aufzurichten, in der er sich vor den Kamin gehockt hatte, und lächelte verzeihend. Cavin sah, dass das flackernde Rot der Flammen durch seine Hände hindurchschien. »Ich weiß, dass Euer Vater glaubte, das Wissen um die Megidda und den König der Bäume wäre Eurer Familie vorbehalten. Aber habt keine Sorge – Euer Geheimnis ist sicher aufgehoben bei mir.«

»Woher wisst Ihr davon?«, fragte Cavin scharf, ohne Lassars Worte auch nur zur Kenntnis zu nehmen.

»Ich weiß es«, antwortete Lassar, nun in einem Ton, der deutlich machte, dass dies für ihn Antwort genug sei. Er stand auf, kam näher und sah einen Moment lang auf Cavin herab; mit einem Blick, unter dem dieser sich beinahe sofort unwohl zu fühlen begann.

»Ihr solltet diesen Träumen nicht zu wenig Beachtung schenken, mein König«, sagte er, mit einem Male sehr ernst. »Träume sind mehr, als die meisten Menschen ahnen. Sie sind Botschaften. Manchmal auch Warnungen. Es wäre ein Fehler, sie zu missachten. Erzählt mir, was Ihr geträumt habt.« Er lächelte, als Cavin ihn nur mit wachsendem Schrecken ansah ohne zu gehorchen. »Oh, ich verstehe – Euer Vater hat Euch verboten über die Megidda zu sprechen, nicht wahr? Nun, er tat recht daran. Aber erzählt mir von Eurem Traum. Lasst alles, was die schwarze Festung betrifft, einfach weg.«

»Ich sah … Männer«, sagte Cavin nach einer Weile. »Und Raetts. Sie … sie kämpften.«

»Um die Festung?«

»Und Gwenderon«, fuhr Cavin fort, als hätte er Lassars Frage gar nicht gehört.

Ein Schatten von Unmut huschte über Lassars Züge. Dann lächelte er wieder. »Gwenderon«, murmelte er. »Nun, es scheint mir normal, dass Ihr von Gwenderon träumt, mein König. Nach allem, was geschehen ist … Aber es gefällt mir nicht, dass Ihr es in diesem Zusammenhang tut. Gwenderon weiß von der schwarzen Festung. Er weiß, wo sie ist.«

Es war keine Frage, und obwohl Cavin mit jedem Moment mehr spürte, dass es einfach falsch war, Lassar gegenüber auch nur den Namen jener geheimnisvollen Stadt im Wald zu erwähnen, nickte er. Er hatte Lassar zwar erzählt, dass Gwenderon ihm und seinem Vater im Wald aufgelauert hätte. Aber vielleicht war es sinnlos, den Herrn der Lügen belügen zu wollen.

»Es war dort, wo er meinen Vater erschlug«, antwortete er schließlich.

»Dann weiß er nicht nur um ihre Existenz, sondern hat sie auch entweiht«, murmelte Lassar besorgt. »Das gefällt mir nicht. Vielleicht war Euer Traum wirklich eine Warnung. Wenn es ihm gelingt, sich mit seinen Rebellen dorthin zurückzuziehen …«

Mit einem Male wirkte er nervös. »Entschuldigt mich, mein König. Ich muss gewisse … Vorbereitungen treffen.« Er wandte sich zur Tür, aber Cavin rief ihn noch einmal zurück.

»Lassar!«

Lassar blieb mit deutlichen Anzeichen von Widerwillen stehen und sah ihn an. »Mein König?«

»Die … Megidda«, sagte Cavin. Selbst den bloßen Namen auszusprechen kostete ihn Überwindung. »Was ist sie?«

Lassar zögerte einen Moment. »Wenn Ihr es nicht wisst, Cavin, woher soll ich es dann wissen?«, sagte er schließlich.

»Aber Ihr –«

»Sie ist ein Teil von Euch«, unterbrach ihn Lassar. »So wie Ihr ein Teil von ihr seid. So wie Euer Vater und alle Könige von Hochwalden ein Teil davon waren.« Er trat einen halben Schritt auf Cavin zu und blieb wieder stehen. Cavin glaubte plötzlich zu sehen, dass er sehr nervös war. Aber worüber konnte man sich wirklich sicher sein, bei einem *Schatten*? »Sie ist nicht so unbekannt, wie Euer Vater glaubte«, fuhr er fort. »Viele wissen von ihr, doch die meisten scheuen sich darüber zu reden. Manche sagen, sie wäre das Herz der Welt, andere glauben, sie wäre nichts als eine Ruine, errichtet von einem Volk, das lange vor dem unseren lebte. Wieder andere halten sie für eine bloße Legende.«

»Und was glaubt Ihr?«

»Ich?« Lassar lächelte. »Welche Rolle spielt es, was ich glaube, mein König? Ich fürchte sie, weil ich ihre Macht spüre.«

»Die Macht einer Ruine?«

»Oh, sie ist mehr«, widersprach Lassar. »Ich weiß nicht, was sie ist – niemand weiß das wirklich –, aber ich spüre, dass sie ein Quell großer magischer Kraft ist, vielleicht die Kraft des Schwarzeichenwaldes selbst. Vielleicht sogar etwas von der Macht, die die Welt erschuf. Und das ist es, was ich fürchte, Cavin.«

»Wieso?«

»Wenn es stimmt, dass Gwenderon um ihre Existenz weiß, und wenn Euer Traum das bedeutet, was ich fürchte«, antwortete Lassar, »so kann es sein, dass dieser Narr eine größere Gefahr heraufbeschwört, als Ihr Euch vorzustellen vermögt, mein König.«

»Aber was könnte Gwenderon tun, wenn selbst Ihr die Megidda fürchtet?«

»Das ist es ja gerade«, antwortete Lassar. »Ich weiß um ihre Macht und ich weiß, was geschähe, versuchte ich daran zu rühren. Dieser Narr weiß nichts. Er ist ein Kind, das mit dem Feuer spielt. Und es kann sein, dass er nicht nur sich, sondern uns alle gleich mit verbrennt. Wenn er versucht mit seinen Rebellen dort Unterschlupf zu finden, so kann er Mächte entfesseln, die uns alle verderben. Ihn selbst, Euch, mich – vielleicht die ganze Welt.« Er schwieg einen Moment, dann wandte er sich wieder zur Tür. »Und nun entschuldigt mich, Cavin. Es kann sein, dass jetzt jede Minute zählt.«

Cavin wollte ihn abermals zurückrufen, aber Lassar ging so schnell, dass er keine Gelegenheit mehr dazu fand. Allein und verunsicherter und nervöser als je zuvor blieb er zurück. Das Gespräch mit Lassar hatte seine Verwirrung nicht beseitigt und mehr Fragen gebracht als Antworten. Am meisten entsetzte ihn, dass Lassar so beiläufig erklärt hatte, dass er von der Existenz der Megidda wusste. Cavin verstand das nicht mehr. Er selbst hatte bis vor Tagesfrist nicht einmal geahnt, dass es im Herzen des Schwarzeichenwaldes noch irgendetwas anderes gab als Bäume, und da waren die Worte seines Vaters, der sehr deutlich gesagt hatte, wie groß dieses Geheimnis sei und wie wichtig es war, dass es gehütet bliebe. Und jetzt kam Lassar und behauptete in einem Nebensatz, jedermann wüsste darum? Wenn es so war, wieso hatte er dann nie davon gehört, in den zwölf Jahren, die er mit nichts anderem als Lernen verbracht hatte, auf all den zahllosen Schulen und Universitäten, auf denen er gewesen war? Wieso hatte niemals einer der Gelehrten, einer der Zauberer und Schamanen, einer der Lehrer und Wissenschaftler, mit denen er länger als ein Jahrzehnt zusammen gewesen war, auch nur ein Wort darüber verloren?

16

»Söldner?« Mannon gab sich keine Mühe, den zweifelnden Ton aus seiner Stimme zu verbannen. »Und Ihr seid ganz sicher Euch nicht getäuscht zu haben?«

»Wenn ich jemals ein Söldnerheer gesehen habe, dann das!«, erwiderte Corben heftig. Sein Gesicht flammte vor Erregung. »Männer von den Inseln, aus Velan, Belth, den nördlichen Gebirgen, Barbaren aus der Eissteppe – was Ihr nur wollt.« Er spie aus. Seine Miene spiegelte Abscheu und Zorn, aber auch Furcht. »Was sich nur an Mörderpack und Halsabschneidern denken lässt, Mannon. Und der Mann an ihrer Spitze trägt das Drachenbanner von Hochwalden.«

Mannon starrte den grauhaarigen Rebellen weiter voller Zweifel an. *Söldner?*, dachte er. *Hier? Im Schwarzeichenwald? Das war unmöglich!* Im Laufe der letzten Wochen und Monate hatten sie mehr als einen von Lassars gekauften Mördern gefasst; Mannon selbst hatte eigenhändig zwei dieser Kreaturen getötet, die für Geld Jagd auf Menschen machten und für die er nichts als Abscheu und Ekel empfand – aber ein Söldnerheer unter dem Banner Hochwaldens? Das war schlichtweg undenkbar.

Der Zwerg führte den Befehl über einen Nachschubtrupp, und der Weg, den sie nahmen, hatte sie bis auf wenige Meilen an Hochwalden herangeführt; ein Risiko, das weit kleiner war, als es im ersten Moment schien. Es spielte keine Rolle, ob sie zehn oder hundert Meilen von Hochwalden entfernt waren – weder im guten noch im schlechten Sinn. Der Schwarzeichenwald war hier so undurchdringlich und tödlich für Lassars Kreaturen wie fünf Tagesritte weiter nördlich, nahe ihrem Lager, und sie waren dort so wenig sicher vor seinen gekauften Meuchelmördern wie hier. Da sie selbst auf den geheimen Pfaden, die Mannon kannte, das Lager heute nicht mehr erreichen würden, hatten sie hier ihre beiden Planwagen zusammengefahren und ein vorläufiges Lager aufgeschlagen.

Es war schwierig, die Rebellen im Wald auch nur mit dem Lebensnotwendigsten zu versorgen, und Mannon war gewiss der richtige Mann, ein solches Unternehmen anzuführen. Doch die Nachricht des Spähers hatte ihn aus der Fassung gebracht.

Er wirkte äußerlich noch immer ruhig, so gelassen und stark, wie ihn alle hier kannten, aber hinter seiner Stirn überschlugen sich die Gedanken. *Söldner? Gekaufte Krieger, die für Geld töteten und kämpften, unter dem Drachenbanner Cavins?*, dachte er immer wieder. *Lächerlich!*

»Wie viele waren es?«, fragte er.

»Ich habe sie nicht gezählt«, antwortete Corben erregt. Dann lächelte er entschuldigend, atmete hörbar ein und fuhr sich mit dem Unterarm über das Gesicht, um sich den Schweiß aus den Augen zu wischen. Er musste wie der Teufel geritten sein, denn das Fell seines Pferdes glänzte vor Schweiß und war übersät mit blutigen Schrammen und Kratzern. Er atmete noch immer schwer, obwohl seit seiner Ankunft fast zehn Minuten vergangen waren. Seine Kleider waren dunkel vor Schweiß. »Verzeiht, Mannon«, murmelte er. »Ich …«

»Schon gut«, unterbrach ihn Mannon. »Wie viele habt Ihr gesehen?«

»Hundert«, antwortete Corben nach kurzem Überlegen. »Vielleicht auch hundertfünfzig. Es ist schwer zu sagen; sie marschieren in kleinen Gruppen und mit unterschiedlicher Geschwindigkeit. Und ich bin sofort zurückgekommen, um Euch zu warnen.«

Der Zwerg gab einen sonderbaren, fast schmerzhaft klingenden Seufzer von sich. »Das war richtig, Corben«, sagte er. »Söldner! Ein Söldnerheer im Schwarzeichenwald! Ihr Götter, was geschieht mit der Welt, die wir kennen?«

»Fragt Lassar«, murmelte Corben düster. »Vielleicht weiß er die Antwort.«

Gegen seinen Willen musste Mannon lachen. »Aber ich fürchte, er wird sie uns nicht zur Verfügung stellen, mein Freund«, sagte er. Dann wurde er übergangslos wieder ernst. »Und nun geht und lasst Euch zu essen und Wein geben. Und ruht Euch aus. Wenn Eure Entdeckung das bedeutet, was ich fürchte, dann werden wir in den nächsten Tagen wenig Zeit zum Schlafen finden.«

Corben gehorchte. Auch Mannon wandte sich um, ging aber nur die wenigen Schritte bis zum Waldrand hinüber und blieb abermals stehen. Sein Blick tastete über das wuchernde Grün des Unterholzes und für einen Moment wünschte er sich nichts sehnlicher als den Busch durchdringen und mit eigenen Augen sehen zu können, was sich vor den Toren Hochwaldens abspielte. Gleichzeitig hatte er Angst davor, denn er wusste nur zu gut, dass Corben die Wahrheit gesagt hatte. Seine Hiobsbotschaft passte zu gut in das Bild, das sich in den letzten Wochen herauskristallisiert hatte, um ein bloßer Zufall zu sein. Und es war letztlich der Grund für ihr Hiersein.

Die letzten Wochen waren still gewesen, beinahe zu ruhig für Mannons Geschmack. Nach dem missglückten Mordanschlag auf Resnec und Gwenderon hatte jener den Wald in weitem Umkreis um das Lager herum durchkämmen lassen, und sie hatten ein weiteres halbes Dutzend gekaufter Mörder gestellt und getötet. Und dann war Ruhe gewesen. Der Angriff, mit dem sie gerechnet hatten, kam nicht, und selbst die gelegentlichen Überfälle auf ihre Nachschubwege hatten nachgelassen, wenn auch nicht gänzlich aufgehört.

Es war, als hielte der Krieg, den Lassar gegen sie und sie gegen Lassar führten, den Atem an. In den letzten zwei Wochen war das Leben im Lager der Rebellen so friedlich gewesen, als wäre alles, was zuvor geschehen war, nichts als ein böser Traum gewesen.

Aber dafür begannen Nachrichten das ewige Schweigen des Schwarzeichenwaldes zu durchdringen. Es waren ebenso beunruhigende wie verwirrende Nachrichten. Irgendetwas begann sich zu ändern, langsam und zuerst fast unmerklich, aber unaufhaltsam.

Es waren seltsame Dinge, grundlos und auf den ersten Blick ohne direkten Zusammenhang, die im Grunde nur eines verband: Sie waren beunruhigend. Menschen, die sie bisher unterstützt hatten, halfen ihnen nicht mehr. Städte, in denen die Rebellen sonst ein Versteck und ein Nachtlager gefunden hatten, schlossen plötzlich ihre Tore. Könige, deren Waffenkammern den Rebellen offen gestanden hatten, verweigerten ihnen den Nachschub. Verträge, die gerade erst besiegelt worden waren, wurden nicht gehalten. Es war ein langsamer, beinahe unmerklicher Vorgang, aber es war nicht mehr zu leugnen: Die Stimmung in der Welt außerhalb des Schwarzeichenwaldes begann umzuschlagen.

Und jetzt dieses Söldnerheer, eine fremde Armee, die sich in kleinen Gruppen, wie es schien, aber in beständigem Zustrom um Hochwalden sammelte.

Es ergab einfach keinen Sinn!

Minutenlang starrte Mannon blicklos in den Wald. Dann fuhr er mit einem Ruck herum, ging quer über die Lichtung und rief einen seiner Begleiter zu sich. »Sattelt mein Pferd«, befahl er. »Rasch. Und wähle drei Männer aus, die mich begleiten. Die anderen sollen das Lager abbrechen und sich bereithalten. Es kann sein, dass wir sehr schnell aufbrechen müssen.«

Der Mann erschrak, entfernte sich aber gehorsam und kam nach weniger als einer Minute zurück, Mannons struppiges Zwergenpony am Zügel mit sich führend. In seiner Begleitung befanden sich zwei junge Männer und ein graufelliger Raett, der bis auf einen handbreiten, silbernen Schwertgurt unbekleidet war. Doch schleppte er eine gewaltige Axt und einen noch gewaltigeren Schild mit sich.

Mannon unterdrückte ein Grinsen. Wie alle im Lager hatte er rasch gelernt die Raetts zu mögen, nachdem er erst einmal seinen natürlichen Widerwillen gegen die intelligenten Riesennager überwunden hatte. Aber an ihre Art, menschliches Verhalten nachahmen zu wollen und dabei allzu leicht die Grenzen des Lächerlichen zu überschreiten, würde er sich wohl nie gewöhnen.

Manchmal hatte er das Gefühl, dass für die Raetts dieser ganze Krieg nichts als ein einziger gewaltiger Spaß war.

Mit einem dankbaren Nicken ergriff er die Zügel, schwang sich auf den Rücken des Ponys und wartete ungeduldig, bis auch die drei anderen ihre Pferde geholt hatten und aufgesessen waren. Ohne ein weiteres Wort ritten sie los und verließen das Lager.

Mannon fühlte sich umso unbehaglicher, je weiter sie sich dem Waldrand und Hochwalden näherten. Sie bewegten sich leise vorwärts, nahezu lautlos, in der Art von Männern, die gelernt hatten, dass sie nur auf diese Weise überleben konnten. Der Wald war so still wie ein gewaltiges grünes Grab. Nicht einmal der Wind raschelte in den Blättern.

Und trotzdem hatte Mannon das Gefühl, von tausend unsichtbaren Augen beobachtet zu werden.

Mannon rief sich in Gedanken zur Ordnung, straffte sich im Sattel und ritt ein wenig schneller weiter. Seine beiden menschlichen Begleiter schlossen auf, während der Raett ein Stück zurückfiel und ihnen den Rücken deckte.

Etwa zwanzig Minuten bewegten sie sich auf dem schmalen Waldweg entlang. Dann zügelte Mannon sein Pferd und gab auch den beiden anderen das Zeichen anzuhalten. Vor ihnen hellte sich das Grün des Waldes auf, und ab und zu zerriss ein verirrter Sonnenstrahl die Dämmerung mit einem Lichtblitz. Der Geruch von Wasser lag in der Luft.

Sie saßen ab. Der Raett-Krieger blieb bei den Pferden zurück, während sie den Weg verließen und quer durch das dornige Unterholz weiter auf den Waldrand zugingen. Dann lag Hochwalden vor ihnen.

Ein sonderbar klammes Gefühl ergriff von Mannons Herz Besitz, als er den gewaltigen, finsteren Quader der Burg sah. Die Sonne stand im Zenit und ließ den sichelförmigen See, der die Festung an drei Seiten umschloss, wie eine gewaltige Metallplatte aufblitzen.

Mannon spürte ein dumpfes Gefühl von Zorn in sich aufsteigen, begleitet von Trauer und Hilflosigkeit. Er war niemals dort drüben gewesen und diese Burg war nicht *seine* Burg, sondern ganz im Gegenteil ein Ort, den er instinktiv ablehnte und wohl auch ein wenig fürchtete: eine Stadt der Menschen, zu groß, zu laut und mit zu viel Himmel darüber. Aber er war ein Zwerg und für das Zwergenvolk war nicht nur der Schwarzeichenwald heilig, sondern auch Hochwalden. Allein der Gedanke, dass es in Wahrheit längst Lassar, der Herr der Schatten, war, der jetzt über die schwarze Perle des Schwarzeichenwaldes herrschte, entfachte in ihm einen wilden Grimm.

Einer seiner Begleiter berührte ihn an der Schulter und deutete stumm nach Westen. Mannon schrak aus seinen Gedanken hoch und blickte in die angegebene Richtung.

Zwischen den Bäumen am Waldrand war ein einzelner, in flirrendes Silber und Gold gekleideter Reiter erschienen. Er ritt das weiße Schlachtross der Könige und über seinem Helm wehte das Drachenbanner Hochwaldens.

Mannon unterdrückte im letzten Augenblick einen überraschten Ausruf, als er den Reiter erkannte.

»Cavin!«, flüsterte er. »Das ist … bei allen Göttern – das ist Prinz Cavin!«

»Der König von Hochwalden?« Der Mann neben ihm starrte erst ihn, dann Cavin ungläubig an. Wie viele, die sich ihrer Rebellion angeschlossen hatten, hatte er Cavin niemals gesehen. Der Prinz kam langsam näher, aber er bewegte sich irgendwie ziellos, hielt immer wieder an und blickte in den Wald oder über den See hinaus. »Das ist König Cavin?«

»Still!«, befahl Mannon scharf. Seine Gedanken überschlugen sich. Der einsame Reiter war näher gekommen und hatte schließlich angehalten, kaum zwanzig Schritte von ihrem Versteck entfernt. Sein Pferd hatte den Kopf gesenkt und stillte seinen Durst am eisigen Wasser des Sees, während Cavin aus weit geöffneten, aber blicklosen Augen in den Wald starrte. Er wirkte wie ein Mann, dessen Gedanken in Wirklichkeit weit, weit fort waren.

»Das ist die Gelegenheit, Herr!«, flüsterte einer der Männer. »Er ist allein. Wir könnten ihn überwältigen und gefangen nehmen.«

Mannon schwieg. Der Mann sprach nur aus, was er im gleichen Moment gedacht hatte, in dem er den einzelnen Reiter erkannte: Cavin war in Waffen und Harnisch, und Mannon wusste, wie gut der Prinz trotz seiner Jugend mit dem Schwert umzugehen verstand. Aber sie waren zu dritt und hatten den Vorteil der Überraschung auf ihrer Seite. Mit etwas Glück könnten sie ihn überwältigen und verschwinden, ehe drüben in Hochwalden auch nur Alarm gegeben wurde. Und wenn Cavin erst einmal in ihrer Gewalt und somit dem unmittelbaren Einfluss Lassars entzogen war …

Dicht hinter dem Prinzen teilte sich das Unterholz, und mehr als zwei Dutzend Krieger traten aus dem Wald und machten Mannons Pläne mit einem Schlag zunichte.

Einen Moment lang starrte er noch aus brennenden Augen zu Cavin und der Söldnertruppe hinüber. Dann kroch er rücklings fünf, sechs Meter weit in den Schutz des Waldes zurück, richtete sich auf und wartete, bis die beiden Männer ihm gefolgt waren, und deutete nach Norden. »Schnell jetzt«, sagte er. »Wir müssen die anderen warnen.«

So rasch sie konnten, liefen sie zum Weg zurück, saßen auf und sprengten zum Lager zurück. Alle Vorsicht war jetzt vergessen. Der Wald flog an ihnen vorbei, aber Mannon trieb sein Pony zu immer größerer Schnelligkeit an. Noch immer hatte er das Gefühl, beobachtet zu werden, und obwohl der Wald tot und still war wie zuvor und das Donnern ihrer Pferdehufe auch die letzten Spuren von Leben vertrieb, wurde es stärker. Es wuchs mit jedem Meter, den sie sich dem Lager näherten.

17

»Sie sind unterwegs, Herr.«

Die Stimme des Söldners klang so düster, wie sein Gesicht hart war. Er war ein Mann von den nördlichen Eisinseln, seiner Kleidung und dem harten Dialekt nach zu schließen – groß, hager, mit Händen wie aus rauem Holz und grausamen Augen. Hätte Cavin ihn unter anderen Umständen getroffen, hätte er vielleicht Angst vor ihm gehabt. Jetzt befriedigte ihn der Anblick. Der Mann war wie seine fünfhundert Kameraden ein Subjekt, das aus reiner Lust am Kämpfen und Töten zu seiner Fahne geeilt war. Für Cavin war er nicht mehr als ein Werkzeug. Ein perfektes Werkzeug.

»Wie viele sind es?«, fragte er.

Der Mann deutete nach Norden. »Vier, Herr. Zwei Männer, eine von diesen stinkenden Raett-Kreaturen und ein Zwerg.«

»Ein Zwerg?« Cavin runzelte die Stirn und sah den Söldner fragend an. »Ein kleiner schwarzhaariger Kerl mit Vollbart und einer Axt, die fast größer ist als er selbst?«

Der Krieger nickte überrascht. »Ihr kennt ihn?«

»Mannon«, flüsterte Cavin. »Er ist hier. Ich –« Er brach ab, schwieg einen Moment und fuhr dann, lauter und sichtlich erregt, fort: »Ruf deine Leute zusammen. Wir folgen ihnen. Auf der Stelle.«

»Aber das ...«, begann der Krieger, wurde aber sofort von Cavin unterbrochen.

»Das entspricht nicht unserem Plan, ich weiß«, sagte der Prinz ungeduldig. »Aber ich will Mannon haben. Er gehört zu denen, die mich verrieten und Schuld am Tod meines Vaters haben. Verfolgt sie. Spürt ihr Lager auf und greift sie an. Es reicht, wenn einer oder zwei von ihnen entkommen, um uns zu ihrem Hauptlager zu führen. Aber ich will diesen Zwerg. Lebend – hast du das verstanden?«

»Es wird nicht leicht werden, einen Zwergenkrieger lebend einzufangen, Herr«, wandte der Krieger ein. Eine Spur von Furcht klang in seiner Stimme mit. Der Ruf der Zwergenkrieger war nicht nur bis nach Hochwalden gedrungen.

Cavin fuhr auf. »Wozu bezahle ich euch? Bringt mir Mannon und bringt ihn mir lebend. Die anderen gehören euch. Ihr könnt euch teilen, was sie an Waffen und Geld bei sich haben. Und nun geh!«

Der Mann starrte ihn noch einen Moment zweifelnd an, dann drehte er mit einem Ruck sein Pferd herum, sprengte zu seinen Kameraden zurück und begann in seiner Heimatsprache Befehle zu brüllen. Für einen Moment verwandelte sich die geordnete Formation der Söldner in ein scheinbar unentwirrbares Chaos, dann nahmen die zwei Dutzend Reiter in Zweierreihen hintereinander Aufstellung und verschwanden in scharfem Galopp im Wald.

Irgendetwas geschah mit den Schatten, kurz bevor die Stille des Schwarzeichenwaldes das Geräusch ihrer Hufschläge verschluckt hatte: Für einen ganz kurzen Moment hatte Cavin den Eindruck, als ob sich Licht und Farben des Busches um eine Winzigkeit ins Düstere hin verschoben; aus Braun wurde Schwarz, aus Grün Dunkelheit, aus Schatten Nacht. Dann war alles wieder normal. Nur die zwei Dutzend Männer waren verschwunden.

Aber der Gedanke erreichte Cavins Bewusstsein kaum. In seiner Seele war nur noch Platz für Hass.

Mannon, dachte er, und für einen Moment glaubte er das Gesicht des Zwergenkriegers direkt vor sich zu sehen. Du wirst der Erste sein, der für den Verrat bezahlt. Seine Rechte spannte sich um das Schwert, das er im Gürtel trug; so fest, dass es schmerzte.

18

Quer über dem Weg lag ein Toter. Er war nicht nur ermordet, sondern auch noch ausgeplündert worden.

»Diese Bestien«, murmelte Mannon. »Diese verdammten ...«

Seine Stimme versagte. Er war ein Mann des Zwergenvolkes, und Krieg und Tod waren ihm nicht fremd. Er hatte vor Jahren aufgehört die Schlachten zu zählen, in denen er gefochten hatte. Und trotzdem traf ihn der Anblick des verwüsteten Lagers so hart, als wäre es das erste Mal.

Von dem Dutzend Männer, das sie zurückgelassen hatten, lebte keiner mehr. Die kleine Lichtung hatte sich in ein Schlachtfeld verwandelt. Menschen und Pferde lagen wirr übereinander, die beiden Wagen waren zerstört und da und dort flackerten Brände.

Es war kein Kampf gewesen, dachte Mannon düster. Nicht in dem Sinn, in dem er das Wort bisher immer benutzt hatte. Die Rebellen hatten keine Chance gehabt. Den Spuren nach zu schließen mussten sie von einer erdrückenden Übermacht überfallen und in wenigen Augenblicken getötet worden sein. Manche der Toten hatten nicht einmal mehr die Zeit gefunden, ihre Waffen zu ziehen.

Mit einem unterdrückten Seufzer richtete sich Mannon auf, griff nach dem Sattelknauf und schwang sich mit einer kraftvollen Bewegung auf den Rücken des Ponys. Das Tier begann nervös zu tänzeln. Der Geruch des Todes, der wie ein süßlicher Pesthauch über der Lichtung lag, machte es rasend.

»Aber wie ist das möglich?«, murmelte einer seiner beiden Begleiter. »Wie ... wie kann das sein, Herr? Wir ... wir sind doch sofort ... sofort zurückgekehrt.«

»Magie«, sagte Mannon. Er dachte an das Gefühl, das er gehabt hatte, als ob ihn unsichtbare Augen aus dem Dunkel des Waldes heraus anstarrten. Er hatte es gespürt, als sie das Lager verlassen hatten, und es war noch immer da. Sie waren nicht allein. Lassars Magie lag wie eine unsichtbare, erstickende Wolke über der Lichtung.

»Besser wir gehen«, quietschte der Raett. »Bevor sie kommen.«

Mannon drehte sich halb im Sattel herum und sah das riesige, braunpelzige Rattenwesen mit einer Mischung aus Trauer und Resignation an. Mit einem Male erschien ihm die kriegerische Bewaffnung des Raett eher hilflos als lächerlich.

»Ich fürchte, das hat nicht mehr viel Sinn, mein Freund«, sagte er leise. »Sieh dort hinüber.«

Seine Hand wies in die Richtung, aus der sie gekommen waren. Der Raett und seine beiden menschlichen Begleiter fuhren herum – und erstarrten.

Der Weg war nicht mehr leer. Wie ein Schatten, der urplötzlich aus der Nacht auftaucht, war ein Reiter auf dem schmalen Waldpfad erschienen.

Es war ein dunkler, seltsam konturloser Mann auf einem gewaltigen, schwarzen Schlachtross, groß und düster und von einer sonderbaren Aura des Finsteren eingehüllt, als schreckten selbst die Strahlen der Sonne vor der schattenhaften Gestalt zurück.

»Wer ist das, Herr?«, murmelte einer der Krieger. Seine Stimme zitterte vor Angst und selbst Mannon spürte, wie irgendetwas in seiner Seele vor der Anwesenheit dieser Kreatur der Nacht zurückschrak.

»Lassar«, flüsterte er. Seine Hand kroch wie ein kleines lebendes Wesen zum Sattelgurt und schmiegte sich um den Griff der Streitaxt. Aber er zog die Waffe nicht. Einen Schatten konnte man nicht mit Stahl bekämpfen. Ein dumpfes Gefühl von Resignation machte sich in ihm breit.

»Lassar«, sagte er noch einmal; lauter, so, dass der Herr der Schatten seine Worte hören musste. »Du bist selbst gekommen, um uns zu vernichten.«

Lassar lachte leise und begann auf sie zuzureiten. Mannon sah, dass die Hufe seines Pferdes den morastigen Boden nicht wirklich berührten. Wie sein Reiter war das Tier nur ein Trugbild. Illusion, mehr nicht. Aber eine Illusion, die töten konnte.

»Du überschätzt deine Wichtigkeit, Zwerg«, sagte er. Seine rechte Hand machte eine rasche, kaum wahrnehmbare Bewegung. Die Schatten am Rande des Weges begannen sich zusammenzuballen, wurden zu Körpern und Farben und blitzendem Stahl. Wo vor Sekunden nichts als morastiger Boden gewesen war, erhoben sich plötzlich die Gestalten von Kriegern. Kriegern in zerfetzten, wild zusammengewürfelten Kleidern. Söldner.

Es waren die gleichen Söldner, die er am Ufer des Sees gesehen hatte. Die Männer, mit denen Cavin geredet hatte.

»Also betrügst du ihn auch«, sagte Mannon leise.

»Betrügen?« Lassar legte den Kopf auf die Seite, als müsse er über das Wort nachdenken. »Ihr Zwerge habt manchmal eine sonderbare Art, die Dinge zu benennen«, sagte er. »Ich habe einen Handel mit dem König von Hochwalden geschlossen. Er verlangte Söldner von mir – ich gab sie ihm. Was ist daran Betrug?«

»Weiß er, dass es in Wahrheit deine Kreaturen sind?«, fragte Mannon.

Lassar machte eine zornige Handbewegung, als wolle er seine Worte beiseite fegen. »Wo ist der Unterschied, Zwerg? Sieh dich um! Cavin verlangte euren Tod und er wird ihn bekommen.«

»Du Hund!«, zischte der Mann neben Mannon. »Du verdammter Betrüger. Dafür stirbst du!«

Ehe Mannon es verhindern konnte, rammte der Mann seinem Pferd die Sporen in die Seiten und zog sein Schwert. Das Tier stieg auf die Hinterläufe und machte einen gewaltigen Satz nach vorne, direkt auf Lassar zu.

Der Herr der Schatten wartete reglos, bis ihn der Krieger fast erreicht hatte. Dann hob er abermals die Hand.

Mannon konnte nicht genau erkennen, was geschah. Irgendetwas Finsteres, Großes, schien aus dem Nichts aufzutauchen und sich auf den Krieger zu stürzen. Das Kreischen seines Pferdes klang plötzlich panikerfüllt und dann war sein Reiter mit einem Male verschwunden, der Sattel leer und das Tier fuhr mit einem schrillen Wiehern herum und raste davon. Ein Geruch wie nach Blut und Feuer lag in der Luft.

Langsam zog Mannon seine Streitaxt aus dem Sattelgurt. Er wusste, wie wenig ihm die Waffe gegen Lassar nutzen würde, so sicher wie er wusste, dass er diesen Ort nicht mehr lebend verlassen würde. Aber er wollte wenigstens das Gefühl haben, im Kampf zu sterben.

»Du wirst verlieren, Lassar«, sagte er leise. »Du kannst mich töten und diesen Mann hier und den Raett, aber du wirst verlieren. Dein Zauber nutzt dir nichts in diesem Wald.«

»Bisher funktioniert er hervorragend«, antwortete Lassar trocken. »Und was das Töten angeht – ich habe nicht die Absicht, dich zu töten.« Er lachte spöttisch, zwang sein Pferd mit einem Schenkeldruck zur Seite und machte eine einladende Bewegung mit der Hand. »Geht.«

Ungläubig starrte Mannon den Magier an. »Das ist … eine Falle«, murmelte er. »Hast du nicht einmal den Mut, mich von vorne anzugreifen?«

»Geht!«, sagte Lassar, noch einmal und in scharfem, befehlendem Ton. »Meine Krieger werden Euch nichts zuleide tun. Ihr glaubt, ich würde Cavin betrügen? Geht und fragt ihn. Er erwartet Euch, Zwerg.«

Wieder machte er eine rasche, befehlende Geste mit der Hand, und die Söldner, die den Weg hinter ihm blockiert hatten, wichen nahezu lautlos auseinander. Hinter ihnen, noch weit entfernt, aber rasch näher kommend, sprengte ein Tross von Reitern heran. Mannon erkannte das flatternde Drachenbanner Hochwaldens über dem Kopf ihres Anführers.

»Es ist Cavin«, sagte Lassar. Seine Stimme klang amüsiert. »Keine Sorge, Zwerg, ich täusche Euch nicht. Ich werde auch nicht versuchen Euch aufzuhalten oder zu hintergehen. Reitet ihm entgegen und sprecht mit ihm.«

Mannon starrte den Magier an, aber Lassar hielt seinem Blick gelassen stand. In seinen dunklen Augen blitzte so etwas wie boshafte Vorfreude auf. »Geht«, sagte er noch einmal.

Ohne ein weiteres Wort trieb Mannon sein Pferd an, schob die Axt in den Sattelgurt zurück und ritt dem König von Hochwalden entgegen.

Ein bitterer Geschmack begann sich auf seiner Zunge auszubreiten, und das Gefühl, in eine Falle zu reiten, wurde übermächtig, während Cavin langsam näher kam und er ihn genauer erkennen konnte.

Der junge König von Hochwalden hatte sich nicht verändert,

seit Mannon ihn das letzte Mal gesehen hatte. Sein Gesicht war noch immer so glatt und unfertig wie das des Jungen, den Mannon vor mehr als sechs Wochen durch den Schwarzeichenwald geführt hatte: das Antlitz eines Mannes, der den Schritt vom Knaben zum Mann gerade erst getan hat und sich seiner neuen Rolle noch nicht vollends bewusst war. Und um seinen Mund lag noch immer der gleiche leicht hochmütige Zug, der Mannon schon damals geärgert hatte. Und trotzdem schien er in den letzten vier Wochen um die gleiche Anzahl von Jahren gealtert zu sein. Er wirkte … härter. Härter und auf schwer zu beschreibende Weise verbittert.

Der Zwerg zügelte sein Pferd und hielt an, als er sich dem Prinzen und dessen Begleitern auf zehn Schritte genähert hatte. Auch Cavin verharrte für einen Moment. Dann gab er den Männern hinter sich ein Zeichen, zurückzubleiben, zog sein Schwert aus dem Gürtel und kam weiter auf Mannon zu.

»Mannon«, flüsterte er. In seiner Stimme bebte ein Ton, den der Zwerg nicht verstand. »Endlich sehen wir uns wieder. Lange genug hat es gedauert.«

»Ihr … Ihr seid in großer Gefahr, Herr!«, begann der Zwerg verwirrt. Cavin kam langsam näher und jetzt sah er, wie sehr sich der junge König doch verändert hatte. In seinem Blick lag ein Ausdruck von harter Grausamkeit, der neu war. Mannon hatte plötzlich das Gefühl, einen fürchterlichen Fehler begangen zu haben.

»Ich muss Euch warnen, Herr!«, rief er. »Ihr seid in Gefahr! Euer Vater ist tot und …«

»Ich weiß«, unterbrach ihn Cavin. »Ich war dabei, als er starb, du Verräter. Aber die Gefahr ist nicht so groß, wie du glaubst: jetzt nicht mehr.«

Mannon kam nicht mehr dazu, über den Sinn dieser Worte nachzudenken. Das Letzte, was er sah, war das Aufblitzen von Cavins Schwert.

19

Die Stille war absolut. In die Grabkammer tief unter dem Boden, geborgen im schweigenden Schoß der Erde, drang kein Laut, kein Lichtschimmer und kein noch so geringes Anzeichen von Leben.

Dann geschah etwas.

Es war unmöglich, es mit menschlichen Worten und Begriffen zu beschreiben, denn es war etwas, das seinen Ursprung nicht in der Welt der Menschen hatte, sondern einem anderen, älteren und vielleicht höheren Sein entsprang. Geräusche, die kein menschliches Ohr je gehört, Farben, die kein menschliches Auge je geschaut, und Bewegungen, die kein menschlicher Sinn zu erfassen in der Lage gewesen wäre, erfüllten den kleinen, kuppelförmigen Raum.

Dann breitete sich wieder die Stille des Todes über der Katakombe aus.

Aber etwas hatte sich verändert.

Der steinerne Sarg, der auf einem Podest in der Mitte des Raumes gestanden hatte, war leer.

Faroan, der Magier von Hochwalden, war zum zweiten Mal von den Toten auferstanden.

20

In dem Trank, den Animah ihm gegeben hatte, musste etwas gewesen sein, denn Resnec schlief bis weit in den nächsten Tag hinein, und als er erwachte, fühlte er sich so frisch und ausgeruht wie schon lange nicht mehr. Er war allein. Durch die Tür drangen Sonnenschein und die Geräusche des Lagers herein und auf dem Boden konnte er den verzerrten Schatten eines Raett erkennen, breiter als der eines Menschen und mit spitzen, sich ständig bewegenden Katzenohren. Der Anblick rief ihm die Tatsache in Erinnerung zurück, dass er noch immer wenig mehr als ein Gefangener war, so freundlich ihn auch alle behandeln mochten.

Er stand auf. Die Bewegung bereitete ihm weniger Mühe, als er geglaubt hatte, obwohl seine Schulter und sein Arm noch immer taub waren; zudem so dick verbunden, dass er den Versuch, sein Wams überzustreifen, kein zweites Mal unternahm. Missmutig schlüpfte er in seine Hose, was sich als gar nicht so einfach erwies, da er nur eine Hand zu Hilfe nehmen konnte, und sah gerade noch das spitze Raett-Gesicht seines Bewachers unter der Tür verschwinden, als er sich herumdrehte.

Resnec musste nicht lange warten, bis die Reaktion auf sein Erwachen erfolgte. Der Raett kam zurück, begleitet von Animah, Gwenderon und – Resnec wusste nicht, ob er wirklich froh darüber sein sollte – auch Karelian, der wohl erst im Laufe der Nacht ins Lager zurückgekehrt sein musste, denn er wirkte erschöpft und abgerissen. Trotzdem waren seine Augen wach und das Misstrauen darin war unübersehbar.

»Wie ich sehe, geht es dir besser.« Gwenderon begann das Gespräch, ohne sich mit irgendwelchen Floskeln oder Begrüßungen aufzuhalten, und in seiner Stimme war noch immer die gleiche Kälte, die Resnec kannte. Er war enttäuscht, ohne dass er eigentlich Grund dazu gehabt hätte. Was hatte er erwartet – dass Gwenderon ihn umarmte und ihm einen Bruderkuss gab?

»Eure Pflege war gut«, sagte er. Animah lächelte flüchtig – als Einzige –, aber auch sie wurde sofort wieder ernst.

»Fühlt Ihr Euch kräftig genug zu reden?«, fragte Karelian. Ohne seine Antwort abzuwarten, ging er an Resnec vorbei und setzte sich auf den Boden. Er machte eine auffordernde, ungeduldige Bewegung und Resnec, der Raett und nach kurzem Zögern auch Animah taten es ihm gleich. Nur Gwenderon blieb stehen. Sein Blick sprühte vor Feindseligkeit. Aber Resnec hatte das sichere Gefühl, dass sie im Grunde weniger ihm als den anderen galt. Was mochte zwischen ihnen vorgefallen sein? Er begriff, dass wahrscheinlich er der Grund für einen Streit zwischen Gwenderon und den anderen gewesen war, und es tat ihm Leid. Resnec lag sehr viel daran, Gwenderons Vertrauen zu gewinnen.

»Ihr habt zwei Wochen geschlafen, Resnec«, begann Karelian. »Es ist eine Menge geschehen in dieser Zeit.«

»Lassar weiß, wo euer Lager ist.«

Karelians Züge verdüsterten sich. »Nach dem Attentat auf Gwenderon und Euch hat es wohl wenig Sinn, dies abzustreiten«, sagte er. »Aber das ist nicht alles.« Er sprach nicht weiter, aber sein Schweigen war von einer ganz bestimmten, niedergeschlagenen Art, und mit einem Male fiel Resnec auch auf, wie ernst Animah war und dass der Zorn in Gwenderons Blick nicht diesen beiden galt. Er hatte sich getäuscht. Gwenderon und die beiden anderen hatten sich nicht gestritten. Etwas war geschehen. Etwas Schreckliches.

»Mannon ist tot«, sagte Animah plötzlich.

»Tot?!« Obwohl Resnecs Stimme beinahe zu einem Flüstern herabgesunken war, füllte sie das Innere der kleinen Laubhütte aus wie ein Schrei; ein Fluch, in dem aller Schrecken, aller Unglauben und alles Entsetzen mitschwang, das dieses eine Wort auszudrücken vermochte. »Tot, sagst du? Du bist ... dir vollkommen sicher?« Es war nicht wirklich eine Frage, sondern eher ein Ausdruck der Verzweiflung.

»Natürlich ist sie sich sicher.« Gwenderons Augen waren geweitet, als sähe er gar nicht das bleiche Gesicht seines Gegenübers, sondern etwas ganz anderes. Etwas Schreckliches. »Drei seiner Leute haben das Gemetzel überlebt. Sie haben es gesehen. Mit eigenen Augen, Resnec. Cavin hat ihn erschlagen.«

»Cavin?« Resnec starrte den ehemaligen Waffenmeister von Hochwalden fassungslos an. »Er selbst! Aber wie –«

»Sie waren in der Nähe von Hochwalden«, berichtete Karelian. »Ein Späher berichtete, dass er Reiter gesehen habe. Söldner, die unter Hochwaldens Banner ritten. Mannon ritt hin, um sich selbst zu überzeugen. Auf dem Rückweg lief er in eine Falle.«

»Aber wie kann das sein?«, murmelte Resnec verwirrt. »Mannon hat ihm das Leben gerettet und ...«

»Es spielt jetzt keine Rolle, warum er es getan hat«, unterbrach ihn Karelian. »Er hat es getan, das allein zählt. Wir können uns später den Kopf über das Warum zerbrechen. Jetzt gilt es zu handeln. Mannons Tod ist nicht alles.«

Resnec starrte ihn an und für einen Moment verzerrte sich sein Gesicht zu einer Grimasse, in der sich Furcht, Unglauben, Zorn und maßlose Verwirrung miteinander mischten. Dann hatte er sich wieder in der Gewalt.

»Du hast Recht, Karelian«, murmelte er. »Verzeih. Es kam nur alles so ... so überraschend.«

Er schluckte mühsam, fuhr sich mit einer fahrigen, unsicheren Handbewegung über das Gesicht und wandte sich wieder an Gwenderon. »Sind ... alle tot?«, fuhr er fort, noch immer stockend, aber doch hörbar gefasster.

Gwenderon nickte. »Alle«, bestätigte er. »Wen die Söldner am Leben gelassen haben, der wurde von Cavins Garde erschlagen, bis auf zwei Leute und einen von Guarrs Volk, die sich rechtzeitig verbergen konnten.«

»Verbergen? Vor Lassar?« Resnec schüttelte überzeugt den Kopf.

»Du weißt, dass es nur eine einzige Erklärung dafür gibt, dass sie entkommen konnten. Sie haben sie entkommen lassen.«

»Damit man ihnen den Weg zu unserem Lager zeigt«, fügte Karelian heftig hinzu. »Dieser Narr! Wahrscheinlich weiß Cavin jetzt bereits, wo wir zu finden sind. Es würde mich nicht wundern, wenn Lassar wüsste ...«

»Das weiß er längst«, unterbrach ihn Resnec. »Ich fürchte, sein Verhalten hat einen ganz anderen Grund.«

»Und welchen?«

»Vielleicht will er sichergehen, dass auch wir wissen, dass er es weiß«, sagte Resnec. Gwenderon runzelte die Stirn und Resnec fügte mit einer erklärenden Geste hinzu: »Ihr selbst habt gesagt, dass seine Magie hier nicht wirkt. Wenn es wirklich so ist, Gwenderon, dann weiß auch Lassar davon, er als Erster.«

»Du meinst, er will uns hier herauslocken«, vermutete Animah.

»Ich meine gar nichts«, antwortete Resnec kopfschüttelnd. »Es hat wenig Sinn, irgendwelche Vermutungen anzustellen, wenn Lassar im Spiel ist. Er will uns zu einer Unbesonnenheit verleiten, das ist alles. Versteht ihr denn nicht? So wie es aussieht, können wir nicht viel tun gegen Lassar und seine Krieger. Aber er auch nicht gegen uns.«

»Und wenn er uns zwingt aktiv zu werden –«

»– begehen wir vielleicht Fehler«, führte Resnec den Satz zu Ende. »Richtig. Unterschätzt seine Verschlagenheit nicht. Was immer wir tun, er wird darauf vorbereitet sein. Der Mord an eurem Freund vom Kleinen Volk ist nicht so sinnlos, wie es euch scheinen mag. Lassar will euch provozieren.«

»Es war Cavin, der Mannon erschlug«, sagte Karelian.

»Nicht der Cavin, den Ihr gekannt habt, Karelian«, behauptete Resnec. »Glaubt mir – ich kenne Lassar. Er –«

»Trotzdem bleibt keine Zeit zu verlieren«, beharrte Karelian. Von der Ruhe und Überlegenheit, die den Waldläufer sonst immer ausgezeichnet hatten, war nicht viel geblieben. Es war das erste Mal, dass Gwenderon oder einer der anderen deutliche Anzeichen von Panik an dem ansonsten so stillen Mann erkannten. »Wir müssen das Lager aufgeben, Gwenderon. Noch heute. Wir müssen fort, ehe diese Söldner auftauchen.«

»Fort?« Gwenderon wiederholte das Wort auf sonderbare Art. »Und wohin, mein Freund?«, fragte er. »Wir sind so weit vor ihnen geflohen, wie wir konnten. Dieser Ort liegt im Herzen des Waldes. Hast du vergessen, dass du selbst es warst, der ihn uns gezeigt hat? Und dass du es warst, der gesagt hat, hier wären wir sicher?«

»Sicher vor Lassars Magie, ja«, erwiderte Karelian heftig. »Nicht vor den Schwertern seiner Söldner. Wir müssen fliehen, Gwenderon. Weiter nach Norden, zum Fluss und ...«

»Und aus dem Wald heraus, wenn sie uns weiter folgen, nicht wahr?« Gwenderons Worte klangen bitter. »Selbst wenn Lassar so dumm wäre, uns den Rückweg nicht abzuschneiden, Karelian, dann hätte er gewonnen. Welchen Sinn hat unser Widerstand noch, wenn wir den Wald aufgeben? Worum haben wir so hart gekämpft, wenn wir jetzt Lassar das Feld räumen?«

»Dann müssen wir kämpfen«, sagte Karelian, aber wieder schüttelte Gwenderon den Kopf.

»Du weißt, dass wir das nicht können. Es sind Cavins Krieger, die gegen uns ziehen. Ich kann nicht gegen Oros Sohn kämpfen.«

»Oros Sohn!«, wiederholte Karelian erregt. Zornig deutete er auf Resnec. »Er hat Recht, Gwenderon, und du weißt das so gut wie ich. Du weißt, dass dieser Mann nichts weiter mehr mit Cavin gemein hat als seinen Namen und sein Gesicht. Er ist zu einer Marionette Lassars geworden.«

»Du weißt, dass das unmöglich ist. Seine Macht zählt nicht im Schwarzeichenwald.«

Karelian machte eine wütende Handbewegung. »Dann hat er ihn auf andere Weise getäuscht. Zum Teufel, Gwenderon – was willst du tun? Hier sitzen und warten, bis Cavins Söldner über uns herfallen und uns abschlachten?«

»Noch hat kein einziger seiner Männer den Wald betreten«, sagte Animah.

Gwenderon bedachte sie mit einem Blick, der an Verachtung grenzte. »Verzeih meine Dummheit«, sagte er bissig. »Sicherlich hat er all diese Männer nur kommen lassen, um Hochwaldens Garde zu verstärken. Möglicherweise fürchtet er einen Angriff auf die Burg.«

Gwenderon schwieg länger als eine Minute. Dann wandte er sich um und ging zum Ausgang, verließ die Hütte jedoch nicht, sondern blieb starr und mit ausdrucksloser, steinerner Miene stehen.

»Nein«, sagte er schließlich. »Ich kann nicht gegen Cavin kämpfen, das musst du verstehen.«

»Dieser Mann ist nicht Cavin!«, sagte Karelian verzweifelt. »Versteh das doch! Was immer Cavin getan hat – er ist zu unserem Feind geworden, Gwenderon. Er hat Mannon getötet und er wird auch dich töten, wenn du ihm Gelegenheit dazu gibst! Was willst du tun? Du willst nicht gegen ihn kämpfen, aber du willst auch nicht fort.«

»Ich will Lassar das Feld nicht kampflos überlassen«, sagte Gwenderon. »Das stimmt. Aber das heißt nicht, dass ich die Hand gegen meinen rechtmäßigen König erhebe.«

»Cavin ist …«

»König Oros Sohn und nach seinem Tod der rechtmäßige Erbe Hochwaldens und Herrscher über den Schwarzeichenwald«, unterbrach ihn Gwenderon. »Alles andere zählt nicht. Was soll ich tun? Ihn töten und Lassar damit sein schmutziges Handwerk noch erleichtern?« Er ballte wütend die Faust. »So wie es aussieht, können wir gar nichts tun. Lassar hat gewonnen.«

»Eine Möglichkeit gibt es noch«, mischte sich Resnec ein. Er deutete auf Karelian. »Er hat es selbst gesagt. Der Trumpf in diesem Spiel ist Hochwalden.«

Gwenderon starrte ihn an. »Das ist nicht dein Ernst.«

»Warum nicht?«, fragte Resnec. »Ein direkter Angriff auf Hochwalden ist mit Sicherheit das Letzte, was Cavin erwartet. Und Lassar ebenso.«

»Aber das wäre völlig verrückt! Es wäre Selbstmord!«

»Eben«, sagte Resnec. Gwenderon wollte auffahren, aber Resnec ließ ihn nicht zu Wort kommen und deutete auf Karelian. »Ich weiß nicht, ob sein Vorschlag ernst gemeint war oder nicht, aber er könnte sich als die letzte Rettung erweisen. Lassars Macht gründet auf Lüge und Betrug, auf Täuschung und Furcht, Gwenderon! Überlegt selbst – es war Cavin, der Mannon erschlug, nicht Lassar, und es ist Cavin, unter dessen Banner die Söldner reiten! Lassar spielt ein teuflisches Spiel, aber –«

»Ein Angriff auf Hochwalden ist völlig unmöglich«, unterbrach ihn Gwenderon. »Selbst ohne die Söldner ist uns die Garde überlegen. Wir sind nicht einmal hundert Mann.«

»Natürlich ist es unmöglich, die Burg zu stürmen«, sagte Animah. »Nicht offen.«

»Nicht offen?« Gwenderon zog eine Grimasse. »Was soll das heißen? Willst du sie angreifen, ohne dass sie es merken?« Er lachte, aber es klang unsicher, und Animah blieb ebenfalls ernst.

»Ich frage mich, ob wir Lassars Spiel nicht mitspielen sollten«, sagte sie. »Resnec hat Recht – Lassar spielt ein teuflisches Spiel, aber es könnte sein, dass er ihm selbst zum Opfer fällt.« Plötzlich klang ihre Stimme erregt. Sie sprang auf. »Wenn es uns gelingt, Hochwalden zu erobern und Cavin zu befreien, hat Lassar verloren. Er wird es nicht wagen, offen gegen den rechtmäßigen König des Schwarzeichenwaldes vorzugehen. Die ganze Welt würde sich gegen ihn erheben.«

»Und wie soll das gehen?«, fragte Gwenderon, noch immer ablehnend, aber schon nicht mehr ganz so überzeugt wie bisher.

»Indem wir ihn das tun lassen, wozu er uns zwingen will«, sagte Resnec. Gwenderon blickte ihn fragend an. »Prinz Cavin zieht ein Heer in Hochwalden zusammen«, fuhr Resnec fort. »Vermutlich, weil er uns zu einer offenen Konfrontation zwingen will; zu einer Schlacht, die wir verlieren müssen, denn außerhalb des Waldes hat er Lassars Magie auf seiner Seite. Aber wenn es uns gelingt, sie hierher zu locken –«

»Stürmen sie unser Lager binnen einer halben Stunde und machen es dem Erdboden gleich«, fiel ihm Gwenderon ins Wort.

Resnec nickte. »Lasst sie«, sagte er erregt. »Lasst sie eine leere Festung erstürmen. Lasst ihr ganzes Heer hier aufmarschieren und dieses Lager niederbrennen. Während sie damit beschäftigt sind, erobern wir Hochwalden.«

»Und entführen so ganz nebenbei noch Cavin, entziehen ihn Lassars Einfluss und erklären ihm, dass alles nur ein Irrtum war, wie?«, fragte Gwenderon böse. »Für wie dumm hältst du Lassar? Glaubst du, er würde nicht merken, wenn wir auf Hochwalden marschieren?«

»Wer spricht von einem offenen Angriff?«, wiederholte Resnec. »Natürlich würde ihm ein Heer nicht entgehen, das sich auf die Burg zubewegt. Aber ein kleiner Trupp ... zehn, allerhöchstens fünfzehn Männer, die sich einzeln der Burg nähern ...«

»Während die anderen hier bleiben und sich abschlachten lassen«, fügte Gwenderon hinzu. »Das meinst du doch, nicht?« Er starrte Resnec an. »Und ich nehme an, du würdest dich freiwillig melden, den Angriff auf Hochwalden zu führen.«

Animah atmete scharf ein und auch Karelian sah alarmiert auf, während Resnec Gwenderon nur einen Moment lang musterte und dann traurig den Kopf schüttelte. »Ich verstehe«, sagte er. »Ihr traut mir noch immer nicht. Ihr denkt, ich versuche Euch eine Falle zu stellen.«

»Unsinn«, widersprach Gwenderon. »Ich denke nur, dass dein Vorschlag der glatte Selbstmord ist. Selbst wenn dein Plan aufginge, würde er das Leben vieler kosten. Die Männer, die hier blieben, um Lassars Truppen zu binden, wären verloren.«

»Nicht, wenn wir den Angriff genau planen«, widersprach Karelian. »Es ist nicht nötig, sie in eine Schlacht zu verwickeln. Es reicht, sie hierher zu locken.«

»Auch das würde Leben kosten«, fauchte Gwenderon.

»Ein Krieg kostet immer Leben«, sagte Karelian ruhig. »Vielleicht sterbe auch ich. Vielleicht wir alle. Tun wir aber nichts, sterben wir mit Sicherheit.« Er erhob sich nun ebenfalls und trat auf Gwenderon zu. »Resnec hat Recht – es ist unsere einzige Chance. Lassar rechnet mit allem – also müssen wir das tun, womit er nicht rechnen kann.«

Gwenderon ballte zornig die Fäuste. Aber zu Resnecs Verwunderung widersprach er nicht mehr. »Und du?«, fragte er schließlich, mit einer Kopfbewegung zu ihm, aber ohne ihn anzusehen.

»Ich bleibe bei Euch«, antwortete Resnec rasch. »Es sei denn, Ihr entschließt Euch, mich den Angriff auf Hochwalden führen zu lassen. Ich kenne Lassar und ich weiß, wie mit seinen Schattenkriegern fertig zu werden ist. Aber wenn Ihr darauf besteht, bleibe ich als Geisel. Ihr könnt mich töten, wenn Ihr glaubt, es wäre eine Falle. So viel Zeit bleibt Euch immer.«

Gwenderon senkte den Blick, aber Resnec sah trotzdem, wie es in seinem Gesicht arbeitete. »Das ist Wahnsinn«, murmelte er schließlich. »Ein Angriff auf Hochwalden! Wir kämen nicht einmal in die Burg hinein!«

»Mit Guarrs Hilfe schon«, widersprach Karelian. »Seine Raetts können uns den Weg ebnen. Und wenn uns Resnec die Schattenkrieger vom Hals hält ...«

Gwenderon schwieg sehr lange Zeit. Als er schließlich aufsah, flackerte sein Blick. Resnec hatte niemals zuvor einen Ausdruck solch tiefer Unsicherheit im Gesicht eines Menschen gesehen.

»Kannst du es?«, fragte er einfach.

Resnec nickte. Es würde sein Leben kosten, das wusste er, aber er empfand überhaupt keine Furcht bei diesem Gedanken. Und irgendetwas sagte ihm, dass es keine Rolle mehr spielte. »Ja. Aber niemand darf von unserem Plan wissen«, fügte er hinzu. »Keiner außer denen, die mich begleiten. Und auch die erst im allerletzten Moment. Lassars Augen und Ohren sind überall. Wenn er von unserem Vorhaben erfährt, fängt er uns in der Falle, die wir für ihn aufgestellt haben. Nicht einmal Eure eigenen Krieger dürfen von diesem Plan wissen.«

»Man spürt Lassars Schule, wenn man dir zuhört«, sagte Gwenderon böse.

»Dem Herrn der Lügen kann man nur mit Lügen beikommen«, erwiderte Resnec kalt. »Und am Ende entscheidet noch immer Ihr, Gwenderon.«

Gwenderon antwortete nicht mehr, sondern starrte ihn noch einen Herzschlag lang mit unverhohlener Wut an, dann drehte er sich auf dem Absatz herum und stürmte aus der Hütte.

21 Niemand hatte den Schatten gesehen, der dicht neben der kleinen Laubhütte stand; nicht einmal der Raett, der vor Augenblicken an ihr vorübergegangen war, so dicht, dass er den Schatten gestreift hätte, hätte er den Arm auch nur eine Winzigkeit von sich gestreckt. Jetzt verschwand er wieder in das finstere Reich aus Kälte und Dunkelheit, aus dem er gekommen war. Niemand hatte ihn gesehen, niemand hatte ihn gehört, niemand hatte seine Anwesenheit gespürt. Aber der Schatten hatte gesehen; und er hatte gehört.

22 »Schon jetzt?« Cavin nippte an dem schweren, süßen Wein und blickte das Schattengesicht unter der Kapuze zweifelnd über den Rand des Bechers hinweg an. Ohne dass er einen konkreten Grund dafür hätte angeben können, gefiel ihm Lassars Vorschlag nicht. Alles ging zu schnell. Wenn er in den letzten Wochen etwas über Lassar gelernt hatte, dann, dass der Herr der Schatten sein Tun sehr gründlich vorzubereiten und minutiös auszuführen pflegte. Eine blitzartige – und noch dazu gefährliche und Cavins Meinung nach ganz und gar sinnlose – Änderung seiner Pläne passte gar nicht zu ihm.

»Was ist geschehen?«, fragte er, als Lassar auf seine erste Frage nicht antwortete. »Ihr spracht von drei Monaten, Lassar. Jetzt ist nicht einmal die Hälfte dieser Zeit vorbei, und von den fünfhundert Kriegern, die Ihr mir schicken wolltet, sind nur weniger als zweihundert hier.«

»Mehr als genug, es mit einer Hand voll Wegelagerer aufzunehmen«, sagte Lassar abfällig.

»Ihr wisst genau, dass Gwenderons Rebellen alles andere als eine Hand voll Wegelagerer sind«, erwiderte Cavin, sehr ruhig, aber auch sehr überzeugt. »Sie sind uns an Zahl beinahe ebenbürtig, zumindest im Moment noch, und wenn wir versuchen, sie dort drinnen anzugreifen –«, er wies mit einer Kopfbewegung in die Richtung, in der sich die grüne Wand des Schwarzeichenwaldes hinter den Basaltmauern Hochwaldens verbarg, »– dann schlachten sie Eure Leute ab wie Mastvieh, Lassar.«

»Es sind Söldner«, antwortete Lassar ruhig. »Sie sind zum Sterben da, oder?« Er lachte leise, begann im Zimmer auf und ab zu gehen und blickte schließlich einen Moment in die prasselnden Flammen des Kaminfeuers. Ein schwacher Schimmer der roten Glut durchdrang den wogenden Schatten, der sein Körper war, und ließ ihn in sanftem Licht leuchten. Es war ein unheimlicher Anblick. Cavin hatte das Gefühl, dem Teufel persönlich gegenüberzustehen. Er vertrieb den Gedanken.

»Sprecht, Lassar«, sagte er noch einmal und jetzt mit größerem Nachdruck. »Was ist geschehen, dass Ihr Eure Pläne so überstürzt ändert und Gwenderon nur mit halber Kraft angreifen wollt? Ihr verschenkt den Sieg, wenn Ihr Pech habt, das wisst Ihr.« Er widerstand im letzten Moment der Versuchung, auf Lassar zuzutreten und ihn bei der Schulter zu ergreifen. »Wir haben nur diesen einen Versuch.«

»Unsinn«, widersprach Lassar. »Wir wissen, wo ihr Lager ist, und wir wissen, wie viele sie sind –«

»Noch«, unterbrach ihn Cavin. »Wir können sie überraschen, Lassar, ein einziges Mal. Schlägt der Angriff fehl, dann verstreuen sie sich in alle Winde und wir können zehn Jahre suchen, ehe wir sie aufspüren. Der Schwarzeichenwald ist ein Labyrinth, in dem sich eine Armee verbergen kann.«

»Das ist es, was ich fürchte«, antwortete Lassar ernst. »Verzeiht, wenn ich das sage, König Cavin, aber es war ein Fehler, den Zwerg zu töten.«

Cavins Hand schloss sich so fest um den Trinkbecher, dass sich das dünne Goldblech verbog. Er erschrak darüber, blickte fast schuldbewusst auf das demolierte Trinkgefäß in seiner Hand und stellte es behutsam ab. »Glaubt Ihr?«, fragte er. Seine Stimme bebte vor Zorn. Die Erwähnung Mannons allein hatte gereicht seinen Hass wieder aufflammen zu lassen.

»Ja«, antwortete Lassar ruhig. »Die Schuld daran trifft auch mich, denn ich hätte es verhindern sollen. Gwenderon weiß nun, dass Ihr es ernst meint, Cavin. Und er ist kein Narr. Er wird mit einem Angriff rechnen.« Er seufzte, schüttelte ein paar Mal den Kopf und fuhr fort, unruhig in der Kammer auf und ab zu gehen. »Meine Boten berichten mir, dass sich etwas im Wald tut. Die Rebellen ziehen Männer zusammen, sehr viele Männer, mein König. Ihre Zahl hat sich bereits verdoppelt. Ich fürchte, wenn wir warten, bis der letzte der fünfhundert Männer hier ist, die ich Euch versprach, sehen wir uns plötzlich einer Übermacht gegenüber.«

»Aber es sind doch nur Wegelagerer und Gesindel«, antwortete Cavin spöttisch, indem er ganz bewusst Lassars eigene Worte nachahmte. »Oder fürchtet Ihr die Zauberkraft des Waldes?«

»Nein.« Lassar blieb ernst. »Dieser Wald hat so wenig Zauberkraft wie Ihr, oder diese Burg, oder der Becher da in Eurer Hand. Aber er ist ein Labyrinth, wie Ihr selbst gesagt habt. Lassen wir ihnen Zeit, sich auf unser Kommen vorzubereiten, dann laufen wir in eine Falle. Nein, Cavin –« Er schüttelte entschieden den Kopf. »– es muss jetzt sein. Meine Männer stehen bereit. Ein Wort von Euch, und sie brechen noch heute auf. In weniger als zwei Tagen erreichen wir ihr Lager und der ganze Spuk ist vorbei. Ich bitte Euch, gebt den Befehl.«

Lassars Worte übten eine sonderbare Wirkung auf Cavin aus. *Meine Männer,* hatte Lassar gesagt. Und das waren sie wohl auch, ganz gleich ob er sie offiziell unter Cavins Kommando gestellt hatte oder nicht. Hochwalden hatte sich in ein Heerlager verwandelt. Die nicht einmal fünfzig Männer der Garde waren der dreifachen Anzahl zerlumpter, abenteuerlicher Gestalten gewichen, die auf dem Hof, auf dem freien Gelände jenseits des Grabens und selbst auf der heruntergelassenen Zugbrücke lagerten. Ihr Lärmen und Grölen hallte Tag und Nacht in der Burg wider. Und es waren Lassars Krieger, die Wahl seiner Worte war kein Zufall gewesen. Cavin kam sich vor wie ein Gast auf seiner eigenen Burg.

»Wie viele Männer wollt Ihr mitnehmen?«, fragte er.

»Alle.« Lassar machte eine einnehmende Handbewegung. »Wir werden jeden einzelnen Mann brauchen, Cavin, auch Eure Krieger, selbst Eure persönliche Garde. Sorgt Euch nicht um Hochwalden – ich werde Vorkehrungen treffen, die Burg zu sichern, bis wir zurück sind.«

»Ihr habt bereits alles geplant, wie?«, fragte Cavin. Seine Stimme klang belegt. Es gefiel ihm nicht, dass er nur noch eine Puppe war, an deren Fäden Lassar zog. Lassar nickte und wieder starrte Cavin endlose Sekunden ins Nichts, ehe er reagierte.

»Was, wenn es misslingt?«, fragte er. »Was, wenn sie uns entkommen, Lassar?«

»Das wird nicht geschehen«, erwiderte Lassar überzeugt. »Ich weiß, was Ihr fürchtet, mein König. Ihr fürchtet, er könne sich an jenen Ort zurückziehen, an dem er unerreichbar für uns wäre.«

»Wäre er das?«, flüsterte Cavin ohne Lassar anzusehen. Vor seinen Augen entstand das Bild einer gewaltigen schwarzen Festung, eines Kolosses aus Granit und erstarrter Nacht, dessen bloßer Anblick etwas in ihm zum Gefrieren brachte.

»Das wäre er«, bestätigte Lassar. »Aber es wird nicht geschehen. Meine Macht reicht nicht bis dorthin, aber ich kann verhindern, dass –«

»Und selbst wenn«, unterbrach ihn Cavin. »Ich würde ihn finden, Lassar. Selbst dort.«

Lassar seufzte. »Ich glaube Euch, mein König. Und das ist es, wovor ich Angst habe. Ihr würdet mit Waffen an diesen Ort gehen und ihn ein zweites Mal entweihen. Ihr würdet Blut an einem Ort vergießen, an dem nicht einmal ein böses Wort ungestraft fallen darf.«

Cavin fuhr herum. Sein Blick bohrte sich in das schwarze Schattengesicht unter der Kapuze. »Was soll das heißen, Lassar?«, fragte er scharf. »Was wisst Ihr von der Megidda? Was bedeuten Eure Worte?«

»Vielleicht nichts«, antwortete Lassar, ohne in irgendeiner Form auf Cavins erregten Tonfall zu reagieren. »Es gibt … Legenden. Düstere Legenden, die uralt sind. Es heißt, was dort geschähe, würde das Schicksal der Welt verändern. Vielleicht sind es wirklich nur Legenden und vielleicht ist es wahr. Ich weiß es nicht. Niemand weiß es.« Er lachte, sehr leise und ohne die geringste Spur von Humor. »Wollt Ihr Gwenderon die Gelegenheit geben, es herauszufinden?«

Cavin wollte widersprechen, aber irgendetwas geschah, was er sich selbst nicht erklären konnte: Ein unsichtbarer Sturmwind schien durch seine Gedanken zu fahren und alles auszulöschen, bis nur noch Platz für seinen Hass auf Gwenderon war. Es war wie der Griff einer gewaltigen, eisigen Hand, die sein Denken bis zur Hilflosigkeit erstickte und dass er nun wirklich die willenlose Fadenpuppe war, mit der er sich selbst verglichen hatte. Aber selbst dieser Gedanke entschlüpfte ihm, ehe er ihn vollends zu Ende denken konnte.

»Nein«, sagte er entschlossen. Mit einem Male war seine Stimme ganz kalt. Er spürte jetzt nicht einmal mehr Zorn, wenn er an Gwenderon dachte, nur eine tiefe, durch nichts mehr zu ändernde Entschlossenheit. »Gebt den Männern Befehl, sich fertig zu machen. In einer Stunde brechen wir auf.«

Lassar lächelte.

23

Der Wald kam ihm dunkler vor, düsterer und kälter als gewohnt. Der Schwarzeichenwald war niemals freundlich zu den Menschen gewesen, nicht einmal zu denen, die sich seine Beschützer nannten. Aber er war auch niemals feindlich gewesen, nicht mehr, als es in der Natur üblich war. Jetzt aber schien die jahrtausendealte Gleichgültigkeit des finsteren Blätterdomes einer stummen Ablehnung gewichen zu sein; die Dornen, die den Weg säumten, beschränkten sich nicht mehr darauf, Kleider und Haut eines Unvorsichtigen aufzureißen, sondern stachen den Eindringlingen entgegen, die tief hängenden Äste peitschten nicht mehr nur die Gesichter derer, die zu nachlässig waren, auf den Weg zu achten, sondern schlugen gezielt wie kratzende Krallen zu, der Boden gab nicht durch puren Zufall unter den Hufen der Pferde nach, wo etwa ein Kaninchenbau oder das Labyrinth der Wühlmäuse seine Festigkeit unterhöhlt hatte, sondern schnappte mit immer neuen Mäulern nach den Fesseln der Tiere, die Dunkelheit zwischen den mannsdicken Stämmen lenkte den Schritt des Wanderers nicht mehr ohne Absicht in die Irre, sondern ballte sich zu hässlichen schwarzen Schatten, hinter denen unvorstellbare Gefahren lauerten. Sie hatten die Gewalt in dieses Reich ewigen Friedens gebracht und der Wald reagierte.

Resnec war nervös – sie alle waren nervös und sie hatten Grund dazu –, aber das war nicht alles. Seit die Späher vor zwei Tagen gemeldet hatten, dass Cavins Söldnerheer die Burg verlassen hatte und sie selbst aufgebrochen waren – ihnen entgegen und einen gewaltigen Bogen schlagend, um nicht unversehens mit dem näher kommenden Heer zu kollidieren –, hatte sich der Wald verändert. Es war eine schleichende, fast unmerkliche Veränderung gewesen, die trotzdem unübersehbar geworden war.

Er versuchte die Vorstellung zu verscheuchen, aber es ging nicht. Die stumme Aggressivität, die aus dem Wald wie ein übler Geruch kam, war bereits in seine Gedanken gekrochen. Außerdem hatte er Angst.

Nervös richtete er sich hinter seiner Deckung auf und spähte durch das dichte Blattwerk zum See hinüber. Eine Stunde war vergangen, seit der Raett lautlos im Unterholz verschwunden war, und Resnecs Unbehagen war während jeder Sekunde dieser Stunde gestiegen. Seine Hand strich über das Schwert, das nutzlos an seiner Seite hing. Nutzlos, weil ein einarmiger Mann nicht sehr viel mit einem Schwert anfangen konnte und er zwar noch beide Arme hatte, der eine aber gefühllos wie ein Stück Holz von seiner Schulter hing. Sie glitt über dieses Schwert, kroch weiter den Gürtel hinauf und strich nervös über sein Kinn, fast ohne sein Zutun, und sank wieder herab, als sich Resnec der Tatsache bewusst wurde, dass er nicht allein war und ihn ein Dutzend menschlicher und die dreifache Anzahl Raett-Augen anstarrten.

Er vertrieb auch diesen Gedanken, richtete sich ein wenig weiter auf und blickte konzentriert zur Burg hinüber. Hochwalden ragte wie ein schwarzer Monolith gegen den Himmel auf. Über der Spitze ihres höchsten Turmes flatterte das rotweiße Drachenbanner Cavins, selbst über die Entfernung von mehr als einer Meile noch deutlich zu erkennen, und das offen stehende Tor mit der heruntergelassenen Zugbrücke kam ihm vor wie ein aufgerissenes Maul, das nur darauf wartete, dass sie hineinmarschierten. Wenn er jemals eine Falle gesehen hatte, dann war es Hochwalden.

»Er bleibt sehr lange«, murmelte er. Obwohl er geflüstert hatte, kam ihm der Klang seiner eigenen Stimme übermäßig laut vor. Das grüne Halbdunkel des Waldes verschluckte sie nicht, sondern warf sie tausendfach gebrochen zurück; ein unheimliches Flüstern und Wispern, als befänden sie sich in einer gewaltigen Höhle, nicht in einem Wald.

»Weg weit«, antwortete Gionn, dem die Worte gegolten hatten. Der zwei Meter große Raett – Guarrs Bruder – blickte zu Resnec hin und bleckte das Gebiss zu einer Grimasse, die er für ein Lächeln halten mochte, die Resnec aber nur mit Schaudern erfüllte. Trotz seiner Größe war er in der grünbraunen Dämmerung kaum zu erkennen; nicht mehr als ein pelziger Schatten, der sich seiner

Umgebung perfekt anpasste. »Fakor vorsichtig«, fuhr der Raett fort. »Wenn Falle, merken.«

»Ich hoffe es«, antwortete Resnec ernst. Wieder suchte sein Blick die Burg. Für einen Moment schien es ihm, als bewege sich der Schatten, zu dem Hochwalden kurz vor Sonnenuntergang geworden war, als verlagere der steinerne Drache, dessen aufgerissenes Maul ihnen höhnisch die Zunge herausstreckte, in einer sehr sachten, aber unendlich mächtigen Bewegung sein Gewicht und erstarrte dann wieder zur Reglosigkeit. Aber das war Unsinn. Lassar war mächtig, aber nicht so mächtig, dass er eine Burg zum Leben erwecken konnte.

Wenigstens versuchte Resnec sich dies einzureden.

Er ließ sich wieder zurücksinken, verlagerte sein Körpergewicht, bis er in eine einigermaßen bequeme Haltung gerutscht war, und lehnte den Kopf gegen einen Baum. Er war müde und gleichzeitig erfüllte ihn eine schon fast schmerzhafte Unruhe. Wenn ihr Plan aufging – ja, wenn er aufging, und keines der zahllosen *Wenns,* die er enthielt, sich zu ihren Ungunsten entwickelte –, dann gehörte Hochwalden in wenigen Stunden ihnen, und wenn sich die gleiche Anzahl von *Wenns* hundert Meilen weiter nördlich ebenso zu ihren Gunsten entschied, dann würde in nicht einmal zwei Tagen König Cavin hier eintreffen, und sie hatten Lassar mit seinen eigenen Waffen geschlagen …

Beinahe fand Resnec die Situation absurd. Er war hierher gekommen, um Hochwalden zu erobern, und jetzt tat er es und wollte damit das genaue Gegenteil dessen, was ihn in diesen Teil der Welt geführt hatte. Und da war eine Stimme in seinen Gedanken, die ihm sagte, dass es unmöglich war. Er und seine Leute waren Fliegen, die versuchten eine Spinne in ihrem eigenen Netz zu fangen. Lächerlich.

»Fakor kommt.« Gionns pfeifende Stimme drang unangenehm schrill in seine Gedanken. Resnec sah auf, drückte die Zweige vor seinem Gesicht mit der Hand auseinander und erkannte einen geduckten, schwarzbraunen Schatten, der sich auf allen vieren dem Waldrand näherte, sehr schnell und mit Bewegungen, die eher an ein Gleiten und Fließen erinnerten als an ein Kriechen. Der Anblick hatte etwas Bedrückendes, denn Gionns Späher sah nun wirklich aus wie eine ins Absurde vergrößerte Ratte. Während der letzten Tage war Resnec so viel mit den intelligenten Riesennagern zusammen gewesen, dass er manchmal vergaß, dass sie nicht nur etwas sonderbar aussehende Menschen waren.

Rings um sie herum entstand Bewegung, denn nicht nur er hatte das Kommen des Spähers bemerkt. Ein, zwei Dutzend Gestalten kamen auf ihn zu – der größte Teil der Krieger, die ihn und Gionn begleiteten. Aber er registrierte auch, dass es ausnahmslos *menschliche* Gestalten waren. Nicht einer von Gionns Raetts verließ seinen Posten. Ein völlig widersinniges Gefühl von Neid machte sich in Resnec bemerkbar. Es erschien ihm einfach nicht richtig, dass diese halb tierischen Kreaturen über mehr Disziplin verfügen sollten als seine menschlichen Begleiter.

Der Späher kam zurück. Mit erstaunlicher Lautlosigkeit durchbrach er den Waldrand, hockte sich neben Gionn nieder und begann eine Folge rascher, unglaublich hoher Pfeif- und Quietschtöne auszustoßen. Seine Klauenhände bewegten sich in komplizierter Folge, und plötzlich – eigentlich zum ersten Mal – fiel Resnec auf, dass sich auch Ohren, Barthaare und Schwanz des Wesens nicht willkürlich, sondern in einem ganz bestimmten Ablauf bewegten. Die Raetts waren nicht nur auf das gesprochene Wort angewiesen. Resnec schauderte, während er Gionn und Fakor bei ihrer rasend schnellen Unterhaltung zusah. Der Gedanke, dass diese beiden Wesen als *Tiere* geboren waren und als denkende Individuen sterben würden, erfüllte ihn mit Entsetzen.

»Nun?«, fragte er, als sich Gionn nach kaum einer Minute umwandte und ihn aus seinen schwarzen Knopfaugen anstarrte.

»Fakor sagt, Burg leer«, pfiff Gionn. »Alle fort. Lassar, Cavin, Krieger, niemand mehr da.«

»Das ist unmöglich«, widersprach Resnec impulsiv. »Das Tor steht offen, Gionn. Sie würden Hochwalden nicht allein zurücklassen?!«

»Wozu Tor und Riegel schließen, wenn niemand da?«, gab Gionn quietschend zurück. »Fakor nicht irren. Niemand in Burg. Wir gehen.«

»Das ist eine Falle!«, behauptete Resnec. Es war einfach unmöglich, dass Cavin – und erst recht Lassar! – so leichtsinnig sein sollten. »Wahrscheinlich lauern sie in einem Versteck und warten nur darauf, dass wir kommen!«

Fakor pfiff einen Kommentar und Gionn übersetzte: »Niemand Versteck, Mensch. Fakor fragen kleine Brüder. Burg leer. Nichts lebt.«

»Kleine Brüder?« Resnec runzelte demonstrativ die Stirn. »Wer soll das sein?«

»Burg sicher«, beharrte der Raett. »Wir gehen. Komm.«

Resnec wollte abermals widersprechen, aber dann besann er sich auf die Tatsache, dass Gwenderon sehr deutlich gesagt hatte, *wer* diesen Angriff führen solle. Mit einem Ruck richtete er sich auf und starrte den gewaltigen Schatten Hochwaldens an. Es war unmöglich, dachte er immer wieder.

Aber er widersprach nicht mehr.

24

Lassar deutete auf einen Punkt auf der Karte, der mit einem roten Kreuz markiert worden war, ein Stück schräg rechts über der kleineren, grünen Markierung, die ihre eigene Position kennzeichnete.

»Ihr Lager ist genau hier. Zwei Stunden von uns entfernt.« Ein rasches, düsteres Lächeln huschte über seine Züge und erlosch wieder. »Die Falle ist zugeschnappt.«

»Seid Ihr sicher, Lassar?«, fragte Cavin.

Lassar schnaubte. »So sicher, wie man nur sein kann. Meine Späher sind zuverlässig, mein König. Sie sehen auch dort, wo menschliche Augen versagen. Die Rebellen sitzen in der Falle. Gwenderons Kopf gehört Euch – wie ich es versprach.«

Cavin nickte, blickte den Schattenfürsten aber weiter mit unverhohlenem Zweifel an.

Es war der zweite Tag, seit sie Hochwalden verlassen und in den Wald eingedrungen waren, und bisher hatten sich alle Voraussagen Lassars als richtig erwiesen. Sie waren, aufgeteilt in ein Dutzend Gruppen unterschiedlicher Stärke, nach Norden marschiert, um sich mit der zweiten Hälfte des Söldnerheeres zu vereinigen, die den Wald umgangen hatte und aus entgegengesetzter Richtung vorgedrungen war; zusammen fast zweihundert Mann, die sich – wenn Lassars Späher die Wahrheit berichtet hatten – einer nicht einmal halb so starken Rebellenarmee gegenübersahen. Zudem waren es zweihundert kampferprobte Männer, deren Handwerk das Töten war; und trotzdem hätte sich Cavin gewünscht, sie hätten gewartet, bis auch die übrigen Söldner eingetroffen wären. Gwenderon war kein Narr, sondern der Waffenmeister seines Vaters, ein Mann, der sein Handwerk mindestens so gut verstand wie die gekauften Mörder, die in ihrer Begleitung ritten. Und wenn er auch eine Armee aus Träumern und Narren befehligte, so hatten sie doch den Wald auf ihrer Seite; ein Labyrinth aus Schatten und undurchdringlichem Unterholz, in dem ein einzelner Mann es mit einem Heer aufnehmen konnte. Cavin war sich ihres Sieges nicht halb so sicher wie Lassar.

Aber bisher waren sie kaum auf nennenswerten Widerstand gestoßen, sah man von einigen kleineren Scharmützeln ab, die die Söldner aber rasch beendet hatten.

Trotzdem fiel es ihm schwer zu glauben, dass alles so leicht sein sollte. Sie führten keinen Krieg, dachte er, sondern veranstalteten eine Treibjagd. Eine Treibjagd, bei der die Opfer Menschen waren. In wenigen Augenblicken würde er sein Zelt verlassen und auf sein Pferd steigen und zwei Stunden später würde alles vorbei sein. Die Rebellen hatten keine Chance mehr.

Aber das Gefühl des Triumphes, das er jetzt eigentlich empfinden sollte, kam nicht.

Vielleicht, dachte er, weil es ein zu teuer erkaufter Sieg war. Zum ersten Mal, seit sich die Welt drehte, hatten fremde Krieger den Schwarzeichenwald betreten; Männer unter dem Drachenbanner Hochwaldens zwar, aber trotzdem Fremde.

Er hatte das Gefühl, an etwas gerührt zu haben, das nicht berührt werden durfte.

Cavin wischte die Karte mit einer zornigen Geste vom Tisch und stand auf. Lassar lächelte dünn. Sein Gesicht war wie eine halb transparente Schattenmaske, durch die das Weiß der Zeltplane hindurchschimmerte.

Lassar verlor an Glaubhaftigkeit, je tiefer sie in den Wald eindrangen, dachte Cavin. Selbst ihm, der von magischen Dingen nur sehr wenig wusste, war nicht verborgen geblieben, wie schwer es dem Herrn der Schatten in dieser Umgebung fiel, seine Erscheinung aufrechtzuerhalten.

Nebeneinander verließen sie das Zelt.

Das Lager befand sich auf einer sanften Anhöhe, die kaum groß genug schien, die zwanzig Zelte und die mehr als hundert Pferde und Männer aufzunehmen, die es bevölkerten. Und dies war nur die Hälfte der kleinen Armee, die ihm gefolgt war. Plötzlich kam es ihm gar nicht mehr so sonderbar vor, dass die Rebellen sich kaum gewehrt hatten. Welche Aussicht hatte eine Hand voll armseliger Rebellen gegen diese Woge aus Stahl und Kraft, die den Wald überschwemmte?

»Die Männer sind bereit, mein König«, sagte Lassar. »Sie warten auf Euren Befehl.«

Warum kamen ihm seine Worte so höhnisch vor?, dachte Cavin. Verwirrt blieb er stehen und sah Lassar an.

Hier draußen, im letzten Licht der Sonne, wirkte der Herr der Schatten unwirklicher denn je, als sei er nicht mehr als ein Hauch aus düsterem Nebel, der durch eine pure Laune des Zufalls menschliche Umrisse angenommen hatte. Und – ja, irgendwie schienen die Farben in seiner Umgebung blasser, als schrecke etwas in der Natur dieses Waldes vor ihm zurück.

Cavin vertrieb diesen Gedanken. Wieder glaubte er Gwenderon zu sehen und wieder fühlte er eine Welle heißen, brennenden Hasses in sich emporsteigen.

»Ihr habt Recht, Lassar«, sagte er. »Bringen wir es zu Ende.«

Ein sonderbares Gefühl von Kraft durchströmte ihn, als er zu den wartenden Reitern hinüberging und sich in den Sattel schwang.

25

Der Ruf eines Waldvogels durchschnitt die Nacht.

Er war nicht sehr laut, und jemandem, der nicht wie Gwenderon und seine Begleiter seit Jahren in diesem Wald lebte und jeden Laut der Natur kannte, wäre nichts Besonderes daran aufgefallen. Doch für die fünfunddreißig Männer und Raetts, die sich eine halbe Meile vor dem Lager im Schutze der Dunkelheit postiert hatten, war er ein Alarmsignal.

»Sie kommen«, flüsterte Karelian. »Früher, als ich gehofft hatte.«

Gwenderon zog behutsam sein Schwert aus dem Gürtel, legte

die Waffe vor sich auf den Boden und löste den Bogen vom Rücken. Dann nahm er eine Hand voll Pfeile aus dem Köcher, prüfte sie pedantisch der Reihe nach und warf einen von ihnen fort, ehe er die anderen griffbereit neben sich in den weichen Waldboden steckte. Erst dann wandte er den Kopf und antwortete auf Karelians Worte.

»Und mehr, als ich befürchtet habe«, sagte er. »Die Späher haben mehr als hundert Krieger gemeldet, allein aus dieser Richtung.« Er deutete mit einer Kopfbewegung nach Süden, dann nach Norden. »Und mindestens noch einmal so viele aus der entgegengesetzten.«

Er lachte, aber es klang nicht sehr amüsiert, eher bitter. »Wir versuchen eine Lawine mit bloßen Händen aufzuhalten, Karelian.«

Der Waldläufer sah ihn ernst und beinahe traurig an, antwortete aber nicht. Er wusste selbst am besten, dachte Gwenderon, wie verzweifelt klein ihre Chance war, auch nur die nächste Stunde zu überleben, geschweige denn die Nacht.

Die zweihundert Krieger, die aus entgegengesetzten Richtungen auf das Lager zuritten, stellten nicht einmal die Hälfte von Cavins Streitmacht dar. Selbst wenn das Unmögliche geschehen sollte und sie den ersten Angriff überlebten, würden sie nicht lebend davonkommen. Der Schwarzeichenwald, der ihnen Schutz und Sicherheit versprochen hatte, hatte sich in eine Falle verwandelt. Gwenderon versuchte vergeblich sich einzureden, dass es Lassar und seine Kreaturen waren, die sich in dieser Falle fangen würden. Ihr Plan war aus schierer Verzweiflung geboren und sein Gelingen hing von so vielen Unwägbarkeiten ab, dass Gwenderon sich einfach weigerte wirklich realistisch darüber nachzudenken.

Faroan, dachte er matt. Faroan, warum hast du uns verlassen? Warum warnst du uns erst, wenn du uns dann nicht einmal sagen kannst, was wir tun sollen?

Gwenderon richtete sich ein wenig hinter seiner Deckung auf und machte eine knappe, befehlende Geste. Eine Hand voll Männer huschte davon, rasch und nahezu lautlos, mit der Geschicklichkeit von Menschen, die jahrelang in einer Umgebung wie dieser gelebt hatten und jeden Fußbreit Boden kannten.

Jemand berührte ihn am Arm, und als er aufsah, blickte er in das braune Pelzgesicht Guarrs. Der Raett war so leise herangekommen, dass er ihn nicht bemerkt hatte.

»Sind deine Leute bereit?«, fragte er.

Guarr nickte ungeschickt, ließ sich ein wenig nach vorne sinken und stützte sich mit der linken Hand am Boden auf, um das Gleichgewicht zu halten. Er hatte seine Kleider ausgezogen und war wieder zu der tierhaften Raett-Gestalt geworden, in der Gwenderon ihn das erste Mal gesehen hatte. Sein brauner Pelz verschmolz mit den Farben der Nacht. Es war eine perfekte Tarnung.

»Späher zurück«, pfiff er erregt. »Du Recht, Gwenderon. Cavin bei den Reitern. Sie kommen.«

»Ich weiß«, sagte Gwenderon düster. »Ich spüre Lassars Nähe wie einen Pesthauch. Und wo er ist, ist auch Cavin nicht weit.«

»Aber es viele«, gab Guarr zu bedenken. »Kleiner Bruder zählte hundert. Vielleicht mehr.«

»Hundert von Lassars Kreaturen gegen fünfunddreißig von uns«, murmelte Gwenderon achselzuckend. »Das Verhältnis könnte schlechter sein, findest du nicht?«

Der Raett gab einen schwer einzuordnenden Laut von sich. »Menschen seltsam«, sagte er. »Vielleicht wir gleich alle tot, und du Scherze. Keine Angst?«

»Wer sagt, dass es ein Scherz war?«, knurrte Gwenderon. Er verlagerte sein Gewicht, zog einen Pfeil aus dem Boden und legte ihn sorgsam auf die Sehne, ehe er sich wieder an den Raett wandte. »Natürlich habe ich Angst. Aber wir Menschen sind nun einmal der Meinung, dass es sich für einen Mann nicht gehört, Angst zu zeigen.« Er lachte leise. »Was tut euer Volk, ehe es in die Schlacht zieht, Freund?«, fragte er.

»Wir keine Schlachten«, erklärte Guarr ernst. »Du glaubst, wir Tiere, aber wir bringen nicht gegenseitig um. Menschen töten Menschen. Raett nicht töten Raett.«

»Niemals?«

»Nicht so«, antwortete Guarr.

Der Ruf des Waldvogels erscholl erneut und diesmal war seine Tonlage um eine Winzigkeit höher; der Laut klang warnender und schriller. Gwenderon gebot Guarr mit einer raschen Handbewegung, still zu sein, duckte sich tiefer hinter den Busch, der ihm Deckung gab, und starrte konzentriert auf den Weg hinaus.

Seine Geduld wurde auf keine harte Probe gestellt. Schon nach wenigen Augenblicken wurde die Stille der Nacht abermals durchbrochen – diesmal vom dumpfen Geräusch zahlloser, eisenbeschlagener Hufe, das sich wie das Grollen einer bizarren Brandungswelle rasch näherte und lauter und lauter wurde, bis Gwenderon glaubte, den Boden unter seinen Füßen tanzen zu spüren.

Dann tauchten die ersten Reiter auf.

Sie ritten in Viererreihen, dicht an dicht, sodass sich die Leiber der Pferde berührten, eine schier endlose Zahl großer, waffenstarrender Gestalten, die sich wie einzelne Glieder eines gigantischen Wurms den schmalen Waldweg entlangschlängelten. Es waren an die hundert Gestalten, aber Gwenderon kamen sie wie tausend vor.

Gwenderons Hände wurden feucht vor Aufregung, während die Reiter näher kamen. Seine Finger begannen zu schmerzen, so fest hielt er den Pfeil, und in seinem Magen war plötzlich ein eisiger Klumpen. Nervös fuhr er sich mit der Zungenspitze über die Lippen. Wieder kam ihm zu Bewusstsein, wie verzweifelt klein ihre Zahl war und wie gewaltig die Übermacht der Feinde.

Er hatte keine Angst vor dem Tod. Der Krieg war sein Handwerk gewesen, solange er denken konnte, und der Gedanke ans Sterben schreckte ihn nicht. Aber es ging nicht nur um sein Leben. Wenn ihr Plan fehlschlug, war die Zukunft des Schwarzeichenwaldes besiegelt; vielleicht für alle Zeit.

Er versuchte den Gedanken aus seinem Schädel zu verbannen und sich zu konzentrieren, aber es gelang ihm nur zum Teil. Sein Blick wanderte unstet über die schier endlose Reihe der Reiter und verharrte schließlich auf einer einzelnen Gestalt, die in strahlendes Weiß und einen goldschimmernden Brustpanzer gekleidet war. Neben ihr ritt ein hünenhafter, ganz in Schwarz gehüllter Reiter.

Irgendetwas war an seiner Gestalt nicht so, wie es hätte sein sollen, dachte Gwenderon. Aber er wusste nicht was.

»Das Cavin«, flüsterte Guarr.

Gwenderon nickte abgehackt. »Ja«, gab er ebenso leise zurück. »Und die Kreatur neben ihm – das muss Lassar sein.«

Seine Hände spannten sich so fest um den Schaft des Bogens, als wolle er ihn zerbrechen. Einen Moment lang folgte die Pfeilspitze der düsteren Schattengestalt Lassars, und Gwenderon musste all seine Willenskraft aufbieten, um das Geschoss nicht abzufeuern. Im letzten Moment riss er den Bogen herum, zielte auf den Rücken des Mannes unmittelbar vor Cavin und ließ die Sehne los.

Der Pfeil verwandelte sich in einen sirrenden Schemen, traf den Mann wie ein gewaltiger Fausthieb und riss ihn aus dem Sattel.

Und im gleichen Moment schien der Wald zu beiden Seiten des Pfades zu todbringenden Leben zu erwachen. Ein ganzer Hagel von Pfeilen und Bolzen regnete auf den Söldnertrupp nieder und das Sirren der Pfeile und das Peitschen der Sehnen mischte sich mit den Schreien der Getroffenen.

Gwenderon legte mit fliegenden Fingern einen neuen Pfeil auf die Sehne, zielte auf den Reiter hinter dem Prinzen und ließ das Geschoss fliegen. Als der Mann stürzte, hatte er bereits seinen dritten Pfeil aufgelegt und schoss.

Unter den Söldnern brach eine Panik aus. Die Pfeile der Angreifer jagten aus Baumkronen und Büschen heran, ohne dass sie auch nur einen ihrer Gegner zu Gesicht bekamen, und die Rebellen schossen so schnell und gezielt, dass schon nach den ersten Salven eine Reihe von Cavins Kriegern tot oder verwundet aus den Sätteln gestürzt waren. Gwenderon hatte nur die besten und zuverlässigsten Schützen für diesen verzweifelten Angriff ausgewählt und beinahe jeder Pfeil fand sein Ziel. Die Söldner mussten sich einer Übermacht, zumindest aber einem gleich starken Gegner gegenüberglauben.

Aber der Moment der Überraschung hielt nicht lange an. Lassar stieß einen scharfen, weithin hallenden Befehl aus und plötzlich stob die Formation der Reiter auseinander. Aus leichten, nahezu bewegungslosen Zielen wurden hin und her rasende Schatten und mit einem Male gingen die Pfeile der Angreifer ins Leere oder schlugen in hastig hochgerissene Schilde.

Dann erfolgte der Gegenangriff. Die Reiter drängten ihre gepanzerten Pferde rücksichtslos durch das dornige Unterholz und drangen in den Wald ein. Gwenderon schleuderte mit einem Fluch seinen Bogen fort, riss das Schwert hoch und sprang auf, als gleich drei der Söldner sein Versteck ausmachten und auf ihn eindrangen. Neben ihm wuchs Guarrs mächtige Gestalt wie ein zum Leben erwachter Alptraum in die Höhe. Der Raett war waffenlos, aber seine Fänge waren gebleckt, die mächtigen Hände mit den blitzenden Klauen kampfbereit ausgestreckt und seine Augen schienen in Flammen zu stehen.

Gwenderon warf sich herum, als der erste Krieger heranstürmte, wehrte einen heimtückischen Schwerthieb ab und warf sich zur Seite, als der zweite Reiter heransprengte und versuchte ihn kurzerhand über den Haufen zu reiten.

Ein Schwerthieb verfehlte ihn um Haaresbreite; dann traf ein Schlag seine Schulter und ließ ihn mit einem unterdrückten Schmerzlaut nach vorne taumeln. Wie in einer bizarren Vision sah er, wie Guarr den dritten Krieger mit bloßen Händen packte und in vollem Galopp aus dem Sattel zerrte. Dann waren die beiden anderen wieder heran und Gwenderon blieb keine Zeit mehr, Guarr zu beobachten; für die nächsten Augenblicke hatte er alle Hände voll damit zu tun, am Leben zu bleiben.

Die beiden Männer hatten aus ihren Fehlern gelernt. Hier, abseits vom Weg und zwischen Gestrüpp und Bäumen, nutzte ihnen die Beweglichkeit ihrer Pferde nicht mehr viel. Aber sie waren beide erfahrene Krieger, die es verstanden, aus der Not eine Tugend zu machen – wie Gwenderon rasch und schmerzhaft herausfand.

Langsam, und immer so, dass einer von ihnen in seinem Rücken war, während ihn der andere von vorne attackieren konnte, begannen sie Gwenderon zu umkreisen. Ihre Schwerter zuckten immer wieder nach seinem Gesicht, seinen Armen oder seiner eigenen Waffe, aber sie griffen nie wirklich an, sodass Gwenderon Gelegenheit zu einem Gegenangriff gefunden hätte.

Er spürte, dass er dieses grausame Spiel nicht lange durchhalten würde. Seine Kräfte begannen bereits zu schwinden, während sich die beiden Krieger darauf beschränkten, ihn unentwegt zu umkreisen und abwechselnd nach einer Lücke in seiner Deckung zu suchen. Und von Guarr war keine Spur zu sehen.

Die Verzweiflung gab ihm noch einmal zusätzliche Kraft. Er hieb nach dem Mann vor sich, wirbelte blitzschnell herum und riss das Schwert mit aller Kraft nach oben. Der andere Krieger wollte zurückweichen – aber es war zu spät.

Die Klinge schrammte über den empfindlichen Leib des Pferdes und riss Stiefel und Bein seines Reiters auf. Die Verletzung war nicht tödlich; wahrscheinlich nicht einmal gefährlich. Aber das Pferd bäumte sich in irrsinnigem Schmerz auf, schlug wie in Raserei mit den Vorderhufen in die Luft und warf seinen Reiter ab.

Gwenderon rollte sich blitzschnell zur Seite, um aus der Reichweite der hämmernden Hufe zu gelangen. Der Söldner stürzte mit einem Aufschrei neben ihm zu Boden, versuchte sich aufzurichten und sank zurück, als er seinen Arm belastete. Gwenderon schlug ihm den Schwertknauf vor die Schläfe, sprang mit einem federnden Satz auf die Füße und wandte sich dem letzten verbliebenen Gegner zu. Sein Schwert blitzte auf, zerschmetterte die Waffe des Söldners dicht über dem Griff und drang durch sein Panzerhemd. Der Mann keuchte und kippte seitwärts aus dem Sattel.

Gwenderon griff nach den Zügeln seines Pferdes, schwang sich mit einer kraftvollen Bewegung auf dessen Rücken und brachte das bockende Tier mit hartem Schenkeldruck zur Ruhe. Er wischte sich mit der Linken Schweiß und Blut aus dem Gesicht und hielt nach Guarr Ausschau.

Der Raett hatte seinen Gegner getötet, hockte aber weiter in seltsam verkrampfter Haltung am Boden und presste beide Hände gegen die Brust. Zwischen seinen Fingern quoll Blut hervor und färbte sein Fell dunkel.

»Kannst du reiten?«, fragte Gwenderon hastig.

Guarr nickte, stemmte sich mühsam hoch und machte einen torkelnden Schritt auf das zweite, reiterlose Pferd zu. Das Tier schrak zurück und versuchte nach ihm zu beißen.

Gwenderon zwang sein eigenes Tier mit einer harten Bewegung an seine Seite, griff nach den Zügeln und brach den Widerstand des Tieres mit einem schnellen Ruck. Guarr pfiff dankbar, griff mit einer Hand nach dem Sattelknauf und zog sich ungeschickt auf den Rücken des Tieres.

Wieder begann das Pferd zu bocken; anders als die Pferde der Rebellen war es Raett-Reiter nicht gewohnt und der scharfe Raubtiergestank des Rattenwesens machte es rasend. Nach ein paar Sekunden gab Guarr den Kampf auf und sprang mit einem unterdrückten Schmerzenslaut wieder zu Boden. Die Wunde in seiner Brust blutete stärker.

Gwenderon blieb keine Zeit, sich um ihn zu kümmern. Die Söldner hatten sich vollends von ihrer Überraschung erholt und nun machte sich ihre fast dreifache Überlegenheit bemerkbar. Gwenderon sah sich plötzlich von zwei weiteren Männern attackiert, schlug einen von ihnen mit einer mehr instinktiven Bewegung aus dem Sattel und schrie eine halbe Sekunde später vor Schmerz auf, als die Klinge des anderen ihm heiß und brennend über den Oberschenkel fuhr. Ein zweiter Hieb verfehlte seinen Kopf um Haaresbreite, dann krachte das Schwert des Angreifers mit fürchterlicher Wucht gegen seine Seite, zerbrach die Kettenglieder seines Panzerhemdes und zwei oder drei seiner Rippen und federte zurück.

Gwenderon sah nur noch wie durch einen blutigen Nebel. Irgendwo neben oder hinter ihm begann Guarr schrill und warnend zu pfeifen; er spürte einen weiteren schmerzhaften Hieb und schlug halb blind zurück.

Sein Schwert traf auf Widerstand. Ein dumpfer Schmerzenslaut drang an sein Ohr. Der Mann begann zu zittern, ließ das Schwert fallen und kippte rücklings aus dem Sattel.

Dann wurde die Welt um Gwenderon rot und er spürte nur noch Schmerz und Übelkeit und das rasende Hämmern seines eigenen Herzens. Guarrs Pfiffe klangen plötzlich schriller und beinahe drohend in seinen Ohren. Er hatte den flüchtigen Eindruck von Bewegung, die irgendwo hinter den schwarzen Schleiern war, die sein Bewusstsein einzuhüllen begannen, dann glaubte er eine scharfe, befehlende Stimme zu hören.

Irgendetwas war im Klang dieser Stimme, was die saugenden Schleier um seine Gedanken noch einmal durchbrach. Und dann erkannte er sie.

Es war Cavins Stimme, und es war nicht ihr Klang, der ihn noch einmal ins Bewusstsein zurückgerissen hatte, sondern das, was sie schrie: »Das ist Gwenderon!«, schrie der junge König. »Bringt mir seinen Kopf! Hundert Goldstücke für den, der ihn tötet!«

Irgendetwas schien in Gwenderon zu zerbrechen. Bis jetzt, bis zum letzten Moment, hatte sich etwas in ihm noch immer geweigert die Tatsache anzuerkennen, dass Cavin zu seinem Feind geworden war. Und selbst jetzt weigerte er sich.

Dann lichtete sich der Nebel vor seinen Augen, und als er aufsah, blickte er direkt in Cavins Gesicht hinüber. Und der Ausdruck, den er darin gewahrte, fegte auch den letzten Rest von Zweifel beiseite.

»Gwenderon! Flieh!«

Guarrs Stimme brach den Bann, der von Gwenderon Besitz ergriffen hatte, und mit einem Male erkannte der Waffenmeister wieder, in welcher Gefahr er sich befand. Ihr verzweifelter Überfall war längst abgeschlagen. Die meisten seiner Männer waren tot oder geflohen. Nur hier und da wurde noch gekämpft – und ein halbes Dutzend Reiter preschte auf breiter Front gerade auf ihn zu!

Verzweifelt riss Gwenderon sein Pferd herum, stieß ihm die Absätze in die Seiten und schlug ihm zusätzlich mit der Breitseite des Schwertes gegen die Flanke. Das Tier sprang mit einem gewaltigen Satz los.

26

»Er entkommt!« Cavins Stimme überschlug sich fast. Mit einem gellenden Schrei riss er sein Schwert empor, zerrte an den Zügeln seines Pferdes und trieb dem Tier rücksichtslos die Sporen in die Weichen. Alles, was er damit erreichte, war, dass die gequälte Kreatur auf die Hinterläufe stieg und ausschlug.

»Er entkommt euch, ihr verdammten Narren! Fasst ihn!«, brüllte er. »Bringt mir seinen Kopf oder ich verlange eure!«

Eine Hand berührte ihn an der Schulter und er hörte, wie Lassar irgendetwas sagte, aber die Worte erreichten sein Bewusstsein kaum. Vor ihm war der Mörder seines Vaters! Der Mann, der seinen Vater vor seinen Augen erschlagen hatte, dessenthalben er dieses Heer aufgestellt und diesen ganzen Krieg begonnen hatte, und er drohte zu entkommen!

Plötzlich beruhigte sich sein Pferd und auch Cavin spürte eine sonderbare, fast unangenehme Ruhe, die nicht aus ihm selbst zu entspringen schien, sondern irgendwie von außen in seinen Körper einfloss.

Verstört drehte er den Kopf und sah, dass Lassar eine seiner

Schattenhände gehoben hatte und mit gespreizten Fingern gleichzeitig auf ihn und das Tier deutete. Cavin schauderte.

»Beruhigt Euch, mein König«, sagte Lassar. »Er kann uns nicht mehr entkommen. Unsere Krieger haben das Lager umstellt. Es gibt keinen Ort mehr, wohin er fliehen könnte.«

Cavin starrte den Schattenfürsten an. Für einen Moment flammte noch einmal Zorn in ihm auf und drohte sich auf Lassar zu entladen.

Dann, mehr niedergeschlagen als noch wirklich zornig, rammte er sein Schwert in die Scheide zurück und blickte in die Richtung, in der Gwenderon verschwunden war. Mehr als ein Dutzend Söldner hatten die Verfolgung aufgenommen. Zehnmal so viele würden es in den nächsten Augenblicken tun, um sich die hundert Goldstücke zu verdienen, die er als Belohnung in Aussicht gestellt hatte. Und selbst wenn Gwenderon das Unmögliche schaffte und ihnen entkam …

Lassar hatte Recht. Es gab keinen Ort mehr, wohin er fliehen konnte. Die andere Hälfte ihres Heeres näherte sich der Waldfestung der Rebellen von Norden her. Der Ring schloss sich. Die Falle war zugeschnappt.

»Es besteht kein Grund zur Aufregung, mein König«, sagte Lassar noch einmal. »Der Sieg ist Euer. Keiner von denen, die sich gegen Euch gestellt haben, wird diese Nacht überleben.«

Cavin nickte, aber es war eher ein Reflex als eine Bestätigung. Jetzt, da sein Zorn verraucht war, fühlte er sich sonderbar leer und müde. Fast, als wäre er der Verlierer, nicht Gwenderon und seine Rebellen.

Warum erfüllten ihn Lassars Worte mit einem solchen Schrecken?, dachte er. Schließlich war er hier, um die Rebellen zu vernichten und den Frieden im Schwarzeichenwald wiederherzustellen.

Und trotzdem kam er sich so vor, als wäre er es, der den heiligen Frieden dieses Ortes entweiht hatte …

Zornig vertrieb er den Gedanken, griff wieder nach den Zügeln und zwang sein Pferd herum.

Der Kampf war vorbei, als sie weiterritten. Es war nur eine Hand voll Rebellen gewesen, die ihnen aufgelauert hatte, und nachdem seine Krieger erst einmal ihres Schreckens Herr geworden waren, hatten sie leichtes Spiel mit ihnen gehabt. Hier und da drangen noch Schreie oder das Klirren von Schwertern aus dem Wald, aber am Ausgang des Kampfes bestand kein Zweifel mehr.

Trotzdem hatten sie einen hohen Blutzoll bezahlt. Cavin zählte mehr als zwanzig Tote, während er langsam weiter in nördlicher Richtung ritt, und gut doppelt so viele Männer mussten verwundet sein.

»Das Schicksal dieser Kreaturen braucht Euch nicht zu kümmern, Cavin«, sagte Lassar abfällig.

Cavin sah verstört auf. Seine Augen wurden schmal. »Was soll das heißen, Lassar?«, fragte er scharf. »Lest Ihr meine Gedanken?«

Lassar lachte leise. »Nein. Das kann ich nicht, und an diesem Ort schon gar nicht. Aber sie sind nicht schwer zu erraten. Euer Blick spricht Bände, mein König.«

Die beiden letzten Worte klangen eindeutig spöttisch, auf eine Art, die Cavin nicht gefiel. Aber er kam nicht dazu, dem Schattenfürsten die scharfe Antwort zu erteilen, die ihm auf der Zunge lag, denn Lassar zügelte plötzlich sein Pferd und deutete mit einer Geste nach vorne. Cavins Blick folgte seiner Bewegung.

Quer über dem Weg lag ein verwundeter Raett. Sein braungraues Fell war dunkel von Blut, und seine Krallen hatten sich im Todeskampf in den Boden gegraben, als hätte er versucht dort Schutz zu suchen. Seine breite Brust hob und senkte sich in schnellen, unregelmäßigen Stößen.

»Guarr«, sagte Lassar.

Cavin fuhr unwillkürlich zusammen, zügelte sein Pferd und besah sich den verwundeten Raett genauer, Lassars Worte ließen die Erinnerung an den Führer der Raett-Horde so deutlich wie ein Bild vor seinen Augen aufsteigen.

Und irgendetwas war an diesem Bild falsch.

»Seid Ihr … sicher?«, fragte er stockend.

Lassar nickte. »Ich irre mich nie«, behauptete er. »Das ist Guarr, der Anführer dieser Raett-Kreaturen, mit denen sich Gwenderon verbündet hat.« Er lachte hässlich. »Damit gibt es nur noch ihn, mein König. Und auch das nicht mehr lange.«

Cavin blickte weiter zweifelnd auf den Raett herunter.

Er besann sich vage auf den Stammesführer der Raetts, die ihn und Gwenderon vor den Tauspinnen gerettet und eine Zeit lang den gleichen Weg wie sie genommen hatten. Aber die Erinnerung war seltsam unscharf, als läge sie Jahre zurück, nicht Tage.

Guarr war ein mächtiges, barbarisches Raett-Männchen gewesen, ein Wesen, das nur gebrochen die menschliche Sprache beherrschte und sich viel mehr wie ein Tier denn wie ein vernunftbegabtes Wesen benahm – zumindest auf den ersten Blick hin. Der Raett, der sterbend vor ihm lag, trug einen Waffengurt und neben ihm lag ein zerbrochenes Schwert im Schlamm. Es erschien ihm sonderbar, dass sich der Raett in den wenigen Monaten, die seit ihrer ersten Begegnung vergangen waren, derart verändert haben sollte.

Aber er sprach nichts davon aus, sondern richtete sich ohne ein weiteres Wort im Sattel auf und deutete auf Guarr, dann auf den am nächsten stehenden Söldner. »Töte ihn«, sagte er. Dann ritt er weiter, ohne Guarr und den Krieger auch nur eines Blickes zu würdigen, dem Lager der Rebellen entgegen.

Hätte er es getan, dann hätte er vielleicht gesehen, wie sich Lassars Schattenhand ein zweites Mal auf diese sonderbare, flatternde Weise bewegte und diesmal auf den Söldner deutete. Der Mann hatte sich dem Raett genähert und seinen Speer mit beiden Händen ergriffen, um ihn Guarr zwischen die Schultern zu stoßen. Aber er führte die Bewegung nicht zu Ende. Ein erstaunter, verwirrter Ausdruck huschte über seine Züge. Einen Moment lang starrte er die Waffe in seinen Händen an, dann den stöhnend daliegenden Raett, dann wieder den Speer – und dann warf er seine Waffe in hohem Bogen davon und ging zu seinem Pferd zurück, um sich den anderen Kriegern anzuschließen.

Lassar lächelte.

27

Die Burg war leer.

Resnec hatte sich bis zum letzten Moment einfach geweigert es zu glauben – aber der Raett hatte die Wahrheit gesagt. Hochwalden war leer, von jeglichem menschlichen Leben verlassen, so gründlich, als hätte es in seinen schwarzen Mauern niemals etwas anderes gegeben als Stille und Staub.

Der Abend war längst der Nacht gewichen. Dunkelheit hatte sich wie eine schwarze Glocke über den Hof gestülpt und mit dem kühlen Wind, den der Abend gebracht hatte, trieben Wolken über den Himmel, sodass auch das letzte bisschen Sternenlicht noch verschluckt wurde. Die Türme Hochwaldens waren nicht mehr sichtbar; wenige Manneslängen über den Zinnen der Wehrmauern schienen die Burg und die Welt einfach aufzuhören und in alles verschlingende, brodelnde Schwärze überzugehen. Es war kalt. Resnec war sicher, dass die Nacht noch Regen bringen würde.

Schaudernd trat er von der Burgmauer zurück und blickte in den Hof hinab. Das ungleichmäßige Rechteck war mit roten Glutpunkten getupft, die wie lodernde Löcher in der erstarrten Kruste eines Vulkanes wirkten. Nachdem sie Hochwalden einer ersten, flüchtigen Untersuchung unterzogen hatten, hatten die Männer Feuer entzündet; gut die Hälfte von ihnen war dabei, alles für das Nachtlager vorzubereiten, während die anderen die Festung ein zweites Mal und gründlicher untersuchten.

Resnec wusste, dass sie nichts finden würden. Hochwalden war leer. Leer und still wie ein gewaltiges, steinernes Grab.

Es war kein Zufall, dass sich Resnec ausgerechnet dieser Vergleich aufdrängte. Er hatte es gespürt, im gleichen Augenblick, in dem er an Gionns Seite durch das offen stehende Tor gegangen war und sich gegen die Vorstellung gewehrt hatte, es könne hinter ihnen zuschnappen und sie mit stählernen Drachenzähnen zerquetschen: Hochwalden war nicht nur von seinen menschlichen Bewohnern verlassen. Es war *leer.* Vollkommen. Es war, dachte er schaudernd, als hätte etwas alles Leben aus der Burg verjagt. Selbst der See, der in der Nacht wie ein gewaltiger Halbmond aus geschmolzenem Pech unter den Burgmauern glänzte, wirkte auf schwer in Worte zu fassende Weise tot.

Ein Geräusch drang in seine Gedanken. Resnec drehte sich herum. Im ersten Moment sah er nichts als einen klobigen Schatten, dann spürte er den scharfen Raubtiergestank eines Raett. Fast ohne sein Zutun lächelte er. Er hatte es sich bisher nicht eingestanden, aber beinahe fühlte er sich in der Nähe der Rattenmänner wohler als in der seiner menschlichen Begleiter. Vielleicht, weil sie wie er Ausgestoßene waren. Gwenderons Männer akzeptierten sie, weil sie sie brauchten und ihre Rebellion ohne die Hilfe dieser riesigen, starken Wesen schon in den ersten Tagen kläglich gescheitert wäre, aber das bedeutete nicht, dass sie sie mochten. Und irgendwie galt dies auch für ihn. Ganz gleich, was Karelian und Animah und der Zwerg gesagt haben mochten – er würde immer ein Fremder unter ihnen bleiben; ganz gleich, was er tat und sagte.

»Gionn. Alles in Ordnung?«

Der Raett versuchte ein menschliches Kopfschütteln nachzuahmen, was wie immer kläglich misslang; man kann keinen Hals drehen, den man nicht hat. »Nichts in Ordnung«, pfiff er. »Festung verlassen. Nicht gut.«

»Vorhin warst du anderer Meinung«, sagte Resnec.

»Vorhin denken, keine Krieger«, antwortete Gionn ernst. »Jetzt wissen, kein Leben.«

Resnec schauderte. Der Raett drückte mit wenigen, holperig gewählten Worten aus, was er empfand. Setzte er einfach einmal voraus, dass sowohl Cavin als auch Lassar im gleichen Moment den Verstand verloren hatten, dann war es vielleicht noch denkbar, dass sie Hochwalden einfach verließen, darauf vertrauend, dass sich niemand den reifen Apfel pflücken würde, den sie am Baum zurückgelassen hatten. Aber das erklärte nicht, warum alles *Leben* aus der Festung gewichen war. Resnec hatte nicht einmal eine Spinne gesehen, als er sich an der Durchsuchung Hochwaldens beteiligte.

»Du glaubst, es wäre eine Falle.«

»Böser Zauber«, bestätigte Gionn. »Besser, wir gehen.«

»Zauber?« Resnec schwieg einen Moment, dann schüttelte er den Kopf. Nein – er hätte es gemerkt, wäre Lassars Magie im Spiel gewesen. Er konnte die Nähe des Schattenfürsten spüren, ebenso wie die seiner Kreaturen. »Nein«, sagte er laut. »Es ist keine Magie, Gionn. Wenn es eine Falle ist, dann …«

Er sprach nicht weiter, denn es gab nichts, was er hätte sagen können. Was, dachte er bedrückt, wenn sie Lassar einfach unterschätzt hatten? Wenn sich der Herr der Schatten so sehr mit einem Mantel aus Intrigen und Lügen umgeben hatte, dass sie die Wahrheit nicht mehr erkannten, weil sie so einfach war, nämlich offensichtlich? Was, wenn es Lassar vollkommen gleich war, ob sie Hochwalden einnahmen oder nicht?

»Was tun?«, fragte Gionn. Seine Augen glitzerten im Widerschein der Feuer, die unten auf dem Hof brannten. Obwohl er Resnec um mehr als anderthalb Haupteslängen überragte, kam er ihm plötzlich klein und hilflos vor. Mit einem Male begriff er, wie unendlich weit Lassar ihnen allen überlegen war. Sie kämpften mit den beiden einzigen Waffen, die ihnen geblieben waren – Tapferkeit und Kraft –, gegen einen Mann, der das Instrumentarium der Lüge und des Betruges zur Perfektion entwickelt hatte, der die Wahrheit so lange zu verbiegen und verzerren gelernt hatte, bis er sie seinem Gegenüber ganz offen unter die Nase halten konnte, ohne dass dieser sie noch zu sehen vermochte. Was nutzten ihnen die gewaltigen Körperkräfte der Raetts gegen Lassars Lügen, dachte er matt, was Gwenderons Umsicht und die Schnelligkeit und Klugheit der beiden Waldläufer gegen Lassars Heimtücke, was seine eigene Erfahrung gegen Lassars Bosheit?

»Was tun?«, fragte Gionn noch einmal. Seine Stimme klang fast kläglich. »Gehen?«

Vielleicht wäre es das Beste, dachte Resnec. Möglicherweise töteten Lassars Meuchelmörder gerade in diesem Moment alle, die im Lager zurückgeblieben waren, und vielleicht standen sie hier und warteten auf Männer, die nie mehr kommen würden. Aber laut sagte er: »Nein. Wir bleiben, bis die Sonne aufgeht. Haben wir bis dahin keine Erklärung gefunden, reite ich selbst zurück zum Lager. Ihr anderen könnt hier bleiben oder euch im Wald verbergen.«

»Wald besser«, sagte Gionn beinahe hastig. »Dunkel und warm. Gut.«

Resnec lächelte. »Du hast wohl Recht, mein Freund«, sagte er. »Es spielt keine Rolle, ob wir die Festung zwei Tage oder nur zwei Stunden vor Lassars Männern besetzen, nicht wahr? Wir –«

Ein peitschender Laut erklang. Gionn stieß einen schrillen, von entsetzlicher Pein erfüllten Pfiff aus, taumelte zurück und prallte gegen die hölzerne Brüstung des Wehrganges, die unter seinem Gewicht zerbrach. Mit einem gellenden, unendlich hohen Schmerzensschrei kippte er nach hinten und stürzte in den Hof hinab. Resnec sah gerade noch die zitternde Pfeilspitze, die seinen Schädel durchbohrt und wie eine blutige Zunge zwischen seinen Fängen wieder hervorgetreten war, dann spürte er selbst ein schmerzhaftes Brennen an der Hüfte und einen Schlag und warf sich gedankenschnell zu Boden. Ein zweiter Pfeil zischte eine Handbreit über ihm durch die Luft, dann zerbarst eine ganze Salve der schlanken, tödlichen Geschosse am schwarzen Fels der Zinne, dicht über seinem Gesicht.

Resnec wälzte sich herum, kroch hastig ein Stück davon und richtete sich auf Hände und Knie auf. Schreie und Kampflärm drangen vom Hof zu ihm herauf und jenseits der Mauern erhellte plötzlich ein flackerndes, düster-rotes Licht die Nacht. Etwas Riesiges, Brennendes erhob sich in einem Funken sprühenden Halbkreis aus dem See, prallte gegen die Zinnen und zerbarst in einer grellweißen Explosion, flammendes Öl nach allen Seiten schleudernd.

Resnec warf einen raschen Blick auf den Hof hinab. Die Feuer brannten höher, ein paar waren auseinander gerissen und zu kleineren flackernden Flammennestern geworden, brennendes Öl war in dünnen Bahnen an der jenseitigen Seite der Mauer herabgelaufen und verbreitete ein unheimliches rotes Licht, in dem die durcheinander hastenden Gestalten von Menschen und Raetts zu erkennen waren. Vier, fünf der schwarzen Schatten lagen reglos da, und die anderen schienen einen sinnlosen, wahnsinnig schnellen Tanz aufzuführen, den Resnec sich im ersten Moment nicht erklären konnte. Dann sah er die schwarzen Schatten vom Himmel fallen und hörte das leise, boshafte Pfeifen und begriff, dass es noch immer Pfeile regnete; hunderte, tausende der tödlichen Geschosse, die jenseits der Burgmauern abgefeuert wurden. Und es waren viele – so unendlich *viele!*

Ein Pfeil bohrte sich mit einem dumpfen Schlag zwei Fingerbreit neben seiner Hand ins Holz des Wehrganges. Resnec fuhr zusammen, kroch hastig ein Stück zurück und richtete sich erst wieder auf, als er im toten Winkel unter den Zinnen lag und zumindest im Augenblick in Sicherheit war. Keuchend drehte er sich herum, schob behutsam den Kopf über die Mauer und spähte in die Nacht hinab.

Draußen auf dem See, eine halbe Meile von Hochwalden entfernt, erwachte ein zweiter, grell lodernder Feuerball zum Leben, zog einen feurigen Schweif hinter sich her und senkte sich mit tödlicher Präzision auf die Plattform des höchsten Turmes Hochwaldens herab, wo er explodierte. Von einer Sekunde auf die andere war der Himmel über Hochwalden in grellrotes, flackerndes Licht getaucht.

Aber Resnec verschwendete keinen Blick auf den brennenden Turm. Er reagierte auch nicht, als ein Pfeil nur wenige Fingerbreit neben seinem Gesicht über den Stein scharrte und klappernd neben ihm zerbrach. Sein Blick war wie gebannt auf die Flöße gerichtet, die sich Hochwalden näherten: flache, mehr als zwanzig Manneslängen im Quadrat messende Flöße, die im grellen Widerschein der Flammen wie schwarze Löcher in der spiegelnden Oberfläche des Sees wirkten. Es waren mehr als ein Dutzend, und auf jedem einzelnen erhob sich ein gewaltiges Katapult, jedes mit einem der schrecklichen Brandgeschosse geladen, von denen schon zwei ausgereicht hatten, einen Teil seiner Männer zu töten und Hochwalden in Flammen zu setzen. Resnecs Blick war auf sie gebannt – und die Armee, die wie aus dem Nichts aufgetaucht war und das freie Feld zwischen Hochwalden und dem Waldrand mit einem zweiten schimmernden Wald aus geschliffenem Stahl und drohend emporgereckten Pfeilspitzen füllte.

Es waren tausende und aus dem Wald drängten immer mehr und mehr Krieger heran; keine Söldner wie die Männer in Cavins Begleitung, keine Schattenwesen wie die schrecklichen Geschöpfe, die den ersten Sturm auf Hochwalden ausgeführt hatten, sondern Krieger, tausende und tausende Krieger in schwarzen Lederpanzern, die mit der Präzision eines perfekt gedrillten Heeres heranmarschierten, ohne Hast, aber so unaufhaltsam wie eine Lawine aus Stahl. Plötzlich wusste er, warum er nichts von Lassars schwarzer Magie gespürt hatte. Es war keine Magie im Spiel. Es war Lassars gesamtes Heer.

Resnec sprang auf, fuhr herum und war mit einem Satz an

der Brüstung. »Flieht!«, schrie er in den Hof hinab. »Rettet euch, ehe –«

Ein Pfeil traf ihn in den Rücken und tötete ihn.

28

Wie um den letzten Akt des Dramas in angemessener Weise zu beleuchten, war der Mond hinter den Wolken hervorgekommen und tauchte das Lager in silbernes Licht.

Das große, exakt gezogene Rund der Palisadenfestung war still. Die Hütten wirkten auf sonderbare Weise tot und verlassen und der noch immer nicht vollends geschlossene Kreis aus doppelt mannshohen Pfählen schien ihre Hilflosigkeit eher zu betonen. Selbst der Kampflärm, der noch immer gedämpft hier und da aus dem Wald erscholl, schien die Ruhe im Lager der Rebellen noch zu unterstreichen.

Es war kein normales Schweigen, nicht einfach die Abwesenheit von Geräuschen, sondern das Dasein von etwas anderem, etwas Körperlosem und Unsichtbarem, das wie ein Hauch aus einer fremden Welt über der Lichtung lag, dachte Gwenderon.

Lassars Nähe, die den Wald verpestete und selbst das Atmen schwer machte.

Gwenderon schauderte. Sein Blick tastete unstet hierhin und dorthin, saugte sich an einem Schatten fest und glitt weiter. Die Wunde pochte in seiner Seite und das dumpfe Gefühl der Furcht, das von seinem Herzen Besitz ergriffen hatte, nahm langsam, aber unbarmherzig zu. Und es war eine Angst ganz anderer Art als die, die er während des Kampfes oder irgendwann einmal vorher gespürt hatte.

Irgendetwas war in diesem Schweigen, dachte er. Etwas, das mit unsichtbaren Händen nach seiner Seele griff und sie erstarren ließ. Mannon und Karelian hatten sich getäuscht. Lassars Magie *reichte* bis hierher. Möglicherweise gab es auf der ganzen Welt keinen Ort, an den sie nicht reichte.

Vielleicht war es das erste Mal in seinem Leben, dass er wirklich Angst verspürte.

»Wie lange noch?«, flüsterte er.

»Bald. Hab noch etwas Geduld.« Karelians Stimme klang gepresst, und als Gwenderon den Waldläufer ansah, begriff er, dass er mit seiner Angst nicht allein war.

Gwenderon nickte. Selbst diese Bewegung fiel ihm schwer. Alles in ihm schrie danach, diesen Ort mit seiner fürchterlichen Stille zu verlassen, wegzulaufen, so schnell er konnte, ganz gleich wohin. Und sei es in die Schwerter der Söldner. Unsicher begann er auf der Stelle zu treten, bis Karelian ihm einen missbilligenden Blick zuwarf und den Zeigefinger auf die Lippen legte. Gwenderon nickte nervös, wandte sich um und blickte den hölzernen Turm in der Mitte des Lagers an. Er war noch immer nicht vollendet und er würde auch nie mehr vollendet werden.

Mit einem Male erschien ihm der Anblick grotesk; er musste sich beherrschen, um nicht in ein hysterisches Gelächter auszubrechen. Bisher war ihm diese Festung im Herzen des Schwarzeichenwaldes stark und uneinnehmbar erschienen. Hatte er sie nicht einmal sogar mit Hochwalden verglichen? Jetzt erkannte er, was sie wirklich war – eine Spielzeugburg. Lassars Reiter würden ihre albernen Palisaden einfach niederwalzen.

»Jetzt?«, fragte er.

Karelian schwieg einen Moment. Seine Augen wirkten plötzlich glasig und leer, als lausche er in sich hinein. Dann klärte sich sein Blick und er schüttelte den Kopf.

»Noch nicht«, sagte er. »Wir müssen Geduld haben, Gwenderon. Wenn wir diesmal versagen, ist alles aus. Eine zweite Chance werden wir kaum bekommen.«

Die Worte klangen seltsam bitter und Gwenderon hörte in ihnen auch das, was der Waldläufer nicht aussprach.

Der verzweifelte Angriff auf Cavin und seine Söldnergarde war notwendig gewesen, denn sie mussten sichergehen, dass es auch wirklich Cavin war, der ihnen folgte. Darauf beruhte ihr ganzer waghalsiger Plan. Und darauf, dass der Weg, den sie ihn führen wollten, sich ihnen wirklich im entscheidenden Moment öffnen würde.

Aber wo die Macht der Waffen versagte, konnten sie nur noch auf die Macht des Waldes hoffen.

Wenn Mannon doch noch bei ihnen wäre, dachte Gwenderon. Das Bild seines alten Kampfgefährten stieg vor seinen Augen auf und er spürte einen Kloß in seiner Kehle. Der Zwerg mit seiner unerschütterlichen Ruhe und Erdverbundenheit war tiefer als alle anderen in die Geheimnisse des Schwarzeichenwaldes eingedrungen und auf Pfaden gewandelt, die gewöhnlichen Sterblichen verboten waren. Nun ging er selbst den dunkelsten aller Pfade ...

Zu viele tapfere Männer waren in diesem Kampf schon gestorben. Mehr als dreißig hatten ihren verzweifelten Angriff mit dem Leben bezahlt und die meisten davon waren seine Freunde gewesen. Außer ihm und Karelian selbst hatten nur drei Mann das Lager lebend erreicht.

Auch Guarr war nicht unter ihnen.

Karelian machte ein Geräusch und Gwenderon schrak abrupt aus seinen Gedanken hoch. Die Hand des Waldläufers deutete nach Süden durch die Lücke der Palisade, und als Gwenderon der Geste folgte, sah er einen ganzen Trupp Söldner aus dem Wald brechen und in breiter Front auf die Lichtung ausschwärmen. Sie konnten nur einen kleinen Teil des Waldrandes erkennen, aber Gwenderon wusste, dass es überall so aussah.

An der Spitze des Trupps ritt ein Mann in einer weißgoldenen Rüstung. In seiner Rechten flatterte das Drachenbanner Hochwaldens. Cavin.

Mit einem Male fielen Gwenderon tausend Dinge ein, die ihren Plan vereiteln mochten. Was, wenn Cavin nicht versuchte die Palisadenfestung zu stürmen, sondern sie schlichtweg niederbrennen ließ? Was, wenn er seine gedungenen Krieger angreifen ließ und wartete, bis sie ihm seinen und Karelians Kopf brachten? Was, wenn Lassars Magie ihnen den Weg versperrte, den die Raetts geschaffen und Karelian erkundet hatte? Was, wenn –

»Sie greifen an«, sagte Karelian, trat einen Schritt vor und stieß den rechten Arm mit dem Schwert in die Höhe.

»Jetzt!«, rief er mit weit schallender Stimme.

Im gleichen Moment begannen Pfeile auf die Reiter herabzuregnen, von übermenschlich starken Raett-Muskeln geschleuderte Steine und Speere, tödliche Bolzen, die selbst Harnische und Schilde zu durchschlagen vermochten. Der Vormarsch der Reiter kam ins Stocken. Männer sanken reglos aus den Sätteln oder wurden von ihren Pferden abgeworfen, die sich getroffen aufbäumten. Die geordnete Formation der Angreifer verwandelte sich in ein heilloses Durcheinander.

Aber es war nur ein schwacher – und nicht einmal ernst gemeinter – Versuch, das Ende hinauszuzögern. Gwenderon sah, wie sich die zerbrochene Kampfformation des Söldnerheeres rasch wieder bildete und wie viele Männer wieder auf die Rücken ihrer Tiere stiegen, verwundet, aber keineswegs kampfunfähig. Lassars Krieger waren keine Narren. Sie hatten gewusst, was sie erwartete, und waren gepanzert wie urzeitliche Ungeheuer. Ein Pfeil, der nicht aus unmittelbarer Nähe abgeschossen wurde, vermochte ihnen kaum ernsthaften Schaden zuzufügen. Aber das wollte er ja auch gar nicht.

Als wäre dieser Gedanke Gwenderons ein Auslöser gewesen, stieß Cavin seine Standarte in die Höhe und preschte an der Spitze der Krieger los, gedeckt von einem halben Dutzend Reiter auf gepanzerten Schlachtrossen, die sich tief hinter massige Eichenschilde duckten und auch ihn selbst damit zu schützen versuchten. Eine neue, noch wütendere Salve aus Pfeilen und Wurfgeschossen regnete auf die Angreifer herunter und riss zwei von ihnen aus den Sätteln, aber die anderen kamen näher. Der Abstand zwischen ihnen und der durchbrochenen Palisade schmolz rasend schnell.

Gwenderon blickte nervös zum Turm hinüber. Sein Blick saugte sich an der erst halb fertig gestellten Holzkonstruktion fest. Alles hing von diesem lächerlichen Loch ab, einem nicht einmal zweihundert Meter messenden Tunnel, an dem fünfzig von Guarrs Raetts eine Woche lang gegraben hatten und der bei der geringsten Erschütterung einstürzen konnte. Mit einem Male erschien es ihm wie heller Wahnsinn, das Schicksal des Schwarzeichenwaldes von einem *Loch* abhängig zu machen, das nicht einmal hoch genug war, dass ein Mann aufrecht darin stehen konnte. Aber es war zu spät, sich jetzt noch eines Besseren zu bedenken.

Cavin und seine Begleiter hatten die Palisade fast erreicht und Gwenderon sah voller Zufriedenheit, dass der Abstand zwischen ihnen und dem Rest des Söldnerheeres weiter gewachsen war – eine Entwicklung, der die Bogenschützen hinter den Palisaden durch gezielte Salven von Pfeilen und Brandgeschossen deutlich nachhalfen.

Dann waren sie heran. Cavins Pferd setzte mit einem gewaltigen Sprung über den Graben hinweg, der jenseits des Holzzaunes lag, und Karelian stieß das Schwert ein zweites Mal in die Höhe.

In der gleichen Sekunde begann die Palisade zu wanken. Eine letzte, mörderische Pfeilsalve trieb die Söldner zurück und plötzlich begannen die Bogenschützen zu rennen, fort von der wankenden Mauer aus Holz, die von einem Augenblick auf den anderen ihre Festigkeit verloren hatte. Mit einem ungeheuren Bersten und Krachen stürzte sie zusammen, erschlug zwei von Cavins Begleitern, ein halbes Dutzend der nachdrängenden Reiter und auch zwei oder drei Verteidiger, die nicht schnell genug gewesen waren, und bildete plötzlich eine tödliche Barriere aus wirr über- und untereinander liegenden Balken, an deren zerborstenen Enden sich Mensch und Tier aufspießen mussten, wenn sie versuchten sie zu überrennen. Das Söldnerheer prallte zurück wie eine gewaltige Woge aus Eisen und Fleisch. Nicht allen gelang es, ihre Tiere schnell genug herumzureißen.

Natürlich wusste Gwenderon, dass auch dieses neuerliche Hindernis die Krieger nicht länger als zwei, vielleicht drei Minuten aufhalten konnte, trotz des wütenden Beschusses, der abermals eingesetzt hatte und die Söldner weiter zurücktrieb.

Aber sie brauchten nicht mehr als diese zwei oder drei Minuten.

Er fuhr herum, hob sein Schwert und deutete auf Cavin, dessen Tier ein Dutzend Schritte hinter der niedergestürzten Palisade zum Stehen gekommen war. Seine Begleiter hatten ihre Waffen und Schilde gehoben und versuchten einen lebenden Schutzwall um ihn zu bilden, aber auf die kurze Distanz schützten sie nicht einmal mehr ihre Rüstungen gegen die Speere und Steine, die die Raetts nach ihnen schleuderten. Einer nach dem anderen sank aus dem Sattel, bis der Letzte versuchte sein Tier herumzureißen und mit einem verzweifelten Satz über die hölzerne Barrikade hinwegzusetzen. Gwenderon sah nicht hin, als sein Todesschrei erklang.

Sein Blick begegnete dem Cavins, und was er darin las, war … Hass.

Einen Hass, wie er ihn niemals zuvor im Blick eines Menschen gesehen hatte.

»Worauf wartest du?«, fauchte Karelian neben ihm. Gwenderon

fuhr zusammen, drehte sich fast schuldbewusst herum und gab Animah das verabredete Zeichen. Die Waldläuferin war mit einem Sprung beim Turm und öffnete die Tür, während Gwenderon, Karelian und ein halbes Dutzend ausgesuchter Männer auf Cavin zustürmten. Jenseits der Barrikade formierten sich die Söldner zum letzten, entscheidenden Angriff, und für einen Moment glaubte Gwenderon eine hoch gewachsene Gestalt zwischen ihnen zu erkennen, die nur aus Schatten und schwarzem Rauch bestand. Aber er wusste, dass sie zu spät kommen würden.

Die Männer hatten Cavin erreicht. Der junge König von Hochwalden schrie vor Zorn, schlug mit seinem Schwert um sich und versuchte die Angreifer mit der Standarte zu Boden zu stoßen, aber er stand einer zehnfachen Übermacht gegenüber. Ein Hieb prellte ihm das Schwert aus der Hand, harte Hände griffen nach dem Zaumzeug seines Tieres und zwangen es nieder, dann wurde er aus dem Sattel gezerrt und von einem Dutzend Armen gehalten.

Und dann geschah alles gleichzeitig.

Ein gellender, vielstimmiger Schrei zerriss die Luft. Aus den Augenwinkeln sah Gwenderon, wie Animah rücklings aus dem Turm taumelte, mit blutigem Gesicht, den schlaffen Körper eines Raett mit beiden Armen auffangend, der gegen sie geprallt war und sie mit seinem Gewicht niederwarf. Ein zweiter Raett torkelte aus dem Turm, der Schädel eine einzige blutige Masse, in seinem Rücken die gefiederten Schäfte von fast einem Dutzend Pfeilen, und plötzlich quoll eine Welle aus blitzendem Metall und Lumpen aus dem Turm und breitete sich johlend auf dem Hof aus. Etwas Schwarzes, ungeheuer Großes raste lautlos heran, traf die Barriere aus zerborstenem Holz und zermalmte sie.

Aus, dachte Gwenderon. Er führte den Schritt, den er auf Cavin zu getan hatte, nicht zu Ende. Er spürte keine Furcht, nicht einmal Erschrecken, sondern allerhöchstens so etwas wie eine tiefe, aber erwartete Enttäuschung. Er dachte nur dieses eine Wort. Lassar hatte gesiegt. Ihr närrischer Plan, einen Tunnel zu graben und direkt unter seinen Füßen hindurch den Wald zu erreichen, ehe er es auch nur merkte, und dabei auch noch Cavin mit sich zu nehmen, war gescheitert. Lassar hatte sie in der Falle gefangen, die sie für ihn aufgestellt hatten.

»Zurück!«, brüllte Karelian mit überschnappender Stimme. »Wir sind verraten! Flieht, Gwenderon!«

Gwenderon reagierte nicht. Wie gelähmt stand er da, starrte abwechselnd die näher kommenden Reiter an, vor denen plötzlich kein Hindernis mehr war, und die Söldner, die noch immer aus dem Turm quollen und gnadenlos niedermachten, was immer sich ihnen in den Weg stellte. Die Männer leisteten Widerstand, aber sie vermochten den Ansturm der Krieger nicht einmal zu verlangsamen, geschweige denn aufzuhalten. Von den sechzig Männern und Raetts, die sie gewesen waren, lebten noch dreißig. Und ihr Kampfesmut war gebrochen, jetzt, als sie mit ansehen mussten, wie der Feind ihr Lager auf dem Weg stürmte, auf dem sie hatten fliehen wollen. Gwenderon fühlte sich wie betäubt. Selbst wenn er es gekonnt hätte, wäre er nicht geflohen. Wohin auch?

»Fort!«, brüllte Karelian abermals. Er fuhr herum, packte Gwenderon am Arm und zerrte ihn mit sich, in die einzige Richtung, die ihnen blieb: auf den jenseitigen Rand der Festung und den Wald zu, der wieder sichtbar geworden war, nachdem Lassars Magie die Palisade vernichtet hatte. Ein Söldner versuchte ihnen den Weg zu verstellen. Karelian erschlug ihn. Pfeile regneten auf sie herab und etwas schrammte heiß und schmerzhaft an Gwenderons Bein entlang. Er spürte nichts von alledem. Hätte er noch die Kraft dazu gehabt, hätte er Karelians Hand abgestreift und wäre zurückgegangen.

Wie durch ein Wunder erreichten sie den Waldrand ohne aufgehalten oder getroffen zu werden. Karelian blieb keuchend stehen, schob sein Schwert in den Gürtel zurück und sah sich gehetzt um. Sein Gesicht glänzte vor Schweiß. Sein Blick irrte unstet über das Unterholz, als suche er etwas.

Gwenderon wandte sich um. Das Rund der ehemaligen Waldfestung war mit Toten und Sterbenden übersät. Hier und da wurde noch gekämpft, aber es konnte nur noch Augenblicke dauern, bis auch der letzte Verteidiger fiel. Mehr als ein Dutzend Söldner bewegte sich auf Karelian und ihn zu.

Sein Blick suchte Cavin. Die Gestalt in der weißgoldenen Prachtrüstung ritt an ihrer Spitze und noch einmal begegneten sich ihre Blicke. Und wieder las Gwenderon diesen unglaublichen, entsetzlichen Hass darin, einen Hass, der schlimmer war als ihre Niederlage, schmerzhafter als der Gedanke an seinen bevorstehenden Tod, entsetzlicher als das Morden und Töten rings um sie herum.

»Jetzt!«, schrie Karelian.

Gwenderon starrte ihn an. »Was …«

Karelian ließ ihm keine Zeit, seine Frage zu stellen, sondern packte ihn grob bei der Schulter und versetzte ihm einen Stoß, der ihn haltlos auf den Wald zutaumeln ließ.

Und im gleichen Moment teilte sich das grüne Dunkel hinter ihnen …

29

Zorn stieg in Cavin empor und fegte den letzten Rest klaren Denkens aus seinem Schädel. Mit einem gellenden Schrei riss er sein Schwert hoch, sprang zu seinem Pferd und in den Sattel und preschte auf die beiden einsamen Gestalten zu.

Gwenderon und der Waldläufer fuhren im gleichen Moment herum und begannen zu laufen, aber Cavin holte rasend schnell auf. Als die beiden Rebellen den Rand der Lichtung erreicht hatten, war er nur noch wenige Schritte hinter ihnen.

Und in diesem Moment geschah etwas Sonderbares. Cavin war vollkommen sicher, dass vor einer Sekunde noch die massive Wand des Waldes vor den beiden Männern gewesen war – aber plötzlich gähnte dort, wo eigentlich undurchdringliches Unterholz sein sollte, eine schmale, wie mit einem Lineal umrissene Lücke in der grünen Mauer. Gwenderon und sein Begleiter verdoppelten ihre Anstrengungen, überwanden die letzten Schritte – und verschwanden. Cavin heulte vor Wut und Enttäuschung auf und jagte hinter ihnen her.

Die Lücke im Unterholz entpuppte sich als Beginn eines Hohlwegs, über dem sich die Äste wie zu einem grünen Kuppeldach vereinigten. Irgendetwas aber stimmte nicht damit, das spürte er. Die Schatten waren irgendwie falsch und auch die Farben und Umrisse der Bäume schienen ihm nicht in Ordnung.

Cavin achtete nicht darauf, sondern preschte in unvermindertem Tempo hinter den beiden Flüchtlingen her. Er hatte Gwenderon zu weit gejagt, um ihn jetzt noch im letzten Moment entkommen zu lassen. Er hätte Gwenderon verfolgt, selbst wenn dieser bis in die Hölle geflüchtet wäre.

Für einen Moment umfing ihn Dunkelheit und irgendetwas Fremdes, Körperloses schien wie eine unsichtbare Hand über seinen Körper zu tasten. Sein Pferd wieherte schrill, als es – genau wie sein Reiter – für eine schreckliche Sekunde blind war.

Dann zerriss der Schleier und Cavin sah die beiden Flüchtenden wieder vor sich.

Ihr Vorsprung hatte sich verzehnfacht – und er wuchs weiter! Obwohl Cavins Tier wie rasend ausgriff und der Boden nur so unter seinen Hufen davonzufliegen schien, entfernten sich Gwenderon und der Waldläufer rasend schnell, als gehorche ihre Zeit anderen Gesetzen als denen, die für ihn galten. Innerhalb weniger Augenblicke vergrößerte sich ihr Vorsprung so weit, dass er sie nur noch als helle, auf und ab hüpfende Punkte weit vor sich erkennen konnte.

Dann fiel ihm die Stille auf. Trotz des rasenden Tempos, in dem er dahinjagte, hörte er nicht den geringsten Laut; nicht einmal die Hufschläge seines eigenen Pferdes.

Ein dumpfes, bedrückendes Gefühl begann sich in Cavin breit zu machen. Der Wald um ihn herum wurde immer düsterer, als wäre hinter der sichtbaren Begrenzung des Weges noch eine zweite, unsichtbare Mauer, die den Weg wie einen Tunnel umschloss.

Und im gleichen Maße, in dem der rasende Zorn in ihm verrauchte, begann Cavin zu begreifen, dass nichts von dem, was er erlebte, Zufall war. Dem rasenden Zorn, der sein Denken vernebelt hatte, folgte eine tiefe, beinahe schmerzhafte Ernüchterung.

Er war mit seinem Heer auf dem Weg ins Herz des Schwarzeichenwaldes praktisch auf keinen Widerstand gestoßen. Der jämmerliche Haufen, der ihn und seine Garde angegriffen hatte, war der einzige kaum ernst zu nehmende Gegner gewesen, und auch das Lager auf der Lichtung war praktisch verlassen. Die große Schlacht, auf die er gewartet hatte, hatte nicht stattgefunden, weil es niemanden gab, gegen den seine Krieger hätten kämpfen können. Niemanden außer Gwenderon und Karelian und einer Hand voll Krieger, die zurückgeblieben waren, als …

Als hätten sie auf ihn gewartet, dachte Cavin.

Und plötzlich begriff er, dass dieser Weg eine Falle war. Eine Falle, die ganz allein ihm galt. Erschrocken richtete er sich im Sattel auf und wollte den rasenden Galopp seines Pferdes bremsen.

Aber obwohl er mit aller Macht an den dünnen Lederriemen riss, bewegte sich das Zaumzeug des Tieres nicht um einen Millimeter. Das Pferd jagte weiter und schien im Gegenteil noch schneller zu werden und Cavins verzweifelte Schreie wurden von der magischen Stille des Weges aufgesogen. Nicht der geringste Laut drang an sein Ohr. Verzweifelt bäumte er sich im Sattel auf und zerrte noch einmal vergeblich an den Zügeln, die plötzlich hart und unnachgiebig wie Stahl waren.

Plötzlich riss die gespenstische Dunkelheit auf. Der Weg verbreiterte sich zu einer gewaltigen, in helles Mondlicht getauchten Lichtung. Mit einem Male waren auch Karelian und Gwenderon wieder da, nur wenige Schritte vor ihm. Sein Pferd sprang mit einem erleichterten Wiehern an den beiden Männern vorüber, kam aus dem Tritt und fand im letzten Augenblick sein Gleichgewicht wieder. Cavin kämpfte mit aller Macht darum, nicht aus dem Sattel geschleudert zu werden. Dann riss er das bockende Tier herum, gab ihm abermals die Sporen und sprengte auf Gwenderon zu.

Sein Schwert sirrte wie ein flirrender Blitz auf den Waffenmeister nieder und riss eine blutige Schramme in seine Schulter.

Gwenderon stürzte hintenüber und rollte sich zur Seite, um nicht unter die Hufe des Pferdes zu geraten. Cavin riss das Tier abermals herum und drang ein zweites Mal auf ihn ein.

Aber diesmal war Gwenderon auf den Angriff vorbereitet. Als Cavins Klinge niedersauste, sprang er nicht zur Seite, sondern tauchte unter dem Hieb hindurch, umklammerte mit der Linken Cavins Handgelenk und riss mit der anderen Hand mit aller Kraft am Zaumzeug seines Pferdes. Das Tier bäumte sich auf.

Der zweifache Ruck war zu viel für Cavin. In hohem Bogen wurde er aus dem Sattel geschleudert, segelte in einem Salto über Gwenderons Rücken hinweg und schlug schwer auf dem Boden auf. Das Schwert entglitt seinen Fingern und für eine halbe Sekunde drohte er das Bewusstsein zu verlieren.

Als sich die schwarzen Schleier vor seinen Augen lichteten, hockte Gwenderon auf seiner Brust und nagelte seine Arme mit den Knien am Boden fest. Er keuchte vor Erschöpfung und die alte Wunde an seiner Seite war wieder aufgebrochen. Sein Gesicht flammte vor Zorn.

Cavin bäumte sich auf, aber Gwenderon war viel zu stark und erfahren für ihn. Mit einem Ruck presste er ihn auf den Boden zurück, schüttelte den Kopf – und versetzte ihm eine schallende Ohrfeige.

»Hört auf, Cavin!«, keuchte er. »Ich flehe Euch an, gebt den Widerstand auf, ehe ich gezwungen bin Euch wirklich wehzutun!«

»Mörder!«, keuchte Cavin. »Du verdammter feiger Mörder, Gwenderon!« Mit verzweifelter Kraft stemmte er sich gegen Gwenderons Griff, bekam eine Hand frei und versuchte nach dem Gesicht des Waffenmeisters zu schlagen. Gwenderon hielt seinen Arm fest; so spielerisch, wie ein Erwachsener den Hieb eines ungeschickten Kindes auffängt.

»Mörder«, wimmerte Cavin. »Du verdammter Mörder. Du …«

Gwenderon versetzte ihm eine zweite Ohrfeige.

»Was soll das heißen?«, schnappte Gwenderon. »Wieso nennt Ihr mich einen Mörder? Wieso kämpft Ihr gegen uns, Cavin?«

»Du … du hast meinen Vater getötet«, wimmerte Cavin. »Du hast Oro erschlagen, vor meinen Augen, und du hast …«

»Ich habe Euren Vater nicht mehr gesehen, seit ich Hochwalden verließ, um Euch nach Hause zu bringen, Cavin«, unterbrach ihn Gwenderon. Er sprach sehr leise, aber mit einem solchen Ernst, dass Cavin unwillkürlich aufhörte sich zu wehren und ihn sekundenlang wortlos anstarrte.

»König Oro ist tot«, fuhr Gwenderon, noch immer sehr leise und noch immer im gleichen, sonderbar traurigen Ton fort. »Das ist richtig. Aber nicht ich habe ihn erschlagen, Herr. Er starb durch Lassars Hand. Lange bevor Ihr Hochwalden wieder erreichtet, Cavin.«

Eine eisige Hand schien nach Cavins Herz zu greifen und es zusammenzupressen. »*Bevor* ich …?«, krächzte er.

Gwenderon nickte. Eine Sekunde lang hielt er Cavin noch fest, dann ließ er seine Handgelenke los, trat einen Schritt zurück und bedeutete ihm mit einer Geste aufzustehen. »Ja«, bestätigte er. »Er war bereits tot, als Ihr nach Hochwalden zurückgekehrt seid. Der Mann, in dessen Begleitung Ihr die Burg erreichtet, war nicht Euer Vater. Es war Lassar.«

»Das … das ist nicht wahr«, stammelte Cavin. »Ihr lügt! Ich … ich habe es selbst gesehen. Ich habe mit Euch gekämpft und …« Er stockte, rang einen Moment vergeblich nach Worten und deutete plötzlich auf Gwenderons Gesicht.

»Die Narbe auf Eurer Wange beweist es!«, rief er. »Ich selbst habe sie Euch beigebracht, als ich mit Euch gekämpft habe.«

Gwenderon starrte ihn an, hob die Hand und tastete mit den Fingerspitzen über die dünne, weiße Narbe unter seinem rechten Auge. »Wann soll das gewesen sein?«

»Spielt nicht den Narren, Gwenderon!«, begehrte Cavin auf. »Ihr habt gesiegt. Meinetwegen bringt mich um, wie Ihr meinen Vater umgebracht habt, aber behandelt mich nicht wie einen Idioten. Wollt Ihr leugnen, dass Ihr meinem Vater und mir aufgelauert habt, als Oro mich zum König des Waldes führte, um …«

»Dem Waldkönig?«, unterbrach ihn Gwenderon. Seine Augen weiteten sich ungläubig. »Ihr … Ihr habt den Waldkönig gesehen, Herr? Ihr … Ihr habt die Megidda betreten?! Ihr wart dort?«

Cavin verstummte verwirrt. Gwenderons Überraschung war nicht gespielt, das spürte er. Der Schrecken in seinen Augen war echt. Und irgendwo, noch tief in ihm und unformuliert, aber allmählich stärker und quälender werdend, begann in Cavin ein furchtbarer Verdacht zu erwachen.

»Aber Ihr wart doch dabei«, murmelte er hilflos.

Gwenderon lachte. Es klang fast wie ein Schrei. »Dabei? Verzeiht, Herr, aber das ist … das ist unmöglich. Kein lebender Mensch hat den König des Schwarzeichenwaldes jemals gesehen. Was immer Ihr erlebt habt …«

»Ich war da!«, unterbrach ihn Cavin. Plötzlich begann seine Stimme zu zittern. »Ich … Oro brachte mich zu ihm und dann seid Ihr aufgetaucht und habt ihn getötet. Und ich habe Euch im Gesicht verletzt.«

»Ich war nie an diesem Ort«, antwortete Gwenderon leise. »Und auch Euer Vater nicht, Cavin. Oro ist tot. Der Mann, den Ihr für Euren Vater gehalten habt, war Lassar selbst.«

»Das … das stimmt nicht«, wimmerte Cavin. »Das ist nicht wahr, Gwenderon. Ihr lügt! Ich kann mich nicht so getäuscht haben. Ich hätte doch gemerkt, wenn …« Seine Stimme versagte. Plötzlich begannen seine Augen zu brennen und zu dem scharfen Blut auf seiner Zunge gesellte sich der bittere Geschmack der Niederlage.

»Ihr könnt ihm nicht glauben«, sagte Karelian leise. Cavin sah auf und starrte ihn an, als sähe er ihn das erste Mal, und auch auf Gwenderons Gesicht erschien ein fragendes Stirnrunzeln. Aber er sagte nichts, sondern stand gehorsam auf, als Karelian ihm ein Zeichen gab, Cavin loszulassen, behielt jedoch das Schwert in der Hand. Er wirkte verwirrt, aber auch wachsam.

»Ihr könnt Gwenderon nicht glauben, denn Ihr meint alles mit eigenen Augen gesehen zu haben«, wiederholte Karelian. »Und ich verstehe Euch sogar, Cavin.« Er lächelte traurig. »Würdet Ihr Faroan glauben, wenn Ihr die Wahrheit aus seinem Munde hörtet?«

»Faroan?«, murmelte Gwenderon verstört. Karelian beachtete ihn gar nicht.

»Würdet Ihr ihm glauben, Cavin?«, fragte er.

»Faroan ist … tot«, antwortete Cavin verstört, aber Karelian schien auch seine Worte nicht zu hören. »Würdet Ihr ihm glauben, wenn er Euch die Wahrheit sagte?«, beharrte er.

Cavin nickte. Er konnte nicht antworten. Seine Kehle war wie zugeschnürt. Irgendetwas geschah, das spürte er. Etwas Entsetzliches.

»Dann kommt«, sagte Karelian. »Ich bringe Euch zu ihm.«

Das ist nicht notwendig, hörten sie eine Stimme in ihren Gedanken. *Denn ich bin hier.*

Noch während sie sich umwandten, wussten sie, welcher Anblick sie erwarten würde.

Er stand über ihnen auf einem mächtigen Findling, um den sich die Wurzeln der großen Bäume krallten. Er hielt den Magierstab mit dem goldenen Knauf in seiner Rechten und die Linke beschwörend erhoben. Das Licht, das in schrägen Strahlen durch das dichte Blätterdach des Waldes herabströmte, ließ sein weißes Gewand und das Haupthaar und den langen, schneeigen Bart in überirdischer Helligkeit aufleuchten.

Ja, ich bin es, sprach Faroan lautlos. *Und ich bin gekommen euch nach Hochwalden zu bringen. Dort wird sich für alles eine Erklärung finden.*

30

»Sie sind fort, Herr.« Obwohl sich der Mann alle Mühe gab, sich nichts von seinen Gefühlen anmerken zu lassen, zitterte seine Stimme vor Angst. Er war ein Riese; an die zwei Meter groß, mit einem Gesicht wie aus Stein und Händen, die groß wie Schaufelblätter waren. Trotzdem wirkte er klein und erbärmlich, wie er vor Lassar stand. Sein Blick flackerte. »Ich ... ich verstehe das nicht, Herr«, stammelte er. »Wir ... wir haben den Wald abgesucht, jeden Fußbreit, jeden ... jeden Zoll. Unsere Männer haben ... haben die Festung umstellt. Niemand konnte ihren Ring durchbrechen, Herr. Ich schwöre bei meinem Leben –«

»Du solltest keine Schwüre leisten, deren Einlösung dir nicht gefällt«, unterbrach ihn Lassar kalt. »Sie sind fort? Alle drei?«

»Der Waldläufer und Gwenderon und ... und König Cavin, ja«, bestätigte der Söldner ängstlich.

»Wie?«

»Es ... es gibt einen Hohlweg«, antwortete der Krieger. »Ich schwöre, er war vorher nicht da. Wir haben jeden Baum untersucht, jeden Strauch. Er ... er war einfach nicht da. Das ist schwarze Magie. Sollen ... sollen wir sie verfolgen? Die Männer haben Angst, aber sie werden es tun.«

»Verfolgen?« Lassar wiederholte das Wort, als habe der Mann etwas unendlich Dummes gesagt. Aber dann lächelte er, sehr dünn und auf eine Art, die den Krieger abermals schaudern ließ.

»Nein«, sagte er. »Geh jetzt. Was geschehen ist, ist geschehen. Geh und sieh zu, dass sich die Tölpel, die du befehligst, nicht noch im Wald verlaufen. Und bringt diese Amazone, die ihr gefangen habt, in mein Zelt. Die anderen Gefangenen könnt ihr töten.«

Er machte eine ungeduldige Handbewegung und der Söldnerführer entfernte sich, rückwärts gehend und so hastig, dass er um ein Haar über den Leichnam eines seiner Männer gestolpert wäre. Lassar unterdrückte ein Lachen.

Erst als der Krieger gegangen und er wieder vollkommen allein war, verzogen sich seine Lippen zu einem dünnen, durch und durch zufriedenen Lächeln. Der Blick seiner aus Schatten geronnenen Augen suchte den Waldrand.

»Faroan, mein Freund«, flüsterte er. »Was bist du doch für ein Narr.« Lassar lachte, schüttelte den Kopf und zwang sein Pferd herum, um in ihr Feldlager zurückzureiten, das zwei Stunden südlich der zerstörten Waldfestung lag. Auf seinen Lippen lag noch immer das gleiche triumphierende Lächeln, als er endlich dort ankam und absaß.

31

Hochwalden brannte.

Der Widerschein der Flammen ließ die Oberfläche des Sees in rotem Licht erstrahlen, als hätte sich sein Wasser in Blut verwandelt. Der Wind trug das Prasseln des Feuers und die Hitze der Glut zu ihnen heran. Beißender Brandgeruch erfüllte die Luft des Waldes.

Ab und zu lösten sich Trümmer aus den berstenden Mauern der Festung und stürzten Funken sprühend wie flammende Sterne in den See. Und dann bebte plötzlich der Boden und der mächtige Hauptturm Hochwaldens neigte sich zur Seite, verharrte einen Moment wie ein stürzender Riese, der sich noch einmal mit verzweifelter Kraft gegen sein Ende auflehnt, und brach zusammen.

Cavin schloss mit einem Stöhnen die Augen, aber das Bild blieb, als hätten die Flammen Narben in seine Netzhäute gebrannt. Etwas von ihm starb mit dieser Burg.

Das ist Lassars Werk, wisperte Faroans Stimme in seine Gedanken. *Sein Spiel ist nun zu Ende. Er wollte dein Leben zerstören und so zerstört er nun dein Heim. Und das Symbol der Hoffnung aller freien Menschen.*

Cavin nickte. Selbst diese kleine Bewegung schien unendlich

viel Kraft zu kosten. Er fühlte sich leer. Erschöpft und ausgelaugt wie nie zuvor in seinem Leben.

Lassars Werk, dachte er. Die Worte hallten wie bitterer Spott hinter seiner Stirn wider. Lassars Werk. So wie die grausame Posse, die Lassar ihm vorgespielt hatte.

»Warum, Faroan«, fragte er laut. »Warum hat er mich nicht einfach umgebracht, so wie er meinen Vater umgebracht hat?«

Weil er es nicht konnte, erwiderte der Magier auf seine lautlose Weise. *Er selbst hat dir die Antwort auf diese Frage gegeben. Auch seine Macht ist nicht so groß, dass er es wagen würde, sich den Schwarzeichenwald mit Gewalt zu nehmen. Du warst nur sein Werkzeug.*

»Sein Werkzeug?« Cavin ballte in hilflosem Zorn die Fäuste. »Ich habe getötet, Faroan. Ich habe die umgebracht, die mich schützen wollten!«

Lassar ist ein Meister der Täuschung, erwiderte Faroan. *Selbst vermag er nichts; er wirkt immer nur durch andere. Niemand hätte sein Spiel durchschaut, an deiner Stelle. Und sein Plan ist fehlgeschlagen. Du hast Gwenderon nicht getötet und seine Söldner werden euch vergeblich suchen. Ich bringe euch an einen Ort, an dem ihr in Sicherheit seid.*

»Und wohin?«, fragte Cavin.

Faroan lächelte. *An einen Ort, bis zu dem seine Macht nicht reicht,* sagte er. *Du kennst ihn, Cavin. Lassar selbst hat ihn dir gezeigt. Und nun kommt mit mir, Cavin, Karelian und Gwenderon. Meine Zeit ist begrenzt und es gibt noch so viel zu tun.*

Er wandte sich um und ging in den Wald hinein. Der junge König und sein ergrauter Waffenmeister folgten ihm und in einiger Entfernung auch Karelian, der Mann, der Faroan geholt hatte und der doch am wenigsten wusste, worum es bei diesem so sinnlos erscheinenden Krieg überhaupt ging.

Aber kurz bevor Cavin hinter dem Magier in den Wald zurücktrat, wandte er noch einmal den Blick und sah in die Richtung zurück, in der der Feuerschein der brennenden Burg den Himmel erhellte.

»Noch ist nicht alles verloren«, sagte er laut, wie zu sich selbst. »Ich werde Hochwalden wieder aufbauen. Und dann, Lassar, werde ich mich rächen für all das, was du mir angetan hast. So wahr ich der Sohn des Waldkönigs bin.«

Aber es war seltsam – er dachte dabei weniger an den alten Vater, den er nie richtig gekannt hatte, sondern an das Bild der mächtigen Eiche, die im Herzen des Waldes stand.

Megidda

1 Wie immer, wenn er sich der Festung näherte, scheute sein Pferd und weigerte sich, freiwillig weiterzugehen, und wie immer, wenn er durch das gewaltige schwarze Tor ritt, hatte er das Gefühl, gleichzeitig eine zweite Grenze zu überschreiten, eine unsichtbare Barriere aus Kälte, etwas, wofür er keine Worte hatte, das seine Haut prickeln und die feinen Härchen in seinem Nacken und auf seinen Handrücken sich aufstellen ließ wie knisterndes Katzenfell. Und wie immer berührte die Furcht mit dürren Fingern seine Seele, kaum dass er das Tor durchschritten hatte und der Hof vor ihm lag. Die Ruinen der riesigen, quaderförmigen Gebäude erhoben sich wie ein künstlich aufgetürmtes Gebirge vor ihm und ihre schwarzen Schlagschatten stanzten Löcher in die Wirklichkeit. Auch dort, wo das Licht der schon tief stehenden Sonne noch hinreichte, herrschte etwas wie graues Zwielicht; noch keine richtige Dämmerung, aber auch kein wirklicher Tag, weil es beides hier in der Megidda nicht gab. Die Kälte war hier noch ein wenig unangenehmer als draußen im Wald.

Cavin lenkte sein Pferd auf den flachen Quader aus schwarzem Basalt zu, den sie als Stall benutzten, wartete, bis die Tür geöffnet wurde und ein Raett heraustrat, um sein Tier zu nehmen, und stieg erst dann aus dem Sattel. Seine Muskeln waren steif vom langen Reiten und seine Hände schmerzten vor Kälte, trotz der fellgefütterten Handschuhe, die er übergestreift hatte. Der Wind, der ihm durch das Tor gefolgt war, überschüttete ihn mit staubfeinem, eisigem Schnee. Er drehte das Gesicht aus dem Wind, erwiderte den grüßenden Pfiff des Raett mit einer müden Geste und wandte sich nach rechts, dem rechteckigen Schatten des Turmes zu, in dem sie so etwas wie eine Enklave menschlichen Lebens geschaffen hatten. Unter seinen Stiefeln knirschte Eis, als er mit raschen Schritten den Hof überquerte und die Treppe hinaufging. Ein unförmiger Umriss tauchte aus dem Schatten des Torbogens auf, lugte einen Moment aus kleinen glitzernden Knopfaugen zu ihm herab und verschmolz wieder mit dem Lavaschwarz hinter ihm, als er Cavin erkannte. Cavin unterdrückte ein Lächeln. Es war ein sonderbarer Anblick, ein in Felle und Pelze gehülltes Wesen zu sehen, das selbst nur aus Fell und Pelz bestand. Die Raetts wirkten in ihrer Winterkleidung so unbeholfen, dass sie einen schon fast komischen Anblick boten; selbst für ihn, der nun wahrlich Zeit genug gehabt hatte, sich daran zu gewöhnen. Aber der Gedanke entglitt ihm, ehe er sich länger damit beschäftigen konnte, und als er die Halle durchquerte und die nächste, nach oben führende Treppe in Angriff nahm, fühlte er schon wieder nichts mehr als Müdigkeit und Schwäche. Er war drei Tage fort gewesen und zwei von diesen drei Tagen hatte er im Sattel verbracht; selbst unter normalen Umständen schon eine Tortur. Im Winter, und in der Situation eines gejagten Tieres, das bei jedem Knacken eines Zweiges, bei jedem Laut, jedem jähen Lichtreflex zusammenfuhr, eine Qual. Und wozu? Missmutig dachte er an die Vorhaltungen, die ihm Gwenderon gleich machen würde – noch dazu mit Recht –, und seine Laune sank um weitere Grade.

Die Treppe mündete in einem kurzen, sehr hohen Gang von dreieckigem Querschnitt, an dessen jenseitigem Ende eine Tür aus schwarzem Eisen lag. Auf dem Boden davor lag ein zusammengerollter Raett und schnarchte so laut, dass sich Cavin einen Moment wunderte, das Geräusch nicht schon draußen vor dem Tor gehört zu haben. Seine Klauenhände umklammerten einen Speer, um dessen Schaft sich sein nackter Schwanz gewickelt hatte und auf dessen Klinge seine Wange ruhte wie auf einem Kissen. Cavin lächelte müde, stieg mit vorsichtigen Bewegungen über den Schlafenden hinweg und öffnete die Tür so leise, wie er konnte. Sein Lächeln wurde etwas amüsierter, als sich der Raett im Schlaf bewegte und leise, quiekende Töne ausstieß. Trotz des Ehrfurcht gebietenden Äußeren der riesigen Kreatur empfand Cavin ein rasches, warmes Gefühl von Sympathie. Mit jedem Tag, der verging, schien sich der Unterschied zwischen den Raetts und ihren menschlichen Kampfgefährten zu verwischen; was auch bedeutete, dass sie durchaus menschliche Unarten annahmen, wie ein Nickerchen während der Wache zu halten, zum Beispiel. Guarr würde toben vor Wut, wenn er den schlafenden Raett fand, aber Cavin hatte nicht vor, ihn anzuschwärzen. Er hielt es sowieso für schieren Unsinn, hier im Inneren der Megidda Wachen zu postieren – einen Angreifer, dem es gelang, sie zu finden und ihre Mauern zu erstürmen, würden auch ein paar Wachen nicht mehr aufhalten können. Nicht einmal, wenn es zwei Meter große Ungeheuer waren, die nur aus Zähnen und Klauen und unglaublich starken Muskeln bestanden.

Ein Hauch angenehmer Wärme streifte sein Gesicht, als er die Tür öffnete und hindurchschlüpfte. Das rote Licht von Fackeln vertrieb den grauen Schimmer, der den Rest der Festung erfüllte, er hörte Stimmen und ging schneller. Schließlich gelangte er in einen Teil des Gebäudes, in dem die Anwesenheit von Menschen nicht mehr zu übersehen war: Auf dem Boden lagen Matten aus geflochtenem Gras, eiserne Fackelhalter waren in die Wände getrieben worden, deren schwarzer Basalt mit Teppichen und vielleicht wenig künstlerisch, aber sehr liebevoll gemalten Bildern behängt war. Nicht alle diese Bilder stammten von menschlichen Händen. Manche – und es wurden mehr! – waren von Künstlern erschaffen, deren Hände klauenbewehrt waren. Sie zeigten größtenteils rohe Tier- und Landschaftsdarstellungen, manchmal aber auch Dinge, die Cavin nicht zu identifizieren imstande war, die ihn aber mit einem dumpfen Unbehagen erfüllten.

Er streifte seinen Mantel ab, warf ihn achtlos über einen Stuhl und durchquerte den Raum, der nur Lüftungsscharten in den Wänden hatte wie alle Kammern und Flure in dieser schwarzen Burg. Gwenderons Stimme drang hinter einer nur halb geschlossenen Tür hervor. Cavin klopfte, drückte die Tür auf, ohne eine Antwort abzuwarten, und bückte sich unter dem niedrigen Sturz hindurch, um sich nicht den Schädel anzuschlagen. Gwenderon war nicht allein – auf der anderen Seite des niedrigen Tisches, vor dem er Platz genommen hatte, hockten Guarr und zwei weitere struppige Schatten, und zwischen ihnen, wie ein Zwerg zwischen Riesen, saß ein Mann, über dessen linkem Auge sich eine Klappe spannte. Cavin erinnerte sich nicht, ihn jemals zuvor gesehen zu haben, aber das besagte nichts; mit jedem Tag, der verging, wuchs die Zahl der Männer, die die schwarze Festung im Herzen des Waldes erreichten.

Einen Moment lang musterte er diesen Fremden, nickte Guarr und den beiden anderen Raetts flüchtig zu und wandte sich an Gwenderon. Auf dem Gesicht des Waffenmeisters lag ein angespannter Ausdruck; er freute sich sichtlich, Cavin wohlbehalten wieder zu sehen, aber sein Ärger war noch nicht verflogen. Wahrscheinlich, dachte Cavin spöttisch, hatte er sich in den letzten drei Tagen damit beschäftigt, seinen Zorn zu pflegen. Entsprechend eisig fiel seine Begrüßung aus. Er nickte nur knapp, deutete mit einer Handbewegung auf den letzten freien Stuhl am Tisch und schenkte Cavin unaufgefordert einen Becher Wein ein.

»Nun, Gwenderon«, begann Cavin, nachdem er einen Schluck von dem heißen, sehr süß schmeckenden Getränk genommen und seine von der Kälte taub gewordenen Lippen wieder geschmeidig gemacht hatte, »bist du gar nicht neugierig zu erfahren, wie es mir ergangen ist?«

»Nein«, antwortete Gwenderon grob. »Ich sehe, dass du lebend zurück bist. Und das ist schon mehr, als ich erwartet habe.«

Cavin lachte, nippte abermals an seinem Wein und stellte den Becher mit spitzen Fingern auf den Tisch zurück. Die Wärme begann allmählich in seinen Körper zu kriechen; ein äußerst unangenehmes Gefühl. Unter seiner Haut schienen Ameisenarmeen entlangzukrabbeln. Er spürte erst jetzt, wie kalt es draußen gewesen war. Guarrs Raetts hatten vorausgesagt, dass der Frühling in diesem Jahr zeitig kommen würde, Cavin wusste, dass sie sich nicht irrten. Aber ob früh oder nicht, der Winter nutzte seine letzten Tage, sich noch einmal kräftig auszutoben.

»Ich war am Fluss«, begann er, wobei er zuerst Guarr und dann dem Fremden in ihrer Mitte einen raschen, fragenden Blick zuwarf. Guarr antwortete mit einem fast unmerklichen Kopfnicken und Cavin wusste, dass er dem Mann vertrauen konnte. Es war unmöglich, einen Raett zu belügen. Ein gutes Dutzend von Lassars Spionen hatte diese Erkenntnis mit dem Leben bezahlt, als sie gekommen waren, um sich ihnen als angebliche Deserteure anzuschließen. »Irgendetwas geht vor«, fuhr er fort. »Ich weiß nicht genau was, denn ich konnte nicht dicht genug an das Lager herankommen, aber Lassars Männer entwickeln eine beunruhigende Aktivität.« Er seufzte. »Wüsste ich es nicht besser, würde ich behaupten, sie bauen Flöße.«

»Und warum nicht?«, fragte Gwenderon. »Habt Ihr gedacht, sie legen die Hände in den Schoß und warten ab, bis wir zahlreich genug sind sie aus dem Wald herauszuwerfen?«

»Weil der Fluss noch mindestens vier Wochen zugefroren sein wird«, antwortete Cavin ärgerlich. »Spiel nicht den Narren, Gwenderon – und hör endlich auf, den Beleidigten zu markieren, ich bin alt genug, um zu wissen, was ich tue.«

»Manchmal zweifle ich daran«, grollte Gwenderon, war aber

klug genug nicht weiterzusprechen, und auch Cavin verzichtete auf eine Antwort. Sollte Gwenderon doch das letzte Wort behalten?

»Flöße?«, pfiff Guarr.

Cavin blickte ihn an und nickte. »Eine ziemlich große Anzahl sogar. Aber das ist es nicht, was mir Sorge bereitet.« Er seufzte. »Sie beginnen den Wald abzuholzen, nicht weit von Hochwalden entfernt. Ich war nicht da, aber ich sprach mit einem deiner Leute, und man hört es einen halben Tagesritt im Umkreis.« Er griff wieder nach seinem Wein, trank jedoch nicht. »Wenn dieser verdammte Winter erst vorüber ist –«

»Brechen sie in Scharen über uns herein und jagen uns bis über den Rand der Welt«, fiel ihm Gwenderon ins Wort. Cavin sah ihn erstaunt an und Gwenderon deutete auf den Mann mit der Augenklappe. »Sarrath hier gehörte zu Lassars Kriegern. Fragt ihn.«

Cavin wandte sich an den Fremden. Der Mann war nicht sehr viel älter als er, aber sein Gesicht war von tiefen Linien durchzogen, die von einem Leben kündeten, das ihn rasch hatte altern lassen. »Du bist ein Deserteur?«

»Überläufer wäre das Wort, das mir lieber wäre«, erwiderte Sarrath. Seine Stimme war sehr weich und stand in krassem Gegensatz zu seinem Äußeren. Cavin lächelte.

»Gut, dann Überläufer. Du bist nicht der Erste, der zu uns stößt.«

»Ich weiß. Viele sagen sich von Lassar los. Und noch mehr würden es tun, wenn sie den Mut dazu hätten.«

»Vielleicht war es ein Fehler von dir, hierher zu kommen«, sagte Cavin ernst. Sarrath blinzelte – was mit nur einem Auge einigermaßen komisch aussah – und Cavin fügte erklärend hinzu: »Du kennst Lassar – er wird nicht aufgeben. Sobald der Schnee schmilzt und seine Truppen sich frei bewegen können, wird er anfangen uns zu jagen.«

»Er wird es nicht wagen, hierher zu kommen«, behauptete der Deserteur. »Er weiß ja nicht einmal, wo diese Festung ist.«

»Du hast sie auch gefunden«, gab Cavin zu bedenken, aber Sarrath machte nur eine unwillige Handbewegung. »Das war etwas anderes. Guarrs Leute brachten mich hierher und …«

»Und?«

Sarrath schwieg einen Moment. Sein Gesicht spiegelte Unsicherheit. Für einen Augenblick hatte Cavin das bestimmte Gefühl, dass er eigentlich etwas ganz anderes hatte sagen wollen, aber dann wechselte jener übergangslos das Thema: »Er wird euch nicht angreifen. Nicht einmal, wenn er wüsste, wo ihr zu finden seid. Er hat anderes zu tun.«

»Und was?«

»Zum Beispiel am Leben zu bleiben«, versetzte Sarrath erregt. »Lassar fürchtet die Schneeschmelze wie Ihr, Herr, denn sobald die Pässe frei sind, sind seine Tage gezählt.«

Diesmal war Cavin wirklich überrascht. »Was soll das heißen?«, fragte er.

»Das soll heißen, dass Lassar sich sein eigenes Grab geschaufelt hat, als er Hochwalden niederbrennen ließ«, sagte Gwenderon an Sarraths Stelle. »Ihr hättet Euch Euren gefährlichen Ausflug sparen können, mein König.«

Cavin sah verwirrt auf. Wenn Gwenderon ihn mit *mein König* ansprach, dann war er entweder besonders verärgert oder versuchte spöttisch zu wirken. Aber er schluckte die scharfe Antwort, die ihm auf der Zunge lag, herunter und wandte sich stattdessen erneut an Sarrath. »Sprich.«

»Es sind … nur Gerüchte«, antwortete der Krieger ausweichend. »Nichts, was ich wirklich gehört oder gesehen hätte, aber …«

»Dann wiederhole das, was du *nicht* gehört hast«, unterbrach ihn Cavin verärgert. »Spiel hier nicht den Geheimnisvollen. Also?«

Sarrath wirkte in zunehmendem Maße verunsichert. Wahrscheinlich wünschte er sich jetzt weit, weit weg. »Es sind viele Soldaten gekommen in den letzten Wochen«, begann er. »Sehr viele. Unsere … Lassars gesamte Armee«, verbesserte er sich. »Es scheint, dass er alle seine Truppen zusammenzieht, im Süden, in der Nähe von Hochwalden, Herr.«

»Wie viele?«, fragte Cavin.

»Fünftausend Mann bis jetzt«, antwortete Gwenderon. Cavin ignorierte ihn.

»An die fünftausend Mann«, bestätigte Sarrath. »Und es werden immer mehr. Der Weg über die Berge ist hart und gefährlich, solange der Schnee nicht geschmolzen ist, aber sie kommen. Wir erfahren nichts Konkretes, aber ich habe Augen, zu sehen, Herr.«

»Und was siehst du damit?«, fragte Cavin ungeduldig. Er hatte wahrlich keine Lust, irgendwelche rhetorischen Spielchen mit einem Deserteur zu spielen.

»Unterkünfte«, antwortete Sarrath. »Ställe für Pferde, Schmieden und große Mengen an Nahrungsmitteln und Waffen. Genug für sicher dreimal so viele Männer, wie jetzt schon hier sind.«

Die Rechnung war nicht besonders schwierig, aber ihr Ergebnis erschreckte Cavin mehr, als er sich eingestehen wollte. Fünfzehntausend Mann – das musste wirklich Lassars gesamtes Heer sein. Die Armee, die er bisher gebraucht hatte, all die Länder und Reiche jenseits der Berge zu unterdrücken. Seine stählerne Faust. Aber warum ballte er sie jetzt über dem Schwarzeichenwald zusammen?

»Also haben wir mit einer Offensive zu rechnen, sobald das Frühjahr kommt«, murmelte er.

»Kaum«, erwiderte Gwenderon. »Ihr versteht nicht, mein König – Lassar rückt nicht auf uns vor – er *flieht.«*

»Er flieht? Vor wem?«

Gwenderon deutete auf den Überläufer. »Rede, Sarrath.«

»Ich ... sprach mit einem der Männer, die über die Berge kamen«, begann Sarrath stockend. Er wich Cavins Blick aus. Seine Finger spielten nervös an der Tischkante. »Nachrichten verbreiten sich schnell in der Welt. Die Kunde vom Untergang Hochwaldens ist bis in die entferntesten Länder gedrungen. Lassars Macht ist ins Wanken geraten.«

»Vorsichtig ausgedrückt«, fügte Gwenderon hinzu.

»Was er getan hat, hat eine Woge der Empörung hervorgerufen«, bestätigte Sarrath. »Ich weiß nicht, was von dem stimmt, was mir der Mann erzählte, aber ... aber es scheint, dass nicht nur Lassars Truppen auf dem Wege hierher sind.« Er sah auf, versuchte zu lächeln und senkte wieder den Blick. »Unsere ... seine Krieger befestigen die Pässe, König Cavin, weil sie fürchten, dass die anderen Königreiche Truppen herschicken könnten.«

»Die *anderen* Königreiche?«, wiederholte Cavin zweifelnd.

»Lassars Frevel hat die ganze Welt erzürnt«, sagte Sarrath. »Die Kaste der Magier hat ihn ausgestoßen, als bekannt wurde, dass er Hochwalden zerstören ließ. Die nördlichen Länder haben sich von ihm losgesagt und in Morgoun und in Tiefenburg kam es zu offenen Rebellionen. Euer Waffenmeister hat Recht – es ist kein Aufmarsch, sondern eine Flucht. Überall erheben sich die Menschen gegen seine Truppen. Wenn der Frühling kommt, wird er nicht nur den Winter vertreiben.«

Cavin starrte den Krieger zweifelnd an. Es fiel ihm schwer, seine Worte zu glauben. Andererseits – war es nicht gerade das, worauf sie gehofft hatten? Auf Hilfe von den Ländern außerhalb des Waldes, jenseits der Berge, die den Schwarzeichenwald vom Rest der Welt abriegelten?

»Lassar ist erledigt«, sagte Gwenderon. »Der Frevel an Hochwalden ist der Anlass, auf den sie alle gewartet haben, sich endlich von diesem Blutsauger zu befreien.« Er lachte. »Lasst ihn seine Truppen in Hochwalden zusammenziehen, Cavin. Er sitzt in der Falle, denn er kann nicht zurück. Und sobald er versucht den Wald zu betreten, vernichten wir ihn.«

»Sei kein Narr, Gwenderon«, sagte Cavin ruhig. »Du hast Saraths Worte gehört. Wir sind ein paar hundert Mann gegen fünfzehntausend Krieger.«

»Von denen die Hälfte ihre Waffen davonwirft und zu uns überläuft, sobald es ernst wird«, sagte Gwenderon.

»Dann wäre es besser, sie würden ihre Waffen mitbringen«, mischte sich Guarr ein. Gwenderon warf ihm einen zornigen Blick zu und Cavin unterdrückte abermals ein Lächeln. Der Raett-Führer war rapide gealtert in den letzten sechs Monaten. Die Verletzung, die er beim Kampf um die Waldfestung davongetragen hatte, war niemals richtig geheilt, und sie alle wussten, dass er den nächsten Winter nicht mehr erleben würde. Aber im gleichen Maße, in dem sein Körper verfiel, schien sein Geist aufzublühen. Er sprach die Sprache der Menschen jetzt perfekt und sein Denken war von einer Schärfe und Klarheit, die Cavin manchmal beinahe Angst einjagte. Wie fast immer hatte er Recht.

»Ein offener Kampf kommt nicht infrage«, sagte Cavin entschieden.

Zu seiner Überraschung widersprach Gwenderon nicht, sondern nickte im Gegenteil. »Natürlich nicht«, sagte er. »Aber es reicht, wenn wir ihn aufhalten. Ihr wisst, wie arm der Wald an Tieren und essbaren Pflanzen ist. Selbst wir haben in den letzten Monaten die Gürtel enger geschnallt und wir sind nur wenige hundert. Lassar kann sein Heer nicht verpflegen, und die Vorräte, die er mitgebracht hat, sind irgendwann aufgebraucht. Er sitzt in der Falle. Alles, was wir brauchen, ist ein wenig Zeit.«

»Und genau die wird er uns nicht lassen«, sagte Guarr. Er bleckte die Zähne, eine Geste, die einem menschlichen Grinsen gleichkam, und deutete auf seinen gelähmten Arm. »Muss ich dich daran erinnern, was geschah, als wir das letzte Mal versuchten Lassar zu überlisten?«

»Nein«, fauchte Gwenderon. »Aber diesmal ist es –«

»Genug«, unterbrach ihn Cavin, nicht sehr laut, aber in sehr scharfem Ton. Ihr Gespräch begann sich wieder einmal im Kreis zu drehen und es drohte – wieder einmal – in einem Streit zwischen ihm und Gwenderon oder Gwenderon und Guarr zu enden. So sicher sie an diesem verbotenen Ort waren, so gereizt war die Stimmung hier, als griffe etwas von der düsteren Aura der Megidda nach den Seelen der Sterblichen, die sich angemaßt hatten in ihren Mauern Schutz zu suchen. Cavin war des Streitens einfach müde. Er stand auf. »Lasst uns später über alles reden«, fuhr er fort, »und in Ruhe. Ich bin müde und möchte schlafen, und der Winter dauert noch lange genug, um zu einem Entschluss zu kommen.« Er machte eine bestimmende Geste, dann wandte er sich an Sarrath. »Geh hinunter zu den anderen und lass dir einen Platz anweisen, an dem du schlafen kannst. Morgen nach Sonnenaufgang möchte ich mit dir reden. Allein«, fügte er mit einem Seitenblick auf Gwenderon hinzu. Einem ganz und gar überflüssigen Seitenblick, der, wie er selbst wusste, Gwenderons Ärger nur noch schüren würde. Aber auch das war etwas, was sich in den letzten sechs Monaten geändert hatte: Gwenderon und er waren wieder Freunde, jetzt mehr denn je, aber die Konkurrenz zwischen ihnen wurde deutlicher. Gwenderon zweifelte seinen Rang nicht an; vielleicht war er im Gegenteil froh, die Last der Verantwortung auf Cavins jüngere und stärkere Schultern wälzen zu können. Und trotzdem machte er keinen Hehl daraus, dass er ihn noch immer für das hielt, was er gewesen war, als er hierher kam: ein Kind, das vielleicht wie ein Mann aussah, aber noch nicht gelernt hatte wie ein solcher zu denken.

Ohne ein weiteres Wort drehte sich Cavin herum und verließ die Kammer. Kurz darauf stieg er ein zweites Mal über den schlafenden Raett-Posten hinweg und wandte sich nach rechts, einem schmalen Gang folgend, der vom Hauptkorridor abzweigte. Aber er ging noch nicht in seine Gemächer zurück, sondern wandte sich an der nächsten Abzweigung in die entgegengesetzte Richtung, bis er zu einer Treppe kam, die in steilen Schneckenhauswindungen tiefer in den schwarzen Schlund der Megidda hinabführte. Er fürchtete die lichtlosen Höhlen an ihrem Ende so sehr wie beim ersten Mal, da er dort unten gewesen war. Aber er war verwirrt. Er brauchte Rat. Vielleicht dringender als jemals zuvor.

2

Sie wusste längst nicht mehr, wie lange sie hier war; ob draußen, jenseits der rußgeschwärzten Mauern ihres Kerkers, Tag oder Nacht, Sommer oder Winter, Sonnenschein oder Schnee herrschte. Manchmal, in den Zeiten zwischendurch, in denen es ganz schlimm gewesen war, hatte sie beinahe vergessen, wer sie war. Warum sie hier war, wusste sie längst nicht mehr.

Animah richtete sich mühsam auf, hob die Hand, um sich über die Augen zu fahren, und brach die Bewegung ab, ganz kurz bevor die Kette, die den stählernen Ring um ihr Gelenk mit dem Boden verband, sich schmerzhaft spannen konnte. Keine dieser Bewegungen verlangte ihr bewusstes Zutun, denn in den sechs Monaten, die sie nun hier gefangen war, in einer Welt, die nur aus Dunkelheit und Hunger und Schmerzen und Erniedrigungen bestand, hatte ihr Körper gelernt den Weg des geringsten Widerstandes zu finden. Ebenso unbewusst fuhr sie sich mit der Zungenspitze über die Lippen, die rau und aufgesprungen waren, vom Durst zu Narben entstellt, die wohl nie wieder vollends heilen würden, beugte sich nach rechts und nahm mit spitzen Fingern die Wasserschale auf, in der sich noch ein Rest vom Vortag befand. Obwohl sie schon gar nicht mehr wusste, wie es war, *nicht* durstig zu sein, hatte sie sich angewöhnt stets einige Tropfen übrig zu lassen, denn sie bekam nicht jeden Tag zu trinken; und niemals genug.

Trotzdem schien heute einer der Tage zu sein, an denen es weniger schlimm war. Sie war von selbst erwacht und nicht durch Schläge geweckt worden und neben der schmutzigen Wasserschale lag ein Stück Brot. Sie aß es, spülte den schlechten Geschmack mit dem allerletzten Schluck Wasser herunter und lehnte sich gegen den feuchtkalten Stein in ihrem Rücken. Ihre Augen waren geschlossen, obwohl sie nicht mehr müde war, aber es gab nichts, was zu sehen sich gelohnt hätte. Sie kannte jeden Fingerbreit des drei Schritte im Quadrat messenden Steinwürfels auswendig, in den sie gesperrt worden war. Sie würde ihn nie wieder vergessen, selbst wenn sie eines Tages hier herauskommen sollte.

Wenn ...

Animah hatte den Glauben längst verloren, dass dies jemals geschehen würde. Und selbst wenn – was dann? Wohin sollte sie sich wenden, wenn ...

Voller Schrecken begriff sie, dass sie nicht mehr wusste, was jenseits der schimmelbewachsenen Mauern ihres Kerkers lag. Ihre Erinnerungen waren ein schwarzes Loch, alles, was vor der Zeit der Qual gewesen war, ausgelöscht. Es kostete sie Mühe, sich überhaupt auf ihren Namen zu besinnen.

»Animah«, sagte eine Stimme.

Sie fuhr hoch, so abrupt, bis die Ketten die Bewegung schmerzhaft stoppten, und starrte in die Dunkelheit neben sich. Ihr Herz begann zu klopfen.

»Dein Name ist Animah, du Närrin«, fuhr die Gestalt fort. »Du scheinst doch nicht ganz so stark zu sein, wie ich annahm.« Ein Lachen; leise, meckernd und sehr, sehr böse. Die Gestalt stand dicht neben ihr, so nahe, dass sie sie mit der Hand hätte berühren können, wären die Fesseln nicht gewesen, und trotzdem war sie nur ein Schattenriss in der Dunkelheit, ohne Tiefe, fast ohne Kontur; ein Gespenst, das aus ihren Träumen hinüber in die Wirklichkeit gekommen war, um sie zu quälen.

Dabei war Animah vollkommen sicher, dass sich die niedrige Tür nicht geöffnet hatte und dass sie allein gewesen war, als sie erwachte. Und sie hatte die Frage, wer sie war, doch gar nicht laut ausgesprochen?!

»Das brauchst du auch nicht«, sagte der Schatten. Wieder dieses böse leise Lachen. »Wirklich, du solltest dich ein wenig zusammenreißen, Amazone. Ich kenne Männer und Frauen, die weit Schlimmeres ertragen haben, ohne ihre Identität zu verlieren.«

Der Schatten bewegte sich, kam näher, ohne sich wirklich von der Stelle zu rühren, und etwas wie eine Hand aus Rauch und Nebel berührte die Fesseln, die ihre Handgelenke hielten. Ein scharfes Klicken ertönte und zum ersten Mal seit einhundertachtzig endlosen Tagen und Nächten waren ihre Arme frei.

Animah starrte fassungslos auf ihre Handgelenke, auf denen die stählernen Ringe braunrote Abdrücke hinterlassen hatten, dann in das nicht vorhandene Schattengesicht der Gestalt.

»Lassar«, murmelte sie. Ihre Gedanken liefen sprunghaft, eilten von Unwichtigem und Sinnlosem zu Wichtigem und Gefährlichem und wieder zurück. Der Klang des Namens, der ihr gerade im Moment wieder eingefallen war, war mit dem Empfinden von Gefahr verbunden und einer tiefen, entsetzlich tiefen Enttäuschung, mehr nicht.

»Oh, sie wird noch viel tiefer werden, wenn du erst die Wahrheit erfährst«, sagte Lassar spöttisch. Animah begriff, dass er ihre Gedanken las, so mühelos wie ein offenes Buch.

»Das ist richtig«, sagte Lassar. »Umso mehr solltest du einsehen, wie sinnlos es ist, mich belügen oder hintergehen zu wollen. Das kann niemand.« Er lachte, beugte sich vor und streckte die Hand aus, als wolle er ihr Gesicht berühren, tat es aber dann nicht. Animah hatte das Gefühl, einen eisigen Lufthauch zu spüren, als seine Hände vor ihren Augen schwebten. »Ich verrate dir jetzt ein Geheimnis, du kleine Närrin«, erklärte er kichernd. »Man sagt von mir, ich sei der Herr der Lügen, und das stimmt. Niemand kann mich belügen. Die einzige Waffe, die mich zu schlagen imstande wäre, ist die Wahrheit.«

Animah verstand kein Wort von dem, was Lassar sagte. Sie begriff nur, dass sie frei war, aber gleichzeitig glaubte sie zu spüren, dass sie der Gefahr nicht entronnen, sondern nur einer anderen, weitaus schlimmeren ausgesetzt war. Sie hatte damit gerechnet, zu sterben, und sie hatte Angst davor gehabt. Jetzt wünschte sie es sich fast. Es gab Dinge, die waren schlimmer als der Tod.

»Das stimmt«, sagte Lassar. »Aber du hast nichts zu befürchten. Du bist keine Gefahr mehr für mich. Komm.«

Lautlos glitt der Schatten wieder in die Höhe und ein Stück zur Seite, bis er den Blick auf die Tür freigab. Sie stand offen. Auf dem Gang dahinter war rotes Licht, unterbrochen vom massigen, schwarzen Schatten eines Mannes. Es dauerte einen Moment, bis Animah die Bedeutung der Geste begriff, und es dauerte noch länger, bis sie sie glaubte.

»Du lässt mich … frei?«, murmelte sie.

»Närrin«, sagte Lassar. »Natürlich nicht. Aber es bringt keinen Vorteil mehr, dich zu quälen. Ich wollte wissen, wie stark du bist, und ich weiß es nun. Du bist keine Gefahr. Du warst es nie. Geh.«

Mühsam erhob sich Animah, machte einen unsicheren Schritt auf die Tür zu und ließ sich wieder auf Hände und Knie herabsinken, denn der Ausgang war so niedrig, dass sie nur hindurchkriechen konnte.

Auf der anderen Seite griffen kräftige Hände nach ihr und zogen sie in die Höhe. Ein stoppelbärtiges Gesicht tauchte vor ihr auf, hart und schmutzig, aber nicht grausam, eine Stimme sagte etwas im Tonfall einer Frage, das sie nicht verstand, dann wurde sie vorwärts gestoßen. Ihre Beine, seit sechs Monaten nicht mehr daran gewöhnt, das Gewicht ihres Körpers zu tragen, knickten ein, aber die gleichen Hände, die sie hochgezogen hatten, fingen sie nun auf. Sie versuchte sich zu wehren, ganz instinktiv, aber auch dafür fehlte ihr die Kraft. Sie war beinahe blind. Nach einem halben Jahr ewiger Nacht schien das Licht der einzelnen Fackel wie mit glühenden Nadeln in ihre Augen zu stechen.

»Bringt sie hinauf«, befahl Lassar. »Die Diener sollen sie waschen und ihr frische Kleider geben. Sie stinkt.«

Animah fragte sich, wie ein Schatten riechen konnte, aber auch dieser Gedanke entschlüpfte ihr wieder. Sie war so müde. So schwach. Sie hatte Angst. Die beiden Wächter schleiften sie zwischen sich durch den Gang, eine Treppe hinauf, deren Stufen nach ihren Füßen schlugen, dann traten sie ins Freie, in eine Welt, die weiß und kalt war und so unerträglich *hell,* dass sie mit einem Schmerzenslaut die Augen schloss und mit aller Macht die Lider aufeinander presste. Trotzdem ließ die Helligkeit ihre Augen tränen. Die Kälte legte sich wie ein eisiger Mantel auf ihre Haut.

Ganz schwach versuchte sie sich zu wehren, aber selbst wenn sie im Vollbesitz ihrer Kräfte gewesen wäre, wären die beiden Männer zu stark für sie gewesen. Sie wurde über den Hof gezerrt, sah Schatten vor dem quälenden Weiß der Welt und stolperte durch eine weitere Tür. Plötzlich fühlte sie Wärme; den Geruch von dampfendem Wasser und Seife und dann waren andere Hände da, auch sie kräftig, aber sehr viel sanfter, die sie entkleideten und bis an den Hals in warmes, seifig-weiches Wasser steckten.

Animah gab jeden Widerstand auf. Mochten sie sie töten, hinterher, sie genoss es einfach, zum ersten Male seit einer Million Jahren wieder sauber zu sein und keine Schmerzen zu fühlen.

Allmählich begannen sich ihre Augen an das Licht zu gewöhnen, das auch hier drinnen noch unangenehm hell war, sodass sie in den ersten Minuten nur Helligkeit und dunkle, sich ruckhaft hin und her bewegende Schatten wahrnahm, die nur ganz langsam zu menschlichen Gestalten wurden. Sie befand sich in einem kleinen, strohgedeckten Raum, dessen Wände rußgeschwärzt waren wie die ihres Gefängnisses. Unter der Tür stand ein Krieger mit steinernem Gesicht, und drei Frauen unterschiedlichen Alters waren mit nichts anderem beschäftigt als sie zu säubern und ihre Wunden zu salben und zu verbinden, was zum Teil sehr schmerzhaft war. Animah ließ es trotzdem widerstandslos geschehen, denn im gleichen Maße, in dem die Wärme des Wassers in ihren Körper kroch und die Kälte vertrieb, die sechs Monate lang Zeit gehabt hatte, sich darin einzunisten, begannen ihre Gedanken besser zu funktionieren. Erinnerungen, die sie längst verloren geglaubt hatte, tauchten aus dem Sumpf von Leid und Schmerzen auf, Gesichter, zu denen sich nach und nach Namen gesellten, dann Geschichten. Ihr Denken arbeitete noch lange nicht mit der gewohnten Schärfe und Klarheit und der allergrößte Teil ihres Wissens war ihr noch immer entzogen, vielleicht für immer verloren, aber sie war wenigstens kein Stück Fleisch mehr, das sich willenlos herumstoßen ließ und sogar dankbar dafür war. Eine widerliche Szene fiel ihr ein, drei oder vier Monate zurück, während der ersten Zeit ihrer Gefangenschaft, als sie noch so etwas wie Lebenswillen gehabt hatte: Eine Ratte hatte sich in ihren Kerker verirrt und versucht ihren Fuß anzufressen. Sie hatte sie erschlagen und roh gegessen. Ihr wurde übel. Sonderbar, dass sich gerade das so sehr in ihr Gedächtnis eingebrannt hatte.

Nach einer guten halben Stunde befahl ihr eine der drei Frauen, aus dem Bottich zu steigen. Animah gehorchte, griff schwach nach dem Handtuch, das ihr hingehalten wurde, und ließ es dann zu, dass man sie trocknete und mit wohlriechenden Ölen einrieb. Als Letztes wurde sie in ein einfaches weißes Gewand gehüllt, das von einer fingerdicken Kordel um die Taille zusammengehalten wurde.

Dann brachten sie die beiden Krieger fort, die draußen vor dem Haus gewartet hatten.

3

Es war sehr still hier. Selbst er, der so alt war, dass er selbst nicht mehr zu sagen wusste, wie viele Jahre er gelebt, das Kommen und Gehen wie vieler Generationen er gesehen und das Entstehen und Verschwinden wie vieler großer und kleiner Reiche er beobachtet hatte, spürte den Atem der Zeit, wenn er diesen Ort betrat. Werden und Vergehen, Entstehen und Wachsen, der ständige Wechsel zwischen Altem und Neuem, die der Pulsschlag der Welt waren, waren hier außer Kraft gesetzt, bedeutungslos vor der stummen Majestät dieses Ortes. Selbst das Licht wirkte zeitlos, die Schatten wie aus Stein gemeißelt, Farben und Formen mit unauslöschlichen Strichen in die Oberfläche der Wirklichkeit gebrannt. Die Sonne, die durch die Lücken im Blätterdach dieses einen, ungeheuerlichen Baumes schien, war die gleiche, die vor einer Million Jahren die Dunkelheit der Nacht vertrieben hatte, der Boden, auf den er seinen Fuß setzte, unverändert seit der Zeit, da das Leben Einzug auf der Oberfläche dieser Welt gehalten hatte. Der Unterschied zwischen heute und morgen und gestern war nur noch ein Wort, ohne wirkliche Bedeutung. Und selbst er, dem – vielleicht mit Ausnahme Cavins – als einzigem Menschen das Betreten dieses Ortes gestattet war, spürte die Fremdheit, den Atem des anderen, völlig Unverständlichen, der diesen heiligen Ort erfüllte und den seine Seele als Angst empfing. Er sollte nicht hier sein. Auch König Oro hatte es niemals gewagt, diesen letzten Schritt zu tun, das allerletzte Geheimnis der Megidda zu ergründen und den Ort zu betreten, der ihr Herz war, und Cavin, sein Sohn und Erbe, hätte es nicht getan, hätte er gewusst, welcher Macht er sich *wirklich* damit auslieferte. Und doch, während er sich dem urgewaltigen schwarzen Stamm der Rieseneiche näherte, seinen Fuß auf schwarze Lava und zu Stein gewordenes Erdreich setzte, das schon alt gewesen war, als diese Welt entstand, während die Geräusche und das letzte Licht des Tages hinter ihm zurückblieben und er sich in die ewige Dämmerung begab, die unter der Krone des Waldkönigs herrschte, in diesem Moment, hin und her gerissen zwischen Unsicherheit und Angst, spürte er mit unerschütterlicher Gewissheit, dass auch diese Grenze nicht die letzte war, das Tabu nur der Schutz für ein neuerliches, ungleich größeres Rätsel war. Die gigantische Schwarzeiche war die Herrscherin der Megidda, die Königin des Schwarzeichenwaldes und doch wie er selbst nur Hüterin eines weiteren, vielleicht entsetzlichen Geheimnisses.

Faroan blieb stehen, schloss für einen Moment die Augen und versuchte Ordnung in den Sturm von Gefühlen und durcheinander wirbelnden Bildern zu bringen, der hinter seiner Stirn tobte. Es gelang ihm nicht ganz. Wie jedes Mal, wenn er hierher kam, begannen seine Gedanken eigene Wege zu gehen, auf Pfaden zu wandeln, die ihn erschreckten und die einer eigenen, ihm selbst unverständlichen Gesetzmäßigkeit gehorchten. Dieser Ort war alt, unglaublich alt. Es gab Dinge hier, die er nicht verstand und vielleicht auch nicht verstehen sollte. Er machte ihm Angst. Und doch war es der einzige Ort auf der Welt, vielleicht im ganzen Kosmos, an dem er die Lösung für all die unlösbaren Fragen und Geheimnisse finden konnte, die sein Leben auf so fürchterliche Weise verändert hatten. Nichts von allem, was während des letzten Jahres geschehen war, war Zufall. So etwas wie Zufall gab es nicht in der Welt der Menschen, von der er noch immer ein Teil war.

Der alte Magier verscheuchte auch diesen Gedanken, straffte die schmalen Schultern und ging weiter, bis der versteinerte Erdboden unter seinen Füßen knorrigem, schon vor einer Million Generationen zu Stein gewordenem Wurzelwerk wich. Ein Hauch trockener Kälte streichelte sein Gesicht wie eine unsichtbare, eisige Hand, dann berührte die gleiche Hand etwas hinter seiner Stirn, und er hörte die *Stimme:*

Du hast lange gebraucht.

Es war kein Tadel in diesen Worten; kein Vorwurf. Trotzdem verteidigte er sich: »Es war schwer, das Nichts zu durchschreiten. Es wird immer schwerer. Mit jedem Mal.«

Ich weiß, antwortete die *Stimme. Ich bin das Nichts. Ein Teil davon.*

Faroan versuchte nicht, über den Sinn dieser Worte nachzudenken. Er war hier, weil der Baumkönig ihn gerufen hatte, das war alles, was zählte. Es stand ihm nicht zu, nach dem *Warum* zu fragen. Trotzdem fügte er hinzu: »Wann wirst du mir Ruhe gewähren?«

Bald, antwortete die *Stimme. Ich weiß, wie viel ich von dir verlange, mein Freund, denn einst war ich dir ähnlicher, als du je begreifen wirst. Du sehnst dich nach Ruhe und Vergessen. Aber es ist das letzte Mal, dass ich dich rufe.*

Faroan erschrak. »Dann … dann ist es so weit?«

Ja. Der Tag der Entscheidung steht bevor. Der Feind rüstet zum entscheidenden Gefecht.

»Lassar?«

Die *Stimme* antwortete nicht gleich. Und als sie es schließlich tat, war irgendetwas in ihrem lautlosen Klang anders als sonst. Sie klang … *besorgt?,* dachte Faroan erschrocken.

Nicht Lassar, mein Freund. Auch er ist letztlich nur ein Werkzeug, nicht anders als du und selbst ich. Aber für dich und die, über die du wachen sollst, mag es genügen, den Feind in Lassar zu sehen. Ja. Es ist Lassar. Er ist zurückgekehrt. Und er hat die Schattenkrieger mit sich gebracht.

»Die Schattenkrieger!« Faroan wurde blass vor Schrecken. »Die –«

Die Dreizehn der Vernichtung, ja, bestätigte die *Stimme.*

»Dann … dann muss ich Cavin warnen!«, sagte Faroan erregt. »Er weiß nicht, was –«

Nein!, unterbrach ihn die *Stimme. Du kennst die Regeln, Faroan. Du und ich gegen Lassar und Die Dreizehn. Niemand sonst.*

»Regeln!« Faroan hob erregt die Hände. »Dieser Junge hat nicht die geringste Ahnung –«

Du vergisst, wie viel Zeit für die vergangen ist, die deine Freunde waren, seit du sie verlassen hast, Freund, unterbrach ihn die *Stimme* sanft. *Aus dem Kind ist ein Mann geworden. Von allen, die jemals auf dem Thron Hochwaldens saßen, ist Cavin der, der der Aufgabe am ehesten gewachsen ist. Es ist kein Zufall, dass es jetzt geschieht.*

»Er weiß ja nicht einmal, welchem Feind er gegenübersteht!«, begehrte Faroan auf. Ein wenig wunderte er sich selbst, woher er den Mut nahm, noch immer zu widersprechen. Aber die Worte, die er gehört hatte, hatten ihn vollends aus dem Konzept gebracht. Er hatte geahnt – gewusst –, dass dieser Tag kommen würde, aber wie für so vieles, was in der Zukunft lag, war die Vorstellung abstrakt für ihn geblieben, und ganz gleich wie lange er darüber nachgedacht, wie viele Jahre seines Lebens er damit verbracht hatte, sich darauf vorzubereiten, es war doch stets etwas geblieben, das irgendwann einmal sein würde. Nicht morgen, nicht zu irgendeinem greifbaren Zeitpunkt, sondern verborgen hinter den Schleiern des Kommenden. Jetzt war es Wahrheit geworden. Und trotzdem wusste er im gleichen Augenblick, in dem er die Worte sprach, dass alles so kommen würde, wie es vorausbestimmt war.

»Er wird sterben«, murmelte er.

Vielleicht, antwortete das lautlose Wispern hinter seiner Stirn. *Doch die Wege der Zukunft sind offen, Faroan. Es liegt in unserer Macht, sie zu beeinflussen. Und es mag Schlimmeres geben als den Tod.*

»Aber –«

Ich verstehe deinen Schmerz, Freund, unterbrach ihn das lautlose Wispern. *Und doch muss es kommen, wie es vorausbestimmt ist. Das Schicksal der Welt liegt nicht in deinen Händen und nicht in meinen, sondern einzig in denen Cavins.*

»Eines Kindes!«, begehrte Faroan auf.

Eines Kindes, das den Mut hat, Dinge zu tun, vor denen selbst Männer zurückschrecken, antwortete die *Stimme. Sieh.*

Faroan drehte sich gehorsam herum. Im letzten, grau werdenden Licht des Tages erblickte er eine schmale Gestalt in einem wuchtigen Pelzmantel, der die Schultern zu erdrücken schien, die er wärmen sollte. Mit gemessenen, sehr langsamen Schritten, aber auch – wie Faroan fast überrascht feststellte – ohne auch nur einmal zu stocken überquerte sie den mit Trümmern übersäten Hof der Zyklopenfestung und näherte sich der gemauerten Einfriedung des Hügels, blieb schließlich doch einen Moment stehen und wandte sich nach rechts, der Treppe zu, die auf den künstlich aufgeschichteten Hügel hinaufführte. Vor der riesigen Mauer, die unter dem Baumgiganten selbst winzig wirkte, sah sie verloren und klein aus. Schon die Schatten, die dieses schwarze Monstrum warf, mussten sie erschlagen.

»Cavin?«, sagte er überrascht. »Er kommt hierher?«

Es ist nicht das erste Mal, Freund, wisperte die *Stimme. Er war oft hier, seit du ihn herbrachtest. Immer, wenn er Rat suchte. Er spürt, was geschehen wird. Er weiß es nicht, aber er spürt es. Er sucht dich.*

»Mich?«, sagte Faroan verwirrt.

Die Wahrheit. Er glaubt, nur dich zu suchen, aber er sucht die Wahrheit. Er ist ratlos. Diesmal wird er Antworten bekommen.

Faroan erschrak, als ihm die wahre Bedeutung der lautlosen Worte bewusst war. »Aber was soll ich ihm sagen? Wir ... wir müssen ihn warnen!«, murmelte er. Obwohl er leise sprach, waren seine Worte fast wie ein Schrei; voller Verzweiflung, aber auch erfüllt von dem Wissen, dass seine Bitte abgeschlagen werden musste.

Nein, antwortete die *Stimme. Du weißt, dass das unmöglich ist, mein Freund. Es steht zu viel auf dem Spiel.*

»Er ... er wird ihn vernichten«, stammelte Faroan. »Er weiß ja nicht einmal, gegen wen er kämpft!«

Vielleicht, sagte das lautlose Wispern in ihm. *Doch ich glaube, dass er der Aufgabe gewachsen sein wird. Er ist stark.*

»Stark!« Faroan ballte in hilflosem Zorn die Fäuste. »Was nutzen Stärke und Kraft gegen Lassars Verschlagenheit! Lass mich ihn wenigstens warnen!«

Nein, beharrte die *Stimme. Du hast schon mehr getan, als du durftest, als du ihnen erlaubtest hierher zu kommen. Er hätte den Weg alleine finden müssen.*

»Das ... das war nicht meine Idee«, verteidigte sich Faroan. Aber die *Stimme* lachte nur. *Du solltest nicht versuchen mich zu belügen, mein Freund,* sagte sie sanft. *Zumal es nicht nötig ist. Du weißt es nicht, aber hättest nicht du Karelian den Gedanken eingegeben, diesen letzten Zufluchtsort zu wählen, so hätte Lassar es getan.*

»Lassar?«, wiederholte Faroan verstört. »Ich ... ich verstehe nicht ...«

Warte ab, mein Freund, sagte die *Stimme. Du wirst verstehen. Bald. Sehr bald schon. Und nun geh. Cavin wartet auf dich.*

»Aber was soll ich ihm sagen?«, stöhnte Faroan.

Du weißt es. Ich habe dich gerufen, damit du ihm die Antworten gibst, die er hören will. Die sein müssen. Du kennst seine Frage und du kennst die Antworten.

Oh ja, er wusste es. Und er wusste auch, dass er Cavin damit vielleicht umbringen würde. Aber er wusste auch, dass es sinnlos war, noch einmal widersprechen zu wollen. Zögernd wandte er sich um, ging den Weg zurück, den er gekommen war, und blieb abermals stehen.

Es dauerte lange, bis Cavin kam, und als er am Fuße der Rieseneiche erschien, waren seine Schritte langsam und schleppend, als kämpfe er gegen einen unsichtbaren Widerstand an, der ihn zurückhalten wollte. Gegen seinen Willen musste Faroan den jungen König bewundern. Niemand, nicht einer der zahllosen Behüter des Schwarzeichenwaldes, die vor ihm die Megidda betreten hatten, hatte den Mut gehabt, auch diesen letzten Schritt zu tun. Cavin wusste es nicht, aber er war einem Gott nahe. Sehr nahe.

Lautlos näherte sich Faroan der schmalen Gestalt Cavins und blieb erst stehen, als dieser den Kopf wandte und ihn anblickte. In seinen Augen war keine Überraschung, kein Schrecken, nur eine tiefe, unendlich tiefe Erleichterung. Sein Blick bohrte sich wie ein glühendes Messer in Faroans Seele.

»Du bist also gekommen«, murmelte Cavin schließlich. »Ich hoffte, dass ich dich hier finde, Freund.«

»Du solltest nicht hier sein«, erwiderte Faroan. »Niemand sollte das.« Einen Moment lauschte er auf Widerspruch, aber die lautlose Stimme in seinen Gedanken schwieg. Faroan war nicht zu weit gegangen mit seiner Warnung. Aber weit genug.

»Ich brauche deinen Rat, Faroan«, sagte Cavin. »Ich brauche ihn nötiger, als ich jemals etwas gebraucht habe. Lassars Truppen –«

»Ich weiß«, unterbrach ihn Faroan. »Ich weiß, was geschieht, und ich weiß, welche Frage du stellen willst. Ich darf sie dir nicht beantworten. Noch nicht.«

Cavin war enttäuscht und er machte keinen Versuch, seine Enttäuschung zu verbergen. »Dann kannst du mir nicht helfen?«

»Helfen?« Faroan lächelte. »Die Entscheidung, die du fällen musst, kann dir niemand abnehmen, Cavin. Nur du allein kannst sie treffen. Aber es wird die richtige sein. Höre auf die Stimme deines Blutes und sie wird die richtige sein. Mehr kann und darf ich dir nicht sagen.«

»Wenn ich tue, was du sagst, dann müssen wir kämpfen«, sagte Cavin traurig. »Lassar wird nicht davon ablassen, den Wald erobern zu wollen. Er hat gar keine andere Wahl mehr.« Er schwieg einen Moment. »Dieser heilige Ort wird in einem Ozean von Blut versinken, wenn seine Krieger den Wald betreten, Faroan. Ist es wirklich das, was du willst? Was –«, er hob die Hand und deutete auf den Baum hinter Faroan, »– er will?«

Faroan erschrak. Was wusste Cavin von *ihm*? Dann begriff er, dass er nichts wusste, dass es nur eine theatralische Geste war, zu der ihn seine Jugend verleitete. Er lächelte.

»Alles wird kommen, wie es kommen muss«, antwortete er. »Die Entscheidung liegt bei dir.«

»Dann wird das Töten weitergehen«, murmelte Cavin niedergeschlagen.

»Der Tod ist nicht alles«, erwiderte Faroan. Seine Stimme klang traurig. »Manchmal muss das Alte weichen, um dem Neuen Platz zu machen. Und das ist alles, was ich dir sagen kann.«

Cavin sagte nichts mehr, aber seine Hand senkte sich auf den Griff des Schwertes herab, der aus seinem Gürtel ragte, und sein Blick war voller Trauer. Trauer und Angst, wenngleich es eine Angst vor etwas war, das er noch gar nicht kannte. Faroan spürte eine heiße, schmerzende Welle von Mitleid in sich aufsteigen, was er diesem Jungen genommen hatte und was er ihm noch würde nehmen müssen. Aber er schwieg weiter. Und als er sich nach einer Weile herumdrehte und mit langsamen, gemessenen Schritten in die Richtung zurückging, aus der er gekommen war, und schließlich aus dem Reich des Schweigens und Alters wieder zurück in die Illusion trat, die die anderen Wirklichkeit nannten, war es nicht nur der Regen, der seine Wangen benetzte.

4

Sie hatte erwartet zu Lassar gebracht zu werden, aber sie sah den Herrn der Schatten an diesem Tage nicht, auch nicht am darauf folgenden und dem danach. Die beiden Krieger brachten sie in ein neues Gefängnis – größer und heller und weitaus menschenwürdiger ausgestattet als das, in dem sie die letzten sechs Monate verbracht hatte: eine zehn auf sechs Schritte messende Kammer, in der es ein Bett gab, einen Tisch und Stühle und sogar ein Fenster, wenn auch schmal und mit fingerdicken Eisenstäben, sodass jeder Gedanke an Flucht von vornherein sinnlos wurde. Auch das Essen war besser – keine Abfälle mehr, sondern frisches, süßes Brot und ein leichter Wein, bei jeder zweiten Mahlzeit sogar ein Stück Fleisch oder Fisch, sodass ihre Kräfte allmählich zurückkehrten.

Und im gleichen Maße, in dem sich ihr Körper erholte, begann sich auch ihr Geist zu regenerieren. Es war, als erwache sie aus einem tiefen, sechs Monate anhaltenden Schlaf, sehr langsam, aber unaufhaltsam.

Am dritten Tag begann sie ihre Muskeln zu trainieren; sehr vorsichtig zu Anfang, denn noch immer bereitete ihr jede Bewegung Mühe und Schmerzen und jede größere Anstrengung endete mit Übelkeit. Aber Animah machte weiter. Nach einer Woche fühlte sie sich kräftig genug, ernsthaft über die Möglichkeit einer Flucht nachzudenken.

Sie wartete.

5

»Du hast Recht«, pfiff Guarr. »Es *sind* Flöße.« Er rutschte unruhig im Sattel hin und her, wischte sich ein wenig Pulverschnee aus dem Gesicht und blickte abwechselnd Cavin und das Dutzend großer, plump erscheinender Konstruktionen an, die eine viertel Meile unter ihnen auf dem zugefrorenen Fluss standen; rechteckige hölzerne Gebilde, jedes einzelne groß genug, fünfzig Männer oder zwei Dutzend Berittener aufzunehmen, und mit einer roh gefertigten Brustwehr an drei Seiten.

»Dann war Sarraths Information richtig.« Gwenderon gab sich keine Mühe, den Zorn aus seiner Stimme zu vertreiben. »Sie bereiten einen Angriff vor. Sobald das Eis aufbricht …«

»Unsinn«, unterbrach ihn Cavin. »Lassar ist kein Narr, Gwenderon. Er muss wissen, dass wir seine Vorbereitungen beobachten. Eine Gefahr, die man kennt, ist nur noch halb so groß.« Einen Moment lang blickte er noch auf den Fluss hinunter, dann schwang er sich aus dem Sattel, ging ein paar Schritte weit in den Wald hinein und stieß einen kurzen, schrillen Pfiff aus. Eine in graue und braune Pelze gehüllte Gestalt trat aus dem Schatten eines Busches und blickte ihn fragend an.

»Ist der Späher zurück?«, fragte Cavin.

Der Raett verneinte. »Der Weg ist weit, Herr. Und überall sind Wachen aufgestellt. Es sind viele.«

»Wozu Späher?«, fragte Gwenderon aufgebracht. »Ein paar wohl gezielte Brandpfeile, und der Spuk hat ein Ende.«

Cavin zog es vor, gar nicht darauf zu antworten. Gwenderon wusste so gut wie er, dass ein Angriff auf die Krieger dort unten am Fluss nicht infrage kam. Selbst von hier aus konnten sie sehen, dass es an die tausend Männer sein mussten, die ihr Lager rechts und links des vereisten Flusses aufgeschlagen hatten, und wie viele sich noch im undurchdringlichen Dickicht des Waldes verbergen mochten, wagte Cavin nicht einmal zu schätzen. Sie dagegen waren nicht einmal fünfzig; Guarrs Raetts bereits mitgerechnet. Ohne Gwenderon auch nur eines Blickes zu würdigen, ging er zurück zum Waldrand und spähte aus zusammengekniffenen Augen zum Fluss hinab. Es hatte die ganze Nacht über geschneit und der Wald war sehr still. Nur dann und wann drang ein Knacken an sein Ohr, manchmal, wenn der Wind sich drehte, ein schriller Ruf aus dem Heerlager unter ihnen oder das helle Klingen von Hämmern. Der Fluss war auf eine halbe Meile bedeckt von rechteckigen hässlichen Flecken. Trotzdem arbeiteten die Soldaten weiter. Mehr Flöße entstanden, bis hin zur Biegung und wahrscheinlich noch darüber hinaus. Cavin überlegte. Selbst wenn sich das Wetter schlagartig änderte, würde es sicher noch zwei Wochen dauern, bis der Fluss eisfrei war. Wenn Lassars Männer in diesem Tempo weiterarbeiteten, würden an die hundert Flöße bereitstehen, bis es so weit war. Genug, Lassars gesamtes Heer aufzunehmen. Die Folgerung aus diesem Gedanken war so einfach, dass er sich schlicht weigerte sie anzuerkennen. So dumm konnte Lassar nicht sein.

»Wir müssen etwas tun, Cavin«, drängte Gwenderon.

»Er hat Recht, Herr«, stimmte Karelian zu. Diesmal sah Cavin verärgert auf. Gwenderons Zorn und Ungeduld verstand er, er hatte nichts anderes erwartet. Dass Karelian dem Waffenmeister beipflichtete und ihm somit in den Rücken fiel, ärgerte ihn. Zornig drehte er sich herum und ging auf den Waldläufer zu, der wie er abgesessen war und aus vor Kälte geröteten Augen zum Fluss hinuntersah.

»Schaut dort hinüber«, fuhr Karelian fort, ehe Cavin Gelegenheit fand, etwas zu sagen. »Sie zerstören den Wald.«

Cavin musste nicht erst in die Richtung blicken, in die Karelians Arm wies. Er hatte wie alle die riesige Wunde gesehen, die Lassars Männer in den Wald geschlagen hatten: ein Rechteck von tausend auf tausend Schatten, in dem nur noch abgeschlagene Stümpfe standen. Selbst das Unterholz war herausgerissen und verbrannt worden, damit es die Männer nicht bei ihrer Arbeit behinderte. Und die Bresche im Wald wuchs.

»Ein paar Bäume«, sagte er ausweichend. »Es ist nicht so –«

»Ein paar Bäume?« Karelian fuhr herum. Seine Augen flammten vor Zorn. »Diese *paar Bäume«,* sagte er zornig, »sind der Grund, aus dem Euer Vater starb, mein König. Das ist genau das, was Lassar wollte und was Euer Vater und Gwenderon ihm verweigerten. Der Grund, aus dem er all Eure Krieger erschlagen und Hochwalden verbrennen ließ! Und Ihr seht zu.«

»Ich kann ja hinuntergehen und ihnen sagen, dass sie aufhören sollen«, fauchte Cavin wütend. Aber sein Zorn prallte an Karelian ab, und als er sich herumdrehte und zu Gwenderon und Guarr aufsah, erkannte er in ihren Blicken die gleiche Entschlossenheit wie bei Karelian. War er denn der Einzige, der einen klaren Verstand behalten hatte?

»Verdammt, was sollen wir tun?«, fragte er wütend. »Ein Angriff auf diese Männer wäre doch vollkommen sinnlos. Haltet ihr sie für so dumm nicht damit zu rechnen? Wahrscheinlich warten sie nur auf uns!«

»Nicht wahrscheinlich«, sagte Guarr. »Bestimmt. Trotzdem sollten wir etwas tun.«

Cavin funkelte den Raett-Führer mit kaum mehr verhohlener Wut an. Guarr hockte wie ein verkrüppelter brauner Schatten auf dem Rücken seines Pferdes, durch seine Verletzungen behindert und noch unbeholfener, als es bei den Raetts ohnehin normal war. Sie hatten ihn im Sattel festbinden müssen, damit er überhaupt Halt fand. Trotzdem spürte er die Entschlossenheit, die den Riesennager erfüllte. Mit einem Male begriff er, dass er auf verlorenem Posten stand. Er hatte Gwenderon und die beiden anderen hierher gebracht, weil er gehofft hatte, allein der Anblick von Lassars gewaltiger Kriegsmaschinerie würde ihnen jegliche Lust auf einen Angriff nehmen, aber das genaue Gegenteil war der Fall. Er verstand jetzt, dass es von Anfang an beschlossene Sache gewesen war. »Und was?«, fragte er. Aber der scharfe Ton in seinen Worten war jetzt nur noch Trotz.

»Wir verbrennen die Flöße«, sagte Gwenderon.

»Und dann?« Cavin schnaubte. »Selbst wenn sie uns dabei nicht alle umbringen, werden sie einfach neue bauen.«

»Die verbrennen wir wieder«, antwortete Gwenderon ungeduldig. »Die Zeit arbeitet für uns, mein König.« Er wies mit einer zornigen Kopfbewegung auf den Fluss und die rechteckigen schwarzen Pockennarben auf seinem Eis. »Was Ihr dort seht, sind nicht die Vorbereitungen für einen Angriff, Cavin. Lassar flieht. Der Fluss führt zur Küste, und sobald er eisfrei ist, braucht er wenige Tage, sein gesamtes Heer in Sicherheit zu bringen.«

Und vielleicht wäre das das Beste, dachte Cavin. Er bestritt nicht Gwenderons Behauptung – es war die einzige Erklärung für alles, was in den letzten Wochen geschehen war. Trotz der schier unüberwindlichen Barriere, die der Winter in den Bergen errichtet hatte, waren Nachrichten in den Schwarzeichenwald gedrungen, die die Behauptung des desertierten Kriegers zu beweisen schienen. Lassars Reich wankte. Noch hielt der Winter mit seinem Eis und seiner Kälte die Grundfesten seines Imperiums aus Angst und Terror zusammen, aber sobald der Frühling kam, würde nicht nur eine Rebellion, sondern ein Sturm losbrechen, der sein Reich davonspülte. Es war kein Zufall, dass seine Truppen hierher kamen, in die einzige Richtung, in die sie noch fliehen konnten. Lassar war kein Narr. Er musste wissen, dass die Hälfte seiner Männer erfror oder vor Erschöpfung starb, wenn sie versuchten die Berge im Winter zu überqueren. Wenn er es in Kauf nahm, dann hatte er seine Gründe dafür.

Ja, dachte er noch einmal, und eine Spur von Trauer, die er selbst nicht recht verstand, mischte sich in seine Gedanken. Lassars Reich würde untergehen, so oder so. Aber er war sehr sicher, dass Lassar, wenn es schon sein musste, mit einem Paukenschlag abtrat, gewaltig und böse, so wie er gelebt und geherrscht hatte. Sie konnten sie aufhalten. Selbst sie, die so wenige waren, hatten die Macht, sein gewaltiges Heer zu bannen, bis die Verfolger da waren und es vernichteten. Aber das Schlachtfeld, auf dem dies geschah, würde der Schwarzeichenwald sein.

Dann dachte er an seine Begegnung mit Faroan und das, was

der Magier gesagt hatte. Er hatte keine Hilfe zu erwarten; weder von den Lebenden noch von den Toten.

Cavin seufzte. »Gut«, murmelte er resignierend. »Dann schickt einen Mann zurück zur Megidda. Er soll –«

»Nein«, unterbrach ihn Guarr. »Keinen Mann.«

Cavin sah verwirrt auf.

»Wir sind genug«, behauptete Guarr.

»Wir sind fünfzig gegen mehr als tausend!«, begehrte Cavin auf.

Guarr begann auf Raett-Art zu lachen, ein Laut, der Cavin einen eisigen Schauer über den Rücken laufen ließ. »Wir sind genug«, behauptete er. »Der Wald wird tun, was wir nicht können.«

»Und … wie?«, fragte Cavin zögernd. Auch Gwenderon und Karelian blickten das Raett-Männchen verwirrt an. Aber Guarr antwortete nicht, sondern drehte sich nur schwerfällig im Sattel herum, hob den Kopf und stieß einen schrillen, an- und abschwellenden Pfiff aus, wie ihn Cavin noch nie zuvor gehört hatte.

Es dauerte lange, bis eine Reaktion auf diesen Laut erfolgte. Irgendwo, verborgen in den Tiefen des Waldes, begann es zu knacken und zu rascheln. Ein Schatten tauchte zwischen den Büschen auf und verschwand wieder, dann noch einer und noch einer und noch einer, bis der Boden schwarz war und der Schnee unter dem Trippeln unzähliger kleiner Pfoten zu knistern begann.

Guarr fuhr fort diese sonderbaren Pfiffe auszustoßen, und obwohl Cavin ganz genau wusste, dass es unmöglich war, war er gleichzeitig sicher, dass die Armee aus Ratten und Mäusen jeden einzelnen dieser Laute verstand. Schließlich, nach einer Ewigkeit, wie es Cavin vorkam, verschwanden die Tiere wieder; so schnell und unheimlich, wie sie gekommen waren.

»Was … was hast du getan?«, murmelte er. In seiner Stimme war Angst.

Guarr lachte pfeifend. »Warte ab, Mensch«, sagte er. »Heute Nacht, wenn der Schnee fällt, greifen wir an.«

Und ganz plötzlich, zum ersten Male, seit er Guarr kennen gelernt hatte, hatte Cavin Angst vor ihm. Panische Angst.

6 Von der zugefrorenen Oberfläche des Flusses stieg ein eisiger Hauch zu ihnen hoch, und jetzt, als sie den Flößen ganz nahe waren, konnte Cavin die gewaltigen eisernen Kufen erkennen, die sich unter den Gebilden verbargen; riesigen Schlittschuhen gleich und immer ein Dutzend nebeneinander, sodass sie trotz des ungeheuerlichen Gewichtes das Eis nicht zerschneiden würden. Vorne, an den Schmalseiten der Flöße, waren große eiserne Ringe angebracht worden, durch die später Seile oder Ketten gezogen werden würden. Nur wenige Pferde oder Ochsen mussten ausreichen, auf diese Weise Lassars gesamte Armee durch den Wald zu transportieren; zehnmal schneller, als sich ein Mann zu Fuß oder auch zu Pferde fortzubewegen vermochte.

Ein Gefühl eisiger Wut hatte von Cavin Besitz ergriffen; aber es war eine Wut, in der auch eine gehörige Portion Hilflosigkeit war, denn der Anblick zeigte ihm nicht nur Lassars ganze Verschlagenheit, sondern auch ihre eigene Schwäche. Die Flöße waren größer, als es von oben den Anschein gehabt hatte – eine einzige dieser auf Kufen gleitenden Festungen konnte mehr Männer tragen, als ihre gesamte Rebellenarmee an Mitgliedern zählte.

»So also hat er sich die Sache gedacht«, murmelte Gwenderon wütend. »Mit diesen Dingern ist er in wenigen Tagen an der Küste.«

»Ja«, stimmte Cavin zu. »Und wahrscheinlich wartet dort schon eine Flotte auf ihn. Wenn die Armeen der Nordländer über die Berge kommen, ist Lassar bereits verschwunden.«

»Oder auf dem Wege zurück«, fügte Gwenderon hinzu. In seiner Stimme schwang ein Ton widerwilliger Anerkennung mit. »Dieser Teufel – er wird denen in den Rücken fallen, die ihm in den Rücken fallen wollten. Der Schwarzeichenwald wird zur Falle – aber nicht für ihn.« Er schnaubte. »Wir werden es verhindern.« Wie um seine Worte zu bestätigen, griff Gwenderon in den Köcher auf seinem Rücken, nahm einen der mit Pech bestrichenen Pfeile hervor und legte ihn auf den Bogen, ohne jedoch die Sehne zu spannen.

Cavin verfolgte seine und Karelians Vorbereitungen mit gemischten Gefühlen. Er hatte nicht mehr widersprochen, obgleich sich alles in ihm gegen die Vorstellung sträubte, dieses gewaltige Heer anzugreifen, das auf dem Fluss und beiderseits davon lagerte. Guarrs Späher hatten ihnen einen Weg zum Flussufer hinab gezeigt, der praktisch unter den Nasen der Wächter entlangführte, und tatsächlich hatten sie das Flussufer unbehelligt erreicht. Aber vielleicht war es gerade das, was Cavins Misstrauen eher schürte – es war alles ein wenig zu glatt gegangen für seinen Geschmack. Rechts und links von ihnen, zum Teil weniger als eine Pfeilschussweite entfernt, wimmelte es von Lassars Kriegern, und wenn bisher auch niemand Notiz von ihnen genommen hatte, so konnte sich das rasch ändern. Sehr rasch sogar. Irgendwie erschien Cavin die Vorstellung, dass er und Gwenderon und Karelian und das knappe Dutzend Männer in ihrer Begleitung mit ein paar Pfeilen diese gewaltige Kriegsflotte in Brand schießen sollten, schlichtweg lächerlich. Aber es war zu spät, jetzt noch zurückzuwollen.

Gwenderon berührte ihn am Arm und deutete zum anderen Ufer hinüber. Die Wunde, die Lassars Krieger in den Wald geschlagen hatten, war auch von hier aus deutlich zu erkennen. Die Männer hatten Fackeln entzündet, nachdem die Sonne untergegangen war, und das schier unablässige Hämmern und Sägen wurde nur unterbrochen, wenn einer der Baumriesen krachend niederstürzte. Selbst in Cavins Ohren, der mit diesem Wald nicht halb so verbunden war wie Gwenderon oder gar Karelian, klang es jedes Mal wie ein Schmerzensschrei.

Aber das war es nicht, worauf ihn Gwenderon hatte aufmerksam machen wollen. Etwas im Rhythmus der hin und her huschenden Fackeln und Schatten auf dem jenseitigen Ufer hatte sich verändert. Es war … unruhiger geworden, hektischer. Und dann, ganz plötzlich, erlosch ein fingerlanger Ausschnitt in der Kette von Lichtern, die den gewaltsam geschaffenen Waldrand markierten. Ein einzelner, lang anhaltender Schrei drang zu ihnen herüber.

Gwenderon spannte seinen Bogen und hob den Feuerstein, aber Karelian legte ihm rasch die Hand auf den Arm und schüttelte den Kopf. »Noch nicht«, flüsterte er. »Warte.«

Ein zweiter Schrei erscholl, dann noch einer und noch einer, und mit einem Male erstickten die Arbeitsgeräusche unter einem Chor gellender Schreie, die Kette aus Lichtern zerriss vollends und ein tiefes, grollendes Rumpeln und Donnern ließ den Boden erbeben. Das Erdreich, durch das Wühlen und Graben von Millionen scharfer Krallen und Zähne seines Haltes beraubt, kam ins Rutschen. Aus der Entfernung betrachtet sah es harmlos und langsam aus, aber es war weder das eine noch das andere: Eis und Schnee verschwanden unter einer Lawine aus Geröll und Schlamm, braunen Zungen aus kochendem Erdreich, die sich dem Fluss entgegenstreckten und sich immer schneller und schneller vereinigten, Geröll und losgerissene Baumwurzeln mit sich reißend und die Männer schlichtweg zermalmend, die nicht rasch genug beiseite springen konnten. Dann, in weniger als einer Minute, nachdem der erste Schrei erklungen war, gab es nichts mehr, wohin die Krieger hätten ausweichen können; mit einer schwerfällig zuckenden Bewegung neigte sich der gesamte Hang dem Fluss entgegen, hob und senkte sich wie die Flanke eines träge erwachenden Drachen, und eine gewaltige Lawine aus Schlamm und Steinen donnerte die Böschung herab, traf mit einem urgewaltigen Dröhnen auf das Eis und zermalmte es.

»Jetzt!«, schrie Gwenderon.

Gleichzeitig ließ er seinen ersten Pfeil fliegen. Das Geschoss jagte, eine sprühende Spur aus Funken hinter sich herziehend, auf das zuvorderst stehende Floß zu, bohrte sich handtief in das Holz und setzte den frischen Teer in Brand, mit dem die Lücken zwischen den Stämmen gefüllt waren. Nahezu im selben Augenblick schossen auch die anderen. Ein Dutzend winziger glühender Kometen schien aus dem Ufergestrüpp zu brechen und sich auf die Flotte von hilflos daliegenden Flößen herabzusenken. Nicht alle trafen ihr Ziel und nicht alle Ziele, die getroffen wurden, fingen tatsächlich Feuer. Aber als Cavin seinen zweiten Pfeil auf die Sehne legte, leckten die Flammen bereits an drei nebeneinander liegenden Flößen, und eines davon brannte bereits so lichterloh, dass es nicht mehr zu retten war. Der Anblick ihres so überraschenden Erfolges fegte Cavins Furcht davon und verwandelte sie in Kampfeslust. Hastig legte er einen zweiten Pfeil auf die Sehne, setzte ihn in Brand und schoss ohne lange zu zielen.

Zu einer dritten Salve kamen sie nicht mehr. Plötzlich war das Unterholz rings um sie herum voller Bewegung; Schatten und blitzendes Metall brachen wie eine Woge über sie herein und das Peitschen der Bogensehnen ging in den wütenden Schreien der Angreifer unter. Ein brennender Pfeil jagte eine Handbreit an Cavins

Gesicht vorbei und traf einen der Krieger, ein zweiter erhob sich ziellos in die Luft und fiel torkelnd auf das Eis herab, weit entfernt von jeglichem Ziel. Cavin ließ seinen Bogen fallen, riss stattdessen das Schwert aus dem Gürtel und fing im letzten Moment einen Keulenschlag ab, verlor aber durch den Hieb das Gleichgewicht, stürzte hintenüber und schlitterte hilflos ein Stück weit auf den Fluss hinaus, ehe er wieder auf die Füße kam. So schnell es auf dem spiegelglatten Eis überhaupt möglich war, hastete er zum Ufer zurück.

Er sah jetzt, dass die Angreifer weniger zahlreich waren, als es im ersten Moment den Anschein gehabt hatte – acht, vielleicht zehn von Lassars Kriegern, die durch einen bösen Zufall in ihrer unmittelbaren Nähe gewesen sein mussten, als sie zu schießen begannen. Noch bevor er das Ufer erreichte und wieder in den Kampf eingreifen konnte, war die Hälfte von ihnen besiegt, tot oder kampfunfähig, und die anderen wurden zurückgedrängt, jetzt, da der Vorteil der Überraschung nicht mehr auf ihrer Seite war. Und trotzdem mochte dieser kleine Trupp reichen, ihren Plan zum Scheitern zu verurteilen, denn aus dem Hauptlager, keine hundert Schritte weiter flussabwärts, erschollen jetzt wütende Rufe, und mit einem Male erzitterte das Eis unter dem Dröhnen eisenbeschlagener Hufe.

Cavin war mit einem Satz neben Gwenderon, der mit einem hünenhaften Krieger rang, schlug dem Mann den Schwertknauf in den Nacken und deutete auf den Fluss hinab. »Noch eine Salve!«, keuchte er. »Und dann nichts wie weg!« Noch während Gwenderon seinen Bogen aufhob, hetzte er weiter, rannte einen weiteren Angreifer durch sein pures Ungestüm über den Haufen und vertrieb den letzten von Lassars Kriegern mit einem wütenden, beidhändig geführten Hieb, der ihm das Schwert aus den Fingern prellte. Mit einem raschen Blick überzeugte er sich davon, dass keiner ihrer Männer ernsthaft verwundet war, hob seinen eigenen Bogen auf und feuerte einen letzten brennenden Pfeil auf die Flöße. Im grellroten Licht der Flammen sah er Reiter auf das Ufer zusprengen, und nicht sehr weit von ihnen entfernt schien das Unterholz lebendig geworden zu sein, wo sich ein weiterer Trupp von Lassars Kriegern näherte.

»Zurück!«, schrie Cavin. »Zu den Pferden!«

Sein Befehl wäre kaum mehr nötig gewesen. Die Männer hatten die näher kommenden Krieger bemerkt und begannen sich hastig zurückzuziehen; die letzte Salve brennender Pfeile galt nicht mehr den Flößen, sondern den Reitern, die zwischen diesen heransprengten. Nur zwei Geschosse trafen ihr Ziel und rissen die Männer in vollem Galopp aus den Sätteln, aber selbst wenn es zehnmal so viele gewesen wären, hätte das kaum einen Unterschied gemacht. Es war eine Woge aus Stahl, die da über den Fluss heranbrandete, hundert oder mehr Reiter, durch die sie einfach niedergewalzt wurden.

Cavin schleuderte seinen Bogen davon, fuhr herum und lief zum Wald hoch, so schnell er konnte. Sein Fuß verfing sich; er fiel, kam blitzschnell wieder auf die Füße. Der Boden unter seinen Füßen zitterte, als die ersten Reiter das Ufer erreichten und ihre Tiere rücksichtslos die flache Böschung hinaufdrängten.

Cavin erreichte den Waldrand und blieb in einem Busch hängen, dessen Dornen wie kleine Nadeln durch seinen Pelz drangen. Verzweifelt schlug er mit dem Schwert zu, um sich Luft zu verschaffen, rannte im Zickzack zwischen den dicht stehenden Bäumen hindurch und beschleunigte sein Tempo noch, als er das Stampfen eisenbeschlagener Hufe hinter sich hörte. Ein Speer verfehlte ihn um Haaresbreite und fuhr mit einem saugenden Geräusch in den Boden, er sah eine Bewegung aus den Augenwinkeln, ließ sich blitzschnell zur Seite fallen und hörte einen wütenden Schrei, als die Klinge, die seinen Schädel hätte treffen sollen, gegen einen Baum prallte und abbrach. Er drehte sich auf den Rücken, packte sein Schwert mit beiden Händen und stieß die Klinge nach oben ohne zu zielen. Sie traf. Das Pferd, das ihn hätte niedertrampeln sollen, bäumte sich auf, machte einen ungelenken Schritt zurück und brach wie vom Blitz getroffen zusammen, seinen Reiter unter sich begrabend.

Aber die Gefahr war keineswegs vorüber. Hier im Wald waren sie den schwerfälligen Reitern an Schnelligkeit überlegen und die Dunkelheit schützte sie zusätzlich, aber es waren viele, unglaublich *viele*. Cavin wurde erneut angegriffen, kaum dass er wieder auf die Füße gekommen war, wehrte ungeschickt einen Schwerthieb ab und prallte rücklings gegen einen Baum, als ihn ein Schildstoß traf. Seine linke Seite war plötzlich gelähmt. Eine Klinge hackte nach seinem Gesicht, verfehlte es nur knapp und riss eine schmerzhafte Wunde in seinen Oberarm. Blindlings schlug er zurück, spürte, wie sein Schwert auf eisenharten Widerstand traf und ihm aus der Hand geprellt wurde, und warf sich blindlings zur Seite. Eine Speerspitze krachte in den Baum, dort, wo er gerade noch gestanden hatte, eine zweite traf zwischen seinem Arm und seinem Leib hindurch und schrammte schmerzhaft an seinen Rippen entlang. Cavin griff nach dem Schwert, erhob sich mit einem wütenden Ruck und schlug blindlings um sich.

Es war aussichtslos. Mit zwei, vielleicht auch drei Angreifern wäre er fertig geworden, denn ihre gewaltigen Schlachtrosse stellten hier im Wald wohl eher eine Behinderung für die Männer dar, aber mit einem Male sah er sich von mehr als einem Dutzend riesiger, dräuender Schatten umgeben. Ein Keulenhieb traf seinen Arm und lähmte ihn vollends, dann erhielt er einen Schildstoß in den Rücken, torkelte haltlos nach vorne und sah einen gewaltigen Stiefel auf sein Gesicht zurasen.

Er verlor nicht das Bewusstsein, aber für endlose Augenblicke klammerte er sich mit aller Macht an den schmalen Grat zwischen Dunkelheit und Licht, unfähig, auf die Dinge zu reagieren, die um ihn herum und mit ihm geschahen. In seinem Mund war Blut und er spürte eine tiefe, beinahe körperlich schmerzende Enttäuschung. Sie waren Narren gewesen, das war alles, was er denken konnte, kindische Narren, sich einzubilden, Lassars gewaltige Kriegsmaschinerie mit ein paar brennenden Pfeilen aufhalten zu können!

Harte Hände rissen ihn vom Boden hoch, ergriffen seine Arme und drehten sie auf den Rücken. Seine Hände wurden zusammengebunden und ein rüder Stoß zwischen die Schulterblätter forderte ihn zum Weitergehen auf. Seine Kraft reichte nicht aus.

Er fiel, versuchte sich mit eigener Kraft auf die Füße zu kämpfen, die nur noch seinem Trotz entsprang, und fiel ein zweites Mal. Die blutigen Schleier vor seinen Augen lichteten sich nicht mehr. Er fühlte sich schwach wie ein neugeborenes Kind und er hätte vor Enttäuschung schreien können.

7 Spät am Abend wurde sie abgeholt; wieder von zwei gepanzerten, finster dreinblickenden Kriegern, die sie jedoch durchaus freundlich behandelten, wenn sie auch keinen Zweifel daran ließen, dass sie nach wie vor eine Gefangene war. Als sie diesmal auf den Hof hinaustrat, blendete sie das Tageslicht nicht, und sie nutzte die Gelegenheit, sich so gründlich umzusehen wie nur möglich.

Ihr Verdacht, sich nirgendwo anders als in den Ruinen von Hochwalden zu befinden, bestätigte sich. Animah war niemals hier gewesen, obwohl der Schwarzeichenwald ihre Heimat war; aber er war so groß, dass ein Menschenleben allein nicht ausreichte, jeden Ort in seinen finsteren Teilen auch nur einmal zu besuchen, und die Burg hatte sie niemals interessiert.

Trotzdem erschreckte sie die Veränderung, die mit der Burg König Oros vonstatten gegangen war. Ein Drittel der gewaltigen Festungsanlage war vollkommen zerstört, verbrannt vom Feuer und zu Staub und Asche zermalmt von den Trümmern des niedergestürzten Hauptturmes. Und selbst das, was dem Wüten des Feuersturmes standgehalten hatte, war verwüstet: Aus der Perle des Schwarzeichenwaldes war eine verkohlte Ruine geworden, die nicht einmal der Schnee vollends hatte zudecken können.

Aber sie war nicht verlassen. Wie der Teil des kleineren Westturmes, der ihr in den letzten sieben Tagen und Nächten als Gefängnis gedient hatte, waren große Teile der Festung wieder hergerichtet worden, sodass sie halbwegs bewohnbar schienen; wenngleich sich niemand die Mühe gemacht hatte, die Schäden wirklich auszubessern. Animah schätzte, dass sich mehr als dreihundert Krieger in der Burgruine aufhielten. Sie sah nur wenige unbewaffnete Männer und Frauen und eine Hand voll Kreaturen, die weder das eine noch das andere zu sein schienen, aber die Spuren der Pferde waren unübersehbar. Hochwalden, obwohl eine Ruine, pulsierte vor Leben. Und über dem Ganzen lag eine schwer in Worte zu fassende, aber spürbare Aufbruchsstimmung.

Die beiden Krieger führten sie quer über den verschneiten Hof zu dem schwarz gewordenen Etwas, das einmal das Haupthaus Hochwaldens gewesen sein musste. Vor dem Eingang waren die Trümmer notdürftig beiseite geräumt worden, aber die Spuren des Brandes waren auch hier unübersehbar, ja, das Feuer schien hier mit besonderer Wut getobt zu haben, denn selbst die schwarzen Basaltblöcke, aus denen das Gebäude errichtet worden war, waren unter der Hitze geborsten. Dünne, vielfach verästelte Risse verwandelten die Eingangshalle in ein Spinnennetz, und trotz all der Zeit, die seither vergangen war, hing noch Brandgeruch in der Luft.

Am Ende der verwüsteten Halle ging es eine Treppe hoch, die zum Teil eingestürzt war und unter ihren Schritten bedrohlich zu beben begann und schließlich in einen weitläufigen Raum mündete, der einmal der Thronsaal gewesen sein mochte, denn unter dem Südfenster stand noch ein verkohltes Etwas, das Animah vage an einen gewaltigen Stuhl erinnerte; neben der Tür lehnte eine deformierte Rüstung, von der Hitze des Feuers zusammengeschmolzen wie Wachs und untrennbar mit der Wand verbunden. Animah schauderte. Welche Gewalten mochten hier getobt haben?, dachte sie. Es war schwer vorstellbar, dass es ein normales Feuer gewesen war.

Aber was war schon normal, wenn Lassar seine Finger im Spiel hatte?

»Du tust mir unrecht, weißt du das?«, sagte eine Stimme hinter ihr. »Und du beleidigst meine Krieger. Was du hier siehst, hat nichts mit Zauberei zu tun. Zumindest nicht sehr viel.«

Animah fuhr zusammen, drehte sich erschrocken herum und fuhr ein zweites Mal zusammen, als sie das Schattengesicht unter der Kapuze erblickte. Ein heftiges, fast übermächtiges Gefühl von Angst ergriff von ihr Besitz. Voller Schrecken fiel ihr etwas ein, was sie gewusst und wieder vergessen hatte, weil es Millionen Jahre her schien: dass Lassar ihre Gedanken las.

»Das ist richtig«, antwortete Lassar lächelnd. »Aber keine Sorge – ich werde es nicht tun, solange du vernünftig bist und ich nicht den Eindruck habe, dass du mich belügst. Es ist anstrengend und alles andere als angenehm, in der Kloake eurer Gedanken herumzuwühlen.« Er lachte leise. »Aber ich habe dich nicht kommen lassen, um über mich zu sprechen, sondern über dich.«

»Ich wüsste nicht, was wir miteinander zu bereden hätten«, antwortete Animah trotzig. »Ich bin deine Gefangene.«

»Ja«, bestätigte Lassar. »Das bist du wohl. Gut, dass du es einsiehst. Ich nehme an, du sehnst dich nicht nach dem Quartier zurück, in dem du den Winter verbracht hast?«

Animah antwortete nicht darauf und Lassar schien das auch gar nicht erwartet zu haben, denn er lachte nur leise, ging an ihr vorbei und trat an ein niedriges Tischchen auf der anderen Seite der Tür, um zwei Becher mit Wein zu füllen. Animah ignorierte das Trinkgefäß, das er ihr hinhielt.

»Du magst keinen Wein?«, fragte Lassar mit übertrieben gespielter Enttäuschung. »Das ist schade. Er ist sehr gut, musst du wissen. Er stammt noch aus den Kellern dieser Burg, die den Brand gottlob überstanden haben. Aber wie du willst.« Er seufzte, setzte den einen Becher zurück und leerte den anderen mit einem Zug, ehe er auch ihn aus der Hand stellte. »Siehst du?«, sagte er spöttisch. »Er war nicht vergiftet.«

»Was willst du?«, fragte Animah ärgerlich. »Dich über mich lustig machen?«

»Nein«, antwortete Lassar ruhig. »Dazu habe ich weder Lust noch Zeit. Ich habe dich kommen lassen, um mit dir zu reden. Dir einen Vorschlag zu machen, genauer gesagt.«

»Einen Vorschlag?«

»Über einen Weg, wie du deine Freiheit zurückerlangen kannst, beispielsweise«, antwortete Lassar. Er lächelte noch immer, aber sein Blick war stechend geworden. Etwas Lauerndes war darin wie bei einer Schlange, dachte sie schaudernd.

»Meine … Freiheit?«, wiederholte sie ungläubig.

»Ja. Du und deine Rebellenfreunde, ihr legt doch solch großen Wert darauf, nicht wahr? Ich denke, ich habe einen Weg gefunden, wie du zu ihnen zurückkehren kannst ohne mir zu schaden.«

»Einen Weg? Du meinst, eine Möglichkeit, wie ich sie betrügen kann, ohne –«

»Schweig!«, unterbrach sie Lassar. Sein Zorn wirkte echt. »Wofür hältst du dich, du dummes Weib?«

»Für deine Gefangene, Lassar«, erwiderte Animah ruhig. Seltsamerweise verspürte sie überhaupt keine Angst. Sie war sich bewusst, dass Lassar sie töten konnte, mit einer Bewegung seines kleinen Fingers und ohne dass es dazu eines Grundes bedurfte. Trotzdem war sie ganz kalt. Sie hatte zu viel durchgemacht, um jetzt noch Angst zu empfinden. »Für deine Gefangene«, wiederholte sie, »mit der du tun und lassen kannst, was immer du willst. Aber du kannst mich nicht zwingen meine Freunde zu verraten.«

In Lassars dunklen Augen blitzte es auf. Aber der Zornesausbruch, auf den Animah wartete, kam nicht. Stattdessen drehte er sich mit betont ruhigen Bewegungen wieder herum, füllte seinen Becher ein zweites Mal und setzte ihn an die Lippen, ehe er antwortete.

»Wer spricht von Verrat?«, fragte er nach einem Schluck. »Erinnerst du dich, was ich dir sagte, als ich dich aus dem Kerker entließ? Du bist keine Gefahr mehr für mich. Du warst es niemals, so wenig wie dieser Narr Gwenderon oder König Cavin. Es bringt keinen Nutzen mehr für mich, dich weiter gefangen zu halten.«

»Dann töte mich doch«, sagte Animah trotzig.

Lassar schüttelte den Kopf. »Ihr seid sehr schnell bei der Hand mit diesem Wort«, sagte er tadelnd. »Warum sollte ich das tun? Es ist eine Verschwendung, ein Menschenleben fortzuwerfen ohne einen zwingenden Grund. Nein – ich lasse dich gehen, Animah. Wenn du mir einen Dienst erweist.«

»Was soll ich dir bringen?«, fragte Animah böse. »Karelians Kopf – oder nur den Gwenderons?«

Lassar ohrfeigte sie.

Er schlug beinahe ruhig zu, ohne Zorn oder gar Hass, aber sehr hart. Animah taumelte einen Schritt zurück, presste die Hand gegen das Gesicht, kämpfte mit aller Macht gegen das Bedürfnis an, sich einfach auf ihn zu stürzen.

»Hörst du mir jetzt zu?«, fragte Lassar ruhig. »Wie gesagt – es gibt etwas, das du für mich tun kannst, und es ist wenig im Vergleich zu dem, was du dafür bekommst, deine Freiheit nämlich. Du wirst –«

Jemand klopfte gegen die Tür. Lassar brach mitten im Wort ab, runzelte verärgert die Stirn und fuhr mit einem Ruck herum. »Was ist?!«, rief er zornig. »Ich hatte Befehl gegeben, mich nicht zu stören!« Trotzdem öffnete er die Tür und trat einen halben Schritt zurück, den Becher noch immer in der linken Hand. Animah erkannte einen der beiden Krieger, die sie hier heraufgebracht hatten. Der Mann senkte ängstlich das Haupt und begann mit rascher, sehr leiser Stimme zu sprechen, und obwohl Animah seine Worte nicht verstand, registrierte sie sehr wohl, dass sich Lassars Miene mit jedem Augenblick weiter verdüsterte. Was immer es für eine Nachricht war, die der Mann brachte, sie schien Lassar nicht zu gefallen.

»Ausgerechnet jetzt«, murmelte Lassar schließlich. Er seufzte, blickte abwechselnd von Animah zu dem Krieger und wieder zurück und nickte schließlich, wenn auch mit allen Anzeichen von Widerwillen. »Gut«, sagte er. »Es tut mir Leid, wenn wir unsere Unterhaltung unterbrechen müssen, aber ich werde anderenorts gebraucht. Ich muss dich leider um etwas Geduld bitten. Du wirst dich sicherlich nicht langweilen. Braddoc hier wird dir Gesellschaft leisten.« Damit trat er auf den Gang hinaus und Animah blieb allein mit dem Krieger zurück.

8

Erst als die Männer ihn aus dem Wald hinaus und auf den Fluss gezerrt hatten, begann er wieder halbwegs klar zu sehen. Aus den schwarzen und roten Schlieren vor seinen Augen wurden die Umrisse von Männern und der flackernde Lichtschein der Brände. In den Geruch von Blut und Niederlage mischte sich der Qualm lodernden Pechs und verschmorenden Holzes. Sein Arm war noch immer taub, und obwohl er jetzt aus eigener Kraft lief, zerrten ihn die Männer noch immer grob hinter sich her; immer ein bisschen schneller, als er laufen konnte, sodass er mehr als einmal fiel und meterweit über das Eis geschleift wurde, ehe er wieder auf die Füße kam.

Und er war nicht der einzige Gefangene. Aus dem Wald drangen noch immer Schreie und wütende Rufe, das Stampfen von Hufen und das Brechen und Splittern von Geäst, aber mehr und mehr Reiter kamen bereits zurück, gefangene oder verwundete – vielleicht tote – Rebellen hinter sich herschleifend, und in einer der mühsam vorwärts stolpernden Gestalten erkannte er zu seinem Entsetzen Gwenderon, noch am Leben und bei Bewusstsein, aber wie er selbst zu schwach, sich gegen die Schläge und Tritte zu wehren, die auf ihn herunterprasselten.

Quer über den Fluss wurden sie zum Hauptlager der Soldaten gezerrt, hindurch zwischen zwei hellauf brennenden Flößen, die fünfzig oder mehr von Lassars Kriegern vergeblich zu löschen versuchten. Die Hitze nahm Cavin den Atem und strich wie eine glühende Hand über sein Gesicht, und das Eis knisterte bedrohlich unter seinen Füßen. Wo die harten Hufe der Pferde es berührten, entstanden Risse und kleine, halbmondförmige Vertiefungen, die sich rasend schnell mit Wasser füllten. Die Hitze war so gewaltig, dass das Eis unter den Flößen zu schmelzen begann, obwohl Cavin wusste, dass es noch immer mehr als meterdick war. Vielleicht, überlegte er, hatten sie im Nachhinein doch Erfolg gehabt. Vielleicht würde dieser eine Brand ausreichen, dass die Eisdecke über dem Fluss wie eine gewaltige Glasscheibe riss und in tausend Scherben zersprang, und Lassars Flotte so den Fluchtweg abschnitt. Das alles würde nichts daran ändern, dass er und Gwenderon und vermutlich auch Karelian und alle anderen, die an diesem Angriff teilgenommen hatten, mit dem Leben dafür bezahlten. Aber möglicherweise hatten sie Lassar doch in seiner eigenen Falle gefangen.

Für einen Moment tröstete ihn diese Vorstellung sogar über den Gedanken an seinen eigenen Tod hinweg; aber wirklich nur für einen Moment, denn als sie die brennenden Flöße passiert hatten und seine Augen aufhörten, vor Hitze und unerträglich grellem Licht zu tränen, sah er, wie lächerlich gering der Schaden war, den sie wirklich angerichtet hatten: Zwei der gewaltigen Eisflöße waren verloren, zwei weitere brannten und würden vielleicht gelöscht werden oder auch unbrauchbar sein, aber dahinter, unbeschädigt und in der Dunkelheit der Nacht an sprungbereit geduckte, schwarze Ungeheuer erinnernd, erhoben sich Dutzende der riesigen Flöße, jedes einzelne eine bewegliche Festung, hinter deren Brustwehren sich gewaltige Katapulte und Schleudermaschinen erhoben. Das Eis unter den beiden brennenden Flößen würde brechen; schon jetzt zitterte der Fluss unter Cavins Füßen und von den beiden Flammensäulen aus wuchsen handbreite, knisternde Risse, die sich mit der gewaltigen Bresche vereinigten, die der Erdrutsch am gegenüberliegenden Ufer in die Eisdecke geschlagen hatte. Aber selbst wenn der gesamte Bereich dazwischen einbrechen sollte, hatten sie kaum ein Viertel des Flusses blockiert. Die verbleibende Straße aus Eis war mehr als breit genug, Lassars gewaltige Flotte sicher zu transportieren.

Sie erreichten das Lager, einen gewaltigen Kreis aus Zelten und rasch improvisierten Laubhütten, der sich zu einem Drittel auf den Fluss hinausgeschoben hatte und schwarz vor Kriegern war. Ein derber Tritt ließ ihn stolpern und fallen, und Lassars Krieger zerrten ihn die letzten vierzig, fünfzig Meter über das Eis hinter sich her, bis sie das Flussufer erreicht hatten und die Böschung ihn unsanft bremste.

Cavin blieb einen Moment mit geschlossenen Augen liegen und wartete darauf, dass sie ihn wieder schlugen oder grob auf die Füße zerrten, aber weder das eine noch das andere geschah. Ganz im Gegenteil lösten sich sogar die Stricke, die seine Arme auf den Rücken fesselten, und als er aufsah, bemerkte er, dass die Krieger in den schwarzen Lederharnischen ein paar Schritte zurückgetreten waren und einen weiten Kreis um ihn, Gwenderon und die Hand voll anderer Gefangener bildeten. Von dem Dutzend Männer, das sie begleitet hatte, waren vier herbeigeschleift worden; die anderen mussten entweder entkommen oder tot sein.

Mühsam erhob sich Cavin auf Hände und Knie, kroch zu Gwenderon hinüber und half ihm, sich ebenfalls in die Höhe zu stemmen. Im flackernden Licht der Brände wirkte Gwenderons Gesicht fahl und gleichzeitig wie mit Blut übergossen. Seine Augen waren glasig.

»Bist du verletzt?«, fragte er.

Gwenderon schüttelte den Kopf, sog schmerzhaft die Luft ein und spuckte Blut. »Nein«, stöhnte er. »Es ist nichts. Ich habe einen Zahn verloren, glaube ich. Vielleicht zwei.«

»Dabei wird es wohl nicht bleiben«, murmelte Cavin düster. Er versuchte vergeblich seiner Stimme einen scherzhaften oder wenigstens aufmunternden Klang zu verleihen. Sein Lächeln geriet zur Grimasse. »Karelian?«, fragte er.

Gwenderon schüttelte fast unmerklich den Kopf. »Ich weiß es nicht. Vielleicht ist er entkommen.«

»Das ist er«, sagte eine Stimme. »Aber nur, weil ich meinen Männern befohlen habe, euch und eure Begleiter lebendig zu fangen und lieber entkommen zu lassen, bevor sie euch töten.«

Der Kreis ihrer Bewacher hatte sich geteilt und ein besonders hoch gewachsener, in das schwarze Leder Lassars gehüllter Krieger war auf Cavin und Gwenderon zugetreten. In seiner rechten Hand glänzte ein gewaltiges, zweischneidig geschliffenes Schwert, wie um seine Worte sofort ad absurdum zu führen. Ein dünnes, vollkommen humorloses Lächeln verzog seine Lippen, als er Cavins Blick bemerkte.

»Eine reine Vorsichtsmaßnahme, mein König«, sagte er spöttisch. »Man hat mich gewarnt, dass Ihr sehr ungestüm werden könnt. Und wie ich sehe, war diese Warnung tatsächlich nicht unberechtigt.«

»Wer seid Ihr?«, fragte Cavin verwirrt.

»Ihr wollt reden, König Cavin?«, fragte der Riese. »Ich habe Euer Wort, dass ich die Waffe wegstecken kann?«

»Schieb sie dir in den Hintern«, stöhnte Gwenderon. Trotz der Schmerzen, die ihm die Bewegung bereiten musste, stand er auf und trat mit einem humpelnden Schritt neben Cavin.

»Was soll das heißen – Ihr habt Befehl gegeben, uns lebendig zu fangen?«, fragte Cavin. »Hat Lassar Euch diesen Befehl gegeben? Will er uns unbedingt lebend haben?«

»Er will, dass ihr lebt«, bestätigte der Riese. Der feine Unterschied, den seine Worte machten, fiel Cavin sehr wohl auf, aber der Mann fuhr fort, ohne ihm Gelegenheit zu einer entsprechenden Frage zu geben: »Versteht mich nicht falsch, König Cavin – ich gab Befehl, Euch und Eure Leute gefangen zu setzen, aber nicht, um Euch als Gefangene nach Hochwalden zu bringen.« Er seufzte, schüttelte übertrieben den Kopf und schob sein Schwert mit einem heftigen Ruck in den Gürtel zurück. »Ein paar Eurer Männer sind verletzt, fürchte ich«, sagte er, »und sehr viele der unseren tot. Das alles wäre nicht nötig gewesen.«

Cavin sah ihn fragend an, schwieg aber, und zu seiner Erleichterung hielt sich auch Gwenderon zurück, obwohl er in ohnmächtigem Zorn die Fäuste ballte und Cavin sicher war, dass er nichts lieber getan hätte, als sich auf den Krieger zu stürzen, ganz gleich, ob er waffenlos war oder nicht.

»Ich bin in Lassars persönlichem Auftrag hier, um Euch eine Botschaft zu überbringen, mein König«, fuhr der Riese fort.

»Ist ihm eingefallen, dass alles nur ein schreckliches Missverständnis war und er sich wieder in sein Rattenloch zurückzieht?«, fauchte Gwenderon.

Cavin blickte ihn wütend an. »Schweig, Gwenderon«, sagte er streng. An den Krieger gewandt fuhr er fort: »Eine Botschaft? Für mich? Wie lautet sie?«

»Mein Herr und König bietet Euch Frieden an, König Cavin«, antwortete der Riese. »Einen Waffenstillstand für einen Tag und eine Nacht, gerechnet vom nächsten Sonnenaufgang an. Das, und freies Geleit für Euch und Eure Begleiter.«

»Freies Geleit? Wohin?«

»Nach Hochwalden, Herr«, antwortete der Krieger. »Ich soll Euch Folgendes ausrichten: Es ist zu viel Blut geflossen, auf beiden Seiten, und es ist zu viel und zu sinnlos getötet worden. Mein Herr bedauert, was geschehen ist, und bittet Euch, zu ihm auf die Burg Eurer Väter zu kommen, um mit ihm zu reden.«

»Wozu?«, fragte Cavin spöttisch. »Um über unsere Kapitulation zu verhandeln?«

Der Krieger blieb ernst. »Das weiß ich nicht, Herr. Doch Lassar, mein König, trug mir auf, jeden Kampf zu vermeiden und Euch zu versichern, dass er es ehrlich meint.«

»Seit wann kennt er dieses Wort?«, fragte Gwenderon.

»Es ist sein fester Wille, den Frieden im Schwarzeichenwald wiederherzustellen, König Cavin«, fuhr der Krieger ungerührt fort. »Was bisher geschehen ist, soll vergessen sein. Ihr und Eure Begleiter seid frei. Ich habe Befehl, Euch sicher nach Hochwalden zu geleiten, wenn es Euer Wunsch ist.«

»Und … wenn nicht?«, fragte Cavin misstrauisch.

»Könnt Ihr gehen, wohin es Euch beliebt«, antwortete der Krieger ernst. Plötzlich lächelte er und fügte, in etwas weniger feierlichem Ton, hinzu: »Aber Ihr werdet verstehen, wenn ich Eure Waffen fordere. Liefert sie ab und zieht Euch in den Wald zurück oder folgt mir und meinen Männern nach Hochwalden. Ganz gleich, wie Ihr Euch entscheidet – von jetzt an bis zum nächsten Sonnenaufgang werden die Waffen schweigen.«

»Das ist ein Trick!«, behauptete Gwenderon aufgebracht. »Ihr glaubt diesem … diesem *Söldner* doch nicht etwa, Cavin?«

»Ich bin so wenig Söldner wie Ihr, Gwenderon«, sagte der Krieger scharf. »Ihr mögt mit den Zielen meines Herrn so wenig einverstanden sein wie ich mit den Euren, Gwenderon, aber ich habe ihm die Treue geschworen und ich werde diesen Schwur halten. So wie ich mit meinem Leben dafür bürge, dass sein Wort nicht gebrochen wird.« Er zögerte einen winzigen Moment, und als er weitersprach, klang seine Stimme abfällig, aber auch sehr entschlossen. »Nehmt Euer Schwert und behaltet mich als Geisel hier, Gwenderon, wenn Ihr Lassars Wort nicht traut.«

»Als Geisel?« Gwenderon lachte, aber es klang nicht echt. »Seit wann hätte Lassar jemals etwas um das Leben seiner Krieger gegeben, Söldner?«

»Jetzt halt endlich den Mund, Gwenderon«, fauchte Cavin. »Ich glaube ihm.«

Gwenderons Augen wurden rund vor Unglauben. »Ihr … *glaubt* Lassar?«

»Nicht Lassar – ihm.« Cavin deutete mit einer Kopfbewegung auf den schwarz gepanzerten Riesen, atmete hörbar ein und straffte sich, so weit es seine geschundenen Muskeln zuließen. Wenn er schon nicht wie ein König aussah, wollte er sich wenigstens so benehmen.

»Ihr habt meine Worte gehört«, sagte er. »Ich glaube Euch. Und ich nehme Euer Angebot an, meine Männer zu nehmen und mich zurückzuziehen. Unsere Waffen jedoch nehmen wir mit. Aber ich gebe Euch mein Wort als König, den Waffenstillstand zu respektieren.« Er deutete auf den Wald auf der anderen Seite des Flusses. »Ihr stellt die Arbeiten ein. Kein Baum, kein Busch wird mehr gefällt bis zum nächsten Sonnenaufgang.«

»Für die Dauer des Waffenstillstandes«, bestätigte der Krieger. »Was soll ich meinem Herrn als Antwort bringen?«

»Dass Ihr seine Botschaft ausgerichtet habt«, antwortete Cavin. »Und dass ich sie gehört habe und darüber nachdenken werde.«

»Das wird Lassar nicht genügen«, sagte der Krieger. »Er wird –«

»Er wird meine Entscheidung respektieren«, unterbrach ihn Cavin kalt. »Vielleicht glaube ich ihm und komme, vielleicht auch nicht. Reitet zurück und richtet ihm genau das aus.«

»Sonst nichts?«

»Doch«, sagte Cavin ruhig. »Sagt ihm auch noch dies: Dieser Wald ist heilig und ich und die Meinen werden jeden einzelnen Baum auf seinem Boden mit unserem Leben verteidigen. Ganz gleich, wie ich mich entscheide – für jeden Baum, den ihr fällt, wird einer der Euren sterben. Und nun ruft Eure Männer zurück und lasst uns gehen.«

Einen Moment lang starrte ihn der riesenhaft gewachsene Krieger noch an, und Cavin hatte das sehr sichere Gefühl, dass es noch eine Menge gegeben hätte, was er sagen wollte. Aber dann zuckte er nur mit den Achseln, trat beiseite und machte eine Bewegung mit der Hand.

»Ihr seid frei.«

Und das waren sie. Auch wenn Cavin es erst glaubte, als sie den Fluss verlassen hatten und in die Sicherheit des Waldes eintauchten.

9

Lassar kam nicht nach wenigen Minuten zurück, wie er gesagt hatte, sondern blieb eine Viertel-, dann eine halbe, schließlich eine ganze Stunde. Der Krieger, den er zu Animahs Bewachung zurückgelassen hatte, stand mit überkreuzten Armen vor der Tür, so reglos wie eine Statue; nur seine Augen verrieten überhaupt, dass in ihm noch so etwas wie Leben war, denn ihr Blick war sehr wach, und obwohl sich in seinem Gesicht während der ganzen Zeit nicht ein Muskel rührte, war Animah sicher, dass ihm nicht die kleinste ihrer Bewegungen entging.

Nach einer Weile begann sie unruhig zu werden. Sie wusste noch immer nicht, warum Lassar sie überhaupt hatte kommen lassen, und was ihn davon abgehalten hatte, ihr sein *Angebot* zu unterbreiten, das zweifellos nur aus Verrat und Lüge bestehen konnte – oder ob diese unvorhergesehene Unterbrechung vielleicht Teil seines Planes war, denn auch das war möglich –, aber Lassar hatte ihr, ob nun beabsichtigt oder nicht, doch mehr verraten, als er vielleicht gewollt hatte. Zumindest wusste sie, dass Gwenderon und Karelian noch am Leben waren und – jedenfalls glaubte sie dies aus Lassars Worten zu schließen – dass sich auch Prinz Cavin nicht mehr in seiner Gewalt, sondern mittlerweile bei den Rebellen befand. Informationen, die für sie wichtiger waren, als Lassar in seiner Überheblichkeit annehmen mochte, denn sie gaben ihr das zurück, was die Folterknechte des Schattenkönigs in den letzten sechs Monaten methodisch zu zerstören versucht hatten: ihren Kampfeswillen. Lassar mochte glauben, dass sie keine Gefahr mehr für ihn darstellte, und zweifellos stimmte das im Moment sogar. Aber wenn es ihr gelang, aus der Burg zu fliehen und sich zu Karelian und den anderen durchzuschlagen … Sie hatte eine Menge gesehen in den letzten sechs Tagen. Mehr, als Lassar auch nur ahnte, denn ihre Gedanken zu lesen hieß nicht, sie auch alle zu kennen. Ganz und gar nicht.

Animah hatte auf dem verbrannten Thron Platz genommen; obwohl ihr sein Anblick ein fast körperliches Unbehagen bereitete, symbolisierte er doch mehr als alles andere den Frevel, den Lassar an Hochwalden begangen hatte. Aber es war das einzige Sitzmöbel, das es im ganzen Raum gab, und sie war müde und kam sich einfach albern dabei vor, nur dazustehen und den schweigenden Krieger unter der Tür anzustarren. Jetzt stand sie auf, näherte sich – mit den langsamen Schritten eines Menschen, der im Grund unschlüssig ist, was er überhaupt tun soll – dem kleinen Tischchen neben der Tür und griff nach dem Becher, den Lassar zuvor für sie gefüllt hatte. Sie hatte Durst, und der Gedanke, dass der Wein vergiftet sein könne, kam ihr im Nachhinein reichlich albern vor – Lassar hatte mindestens hunderttausend Gelegenheiten gehabt, sie einfacher und sicherer zu töten als mit einem Becher vergiftetem Wein.

Vorsichtig nippte sie an dem süßen Getränk, registrierte unbewusst, wie schwer und alkoholhaltig der Wein war, und wandte sich mit einem halblauten Seufzen an ihren Bewacher.

»Dein Name ist Braddoc?«, fragte sie.

Im ersten Moment schien es, als würde er nicht antworten, sondern weiter wie eine lebende Statue dastehen, aber dann drehte er doch ein wenig den Kopf, blickte sie aus seinen unangenehmen grauen Augen an und nickte fast unmerklich. Animah antwortete mit einem übertriebenen Lächeln darauf.

»Der Wein ist gut«, sagte sie. »Trinkst du einen Becher mit mir?«

Braddoc schüttelte den Kopf und schwieg.

»Ich verstehe«, sagte Animah. »Lassar hat dir verboten zu trinken, nicht wahr?«

Braddoc nickte abermals und schwieg weiter.

»Hat er dir auch verboten zu reden?«, fragte Animah. »Oder hast du Angst, ich könnte dich behexen?« Sie lachte. »Keine Sorge, mein Freund. Ich sehne mich nur nach ein wenig menschlicher Gesellschaft. Ich war ziemlich lange allein, weißt du?« Sie nippte wieder an ihrem Wein, trat zwei Schritte auf den Wächter zu und musterte dabei unauffällig die Tür hinter ihm. Sie hatte kein Schloss, sondern nur einen einfachen Riegel, vor dem Braddoc allerdings wie ein lebender Berg stand. Sie schätzte, dass er an die hundert Pfund mehr wog als sie – und außerdem ausgeruht und hellwach war.

Lächelnd bewegte sie sich weiter auf ihn zu, blieb in weniger als einem Schritt Entfernung vor ihm stehen und löste mit der linken Hand den Hanfstrick, der ihr als Gürtel diente. Ihr Gewand fiel raschelnd auseinander und Braddocs Gesicht zeigte zum ersten Mal eine Reaktion: Er runzelte die Stirn, um ihr zu zeigen, wie kindisch und sinnlos er ihren Versuch fand. Animah war in diesem Punkt etwas anderer Meinung. Ihre Hand schloss sich fester um den Strick; aber nicht fest genug, sein Misstrauen zu erwecken.

»Du bist langweilig, Braddoc«, sagte sie. »Was hat Lassar mit euch gemacht? Interessiert ihr euch alle nicht für Frauen oder bin ich dir nicht hübsch genug?«

»Lass das«, sagte Braddoc leise. Seine Stimme klang gelangweilt.

Animah seufzte. »Wie du willst.«

Im gleichen Moment ließ sie den Becher fallen, trat blitzschnell einen Schritt auf den Krieger zu und rammte ihm das Knie zwischen die Oberschenkel. Braddoc ächzte, taumelte einen Schritt zur Seite und streckte die Hände nach ihr aus. Wie sie erwartet hatte, war er keineswegs außer Gefecht gesetzt.

Aber er war für den Bruchteil eines Augenblickes abgelenkt, und das war alles, was Animah brauchte. Blitzschnell tauchte sie unter seinen zupackenden Händen durch, war mit einem Schritt halbwegs neben und hinter ihm und schlang ihm den Strick um den Hals. Braddocs Rechte bewegte sich rasend schnell nach oben, packte den Strick, ehe er sich um seine Kehle legen und ihm den Atem abschnüren konnte, seine andere Hand suchte und fand Animahs Haar und krallte sich hinein. Mit einem wütenden Ruck versuchte er sie herum- und von den Füßen zu zerren.

Animah sprang. Vielleicht begriff der Krieger noch im allerletzten Moment, dass er sie unterschätzt hatte, aber wenn, dann kam dieses Begreifen zu spät. Animah rollte über seine Schulter, von seiner eigenen Kraft gezerrt, vollführte einen ungeschickten, halben Salto und landete schmerzhaft auf den Knien, aber ihre Hände umklammerten dabei mit aller Kraft den Strick. Es war Braddocs eigene Kraft, die ihm das Genick brach.

Kaum eine Minute später schob Animah den Riegel zurück und öffnete vorsichtig die Tür, Braddocs Schwert in der Rechten. Der Gang war leer, wie sie gehofft hatte, und auch als sie die Treppe erreichte, traf sie weder auf einen Krieger noch auf eine andere von Lassars Kreaturen.

Es war schwer, Hochwalden zu verlassen ohne entdeckt zu werden.

Aber sie schaffte es.

10

Über den See hinweg und aus einer Entfernung von mehr als einer Meile betrachtet hatten die Krieger die Größe von Spielzeugen gehabt, und der Schnee, der bis weit in den Morgen hinein beständig vom Himmel gefallen war, ließ ihre schwarzen Eisenharnische glänzen, als wären sie wirklich nicht mehr als kunstvoll lackierte kleine Zinnsoldaten, die durch einen bizarren Zauber zum Leben erwacht waren.

Jetzt, als sie näher gekommen waren, sah Cavin, wie groß die schwarz gepanzerten Kreaturen wirklich waren. Und mit der Entfernung hatten sie nicht nur ihre scheinbare Winzigkeit verloren, sondern auch jegliche Ähnlichkeit mit menschlichen Wesen.

Cavin presste so heftig die Kiefer aufeinander, dass es wehtat. Seine Hände zitterten und in die kalte Entschlossenheit, die er noch vor Augenblicken verspürt hatte, mischte sich ein immer stärker werdender Funke nackter Angst. Er fror, aber das kam nicht nur daher, dass er bis auf die Haut durchnässt und übermüdet war, sondern es war eine Kälte, die eher aus seinem Inneren heraufzukriechen schien, und er hatte sie zum ersten Mal gefühlt, als er neben Gwenderon hinter dem Mauerrest in Deckung gegangen und die erste der dunklen Kreaturen aufgetaucht war. Es waren viele. Hochwalden war eine Ruine, aber sie war bewohnt; von mehr Wesen, als jemals in ihren Mauern geweilt hatten.

»Was ist das, Gwenderon?«, flüsterte er. »Was sind das für Wesen?«

Der Waffenmeister zuckte zur Antwort mit den Schultern, schmiegte sich dichter in den Schatten der zerborstenen Mauer und spähte aus eng zusammengepressten Augen auf das verkohlte Rechteck, das bis vor sechs Monaten der Innenhof Hochwaldens gewesen war. Obwohl er genau wusste, dass es unmöglich war nach so langer Zeit, glaubte er Brandgeruch zu riechen, und dort, wo der Schnee die Steine nicht unter sich begraben hatte, schienen sie noch immer heiß zu sein.

Nervös fuhr sich Gwenderon mit der Zungenspitze über die Lippen, sah sich misstrauisch nach beiden Seiten um und wischte sich mit dem Handrücken den pulverfeinen Schnee aus dem Gesicht.

»Ich weiß es nicht, Herr«, antwortete er auf Cavins Frage – mit einiger Verspätung und in einem Ton, der mehr als jedes Wort deutlich machte, wie sehr auch er die Aura des Finsteren, Bösen spürte, die das knappe Dutzend gepanzerter Riesenkreaturen umgab. Und wie sehr er sich in seiner Meinung bestätigt sah, dass sie nicht hätten kommen sollen. Er sprach es nicht aus, aber sein Blick und sein Tonfall sagten ganz deutlich, wofür er Lassars Einladung hielt: für eine Falle. »Ich habe so etwas noch nie gesehen«, fügte er hinzu.

Cavins Blick verfinsterte sich. Seine Hand glitt zum Gürtel, schmiegte sich für die Dauer eines Herzschlages um den Schwertgriff und löste sich mit einem Ruck wieder von der Waffe. Er schluckte hart und die Finger seiner Linken schlossen sich so fest um den Mauerrand, dass kleine Stücke aus dem von Hitze mürbe gewordenen Gestein herausbrachen.

»Lassars Kreaturen«, flüsterte er.

Gwenderon nickte, wischte sich erneut mit einer fahrigen Geste über das Gesicht und verlagerte sein Gewicht von einem Bein auf das andere. »Ja«, sagte er. »Aber von einer Art, wie ich sie noch nie zuvor gesehen habe. Raetts sind es jedenfalls nicht.« Er atmete hörbar ein und sah Cavin an.

»Das gefällt mir nicht, Herr«, sagte er. »Es stinkt geradezu nach einer Falle.«

Cavin lächelte, aber es war nur ein automatisches Verziehen der Lippen und wirkte bitter. Endlich hatte er es ausgesprochen. »Vielleicht hast du Recht«, sagte er. »Aber wenn es so ist, dann ist sie längst zugeschnappt. Und hör endlich damit auf, mich *Herr* zu nennen.«

»Ihr seid mein König, Cavin.«

»König?« Cavin gab einen Laut von sich, der wie ein unterdrücktes Lachen klang, ebenso gut aber auch ein Keuchen sein mochte. »König wovon, Gwenderon? Von einer verbrannten Ruine?« Er schüttelte heftig den Kopf. »Hochwalden ist vernichtet, mein Freund«, sagte er. »Und mit ihm das Geschlecht seiner Herrscher. Vielleicht«, fügte er mit seltsam nachdenklicher Betonung hinzu, »waren wir es auch nie.«

Gwenderon schien widersprechen zu wollen, besann sich aber dann eines Besseren und wandte mit einem Ruck den Kopf, um wieder auf den Hof hinabzublicken, und nach einer Weile drehte sich auch Cavin wieder herum und lugte über den Rand seiner Deckung hinaus. Alles war ganz genau so, wie der Unterhändler gesagt hatte. Cavin kam sich beinahe ein wenig albern dabei vor, sich Hochwalden auf Umwegen und in aller Heimlichkeit zu nähern. Sie waren auf Lassars ausdrückliche Einladung hier.

Lassars Alptraumkreaturen bewegten sich noch immer mit diesen kleinen, ruckhaften Bewegungen hin und her, ohne dass ihr Tun irgendeinen Sinn zu haben schien oder dass Gwenderon oder Cavin irgendein System darin zu erkennen vermochten. Vor dem Hintergrund der geschwärzten Mauerreste sahen sie beinahe aus wie schwarze Scherenschnitte, die von unsichtbaren Spielern an unsichtbaren Fäden bewegt wurden. Schatten, dachte Cavin schaudernd. Sie sahen aus wie Schatten, die zu verbotenem Leben erwacht waren. Aber eine der bizarren Gestalten war nahe genug an ihrem Versteck vorübergegangen, um sie erkennen zu lassen, dass sie alles andere als Schatten waren.

Umständlich stand er auf, überzeugte sich mit einer halb automatischen Geste noch einmal davon, dass Schwert und Dolch sicher in seinem Gürtel steckten, und nickte Gwenderon auffordernd zu es ihm gleichzutun. Der Waffenmeister zögerte einen Moment. In seinem Gesicht arbeitete es und zum ersten Mal, seit dieser Alptraum begonnen hatte, glaubte Cavin Anzeichen echter Furcht auf den verwitterten Zügen seines Freundes und Lehrmeisters zu erblicken.

Aber wie sollte er auch irgendein anderes Gefühl als Angst oder allenfalls Abscheu empfinden, dachte Cavin zornig, bei dem, was er sah. Vielleicht war es ein Fehler gewesen, ihn mitzunehmen. Hochwalden war Gwenderons Heimat, hundertmal mehr, als es jemals die seine gewesen war. Aber aus der glänzenden Festung des Schwarzeichenwaldes war eine verkohlte Ruine geworden.

Und das war nicht alles. Den Anblick der geschleiften Mauern, selbst den von Lassars Alptraumkreaturen, die allein durch ihr Hiersein den heiligen Boden dieser Stätte entweihten, hätte er vielleicht noch ertragen. Die wirkliche, schlimmste Veränderung, dachte er betrübt, während er neben Gwenderon über den zerstörten Wehrgang auf die Treppe zuging, war nicht zu sehen. Aber dafür umso deutlicher zu spüren. Selbst ihm, der im Grunde nur wenige Wochen bewusst hier gelebt hatte, fiel der Unterschied mehr als deutlich auf. Es war das Anzeichen einer Krankheit, die die Seele und den Körper des Waldes befallen hatte. Wie mochte es da erst Gwenderon ergehen, der fast jede Minute seines langen Lebens in diesen Mauern und unter den Wipfeln der heiligen Schwarzeichen verbracht hatte? Lassar hatte mehr getan als eine Burg zu zerstören. Er hatte eine Legende vernichtet; schlimmer noch: geschändet. Er konnte es Gwenderon nicht verdenken, wenn er ihn hasste.

Sie erreichten das verkohlte Etwas, das von der Treppe übrig geblieben war, und blieben abermals stehen. Es gab jetzt nichts mehr, wohinter sie sich verstecken konnten, und ein paar der schwarzen Schattenkreaturen unten entdeckten sie und hielten in ihrem sinnlosen Tun inne. Cavin blickte unverwandt in den Hof hinab, aber er spürte, wie sich Gwenderon neben ihm wie zum Sprung spannte, als sich zwei der finsteren Riesen anschickten, auf sie zu und die Treppe hinaufzugehen.

»Bleib ruhig, Gwenderon«, flüsterte er. »Wir sind nicht hier, um irgendwelche Rachegefühle zu befriedigen.«

Gwenderon nickte, nahm aber die Hand nicht vom Schwertgriff. »Ja, Herr«, sagte er steif.

Sie gingen weiter. Das geschwärzte Gerippe, das von der Treppe übrig geblieben war, begann unter ihren Schritten zu beben, und für einen Moment fürchtete Cavin fast, es könne unter ihrem Gewicht zusammenbrechen. Wie alles hier, dachte er bitter. Unten angekommen, irrte sein Blick ziellos über den Hof. Obwohl er nur einen kleinen Teil seines Lebens hier verbracht hatte, war diese Burg doch seine Heimat gewesen. In den gewaltigen Hallen und

Gängen hatte er gespielt. Hier, auf diesem Hof, der nun von Schutt und Trümmern übersät war, hatte er laufen und reiten gelernt, und hinter dem Eingang des Haupthauses, der nun halb hinter Steintrümmern und dürrem Buschwerk verborgen war, am gegenüberliegenden Ende des Hofes hatte er –

Cavin dachte den Gedanken nicht zu Ende, sondern zwang sich, sich auf das Dutzend schwarz gepanzerter Krieger zu konzentrieren, das sie erwartete. Seine eigenen Worte Gwenderon gegenüber fielen ihm ein. Sie waren nicht hier, um ihren Hass zu befriedigen, sondern um zu retten, was noch zu retten war.

Gwenderon berührte ihn am Arm und deutete mit der freien Hand nach rechts, zum Tor hin. Die beiden gewaltigen Eichenflügel hatten sogar dem Toben des Feuers getrotzt, aber ein Teil der Mauer daneben war eingestürzt, sodass der Blick ungehindert über den See und bis zum Waldrand an seinem jenseitigen Ufer reichte.

Dicht neben dem Tor stand eine Gestalt. Sie war kleiner als die schwarzen Krieger, schmaler in den Schultern und nicht in finsteres Eisen, sondern in einen schwarzen, bis auf den Boden fallenden Umhang mit eingenähter Kapuze gehüllt. Und trotzdem wirkte sie beinahe bedrohlicher als die Krieger selbst.

»Lassar«, flüsterte Gwenderon. Seine Stimme bebte.

Cavin nickte, warf seinem Waffenmeister einen letzten warnenden Blick zu und ging hoch aufgerichtet, aber mit betont gemessenen, langsamen Schritten zwischen den stummen Riesenkriegern hindurch. Gwenderon folgte ihm dichtauf, während sich Lassars Krieger nicht von der Stelle rührten, sondern blieben, wo sie waren.

Lassar blickte ihnen ruhig entgegen. Sein Gesicht war hinter den Schatten der tief heruntergezogenen Kapuze verborgen wie fast immer, und als er sich schließlich bewegte, war es eher ein Huschen und Gleiten, mehr die Bewegung eines Schattens als die eines wirklichen Lebewesens. Trotzdem wirkte er auf schwer in Worte zu fassende Art körperlicher – *echter* – als die Male zuvor, da Cavin ihm gegenübergestanden hatte. Fast hatte er das Gefühl, einem wirklichen, lebenden Menschen gegenüberzustehen. Dann begriff er, dass es so war.

»Er ist es selbst«, sagte er leise, wobei es ihm nicht ganz gelang, die Überraschung aus seiner Stimme zu verbannen. »Nicht sein Schatten.«

Gwenderon nickte abgehackt, beschleunigte seine Schritte ein wenig, um an Cavins Seite zu gelangen, und blieb stehen, als der junge König zwei Schritte vor Lassar anhielt.

Sekundenlang sprach keiner von ihnen ein Wort und selbst das Heulen des Windes, der sich in den zerborstenen Mauerkronen fing, klang mit einem Male gedämpfter. Lassars Blick huschte flüchtig über Gwenderons Gesicht, wandte sich desinteressiert ab und fiel auf Cavin. Ein spöttisches Lächeln glomm darin auf.

»König Cavin«, sagte er. »Ihr bringt es immer wieder fertig, mich zu überraschen. Ich erwartete eigentlich nicht, Euch auf diese Weise wieder zu sehen.« Sein Blick glitt demonstrativ über Cavins und Gwenderons durchnässte Kleider. »Hat Euch mein Bote die Nachricht nicht so überbracht, wie ich sie ihm auftrug, oder misstraut Ihr der Brücke, die Euer Vater anlegen ließ, oder zieht Ihr es immer vor, einen See zu durchschwimmen, statt trockenen Fußes hinüberzugelangen?«

»Wir ziehen es vor«, sagte Gwenderon an Cavins Stelle, »uns mit eigenen Augen davon zu überzeugen, dass kein Hinterhalt auf uns wartet.«

Lassar lachte meckernd und schüttelte den Kopf. »Sei's drum«, sagte er. »Ich freue mich jedenfalls, Euch gesund und wohlbehalten wieder zu sehen.«

Gwenderon sog scharf die Luft ein, aber Cavin brachte ihn mit einer raschen Geste zum Verstummen.

»Ich danke Euch für Eure Worte, Lassar«, begann er steif.

»Aber es fällt mir nicht leicht, ihnen zu glauben. In den letzten sechs Monaten habt Ihr nichts unversucht gelassen meine Freunde und mich zu vernichten.«

Lassar lächelte erneut. Es wirkte fast echt. »Manchmal ist man gezwungen Dinge zu tun, die einem im Grunde zuwider sind«, antwortete er. »Als Sohn eines Königs solltet Ihr das wissen, Cavin.«

»Warum hast du uns kommen lassen, Lassar?«, fragte Gwenderon ärgerlich. »Nur um Belanglosigkeiten auszutauschen?«

»Gwenderon – bitte!«, sagte Cavin scharf, aber Lassar lächelte nur über die Worte des Waffenmeisters. »Lasst ihn, König Cavin«, sagte er. »Euer Waffenmeister hat Recht. Unser beider Zeit ist zu kostbar, um sie mit Belanglosigkeiten zu vertun. Ich freue mich, dass Ihr meiner Einladung gefolgt seid.«

Er schwieg einen Moment, trat zurück, maß Cavin und Gwenderon abwechselnd mit Blicken und deutete dann mit einer Kopfbewegung auf das niedergebrannte Haupthaus Hochwaldens. »Gehen wir hinein, um zu reden. Es ist kalt.«

Cavin schüttelte den Kopf. »Nein«, sagte er. »Sagt, was Ihr zu sagen habt, Lassar. Hier.«

Lassar runzelte die Stirn, widersprach aber nicht mehr. »Wie Ihr wollt, mein König.«

»Und nennt mich nicht so«, fuhr Cavin in merklich schärferem Ton fort. »Ich bin kein König mehr, Lassar. Ihr habt meine Burg verbrannt und meine Untertanen erschlagen. Wenn ich jemals ein Königreich besessen habe, so habt Ihr es mir genommen.«

In Lassars Augen blitzte es. »Das könnte sich ändern«, sagte er.

»Wie meint Ihr das?«

»Ich habe Euch gerufen, Cavin«, begann Lassar, »um Euch einen Vorschlag zu unterbreiten. Es ist viel geschehen, seit wir uns das letzte Mal begegnet sind.«

»Ich weiß«, warf Gwenderon spöttisch ein. »Ihr seid dabei, Euren Krieg zu verlieren, Lassar.«

Lassars Kopf ruckte mit einer zornigen Bewegung herum. Aber er hatte sich fast sofort wieder in der Gewalt. »Ich sehe«, sagte er kalt, »Ihr seid gut informiert.«

»Gute Nachrichten verbreiten sich schnell«, bestätigte Gwenderon böse.

Cavin hob die Hand. »Schweig, Gwenderon. Wir wollen wenigstens hören, was Lassar zu sagen hat.«

Lassar lächelte. »Ich danke Euch, Cavin. Ihr werdet sehen, dass es sich lohnt. Ich habe Euch einen Vorschlag zu machen.«

»Welchen?«, schnappte Gwenderon. »Wollt Ihr Euch von den höchsten Mauern Hochwaldens stürzen?«

»Verdammt noch mal, halt endlich den Mund, Gwenderon!«, sagte Cavin wütend. Zu Lassar gewandt fuhr er fort: »Und Ihr, Lassar, solltet sagen, was zu sagen ist, und dann gehen. Fast jeder hier im Schwarzeichenwald hasst Euch und nicht alle sind so beherrscht wie Gwenderon und ich. Ich kann nicht für Eure oder die

Sicherheit Eurer Männer garantieren, wenn Ihr uns nur hierher habt kommen lassen, um uns zu verspotten.«

Lassars Lächeln gefror zu einer Grimasse. »Das sind große Worte«, sagte er, »für einen Mann, der noch vor Augenblicken seine Machtlosigkeit betont hat. Aber zumindest habt Ihr Mut bewiesen, hierher zu kommen. Ich könnte Euch verhaften und als Geisel behalten. Oder töten.«

»Das könntet Ihr«, bestätigte Cavin ungerührt. »Aber glaubt Ihr im Ernst, Ihr würdet diesen Ort lebend verlassen, wenn mir oder Gwenderon auch nur ein Haar gekrümmt würde?«

Einen Moment lang starrte Lassar den jungen König mit unbewegtem Gesicht an, dann stieß er hörbar die Luft zwischen den Zähnen aus, schlug mit einer heftigen Geste seine Kapuze zurück und lachte; sehr leise und ohne die geringste Spur eines echten Gefühles.

»Gut«, sagte er. »Nun, nachdem wir dem Protokoll Genüge getan und uns gegenseitig unsere Überlegenheit demonstriert haben, können wir vielleicht reden.«

»Bitte«, sagte Cavin steif.

»Ich werde gleich zur Sache kommen«, begann Lassar nach einer neuerlichen, sekundenlangen Pause. »Es ist viel geschehen, seit wir uns das letzte Mal getroffen haben. Ich weiß, dass Ihr mich hasst, und ich gestehe, dass Ihr allen Grund dazu habt. Und ich weiß auch, dass Ihr noch immer ein mächtiger Mann seid, Cavin, ganz egal was Ihr behauptet. Ihr seid mehr König dieses Waldes, als es Euer Vater oder irgendeiner seiner Vorgänger jemals war. Ihr Eurerseits wisst, dass sich meine Pläne nicht überall so entwickeln, wie ich es mir gewünscht hätte.«

Cavin nickte. »Gwenderon hat es gesagt. Ihr verliert Euren Krieg.«

»Das würde ich nicht sagen«, antwortete Lassar. »Ich habe Rückschläge hinnehmen müssen, das mag sein. Aber ich bin noch immer mächtig genug mich meiner Feinde zu erwehren. Ich könnte den Schwarzeichenwald bis auf die Wurzeln niederbrennen lassen, wollte ich das. Ich könnte Euch aber auch Euer Haus und Euer Reich zurückgeben, Cavin.«

»Was soll das?«, fauchte Gwenderon. »Ein neuer Trick, Lassar? Wer, glaubt Ihr, würde Euch noch ein einziges Wort glauben, nach allem, was Ihr getan habt?«

»Ich hoffe, Ihr glaubt mir, Cavin«, antwortete Lassar. »Ich appelliere weder an irgendein Gefühl noch bitte ich Euch um Vergebung. Das wäre ziemlich albern. Ich schlage Euch ein Geschäft vor, mehr nicht. Einen Handel zwischen Königen.«

»Welchen Handel?«, fragte Cavin steif.

»Ich biete Euch Frieden«, sagte Lassar. »Ich gebe Euch mein Wort, dass weder ich noch irgendeiner meiner Diener oder Verbündeten je wieder einen Fuß über die Grenzen Eures Waldes setzen wird, und ich biete Euch darüber hinaus ein Schuldgeld für das, was Euch und den Euren angetan wurde. Die Höhe dieser Entschädigung könnt Ihr selbst nach eigenem Ermessen bestimmen. Und ich biete Euch Hochwalden.«

Cavin starrte den Herrn der Schatten an. »Ihr bietet was?«, fragte er verwirrt.

»Hochwalden«, wiederholte Lassar. »Die Burg Eurer Väter. Ich habe sie zerstört, weil ich zornig war und mich von Gefühlen leiten ließ, wo klares Überlegen angebracht gewesen wäre. Ein Fehler, wie ich jetzt einsehe. Ich bin bereit Wiedergutmachung zu leisten.«

»Wollt Ihr einen Zauberspruch aufsagen und die Burg wieder aufbauen?«, fragte Gwenderon wütend.

»Das kann ich nicht«, antwortete Lassar.

»Nein?« Gwenderons Stimme troff geradezu vor Hohn. »Das ist sonderbar – ein so mächtiger Zauberkönig wie Ihr.«

»Seid kein Narr, Gwenderon«, fauchte Lassar, aber eher ungeduldig als wirklich zornig. »Ich bin hier, Euch einen ernst gemeinten Vorschlag zu machen. Hochwalden war nur eine Burg. Sie kann wieder aufgebaut werden. Es mag ein Jahr dauern oder auch zwei, aber sie kann mächtiger und schöner wieder erstehen, als sie jemals war. Ich biete euch die Gelegenheit dazu.«

»Das ist ein Trick!«, behauptete Gwenderon erregt. »Glaubt ihm nicht, Herr. Er lügt!«

Lassar seufzte. »Mit Verlaub, Gwenderon, Ihr seid ein Narr«, sagte er ruhig. »Glaubt ihr, ich käme hierher, wenn ich nicht willens wäre mein Wort zu halten? Ich könnte Euch und Eure lächerliche Rebellion zerquetschen, wenn ich es wollte. Stattdessen biete ich Euch Frieden.«

»Und was verlangt Ihr dafür?«, fragte Gwenderon misstrauisch.

Lassar sah Cavin an, als er antwortete. »Nichts als Frieden«, sagte er ernst. »Frieden und freies Geleit für meine Truppen.«

»Freies Geleit?« Cavin schrie fast. »Ihr denkt, ich ließe es zu, dass Ihr mit Kriegern in den Schwarzeichenwald zieht, Lassar? Ihr müsst von Sinnen sein.«

»Nicht in den Schwarzeichenwald«, korrigierte ihn Lassar. »Nur hindurch. Und zu Euren Bedingungen. Ich weiß, dass es Euch schwer fallen wird, meinen Worten Glauben zu schenken, aber ich meine es ehrlich. Und ich hoffe, Ihr seid klug genug dies zu erkennen. Wir haben Krieg gegeneinander geführt und es hat sich gezeigt, dass keine Seite stark genug war die andere zu besiegen. Es sind Fehler gemacht worden, Cavin, auf beiden Seiten. Jetzt ist es an der Zeit, das Kämpfen zu beenden. Ich strecke Euch die Hand in Frieden entgegen.«

»Weil Ihr am Ende seid, Lassar«, sagte Gwenderon wütend. »Weil die Heere der vereinigten Nordländer über die Berge drängen werden, sobald die Pässe schneefrei sind. Weil Ihr Euch einen Krieg an drei Fronten nicht mehr leisten könnt.«

»Vielleicht habt Ihr sogar Recht, Gwenderon«, gestand Lassar ungerührt. »Und wenn? Umso mehr solltet Ihr davon überzeugt sein, dass mein Angebot ernst gemeint ist.«

»Und Ihr denkt, wir würden darauf eingehen?« Gwenderon stieß ein fast komisch klingendes Keuchen aus. »Verzeiht meine Offenheit, Herr«, sagte er boshaft, »aber niemand im Schwarzeichenwald würde in Tränen ausbrechen, solltet Ihr diesen Krieg verlieren. Wie kommt Ihr auf die Idee, dass wir Euch plötzlich helfen würden ihn doch noch zu gewinnen?«

»Vielleicht, weil ich Euch sonst vernichten würde«, antwortete Lassar kalt.

Cavin versteifte sich. Als Gwenderon diesmal antworten wollte, schnitt er ihm mit einer befehlenden Geste das Wort ab und trat zornig einen Schritt auf Lassar zu.

»Was soll das bedeuten, Lassar?«, fragte er kalt. »Erklärt Euch!«

»Das hätte ich längst getan, mein König, würde mich dieser hitzköpfige Narr an Eurer Seite nicht ständig unterbrechen«, antwortete Lassar kalt. »Aber wie Ihr wollt: Ihr habt gehört, was ich Euch biete und was ich dafür verlange. Ich gebe Euch drei Tage, über mein Angebot nachzudenken, Cavin. Ihr könnt es annehmen und Euch und den Euren damit den Frieden erkaufen. Was geht Euch das Schicksal der Welt an? Es steht nicht in Eurer Macht, es zu ändern. Es steht nicht einmal in Eurer Macht, meinem Heer den Weg durch diesen Wald zu verwehren. Und das wisst Ihr.«

»Macht Euch nicht lächerlich«, sagte Gwenderon. »Seit sechs Monaten schickt Ihr Männer in den Schwarzeichenwald, um uns zu töten. Und seit der gleichen Zeit schicken wir sie Euch zurück. Auf die Rücken ihrer Pferde gebunden und tot.«

Lassars Blick sprühte vor Zorn. »Ich sagte schon mehrmals, dass Ihr ein Narr seid, Gwenderon«, zischte er. »Ich gebe zu, dass es mir nicht gelungen ist, Euch zu besiegen. Vielleicht ist es unmöglich, den Schwarzeichenwald zu erobern, und ganz sicher reicht nicht einmal meine Macht dazu. Aber ebenso sicher reicht sie aus, ihn zu vernichten. Zerstören, Gwenderon, ist immer leicht. Schaut Euch um, dann seht Ihr den Beweis.«

Gwenderon spannte sich. »Du Hund!«, keuchte er. »Du –«

Cavin legte ihm beruhigend die Hand auf die Schulter und Gwenderon verstummte abrupt. Seine Hand krampfte sich um das Schwert in seinem Gürtel.

»Euer Ansinnen kommt … ein wenig überraschend, Lassar«, sagte Cavin stockend. »Und Ihr werdet verstehen, wenn ich nicht sofort darauf antworte.«

»Natürlich«, antwortete Lassar. »Es hätte mich erstaunt, würdet Ihr anders reagieren, mein König.« Durchdringend blickte er Cavin an und es war etwas in seinen Augen, was den jungen König schaudern ließ. Es war der Blick einer Schlange, dachte er fröstelnd, einer Schlange, die ihr Opfer mustert und überlegt, von welcher Seite sie es packen kann.

»Ich erwarte nicht, dass Ihr nur meinem Wort glaubt«, fuhr Lassar fort, als er nicht antwortete. »Aber Euer klarer Verstand sollte Euch sagen, dass ich die Wahrheit spreche. Überdies steht es Euch frei, Euch von der Ehrlichkeit meines Angebotes zu überzeugen. Bringt meinetwegen diesen Narr Faroan mit. Er wird Euch sagen, ob ich es ehrlich meine.«

»Faroan ist –«

»Ich weiß, was mit Faroan ist«, unterbrach ihn Lassar scharf. »Es war mein erster Fehler, ihn zu unterschätzen, und vielleicht der entscheidende überhaupt. Überlegt Euch mein Angebot und bedenkt, was geschehen würde, würdet Ihr es ausschlagen.«

»Ihr droht mir?«

»Nein«, sagte Lassar kalt. »Ich sage Euch, was ich tun werde, das ist alles. Der Schwarzeichenwald hat keinen Wert mehr für mich. Es gab eine Zeit, in der ich glaubte ihn zu brauchen, aber das ist Vergangenheit. Jetzt ist er nur noch ein Hindernis, etwas, das meine Pläne stört. Ich könnte Euch zwingen meinen Kriegern Durchlass zu gewähren. Ich könnte ihn so niederbrennen, wie ich dieses Schloss niedergebrannt habe.«

»Warum tust du es nicht, wenn es so leicht für dich ist?«, fragte Gwenderon hasserfüllt. Wieder spannte sich seine Gestalt, und für einen Moment – einen winzigen Moment nur, aber überdeutlich – spürte Cavin, wie die Spannung zwischen den beiden ungleichen Männern unerträglich wurde. Ein Wort, eine falsche Betonung, ja, eine falsche Miene von Lassar, das wusste er, und keine Macht der Welt würde Gwenderon noch davon abhalten, seine Waffe zu ziehen und sich auf ihn zu stürzen, ungeachtet dessen, was anschließend mit ihm geschah.

Aber zu seiner eigenen Verwunderung nahm der Herr der Schatten auch diese Provokation hin. »Weil es in diesem Fall einfacher ist, den Frieden zu erkaufen, statt ihn mit Waffengewalt zu erzwingen. Ihr wisst, dass ich niemals etwas Grundloses tue«, antwortete Lassar. Er lächelte kalt, wandte sich wieder an Cavin und deutete eine Verbeugung an. »Ich erwarte Euch in drei Tagen, mein König«, sagte er. »Und Eure Antwort.«

11

Sie waren hinter ihr her. Vor einer Stunde hatte Animah das erste Mal Hufschlag gehört, wenig später Rufe und das schrille Wiehern von Pferden und dann den Laut, den sie von allen Lauten am meisten gefürchtet hatte: das heisere, gierige Bellen der Hunde, die ihre Spur aufgenommen hatten.

Seit diesem Moment rannte sie.

Sie hatte einen halb zugefrorenen Bach durchwatet, war durch einen Sumpf gestolpert und in einer halsbrecherischen Kletterei von Baumkrone zu Baumkrone gewechselt, um ihre Spur zu verwischen, aber es war ihr nicht gelungen. Ein paar Mal waren das Bellen und das Stampfen der Hufe hinter ihr zurückgeblieben, ein- oder zweimal auch ganz verstummt, aber nur, um kurz darauf erneut – und jedes Mal ein ganz kleines bisschen näher – an ihr Ohr zu dringen. Der Wald und die Dunkelheit schützten sie, aber ihr Schutz reichte nicht, die Übermacht der Verfolger auszugleichen. Einmal, als sie in eine Baumkrone gestiegen war und halb tot vor Erschöpfung innegehalten hatte, um wieder zu Atem zu kommen, hatte sie sie gesehen: auf die Entfernung nichts als glitzernde Lichtreflexe im schwarzweißen Labyrinth des verschneiten Waldes. Es waren zwanzig, vielleicht auch dreißig Reiter in schwarz glänzenden Lederrüstungen, begleitet von einer ganzen Meute kläffender Bluthunde, die voller Wut an ihren Leinen zerrten. Animah verstand nicht, warum die Reiter die Tiere nicht längst losgelassen hatten; aber sie verstand, dass sie binnen zehn Minuten tot und zerfetzt sein würde, wenn sie es taten.

Aber auch so schob sie das Ende ihrer verzweifelten Flucht nur hinaus. Spätestens in zwei, drei Stunden, wenn die Sonne aufging und die Dunkelheit wich, die sie bisher beschützt hatte, würden die Reiter sie einholen. Und dann … ja, dann würde sie sterben, ganz gleich was die Männer mit ihr vorhatten. Sie war entschlossen, sich eher in ihr Schwert zu stürzen, als sich ein zweites Mal Lassars Willkür auszuliefern. Nur aus diesem Grund hatte sie die Waffe noch bei sich, deren Gewicht ihr in den letzten Stunden zur Qual geworden war. Den Schild hatte sie längst fortgeworfen.

Animah verspürte noch immer keine Angst; nicht einmal Enttäuschung, dass alles so enden sollte. Im Nachhinein kam es ihr im Gegenteil eher wie ein Wunder vor, dass sie überhaupt so weit gekommen war. Sie hatte Hochwalden verlassen, ohne dass Alarm geschlagen worden wäre, und wenn sie ihren Vorsprung bedachte, so musste fast eine Stunde vergangen sein, bevor ihre Flucht auch nur entdeckt worden war. Vielleicht war es nicht einmal Glück, dachte sie bitter. Vielleicht war dies alles nur Teil eines grausamen Spieles, das Lassar mit ihr spielte, denn sie war praktisch durch sein Heerlager hindurchgelaufen, ohne dass nur einer der zigtausend Männer Notiz von ihr genommen hätte. Vielleicht hatte er alles ganz genau so geplant. Vielleicht würden seine Häscher sie jagen, bis sie Gwenderons Lager fast erreicht hatte, um sie dann zu töten.

Aber sie wusste ja noch nicht einmal, wo es war. Sie wusste ja nicht einmal, ob es noch so etwas wie ein Lager gab oder ob ihre Rebellion nicht schon längst nur noch aus ihr bestand und der Schwarzeichenwald ein Teil von Lassars finsterem Reich geworden war, ob …

Mit schmerzhafter Wucht kam Animah zu Bewusstsein, wie wenig sie im Grunde wusste. Die letzten sechs Monate existierten nicht für sie. Das letzte Mal, dass sie Gwenderon und Karelian gesehen hatte, war während der Schlacht im Wald gewesen, bei der sie fast getötet worden war. Und wer sagte ihr, dass Lassars Behauptung keine Lüge war und Karelian und Cavin am Leben und in Freiheit waren? Vielleicht war sie die letzte der Rebellen, das letzte Opfer seines grausamen Spieles, das er zum bloßen Zeitvertreib zu Tode hetzen ließ.

Nicht sehr weit hinter ihr ertönte ein heiseres Bellen, gefolgt vom scharfen Knall einer Peitsche und einem schmerzerfüllten Jaulen. Der Laut riss Animah wieder in die Wirklichkeit zurück. Gehetzt sah sie sich um, erkannte einen verschwommenen Schatten gegen den Nachthimmel und lief schneller. Ihr Atem ging keuchend und in schmerzhaften, kurzen Stößen. Der Schnee, über den sie rannte, brannte wie Feuer an ihren bloßen Füßen. Ein dünner, aber unbarmherzig heftiger werdender Schmerz wühlte in ihrer Seite und sie spürte, wie ihre Kräfte jetzt rapide nachließen. Sie würde die Jagd nicht mehr bis zum Sonnenaufgang durchhalten.

Nicht einmal mehr zehn Minuten.

Schwer atmend blieb Animah stehen, lehnte sich gegen einen Baum und ergriff das Schwert in ihrer Rechten fester. Die Waffe schien eine Tonne zu wiegen und der Gedanke, sie zu heben und damit zu kämpfen oder gar einen Schwerthieb abzuwehren, war einfach lächerlich. Aber der Gedanke, kampflos zu sterben, noch mehr.

Die Entscheidung wurde ihr abgenommen, denn der Reiter hatte sie entdeckt und drängte sein Pferd mit einem schrillen Ausruf in ihre Richtung. Animah sah das Tier wie ein Alptraumungeheuer auf sich zuspringen, ein gepanzerter Koloss, gigantisch und schwarz und mit flammenden roten Augen, flankiert von zwei

kleineren, aber noch wilderen Bestien, deren gebleckte Fänge wie elfenbeinfarbene Dolche im Mondlicht schimmerten. Ungeschickt hob sie das Schwert, wich einen Schritt zur Seite und fiel zu Boden, als einer der Hunde sie ansprang. Reißzähne, so lang wie ihr kleiner Finger und spitz wie Messer, schnappten nach ihrer Kehle, verfehlten sie und gruben sich tief in ihre Schulter.
Animah schrie vor Schmerz, bäumte sich auf und schleuderte den Hund mit verzweifelter Kraft von sich. Sofort war das Tier wieder auf den Beinen, fuhr herum und griff ein zweites Mal an. Animah stach mit dem Schwert in seine Richtung, verfehlte es und krümmte sich vor Schmerz, als sich die Zähne des schwarzen Ungeheuers dieses Mal in ihren Unterarm gruben. Blindlings hieb sie mit dem Schwertknauf zu, spürte, wie sie traf, und sank wimmernd zurück, als sich die entsetzlichen Kiefer öffneten. Ihr linker Arm war ein einziger pulsierender Schmerz. Wald und Himmel begannen sich vor ihren Augen zu drehen. Sie sah nur noch wie durch einen Vorhang aus flirrenden roten Nebeln. In ihrem Mund war der Geschmack von Erbrochenem.

Der Reiter stieß ein böses Lachen aus, sprang aus dem Sattel und trat ihr das Schwert aus der Hand. Gleichzeitig schnappten die Kiefer des Hundes nach ihrem Gesicht. Sie verfehlten es nur, weil der Mann das Tier im letzten Augenblick zurückriss.

Stöhnend wälzte sich Animah herum, presste den verwundeten Arm an den Leib und kroch ungeschickt auf das Schwert zu. Ein riesiger Schatten erhob sich neben ihr, torkelnd und noch benommen, aber schon wieder mit gebleckten Zähnen und nach Mordlust und Tod riechend. Animahs Finger krochen auf das Schwert zu, erreichten es und schlossen sich um seinen Griff.

Der Soldat trat ihr auf die Hand; so wuchtig, dass sie hörte, wie zwei ihrer Finger brachen. Gleichzeitig schnappte etwas mit entsetzlicher Kraft nach ihrer Wade, schloss sich darum und riss ein Stück heraus. Animah spürte den Schmerz kaum noch. Sie begriff nur, dass Lassar nicht den Befehl gegeben hatte, sie lebend zu fangen; und sie war sehr dankbar dafür.

Aber der Tod, auf den sie wartete, kam nicht. Irgendetwas geschah, was sie nicht mehr richtig wahrnahm, denn ihre Sinne begannen bereits zu schwinden, aber etwas im Heulen der Hunde war mit einem Male anders, und der grässliche Schmerz in ihrem

Bein und ihren Armen blieb zwar, wurde aber nicht von anderen Bissen abgelöst. Irgendwo, Meilen entfernt, wie es ihr schien, ertönte ein gellender, panikerfüllter Schrei, und plötzlich klang das Wimmern der Hunde schrill und war voller Todesangst.

Stöhnend hob Animah den Kopf, zwang ihre Lider, sich noch einmal zu heben, und sah Schatten über sich, zerfaserte Gestalten, die einen irren Veitstanz aufführten. Plötzlich fiel die größte von ihnen zu Boden, zuckte noch ein paar Mal und lag dann still, dann brach einer der Hunde über ihren Beinen zusammen; warmes Blut, das nicht ihres war, lief über ihren Rücken, und wie in einer entsetzlichen Vision sah sie den zweiten Bluthund vor sich, wie irr nach allen Seiten beißend, heulend vor Wut und Schmerz. Etwas Kleines, Braunes und Zappelndes hing an seiner Kehle, und andere zappelnde kleine Dinge hatten sich in seine Flanken verbissen, zerrten an seinem Leib, seinen Beinen und seinem Schwanz, versuchten an seinem hässlichen Schädel hinaufzuklettern und bissen mit mörderischen Zähnen nach seinen Augen.

Das Letzte, was Animah bewusst wahrnahm, war ein riesiger struppiger Umriss, der nahezu lautlos aus dem Unterholz trat. Irgendwie schien er den Schatten zu ähneln, die den Hund niedergerungen hatten, nur dass er viel größer war, größer als ein Mensch, aber mit dem Gesicht einer Ratte.

Dann nichts mehr.

12

»Niemals!« Gwenderon ballte die Faust, beugte sich zornig vor und schlug sich wuchtig in die geöffnete Linke. Sein Gesicht flammte vor Erregung. »Niemals, Cavin«, wiederholte er. »Es wäre Wahnsinn, auf dieses Angebot einzugehen. Ihr … Ihr werdet ihm doch nicht ein Wort glauben! Nicht nach allem, was geschehen ist.«

Cavin lächelte traurig, beugte sich vor und angelte mit seinem Dolch eine geröstete Kartoffel aus dem Feuer ohne zu antworten. Er fühlte sich müde, obgleich sie seit Stunden hier saßen und nichts anderes getan hatten als reden. Seine Augen brannten, sein Gaumen war trocken vom vielen Sprechen und er mochte nicht mehr reden, ja, nicht einmal mehr denken. Alles, was zu sagen war, war gesagt worden, mehr als einmal. Das Gespräch hatte vor vier Stunden begonnen sich im Kreise zu drehen, und es sah nicht so aus, als wäre auch nur einer von ihnen bereit diesen Kreis zu durchbrechen.

Sie waren zu viert: er selbst, Gwenderon, der auf der anderen Seite des Feuers Platz genommen hatte, dazu Karelian, dessen Part bei dieser Beratung wie üblich fast nur im Zuhören und einem gelegentlichen knappen Kopfnicken oder in einem widerwillig eingestreuten Wort bestand, und als Letzter Guarr. Er hatte allerdings – obwohl er für einen Raett außergewöhnlich schwatzhaft war – kaum mehr gesprochen als Karelian. Dies war eine Sache zwischen Gwenderon und ihm, das hatte er im Grunde schon gewusst, bevor das Gespräch begonnen hatte. Und wie immer es ausging, dachte Cavin betrübt, er würde die Verantwortung dafür zu tragen haben.

»Das hat doch überhaupt keinen Sinn, Gwenderon«, sagte er müde. »Seit vier Stunden beharrt jeder von uns auf seinem Standpunkt und –«

»Und ich werde es weitere zweihundert Tage tun, wenn Ihr mich dazu zwingt, Cavin«, fiel ihm Gwenderon ins Wort. »Lassars Angebot stinkt geradezu nach einer Falle. Muss ich ausgerechnet *Euch* sagen, dass Lassar nicht nur der Herr der Schatten, sondern auch der Herr der Lügen ist? Zum Teufel, Cavin – er hat Euren Vater ermordet, Euch selbst zu seinem Sklaven gemacht und die meisten Eurer und meiner Freunde umbringen lassen. Er hat am heiligen Frieden des Schwarzeichenwaldes gefrevelt und er hat Hochwalden niedergebrannt! Was muss noch geschehen, bis Ihr begreift, dass dieser Mann nicht nur Euer Feind, sondern durch und durch schlecht ist?«

»Niemand ist durch und durch schlecht«, sagte Guarr. Gwenderon fuhr mit einem ärgerlichen Fauchen herum, aber das Raett-Männchen hielt seinem Blick gelassen stand und nickte noch, um seine Worte zu bekräftigen.

»Was verstehst du schon davon, Raett?«, murmelte Gwenderon zornig.

Guarr gab einen schrillen Pfiff von sich; das Gegenstück zu einem menschlichen Lachen. »Genug, Mensch«, antwortete er amüsiert. »Ich bin vielleicht nur ein dummes Tier, aber ich habe lange genug mit Menschen gelebt, um zu wissen, dass Lassar ist wie ihr alle. Er hat Gründe für das, was er tut.«

»Ja«, grollte Gwenderon. »Zum Beispiel den Schwarzeichenwald.«

»Was Guarr sagen will«, sprang Cavin ein, »ist einfach das, dass Lassar niemals etwas ohne Grund tut; und schon erst recht nichts, bei dem er sich keinen Vorteil ausrechnen würde.«

»Habe ich etwa das Gegenteil behauptet?«, fragte Gwenderon gereizt.

»Es wäre dumm von ihm, uns zu hintergehen«, fuhr Cavin fort, Gwenderons Einwurf wohlweislich ignorierend. »Das Kriegsglück war ihm nicht gerade hold im letzten Winter. Seit er Hochwalden niedergebrannt hat, haben sich viele seiner ehemaligen Verbündeten von ihm abgewandt. Lassar steht mit dem Rücken zur Wand.«

»Und diese Wand ist der Schwarzeichenwald«, knurrte Gwenderon. »Ich begreife nicht, dass Ihr auch nur eine Sekunde lang daran denken könnt, Lassar zu helfen, Cavin! Lassars Truppen werden überrannt, sobald die Pässe frei sind, und –«

»Und vorher wird er den Wald niederbrennen«, fiel ihm Cavin ins Wort.

Gwenderon verstummte. Seine Miene schien zu gefrieren und für einen Moment glaubte Cavin beinahe so etwas wie Verachtung in den grauen Augen des Waffenmeisters zu lesen.

»Ist es … das, wovor Ihr Angst habt?«, flüsterte er schließlich.

Cavin seufzte. »Vielleicht, Gwenderon«, antwortete er. »Vielleicht bin ich auch nur des Kämpfens müde.«

»Ich habe länger gekämpft.«

»Und wie viele deiner Freunde sind gestorben in dieser Zeit?«, fragte Cavin leise. Er seufzte erneut, schüttelte beinahe sanft den Kopf und fuhr fort: »Es geht nicht darum, ob ich Angst habe oder nicht, mein Freund. Es geht überhaupt nicht um dich oder mich. Es geht um den Wald. Du hast Lassars Drohung gehört – seine Macht reicht lange nicht mehr so weit wie noch vor wenigen Monaten, aber er ist noch immer in der Lage, den Schwarzeichenwald niederzubrennen. Und er wird es tun.«

»Soll er es versuchen!«, ereiferte sich Gwenderon. »Soll er kommen, mit seinen Kriegern und seinem Zauber. Wir haben sechs

Monate getrotzt, wir werden es auch noch ein paar weitere Wochen tun. Und danach wird es keinen Lassar mehr geben.«

»Und keinen Schwarzeichenwald.«

»Ihr –«

»Genug, Gwenderon«, sagte Cavin, sehr scharf diesmal. »Ihr habt Euren Standpunkt vorgetragen und ich meinen. Vielleicht fragen wir die anderen.« Er wandte sich an Guarr. »Vielleicht sollte ich die Entscheidung ohnehin dir überlassen, mein Freund. Du und dein Volk tragen die Hauptlast in diesem Kampf. Wenn es zur Schlacht kommt, wird es euer Blut sein, das fließt.«

Seltsamerweise antwortete Guarr nicht darauf, sodass Cavin nach einer Weile hinzufügte: »Können wir tun, was Gwenderon vorschlägt, Guarr? Können wir sie aufhalten?«

Guarr schüttelte stumm den Kopf.

»Nicht, wenn Ihr Wert darauf legt, dass es hinterher noch so etwas wie einen Wald gibt«, antwortete Karelian an seiner Stelle.

Gwenderon fuhr auf. »Das ist doch Unsinn!«, fauchte er. »Wir sind unangreifbar, in der Megidda, und –«

»Und?«, unterbrach ihn Cavin zornig. »Was wollt Ihr tun, Gwenderon? Euch in der Festung verkriechen und mit Steinen nach Lassar werfen, sobald er vorbeikommt? Wir sind sicher in der Festung, das mag sein, aber wir sind nicht genug, ihn aufhalten zu können.«

»Der Preis wäre zu hoch«, stimmte Karelian zu. Er klang sehr traurig.

Gwenderon ballte in hilflosem Zorn die Fäuste, öffnete den Mund, um etwas zu sagen, schüttelte aber dann nur den Kopf und sprang mit einer abrupten Bewegung auf.

»Wo willst du hin?«, fragte Cavin scharf.

Gwenderon schnaubte. »Spielt das eine Rolle?«, fragte er bitter. »Ich kann mir nicht vorstellen, dass Ihr großen Wert auf meine Anwesenheit legt, mein König« – die Art, in der er die letzten beiden Worte aussprach, grenzte an eine Beleidigung –, »oder gar auf meinen Rat. In Wahrheit habt Ihr doch längst entschieden.«

»Und wenn?«, fragte Cavin leise.

»Und wenn?« Gwenderons Antlitz verzog sich zu einem bitteren Lächeln. »Erinnert Ihr Euch an Eure eigenen Worte, Cavin?«, fragte er. »Ihr habt mir verboten, Euch weiter *meinen König* zu nennen. Entscheidet, wie Ihr wollt. Aber bedenkt, dass der Treueeid, den ich schwor, dem Herren von Hochwalden galt. Nicht einem Mann, der sich selbst zu einem Verbündeten Lassars macht.« Damit fuhr er herum und stürmte mit weit ausgreifenden Schritten davon.

Cavin sah ihm einen Moment stirnrunzelnd nach, dann wandte er sich zurück und tauschte einen Blick mit Guarr. »Geh und schicke ihm einen deiner Männer nach, Freund«, bat er. »Er ist zornig und erregt. Er könnte Dinge tun, die er später bereut.«

Der Raett erhob sich schweigend und umständlich und folgte Gwenderon, während Cavin reglos sitzen blieb und in die Flammen starrte ohne sie wirklich zu sehen. Ein bitteres Gefühl hatte sich seiner bemächtigt. Ihre Situation kam ihm absurd vor – da saßen sie, nur wenige hundert Schritte von Lassars Armee entfernt, auf Gnade und Ungnade den Männern ausgeliefert, die ihnen schon einmal das Leben geschenkt hatten, und diskutierten ernsthaft darüber, ob sie sie *bekämpfen* sollten, ein jämmerlicher Haufen hilfloser Männer und Raetts, deren erster Angriff bereits zu einem Fiasko geworden war. Einen Moment lang fragte er sich allen Ernstes, ob sie alle zusammen verrückt geworden waren, mit bloßen Händen eine Lawine aufhalten zu wollen. Aber er wusste auch, dass Gwenderons Worte nicht nur einer momentanen Erregung entsprangen, wie er Guarr gegenüber behauptet hatte. Im Gegenteil. Er ahnte, dass er einen Freund verloren hatte. Er wusste nur noch nicht, ob er dafür einen neuen Feind bekommen hatte.

»Er hat Recht, nicht?«, fragte Karelian nach einer Weile.

Cavin sah auf. »Womit?«

Karelian lächelte. »Mit seinen letzten Worten. Ihr habt längst entschieden.«

Cavin zögerte einen Moment, dann nickte er, senkte den Blick und starrte wieder in die Flammen. »Ja«, gestand er. »Schon in Hochwalden.« *Schon vorher,* fügte er in Gedanken hinzu. *Schon lange vorher. Seine Entscheidung hatte festgestanden, als er mit Faroan gesprochen hatte. Er hatte es nur noch nicht gewusst.* Aber das sprach er nicht laut aus.

»Ihr werdet Lassars Angebot annehmen.«

»Bleibt mir eine Wahl?«

»Viele von uns sind des Kämpfens schon längst überdrüssig geworden«, sagte Karelian, ohne direkt auf seine Frage einzugehen. »Der Boden dieses Landes ist mit zu viel Blut und zu vielen Tränen getränkt worden. Es gab eine Zeit, da war es verboten, ein Tier zu töten unter diesen Bäumen. Jetzt herrscht Krieg, und Menschen und Raetts töten sich gegenseitig. Die meisten von uns würden lieber heute als morgen zu ihren Familien und Freunden heimkehren.«

»Und trotzdem glaubst du auch, dass Gwenderon Recht hat?«

»Sie werden Euch verachten«, sagte Karelian ernst. »Viele werden Euch einen Feigling nennen, Cavin. Manche einen Verräter.«

»Ich weiß«, antwortete Cavin leise. »Glaubst du auch, dass ich das Schicksal der Welt verändere, wenn ich Lassars Kriegern gestatte durch den Schwarzeichenwald zu ziehen?«

Karelian lachte leise. »Das Schicksal der Welt? Kaum. Und wenn – was seid Ihr der Welt schuldig? Niemand ist Euch zu Hilfe geeilt, als Lassar mit dem Schwert in der Hand kam, um Euer Reich zu erobern. Niemand würde Euch jetzt zu Hilfe eilen, würde er kommen, um den Wald niederzubrennen.« Er schüttelte den Kopf. »Nein, Cavin – es ist ganz alleine Eure Entscheidung. Der Schwarzeichenwald hat schon immer existiert, ohne dass irgendetwas außerhalb seiner Grenzen von Bedeutung für sein Schicksal gewesen wäre. Und wäre es so – Ihr könntet Lassar nicht aufhalten. Das erste Mal kam er, um zu erobern. Jetzt käme er, um zu zerstören. Aber sie werden Euch verachten.« Plötzlich wurde seine Stimme ganz leise, aber dabei so ernst, dass Cavin ein eisiger Schauer über den Rücken lief. »Ihr kennt den Preis, den Ihr zahlen müsst.«

Cavin nickte. Mit einem Male fiel es ihm fast schwer, zu sprechen. »Ich werde als der erste König Hochwaldens in die Geschichte eingehen, der sein Reich verriet. Sie werden mich verachten. Sie werden mich Cavin, den Feigling nennen. Den Verräter.« Er lachte leise. Es klang bitter. »Sie werden auf meinen Namen spucken, Karelian.«

»Aber der Schwarzeichenwald wird weiterleben«, fügte der Waldläufer hinzu.

»Und … Gwenderon?«

»Wird alt und bitter werden und sterben«, sagte Karelian ernst. »Wie wir alle. Aber er wird nicht Euer Feind werden.«

»Aber auch nicht mehr mein Freund, Karelian.«

Der Waldläufer nickte. »Ist dieses Opfer zu groß?«

Cavin beugte sich vor, raffte eine Hand voll Erde vom Boden auf und warf sie in die Flammen. »Die meisten meiner Freunde sind tot, Karelian«, flüsterte er. »Ich habe nicht mehr sehr viele. Ich kann es mir nicht leisten, einen weiteren zu verlieren.«

»Ihr könnt es Euch nicht leisten, den Wald zu verlieren, Cavin«, verbesserte ihn Karelian sanft.

Cavin nickte. »Ich weiß«, sagte er. »Und ich weiß auch, dass ich keine Wahl habe. Aber ich weiß nicht, welches Opfer größer ist. Ich mag Gwenderon sehr. Ich ... ich liebe ihn wie ...«

»Wie einen Vater?« Karelian lächelte, als er den betroffenen Ausdruck auf Cavins Zügen gewahrte. »Nun, mein König – er war wie ein Vater zu Euch. Und er liebt Euch wie einen Sohn.«

»Es ist so ... so falsch«, murmelte Cavin verzweifelt. Der Blick, den er Karelian zuwarf, war beinahe flehend. »Ich muss eine Freundschaft opfern, um mein Land zu retten, oder mein Land, um eine Freundschaft zu erhalten. Das ... das ist einfach nicht richtig. Gibt es wirklich Momente, in denen alles, was man tun kann, falsch ist, mein Freund?«

Karelian nickte ernst. »Ja, mein König«, sagte er. »Die gibt es. Es wird an der Nachwelt sein, zu entscheiden, ob Eure Wahl richtig war oder nicht.«

»Die Nachwelt ...« Cavin sprach das Wort mit einer Betonung aus, die ihm selbst nicht ganz klar war. Irgendwie, ohne dass er den Gedanken begründen konnte, hatte er plötzlich das sichere Gefühl, dass es keine Rolle spielte, was die nach ihnen folgenden Generationen denken oder sagen würden, ganz einfach deshalb, weil es nach ihnen niemanden mehr geben würde, wenn er sich falsch entschied.

»Du hast Recht, Karelian«, sagte er nach einer Weile. »Lass es sie entscheiden.«

»Und wie entscheidet Ihr?«

Cavin antwortete nicht, sondern starrte weiter blicklos und mit unnatürlich weit geöffneten Augen in die Flammen. Dann stand er auf und ging mit sehr langsamen Schritten davon, zum Fluss hinunter, wo Lassars Krieger und der Unterhändler noch immer auf seine Antwort warteten.

13

Die Sonne war bereits aufgegangen, aber hier, tief unter den mächtigen Kronen der Bäume, die wie knorrige grüne Finger ineinander gewachsen und verfilzt waren, herrschte noch immer tiefste Nacht; Dunkelheit und ein Schweigen, das nur selten von Tierlauten und noch seltener von menschlichen Äußerungen durchbrochen wurde. Die Dunkelheit war absolut. Selbst das Licht einer Fackel wäre nach wenigen Schritten in den schwarzen Schatten zwischen den dicht stehenden, wie glatt poliert aussehenden Bäumen versickert.

Trotzdem bewegte sich der Reiter mit einer beinahe traumwandlerischen Sicherheit. Sein Pferd scheute immer wieder, als spüre es Dinge in den Schatten, die den gröberen Sinnen seines Reiters verborgen blieben, aber Gwenderon zwang es jedes Mal mit roher Gewalt, weiterzugehen. Schließlich, nach einer Weile, deren Dauer er nicht einmal abzuschätzen vermochte – denn auch die Zeit begann hier, nahe am Herzen des Waldes, wie das Licht und der Wechsel von Tag und Nacht, ihre Bedeutung zu verlieren –, lichtete sich die finstere Mauer vor ihm ein wenig. Sein Pferd griff schneller aus, instinktiv darum bemüht, heraus aus dieser fremden, kalten und schweigenden Welt zu gelangen, und nach einem knappen Dutzend Schritten erreichte er eine ovale, von mächtigen Baumkronen überspannte Lichtung.

Der Grabhügel in ihrer Mitte war im Laufe des Winters nahezu verschwunden. Unkraut, Buschwerk und junge Bäume hatten ihre Wurzeln in die aufgeworfene Erde gekrallt und begonnen, das verlorene Terrain mit der zeitlosen Geduld alles Natürlichen zurückzuerobern. Nur der, der ohnehin wusste, wonach er zu suchen hatte, hätte den Grabhügel überhaupt entdeckt.

Gwenderon zügelte sein Pferd, sah sich einen Moment lang unschlüssig und mit einem allmählich aufkeimenden Gefühl von Furcht um, dann schwang er sich aus dem Sattel, band sorgsam die Vorderläufe des Tieres zusammen und ging mit raschen Schritten auf den Hügel zu. Sein Herz hämmerte, und die Luft, die er atmete, schien plötzlich bitter zu schmecken. Das Licht der Sonne, die mittlerweile als flammendes Rad über den Baumwipfeln erschienen war, wirkte gedämpft und blass, fast wie silberner Mondschein, und die Schatten schienen das Geräusch seiner Schritte aufzusaugen. Kalter, feinperliger Schweiß bedeckte seine Stirn, obwohl es so kalt war, dass sein Atemhauch sichtbar wurde.

Rasch umrundete er den Grabhügel, sah sich suchend um und zog sein Schwert aus dem Gürtel. Die rasiermesserscharfe Klinge zerschnitt Blätter und Dornengestrüpp, und schon nach wenigen Augenblicken lag die zernarbte Metallplatte frei vor ihm, unter der sich der Eingang zu Faroans Grab befand.

Gwenderon zögerte. Er war fest von der Notwendigkeit dessen überzeugt, was er tat, und doch ...

Es war einfach nicht richtig, die Toten in ihrer Ruhe zu stören, und es war Frevel, überhaupt hierher zu kommen. Dieser Teil des Waldes war Menschen verboten. Hatte er nicht selbst sein Leben und das seiner Freunde riskiert, um ihn zu beschützen?

Aber dann vertrieb er den Gedanken. Es gab Momente, in denen musste man einen Teil opfern, um das Ganze zu schützen, das waren Cavins eigene Worte gewesen. Noch einmal zögerte er, denn irgendwie hatte er das Gefühl, das Band, das zwischen ihm und Cavin gewesen war, endgültig zu zerschneiden mit diesem Hieb. Wenn sie auch noch immer für die gleiche Sache kämpften, würden sie Gegner sein, wenn er tat, weshalb er gekommen war. Und dieser Gedanke schmerzte ihn mehr als alles andere; er war stärker als sein Hass auf Lassar, stärker als seine Liebe zum Schwarzeichenwald, stärker als der Treueeid, den er Cavins Vater geschworen hatte. Aber vielleicht war dies der Preis, den er bezahlen musste.

Mit einem letzten, wuchtigen Hieb zertrennte er eine Ranke, die ihm den Weg verwehren wollte, stieß sein Schwert in den Gürtel zurück und ließ sich auf die Knie fallen, um die schwarze Eisenplatte anzuheben. Sie war schwer; viel schwerer, als er geglaubt hatte, und es kostete ihn seine ganze Kraft, sie so weit wegzuschieben, dass er hindurchschlüpfen konnte.

Darunter sah er die ersten Stufen einer schmalen, steil in die Tiefe führenden Treppe. Gwenderon zögerte einen Moment, dann schlüpfte er hinab, stemmte die Platte unter Aufbietung aller Kräfte vollends in die Höhe und begann in die Tiefe zu steigen.

Ein blasses, grünblaues Licht empfing ihn. Für einen Moment machte sich noch einmal Angst in ihm breit, eine nackte, kreatürliche Angst, die verdächtig nahe an Panik grenzte. Er verscheuchte sie aber vollends, ging schneller und stand nach wenigen Schritten in einer niedrigen, kuppelförmig gewölbten Höhle, die leer war bis auf einen sargähnlichen Altar aus schwarzem Fels.

»Faroan«, murmelte er. »Wo immer du bist – verzeih mir.«

Die Wände schienen seine Worte zu verschlucken. Es gab kein Echo, keinen Laut, nur eine Stille, die so absolut war, dass sie alles überstieg, was er jemals erlebt hatte. Etwas in dem grünblauen Schein, der aus dem Nichts kam und die Höhle erhellte, schien sich zu ändern. War da nicht eine Bewegung?, dachte er nervös. Änderte sich nicht irgendetwas in dem Spiel von Licht und Schatten?

Diesmal kostete es ihn seine gesamte Überwindung, seine Furcht noch einmal zurückzudrängen und ganz an den offenen Sarg heranzutreten.

Er war leer. Eine fingerdicke Staubschicht bedeckte seinen Boden, und wenn er genau hinsah, dann glaubte er noch die Umrisse des menschlichen Körpers zu erkennen, der einst darin gelegen hatte. Natürlich war das Einbildung. Aber mit jeder Minute, die Gwenderon länger in dieser Höhle war, war er weniger sicher, wo die Grenzen der Wirklichkeit endeten und die Illusion begann.

Nervös fuhr er sich mit dem Handrücken über Kinn und Lippen, beugte sich vor und streckte die Finger nach dem mannshohen, knorrigen Stab aus, der unter der flockigen Decke aus Staub lag. Seine Hand begann zu zittern und noch einmal zögerte er, von der plötzlichen, absurden Angst erfüllt, dass irgendetwas unsagbar Schreckliches geschehen würde, würde er den letzten Schritt tun und den Frieden dieses Ortes endgültig brechen.

Hieß es nicht, dass die Götter die bestraften, die es wagten, die Toten zu bestehlen?

Aber dann griff er entschlossen zu. Die Welt stürzte nicht ein, und keine Geisterhände kamen aus dem Nichts, um ihm das Herz aus dem Leibe zu reißen; alles, was er fühlte, waren staubverkrustetes Holz und Kälte.

Wenig später band er sein Pferd los und ritt zurück in die Richtung, aus der er gekommen war. An seinem Sattel hing ein fast mannslanger Stab aus versteinertem Holz, sorgsam in gegerbte Lederstreifen eingewickelt, die er eigens zu diesem Zweck mitgebracht hatte, und so befestigt, dass er ihn beim Reiten nicht behinderte, er ihn aber jederzeit ergreifen konnte. Er fühlte sich wie ein Dieb. Ein Dieb und ein Verräter. Aber er hatte keine Wahl gehabt.

Gwenderon war so in seine düsteren Gedanken versunken, dass ihm die Stille im ersten Moment nicht einmal auffiel. Der frisch gefallene Schnee, der nun, mit einiger Verspätung, auch auf den Waldboden gerieselt war, dämpfte ohnehin jeden Laut, sodass alles, was er hörte, die schnaubenden Atemzüge seines Pferdes und das gelegentliche Brechen eines Zweiges waren. Aber schließlich schien es ihm beinahe zu still.

Gwenderon verhielt sein Pferd, sah sich aus misstrauisch zusammengepressten Augen um und lauschte. Er hörte noch immer nichts, aber nach einer Weile glaubte er etwas zu sehen: einen großen, verschwommenen Umriss, der sich immer geschickt in den Schatten hielt und stets zu verschwinden schien, gerade wenn er glaubte ihn endgültig ausgemacht zu haben. Seine Hand kroch zum Schwert.

»Lass die Waffe stecken, Gwenderon. Ich bin nicht dein Feind.« Unterholz knackte, ein wenig Schnee rieselte aus einem Baum, als sich seine Äste bewegten, dann trat ein übermannshoher, schwarzgrauer Koloss aus dem Gebüsch. »Wäre ich es, wärst du längst tot, Mensch«, fügte der Raett in beinahe amüsiertem Tonfall hinzu.

Gwenderon atmete auf, blickte den Raett jedoch weiter mit kaum gemindertem Misstrauen an. »Was willst du?«, fragte er.

»Wer bist du?«

»Mein Name ist Gesset«, antwortete der Riesennager pfeifend. »Wenigstens ist es das, was ihr Menschen aus ihm macht, wenn ihr ihn aussprecht. Das da sind meine Brüder.« Eine krallenbewehrte Hand deutete auf eine Stelle hinter Gwenderon, und als er sich im Sattel herumdrehte, bemerkte er sieben oder acht weitere rattengesichtige Gestalten, die wie aus dem Nichts zwischen dem verschneiten Unterholz aufgetaucht waren. Gesset hatte Recht, dachte er mit einer Mischung aus Zufriedenheit und Unbehagen: Hätte er ihn für seinen Feind gehalten, wäre er jetzt schon tot.

»Ich … kenne dich«, sagte er zögernd. Es war schwer, die Raetts zu unterscheiden, denn für Menschenaugen sahen sie fast alle gleich aus; trotzdem kam ihm Gesset vage bekannt vor. Er war sicher, ihn schon einmal gesehen zu haben.

»Meine Brüder und ich waren bei euch, als ihr die Flöße angegriffen habt«, bestätigte Gesset. »Du hast ein gutes Gedächtnis, Mensch.«

»Schickt dich Cavin?«, fragte Gwenderon zornig. »Hat er dir aufgetragen mich zurückzubringen, oder sollst du nur auf mich Acht geben, damit ich keine Dummheiten mache?«

»Weder das eine noch das andere, Mensch«, antwortete Gesset ungerührt. Es war nicht zu erkennen, ob er den beleidigenden Ton überhaupt registriert hatte. »Guarr bat uns, dir zu folgen und ein wenig auf dich zu achten, das ist richtig. Aber nur, weil meine Brüder und ich uns ohnehin entschlossen hatten unserer eigenen Wege zu gehen.«

Gwenderon blieb misstrauisch. Absurderweise war es gerade die scheinbare Offenheit des Raett, die ihn störte. »Was soll das heißen?«, fragte er. »Gehört ihr zu Guarr oder nicht?«

»Niemand gehört jemandem«, antwortete Gesset mit einem dünnen, schrillen Raett-Lachen. »Wir sind für König Cavin und gegen Lassar, aber niemand sagt uns, was wir zu tun oder zu lassen haben.«

»Gegen Lassar?« Gwenderon zog eine Grimasse. »Dann wäre es besser für euch, ihr würdet euch Cavin anschließen. In der Megidda seit ihr wenigstens sicher.« Er wollte weiterreiten, aber Gesset vertrat ihm rasch den Weg und ergriff das Zaumzeug seines Pferdes.

»Wir gehen nicht dorthin«, sagte er bestimmt. »Es ist ein schlechter Platz. Gehst du zurück?«

Gwenderon überlegte einen Moment. Wenn er ehrlich war, hatte er bisher nicht darüber nachgedacht, wohin er gehen würde. Auf jeden Fall nicht zurück zu Cavin. Nicht jetzt.

»Nein«, sagte er.

»Dann bleib bei uns«, sagte Gesset. »Unser Lager ist am Fluss, nicht weit von Lassars Heer entfernt. Zwei zusammen sind stärker als zwei allein.«

Gwenderon starrte den Raett unschlüssig an, drehte sich im Sattel herum und blickte der Reihe nach in das halbe Dutzend anderer Rattengesichter, das ihn anstarrte. War es wirklich ein Zufall, dass ihn die Raetts ausweglos einschlossen? »Ich verstehe«, murmelte er. »Und wenn nicht, seht ihr euch leider gezwungen mich gewaltsam mitzunehmen, wie? Natürlich nur zu meinem eigenen Schutz.«

Es war das erste Mal, dass er einen Raett grinsen sah.

»Vielleicht«, antwortete Gesset. »Doch warum sollen wir streiten? Deine und unsere Ziele sind dieselben.«

»So?«, fragte Gwenderon zornig.

»Auch wir sind dagegen, das Heer durch den Wald ziehen zu lassen«, erklärte Gesset. »Es gibt viele wie uns.«

»Dann kommt mit mir und kämpft!«

»Aber es gibt noch mehr, die denken wie Guarr«, fuhr der Raett fort, ohne mit mehr als einem flüchtigen Lächeln auf Gwenderons ungestüme Worte zu reagieren. »Wählen wir den Kampf, so wird auch ihr Blut fließen. Welches Recht haben wir, über ihr Leben zu entscheiden, Mensch? Guarr bat uns, Lassars Heer im Auge zu behalten. Plant er Betrug, so werden wir es merken. Komm mit uns, und du bist frei, solange du nicht versuchst den Waffenstillstand zu brechen.«

Einen Moment lang war Gwenderon ernsthaft versucht, den Raett schlichtweg über den Haufen zu reiten. Aber nur einen Moment. Dann lächelte er resigniert, schlug dem Raett freundschaftlich auf die Schulter und schwang sich mit einer müden Bewegung aus dem Sattel. Welchen Unterschied machte es schon, ob die Raetts nun offen oder unsichtbar in seiner Nähe waren? Er war ein Narr gewesen sich ernsthaft einzubilden, Guarrs zahllosen Ohren und Augen entgehen zu können. Wenn er floh, erreichte er damit nicht mehr als sich lächerlich zu machen. Und wenn er ehrlich zu sich selbst war, war er sehr froh, nicht mehr allein zu sein.

14

Wie immer, wenn sie sich der Burg über die Pfade der Schatten und Träume näherten, lag ein leiser Hauch von Nebel über dem Stück freier Fläche, das sich zwischen der Megidda und dem Waldrand spannte, sodass der Boden nur hier und da zu sehen war, und auch Zinnen und Türme der Feste waren hinter einem blassen, grau wirbelnden Schleier verborgen. Der Anblick war unwirklich. Der Nebel lag auf der Erde wie eine herabgesunkene Wolke, obwohl es viel zu kalt war, als dass es überhaupt Nebel hätte geben dürfen. Er verbarg die schwarzen Lavatrümmer, die der Megidda vorgelagert waren wie Riffe einer jäh aus dem Meer emporsteigenden Klippe, jedes Geräusch zu einem unwirklichen Echo dämpfend. Und nicht zum ersten Mal, seit sie an diesem verbotensten aller Orte Zuflucht gesucht hatten, hatte Cavin das Gefühl, nicht nach Hause zu kommen, sondern einen Frevel zu begehen. Sein Blick suchte die himmelhohe schwarze Flanke der Zyklopenfestung, aber in Wahrheit sah er den schwarzen Stein kaum, auf dem weder Schnee noch Eis noch Regen Halt fanden, sondern glaubte die riesige Schwarzeiche im Herzen der Festung zu erblicken, einen schweigenden Giganten, der seit Jahrmillionen hier stand, älter als dieser Wald, älter als dieses Land, vielleicht älter als diese Welt. Der Gedanke, irgendetwas, was in seiner Macht stünde, könne ausreichen, diesem majestätischen Riesen Schaden zuzufügen, erschien ihm lächerlich. Aber dann glaubte er Lassars Worte zu hören, fast als hätte er sie nur gesprochen, damit er sich ihrer in genau diesem Moment erinnerte: *Zerstören ist immer leichter als Erschaffen.*

Vielleicht hatte er zerstört; alles, wofür die Völker der Welt gekämpft und gelitten hatten. Was nutzte ein Sieg, wenn es das, weshalb er errungen worden war, nicht mehr gab?

Mit einem sanften Schenkeldruck ließ er sein Pferd zwischen den Büschen hervortreten, wartete, bis Karelian und Guarr ihm gefolgt waren und rechts und links von ihm Aufstellung genommen hatten, und trabte erst dann weiter. Plötzlich verspürte er eine vollkommen absurde Angst, allein zu sein. Hinter ihnen tauchten mehr und mehr Reiter aus der Deckung des Waldes auf; das knappe Dutzend Männer, das ihren gescheiterten Angriff auf die Flöße überlebt hatte, und eine halbe Hundertschaft Raetts, die in fast komisch anmutenden Haltungen auf den Pferden hockten – mehr als ein Viertel des bunt zusammengewürfelten Haufens, der sich in den sechs Monaten um ihn, Karelian und Gwenderon geschart hatte und sich Rebellen nannte. Abermals kam ihm zu Bewusstsein, dass es Lassar nicht mehr als ein Fingerschnippen kosten würde, sie zu vernichten. Vielleicht waren sie nicht einmal hier sicher. Dieser Ort war das Nirgendwo, Lassars Zugriff und dem seiner Krieger entzogen. Aber er konnte auch ebenso zu einem Gefängnis werden.

Instinktiv ließ er sein Pferd langsamer laufen, als sie sich dem Tor näherten. Die beiden riesigen Eichenflügel standen noch immer so schräg und zerborsten da wie vor einem Jahrtausend, und das Fallgitter war heraufgezogen, sodass seine Spitzen wie rostzerfressene Zähne aus der Mauer ragten. Aber irgendetwas hinderte ihn daran, hindurch und auf den Hof sehen zu können; es war der gleiche, unwirkliche graue Nebel, der auch die Zinnen und Türme der Megidda verbarg. Etwas bewegte sich dahinter, aber Cavin vermochte nicht zu sagen, was. Aber er hatte es auch längst aufgegeben, die Geheimnisse der schwarzen Festung ergründen zu wollen. Es gab ein paar Dinge, die sie freiwillig preisgab, nach den anderen zu fragen hatte keinen Sinn.

Kurz bevor sie das Tor und den halb zugeschütteten Graben davor erreichten, verhielt er sein Pferd vollends und drängte es ein Stück zur Seite, um Platz für die Nachfolgenden zu machen. Obwohl das Tor einst groß genug gewesen war dreißig Reiter nebeneinander passieren zu lassen, war es jetzt so mit Trümmern und Schutt blockiert, dass sich selbst ein einzelner Mann nur sehr behutsam hindurchbewegen konnte.

»Worauf wartet Ihr, Herr?«, fragte Karelian, der sein Tier wie er angehalten hatte.

Cavin lächelte beinahe verlegen. »Ich … weiß es nicht«, gestand er. »Ich weiß immer noch nicht, ob es richtig war.«

»Eure Entscheidung?« Karelian machte eine undeutbare Geste mit der Hand. »Es wird sich zeigen. Und ganz gleich, was die anderen sagen – Ihr habt verhindert, dass sich der Schwarzeichenwald in ein Meer von Blut verwandelt. Ist das nicht Erfolg genug? Viel mehr Sorgen macht mir Gwenderon«, fuhr er leise fort. »Ihr habt nichts von ihm gehört?«

Cavin schüttelte betrübt den Kopf. »Nein. Guarrs Späher haben seine Spuren verfolgt, bis sie sich im Wald verloren haben. Guarr ist zwar sicher, dass sie ihn finden, aber …« Er seufzte, schüttelte den Kopf und sah nach oben, in den tief hängenden, mit Schnee gefüllten Himmel. »Ich bete zu den Göttern, dass er nichts tut, was er bereut. Lassar wartet nur auf einen Vorwand, ihn zu töten.«

Karelian nickte besorgt, sagte aber nichts mehr, sondern ließ sein Pferd weitergehen, sodass Cavin ihm folgen musste, wollte er nicht allein zurückbleiben. Sie passierten das Tor. Der Nebel, der nicht nur den Boden, sondern auch das Geräusch der Pferdehufe verschluckt hatte, blieb hinter ihnen zurück.

Es kostete Cavin immer größere Überwindung, wenigstens äußerlich ruhig zu bleiben und sich seine Nervosität nicht allzu deutlich anmerken zu lassen. Sein Blick irrte beständig hierhin und dorthin, tastete über die Mauern der Megidda, strich an den Zinnen entlang, suchte den Turm und kehrte zurück zum Tor. Vor der breiten Freitreppe des Gebäudes, das er und die Seinen bewohnten, standen drei ungleiche Gestalten – zwei von Guarrs riesig gebauten Raetts und bei ihnen, zwischen den beiden Giganten, die ihn um dreifache Haupteslänge überragten, klein und verloren wirkend, ein Mann mit schütter gewordenem grauem Haar. Cavin erinnerte sich flüchtig, dass sein Name Arcen oder Arven lautete und er einer der drei Männer in der Burg war, die sich auf die Heilkunst verstanden. Etwas an ihrem Anblick irritierte ihn. Diese drei waren nicht nur aus dem Haus gekommen, um die Heimkehrer zu begrüßen und zu fragen, wie alles verlaufen war. Sie warteten. Auf ihn.

Die Echos der Hufschläge wandelten sich in ein helles, metallisches Klacken, als sie weiterritten und auf Arcen und die beiden Raetts zuhielten. Zehn Schritte vor der Treppe hielt Cavin sein Pferd an, schwang sich aus dem Sattel und legte die letzten Meter zu Fuß zurück. Aus den Augenwinkeln sah er, wie Guarr sich mit einem erleichterten Pfeifen ebenfalls aus dem Sattel plumpsen ließ, während Karelian regungslos sitzen blieb. Sein Gesicht war schlaff vor Erschöpfung, jetzt, als sie in Sicherheit waren und die Anspannung von ihm abfiel. Dann schien auch ihm aufzufallen, in welch angespannter Haltung die beiden Raetts und Arcen dastanden, denn er runzelte die Stirn, schwang sich mit einem Satz aus dem Sattel und eilte an Cavins Seite.

»Was ist geschehen?«, begann Cavin, ohne sich mit Förmlichkeiten wie einer Begrüßung aufzuhalten.

»Gut, dass Ihr zurück seid, Herr«, antwortete Arcen. Er wirkte sehr ernst. »Kommt mit. Und Ihr auch, Karelian«, fügte er hinzu, an den Waldläufer gewandt.

Karelian tauschte einen fragenden Blick mit Cavin, aber der antwortete nur mit einem Achselzucken darauf und bedeutete Karelian mit einer Geste, sich zu gedulden. Sie hätten ohnehin keine Antwort von Arcen erhalten, denn der Heiler war bereits herumgefahren und lief, immer zwei Stufen auf einmal nehmend, die Treppe hinauf, wobei er sich ungeduldig umsah, ob Cavin und Karelian ihm auch folgten.

In der Burg herrschte die gleiche unnatürliche Stille wie immer, ein Schweigen, das selbst das Trappeln Arcens und ihrer beider Schritte aufzusaugen schien, und das gleiche dämmerige Halbdunkel, das geherrscht hatte, als er gegangen war. Cavin wäre nicht einmal überrascht gewesen, den gleichen schlafenden Raett-Wächter vor der Tür seines Gemaches zu finden; die Zeit hatte hier drinnen keine Bedeutung, oder zumindest nicht die, die sie außerhalb der nachtschwarzen Mauern der Megidda hatte.

Arcen öffnete ungeduldig die Tür, stieß sie so weit auf, dass Cavin und Karelian hindurchschlüpfen konnten, ehe sie wieder zufiel, und durchquerte die große Kammer, die ihnen als gemeinschaftlicher Wohn-, Aufenthalts- und Beratungsraum diente. Cavin registrierte verwundert, dass er offenbar auf sein, Cavins, Schlafgemach zuhielt, der einzige Raum in dem von Menschen bewohnten Teil der Megidda, den bisher alle respektiert hatten. Nicht einmal die beiden Raetts, die ihm als persönliche Diener zur Verfügung standen, betraten ihn ohne seine ausdrückliche Genehmigung.

Der leise Anflug von Unmut, den er verspürte, verschwand sofort, als er die reglose Gestalt in seinem Bett sah.

Im ersten Moment erkannte er sie kaum, denn es war lange her, dass sie sich gesehen hatten, und unter denkbar ungünstigen Umständen, dann schrie Karelian plötzlich auf, rief Animahs Namen und war mit einem Satz an Arcen vorbei und am Bett.

Arcen riss ihn zurück, ehe er die Schlafende erreichen konnte.

»Nicht, Herr«, sagte er hastig, ließ Karelians Arm los und fügte mit einem gleichermaßen erklärenden wie verlegenen Lächeln hinzu: »Ich bin froh, dass sie schläft. Sie ist sehr schwach. Bis heute Morgen hatte sie hohes Fieber.«

»Was ist geschehen?« Cavin schob den Heilkundigen mit sanfter Gewalt beiseite, gab Karelian ein Zeichen, vorsichtig zu sein, und näherte sich ebenfalls dem Bett, sehr leise und fast auf Zehenspitzen. Trotz der schlechten Beleuchtung konnte er erkennen, wie ausgezehrt und krank die Waldläuferin war. Ihr Gesicht war eingefallen. Eine Anzahl frischer Narben entstellte ihre Haut und ihr Atem ging unregelmäßig und schnell. Sie roch nach Fieber und Krankheit. Selbst durch die Decke konnte Cavin erkennen, dass ihre Arme dick bandagiert und geschient waren.

»Animah«, murmelte Karelian. Sein Blick flackerte. Zum ersten Mal, seit Cavin ihn kannte, schien er dicht davor zu stehen, die Beherrschung zu verlieren. Cavin war ein wenig überrascht – er hatte nie geahnt, dass Animah Karelian so nahe stand. Bestürzt gestand er sich ein, dass er niemals auch nur auf den Gedanken gekommen war, Karelian danach zu fragen.

»Ich … ich dachte, sie wäre tot.«

»Das dachte ich auch«, sagte Cavin. »Was ist geschehen, Arcen? Wie kommt sie hierher?«

»Niallyc brachte sie«, antwortete der Heiler. »Einer von Guarrs Spähern.«

»Bring ihn zu mir«, verlangte Cavin, aber Arcen schüttelte nur bedauernd den Kopf.

»Das geht nicht, Herr. Er ist … gleich wieder aufgebrochen. Ihr wisst doch, dass die Raetts diesen Ort meiden. Aber er erzählte mir alles. Er war in der Nähe Hochwaldens, nur eine Stunde oder zwei vom Fluss entfernt. Er rettete sie vor Lassars Kriegern.«

»Dann hat er sie nicht freiwillig gehen lassen?« Karelians Stimme bebte vor Wut. Er hatte das Bett umrundet und war auf die Knie gesunken. Seine Hand lag neben Animahs Schulter, berührte sie aber nicht.

»Freiwillig?« Arcen lachte bitter. »Mit Sicherheit nicht, Herr. Ich habe mit ihr geredet, aber ich weiß nicht, was von dem, was sie mir erzählt hat, stimmt und was sie im Fieber gesprochen hat. Sie war gefangen, wie sie sagt, auf Hochwalden, und –«

»Hochwalden?«, unterbrach ihn Cavin. »Sagtest du: Hochwalden?«

Arcen nickte. »Das behauptet sie, Herr. Seit der Schlacht im Wald ist sie in einem von Hochwaldens Kerkern gewesen. Vor einer Woche hat Lassar sie dann herausgelassen, ich weiß nicht warum. Aber vor zwei Tagen gelang ihr die Flucht.«

»Vor zwei Tagen?« Karelians Gesicht verdüsterte sich vor Zorn. »Das bedeutet –«

»Dass sie seine Gefangene war, während er mit mir und Gwenderon geredet hat, ja«, fiel ihm Cavin ins Wort. Eine kalte, entschlossene Wut machte sich in ihm breit. »Vielleicht waren wir nur ein paar Dutzend Schritte von ihr entfernt. Bei allen Göttern, vielleicht hat sie sogar gesehen, wie wir mit ihm sprachen.« Er machte eine auffordernde Handbewegung zu Arcen. »Sprich weiter.«

»Als der Raett sie fand, wurde sie von Lassars Reitern gejagt, Herr. Niallyc hätte keine Minute später kommen dürfen. Einer der Krieger hatte sie gestellt und niedergeschlagen. Seine Hunde waren dabei, sie zu zerfleischen. Niallyc tötete die Hunde und den Mann und brachte sie her. Seitdem liegt sie im Fieber.«

»Wird sie … leben?«, fragte Karelian stockend.

Arcen überlegte einen Moment, dann nickte er, aber sehr zögernd. Er war nicht ganz sicher. »Ich denke schon«, sagte er. »Es wird lange dauern, aber sie ist sehr kräftig. Und sie will leben, was sehr wichtig ist. Ich denke, sie wird es schaffen.«

»Dieser Hund«, murmelte Karelian. »Dieser verdammte Verräter.«

»Was wollt Ihr?«, fragte Cavin bitter. »Lassar hat uns Frieden angeboten, keine Freundschaft.« Er sah, wie Karelian bei seinen Worten zusammenfuhr, und er konnte den Zorn des Waldläufers nur zu gut verstehen. Aber was hatten sie erwartet? Dass Lassar sich vom Herrn des Bösen zu einem warmherzigen, guten Menschen wandelte?

»Dafür wird er bezahlen«, murmelte Karelian. »Was immer er ihr angetan hat, er wird dafür büßen, Cavin, das schwöre ich.«

Cavin schwieg.

15

»Sie sind da.« Die Stimme riss Gwenderon aus dem Dämmerzustand, in den er im Verlauf der letzten Stunden versunken war. Er fuhr hoch, blinzelte den stämmig gewachsenen, graubraun gescheckten Raett einen Moment verständnislos an und fuhr sich dann mit der Hand über die Augen, wie um seine Müdigkeit auf diese Weise fortzuwischen. Abrupt stand er auf.

»Es ist gut, Gesset«, sagte er. »Du hast dich nicht sehen lassen?«

Der Raett schüttelte den Kopf. »Wie Ihr es befohlen habt, Herr. Es sind viele«, fügte er besorgt hinzu.

Gwenderon nickte. »Ich weiß, mein Freund. Wie weit … sind sie noch entfernt?«

Der Raett musste das unbewusste Zögern in Gwenderons Worten gehört haben, denn er legte den Kopf schräg und sah den grau gewordenen Mann einen endlosen Moment aus seinen kleinen, pupillenlosen Tieraugen an, ehe er antwortete: »Eine Stunde, Herr. Für sie, denn sie sind viele und müssen ihr Tempo nach den Langsamsten ausrichten, und die Flöße sind schwer. Für uns die Hälfte. Aber es wird Zeit, dass wir das Lager abbrechen. Sie kommen rasch näher.«

Abermals nickte Gwenderon. Nichts von dem, was er hörte, hatte ihn überrascht. Es war ihm nicht schwer gefallen, sich in Lassars Lage zu versetzen in den letzten Tagen. Es gab viele Wege durch den Wald, aber nur wenige, die Lassar gehen konnte, wollte er seine Truppen rasch genug zur Küste bringen, um seinen Feinden in einem Überraschungsangriff in den Rücken zu fallen; was er offensichtlich beabsichtigte. Der Fluss floss nicht in gerader Linie zur Küste, sondern in den willkürlichen Kehren und Wendungen alles Natürlichen, und die gewaltigen Eisflöße waren schwerfällig. Trotzdem erreichten sie ein zehnmal höheres Tempo als eine Armee zu Fuß und Pferde, die sich durch das Uferdickicht oder gar den Wald hätte kämpfen müssen. Sie hätten sie verbrennen sollen, dachte Gwenderon zornig, allen Vorschlägen Lassars und Bedenken Cavins zum Trotz. Vielleicht hätte es ihrer aller Leben gekostet, aber der Preis wäre der Wald gewesen.

Bisher schien es, als hielte Lassar Wort – keiner seiner Männer hatte versucht den vorgeschriebenen Pfad zu verlassen oder gar in den Wald einzudringen – und trotzdem war Gwenderon sicher, dass der Magier einen Hinterhalt plante. Er konnte das Gefühl nicht begründen, aber er wusste es mit unumstößlicher Sicherheit. Lassar wäre nicht Lassar, wenn er sich das, was er sich mit Gewalt nehmen konnte, erkauft hätte.

Und er war erst recht kein Mann, der irgendetwas verschenkte, wenn er nicht überzeugt war es mit zehnfachem Profit zurückzubekommen.

Gwenderon verschob die Lösung dieses Problems – wie die viel zu vieler in letzter Zeit – auf später, band sich mit raschen Bewegungen seinen Waffengurt um und trat gebückt aus der niedrigen

Laubhütte, in der er die Nacht verbracht hatte. Das Lager – wie alle Lagerplätze der Rebellen nicht in den Wald geschlagen, sondern auf einer der zahllosen natürlich gewachsenen Lichtungen aufgebaut – befand sich bereits in Aufbruchstimmung: Pferde waren gesattelt oder wurden gerade gezäumt, die Feuerstelle war gelöscht, die provisorisch errichtete Koppel abgebaut, Bündel und Satteltaschen geschnürt. Gwenderon begriff, dass Gesset bis zum letzten Moment gewartet hatte ihn zu stören. Seit er Cavins Lager verlassen hatte, hatte er wenig Schlaf bekommen. Er schenkte dem Raett ein rasches, dankbares Lächeln, ging zu seinem Pferd, das bereits fertig aufgezäumt war, und stieg umständlich in den Sattel.

»Brecht das Lager vollends ab«, befahl er. »Und sorgt dafür, dass keine Spuren zurückbleiben. Wir treffen uns zur Mittagsstunde an der Weggabelung beim Rabenstein.«

»Ihr … reitet fort?«, erkundigte sich Gesset.

Gwenderon nickte. Wie alle seine Bewegungen wirkte auch dieses Nicken abgehackt und gezwungen. Es waren die Bewegungen eines Mannes, der zu müde war noch irgendetwas spontan zu tun. »Ich reite ihnen ein Stück entgegen«, sagte er. »Keine Sorge – sie werden mich nicht bemerken. Aber ich muss sie sehen.«

»Ich begleite Euch«, sagte der Raett.

Im ersten Moment wollte Gwenderon abwinken, aber dann beließ er es bei einem resignierten Seufzen und wartete, bis Gesset sein Pferd geholt und an seine Seite geritten war. Vielleicht war es gut, wenn er nicht allein ritt. Die zwei Tage, die seit seinem überhasteten Weggang verstrichen waren, hatten ihm Zeit zum Nachdenken gegeben. Er war sich der Tatsache, überstürzt gehandelt zu haben, vollkommen bewusst; ebenso wie er sich darüber im Klaren war, dass er ein vollkommen übermüdeter und dazu gereizter Mann war. Vielleicht war es besser, jemanden bei sich zu haben, der auf ihn Acht gab.

Schweigend ritten sie los, zuerst ein Stück am Fluss entlang, dann, als das Lager außer Sicht gekommen war, etwas westlich davon direkt zwischen den Bäumen hindurch. Nach Schnee riechende Kälte und die nie ganz weichende Halbdämmerung des Waldes umgaben sie und das monotone Wiegen des Pferdes begann ihn einzulullen. Immer öfter ertappte er seine Gedanken dabei, auf eigenen Pfaden zu wandeln, und ein- oder zweimal fielen ihm die Augen zu; er war sich nicht sicher, ob er nicht eingeschlafen war, und sei es nur für Sekunden.

»Warum reitet Ihr nicht voraus und tut, was vernünftig wäre, nämlich Euch vierundzwanzig Stunden auszuschlafen?«, fragte Gesset plötzlich.

Gwenderon fuhr zusammen, wandte mit einer hastigen Bewegung den Kopf und sah das Raett-Männchen mit einem schuldbewussten Lächeln an. »Sieht man es so deutlich?«, fragte er.

Gesset machte eine undeutbare Handbewegung. »Was? Dass Ihr am Ende Eurer Kräfte seid, Gwenderon? Nicht nur ich habe es bemerkt, Gwenderon.« Er seufzte tief. »Es nutzt niemandem, wenn Ihr Euch umbringt, Gwenderon. Cavin und dem Wald am allerwenigsten.«

Gwenderon verhielt sein Pferd mit solcher Plötzlichkeit, dass Gesset – der wie alle Raetts ohnehin Schwierigkeiten hatte, sich überhaupt im Sattel zu halten – nicht schnell genug reagierte und ein gutes Stück weitertrabte, ehe es ihm endlich gelang, sein Reittier zum Stehen zu bringen.

»Wolltest du mich deshalb begleiten, Gesset?«, fragte Gwenderon scharf. »Um mir Vorhaltungen zu machen? Oder hat dich Cavin geschickt, um auf mich aufzupassen?«

In Gessets Augen glomm ein unbestimmter Ausdruck von Trauer auf. »Nein«, sagte er mit einer Sanftheit in der Stimme, die so gar nicht zu seinem barbarischen Äußeren passen wollte. »Nur um auf Euch Acht zu geben, Gwenderon.«

Gwenderon starrte ihn an, schluckte ein paar Mal und senkte betreten den Blick. Gesset konnte nichts dafür, dass er überreizt und nervös war. Es tat ihm Leid, ihn zur Zielscheibe seiner schlechten Laune gemacht zu haben. »Verzeih«, murmelte er. »Ich wollte nicht –«

Gesset winkte ab. »Ich sage doch, Ihr seid übermüdet, Herr. Warum geht Ihr nicht zurück, ruht Euch aus und überlasst es uns, Lassars Krieger im Auge zu behalten?«

Einen Moment lang war Gwenderon wirklich versucht, auf den Vorschlag des Raett einzugehen. Aber dann schüttelte er entschlossen den Kopf und ließ sein Pferd weitertraben. Gessets Augen waren zehnmal schärfer als die seinen, so wie alle Sinne der

Raetts viel höher entwickelt waren als die irgendeines Menschen, das wusste er. Was den Blicken Gessets oder seiner Späher entging, würde er schon gar nicht bemerken.

Aber es gab etwas, was nur er tun konnte.

Seine Hand glitt zum Sattelgurt und strich fast liebkosend über den länglichen, in Lederstreifen eingehüllten Gegenstand, der wie ein Speer daran befestigt war. Gessets Blick folgte der Geste, aber der Raett schwieg dazu, so wie er die ganze Zeit über nicht einmal gefragt hatte, was es war, das Gwenderon bei sich trug und wie seinen Augapfel hütete.

»Warum bist du bei mir, Gesset?«, fragte Gwenderon nach einer Weile. »Ich meine nicht jetzt und hier, sondern überhaupt. Du weißt, dass ich gegen Cavins Befehl handele.«

»Ihr würdet niemals etwas tun, was ihm schaden könnte«, sagte Gesset, als wäre dies Antwort genug.

»Trotzdem könnte er das, was du und die anderen getan haben, Verrat nennen«, beharrte Gwenderon.

»Ist es denn einer?«, fragte der Raett. Seine Stimme klang amüsiert.

Gwenderon schüttelte den Kopf. »Nein. Aber ich könnte mich täuschen.«

»In Lassar?« Gesset lachte. »Schwerlich, Herr. Ihr nennt ihn, was er ist – einen Lügner.«

»Und wenn er diesmal die Wahrheit sagt?«

»Werden wir es herausfinden«, sagte der Raett leichthin. »Es ist kein Verrat, wenn wir uns davon überzeugen, dass seine Krieger das Abkommen einhalten. Er wird es nicht einmal bemerken.«

Gwenderon nickte. »Ich hoffe es«, sagte er leise und wie zu sich selbst. »Denn wenn nicht –«

Gesset brachte ihn mit einer abrupten Geste zum Schweigen und verhielt sein Pferd. »Still!«

Auch Gwenderon hielt an und lauschte, aber alles, was er hörte, waren ihre eigenen Atemzüge und das Wispern des Windes. Doch er schwieg und gab keinen Laut von sich, während Gesset mit schräg gehaltenem Kopf und halb geschlossenen Augen lauschte. Schließlich, nach Sekunden, die Gwenderon wie eine Ewigkeit vorgekommen waren, drehte der Raett den Kopf und sah ihn an.

»Jemand kommt.«

»Lassars Männer?«

Der Raett zuckte mit den Achseln, sah sich rasch nach beiden Seiten um und deutete schließlich mit einer Kopfbewegung auf einen übermannshohen dornigen Busch, dessen Blattwerk sichere Deckung versprach. Ohne ein weiteres Wort lenkte Gwenderon sein Pferd herum und ließ es hinter den Busch traben.

Gessets Sinne mussten noch schärfer sein, als Gwenderon bisher angenommen hatte, denn es vergingen fast fünf Minuten, ehe auch er die Laute von Pferdehufen hörte, gedämpft vom weichen Erdreich des Waldbodens und begleitet vom leisen, rhythmischen Klirren von Metall.

»Hier?«, murmelte er verstört. »Mehr als eine Meile vom Fluss entfernt?«

»Vielleicht ein Spähtrupp«, vermutete Gesset. »Es mag sein, dass Ihr nicht der Einzige seid, der misstrauisch ist, Herr.«

Sie warteten. Der Hufschlag kam näher, entfernte sich wieder, kam abermals näher und brach dann für eine endlose Minute ab, als der Reiter anhielt. Gesset deutete stumm nach vorne, und als Gwenderons Blick der Geste folgte, sah auch er einen Schatten. Seine Hand glitt zum Schwert und schmiegte sich um den lederbezogenen Griff, zog die Waffe aber nicht. Der Reiter kam näher, wuchs von einem flachen Umriss zu einem Körper heran; ein Gigant von mehr als zwei Meter Größe, gepanzert in schwarzes Eisen und mit Speer, Schild und Morgenstern bewaffnet.

Gwenderon erstarrte.

Es war nicht irgendein Krieger, den er sah. Nicht einer von Lassars Söldnern, auch keine der hirnlosen Raett-Kreaturen, die er versklavt und in seine Rüstung gezwungen hatte, sondern einer der Furcht einflößenden Schattenkrieger, denen er und Cavin in den Ruinen Hochwaldens begegnet waren.

Sein Puls begann zu jagen und mit einem Male ging sein Atem so schnell, dass Gesset alarmiert aufsah und ihm beruhigend die Hand auf den Arm legte. Alles in ihm schrie danach, die Waffe zu ziehen und die Kreatur zu töten, was immer sie sein mochte. Aber Gwenderon tat es nicht, sondern nahm im Gegenteil die Hand vom Schwert und ballte nur in hilflosem Zorn die Fäuste auf dem Sattel.

Der Krieger näherte sich ihrem Versteck, verhielt sein Pferd und hob wie ein schnüffelnder Hund den Kopf. Ein sonderbarer, ganz sicher nicht menschlicher Laut drang unter seinem geschlossenen Visier hervor, und für einen Moment – den Bruchteil einer Sekunde nur, und doch für einen Augenblick, den Gwenderon nie wieder in seinem Leben vergessen sollte – konnte er direkt in die schmalen Sehschlitze seiner eisernen Larve blicken.

Gwenderon war sicher, dass dahinter keine Augen gewesen waren.

Langsam ritt der Fremde weiter, hielt dabei aber immer wieder an, um wie ein Hund die Luft einzusaugen und Witterung aufzunehmen, bis er schließlich so überraschend verschwand, wie er gekommen war. Aber auch danach blieben Gwenderon und Gesset noch für endlose Augenblicke reglos und gebannt hinter ihrer Deckung. Selbst ihre Pferde verhielten sich still, als hätten auch sie das Fremde, Böse gespürt, das den Reiter umgab wie eine unsichtbare, böse Aura.

»Was ... war das?«, flüsterte Gesset schließlich. Seine Stimme klang gepresst und erinnerte jetzt viel mehr an das Pfeifen und Quieken, mit dem sich die Raetts normalerweise verständigten.

Sein Blick flackerte.

»Ich weiß es nicht«, murmelte Gwenderon. »Eine von Lassars Kreaturen. Ich ... bin ihnen schon einmal begegnet, in Hochwalden. Ich weiß nicht, was es war. Sicher kein Mensch.«

»Kein Leben«, sagte Gesset leise.

Gwenderon starrte ihn an. »Was sagst du da?«

»Es lebt nicht«, behauptete der Raett. Seine Stimme zitterte jetzt. Gwenderon sah, wie sich das Fell in seinem Nacken aufrichtete, als wäre es gegen den Strich gebürstet worden. Der Raett schien halb wahnsinnig vor Angst zu sein.

»Es lebt nicht«, wiederholte er. »Es ist tot, Gwenderon. Es atmet Unheil. Was war das? Was tut *es hier?«*

Sekundenlang starrte Gwenderon den Raett noch an, dann wandte er den Blick und sah in die Richtung, in der der unheimliche Reiter verschwunden war. »Ich weiß es nicht, Gesset«, flüsterte er. »Aber ich werde es herausfinden. Komm!«

16

Der Wind war kalt hier oben, und vielleicht war das der Grund, aus dem er so oft hierher kam: der Wind.

Er erinnerte ihn an seine Heimat, an Hochwalden. Von allen Erinnerungen, die Cavin an das Haus seiner Kindheit hatte, war dies die intensivste gewesen, ohne dass er jemals eine Erklärung dafür gefunden hätte: der Wind, der hinter den Zinnen des höchsten Turmes von Hochwalden immer gleich gewesen war, ganz egal ob es Sommer oder Winter war. Und so hatten ihn seine Schritte wieder hier herauf geführt, auf den Turm, von dem aus er die ganze gewaltige Festung und einen guten Teil des Waldes überblicken konnte, mit dem so viele Erinnerungen verbunden waren.

Nicht alle davon waren gut. Und in die, die gut waren, mischte sich ein sonderbares Gefühl der Bedrückung, das er sich nicht erklären konnte, das aber schlimmer wurde, mit jeder Stunde, die verging. Der zweite Tag, dachte er bedrückt. Der zweite Sonnenaufgang, seit er Lassar die Antwort auf seine Frage hatte ausrichten lassen, die Entscheidung, die ihn bisher einen Freund gekostet hatte und ihn vielleicht sein Königreich kosten würde. Cavin fühlte sich müde. Er hatte eine Entscheidung getroffen – eigentlich zum ersten Mal überhaupt, solange er denken konnte – und er hatte sie aus sich heraus getroffen, nur auf seine innere Stimme vertrauend, ganz wie Faroan es ihm gesagt hatte, doch wusste er noch immer nicht, ob sie richtig gewesen war. Vielleicht hatte er alles damit verspielt, vielleicht alles gewonnen. Und vielleicht gab es noch eine dritte Möglichkeit.

Das Geräusch leiser Schritte ließ ihn aufsehen. Cavin wandte sich um und lächelte automatisch, als er Karelian erkannte. Wie er selbst wirkte der Waldläufer ernster und besorgter als sonst, und wie er hatte er in der vergangenen Nacht – der ersten seit ihrer Rückkehr vom Fluss – keinen Schlaf gefunden; unter seinen Augen lagen dunkle Ringe und seine Haut glänzte wächsern im roten Sonnenlicht. Cavin wusste, dass er die ganze Nacht bei Animah gewacht hatte, obwohl ihm Arcen mehr als einmal gesagt hatte, dass es nichts gab, was er für sie tun konnte. Der Gedanke erfüllte Cavin mit einem vagen Gefühl von Schuld, aber er war jetzt fast sicher, dass Karelian die schwarzhaarige Amazone liebte. Wie wenig er doch über die Männer und Frauen wusste, die seine Freunde waren.

»Ich hoffe, ich störe Euch nicht.«

Cavin verneinte. »Wobei wohl?«, fragte er.

Karelian zuckte die Achseln, trat neben ihn und stützte sich auf dem verwitterten Stein der Brüstung auf. Sein Blick glitt nach Süden.

»Ist es das, was Euch Sorge macht?«, fragte er.

Cavin sah in die gleiche Richtung. Natürlich gab es dort – wie überall – nichts anderes zu sehen als das endlose grüne Auf und Ab des Waldes, nur hier und da unterbrochen von zerrissenen Schleiern grauen Morgennebels, den die Sonne noch nicht zur Gänze weggeschmolzen hatte. Aber natürlich wusste er, was Karelian meinte. Wenn er nur lange genug hinsah, dann glaubte er die Krieger beinahe zu sehen, einen schier endlosen Wurm aus Stahl und Fleisch, der sich durch den Wald fraß, langsam, aber unaufhaltsam.

»Nein«, sagte er nach einer Weile. »Meine Entscheidung ist getroffen, Karelian. Es ist zu spät, sich Sorgen zu machen. Wenn es wirklich ein Fehler war, werden wir es früh genug zu spüren bekommen.«

Karelian drehte sich herum, sah ihn für einen Augenblick ernst an und deutete dann mit der Linken nach unten in den Hof. »Die meisten hier heißen Eure Entscheidung gut«, sagte er.

»Die meisten?«

»Wir sind fast zweihundert«, erinnerte Karelian, »Guarrs Raetts mitgezählt. Es ist schwer vorstellbar, dass so viele einer Meinung sein sollten. Aber die meisten sind es. Sie sind des Kämpfens müde.«

Des Kämpfens müde … In Cavins Ohren klang dieser Satz wie böser Spott. Sie hatten ja noch gar nicht gekämpft. Ein kleines Scharmützel hier, ein Überfall auf einen unwichtigen Posten dort – der erste wirkliche Angriff, der erste Hieb, der Lassar wirklich wehtun sollte, war zu einer Katastrophe geworden. Und doch glaubte er Karelian, wenn er sagte, die Männer seien müde. Lassar hatte sie zermürbt, einfach dadurch, dass er nichts tat.

»Und es ist noch etwas«, sagte Karelian nach einer Weile. »Sie haben Angst. Keiner will länger hier bleiben als nötig. Diese Festung macht ihnen Angst.«

Cavin beugte sich vor und ließ seinen Blick lange und nachdenklich über die zerborstenen Mauern und Türme der Megidda streifen, ein Labyrinth aus schwarzen Felsen und noch dunkleren, scharf abgegrenzten Schatten, die das Licht der Sonne niemals erreichen würde. Was er spürte, war *Alter,* ein unglaubliches, Ehrfurcht gebietendes Alter, das irgendetwas in ihm berührte und zum Erstarren brachte. Und er war der König von Hochwalden, der Mann, in dessen Adern das Blut der Waldkönige floss, der – auf eine Art, die er nicht einmal zu ahnen wagte – Teil dieses gigantischen, finsteren Ortes war, tiefer mit ihm verbunden als irgendein anderer Sterblicher sonst. Was mochten die anderen erst empfinden?

»Du bist nicht gekommen, um über die Männer zu sprechen«, sagte er ohne auf Karelians Worte einzugehen.

»Nein.« Die Antwort des Waldläufers kam zögernd. »Es ist Animah.«

»Wie geht es ihr?«

»Arcen behauptet, gut«, antwortete Karelian. »Sie ist ein paar Mal erwacht. Vor einer Stunde war Guarr bei ihr und hat mit ihr geredet.«

»Ich weiß«, sagte Cavin. »Ich habe ihn darum gebeten.«

Karelian schwieg einen Moment. In seinem Gesicht arbeitete es und Cavin wusste ganz genau, was nun kommen würde. Er hatte dieses Gespräch gefürchtet. Vielleicht war er auch ein wenig deshalb hier heraufgegangen, um vor ihm zu fliehen.

»Vor ihrer Tür steht eine Wache«, begann Karelian von neuem.

»Auch das weiß ich, mein Freund«, sagte Cavin. »Sie steht auf meinen Befehl dort. Animah war ein halbes Jahr Lassars Gefangene.«

Karelian fuhr auf. »Sie ist halb tot, und –«

»Und genau das kann ein Trick sein, Karelian«, unterbrach ihn Cavin, leise, aber sehr entschieden. Karelian schluckte ein paar Mal und wandte den Blick ab, ehe er weitersprach.

»Ihr sprecht schon fast wie Gwenderon«, murmelte er.

»Ich spreche über den Mann, der sich selbst den Herrn der Lügen nennt«, verbesserte ihn Cavin. »Niemand weiß, was in diesem halben Jahr geschehen ist, Karelian. Niemand weiß, was er mit Animah gemacht hat. Wir wissen nicht einmal, wieso sie plötzlich hier ist.«

»Was hat Euch der Raett gesagt?«, fragte Karelian. »Er hat mit ihr gesprochen, aber ich durfte nicht dabei sein.«

»Es war überflüssig«, gestand Cavin. »Er hat mit ihr geredet, aber er hat nichts erfahren. Nicht das, was ich wissen wollte. Was sie sagt, ist die Wahrheit.«

»Und warum lasst Ihr sie dann wie eine Gefangene behandeln?«

»Es ist das, was sie für die Wahrheit hält«, sagte Cavin ruhig. »Auch Guarr vermag nur Wahrheit und Lüge auseinander zu halten, Karelian. Er erkennt nicht, wenn jemand getäuscht wurde. Gib mir ein wenig Zeit, ich bitte dich. In einer Woche ist dieser ganze Spuk vorbei, wenn Lassar Wort hält. Dann ist sie frei …«

»Trotzdem stellt sie wohl kaum eine Gefahr dar«, beharrte der Waldläufer. »Wäre Lassar so mächtig, müsste er nicht lügen und täuschen, um seine Ziele zu erreichen.« Aber seine Worte hörten sich nicht so an, als glaubte er selbst, was er sagte. Cavin kam es eher so vor, als versuche er sich damit selbst zu beruhigen. Er war ein wenig verblüfft – er hatte geglaubt, auf stärkeren Widerspruch zu stoßen, vor allem jetzt, wo er wusste, wie Karelian zu Animah stand. Aber vielleicht war er nur erleichtert, sie frei und lebend wieder zu sehen, alles andere zählte nicht.

»Du spürst es auch, nicht?«, fragte er leise.

Karelian wich seinem Blick aus, aber nur für einen Moment, dann nickte er, starrte einen Moment zu Boden und atmete hörbar aus. »Es ist … viel Zeit vergangen, Herr«, sagte er stockend. »Es sind Wunden geschlagen worden, die Zeit brauchen, um zu heilen.«

Cavin schüttelte den Kopf. »Das ist es nicht«, sagte er ernst. »Du fühlst es genau wie ich. Jeder spürt es, Karelian. Ich bin heute Nacht durch die Burg gegangen und habe mit den Männern gesprochen. Und es war keiner unter ihnen, der es nicht gefühlt hätte.« Er schwieg einen Moment, und als er weitersprach, hörte Karelian, wie schwer es ihm fiel, die wenigen Worte auszusprechen.

»Wir haben einen Fehler begangen, mein Freund«, sagte er. »Ich weiß noch nicht, welchen, und ich weiß noch nicht, welche Folgen er haben wird, aber wir hätten auf Gwenderon hören sollen.«

»Guarrs Raetts behalten das Heer im Auge«, sagte Karelian. »Sie tun keinen Schritt, von dem wir nicht wüssten.«

»Und was, glaubst du, können wir tun, wenn sie das Abkommen brechen?«, fragte Cavin düster. »Du hast das Heer gesehen, Karelian. Viele sind geflohen oder gestorben, aber es sind noch immer mehr als zehntausend. Fünfzig auf jeden von uns.«

Karelian antwortete nicht, aber gerade dieses Schweigen sagte Cavin mehr als alles, dass auch der Waldläufer den Pestgestank des Bösen spürte, der sich in den Mauern der Burg eingenistet hatte.

»Was wollt Ihr tun?«, fragte Karelian nach einer Weile.

Cavin sah ihn nicht an, sondern blickte starr weiter nach Süden, dorthin, wo Lassars Heer seinen Weg zog. »Ich weiß es nicht«, murmelte er. »Alles, was ich weiß, Karelian, ist, dass ich Angst habe. Und ich weiß nicht einmal wovor.«

17

Das Heer lag wie ein gigantisches, aus abertausend glänzenden Schuppen zusammengesetztes Ungeheuer auf dem Fluss. Die Luft war grau und bitter riechend und der Boden schien selbst hier oben, eine gute Meile entfernt, noch unter dem Rhythmus des marschierenden Heeres zu beben. Gwenderon fragte sich allen Ernstes, warum das Eis nicht unter dem Gewicht der mehr als dreißig Flöße und gut zweitausend Reiter brach.

Gwenderon rieb sich mit Daumen und Zeigefinger der Linken über die Augen, um die Tränen fortzuwischen, die ihm das grelle Gegenlicht in die Augen trieb. Das Sonnenlicht wirkte rot wie ein unseliges Omen, und gegen das Blau des Flusses und das verwischte Grünbraun des Waldes dahinter wirkte das Heer wie eine hässliche schwarze Narbe, die in die Wirklichkeit gerissen worden war.

»Es sind … so viele«, murmelte Gesset verstört. Es waren die ersten Worte, die der Raett sprach, seit sie den Waldrand erreicht und das heranrückende Heer unter sich erblickt hatten. Seine Stimme klang flach; Gwenderon hörte, dass der Anblick Gesset ebenso geschockt hatte wie ihn. Er hatte mit einer Armee gerechnet, aber das hier war …

Er fand nicht das richtige Wort. Ausdrücke wie gigantisch oder ungeheuerlich schienen nicht auszureichen, die schier endlose Masse von Männern und Pferden zu beschreiben, die sich unten auf dem Eis entlangwälzte. Während der letzten Nacht waren immer wieder Späher zurückgekommen, die die eine oder andere Einzelheit zu berichten wussten, aber jetzt, als Gwenderon die ganze Masse des Heeres unter sich sah, begriff er, dass sie alle nicht mehr als einen Bruchteil der ungeheuren Armee erblickt hatten. Sie hatten von vielen Männern gesprochen; tausend, vielleicht mehr. Aber was sie gesehen hatten, konnte nicht mehr als die Vorhut gewesen sein.

»Zehntausend«, murmelte Gesset. »Es müssen … mehr als zehntausend sein, Gwenderon.« Seine Augen waren weit vor Unglauben.

»Lassars gesamte Armee«, sagte Gwenderon. »Er muss all seine Krieger zusammengezogen haben, Gesset. Das … das ist sein ganzes Heer.«

»Was bedeutet das?«, murmelte Gesset. »Er … er …«

»Er flieht«, beendete Gwenderon den Satz, als der Raett nicht weitersprach. Plötzlich war alles ganz klar. Lassars großzügiges Angebot, sein plötzlicher Friedenswille, die Kunde von den Niederlagen, die seine Krieger an allen Fronten hatten einstecken müssen – dies alles fügte sich mit einem Male zu einem deutlichen Bild zusammen. Es war das, was Cavin und er erwartet hatten, was er Lassar praktisch ins Gesicht gesagt hatte, als er ihm gegenüberstand. Aber es war etwas ganz anderes, es zu *sehen.*

»Er flieht, Gesset!«, wiederholte er erregt. »Begreifst du denn nicht? Lassar ist besiegt! Das da unten sind all seine Krieger, die Besatzungen all seiner Städte und Burgen. Er weiß, dass er den Krieg verloren hat. In wenigen Tagen schon werden die Pässe frei sein und Lassar sitzt wie eine Maus in der Falle, wenn die Heere seiner Feinde anrücken.«

Er ballte die Faust und schlug so wuchtig auf den Sattel, dass sein Pferd erschrocken tänzelte. »Und wir öffnen ihm den einzigen Weg aus dieser Falle! Ich habe es gewusst. Cavin wird einen furchtbaren Preis für den Handel zahlen müssen, den er eingegangen ist.«

Gesset blinzelte. »Das verstehe ich nicht.«

»Dann will ich es dir erklären!«, sagte Gwenderon erregt. »Lassar führt seit mehr als zehn Jahren Krieg, Gesset. Es gibt kaum ein Land, das er nicht angegriffen und erobert oder zumindest geplündert und gebrandschatzt hätte.«

»Das weiß ich«, begann Gesset, aber Gwenderon hörte seine Worte gar nicht, sondern fuhr erregt fort: »Vor zwei Jahren haben die nördlichen Königreiche eine Allianz gebildet und Lassars Heere zurückgeschlagen, und jetzt ist es endlich so weit, dass sie ihn in der Falle haben. Er kann nicht mehr entkommen, und nicht einmal seine Macht reicht aus, der erdrückenden Übermacht standzuhalten, die mit dem Frühjahr über die Berge kommen wird. Begreifst du immer noch nicht, Gesset – Lassar ist verloren! Die nördliche Allianz wird ihn schlagen. Besser gesagt – sie würde es, hätte er nicht einen Weg gefunden, sich und den Großteil seines Heeres in Sicherheit zu bringen. Wahrscheinlich zu dem einzigen Zweck, in ein paar Jahren mit mehr Kriegern und neuen Teufeleien zurückzukommen.«

Gesset starrte ihn an. Gwenderon wusste, dass es unmöglich war – aber für einen Moment war er fast sicher, dass der Raett unter seinem graubraunen Fell erbleichte.

»Sie werden … Cavin dafür verantwortlich machen«, sagte Gesset stockend.

Gwenderon nickte. »Ja. Sie werden kommen und Lassars Festung leer finden, und sie werden erfahren, dass es der König des Schwarzeichenwaldes war, der ihm den Fluchtweg öffnete. Hochwalden wird ein zweites Mal brennen. Und diesmal wird niemand kommen, um es wieder aufzubauen.«

»Ein interessanter Gedanke«, sagte eine Stimme hinter ihnen.

Gwenderon erstarrte für eine Sekunde, fuhr dann mit einem krächzenden Schrei herum und riss in der gleichen Bewegung das Schwert aus dem Gürtel.

»Lassar!«, keuchte er.

Der Herr der Schatten nickte spöttisch. »Es ehrt mich, dass Ihr mich schon am Klang meiner Stimme erkennt, Gwenderon«, sagte er lächelnd. »Aber Ihr wart ja schon immer ein kluger Mann. Ein interessanter Einfall, den Ihr da gehabt habt. Wären meine Pläne nicht schon anderweitig gediehen, dann käme ich wirklich in Versuchung, ihn aufzugreifen. Aber so …«

Gwenderon atmete mühsam beherrscht aus. Seine Hände zitterten so stark, dass er Mühe hatte, das Schwert zu halten. »Was tust du hier?«, keuchte er.

»Was ich hier tue?« Lassar schüttelte tadelnd den Kopf. Seine

Gestalt schien leicht zu flackern. Die Umrisse der Büsche und Bäume hinter ihm schimmerten durch das rauchige Schwarz seines Mantels. Gwenderon begriff, dass er nur einem Schatten gegenüberstand. »Mit Verlaub, mein lieber Freund, aber das ist eine reichlich dumme Frage, findet Ihr nicht? Ich achte auf mein Heer und darauf, dass das Abkommen, das ich mit Eurem König schloss, auch gehalten wird. Nicht ganz zu Unrecht, wie mir Eure Anwesenheit beweist. Ich nehme doch nicht an, dass Ihr Euch dem Befehl Eures Königs widersetzt und gegen seinen Willen hier seid, oder?«

»Cavin weiß nichts davon«, antwortete Gwenderon hastig. »Aber das ändert nichts daran, dass –«

»Dann seid Ihr ohne sein Wissen hier?«, unterbrach ihn Lassar mit gespielter Verwunderung. »Das ist schade. Gut für Cavin, denn es entbindet mich der unangenehmen Pflicht, ihn für diesen Bruch unseres Abkommens zur Verantwortung zu ziehen, aber schlecht für Euch, Gwenderon.«

Gesset stieß ein zorniges Fauchen aus und griff zum Schwert, aber Gwenderon hielt ihn mit einer raschen Handbewegung zurück. »Nicht, Gesset«, sagte er. »Er ist nicht wirklich. Nur ein Schatten.«

Lassar lächelte. »Wahr gesprochen, Gwenderon. Aber wenn Ihr Wert auf einen lebenden Gegner legt – bitte.«

Er hob die Hand und machte eine komplizierte, flatternde Geste. Irgendwo hinter ihm knackte ein Zweig, dann wurde das Unterholz raschelnd auseinander gebogen und ein gewaltiger, in mattschwarzes Eisen gepanzerter Reiter trat aus dem Wald.

Der Schattenkrieger, auf dessen Spur sie hierher gekommen waren, dachte Gwenderon schaudernd. Der Anblick des Heeres hatte ihn den Unheimlichen für Augenblicke vergessen lassen. Jetzt, als er Lassars Blick begegnete, begriff er, dass nichts von dem, was geschehen war, Zufall gewesen war. Sie waren hierher gekommen, weil sie hierher kommen *sollten.*

»Du hast das alles nur inszeniert, um mich zu bekommen, du Hund.«

Die Beleidigung schien Lassar zu amüsieren. »Ich sagte bereits, dass Ihr ein kluger Mann seid«, sagte er lächelnd. »Aber um Eure Frage zu beantworten – ja. Ihr habt mir zu viel Ungelegenheiten bereitet, mein Freund. Jemand, der sich mir so lange und hartnäckig widersetzen konnte, verdient einen würdigen Gegner. Ich konnte es nicht zulassen, dass Euch irgendein Bauerntölpel aus dem Hinterhalt erschlägt – oder Ihr gar irgendwann an Altersschwäche sterbt.«

Gwenderon packte sein Schwert fester. Der Riesenkrieger bewegte sich nicht, aber seine Hand lag griffbereit auf dem Schaft des gewaltigen Morgensterns und sein linker Arm steckte bereits in den Schlaufen des Schildes.

»Dann war alles nur eine Falle«, murmelte er. »Dein Angebot, Hochwalden, dies hier – alles nur, um dich zu *rächen?«*

Lassar kicherte. »Jetzt beleidigt Ihr mich, Gwenderon. Ich sagte Euch doch, dass ich niemals etwas Grundloses tue. Rache allein wäre zu wenig, um diesen Aufwand zu rechtfertigen. In gewissem Sinne habt Ihr natürlich Recht – Ihr und dieser Narr, der sich der König des Schwarzeichenwaldes nennt, werdet endlich bekommen, was ich Euch schon lange zugedacht habe.«

»Warum dann eigentlich?«, fragte Gwenderon erregt. Sein Blick streifte den Schattenkrieger. Die Hand des Riesen hatte sich fester um die Waffe geschmiegt. Und der Rand seines Schildes hatte sich um eine Winzigkeit gehoben. Die Muskeln seines Pferdes spannten sich beinahe unmerklich zum Sprung. Gwenderon verlagerte sein Gewicht ein wenig und hoffte, dass es Lassar und seinem Dämonenkrieger entging.

»Warum das alles?«, fragte er noch einmal.

»Warum?« Lassar lachte leise. »Ich sehe eigentlich keinen Grund, mich vor Euch zu rechtfertigen. Aber meinetwegen seht!«

Damit richtete er sich ein wenig im Sattel auf und machte eine rasche, befehlende Geste.

Es war vollkommen unmöglich, dass irgendeiner der Männer unten auf dem Fluss die Bewegung wahrnahm, dachte Gwenderon verstört – und trotzdem reagierten sie darauf. Etwas im schwerfälligen Rhythmus des Heeres änderte sich, die Geräusche und das Lärmen klangen anders, die zehntausend Schuppen des riesigen Stahlwurmes gerieten für Augenblicke durcheinander – und dann, eines nach dem anderen, kamen die gewaltigen Flöße zum Stillstand. Gleichzeitig wendeten die ersten Reiter ihre Pferde und zwangen sie die jenseitige Uferböschung hinauf.

Und langsam, ganz, ganz langsam, begriff Gwenderon.

»Die ... die Megidda«, murmelte er. »Du willst *sie.*«

»Was sonst?«, fragte Lassar amüsiert. »Es ist schade, dass Ihr sein verblüfftes Gesicht nicht mehr sehen werdet, wenn mein Heer vor den Toren seiner Zauberfestung erscheint und er begreift, wie wenig sicher er in Wahrheit ist.«

»Verräter«, stammelte Gwenderon. »Du verdammter –«

»Bitte, Gwenderon«, unterbrach ihn Lassar. »Es nutzt weder dir noch mir, wenn du mich beleidigst. Überdies ist es reine Zeitverschwendung. Vielleicht rechtfertige ich mich, wenn Ihr meinen Diener besiegt, Gwenderon. Und jetzt – *kämpft!*«

Im gleichen Moment sprengte der Schattenkrieger los. Pferd und Reiter schienen sich in wirbelnde Schemen zu verwandeln. Sein Schild kam hoch; der Morgenstern wurde zu einem rasenden Schatten und sauste auf Gwenderon nieder.

Aber so schnell er auch heran war – Gwenderon war schneller. Statt auszuweichen, was die instinktive Reaktion gewesen wäre – und wohl auch die, mit der der Angreifer gerechnet hatte –, sprengte er dem gepanzerten Riesen entgegen, riss sein Pferd im allerletzten Moment nach rechts und ließ sich aus dem Sattel fallen. Der Morgenstern des Riesen pfiff durch die Luft, prallte auf den leeren Sattel und riss eine tiefe Scharte in das Leder. Gwenderons Pferd bäumte sich auf und fiel – und im gleichen Moment bohrte sich sein Schwert tief in den Oberschenkel des Kriegers.

Der Mann kippte zur Seite, ließ Schild und Morgenstern fallen und stürzte mit haltlos rudernden Armen zu Boden.

Gwenderon war über ihm, noch bevor er Zeit fand, sich wieder auf Hände und Knie hochzustemmen. Sein Schwert sauste herab und zerschmetterte seinen schwarzen Eisenhelm. Der Krieger sank lautlos nach hinten und erstarrte.

Lassar klatschte spöttisch Beifall. »Bravo«, sagte er. »Das war ein Kampf, wie ich ihn von einem Waffenmeister Hochwaldens erwartet habe.« Er lachte leise, als sich Gwenderon umwandte und zu ihm aufsah. »Aber Ihr glaubt nicht im Ernst, dass das alles war, nicht wahr, mein Freund?«

Gwenderon schüttelte grimmig den Kopf. »Nein«, sagte er. »Aber wenn all deine Krieger so leicht zu besiegen sind, fürchte ich nicht mehr um die Sicherheit Cavins.«

Statt einer Antwort hob Lassar die Linke und machte erneut diese rasche, flatternde Geste.

Dicht hinter Gwenderon klirrte Metall. Der Waffenmeister drehte sich herum, hob instinktiv sein Schwert – und sah, wie der Krieger, den er gerade niedergeschlagen hatte, mit langsamen, umständlichen Bewegungen wieder auf die Füße kam. Sein Helm war zerschmettert, aber hinter dem furchtbaren Riss war nur wogende Schwärze, kein Fleisch und kein Blut.

Es ist tot, glaubte er Gessets Worte noch einmal zu hören. *Es lebt nicht, Gwenderon.*

Und plötzlich begriff er, wie Recht der Raett mit seinem ungläubigen Ausruf gehabt hatte. Wie sollte er einen Gegner töten, der nie gelebt hatte?

Der Krieger hob seinen Schild auf, bückte sich nach dem Morgenstern und kam mit wiegenden Schritten näher. Gwenderon wich ein Stück vor ihm zurück, wechselte das Schwert von der Rechten in die Linke und hob die Hand. Gesset sprengte heran, reichte ihm den kleinen runden Schild, den er am Sattel getragen hatte, und entfernte sich wieder. Gwenderon dankte im Stillen den Göttern dafür, dass der Raett instinktiv das Richtige erkannt hatte und nicht versuchte, neben ihm gegen Lassars Krieger zu kämpfen.

Langsam begannen sich die beiden ungleichen Gegner zu umkreisen. Der Morgenstern des Riesen wirbelte wie ein schwarzes Todesrad über seinem Helm, aber er hatte aus seinem Fehler gelernt und griff nun nicht mehr mit ungestümer Wut an, sondern beschränkte sich darauf, Gwenderon vor sich herzutreiben und auf eine Gelegenheit zu warten, einen entscheidenden Hieb anbringen zu können. Immer wieder zuckte sein Morgenstern herunter und immer wieder riss er die Kette mit der stachelbewehrten Kugel zurück, ehe sie Gwenderon wirklich erreichte.

Er spielt mit mir, dachte Gwenderon. Dieser Kampf war nichts als ein böses, zynisches Spiel, dessen Anblick Lassar für die Niederlagen entschädigen mochte, die er ihm beigebracht hatte.

Wieder sauste der Morgenstern herab, aber diesmal wich ihm Gwenderon nicht aus, sondern duckte sich im letzten Moment unter der tödlichen Stahlkugel hindurch, schlug mit dem Schild nach dem Waffenarm des Riesen und stieß gleichzeitig nach seiner Kehle. Sein Schwert schrammte über den Rand des riesigen schwarzen Schildes, wurde abgelenkt und traf das Visier des Giganten.

Mit einem hässlichen Knirschen bohrte sich die Klinge durch den fingerbreiten Sehschlitz, glitt ohne fühlbaren Widerstand durch den Helm hindurch und brach dicht über seinem Scheitel wieder hervor.

Der Gigant taumelte, beugte sich wie ein stürzender Baum nach vorne, ließ Schild und Morgenstern fallen und griff nach der Klinge. Gwenderon schrie vor Schrecken auf, packte den Schwertgriff mit beiden Händen und zerrte mit aller Macht daran, aber die Waffe hatte sich im geborstenen Helm des Riesen verkeilt; er bekam sie nicht frei.

Ein Tritt traf sein Knie und schien sein Bein zu spalten. Gwenderon keuchte, fiel nach hinten und rollte sich im letzten Moment zur Seite, als der Riese über ihm zusammenbrach.

Diesmal dauerte es nur Sekunden, bis sich die schwarze Gestalt wieder zu bewegen begann. Gwenderon hatte sich kaum auf Hände und Knie hochgestemmt und seine Benommenheit abgeschüttelt, als Lassars Krieger auch schon wieder aufstand, langsamer als das erste Mal und mit ungeschickteren, noch trägeren Bewegungen, aber unaufhaltsam. Fast gemächlich zog er das Schwert aus seinem Helm, warf es Gwenderon vor die Füße und wandte sich um, um abermals Schild und Morgenstern aufzuheben.

»Du Teufel!«, zischte Gesset. Gwenderon blickte erschrocken hoch und sah, dass der Raett sein Pferd herumgezwungen hatte und bis auf Armeslänge an Lassar herangeritten war. Seine Rechte umklammerte das Schwert, das er aus dem Gürtel gezogen hatte.

»Wie lange willst du dieses grausame Spiel noch treiben?«, schrie der Raett. »Wenn du uns töten willst, dann tu es – aber quäle ihn nicht noch. Dieser Kampf ist nicht fair!«

Lassar bedachte ihn mit einem gelangweilten Blick. »Ich habe niemals behauptet fair zu sein«, sagte er. »Du solltest deine Kräfte schonen, Rattengesicht. Du wirst sie noch brauchen.«

Gesset keuchte vor Wut, riss sein Schwert hoch über den Kopf und schlug nach Lassar.

Gwenderons Schrei kam zu spät. Lassar zuckte nicht einmal mit einer Wimper, aber der Schattenkrieger, der sich bisher so plump bewegt hatte, schien plötzlich zu einem wirbelnden Schemen zu werden. Schneller, als Gwenderons Auge der Bewegung folgen konnte, fuhr er herum, sprang auf Gesset zu und fing das Schwert mit der bloßen Hand auf. Sein gepanzerter Handschuh zerbarst unter der Wucht des Hiebes, aber er war ein Wesen, das keinen Schmerz kannte. Seine Finger schlossen sich um das Schwert und zerbrachen es, als wäre es aus Glas; gleichzeitig holte er mit dem linken Arm zu einem gewaltigen Hieb aus und schlug Gesset aus dem Sattel.

Der Raett kreischte, überschlug sich zwei-, dreimal in der Luft, prallte Meter entfernt mit vernichtender Wucht auf den Boden und blieb wimmernd liegen.

Lassar schürzte die Lippen. »Schade«, sagte er bedauernd. »Das ging beinahe zu schnell. Ich hoffe doch, dass Ihr mir die Freude bereitet, Euch tapferer zu schlagen, Gwenderon.« Damit hob er die Hand und bedeutete seinem Krieger, sich erneut dem Waffenmeister zuzuwenden.

Gwenderon schluckte krampfhaft. In seinem Mund war ein bitterer Geschmack und er begann jede Stunde der Ruhe, um die er seinen Körper während der letzten Tage betrogen hatte, schmerzhaft zu vermissen. Für einen ganz kurzen Moment war er versucht, einfach aufzugeben und auf den Tod zu warten. Aber dann nahm er sein Schwert auf, überzeugte sich mit einem raschen Blick vom festen Sitz seines Schildes und wich Schritt für Schritt vor dem näher kommenden Schattenkrieger zurück. Etwas in seinen Bewegungen hatte sich verändert. Gwenderon vermochte nicht genau zu sagen, was es war – aber er spürte, dass es diesmal ernst war. Die beiden ersten Angriffe waren wenig mehr als ein Spiel gewesen.

Diesmal würde ihn der Krieger töten.

Schritt für Schritt wich Gwenderon vor Lassar und dem schweigenden Giganten zurück. Der Riese hatte seinen Schild nicht mehr aufgenommen, sondern trug nur noch den Morgenstern. Gwenderon verfolgte die pendelnde Bewegung der tödlichen Stahlkugel gebannt. Der Gigant wechselte die Waffe ein paar Mal von der Rechten in die Linke und wieder zurück, und jedes Mal wurde der Rhythmus, in dem die Kugel schwang, schneller, seine Bewegungen fließender. *Wie eine Maschine,* dachte Gwenderon schaudernd, die umso perfekter funktionierte, je länger sie sich bewegte.

Plötzlich sprang der Gigant vor, schlug nach Gwenderons Kopf und versuchte gleichzeitig, nach seinem Bein zu treten, um ihn aus dem Gleichgewicht zu bringen. Gwenderon duckte sich unter dem Schlag weg, schlug mit dem Schwert nach dem Knie des Angreifers und zerschmetterte seinen Beinschutz. Der Gigant taumelte, fing sich aber sofort wieder und griff mit der freien Hand nach Gwenderons Kehle. Seine Finger schnappten wie die Zähne einer Bärenfalle zu, verfehlten Gwenderons Hals um Millimeter und rissen ein handgroßes Stück Leder aus seinem Wams. Gwenderon keuchte, kam aus dem Gleichgewicht und schlüpfte im letzten Moment unter der abermals zupackenden Klaue des Riesen hindurch, verlor aber dabei endgültig die Balance und fiel auf ein Knie hinab. Sofort wirbelte er herum und hoch, aber diesmal war seine Bewegung nicht schnell genug.

Er sah den Morgenstern im letzten Moment heranrasen, riss den Schild in die Höhe und wusste, dass er zu langsam reagiert hatte, bevor ihn die kindskopfgroße Stahlkugel traf und seine Rippen brach.

Der Schmerz war unbeschreiblich. Gwenderons Lungen schienen zu explodieren. Er spürte kaum, wie er von den Füßen gerissen und wie eine Puppe vier, fünf Schritte weit davongeschleudert wurde. Sein ganzer Körper war *Schmerz,* ein unbeschreiblich grauenvoller, pulsierender Schmerz, dem eine noch schlimmere, tödliche Lähmung folgte. Er fiel, überschlug sich ein halbes Dutzend Mal und prallte gegen etwas Weiches, Warmes, das seinen Sturz bremste. Er wollte atmen, aber es ging nicht; er bekam keine Luft mehr und hatte nur noch Blut im Mund, konnte nicht einmal mehr schreien oder irgendetwas tun, um seiner Qual Ausdruck zu verleihen. Warmes Blut lief an seiner Seite herunter und tränkte sein Wams und seine Hose.

Wie durch einen blutigen Nebel sah er die Gestalt des Riesenkriegers auf sich zukommen. Der Morgenstern pendelte lose in seiner Hand, und hinter dem Sehschlitz seines Visiers, der bisher leer gewesen war, schien jetzt ein satanisches Feuer zu glühen.

Gwenderon krümmte sich. Er bekam noch immer keine Luft und er wusste, dass er ersticken würde, wenn ihn nicht vorher die

Eisenkugel des Riesen traf. Hinter seiner Stirn begann ein dumpfer, unglaublich machtvoller Gong zu dröhnen und in seiner Brust erwachte ein neuer, noch schlimmerer Schmerz. Seine Hände gruben ziellos im weichen Waldboden, fühlten Erdreich und kleine Steine, dann etwas Warmes, Weiches, Lebendes …

Das Pferd. Sein Pferd, das vom ersten Hieb des Riesen gefällt und tot liegen geblieben war. Irgendetwas war an diesem Gedanken, das wichtig war. Gwenderon wusste nicht, was, aber das Bild des braun gescheckten Tieres rührte irgendetwas in ihm an, das Wissen um etwas Wichtiges, das er vergessen hatte, das aber von Bedeutung war, nicht nur für ihn, sondern für sie alle, für Cavin, für Hochwalden, für den Wald …

Gwenderon schrie gellend auf, als ihn der Fuß des Riesen mit grausamer Wucht in der verletzten Seite traf. Der Schmerz trieb ihn fast in den Wahnsinn, aber er zerbrach auch das erstickende Band, das sich um seine Brust gelegt hatte; er konnte wieder atmen. Er schrie, warf sich mit einer Kraft, von der er selbst nicht mehr wusste, woher sie kam, herum und spürte, wie die Eisenkugel des Morgensterns dicht neben seinem Schädel in den Boden hämmerte.

Das Pferd, dröhnten seine Gedanken. *Der Sattel. Etwas an seinem Sattel!*

Gwenderon dachte nicht mehr. Sein Bewusstsein war ausgeschaltet, er reagierte nur noch blind wie ein Tier, nicht mehr als ein Bündel geschundenen Fleisches und zuckender Nerven, in das ihn die Schläge des Riesen verwandelt hatten. Seine Hände glitten ziellos über den Leib des Pferdes, fanden den Sattel und tasteten sich an seinem Rand entlang, ohne dass er wusste warum, und fast als wären sie eigenständige kleine Wesen geworden, die nicht mehr seinem, sondern einem fremden Willen gehorchten. Er fühlte Leder unter den Fingern, weiches, mit Schnüren umwickeltes Leder, dann etwas Hartes, das sich wie Stein anfühlte und doch lebendig war …

Faroans Stab glitt ohne fühlbaren Widerstand aus seiner Umhüllung. Gwenderon registrierte, wie sich seine Hände um seine knorrige Oberfläche wie um einen Speerschaft schlossen. Er schien nicht länger Herr seines Körpers zu sein, sondern beobachtete sein eigenes Tun nur noch, wie ein Gast in seinem eigenen Leib, der nur geduldet war. Der Stab bewegte sich wie von selbst, deutete eine halbe Sekunde lang wie ein versteinerter Riesenfinger auf Lassar und vollendete den Halbkreis, den er begonnen hatte.

Dann berührte er die Brust des Schattenkriegers.

Gwenderon fühlte einen kurzen, heftigen Schauer von Hitze, dann ein Gefühl, als zerrisse eine straff gespannte Stahlfeder in seinem Schädel, dann sah er nur noch Licht und Flammen und spürte einen neuen, aber diesmal ganz anderen Schmerz, der wie eine Flutwelle durch seinen Körper schoss.

Dann verlor er endlich das Bewusstsein.

Er sah nicht mehr, wie sich der Schattenkrieger in einer grellen Lohe blauweißen, unerträglich hellen Lichtes auflöste.

18

Der dritte Abend seit Gwenderons Weggang. Das Tageslicht war geschwunden und vom warmen, Schatten spendenden Schein der Fackeln und Kerzen abgelöst worden, und im Kamin brannte, obgleich die Wärme des Tages noch spürbar in der Luft lag, ein gewaltiges Feuer und verbreitete zusätzliches, rotes Licht.

Cavin sah sich zum wiederholten Male in dem großen, fast leeren Saal um. Das Knistern und Prasseln der brennenden Holzscheite war das einzige Geräusch, das das drückende Schweigen durchbrach, das mit der Dämmerung Einzug in die schwarze Festung gehalten hatte, und er fühlte sich unbehaglich, obgleich er nicht sagen konnte warum. Aber er war auch hierher gekommen, ohne zu wissen warum, und hatte vor dem Kamin Platz genommen, ohne irgendeinen Grund dafür zu haben.

Er hätte sich besser fühlen müssen. Unten im Hof begannen die Männer und Raetts alles für den Aufbruch vorzubereiten, und beim nächsten Sonnenaufgang, ob Guarrs Späher nun zurück waren oder nicht, würden sie die Megidda verlassen, um nach Hochwalden zurückzukehren. Und wie Cavin hoffte, für immer. Er hatte keinen Grund, bedrückt zu sein. Dies war ein Ort, an dem man kaum atmen konnte und der die Gedanken aller, die ihn betraten, vergiftete, umso stärker, je länger sie hier waren. Er hatte das Haus seiner Väter zurückerobert und er war nun – nicht nur dem Titel nach – der Inhaber des Thrones vom Schwarzeichenwald. Trotzdem war alles, was er empfand, eine dumpfe Niedergeschlagenheit, verbunden mit dem Gefühl, einen Fehler begangen zu haben.

Es war … etwas anderes. Etwas, das Cavin nicht beschreiben konnte, aber das ihn erschreckte, auf einer tiefen, seinem direkten Zugriff entzogenen Ebene seines Bewusstseins. Wie in Lassars Gegenwart, wo er den Atem finsterer Magie zu spüren glaubte, fühlte er, dass die Megidda … verändert war. Sie war still. Ihre Wände schienen jeglichen Laut aufzusaugen wie ein gewaltiger Schwamm das Wasser, und das Licht war eine Spur weniger hell, alle Farben etwas weniger leuchtend, die Schatten eine Winzigkeit tiefer als anderenorts. Der Unterschied war nicht groß genug, ihn zu begreifen, aber auch nicht klein genug, ihn einfach ignorieren zu können. Selbst jetzt spürte er es: Durch das offen stehende Fenster zum Hof drangen die Laute der Männer, die dort unten lagerten, denn viele hatten es vorgezogen, bei ihren Pferden und Waffen zu schlafen – angeblich aus alter Gewohnheit, in Wahrheit aber, das wusste Cavin, weil sie die unheimliche Veränderung, die mit der Festung vonstatten gegangen war, so deutlich spürten wie er –, und auch die Gänge und Säle der Burg hallten wider von Stimmengewirr, Lachen und all den kleinen Lauten, die zweihundert Menschen und Raetts nun einmal erzeugten, waren sie auf so engem Raum zusammengedrängt.

Und trotzdem war es unheimlich still hier drinnen. Die Laute, die an sein Ohr drangen, schienen keine Bedeutung zu haben. Es war, als wären sie Teil einer Welt und die schwarzen Mauern der Megidda Teil einer anderen Welt, die sich an keiner Stelle berührten. Cavin hatte beinahe Angst, die Augen zu schließen, denn er wusste nicht, was er sehen würde, wenn er sie wieder öffnete.

Vielleicht war er auch nur müde.

Er stand auf, trank einen Schluck Wein aus dem Becher, der einsam auf der gewaltigen, leeren Tafel stand, drehte ihn einen Moment lang unschlüssig in der Hand und setzte ihn dann mit einem Ruck ab. Ein paar Tropfen Wein schwappten über seinen Rand und benetzten die Tischplatte. Sie sahen aus wie Blut.

Cavin verdrängte die Vorstellung gewaltsam, wandte sich um und durchquerte mit raschen Schritten den Saal. Er war nicht gerne hier, so wenig wie an irgendeinem anderen Punkt dieser Alptraumfestung, und im Grunde war er nur hergekommen, sich nach Animah zu erkundigen; vielleicht auch, um Karelian zu sehen, der nach ihrem Gespräch am Morgen zu ihr zurückgegangen war und das Zimmer bis jetzt nicht mehr verlassen hatte. Aus einem Grund, den er selbst nicht verstand, hatte er es aber vergessen, kaum dass er den Saal betreten hatte.

Er öffnete die Tür, trat leise in das angrenzende Zimmer und lächelte, als Karelian aufsah. Die Augen des Waldläufers waren rot und dunkel vor Müdigkeit. Seine Haut glänzte ungesund.

»Alles in Ordnung?«, fragte er.

Karelian nickte. Er versuchte zu lächeln, war aber offensichtlich zu müde dazu. Er hockte vornübergebeugt auf dem Stuhl, mit eingesunkenen Schultern, als hätte er nicht einmal mehr die Kraft, das Gewicht seines eigenen Körpers zu halten. Auf dem Boden neben ihm stand ein leerer Weinkrug.

»Du solltest ein wenig schlafen«, sagte Cavin vorwurfsvoll. »Wenn du willst, wache ich solange neben ihr.«

Karelian schüttelte den Kopf. »Das ist … sehr freundlich, Herr«, sagte er stockend. »Aber ich möchte hier bleiben.« Er schwieg einen Moment, sah auf und blickte Cavin an. Aber seine Augen blieben matt. Cavin war nicht sicher, dass er ihn überhaupt wahrnahm. »Ich möchte, dass sie mich sieht, wenn sie aufwacht.«

»Wie du willst.« Cavin ließ sich behutsam auf die Bettkante sinken, griff nach den Fingern der Schlafenden und zog die Hand fast hastig wieder zurück, als er spürte, wie heiß und trocken ihre Haut war.

»Das Fieber sinkt nicht«, sagte Karelian düster. »Arcen hat gesagt, es müsse zurückgehen. Aber es bleibt. Es frisst sie auf.«

Cavin widersprach nicht. Es wäre lächerlich gewesen, das Offensichtliche zu leugnen. Arcen hatte ihm gesagt, wie es um Animah stand: Nach seinem Wissen – und dem der Raetts – hätte das Fieber sinken müssen. Aber es sank nicht. Animah wurde schwächer mit jeder Stunde, die verging.

»Wer ist sie?«, fragte er plötzlich.

Karelian sah auf; verwirrt.

»Ich … ich habe dich niemals nach ihr gefragt«, sagte Cavin. »Sie hat ihr Leben riskiert, um meines zu retten, und ich habe nicht einmal gefragt, wer sie ist, Karelian.«

»Nicht Euer Leben, Herr«, antwortete Karelian. »Den Wald.«

»Das ist keine Antwort auf meine Frage«, sagte Cavin sanft. »Wer ist sie. Deine … Frau?«

Er erkannte an der Reaktion auf Karelians Gesicht, wie dumm seine Frage gewesen war. Für einen ganz kurzen Moment sah es so aus, als wolle Karelian in schallendes Gelächter ausbrechen, dann wirkte er betroffen, ja, beinahe verlegen. Er schüttelte den Kopf.

»Meine Tochter«, sagte er leise. »Meine Frau starb schon vor langer Zeit, Herr. Der Wald hat sie getötet. Ein Jahr, bevor Ihr geboren wurdet.«

Cavin spürte einen eisigen Schauer. Mit einem Male kam er sich schäbig vor, die Frage überhaupt gestellt zu haben. Er hatte Karelian verletzt, das spürte er; sehr viel tiefer, als der Waldläufer zugeben wollte.

»Verzeih«, murmelte er. »Ich wollte –«

»Ihr konntet es nicht wissen«, unterbrach ihn Karelian. Er sah ihn nicht an. »Niemand weiß es.«

»Ich weiß sowieso sehr wenig über dich«, flüsterte Cavin. »Über euch alle.«

Karelian antwortete nicht und nach einer Weile begriff Cavin, dass er nicht bereit war weiter über dieses Thema zu sprechen. Vielleicht hatte er schon mehr über Karelian erfahren, als diesem recht war; mehr, als er preiszugeben bereit war. Mit einem Male kam sich Cavin unendlich einsam vor. Er war umgeben von Männern, die ihr Leben aufs Spiel setzten, um das seine zu schützen, und er war trotzdem ein Fremder. Er wusste nichts von ihnen. Weder von Karelian noch von irgendeinem der anderen. Von vielen kannte er nicht einmal die Namen. Der Einzige, dachte er betrübt, den er einigermaßen gekannt hatte, war Gwenderon gewesen. Und der war fortgegangen.

Mit einem Ruck stand er auf, lief aus dem Zimmer und warf die Tür hinter sich zu, durchquerte auch den angrenzenden Saal und lief so schnell auf den Gang hinaus, dass er um ein Haar den Posten über den Haufen gerannt hätte, der vor der Tür stand. Plötzlich hatte er das Gefühl, nicht mehr atmen zu können. Die Tonnen und Tonnen von Fels, die ihn umgaben, schienen ihn zu erdrücken.

Erst als er das Gebäude verlassen hatte und wieder im Freien war, beruhigte er sich halbwegs. Sein Herz jagte noch immer und er hätte vor Unsicherheit und Verzweiflung schreien können, aber er hatte sich wenigstens wieder so weit in der Gewalt, stehen zu bleiben und sich – zumindest äußerlich – zur Ruhe zu zwingen.

Was geschieht mit mir?, dachte er verzweifelt. Er hatte das Gefühl, die Welt um sich herum zerbrechen zu sehen. Alles, woran er geglaubt, alles, was er besessen und geliebt hatte, war zerstört und verloren. Und das Wenige, das ihm geblieben war, zerrann unter seinen Fingern wie Sand.

»Cavin!«

Cavin sah auf, als er den Ruf hörte, fuhr sich mit der Hand über das Gesicht und erkannte Guarr, der ungeschickt auf ihn zugehumpelt kam. In seiner Begleitung befand sich ein etwas kleinerer, dürrer Raett, der mit seiner hohen, quietschenden Stimme unentwegt auf ihn einredete. Cavin blickte den beiden ungleichen Wesen einen Moment verwirrt entgegen, ehe er auf sie zuging. Guarr lief sehr schnell, obwohl Cavin wusste, wie viel Mühe ihm jede überflüssige Bewegung bereitete seit seiner Verwundung.

»Guarr, Freund, was ist geschehen?«, begann er.

»Nichts Gutes, Cavin«, antwortete Guarr. »Ich habe Nachricht von Gesset. Lassar hat uns betrogen.«

Cavins Bedrückung wich eisiger Furcht. »Nachricht?«, murmelte er. »Was … was ist geschehen?«

»Was Gwenderon prophezeit hat«, antwortete Guarr keuchend. »Er hatte Recht, Cavin. Lassar hat gelogen. Seine Truppen haben den Fluss verlassen und sind in den Wald eingedrungen.« Er brach ab, rang keuchend nach Luft und deutete auf den schmalgesichtigen Raett neben sich. Cavin sah erst jetzt, wie erschöpft und abgerissen der Riesennager war. »Hakkat hier gehört zu Gessets Sippe. Er … er ist gekommen, so schnell er konnte. Aber sein Vorsprung ist nicht sehr groß.«

Cavin begriff noch immer nicht ganz, was Guarr überhaupt gesagt hatte. Das hieß – er begriff es schon. Aber er weigerte sich einfach, es zu glauben. Es war unmöglich. *Es durfte einfach nicht sein!*

»In den … Wald eingedrungen?«, wiederholte er verstört. Seine Hände fühlten sich kalt an. Eiskalt. Es war eine Kälte, die ganz langsam in seinen Körper kroch. »Wo?«

»An der großen Biegung, Cavin«, antwortete Guarr. »Keine dreißig Meilen von hier entfernt.«

»Aber das … das ist unmöglich«, stammelte Cavin. »Das kann nicht sein, Guarr. Lassar weiß nicht, wo diese Burg ist. Niemand … niemand weiß es. Und selbst wenn, könnte er niemals hierher gelangen. Nicht … nicht mit seinen Kriegern!« Die letzten Worte hatte er hervorgestoßen wie einen verzweifelten Schrei. *Narr,* hämmerten seine Gedanken. *Verdammter, blinder Narr! Das ist es gewesen, was er wollte. Die Megidda. Vom ersten Augenblick an.* Guarrs Gestalt begann vor seinen Augen zu verschwimmen. Sein Herz schlug ganz langsam, aber so hart, dass es wehtat.

»Wann … werden sie hier sein?«, fragte er stockend.

»Morgen«, antwortete Guarr. »Meine Brüder versuchen sie aufzuhalten, aber wir sind nicht genug. Wenn die Sonne aufgeht, sind sie hier.«

19

Eine weiche Hand lag auf seiner Stirn; warm, voller kurzem, drahtigem Fell und Kraft, und trotzdem sehr sanft. Er lag auf dem Rücken, aber der Grund, auf dem er lag, bewegte sich: eine Trage, die zwischen zwei Pferde gespannt war und sanft hin- und herschaukelte.

Nach dem Erwachen hätte der Schmerz kommen müssen; mit einiger Verzögerung, aber dafür umso größerer Wucht, so war es jedes Mal gewesen, wenn er verwundet worden war. Diesmal blieb er aus. Alles, was er fühlte, war ein dumpfer, im Takt seiner Atemzüge rhythmisch an- und abschwellender Druck in seiner rechten Seite.

Gwenderon öffnete mit einem unterdrückten Stöhnen die Augen. Es war dunkel; nicht das schattige Halbdunkel des Waldes, sondern das Blauschwarz der Nacht, nur hier und da von Inseln flackernder rötlicher Helligkeit durchbrochen, wo die Männer Fackeln entzündet hatten. Die Geräusche von Pferden waren um ihn; das Klirren von Metall und das Knarren von Leder und Zaumzeug. Ein scharfer, nicht einmal unbedingt unangenehmer Geruch, den er erst nach Augenblicken als den der Raetts erkannte. Dann identifizierte er auch die Hand, die noch immer auf seiner Stirn lag, und drehte mühsam den Kopf. Ein spitzes, von zwei grundlosen, großen Augen beherrschtes Gesicht blickte auf ihn herab.

»Gesset«, murmelte er. »Du … lebst?«

Der Raett bleckte die Fänge; eine Geste, die er den Menschen abgesehen hatte und die wohl ein Lächeln sein sollte. »Es gehört mehr dazu als ein abgetakelter Zauberer und ein tollpatschiger Riese, einen Raett umzubringen«, sagte er. »Aber du solltest nicht sprechen. Deine Wunde …« Er sprach nicht weiter, aber die Geste, mit der er seine Worte unterstrich, sagte genug.

Gwenderon hob mühsam den Kopf und blickte an sich hinab.

Er lag auf einer Trage zwischen zwei Pferden, wie er angenommen hatte. Jemand hatte ihm Wams und Hemd ausgezogen und sein Brustkorb war vom Nabel bis zum Hals unter einem straff angelegten Verband verborgen. Die rechte Hälfte des grauen Verbandstoffes war dunkel von seinem eigenen Blut.

»Beweg dich nicht«, sagte Gesset. »Wir haben dich verbunden, so gut es ging. Aber es ging nicht sehr gut. In ein paar Stunden bist du im Lager und beim Arzt.«

Gwenderon gehorchte. Selbst diese kleine Bewegung hatte ihn schon spürbar Kraft gekostet. Er bezweifelte, dass er in der Lage gewesen wäre, sich auch nur aufzusetzen.

»Hast du mich … gerettet?«, fragte er mühsam.

Gesset nickte, schüttelte gleich darauf den Kopf und stieß einen schrillen Pfiff aus.

»Lassar ist verschwunden, als du seine Kreatur besiegt hast. Zusammen mit den anderen.«

Gwenderon begriff nicht gleich. Verwirrt hob er abermals den Kopf, erntete dafür ein tadelndes Kopfschütteln des Raett und fragte: »Wie meinst du das – mit den anderen?«

»Du weißt es nicht?«

Gwenderon schüttelte den Kopf. »Ich war bewusstlos«, erklärte er überflüssigerweise. »Ich erinnere mich an … an nichts. Da war der Krieger und … und …« Er brach ab, als er begriff, dass er nicht nur vergeblich nach Worten suchte, sondern wirklich keine Erinnerungen hatte. Er glaubte Lassar zu sehen, das Schattengesicht des finsteren Magiers, sein böses, hämisches Lachen, dann die Eisenlarve des gepanzerten Riesen.

Es lebt nicht. Seltsamerweise waren die Worte des Raett das Deutlichste, woran er sich erinnerte. Sein Kopf begann zu schmerzen. Für einen winzigen Moment sah er ein Licht, hell wie die Sonne und von blendend blauer Farbe. Wenn er sich nur erinnern könnte! Da war das Heer und …

Gessets Hand löste sich von seiner Stirn, als sich der Raett im Gehen umwandte und etwas vom Sattelgurt des Pferdes löste. Gwenderon sah einen lang gestreckten Schatten, dann raschelte trockenes Leder – und seine Erinnerungen kamen mit fast schmerzhafter Wucht zurück, als er den mannslangen, knorrig gewordenen Stab in Gessets Krallen sah.

»Faroan!«, keuchte er. »Faroans Stab.«

Der Raett blinzelte, drehte den Stab hilflos in Händen und sah Gwenderon durchdringend an. »Der Stab des Magiers?«, fragte er.

Gwenderon nickte.

»Woher hast du ihn?«

»Aus … Faroans Grab«, gestand Gwenderon nach kurzem Zögern. »Ich habe ihn … genommen. In der Nacht, bevor wir aufbrachen.«

Gesset blickte ihn sekundenlang sehr ernst an. »Warum?«, fragte er.

»Warum?« Gwenderon überlegte einen Moment, dann versuchte er im Liegen mit den Achseln zu zucken. »Ich … weiß es nicht«, gestand er. »Es war … nun, ich dachte, er könnte mir helfen. Zum Teufel, Gesset – was ist geschehen? Dieser Stab hat den Krieger getötet, aber das ist doch kein Grund –«

»Er hat viel mehr getan, Gwenderon«, unterbrach ihn Gesset ernst. »Du warst bewusstlos und hast es nicht gesehen, aber das Heer …«

Er sprach nicht weiter, sondern drehte erneut den Stab in der Hand und starrte abwechselnd ihn und Gwenderon an. Seine Augen wurden groß vor Furcht.

»Was ist mit dem Heer, Gesset?«, fragte Gwenderon. »Sprich!«

Der Raett seufzte. »Es ist verschwunden«, stieß er schließlich hervor. »Nicht das ganze Heer, aber sehr viele. Vielleicht tausend Männer.«

»Verschwunden?« Gwenderon stemmte sich erstaunt auf die Ellbogen hoch. »Was soll das heißen?«

»Ich verstehe es ja selbst nicht«, antwortete der Raett. »Niemand versteht es. Sicherlich irgendeine neue Teufelei Lassars. Aber jetzt, wo ich weiß, dass dies Faroans Stab ist ...«

»Was soll das heißen, verschwunden?«, fragte Gwenderon erneut, als Gesset auch diesmal nicht weitersprach. »Tausend Mann können nicht einfach *verschwinden,* Gesset.«

»Bis vor ein paar Stunden dachte ich das auch«, sagte Gesset ruhig. »Aber genauso war es, Gwenderon. Sie sind verschwunden, im gleichen Moment, in dem du den Dämon getötet hast. Einfach« – er schnippte mit den Fingern – »so.«

Gwenderon starrte ihn an. Die Worte des Raett schienen hinter seiner Stirn widerzuhallen; einmal, zweimal – immer und immer und immer wieder.

»Verschwunden«, murmelte er noch einmal. »Wie ... wie viele sind noch da, Gesset?«

»Woher soll ich das wissen? Ich habe sie nicht gezählt!«, schnappte der Raett gereizt, hob gleich darauf entschuldigend die Hände und versuchte sein Rattengesicht zu einem Lächeln zu verziehen. »Verzeih. Aber ich weiß es wirklich nicht, Gwenderon. Ich war froh, noch am Leben und so weit bei Kräften zu sein, dich davonschleifen zu können.« Er überlegte einen Moment. »Noch immer sehr viele, fürchte ich. Und sie sind auf dem Wege nach Norden. Ich verstehe nicht, was geschehen ist.«

»Aber ich«, murmelte Gwenderon.

Gesset blinzelte.

»Wenigstens ... fürchte ich es«, fuhr Gwenderon, mehr zu sich selbst und mit bebender Stimme, fort. Plötzlich fuhr er auf. »Wo sind wir?«

»Nicht sehr weit vom Fluss entfernt«, antwortete der Raett. »Warum?«

Statt einer Antwort stemmte sich Gwenderon vollends in die Höhe, versuchte die Beine von der improvisierten Trage zu schwingen und wäre glatt von seiner schwankenden Unterlage heruntergestürzt, hätte Gesset ihn nicht blitzschnell mit der freien Hand gehalten.

»Was wird das?«, fragte der Raett. »Willst du dich umbringen?«

Gwenderon schob seine Hand beiseite, beugte sich vor, um sich am Sattelzeug eines der Pferde abzustützen, und versuchte ein zweites Mal aufzustehen. Gesset fluchte, brachte die beiden Pferde mit einem scharfen Befehl zum Stehen und fuhr zornig herum.

»Muss ich dich erst niederschlagen, damit du Ruhe gibst?«, fragte er.

Gwenderon ignorierte seine Worte. Taumelnd kam er auf die Beine, hielt sich mit der linken an der Mähne des Pferdes fest und presste die andere Hand gegen die verwundete Seite. Der dunkle Fleck auf seinem Verband wurde größer. Sein Gesicht war plötzlich voller Schweiß. »Cavin«, stöhnte er. »Ich muss … Cavin warnen.«

Gesset schien erneut widersprechen zu wollen, aber dann begegnete er Gwenderons Blick, und irgendetwas war darin, das ihn abrupt verstummen ließ.

»Du wirst dich umbringen«, sagte er, sehr leise und sehr ernst.

»Möglich«, stöhnte Gwenderon. »Aber vorher muss ich die Megidda erreichen. Bei allen Göttern, Gesset – ich weiß jetzt, was Lassar im Schilde führt. Dieser verdammte Teufel.«

Der Raett starrte ihn noch eine endlose Sekunde lang an, dann fuhr er herum und hob befehlend den Arm. »Ein Pferd für Gwenderon!«, befahl er. »Und eines für mich!«

20

Die Nacht hatte sich wie eine schwarze Decke über den Himmel gelegt. Die Luft roch nach Schnee und Kälte und der Wind war abermals aufgefrischt und hatte fast die Stärke eines kleinen Sturmes erreicht. Die Böen brachen sich heulend an den Zinnen und Türmen der Burg und es war kalt, entsetzlich kalt.

Cavin blickte aus vor Müdigkeit brennenden Augen nach Süden. In der Nacht sahen die Wipfel des Waldes aus wie ein erstarrter schwarzer Ozean aus Teer und die Reiter, die tief unter ihm in einer schier endlosen Kette aus dem Tor kamen, um eine halbe Meile weiter im Wald zu verschwinden, wie winzige Spielzeugsoldaten, die von unsichtbaren Schnüren gezogen wurden. Guarrs Krieger hatten Feuer zwischen den Lavariffen entzündet, die der Megidda vorgelagert waren, aber von hier oben aus waren es nicht mehr als Funken, winzige glühende Augen, die verloren schienen in einem unendlichen Ozean aus Schwärze. Irgendwo, jenseits einer nicht genau lokalisierbaren Grenze auf halber Strecke zwischen dem Wald und der Burg, schien sich der Boden zu bewegen, als wäre er lebendig geworden. Und in gewissem Sinne war er das wohl auch.

Cavin verscheuchte das bedrückende Gefühl, mit dem ihn die Vorstellung erfüllte, wandte sich von der Mauer ab und lief mit schnellen Schritten die halb zerfallene Treppe zum Hof hinunter. Die Kälte ließ ein wenig nach, als er aus dem Wind heraus war, und auch das unheimliche Heulen und Wehklagen der Böen blieb über ihm zurück. Trotzdem fühlte er sich weiter wie in einem Traum gefangen, unwirklich und jenseits der Realität. Er war so müde.

Auch der Hof war voller Leben, hundert, vielleicht mehr Gestalten, die sich um den von Trümmern frei geräumten Bereich vor dem Tor drängten – die Männer, die noch vor wenigen Stunden alle Vorbereitungen zum Aufbruch getroffen hatten und nun statt in die Freiheit in die Schlacht reiten würden; eine Schlacht zumal, die sie nicht gewinnen konnten. Im ersten Moment war Cavin überrascht, trotz der gedrückten Stimmung überall Lachen und Scherzen zu hören, aber dann kam er näher und sah in gespannte Gesichter, sah die kleinen nervösen Gesten, mit denen die Männer ihre Furcht zu überspielen suchten, und die Angst in ihren Augen. Keiner von ihnen würde den nächsten Morgen erleben und sie alle wussten es.

Und es war seine Schuld.

Er blieb abrupt stehen, drehte sich herum und versuchte den ummauerten Hügel in der Mitte der Riesenfestung zu erkennen und den gigantischen Baum, der sich darauf erhob. Aber er sah nichts als Schatten. Vielleicht hatte er sein Recht, das Allerheiligste zu erblicken, verspielt mit dem Fehler, den er begangen hatte.

Als er sich wieder umwandte, stand er Guarr gegenüber. Der Raett war so leise näher gekommen, dass er ihn nicht gehört hatte. Cavin widerstand der Versuchung, ihn zu fragen, wie lange er schon hinter ihm stand.

»Meine Brüder sind bereit«, sagte der Raett.

»Ich weiß.« Cavin dachte an den kribbelnden, lebenden Boden

außerhalb der Festung und schauderte. Er hatte mit eigenen Augen gesehen, wozu Guarrs »kleine Brüder« imstande waren, erst vor wenigen Tagen. Es mussten Millionen sein. Trotzdem wusste er, dass sie versagen würden. Lassar wäre nicht Lassar, hätte er nicht auch diesen Gegner einkalkuliert.

»Du weißt, dass sie alle sterben werden«, murmelte er, so leise, dass außer Guarr niemand die Worte hören konnte.

»Vielleicht«, antwortete der Raett. »Vielleicht auch du und ich und alle deine Menschenbrüder.«

»Das … das ist etwas anderes«, sagte Cavin stockend. »Dies hier ist unser Kampf, Guarr. Noch könnt ihr gehen.«

»Gehen?« Guarr tat so, als verstünde er nicht.

»Gehen«, bestätigte Cavin ruhig. »Es ist noch Zeit, bis Lassars Heer heran ist und sich der Kreis um die Festung schließt. Keiner von uns würde es euch verübeln, wenn ihr vorher gehen würdet.« Er kam sich selbst albern bei diesen Worten vor. Guarr und seine Raetts und die Armee von Tieren, die ihnen beistand, waren das Einzige, was noch zwischen ihnen und Lassar stand. Ohne die Raetts waren sie keine hundert Mann. Und er wusste auch, dass Guarr seinen Vorschlag ablehnen würde. Trotzdem war er es ihm – und sich selbst – einfach schuldig gewesen, ihn zu machen.

»Du meinst das ernst«, sagte Guarr leise.

Cavin nickte. Ganz plötzlich hatte er Angst, dass er sich getäuscht haben könnte; dass Guarr sein Angebot annahm. Trotzdem fuhr er fort: »Du und dein Volk, Guarr, ihr tragt die Hauptlast in diesem Kampf. Ihr habt sie von Anfang an getragen. Und du weißt, dass keiner dieser Krieger zurückkehren wird, die du jetzt hinausschickst. Ich sage es noch einmal – es ist nicht euer Kampf. Wenn du willst, dann nimm deine Brüder und geh deiner Wege.«

»Meiner Wege?« Guarr legte den Kopf auf die Seite und sah Cavin auf sehr sonderbare Weise an. »Wenn dieser Ort in Lassars Hand fällt«, sagte er ernst, »dann wird es keine Wege mehr geben, die wir gehen könnten, König Cavin. Du hast Recht – es ist euer Streit, nicht unserer. Aber es ist unsere Welt, die vernichtet wird, wenn du ihn verlierst.«

»Das ist nicht wahr«, widersprach Cavin impulsiv. »Die Welt ist groß und –«

»Und voller Menschen«, unterbrach ihn Guarr. Er war sehr viel erregter, als nach Cavins Worten erklärbar schien. »Voller Menschen, die einander töten und bekämpfen und bestehlen und glauben, sie gehöre ihnen, diese Welt. Es gibt nichts, wohin wir gehen könnten. Der Wald ist unsere Heimat. Er war es immer und er wird es immer bleiben.« Er ballte die Faust, und obwohl er alt und ein Krüppel war, war es eine Bewegung so voller Kraft, dass Cavin ganz instinktiv einen halben Schritt vor ihm zurückwich. »Wir sind wenig, König Cavin«, fuhr er fort, »aber wir werden kämpfen und wir werden siegen, denn der Wald steht auf unserer Seite. Wir werden siegen, wenn nicht heute, dann morgen oder in einem Jahr. Lassar hat mehr getan als sein Wort zu brechen. Keiner von denen, die er hierher geführt hat, wird diesen Wald lebend verlassen.«

Cavin widersprach nicht. Trotz seiner entschlossenen Worte wusste Guarr, dass er sein Versprechen nicht einhalten konnte. Lassars Armee war zu mächtig, als dass er sie aufhalten könnte mit einer Hand voll Rattenkrieger und einem Heer aus Tieren. Er würde kommen und diese Festung nehmen und sie alle töten, das wussten sie beide. Guarrs Worte waren ein Versprechen auf die Zukunft, mehr nicht. Aber um es einlösen zu können, mussten sie dort hinausgehen und sterben.

»Mein Pferd«, befahl Cavin laut.

Ein Krieger kam und brachte es, einen gewaltigen Hengst, gepanzert in die weißen und goldenen Farben Hochwaldens. Umständlich stieg Cavin in den Sattel, befestigte sehr sorgfältig den Schild mit dem roten Drachen Hochwaldens an seinem linken Arm, griff nach dem Speer, den ihm hilfreiche Hände reichten, und wartete, bis sich auch Guarr – umständlich und von einem halben Dutzend Männer unterstützt – in den Sattel seines eigenen Reittieres gezogen hatte. Jetzt, als sie wieder auf gleicher Höhe waren, kam er sich neben dem Raett vor wie ein Zwerg.

»Vielleicht solltest du hier bleiben, Guarr«, sagte er.

»Und mich vor diesen *Menschen* verkriechen?« Guarr machte eine zornige Geste zum Tor. »Wie kann ich meine Brüder in den Tod schicken und selbst zurückbleiben, Mensch?«

Cavin antwortete nicht mehr, sondern ritt los, sehr langsam zuerst, denn am Tor herrschte noch immer ein gewaltiges Gedränge. Die Krieger stauten sich vor dem schmalen Durchgang wie Wasser in einer Flussenge, und obwohl Guarrs Leute den Auszug mit erstaunlichem Geschick regelten, würden noch endlose Minuten vergehen, ehe die Reihe an ihn und Guarr kam, die Megidda zu verlassen. Cavin fragte sich, ob er sie jemals wieder sehen würde. Plötzlich verspürte er eine absurde Ungeduld, sein Schwert ziehen und sich dem verhassten Feind stellen zu können. Wenn es schon nicht möglich war, dem Kampf auszuweichen, dann wollte er es hinter sich bringen, so schnell wie möglich.

Er blickte zur Burg zurück, die sich jetzt wie ein Stück gefrorener Nacht hinter ihm ausbreitete, und ein sonderbares Gefühl von Wehmut machte sich in ihm breit. Nur wenige Männer würden zurückbleiben – Karelian, dem er selbst befohlen hatte bei seiner Tochter zu wachen, obwohl sie seinen Bogen bitter nötig gehabt hätten, Arcen und die beiden anderen Heilkundigen, deren Leben sie nicht aufs Spiel setzen durften, weil es vielleicht nötig war, das zahlloser anderer zu retten, ein paar Verwundete und Kranke, drei oder vier von Guarrs Raett-Kriegern; alles in allem nicht einmal ein Dutzend Lebewesen, die in der steinernen Wüste der Megidda untergehen mussten. Für wenige kurze Monate hatten sie versucht Leben an diesen Ort ewigen Schweigens zu bringen. Der Versuch war misslungen.

Cavin verscheuchte den Gedanken, wandte sich mit einem Ruck um und sprengte los, als die Reihe an ihm war.

21

Zwei Stunden später trafen sie auf Lassars Heer. Gehört hatten sie es schon seit einer geraumen Weile: ein Laut, zuerst wispernd und weit entfernt, gedämpft wie das Rascheln einer sanften Brise in den Baumwipfeln, dann, ganz allmählich zuerst, anschwellend, lauter und drohender und aggressiver werdend, bis der ganze Wald unter dem Stampfen und Klirren tausender und tausender von Pferden zu erzittern schien.

Sie hatten angehalten, als sie die Stelle erreichten, die Guarrs Späher für ihr erstes Zusammentreffen mit den Angreifern ausgewählt hatten, und Cavin brauchte nur einen einzigen flüchtigen Blick, zu erkennen, wie klug diese Wahl war: Vor ihnen war der Boden geborsten, irgendwann, vor Jahrtausenden vielleicht, hatte sich der Wald um anderthalb Manneslängen gesenkt, sodass eine Klippe aus Erdreich und Wurzeln entstanden war, beinahe senkrecht und sich Meilen um Meilen nach beiden Seiten erstreckend, wie ein Riss, der sich durch die ganze Welt zog. Hier und da hatten Buschwerk und vorwitzige Bäume begonnen das Hindernis zu überwuchern, aber noch während Cavin nach einer geeigneten Deckung für sich und sein Pferd Ausschau hielt, bewegte sich ein ganzer Teil der Böschung vor ihm, ein Stein kollerte, dann noch einer, und plötzlich polterte eine Miniaturlawine den Erdbruch herab und riss Unterholz und einen kleinen Baum mit sich. Etwas Braunes, Quirliges huschte davon. Cavin schauderte. Guarrs »kleine Brüder« mochten im Geheimen arbeiten, aber er war plötzlich sehr froh, diese Wesen nicht zu Feinden zu haben.

Cavin wartete. Das Krachen und Splittern des Heeres kam beständig näher, und in der anderen, etwas tiefer gelegenen Hälfte der Welt begann Bewegung zu entstehen, ganz sacht zuerst, aber überall zugleich. Seine Hand löste den Bogen vom Sattelgurt und legte einen Pfeil auf die Sehne, fast ohne sein Zutun. Sein Pferd scheute, als etwas Kleines mit glitzernden Knopfaugen und einem handlangen nackten Schwanz an seinen Fesseln entlangstreifte. Nervös bohrte sich sein Blick in die Dunkelheit unter ihnen. Hätten sie einer nur zwei- oder dreifachen Übermacht gegenübergestanden, hätten sie vielleicht gewinnen können, denn alle Vorteile waren auf ihrer Seite.

Aber sie waren einer gegen *fünfzig!*

»Sie kommen«, sagte Guarr.

Cavin nickte, ohne den Blick vom Wald zu nehmen. Lassars Heer näherte sich jetzt rasch. Der gigantische Wurm aus Stahl und Fleisch war zerfallen, zu zahllosen einzelnen Körpern geworden, die sich über ein Gebiet von mehreren Meilen erstrecken mussten. Schon konnte er das Glitzern von Licht auf steinhartem Leder und Stahl erkennen und in das Splittern von Zweigen und das dröhnende Hämmern zahlloser Hufe mischten sich das Schnauben von Pferden, halblaute Rufe und Metallklirren. Irgendetwas begann sich am Fuße des Erdbruches zu bewegen; langsam, einzeln nicht wahrnehmbar, wie eine Woge, in der sich der ganze Waldboden hob. Einen Moment verharrte sie zitternd auf der Stelle, wurde deutlicher, ein wenig nervöser und begann den näher kommenden

Reitern entgegenzukriechen. Cavin hob seinen Bogen und zielte, aber Guarr drückte rasch seinen Arm herunter. »Noch nicht«, sagte er.

Im gleichen Moment erreichte die finstere Woge die vordersten Reiter.

Und verschlang sie.

Es ging so schnell, dass Cavin erschrak, obwohl er geahnt hatte, was geschehen würde. Die Finsternis erreichte die Reiter, überschwemmte sie, kroch rasend schnell an den Pferden hinauf und bedeckte sie mit kribbelndem, tödlichem Leben, zerrte und biss Reiter und Tiere zu Boden, so schnell, dass kaum einer der Männer auch nur Zeit fand, einen Schrei auszustoßen.

Dann brach die Hölle los. Zehntausende der kleinen schnellen Nager brachen aus dem Boden, aus Gebüschen und Baumwipfeln, erschienen wie tödliche Schatten aus dem Nichts oder fielen buchstäblich vom Himmel, eine gigantische, lebende Woge, die sich dem Reiterheer entgegenwarf und den Ansturm der Krieger binnen Sekunden zum Stehen brachte. Das Splittern und Dröhnen ihres Vormarsches machte einem Chor gellender Schreie Platz. Tiere bäumten sich auf und warfen ihre Reiter ab, Männer kippten aus den Sätteln, als mörderische Krallen ihre Kleider zerfetzten, tödliche Reißzähne nach ihren Kehlen und Augen und Mündern suchten, Männer und Tiere verschwanden schreiend, als sich der Boden auftat, von Millionen geduldig flinker Pfoten zu tödlichen Fallgruben ausgehöhlt. Aus dem Ansturm der Reiter wurde Chaos, dann, nach, Augenblicken, eine verzweifelte Flucht.

Aber es gab nichts, wohin sie fliehen konnten. Die Ratten waren überall, unter, auf und über dem Boden, in Geäst und Unterholz, in den Baumwipfeln. Binnen weniger Augenblicke war der Wald jenseits des Erdbruches mit Toten und Sterbenden übersät, und das entsetzliche Gemetzel ging weiter, denn die »kleinen Brüder« der Raetts waren wie in einem Blutrausch, unfähig, ihre Angriffe einzustellen oder von ihren Opfern abzulassen, wenn sie sich zur Flucht wandten.

Trotzdem – wie Cavin voller dumpfem Schrecken erkannte – ging der Vormarsch der Krieger weiter, denn von Süden drängten mehr und mehr Männer heran, wie eine lebende Wand, die sich unaufhaltsam durch den Wald schob. Die Ratten griffen mit irrsinniger Wut an, aber Lassars Krieger waren jetzt gewarnt: Als das braune Heer die erste Welle der Reiter überrollt und verschlungen hatte, schlug ihm ein wahrer Hagel von Pfeilen und Bolzen entgegen, lächerlich wenig gegen das ungeheuerliche Heer der heranrasenden Nager und doch genug, um Lücken in ihre Reihen zu reißen. Lassars Krieger saßen ab, lösten gewaltige metallene Schilde von ihren Sätteln und versuchten eine Verteidigungslinie zu bilden. Auch sie wurde überrannt, aber von hinten drängten immer mehr und mehr Krieger nach, riesige, gepanzerte Gestalten jetzt, an deren metallenen Harnischen die Ratten keinen Angriffspunkt mehr fanden. Die bizarre Schlacht kam ins Stocken. Noch immer gellten Schmerzens- und Todesschreie wie ein apokalyptischer Chor zu den Rebellen hinauf, aber Lassars Männer wichen jetzt nicht mehr vor den Tieren zurück, sondern kämpften sich langsam und unter entsetzlichen Verlusten weiter zum Erdbruch vor. Sie mussten das Hindernis jetzt sehen – und die Kette von annähernd zweihundert Schatten, die mit gespannten Bögen und angelegten Lanzen auf sie warteten.

»Achtung jetzt!«, rief Cavin. »Sie kommen!«

Und sie kamen. Die Front aus Schilden und gepanzerten Leibern öffnete sich wie ein bizarres Riesenmaul und eine gewaltige Masse finsterer Reiter sprengte auf die Böschung zu, drei-, vier-, fünfhundert, die ihre Tiere rücksichtslos durch den Wald trieben. Die meisten von ihnen fielen, noch ehe sie die halbe Strecke zurückgelegt hatten, aber aus dem Heer strömten immer neue Reiter, zwei für jeden, der fiel, und der Strom heranrasender Kolosse wurde breiter statt dünner.

»Jetzt!«, befahl Cavin.

Für die Dauer eines Atemzuges war das Peitschen der Bogensehnen alles, was er hörte. Ein finsterer Hagel aus Pfeilen senkte sich auf die Reiter herab, traf Mensch und Tier und ließ die Formation der Angreifer auseinander spritzen wie ein gewaltiger Fausthieb.

Aber die Überlebenden jagten weiter und noch immer drängten aus Lassars Heer frische Krieger herbei, hunderte, tausende, wie es schien, eine endlose Masse finsterer riesiger Gestalten, die längst nicht mehr über zertrampelten Waldboden, sondern über einen Teppich aus Leichen ritt. Dann erreichten die Reiter die Böschung und noch einmal kam ihr Ansturm ins Stocken, als die Hälfte von Cavins Männern ihre Bögen senkte und dafür die Lanzen hob, die Böschung in einen Wald aus tödlich vorgerecktem Stahl verwandelnd, in den die Krieger hineingetrieben wurden und starben. Die Bogensehnen sirrten noch immer und jetzt, aus unmittelbarer Entfernung abgefeuert, verfehlte keines der Geschosse sein Ziel. Schon nach Augenblicken verwandelte sich der Fuß der Böschung in ein unentwirrbares Knäuel aus Menschen- und Pferdeleibern, Toten, Sterbenden und Verwundeten.

Und der Angriff ging weiter. Noch immer jagten Reiter in unaufhörlichem Strom heran, wurden getroffen und starben und wurden durch neue abgelöst. Und langsam, aber unbarmherzig kam die Hauptmasse des Heeres näher.

Aber Cavin bemerkte noch etwas anderes. Etwas, das allen anderen – mit Ausnahme Guarrs vielleicht – entging und das ihn doch beinahe mehr erschreckte als das entsetzliche Töten und Sterben unter ihnen. Irgendetwas ... änderte sich. Es war, als spüre der Wald den Schmerz, die grauenhafte, sinnlose Wut, den unglaublichen Hass, der sich auf beiden Seiten aufgestaut hatte – und als reagiere er darauf. Cavin konnte das Gefühl nicht in Worte fassen, aber es war da. Überdeutlich. Der Schwarzeichenwald begann sich zu verändern. Und es war keine Änderung zum Guten.

Links von Cavin erscholl ein spitzer Schrei, und als er herumfuhr, sah er, dass die Verteidigungslinie gebrochen war. Über einen Berg von Leichen stürmten Lassars Krieger die Böschung, schwarzen Morddämonen gleich, die keine Angst und keinen Schmerz kannten.

Cavin ließ seinen Bogen sinken, hob die Lanze und riss sein Pferd herum. Sein Speer durchbohrte Schild und Brustharnisch eines Angreifers, riss diesen aus dem Sattel und wurde Cavin aus den Händen geprellt. Cavin fluchte, zerrte sein Schwert hervor und trieb seinen Hengst mit einem Satz an, mitten hinein in die Masse der Angreifer. Zwei, dann drei von Lassars Kriegern erkannten ihn und stellten sich ihm entgegen, alle drei mit gewaltigen, zweikugeligen Morgensternen bewaffnet.

Cavin duckte sich unter der Waffe eines Angreifers hindurch, rammte dem Mann das Schwert durch eine Lücke seiner Panzerung und wich noch in der gleichen Bewegung dem Hieb eines zweiten Kriegers aus, der sein Pferd an seine Seite gezwungen hatte. Seine Klinge zuckte hoch, traf den Stiel des heranpfeifenden Morgensterns und zerschmetterte ihn. Der Hieb brachte den Angreifer aus dem Gleichgewicht und schleuderte ihn aus dem Sattel.

Irgendetwas traf sein Pferd. Das Tier bäumte sich auf, sein Hals war plötzlich rot und klaffte auseinander. Cavin fiel, brachte sich mit einer blitzschnellen Rolle vor den stampfenden Hufen des Tieres in Sicherheit und sprang wieder auf, als ein weiterer, schwarz vermummter Krieger auf ihn zukam. Cavin sprang zurück, ließ den Mann über sein vorgestrecktes Bein stolpern und schlug ihm wuchtig das Schwert in den Nacken. Der Krieger fiel, stürzte über seinen sterbenden Kameraden und blieb reglos liegen.

Cavin fuhr herum, war mit einem Satz neben einem Raett-Krieger, der sich verzweifelt gegen gleich drei der unheimlichen Angreifer zur Wehr zu setzen versuchte, tötete einen mit einem geraden, mit aller Macht geführten Stich und trat dem zweiten die Beine unter dem Leib weg. Der Mann fiel, rollte mit beinahe übermenschlicher Schnelligkeit herum und wieder auf die Beine und schlug noch im Aufspringen mit seinem Morgenstern nach dem jungen Waldkönig. Cavin versuchte den Hieb mit dem Schwert zu parieren, aber er zielte schlecht: Die Klinge verfehlte die stachelbewehrte Kugel und die armlange Kette wickelte sich wie eine Peitschenschnur um seine Waffe und riss ihm das Schwert aus der Hand. Cavin fiel, entriss dem verblüfften Angreifer den Morgenstern und erschlug ihn mit seiner eigenen Waffe.

Als er sich nach seinem Schwert bückte, tötete der dritte Angreifer den Raett, dem er zu Hilfe geeilt war. Cavin schrie vor Wut und Enttäuschung auf, schwang sein Schwert mit beiden Händen und spaltete Helm und Schädel des Riesenkriegers.

Hinter ihm klirrte Metall. Er sah einen Schatten, hörte das tödliche Sirren der Stahlkugel und wirbelte herum, das Schwert mit beiden Fäusten haltend. Ein Schatten wuchs hinter ihm empor, gigantisch und schwarz und wie alle Angreifer mit Schild und Morgenstern bewaffnet. Cavins Schwert zuckte im gleichen Moment hoch, in dem die stachelige Eisenkugel herunterkrachte.

Der Hieb traf seine Klinge, zerschmetterte sie und prellte ihm den nutzlosen Griff aus der Hand. Cavin keuchte vor Schmerz, brach in die Knie und warf sich blindlings zur Seite, um einem zweiten Hieb zu entgehen. Die tödliche Eisenkugel verfehlte ihn um Haaresbreite, aber der Angreifer stieß fast im gleichen Moment mit seinem gewaltigen Schild zu; Cavin riss noch die Hände nach oben, konnte aber nicht verhindern, dass das zolldicke Eichenholz seine Schläfe mit der Wucht eines Hammerschlages aufschürfte und ihn rücklings zu Boden schleuderte.

Triumphierend setzte der Angreifer ihm nach, schleuderte seinen Schild davon und schwang die mörderische Waffe mit beiden Armen.

Er führte die Bewegung nie zu Ende. Ein Speer zischte wie ein schwarzer Blitz durch die Luft, bohrte sich knirschend durch seinen Brustpanzer und schleuderte ihn zu Boden.

Cavin erhob sich stöhnend. Seine Arme waren taub von der Wucht der Hiebe, die er ausgeteilt und aufgefangen hatte, sein Herz hämmerte so schnell, dass es wehtat, und er hatte Mühe, mehr als Schatten und verschwommene Schemen zu erkennen. Trotzdem umklammerte seine Linke den Dolch, die einzige Waffe, die ihm geblieben war.

Aber es gab niemanden mehr, gegen den er sich hätte wehren müssen. Der Krieger, den der Speer getötet hatte, war der letzte gewesen. Sie hatten das Unmögliche geschafft und den Angriff abgeschlagen. Die wenigen überlebenden Krieger suchten ihr Heil in der Flucht. Keiner von ihnen erreichte das Heer.

Eine Gestalt näherte sich ihm, dann blickte er in Guarrs fellbedecktes Gesicht, und eine Hand griff nach seiner Schulter, berührte sie aber nicht. »Seid Ihr unverletzt, Herr?«, fragte der Raett.

Cavin nickte. Selbst diese kleine Bewegung schien fast über seine Kräfte zu gehen. »Ja«, murmelte er. »Ich … hoffe es. Und du?«

Guarr grinste, schob sein Schwert in den Gürtel und sah sich suchend auf dem Boden um. Schließlich bückte er sich, hob das Schwert des getöteten Raett-Kriegers auf und reichte es Cavin. »Nehmt«, sagte er ernst. »Ihr werdet es brauchen.«

Cavin zögerte einen Moment, nach der Waffe zu greifen. An ihrem Griff klebte Blut; irgendwie hatte er das absurde Gefühl, sich zu besudeln, wenn er sie berührte. Dann begriff er, wie albern dieser Gedanke war, und nahm die Waffe an.

Sein Blick fiel an Guarr vorbei auf die Krieger – oder das, was einmal ihr Heer gewesen war. Jetzt war es ein Schlachtfeld. Sie hatten die Angreifer aufhalten können, aber der Blutzoll, den sie dafür gezahlt hatten, war fürchterlich. An die dreißig der großen, in mattschwarzes Eisen gehüllten Gestalten lagen reglos auf dem Boden, aber beinahe die gleiche Anzahl Rebellen hatte diesen Sieg mit dem Leben bezahlt; und die Schlacht hatte noch nicht einmal richtig begonnen. »Wie viele sind wir noch?«, fragte er.

Guarr antwortete nicht gleich. Ein Schatten schien über das Gesicht des alten Raett zu huschen. Er schluckte und für einen Moment presste er die Lippen so fest aufeinander, dass sie nur mehr als dünner blutleerer Strich zu erkennen waren. Zum ersten Mal, seit Cavin dieses große, kluge Wesen kennen gelernt hatte, glaubte er Angst in seinem Blick zu lesen.

»Nicht mehr viele«, sagte Guarr schließlich. »Vielleicht noch hundertfünfzig. Die Verwundeten mitgezählt, die noch eine Waffe führen können.« Er schwieg einen Moment, dann löste er sich mit einer ruckhaften Bewegung aus seiner Starre, ging an Cavin vorbei und zog den Speer aus der Rüstung des getöteten Kriegers. Seine Spitze war schartig geworden, wo sie das Eisen durchschlagen hatte. Aber auf dem geschliffenen Stahl war kein Blut, wie Cavin flüchtig registrierte.

»Kommt«, sagte Guarr entschlossen. »Es ist noch nicht vorbei.«

Cavin stemmte sich mühsam hoch und hielt nach einem herrenlosen Pferd Ausschau. Es gab mehr als genug davon und längst nicht alle trugen die schwarzen Farben Lassars. Kurz bevor er in den Sattel stieg, blieb er noch einmal stehen, wälzte einen der getöteten Riesenkrieger mit dem Fuß zur Seite und löste den Morgenstern aus seinen steifen Fingern.

Guarr runzelte die Stirn, aber Cavin lächelte nur. »Es ist keine schlechte Waffe«, sagte er. »Ich kann das beurteilen – ich habe es selbst zu spüren bekommen.«

Der Raett schüttelte den Kopf, ergriff seinen Speer fester und huschte, die Waffe zum Stoß bereithaltend, zur Böschung zurück.

Der Anblick, der sich ihnen bot, war entsetzlich. Die Nacht breitete einen gnädigen schwarzen Schleier über den Wald, aber schon das Wenige, das Cavin sehen konnte, reichte aus, ihm schier das Blut in den Adern erstarren zu lassen. So weit sein Blick reichte, war der Boden mit Toten übersät, Männern und Pferden, die wirr über- und untereinander lagen, zwischen ihnen die kleinen braunen Kadaver der Ratten, die noch in die Leiber ihrer Opfer verbissen waren. *Wahnsinn,* dachte er. *Das ist Wahnsinn. Und alles nur, um die Machtgier eines einzigen Mannes zu befriedigen!*

Es konnte nicht ungesühnt bleiben. Cavin spürte, wie der Wald das Leid und den Hass aufsog wie ein Schwamm, wie sich irgendetwas in ihm änderte, etwas Dunkles, Böses von der Seele des Schwarzeichenwaldes Besitz ergriff …

Sein Blick suchte das Heer. Der Kampf war für einen Moment ins Stocken gekommen. Cavin schätzte, dass Lassars Heer an die tausend Mann verloren haben musste bei seinem vergeblichen Ansturm, selbst für eine so große Armee ein schmerzhafter Schlag. Aber neunmal so viele Krieger standen bereit, erneut gegen sie vorzustürmen, und sie alle wussten, dass sie einem zweiten Angriff nicht standhalten würden.

Aber zumindest im Moment schien ein solcher nicht bevorzustehen. Ganz im Gegenteil zog die Linie aus Schreien und hektischer Bewegung, an der die Ratten noch immer gegen die gepanzerten Krieger anrannten, sich langsam zurück. Für einen ganz kurzen Moment flammte die aberwitzige Hoffnung in Cavin auf, dass sie gewonnen haben könnten, dass der verbissene Widerstand der Rebellen und der vollkommen unerwartete Angriff der Tiere den Kampfeswillen der Krieger gebrochen haben könnte. Aber im Grunde wusste er ganz genau, wie närrisch dieser Gedanke war.

»Was tun sie?«, flüsterte Guarr neben ihm. Cavin zuckte nur mit den Achseln. Das Heer zog sich zurück, sehr schnell sogar, aber er war Realist genug zu erkennen, dass es nur eine neue Kriegslist sein konnte, kein Rückzug, sondern eine Änderung der Taktik.

Plötzlich kam Wind auf, sehr schnell und wie aus dem Nichts, eine eisige, beständige Böe, die die Baumwipfel und das Unterholz peitschte und Cavin die Tränen in die Augen trieb. Hastig hob er den Schild, um sein Gesicht vor den schneidenden Böen zu schützen, und starrte mit neu aufflammendem Misstrauen über dessen Rand hinweg auf das feindliche Heer. Dieser Sturm war nicht normal. Er konnte den Gestank schwarzer Magie beinahe riechen, der ihn entfacht hatte.

»Was bedeutet das, Guarr?«, schrie er über das Heulen hinweg. »Das ist Lassars Magie! Hast du nicht behauptet, sie wirkt in diesem Teil des Waldes nicht?«

Guarr pfiff eine Antwort, die Cavin nicht verstand, und deutete mit einer hektischen Bewegung nach Süden. Cavin blickte in die angegebene Richtung.

Was er sah, ließ sein Herz stocken.

Der Wald lag schwarz unter ihnen, aber in einer halben Meile Entfernung, dort, wo sich die ersten Reihen des Heeres befinden mussten, leckten Flammen aus dem Unterholz, sprangen auf behänden, glühenden Füßen hierhin und dorthin, versengten Moos und Büsche und züngelten an Baumstämmen.

»Großer Gott«, flüsterte Cavin. Eine eisige Hand schien nach seinem Herzen zu greifen und es mit übermenschlicher Kraft zusammenzupressen. »Dieser Wahnsinnige lässt ... lässt den Wald anzünden.«

Der Wind riss ihm die Worte von den Lippen und trug sie davon, und eine halbe Meile südlich von ihnen fachte er das Feuer zu einer Wand an, einer brüllenden Wand aus Flammen und grellweißer Glut, die sich höher und höher erhob und rasend schnell näher kam ...

22

Nach einer Ewigkeit erwachte sie. Anders als in den letzten Tagen, da sie aus fiebergeplagtem Schlaf hochgeschrocken war, fühlte sie sich zwar benommen und schwach, aber nicht mehr krank. Ihre Gedanken liefen, zum ersten Mal seit ihrer Flucht aus den Trümmern Hochwaldens, mit gewohnter Schärfe und Klarheit ab. Sie erinnerte sich an alles, was geschehen war – die Flucht, die Verfolger, die Hunde, die sie gestellt und hatten töten wollen ... Dann war etwas geschehen, woran sie nur unklare Erinnerungen hatte. Raetts. Raetts waren gekommen, ihre großen, halb tierischen Verbündeten, und mit ihnen andere, kleinere Wesen, die die Hunde getötet und die Krieger vertrieben hatten, und ...

Animah öffnete die Augen, blickte gegen eine hohe, finstere Steindecke und versuchte die Hände zu bewegen. Es ging nicht.

Im ersten Moment glaubte sie gefesselt zu sein, wieder in Gefangenschaft. Dann begriff sie, dass es Bandagen waren, fest angelegte Binden, die ihre Wunden bedeckten.

Länger als eine Minute blieb sie liegen, vollkommen reglos, den Blick starr gegen die Decke gerichtet, und versuchte sich zu erinnern, wo sie war. Die Raetts hatten sie fortgebracht, an einen Ort, den sie nur aus Legenden kannte und an dem …

Karelian.

Karelian und Cavin.

Für einen Moment sah sie die Gesichter der beiden ganz deutlich vor sich. Dann verschwand das Bild und machte wieder der schwarzen Steindecke über ihr Platz.

Mühsam wandte sie den Kopf, erblickte eine schlafende, zusammengesunkene Gestalt auf einem Stuhl neben sich und unterdrückte im letzten Moment einen Schrei, als sie sie erkannte. Karelian! Der Mann war Karelian. Es war wahr, kein Fiebertraum, keine Vision. Sie war gerettet worden und in der Megidda, der Festung im Herzen des Schwarzeichenwaldes, und –

Obwohl sie sicher war keinen Laut verursacht zu haben, fuhr Karelian im Schlaf zusammen, hob unsicher den Kopf und sah sie an. Im ersten Moment war sein Blick verschleiert; er schlief nicht mehr, war aber auch noch nicht vollends wach. Dann war er aufgeregt.

»Animah!«, rief er aus. »Du bist wach. Du … « Seine Stimme versagte. Er versuchte aufzustehen, verharrte mitten in der Bewegung und ließ sich wieder zurücksinken. »Du … du bist wach«, murmelte er. »Verstehst du mich? Erkennst du mich, Kind?«

Animah schloss aus seinen Worten, dass dieses Erwachen nicht das erste war aber ihre Erinnerungen purzelten wild durcheinander und es lohnte auch nicht, Energie darauf zu verschwenden.

»Wo bin ich?«, flüsterte sie. Ihre Stimme war so schwach, dass sie selbst erschrak. »Durst«, fügte sie hinzu.

Karelian schüttelte irritiert den Kopf, dann sprang er so heftig auf, dass sein Stuhl umfiel, und verschwand aus ihrem Blickfeld, um Sekunden später mit einer gefüllten Wasserschale zurückzukommen. Behutsam hob er ihren Kopf an und setzte das Gefäß mit der freien Hand an ihre Lippen.

»Du bist in Sicherheit«, sagte er, während sie trank. »Du

brauchst keine Angst mehr zu haben. Du bist an einem Ort, an den Lassars Macht nicht hinreicht.«

Animah leerte die Schale bis zur Neige, ehe sie den Kopf in die Kissen zurücksinken ließ und ihren Vater verständnislos ansah. »Einem Ort, an den –«

»Die schwarze Festung«, sagte Karelian ruhig. »Faroan selbst hat uns den Weg hierher gewiesen. Wir sind in Sicherheit, Kind. Keine Angst.«

Aber etwas im Klang seiner Worte war falsch. Animah hatte es stets gespürt, wenn Karelian sie belog, und sie spürte es auch diesmal. Etwas stimmte nicht.

»Was ist geschehen?«, fragte sie. »Ich … ich konnte fliehen. Lassar hat Hochwalden besetzt, nicht wahr? Was ist mit Cavin und den anderen? Habt ihr … ihn befreien können?«

»Das haben wir«, bestätigte Karelian. »Es ist viel geschehen in den letzten sechs Monaten. Ich werde dir alles erzählen, aber jetzt muss ich nach Arcen rufen, dem Heilkundigen. Gott sei Dank, dass du gesund bist!« Er ließ die Schale fallen, beugte sich vor und umarmte Animah so heftig, dass es fast wehtat. Tränen der Freude rannen über sein Gesicht.

Und im gleichen Moment, in dem er Animah berührte, geschah … etwas.

Animah spürte seine Berührung, den leisen Schmerz, den diese ihrem geschundenen Körper zufügte, aber da war auch noch etwas anderes, eine tiefe, entsetzlich tiefe Kälte, die von Karelians Körper auszugehen schien. Entsetzen ergriff sie.

Und als er sich aufrichtete und noch einmal sagte, dass er nun gehen und den Heilkundigen holen würde, huschte ein Schatten über sein Gesicht. Es ging ganz schnell; der Bruchteil einer Sekunde nur, weniger Zeit, als ein Gedanke brauchte, um gedacht zu werden, und trotzdem sah Animah, wie sich seine Züge änderten, etwas Dunkles, Gestaltloses durch das vertraute Antlitz ihres Vaters zu schimmern schien, etwas ungeheuer Düsteres und Böses …

»Warte«, sagte sie.

Karelian *(Karelian?!)* blieb stehen, runzelte die Stirn und blickte lächelnd auf sie hinab. Aber es war nicht Karelian. Es war Lassar. Ganz plötzlich begriff Animah alles. Ihre Flucht, ihre ans Wunderbare grenzende Rettung, ihr Erwachen an einem Ort, den

Menschen nicht zu betreten gestattet war, das Wiedersehen mit ihrem Vater – das alles war nicht wahr. Es war nur ein weiterer Schachzug Lassars, eine weitere Lüge in dem Gespinst von Betrug und Verrat, das er über den Wald und seine Bewohner geworfen hatte.

Der Mann über ihr war Lassar, Lassar in einer seiner zahllosen Verkleidungen, und er hatte all dies inszeniert, um ihr Vertrauen zu erschleichen und sie zum Verrat an ihren eigenen Freunden zu verleiten.

Mit aller Kraft, die ihr geblieben war, richtete sie sich auf, hob den Arm und streckte die Hand nach Karelians Gürtel aus.

»Was tust du?«, rief Karelian erschrocken. Wieder huschte ein Schatten über sein Gesicht. Seine Gestalt schien zu flackern wie ein großer, finsterer Ball aus Nebel.

Animah antwortete nicht, sondern stemmte sich weiter hoch. Ihre Hand krallte sich in Karelians/Lassars Gürtel, kroch daran entlang und krampfte sich um den Griff des Dolches, der daraus hervorsah. Lassar begriff immer noch nicht, so sicher fühlte er sich in seiner Verkleidung, die er für perfekt hielt. Aber er hatte vergessen, dass ein Kind seinen Vater nicht nur am Äußeren erkennt.

»Um Gottes willen, so bleib doch liegen, Animah«, sagte Karelian. »Du bist noch zu schwach, um aufzu-«

Animah zog den Dolch aus seinem Gürtel, drehte ihn blitzschnell nach oben und stieß zu, tief, mit aller Kraft, die sie hatte, und ohne Gnade. Lassars Augen wurden rund. Ein Ausdruck ungläubigen Entsetzens begann sich in seinem Blick breit zu machen, dann Schmerz, ein entsetzlicher, unglaublich tiefer Schmerz. Er keuchte, richtete sich auf, blickte auf den Dolch hinab, der dicht unterhalb seines Herzens aus seiner Brust ragte, dann auf Animahs Gesicht. Er schien noch etwas sagen zu wollen, aber seine Kraft reichte nicht mehr. Wie vom Blitz getroffen kippte er zur Seite und fiel zu Boden.

Animah richtete sich stöhnend auf. Das Zimmer drehte sich. Der Boden schwankte. Ihr war übel. Sie hatte Lassar getötet, aber sie empfand keinen Triumph, nicht einmal Zufriedenheit. Langsam, unter Aufbietung aller Kräfte, stemmte sie sich in die Höhe, fiel neben dem Bett auf die Knie und blieb länger als eine Minute in dieser Stellung, während sie nach Luft rang und vor Schwäche weinte. Sie wusste, dass sie sterben würde, wenn sie jetzt nicht ruhte. Aber sie hatte Lassar getötet.

Sie stand auf, taumelte zur Tür und griff mit zitternden Fingern nach dem Riegel. Ihre Kraft reichte kaum ihn zurückzuschieben. Aber sie wankte weiter. Sie würde sterben, aber das war gleich. Es waren noch mehr von Lassars Kreaturen hier, das spürte sie. Ihre Hand umklammerte den Dolch.

23

Das Feuer war eine halbe Stunde hinter ihnen, als sie die Festung erreichten. Sie waren geritten, so schnell sie nur konnten, ohne Rücksicht auf sich oder ihre Tiere zu nehmen; trotzdem hatten nicht alle den Wettlauf mit dem Tod gewonnen, denn Lassars Zaubersturm fachte den Brand zu ungeheurer Wut an. Der Himmel im Süden glühte im Widerschein der Flammen wie eine rote Kuppel, und obwohl das Feuer noch Meilen entfernt war, trug der Wind bereits Brandgeruch mit sich.

Cavin war einer der Ersten, die durch das Tor sprengten, tief über den Hals seines Pferdes gebeugt und keuchend vor Anstrengung. Die Festung war leer; auch von den wenigen, die zurückgeblieben waren, war niemand zu sehen, und erneut kam Cavin zu Bewusstsein, wie erbärmlich wenige sie waren; jetzt, nachdem die Hälfte von ihnen tot oder verwundet war, noch mehr. Nicht einmal die schier unüberwindlichen Mauern der Megidda würden sie noch schützen können, das wusste er. Das Feuer konnte ihnen nichts anhaben hier drinnen, denn die Bollwerke aus erstarrter Lava und Zeit waren fest genug, selbst einem Weltenbrand standzuhalten, aber Lassars Krieger, die dem Feuer auf dem Fuß folgten, würden sie überrennen. Auch die uneinnehmbarsten Mauern mussten dafür bemannt sein. Und sie hatten einfach nicht mehr genug Männer, jeden Punkt zu besetzen, der nötig war, die Festung zu halten.

Cavin sprang aus dem Sattel, ließ sein Pferd einfach stehen und rannte zum Tor zurück. Die Reiter kamen einzeln oder in kleinen Gruppen aus dem Wald gesprengt, und gerade als Cavin das Tor erreichte, stürzte ein Pferd und begrub seinen Reiter unter sich. Keiner von beiden stand wieder auf. »Auf die Zinnen!«, befahl er mit weit schallender Stimme. »Nehmt an Pfeilen mit, was ihr tragen könnt. Und wenn die Mauern fallen, flieht!«

Ein Teil der Männer begann die steilen Steintreppen zum Wehrgang emporzustürmen, aber andere – sehr viele – ließen sich einfach aus den Sätteln fallen, zu erschöpft, um seinem Befehl zu folgen. Vielleicht wollten sie auch einfach nicht mehr. Cavin hätte es keinem der Männer übel genommen, wenn er seinen Befehl verweigert und versucht hätte sich auf eigene Faust in Sicherheit zu bringen, denn er schickte sie in den sicheren Tod.

Vielleicht hätte er selbst sogar den Befehl gegeben, jeden Widerstand bleiben zu lassen und zu fliehen – hätte die Möglichkeit bestanden. Aber sie saßen in der Falle. Die einzige Wahl, die ihnen blieb, war die zwischen dem Tod in den Flammen und dem hier auf den Mauern.

Nervös blickte er zum Himmel hinauf. Das Samtblau der Nacht war dem bösartigen Glühen von Feuer gewichen. Schwarze, fettige Rauchwolken verdunkelten einen Teil des südlichen Horizonts, und Lassars Dämonenwind ließ gewaltige Schauer kleiner, weiß glühender Funken in den Himmel steigen, flammenden Käfern gleich, die den Brand weitertragen würden. Cavin begriff plötzlich, dass das Feuer nicht vor den Mauern der Megidda Halt machen würde. Vielleicht würde es sie verschonen, aber es würde weiterrasen; es war schon jetzt zu groß, um noch gelöscht zu werden oder von selbst zu erlöschen. Selbst der Schnee, der fallen mochte, musste unter der höllischen Glut verdampfen, lange ehe er den Boden erreichte und die Flammen ersticken konnte. Lassar hatte am Schluss doch getan, womit er gedroht hatte – er verbrannte den Wald. Cavin lachte bitter.

»Was ist so komisch, Mensch?«, fauchte eine zornige Stimme neben ihm.

Cavin wandte den Blick und erkannte Guarr, der unbeholfen aus dem Sattel gestiegen und zu ihm gehumpelt war. »Nichts«, sagte er. »Ich musste nur daran denken, dass Lassar mir wirklich gegeben hat, was ich verdiene. Ich habe Hochwalden zurück, nicht?« Er deutete mit einer Kopfbewegung auf den Wald hinaus. Durch das Unterholz schimmerte bereits das erste drohende Rot der Brände. »Es wird zu dem Wald passen, über den ich herrsche. Eine verbrannte Ruine.«

Guarr antwortete nicht, sondern konzentrierte sich wie er darauf, die näher kommenden Krieger zu beobachten. Es waren nicht mehr viele – an die hundert Männer und Raetts hatten die Festung bereits erreicht, und jetzt waren es nur noch ein paar Nachzügler, die aus dem schwelenden Unterholz hervortaumelten. Hinter ihnen rasten die Flammen heran. Es ging sehr schnell und trotzdem hatte Cavin das Gefühl, die Zeit wäre stehen geblieben, denn seine Sinne arbeiteten mit jener eigentümlichen Schärfe, die ihnen nur in Momenten allergrößter Gefahr eigen war. Das Schwarz des Waldes wich allmählich einem düsteren, drohenden Rot, das heller wurde, zu Orange und schließlich Weiß wechselte und die ewige Nacht des Schwarzeichenwaldes verschlang, bis sich die Bäume und Büsche des Waldes als scharf gezeichnete schwarze Schatten vor einer Wand unerträglicher Helligkeit abhoben. Dann begannen ihre Umrisse zu zerfließen, waren plötzlich gesäumt von weißblauen Flammenkindern, die rasch zu breiten Säulen wurden, dann zu einer kompakten, brüllenden Flammenwand, fast so hoch wie die Mauern der Megidda und heiß, unerträglich heiß. Obwohl eine halbe Meile zwischen ihnen und dem brennenden Waldrand lag, konnte Cavin plötzlich nur noch mühsam atmen. Das Metall seiner Waffen wurde heiß. Eine glühende Hand schien seine Augäpfel zu berühren.

»Dieser Wahnsinnige«, flüsterte Guarr. Obwohl er sehr leise sprach, waren seine Worte wie durch einen Zauber deutlich zu hören. Sie und das Entsetzen, das in seiner Stimme schwang. »Wenn es das ist, was er wollte, muss er vollends den Verstand verloren haben. Das Feuer wird seine eigenen Männer verschlingen.«

Cavin nickte, ohne den Blick von dem entsetzlichen Schauspiel zu nehmen. Guarr sprach nur aus, was er schon die ganze Zeit über gedacht hatte: Wenn Lassars Krieger den Brand jemals unter Kontrolle gehabt hatten, so hatten sie sie jetzt verloren. Das Feuer wütete mit ungeheuerlicher Kraft, sprang hierhin und dorthin und schickte Armeen kleiner glühender Funken in alle Richtungen, um sich zu verbreiten. Längst brannte nicht mehr nur der südliche Rand der Lichtung, sondern der ganze Wald, überall, wohin er auch blickte, und es war ein Brand, der nicht eher innehalten würde, als bis nichts mehr da war, was er verzehren konnte.

Lassars Krieger mussten ihm ebenso zum Opfer fallen wie der Wald und seine Bewohner.

Und vielleicht auch sie, fügte er in Gedanken hinzu. Das Feuer erreichte sie nicht, aber seine Hitze war so groß, dass die Luft in seinen Lungen zu brennen schien und sich seine Augenbrauen kräuselten. Und die Hitze stieg.

»Zurück«, befahl er halblaut, wandte sich um und rief noch einmal, sehr viel lauter: »Zieht euch zurück ins Haus. Die Hitze wird zu groß!«

Er selbst war einer der Ersten, die diesen Befehl befolgten.

24

Der Wald brannte. Rings um ihn herum tobte die Hölle, ein Feuer, wie es heißer nicht im flammenden Herzen einer Sonne sein könnte. Gwenderons Haar war längst verkohlt, seine Kleider schwelten, und seine Haut war da, wo sie nicht von Stoff oder Leder geschützt war, von Brandblasen übersät. Vor einer halben Stunde war sein Pferd unter ihm zusammengebrochen und gestorben und kurz darauf hatte er Gesset aus den Augen verloren. Er war sicher, dass er tot war, tot wie all die Männer und Tiere, an denen er vorbeigestolpert war, deren Leichen den schwarz gewordenen Waldboden bedeckten oder in den Bäumen hingen, in die sie in panischer Angst gestiegen waren ohne dem Tod entrinnen zu können. Gwenderon wusste längst nicht mehr, in welche Richtung er lief oder warum. Aber irgendetwas trieb ihn weiter, eine Kraft, die nicht die seine war; die gleiche unheimliche Macht, die ihn vor dem Toben der Flammen schützte. Mit einem kleinen, auf fast wunderbare Weise noch zu klarem Denken fähigen Teil seines Bewusstseins begriff er, dass er kein Recht mehr hatte zu leben; dass jede der zahllosen Wunden, die seinen Körper bedeckten, tödlich war. Aber er taumelte weiter, und seine Hand umklammerte fest den Stab, den er mit sich fortschleppte.

Aber vielleicht war es auch gerade umgekehrt.

25 Selbst hier drinnen, hinter den meterdicken Mauern der Festung, war die Hitze beinahe unerträglich. Die Luft schien zu kochen. Der Boden zitterte jetzt fast ununterbrochen und manchmal glaubte Cavin, ein dumpfes, machtvolles Grollen zu hören, als stürzten tief unter der Erde gewaltige Höhlen ein. Vielleicht brach die Welt zusammen.

Cavin taumelte vor Erschöpfung, lehnte sich einen Moment gegen die Wand und stolperte weiter die Treppe empor. Der Weg hinauf in sein Schlafgemach war ihm niemals so weit vorgekommen. Es war, als wüchse die Treppe jedes Mal um zwei Stufen, wenn er eine überwunden hatte. Aber er musste hinauf. Wenn er schon sterben musste, dann wollte er wenigstens in Karelians Nähe sein. Der Waldläufer war der einzige Freund, der ihm geblieben war.

Schließlich erreichte er das Ende der Treppe und den kurzen Gang, an dessen Ende der Ratssaal lag. Das Grollen und Beben war jetzt deutlicher zu spüren und unter der geschlossenen Tür drang dumpf roter Lichtschein hervor, der durch die Lichtscharten gekrochen war. Die Hitze ließ ihn keuchen.

Als er die Tür aufstieß, fand er den Toten.

Es war einer von Karelians Gefolgsleuten; ein grauhaariger, stämmig gewachsener Mann in der grünbraunen Kleidung der Waldläufer. Er lag, mit grotesk verrenkten Gliedern und dem Gesicht nach unten auf dem Boden, und es hätte nicht einmal der dunklen Blutlache unter seinem Kopf bedurft, um Cavin zu sagen, dass er tot war. Einen Moment lang versuchte er sich an den Gedanken zu klammern, dass der Mann einen Fehltritt getan und sich auf dem steinernen Boden zu Tode gestürzt haben könnte; aber wirklich nur einen Moment lang. Nicht länger, als er brauchte, um neben dem Toten niederzuknien und ihn auf den Rücken zu drehen. Steinfliesen schneiden niemandem die Kehle durch.

Sekundenlang starrte Cavin benommen auf seine Fingerspitzen, die rot vom Blut des Erschlagenen waren. Dann fuhr er hoch und herum, zog sein Schwert und wich instinktiv zwei, drei Schritte zurück, bis er den kalten Fels der Wand in seinem Rücken fühlte.

Plötzlich schien die Burg voller Geräusche und Laute zu sein, die vor einem Moment noch nicht da gewesen waren. Er glaubte Schritte zu hören, ein Lachen, das ein wenig zu schrill und aufgesetzt klang, ein Rascheln und Schaben wie von großen, hornigen Körpern, die sich in den Schatten bewegten ...

Cavin schob die Vorstellung mit Macht von sich, packte sein Schwert fester und sah sich aufmerksam nach beiden Seiten um. Der Saal war leer und auch in den angrenzenden Zimmern, deren Türen offen standen, regte sich nichts; zumindest nichts, so weit er sehen konnte. Trotzdem musste, wer immer den Mann vor ihm umgebracht hatte, noch in der Nähe sein.

Vorsichtig, jeden Nerv bis zum Zerreißen angespannt, ging Cavin weiter, durchsuchte flüchtig die anderen Räume und näherte sich schließlich seinem Privatgemach, dem einzigen Zimmer, dessen Tür verschlossen war.

Auf den ersten Blick schien es leer wie die anderen Zimmer. Animahs Bett war verwaist, aber auf den Kissen waren dunkle Flecke, die bewiesen, dass der unheimliche Mörder auch hier gewesen war.

Und als er es umrundete, fand er Karelian.

Der Waldläufer lag verkrümmt auf dem Boden, mit weit aufgerissenen, gebrochenen Augen, die rechte Hand noch gegen die tödliche Wunde in seiner Brust gepresst, die andere ausgestreckt und im Tode zu einer Kralle verkrümmt, als hätte er versucht irgendetwas festzuhalten. Auf seinen Zügen lag ein Ausdruck so tiefen Entsetzens, wie Cavin ihn noch niemals bei einem Menschen gesehen hatte.

Cavin fühlte ... nichts.

Der Schmerz, dieser entsetzliche, rasende Schmerz, auf den er wartete, kam nicht. Er spürte nur Leere. Karelian war der Letzte gewesen. Der letzte Freund, der ihm geblieben war, und nun war er tot, von der Hand eines Meuchelmörders niedergestochen, den Lassar geschickt hatte. Das war alles, was er denken konnte. Er empfand nicht einmal Zorn.

Nach einer Weile wandte er sich um, verließ das Zimmer, durchquerte auch den angrenzenden Saal, und auf dem Gang nahe der Treppe sah er die Blutspur. Sie führte nach oben, hinauf in die Teile der Festung, die sie nie zu betreten gewagt hatten. Jetzt betrat er sie, tastete sich halb blind an der Wand aus schwarzer Lava entlang und erreichte nach einigen Dutzend Schritten einen weiteren Treppenabsatz.

Links von ihm war rotes Licht, wo Feuerschein durch einen Lichtschacht fiel, und in der flackernden roten Beleuchtung lag Animah.

Es war wie ein Hieb.

Länger als eine Minute blieb Cavin reglos stehen, unfähig zu glauben, was er sah: Sie war tot. Ihr Genick war gebrochen und die Hände des Raett, der sie getötet hatte, lagen noch um ihren Hals, erstarrt im Tode, der das riesige Wesen über dem schwarzhaarigen Mädchen hatte zusammenbrechen lassen. Ein schmaler, beidseitig geschliffener Dolch ragte aus seinem Schädel, fast bis ans Heft in seinen Unterkiefer und bis hinauf in sein Gehirn getrieben.

Es war Karelians Dolch. Es gab keinen Zweifel. Cavin selbst hatte ihm die Waffe geschenkt, ein Beutestück, das er einem von Lassars Söldnern abgenommen hatte.

Die gleiche Waffe, die auch Karelian und den Mann unten im Saal getötet hatte. Und jetzt endlich begriff Cavin.

Ein Geräusch drang in sein Bewusstsein, so leise, dass er nicht sicher war es wirklich gehört zu haben, aber als er sich umdrehte und sein Schwert hob, erscholl es erneut und irgendwo in der Dunkelheit vor ihm regte sich etwas; es war kein Körper, nicht einmal ein Schatten, sondern nur Bewegung. Leben. Cavin duckte sich leicht, streckte die Linke aus, um sich an der Wand entlangzutasten, und begann die ausgetretenen Steinstufen weiter hinaufzugehen; vorsichtig, jedes Mal den Fuß ganz aufsetzend, ehe er sein Gewicht verlagerte, und mit bis zum Zerreißen angespannten Nerven.

Trotzdem war es reines Glück, das ihm das Leben rettete.

Der Angriff kam so schnell, dass seine Augen die Bewegung kaum wahrnahmen. Der Krieger sprang nicht aus der Dunkelheit oder aus den Schatten hervor, sondern war *einfach* da, von einem Sekundenbruchteil zum anderen: ein Riese in einer dunkel schimmernden Eisenrüstung, gut zwei Köpfe größer als Cavin und mit Schild und Dolch bewaffnet.

Und einem Morgenstern, dessen stachelbewehrte Kugel im gleichen Augenblick nach Cavins Schädel schlug.

Der junge König duckte sich, verlor auf den schmalen Stufen den Halt und torkelte rücklings die Treppe hinunter; halb gegen die Wand gestützt, halb fallend. Dort, wo er eine halbe Sekunde zuvor noch gestanden hatte, krachte die Eisenkugel des Morgensterns gegen die Wand, riss Funken und kleine scharfkantige Splitter aus dem Stein und zuckte wie eine angreifende Schlange zurück.

Cavin torkelte weiter, stolperte über den Toten, der am Fuße der Treppe lag, stürzte zu Boden und rollte sich instinktiv zur Seite, als der Gigant nachsetzte und mit seiner fürchterlichen Waffe nach ihm schlug.

Mit einem verzweifelten Satz kam Cavin wieder auf die Füße, brachte sich mit einem fast grotesk anmutenden Sprung in Sicherheit, als die Eisenkugel schon wieder nach ihm schlug, und hieb blindlings zurück. Sein Schwert prallte am hochgerissenen Schild des Kriegers ab, aber der Hieb brachte den Angreifer aus der Balance. Er torkelte, fiel, von der Wucht seines eigenen Schlages nach vorne gerissen, gegen die Wand. Aber als Cavin mit hoch erhobenem Schwert auf ihn eindrang, war er bereits wieder auf den Beinen und herum, fing den Schlag mit dem Stiel seines Morgensterns auf und schlug Cavin gleichzeitig die Kante seines Schildes gegen den Hals.

Cavin stürzte, ließ seine Waffe fallen, schlug beide Hände gegen die Kehle und rang verzweifelt nach Atem. Der Schlag war nicht sehr heftig gewesen, aber er bekam keine Luft mehr. Vor seinen Augen begannen blutige Schleier einen irren Veitstanz aufzuführen; er krümmte sich, sah den Angreifer wie einen eisernen Todesengel über sich auftürmen und seine Waffe mit beiden Händen schwingen und trat nach seinen Beinen.

Der Riese wich instinktiv aus, prallte aber gegen die Wand und verlor für einen Moment die Balance. Cavin stemmte sich hoch, rang würgend um Atem und versuchte die Waffe zu heben, aber das Schwert schien plötzlich Zentner zu wiegen. Er hatte die Klinge noch nicht halb erhoben, als der Fremde schon wieder angriff.

Cavin setzte alles auf eine Karte. Er ignorierte den rasenden Morgenstern, tauchte unter der Kugel hindurch und warf sich mit der Schulter gegen den vorgereckten Schild des Riesen. Gleichzeitig schrammte sein Schwert über den Brustpanzer des Angreifers, fand eine kaum fingernagelbreite Lücke in der mattschwarzen Eisenpanzerung und stieß hindurch.

Der Fremde schrie auf, schleuderte Cavin mit einem Schildstoß zu Boden und krümmte sich. Der Schild entglitt seinen Händen, und aus dem Brustteil seiner Rüstung drang dunkelrotes Blut. Die Wunde war sicher nicht gefährlich genug ihn sofort zu töten, aber die Ablenkung reichte Cavin, den Kampf endgültig zu entscheiden. Er schlug die Waffenhand des Fremden beiseite, warf sich mit weit ausgebreiteten Armen nach vorn, umklammerte die Beine des Kriegers mit beiden Armen – und brachte ihn mit einem entschlossenen Ruck zu Fall. Wie ein stürzender Baum kippte der Riese nach hinten. Sein Helm prallte dröhnend auf die unterste Treppenstufe. Ein dumpfer, knirschender Laut drang unter dem geschwärzten Eisen hervor, dann öffneten sich die gepanzerten Fäuste des Riesen und seine Bewegungen erstarben.

Länger als eine Minute blieb Cavin stöhnend auf den Knien gekauert. Dunkle Bewusstlosigkeit wollte seine Gedanken verschleiern; sein Herz hämmerte so heftig, dass er jeden Schlag wie einen schmerzhaften Hieb bis in die Fingerspitzen zu fühlen glaubte, aber er drängte den Schmerz zurück, zwang sich mit verzweifelter Kraft, mühsam ein- und auszuatmen, und stemmte sich schließlich torkelnd wieder auf die Beine. In seinen Ohren rauschte das Blut, und als er sich nach seinem Schwert bückte, wurde ihm erneut schwindlig. Die Treppe und der Korridor schienen vor seinem Blick zu verschwimmen. Er sah nur noch Schemen und blutiges Rot.

Dann drangen Geräusche durch den immer dichter werdenden Schleier, und irgendetwas war an diesen Lauten, das ihm neue Kraft gab. Er fuhr sich mit dem Handrücken über das Gesicht, um die Tränen aus seinen Augen zu wischen, ergriff sein Schwert und begann, halbwegs gegen die Wand gestützt und noch immer gegen Übelkeit und Schwäche ankämpfend, die gewundene Treppe hinunterzutaumeln. Der Lärm, der ihm entgegenschlug, wurde stärker.

Aber es dauerte lange, bis Cavin begriff, dass er Kampflärm hörte.

Wie von Sinnen rannte er los.

26

Der Kampf war vorbei, als er die Halle erreichte. Im ersten Moment war er geblendet, denn das grellrote Licht der Flammen verwandelte das Tor in ein Rechteck von unerträglicher Helligkeit. Aber er hörte Schreie und das Klirren von Stahl, Laute, die ihm nur zu vertraut waren. Dann erkannte er Schatten, die miteinander rangen. Instinktiv hob Cavin sein Schwert und hieb nach einer riesigen Gestalt, die mit erhobener Waffe auf ihn zutorkelte, traf aber nicht und kam auch nicht zu einem zweiten Hieb, denn der Mann taumelte weiter, und Cavin sah erst jetzt die beiden Pfeile, die aus seinem Rücken ragten.

Die Halle hatte sich in ein Chaos verwandelt. Überall lagen Tote und Verwundete, die meisten davon Lassars Männer, denn die Angreifer mussten hoffnungslos in der Minderzahl gewesen sein. Hier und da wurde noch gekämpft, aber Cavin kam nicht mehr dazu, selbst in das Geschehen einzugreifen. Wer von Lassars Männern noch lebte, sah sich plötzlich einem Feind gegenüber, der mit der Kraft der Verzweiflung kämpfte und nichts mehr zu verlieren hatte.

Er schob sein Schwert in den Gürtel zurück, hielt nach Guarr Ausschau und hob den Arm, als er den Raett unweit des Ausganges entdeckte. Guarr stieß einen schrillen Pfiff aus und eilte auf ihn zu.

»Wo kommt Ihr her?«, fragte Guarr. »Wo sind Karelian und –«

»Tot«, unterbrach ihn Cavin. »Beide.« Guarr sah ihn fragend an, aber Cavin sprach nicht weiter. Es ging Guarr nichts an, was wirklich geschehen war. Niemand sollte es erfahren. Diese letzte Lüge Lassars galt nur ihm.

»Sind noch mehr Krieger oben?«

Cavin schüttelte den Kopf. »Ich glaube nicht«, antwortete er. »Ich … bin einem begegnet. Er ist tot. Die hier müssen versucht haben sich den Weg nach draußen zu erkämpfen. Wahrscheinlich haben sie nicht mit unserer Rückkehr gerechnet und sind in Panik geraten. Ich verstehe nicht, wo sie herkommen.«

»Aber ich«, sagte Guarr ernst. »Komm.« Ohne ein weiteres Wort der Erklärung wandte er sich um und humpelte auf den Ausgang zu.

Die Tür war geborsten und halb aus den Angeln gerissen; einer der Riesenkrieger lehnte daran wie ein bizarrer Schmetterling, von einem geschleuderten Speer an das Holz genagelt und mit halb erhobenen, totenstarren Händen. Der Anblick erschreckte Cavin fast mehr, als es der eines lebenden Angreifers gekonnt hätte, denn er führte ihm mit schmerzhafter Wucht vor Augen, was ihre Feinde wirklich waren: keine lebenden Wesen, sondern Dinge, die töteten, gnadenlos und präzise wie Maschinen.

Cavin fuhr erschrocken zusammen, als er sah, worauf ihn Guarr aufmerksam machen wollte. Die Dunkelheit war blutig rotem Licht gewichen, das den Hof in ein unheimliches Muster von flackerndem Rot und hin- und herhuschenden Schatten verwandelte. Die Flammen hatten die Festung jetzt von allen Seiten eingeschlossen und die Luft flimmerte vor Hitze. Trotzdem waren Lassars Krieger überdeutlich zu erkennen.

Es mussten an die tausend sein; eine gewaltige Armee, die in einem lockeren, nach innen gebogenen Halbkreis auf dem Hof Aufstellung genommen hatten. Wieder kam Cavin das Automatenhafte, Künstliche ihrer Erscheinung zu Bewusstsein. Alle waren gleich groß, alle auf die gleiche Art gekleidet, jeder mit Schild und Morgenstern bewaffnet und finster wie ein Stück zum Leben erwachter Nacht. Die Reiter ähnelten sich wie eine Armee identischer Zwillinge.

Oder wie Abdrücke aus einer einzigen Gussform, dachte Cavin schaudernd.

»Das … das ist das Ende. Es hat keinen Sinn mehr, Guarr.« Cavins Stimme brach fast. Trotz der fast unheimlichen Stille, die sich in der Halle ausgebreitet hatte, waren seine Worte kaum zu verstehen. Es dauerte lange, bis der Raett überhaupt darauf reagierte und müde den Kopf hob.

»Und was wollt Ihr tun, Herr?«

Cavin schloss die Augen, lehnte den Kopf nach hinten gegen die kahle Steinwand und atmete hörbar aus. »Ich gehe hinaus«, flüsterte er. »Er will mich, Guarr. Er wollte von Anfang an nur mich.«

Guarrs Antwort bestand in einem rauen, vollkommen humorlosen Lachen. »Verzeiht, wenn ich Euch widerspreche, Herr«, sagte er sarkastisch, »aber um Euch Lassar auszuliefern, müsste er wenigstens hier sein. Bis jetzt habe ich keine Spur von ihm gesehen. Nur seine schwarzen Bestien.« Er stöhnte, presste die Hand gegen den dünnen, blutenden Schnitt über dem Auge, den er beim letzten Angriff davongetragen hatte, und betrachtete stirnrunzelnd und beinahe wütend das Blut auf seinen Fingerspitzen.

»Er ist da«, behauptete Cavin. »Ich weiß nicht wo, und ich weiß nicht, wie er es gemacht hat – aber er ist hier. Ganz in unserer Nähe. Ich spüre ihn, Guarr.« Er stand auf, blieb einen Moment kraftlos gegen die Wand gelehnt stehen und machte ein paar taumelnde Schritte auf den Ausgang zu.

»Was habt Ihr vor?«, fragte Guarr alarmiert.

»Was ich sofort hätte tun sollen, Guarr«, antwortete Cavin grimmig. »Ich gehe hinaus.«

»Sie werden Euch umbringen.«

»Vielleicht«, antwortete Cavin. »Aber vielleicht lassen sie dann wenigstens euch am Leben. Ihr habt keinen Streit mit Lassar. Wenn ich tot bin, stellt ihr keine Gefahr mehr für ihn dar.« Er nickte noch einmal, um seine Worte zu bekräftigen, zog das Schwert aus dem Gürtel und ging weiter.

Guarr stellte ihm ein Bein, fing ihn auf, als er stürzte, und versetzte ihm rasch hintereinander zwei schallende Ohrfeigen. Cavin ächzte, hob die Hände, um seine Schläge abzuwehren, und versuchte nach ihm zu treten. Guarr schlug noch einmal zu und Cavins Widerstand erlahmte.

»Seid Ihr jetzt wieder vernünftig?«, fragte Guarr ruhig. Cavin wollte antworten, bekam aber nur einen keuchenden Laut heraus, und Guarr ließ behutsam seine Schultern los.

»Wem glaubt Ihr damit zu nutzen, wenn Ihr Euch umbringt, Ihr Narr?«, fragte er scharf. »Bildet Ihr Euch im Ernst ein, Lassar ließe auch nur einen von uns lebend hier heraus? Das kann er sich gar nicht leisten. Nicht nach diesem neuerlichen Verrat.« Er deutete mit einer zornigen Kopfbewegung zum Fenster. »Ich bin sicher, dass Lassar sich eine wunderschöne Geschichte zurechtgelegt hat, nach der ihn niemand mehr für das verantwortlich machen wird, was hier geschehen ist. Geht zu ihm und lasst Euch erschlagen, und seid sicher, dass er die Welt glauben machen wird, dass *Ihr* es wart, der den Wald angezündet hat! Er kann es sich gar nicht leisten, auch nur einen von uns am Leben zu lassen, seht das ein.«

Cavin wollte widersprechen, aber Guarr fuhr ruhig, doch mit

trotzdem leicht erhobener Stimme fort: »Wir sollten lieber überlegen, wie wir hier herauskommen. Ihr seid sicher, dass es keinen geheimen Ausgang gibt?«

Natürlich war Cavin nicht sicher. Die Monate, die sie in dieser Festung verbracht hatten, hatten nicht ausgereicht, auch nur ein Zehntel der gewaltigen Anlage zu untersuchen. Aber er war sicher, dass er keinen geheimen Ausgang *kannte*. Und wohin hätten sie auch fliehen können? Rings um die Megidda herum brannte die Welt. Guarr fragte auch nur, um überhaupt irgendetwas zu sagen und Cavin wieder zur Vernunft zu bringen.

Seine Taktik schien Erfolg zu haben, denn der junge Waldkönig beruhigte sich zusehends. Schließlich lächelte er sogar, wenn es auch mehr einer Grimasse glich.

»Du hast Recht, Guarr«, sagte er leise. »Verzeih.«

Guarr machte eine wegwerfende Handbewegung. »Schon gut. Jeder kann die Nerven verlieren. Aber wie habt Ihr das gemeint – Lassar ist hier?«

»Wie ich es gesagt habe«, antwortete Cavin. »Ich spüre seine Nähe, Guarr. Er ... er war die ganze Zeit über hier. Er ... er *ist* diese Festung.«

»Dann sollten wir ihn suchen«, sagte Guarr, ohne auf die letzten Worte Cavins einzugehen.

Cavin lachte bitter. »Und wie, Guarr? Meinst du nicht, ich hätte –«

»Ihr seid nicht irgendwer, Herr«, fiel ihm Guarr ins Wort. »Ihr seid der Herr von Hochwalden. Der König des Schwarzeichenwaldes. Euch stehen andere Mittel und Wege offen als mir oder irgendeinem anderen.«

Cavins Blick spiegelte Trauer, als er antwortete. »Das wäre vielleicht so, wäre alles anders gekommen, Freund. Es wäre vielleicht so, hätte ich Zeit gehabt, das Erbe meines Vaters wirklich anzutreten. Wäre Faroan nicht gestorben, ehe ich auch nur begriff, was dieser Wald überhaupt ist. Doch nun bin ich nicht mehr als du. Vielleicht weniger.«

Guarr verwarf seine Worte mit einer unwilligen Geste. »Warum ruft Ihr Faroan nicht?«, fragte er. »Er hat uns schon einmal geholfen, er könnte es wieder. Ruft ihn, Herr!«

»Glaubst du nicht, ich hätte es versucht?«, fragte Cavin leise. Er schüttelte den Kopf, legte die Rechte auf den Schwertknauf in seinem Gürtel und berührte mit der anderen Hand Guarrs Arm. »Ich habe es versucht, mein Freund«, sagte er leise. »Ich habe ihn angefleht uns zu helfen, jede Minute, die wir hier eingeschlossen waren. Aber er hat nicht geantwortet. Diesmal hilft uns nur noch unser Mut und unsere Kraft, Guarr. Und das hier.« Er zog das Schwert, sah Guarr noch einen Herzschlag lang ernst in die Augen und nickte.

»Kommt, Freunde«, sagte er laut und nicht mehr nur an Guarr, sondern an alle gewandt. »Bringen wir es zu Ende.«

27

Die Phalanx der schwarzen Krieger zog sich wie ein Riss durch das rote Licht, eine gerade, präzise ausgerichtete Dreierreihe mattschwarz glänzender Rüstungen und großer, eisenbeschlagener Schilde. Dahinter, in fünf, sechs Schritten Abstand und wie zwei düstere Dämonenstatuen, standen Lassars Wächter, perfekte Ebenbilder der Dämonenarmee, nur größer und wilder, drohender. Es war unheimlich still. Selbst der Wind war verstummt und obgleich es noch nicht vollends Tag war, war die Luft von seltener Klarheit; wie kunstvoll geschliffenes Glas, das den Blick nicht behinderte, sondern das, was dahinter lag, noch vergrößerte.

Cavin war der Erste, der den Turm verließ. Glühende Luft und Nebel, der in blutigen Schwaden vom Boden aufstieg und über die Mauern der Burg gekrochen war, schlugen ihm wie eine brennende Hand entgegen. Das Schwert fühlte sich plötzlich klamm und sehr viel schwerer in seiner Hand an. Langsam entfernte er sich ein paar Schritte vom Turm, blieb stehen und wartete, bis Guarr und die anderen an seine Seite getreten waren.

Er war ganz ruhig. In jedem einzelnen Augenblick des Kampfes, ja seit er Hochwalden das erste Mal betreten und Lassar gegenübergestanden hatte, war die Furcht sein treuer Begleiter gewesen. Jetzt war sie verschwunden. Er spürte keine Angst mehr, nur noch eine dumpfe, alle anderen Gefühle erstickende Entschlossenheit und ein übermächtiges Empfinden des Endgültigen.

Während des letzten halben Jahres hatte er ein Dutzend Mal

dem Tod ins Auge geblickt und zehnmal so oft hatte er sich gefragt, wie es sein würde, wenn er ihm eines Tages nicht mehr ein Schnippchen schlagen konnte; was er empfinden würde, wenn der Augenblick kam, in dem es endgültig aus war. Jetzt wusste er es.

Nichts.

In ihm war nur Leere.

Eine sanfte, im Einzelnen kaum wahrnehmbare Bewegung lief durch die Dreierreihe der Dämonenkrieger. Gleichzeitig lebte der Wind wieder auf und blies Hitze und loderndes rotes Licht über die Mauerkrone und durch das offen stehende Tor.

»Die beiden Krieger«, flüsterte Guarr an seinem Ohr. »Lassars Kreaturen. Wo sie sind, ist auch er nicht weit. Wenn wir sie töten, haben wir vielleicht eine Chance.«

Cavin nickte, aber er tat es mehr, um Guarr zu beruhigen, denn aus irgendeinem anderen Grund. Selbst wenn es ihnen möglich gewesen wäre, sie zu töten – was Cavin bezweifelte –, sie wären nicht einmal in ihre Nähe gekommen. Zwischen ihnen und den beiden Riesenkriegern befanden sich tausend von Lassars schwarzen Kreaturen.

Zehn für jeden von uns, dachte Cavin düster. Es war kein sehr fairer Kampf.

Wieder lief diese rasche, irgendwie organische Bewegung durch die Reihe der Angreifer, dann, wie auf ein unhörbares Kommando hin, setzte sich die dreifache Mauer aus Stahl und tödlichem Eisen in Bewegung.

»Jetzt!«, rief Guarr.

Bogensehnen sirrten. Guarrs Speer zischte durch die Luft, zermalmte Schild und Brustharnisch eines Eisenkriegers und warf den Mann zu Boden; gleichzeitig fand ein halbes Dutzend Pfeile seine Ziele und riss weitere Krieger von den Füßen.

Die Lücken in der feindlichen Phalanx schlossen sich beinahe schneller, als sie entstanden waren. Die Dreierreihe der Dämonen stampfte weiter heran, seelenlos, gleichmäßig, ohne ihren Vormarsch auch nur im Geringsten zu beschleunigen oder zu unterbrechen.

Eine zweite Pfeilsalve schlug den Angreifern entgegen und wieder marschierte die Reihe der unheimlichen schwarzen Krieger ungerührt weiter.

Dann waren sie heran und mit einem Male zerfiel die geordnete Angriffsreihe in ein, zwei Dutzend kleinere Gruppen, die sich in stummer Verbissenheit auf Cavins Krieger stürzten und sie mit ihren fürchterlichen Morgensternen angriffen.

Aber nur seine Krieger.

Es ging beinahe zu schnell, als dass Cavin und Guarr auch nur Zeit fanden, wirklich zu begreifen, was geschah. Die Angreifer waren den Rebellen zehn zu eins überlegen und hier, auf der ungeschützten freien Fläche des Hofes, kam ihre zahlenmäßige Übermacht zehnmal stärker zur Geltung als drinnen in der Burg oder bei der Schlacht im Wald, wo die Verteidiger noch immer die Chance gehabt hatten, sich zurückzuziehen und sie einzeln in Kämpfe zu verwickeln. Der Kampf – das *Schlachten,* dachte Cavin entsetzt – dauerte nicht einmal eine Minute. Die schwarzen Giganten rasten heran und walzten die Verteidiger einfach nieder.

Fünfzig Herzschläge nach Beginn des Kampfes gab es nur noch Cavin und Guarr.

Und tausend schweigende schwarze Krieger, die einen undurchdringlichen Kreis um sie bildeten …

»Guarr!«, keuchte Cavin. »Was bedeutet das?«

Der Raett starrte ihn aus entsetzt geweiteten Augen an. Seine Hände zitterten so heftig, dass er kaum mehr in der Lage schien, das Schwert zu halten. »Ich … ich weiß es nicht«, stammelte er. »Lassar! Dieser Teufel! Er …« Er brach ab, fuhr herum, schrie plötzlich gellend auf und schlug mit wütenden Schwerthieben auf die Reihe der Riesenkrieger ein.

Lassars Kreaturen wehrten sich nicht einmal. Guarrs Schwert fuhr splitternd durch Schilde und Panzer, zermalmte Helme und Harnische, fuhr hierhin und dorthin und warf zehn, fünfzehn, zwanzig der seelenlosen Kreaturen zu Boden, ehe der Raett keuchend in seiner Raserei innehielt. Er wankte, fiel auf die Knie, ließ sein Schwert fallen und fing den Sturz im letzten Moment mit den Händen auf. Sein Atem raste. Kleine hysterische Laute kamen über seine Lippen, während er vollends nach vorne fiel. Wimmernd stemmte er sich wieder hoch. Seine Hand tastete über den Boden und suchte das Schwert.

»Lass es sein, Freund«, sagte Cavin leise. »Er spielt doch nur mit uns.«

Guarr hob den Kopf. Sein Gesicht war vor Erschöpfung und Entsetzen verzerrt und in seinen Augen glomm ein Feuer, das Cavin schaudern ließ. »Tötet mich«, wimmerte er. »Ich flehe Euch an, Cavin! Erschlagt mich! Gebt mir einen ... ehrenvollen Tod!«

»Kein Tod ist ehrenvoll, du Narr.«

Cavin drehte sich betont langsam herum – und sah Lassar in die Augen. Er starrte ihn einen Herzschlag lang hasserfüllt an und lächelte. »Lassar«, sagte er. »Ihr habt Euch lange Zeit gelassen.«

»Ihr seid nicht sehr überrascht mich zu sehen«, stellte Lassar fest.

»Sollte ich?«, fragte Cavin. »Ich wäre überrascht gewesen, wenn Ihr nicht gekommen wäret. Einen so melodramatischen Auftritt könnt Ihr Euch doch nicht entgehen lassen.«

Lassar schüttelte tadelnd den Kopf. »Ihr beleidigt mich, Cavin«, stellte er fest. »Immerhin habe ich das nur zu Eurer Unterhaltung arrangiert. Ich hätte es mir weiß Gott einfacher machen können.«

»Mit einem Pfeil in den Rücken?«, fragte Cavin kalt. »Wie bei Faroan? Oder bei meinem Vater? Oder auf elegantere Art – wie bei Karelian und seinem eigenen Kind?«

Lassar runzelte verwirrt die Stirn. »Sein ... Kind? Die Amazone war seine Tochter?« Er lächelte dünn. »Interessant. Das gibt dem Ganzen eine aparte Note, findest du nicht?«

»Du Teufel«, keuchte Cavin. »Du –«

Lassar bewegte ärgerlich die Hand. »Schweigt! Ich habe mir Eure Unverschämtheiten lange genug anhören müssen. Aber jetzt ist der Spaß vorbei.«

»Lasst wenigstens Guarr gehen, wenn Ihr mich töten wollt –«, begann Cavin, wurde aber sofort von Lassar unterbrochen: »Wer sagt, dass ich Euch töten will, Cavin?«

Cavin starrte ihn an. »Wenn Ihr nicht –«

»Glaubt Ihr im Ernst, ich hätte all dies nur getan, um Euch umzubringen, Ihr Narr?«, unterbrach ihn Lassar abfällig. »Ihr seid noch dümmer, als ich bisher annahm. Ich trachte Euch nicht nach dem Leben. Das habe ich niemals getan.«

»Was ... was habt Ihr vor?«, fragte Cavin stockend. Eine dumpfe, noch unformulierte Ahnung begann sich wie ein übler Geschmack in ihm breit zu machen.

»Geduld, mein junger Freund«, antwortete Lassar. »Nur noch ein wenig Geduld, und Ihr werdet alles erfahren.« Er hob die Hand und machte eine befehlende Geste. Die Dreierreihe der schwarzen Krieger teilte sich und Lassars Wächter kamen herbei, zwei gewaltige schwarze Schlachtrösser am Zügel führend. Lassar machte eine einladende Geste.

»Wenn ich Euch bitten dürfte, Cavin? Und Euch auch, Guarr.«

Einer seiner Krieger unterstrich die Worte mit einem rüden Stoß in Cavins Rücken. Cavin taumelte, stolperte an Lassar vorbei und fiel beinahe, als ihn ein zweiter, noch härterer Stoß traf. Dann griffen harte, eisengepanzerte Fäuste nach seinen Armen und zerrten ihn mit brutaler Kraft in den Sattel des Schlachtrosses.

Cavin wehrte sich nicht. Er wollte und konnte nicht mehr kämpfen. Jetzt nicht mehr. Er hatte den Kampf seines Lebens gekämpft, vielleicht den größten und wichtigsten Kampf, den jemals ein Mensch ausgefochten hatte – und verloren.

Sein Blick glitt über das unregelmäßige Rechteck des Hofes, verharrte einen Moment auf den Leichen der Männer, die zu ihm und Guarr gehörten, tastete weiter und suchte den gigantischen Baum im Herzen der Festung. Seine Krone leuchtete rot im Widerschein der Flammen, fast, als brenne auch er. Selbst die Schatten, die er warf, waren rot. Versagt, dachte Cavin matt. Er hatte versagt.

»Warum das alles, Lassar?«, fragte er.

Lassar antwortete nicht gleich. Bevor er es tat, richtete er sich ein wenig im Sattel auf und sah sich um. Die Festung war in einen Ring von Feuer eingeschlossen. Der Himmel brannte. Vielleicht brannte die ganze Welt.

»Würdet Ihr mir glauben, wenn ich Euch sagte, dass es nötig war, König Cavin?«, fragte er.

»Nötig?« Cavin lachte bitter, deutete auf den flammenden Himmel über der Burg und dann auf die erschlagenen Männer und Raetts. »Der Tod dieser unschuldigen Männer? Der Tod deiner eigenen Krieger? Du hast nicht nur mein Heer vernichtet. Du hast gesiegt, aber du hast sehr viel für diesen Sieg bezahlt.«

»Und ich werde mehr dafür bekommen, als du dir je träumen lässt, du Narr!«, fuhr Lassar auf, nun wieder so zornig und hart, wie Cavin ihn kannte. Aber er beruhigte sich auch ebenso schnell wieder.

»Ihr wisst nichts, Cavin«, sagte er. »Ihr habt diesen Ort betreten und ihn allein dadurch entweiht, und Ihr bildet Euch ein, seine Geheimnisse zu kennen, aber Ihr wisst nichts über ihn.« Er drängte sein Pferd ein wenig dichter an das von Cavin heran und beugte sich im Sattel vor. »Wollt Ihr wissen, warum Ihr diesen Krieg verloren habt, mein König?«, fragte er höhnisch. »Nur weil Ihr hier wart. Dieser Ort wirkt durch die, die ihn beherrschen, aber Ihr habt niemals verstanden wie. Der Schwarzeichenwald war stark, solange seine Herrscher stark waren. Aber dann seid Ihr hierher gekommen, Ihr und Eure lächerlichen Rebellenfreunde, und er wurde so wie Ihr: schwach und voller Angst.«

»Und wie wird er nun werden?«, fragte Cavin. »Böse?«

»Hart«, sagte Lassar. »Stark, Cavin. Ihr habt Recht – all Eure Krieger sind tot und all meine Männer, bis auf die, die Ihr hier seht. Aber der Tod jedes Einzelnen erhöht die Macht dieses Ortes. Es ist ihr Tod, der ihn stark macht, der Tod des Waldes, der seine Mauern fester denn je werden lässt. Keine Macht der Welt kann ihn jetzt noch erstürmen. Und ich werde sein König sein.«

»Worauf wartet Ihr dann noch?«, fragte Cavin leise. »Erschlagt uns, damit Eure Festung noch ein wenig stärker wird.«

»Ich sagte Euch bereits – ich trachte Euch nicht nach dem Leben«, sagte Lassar.

»Worauf wartet Ihr dann?«

Statt einer Antwort deutete Lassar zum Burgtor.

Es konnte kein Zufall sein. Welche Macht immer das Schicksal lenkte, sie hatte bis zu diesem Moment gewartet, vielleicht auch, damit Cavin die Wahrheit erfuhr, aus Lassars Mund und ohne dass der König der Schatten es überhaupt begriff.

Aber als Cavin die Gestalt sah, die durch das Tor getaumelt kam, begriff er. Vielleicht war er der erste Waldkönig überhaupt, der die Wahrheit erkannte. Vielleicht der erste Mensch. Sicher der letzte.

Gwenderon erschien wie ein schwarzer Schattenriss vor der feuererfüllten Bresche in der Mauer. Er wankte. Sein Haar und sein Gesicht und seine Hände waren verbrannt, seine Augen milchige weiße Kugeln, die nichts mehr sahen, seine Kleider verkohlt. Er lebte nicht mehr, war nur noch ein Stück Fleisch, das sich weiterschleppte, beseelt von einer Kraft, die Cavin nicht einmal zu erahnen imstande war.

Langsam, torkelnd kam er heran, wankte auf Cavin und Lassar zu und blickte sie beide aus seinen blinden Augen an. Sein Mund bewegte sich, versuchte Worte zu formen. Er roch nach verbranntem Fleisch und Tod. Seine rechte Hand, die den knorrigen Stab umklammerte, war nur mehr ein Skelett. Es war nicht mehr zu erkennen, was Holz und was verbranntes Fleisch war.

»Endlich seid Ihr da, Gwenderon«, sagte Lassar leise. Seine Stimme war ganz anders als bisher. Es war nichts mehr von dem boshaft-hämischen Ton darin, den Cavin so an ihm gehasst hatte. Er wirkte nur ernst. Entschlossen. Vielleicht, überlegte er, hatte er die ganze Zeit nur Theater gespielt.

Gwenderon versuchte zu antworten, aber er konnte es nicht. Er war blind, trotzdem wandte er den Kopf in Lassars Richtung. Blut lief über sein zerstörtes Gesicht.

»Quält ihn nicht noch, ich bitte Euch«, sagte Cavin leise. Lassar sah mit einem Ruck auf. Seine Augen flammten.

»Quälen?«, fragte er. »Wie kommt Ihr darauf, mein König? Im Gegenteil – ich bin ihm zu Dank verpflichtet«, fuhr Lassar fort. »Dafür, dass er Faroans Stab für mich geholt hat. Ich selbst hätte das Grab niemals betreten können. Und nun gebt ihn mir.«

Gwenderon begann zu zittern. Sein Mund öffnete sich, aber alles, was über seine Lippen kam, war ein unartikuliertes, schreckliches Stöhnen.

»Gib ihm den Stab, Gwenderon«, sagte Cavin leise. »Es hat keinen Sinn mehr.« Er wartete, bis Gwenderon gehorcht und Lassar den mannslangen Eichenstab ausgehändigt hatte, und lenkte sein Pferd ganz nah an das von Lassar heran. Gwenderon sank wimmernd zu Boden, fiel auf die Seite und starb endgültig. Cavin bemerkte es kaum noch. »Was jetzt geschieht«, sagte er leise, »geht nur noch uns beide an. Nicht wahr, Lassar?«

Lassar nickte, ergriff den Stab an einem Ende und hielt Cavin das andere hin.

Cavin griff danach. Und im gleichen Moment, in dem seine Finger das steingewordene Holz berührten, erlosch die Welt.

28

Der Baum war so alt wie die Welt. Sein Same war aus dem ersten Leben gesprossen, das die Oberfläche dieses Planeten erreicht hatte. Seine Krone berührte den Himmel, und seine Wurzeln reichten bis auf den tiefen Grund der Meere und zum Herzen der Welt. Der Wald war der Baum und der Baum war der Wald. Es gab nur ihn, Teile von ihm, Töchter, Söhne, Brüder, Schwestern – er war das Leben, das einzige und allein beständige Leben, vielleicht die einzige *Macht,* die diese Welt je gesehen hatte. Er war kein Gott, denn Götter sind sterblich, während er immer war und immer sein würde.

»Seit wann weißt du es?«, fragte Lassar leise. Er flüsterte; trotzdem schien seine Stimme tausendfach verzerrt von den Rändern des grauen Nichts widerzuhallen, das sie umgab; Echos aus einer Welt, die an diesem Ort keinen Bestand mehr hatte.

Sie waren nicht wirklich hier, begriff Cavin. So wenig, wie er damals mit dem Trugbild seines Vaters wirklich hier gewesen war. Es gab dieses *Hier* nicht, weil der Baum überall war.

»Ich weiß nichts«, antwortete er nach einer Weile. Stunden? Jahre? Was bedeutete Zeit an einem Ort, der Ewigkeit war?

»Ich weiß überhaupt nichts. Ich ahne nur.« Er sah auf, blickte Lassar an und konnte nichts anderes empfinden als Mitleid.

Er ahnte, ja.

Aber Lassar glaubte zu wissen und ahnte nicht einmal.

»Warum hast du es getan?«, fragte er.

»Warum?« Lassar seufzte. »Ich dachte, du wüsstest es. Macht. Das Einzige, was zählt. Alles, was mich jemals interessiert hat, ist Macht.« Er runzelte die Stirn. »Willst du mich deshalb hassen?«

»Nein«, antwortete Cavin und es war die Wahrheit. Dies war kein Ort, an dem man lügen konnte. »Nicht deshalb. Es ist deine Natur. Ich kann dich nicht für das hassen, was du bist, Lassar. Aber warum mussten so viele Unschuldige sterben? Es war von Anfang an eine Sache zwischen uns. Zwischen dir und mir.«

»Du hättest mir den Weg hierher niemals freiwillig gezeigt«, behauptete Lassar. »Du bist der Waldkönig. Es ist seit Urzeiten die Aufgabe deiner Familie, *ihn,* den Baum der Bäume, zu schützen. Du hättest ihn mir niemals freiwillig gezeigt.«

»Und du glaubst wirklich, es stünde in meiner Macht, ihn zu schützen? Du glaubst, es gäbe eine Gefahr für *ihn?*« Cavin schüttelte den Kopf und deutete auf den Baum. Eine Wurzel, groß wie ein Berg und vor einer Million Jahren zu Stein geworden, hatte den Boden vor ihnen bersten lassen. Aus dem Riss stieg grauer Nebel. Für einen Moment glaubte er ein Gesicht darin zu erkennen.

»Du bist so dumm, Lassar«, sagte er. »Du willst ihn? Nimm ihn, wenn du es kannst!«

Lassar starrte ihn an. Misstrauen flackerte in seinem Blick, aber nur für einen Moment. »Du kennst die Prophezeiungen«, sagte er und hob Faroans Stab. »Wer diesen Stab besitzt und Macht über den Waldkönig hat, hat auch Macht über *ihn.*«

»Und was versprichst du dir davon?«, fragte Cavin leise.

»Was ich mir davon verspreche?« Lassar ächzte. »*Macht,* du Narr. Unsterblichkeit und Macht über die Welt und die Menschen. Ich werde ewig leben. Ich werde alles Wissen und alle Erfahrungen jedes Menschen haben, der jemals auf dieser Welt gelebt hat. Du und die anderen, ihr habt eure Chance gehabt und verspielt. Ich werde sie nutzen. Ich werde ein Gott sein!«

»Wenn es das ist, was du willst«, sagte Cavin ruhig, »dann geh.«

Noch einmal zögerte Lassar. Dann wandte er sich um und ging mit schnellen Schritten auf den Baum zu. Cavin sah ihm nach, bis seine Gestalt im treibenden Nebel der Lichtung kleiner und kleiner geworden und schließlich ganz verschwunden war. Dann drehte er sich herum, ging ein paar Schritte, setzte sich auf eine Wurzel und wartete.

Zeit verging. Vielleicht entstanden in der Zeit, die er wartete, draußen in der Welt Reiche und Imperien, vielleicht verging auch nur die Spanne, die ein Gedanke brauchte – es interessierte ihn nicht. Jetzt endlich hatte er das Erbe seines Vaters angetreten und war der Waldkönig geworden. Und er hatte erst jetzt begriffen, was dieses Erbe bedeutete und dass es – wenn überhaupt – viel mehr als alles andere ein Fluch war. Du und die anderen, ihr habt eure Chance gehabt, glaubte er Lassars Worte noch einmal zu hören. Und ihr habt sie verspielt.

Hatten sie es getan?

Irgendwie glaubte Cavin zu ahnen, dass Lassar Recht hatte. Es war nicht Hochwalden, das verloren war. Es war nicht nur der Schwarzeichenwald, der niedergebrannt worden war. Der Wald würde wieder wachsen, sich wie ein Phönix aus der Asche erheben, wie er es jedes Mal getan hatte, all die unzähligen Male zuvor, da er das Kommen und Gehen eines neuen Volkes beobachtet hatte, denn die Geburt eines Volkes war so schmerzhaft und voller Blut wie die eines einzelnen Lebewesens. Vielleicht würde irgendjemand sogar Hochwalden wieder aufbauen. Aber – und da war er ganz sicher – es würde kein Mensch sein. In diesem einen Punkt hatte Lassar Recht. Sie hatten ihre Chance gehabt. Ihre Zeit war abgelaufen. Oh, es würde Menschen geben, noch lange, noch Jahrhunderte, vielleicht Jahrzehntausende. Aber sie würden nicht länger die Herren sein.

Irgendwann bewegten sich die Schatten vor ihm und ein weißhaariger Mann erschien. Cavin lächelte flüchtig, als er Faroan erkannte.

»Ist er da?«, fragte er.

»Noch nicht«, antwortete Faroan. »Der Weg in die Unendlichkeit ist weit. Aber er wird ihn bewältigen. Er ist stark. Von allen, die gekommen sind, war er der Stärkste. Er wäre vielleicht sogar in der Lage gewesen, den Weg zu verderben.«

»Aber nur vielleicht«, sagte Cavin.

Faroan lächelte. »Ja, sicher. Nur vielleicht. Die Unendlichkeit dauert zu lange, um Dinge wie Stolz oder Machtgier zu dulden. Er wird mit ihr verschmelzen und werden, was alle wurden: ein Teil des Ganzen.« Er schwieg eine Weile, bückte sich nach dem Stab, den Lassar achtlos fallen gelassen hatte, drehte ihn einen Moment in den Händen und warf ihn dann wieder zu Boden.

»Was ist er?«, fragte Cavin. »Gott?«

Faroan überlegte eine Weile. Dann schüttelte er den Kopf. »Nein«, sagte er. »Ich weiß nicht, ob es so etwas wie Gott gibt. Wenn, dann kommt er ihm sicherlich nahe. Aber er ist nicht Gott. Er ist ein Wesen wie wir. Nur anders. Älter. Unendlich viel älter. Er ist alles. Eines Tages wirst auch du zu ihm gehören. Dann sehen wir uns wieder.«

Cavin nickte, stand auf, drehte sich herum und blieb noch einmal stehen. »Eines Tages sehen wir uns wieder«, bestätigte er. »Aber bis dahin ist noch viel Zeit – hoffe ich.«

»Was wirst du tun?«, fragte Faroan.

Cavin zuckte mit den Achseln. »Ich weiß es nicht. Die Welt ist groß. Vielleicht findet sich eine Verwendung für einen arbeitslosen König.«

»Wirst du Hochwalden wieder aufbauen?«

Diesmal überlegte Cavin eine Weile. Dann schüttelte er den Kopf; sehr entschieden. »Es wäre nicht gut«, sagte er. »Und es wäre sinnlos. Du weißt, dass der Wächter nur einmal seine Aufgabe erfüllen darf.« Er zögerte, lächelte verlegen. »Habt ihr ... schon einen Nachfolger für meine Familie?«

»Ja«, bestätigte Faroan. »Und es wird dich nicht überraschen. Ich glaube, du weißt, wer es ist.«

Cavin nickte. »Ich habe mich vom ersten Moment an gewundert, warum sie unseren Kampf gekämpft haben.«

»Vielleicht, weil es nicht euer Kampf war«, sagte Faroan ernst. Dann hob er den Arm, lächelte zum Abschied – und zerfaserte wie die Nebel, die ihn einhüllten.

Aber kurz bevor er verschwand, sah Cavin einen zweiten, massigen Umriss an derselben Stelle stehen, an der er gestanden hatte. Stämmige kurze Beine, ein graubraunes, struppiges Fell, spitze Ohren und Augen, die wie die von Tieren aussahen und doch voll großer Intelligenz und Sanftmut waren.

Auch der Raett verschwand spurlos, aber jetzt, nachdem Cavin den neuen Waldkönig gesehen hatte, wusste er, dass er sich um das Schicksal des Schwarzeichenwaldes keine Sorgen mehr zu machen brauchte.

Die Deutsche Bibliothek - CIP-Einheitsaufnahme
Ein Titeldatensatz für diese Publikation ist
bei Der Deutschen Bibliothek erhältlich

Wolfgang Hohlbein:
Das Herz des Waldes
ISBN 3 522 71645 0

Umschlaggestaltung: ZERO Werbeagentur, München,
unter Verwendung des Gemäldes *Pantheon* von Angerer dem Älteren
Schrift: Rotis Serif und Rotis Semi Serif
Satz: KCS GmbH, Buchholz/Hamburg
Reproduktion: Die Repro, Tamm
Druck und Bindung: Friedrich Pustet, Regensburg

5 4 3 2 1* 01 02 03 04 05